长篇小说
CHANGE OF THE GLAZE

窑变

李清源 著

人民文学出版社

图书在版编目（CIP）数据

窑变／李清源著．—北京：人民文学出版社，2023
ISBN 978-7-02-018014-1

Ⅰ．①窑… Ⅱ．①李… Ⅲ．①长篇小说—中国—当代 Ⅳ．①I247.5

中国国家版本馆 CIP 数据核字（2023）第 089227 号

责任编辑　付如初　徐晨亮　马林霄萝
装帧设计　陶　雷
责任印制　张　娜

出版发行　人民文学出版社
社　　址　北京市朝内大街166号
邮政编码　100705

印　　刷　北京汇林印务有限公司
经　　销　全国新华书店等

字　　数　333千字
开　　本　880毫米×1230毫米　1/32
印　　张　15.125　插页1
版　　次　2023年6月北京第1版
印　　次　2023年6月第1次印刷

书　　号　978-7-02-018014-1
定　　价　78.00元

如有印装质量问题，请与本社图书销售中心调换。电话：010-65233595

目　录

楔　子 _____001

清德宗光绪二十一年纪事 _____011
（公元1895年，岁次乙未）

清德宗光绪二十七年纪事 _____084
（公元1901年，岁次辛丑）

清末帝宣统二年纪事 _____143
（公元1910年，岁次庚戌）

民国十九年纪事（上） _____212
（公元1930年，岁次庚午）

民国十九年纪事（下） _____270
（公元1930年，岁次庚午）

1957年纪事 _____333

万先生钧州纪事 _____428

后　记 _____475

《窑变》人物图谱

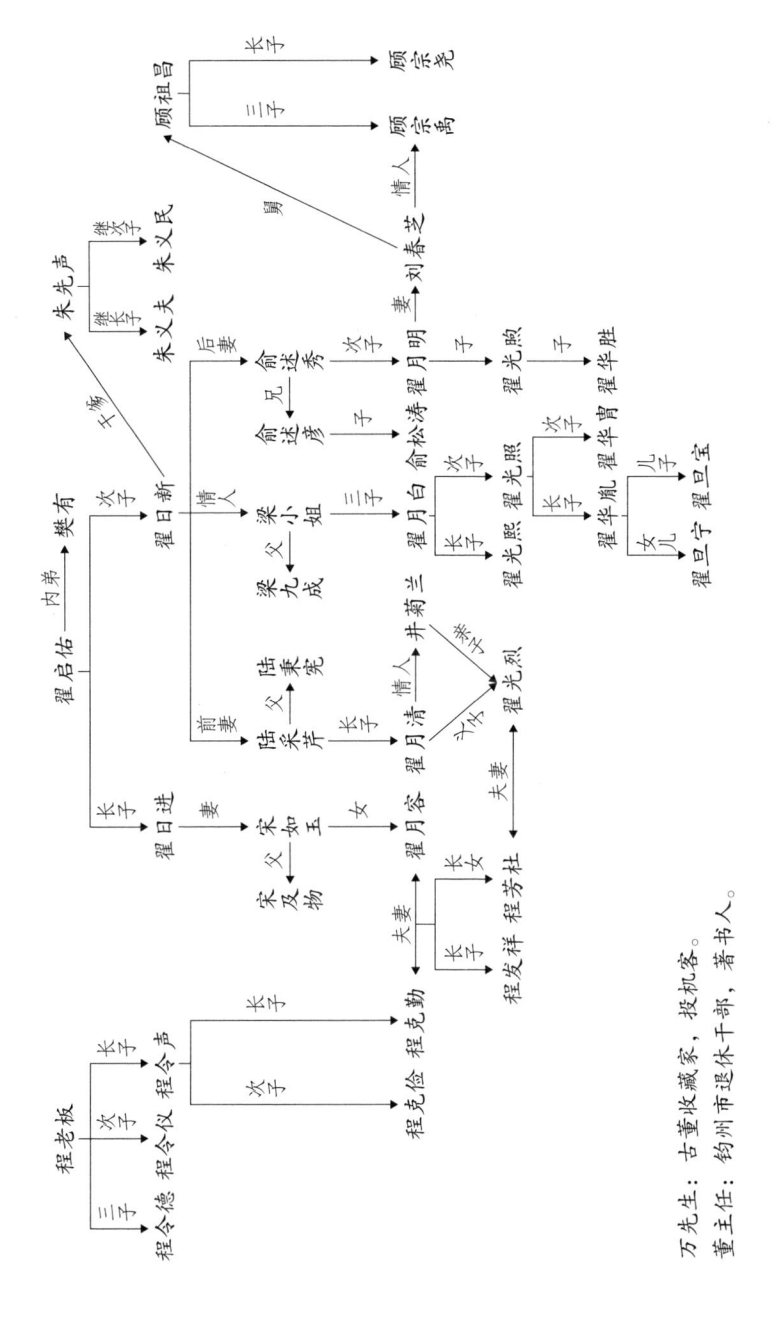

```
                                                          长子 → 顾宗尧
                                                  顾祖昌 ─┤
                                                          三子 → 顾宗禹
                                                            ↑
                                                           舅
                                                            │
                                          继子 朱义涛         情人
                                    朱先声 ─┤         春芝
                                          继子 朱义民
                                        ↑
                                       子嗣
                                        │
                                                  后妻  俞述秀    次子  程月明 ─妻→ 刘春    长子  程光胜
                                                        ├─兄─ 俞述彦 ─子→ 俞松涛 ─妻→ 程月明 ─子→ 程光熙 ─次子→ 程华胄
                              内弟  樊有            ┌情人  梁小姐                                                长子  程光熙 ─长子→ 程华乱
          程启佑 ──────→                程日新 ─┤─三子  梁九成                          白菊兰                    ─女儿→ 程旦宁
                                                  ├前妻  陆素芹 ─父→ 陆素芹                程光烈                    ─儿子→ 程旦宝
                                                  └长子  程月清 ─情人→ 井菊兰 ─妻→
                              长子  程日进 ─妻→ 宋如玉 ─父及物→ 宋            ─女→ 程月容 ─夫妻→ 程光烈
                                                                                    ↑
                                                                                   夫妻
                                                                                    │
                                                                            程发祥 ─长女→ 程芳杜
  程老板 ─次子→ 程令仪 ┬长子→ 程克勤 ┬长子→ 程克勉
                  └三子→ 程令德   └次子→ 程克俭
```

万先生：古董收藏家，投机客。
董主任：钧州市退休干部，著书人。

楔　子

稿纸摊在书桌上，钢笔压在稿纸上。秋风摇曳石榴树，筛下一大片斑白日光，在稿纸和桌面上婆娑浮动。董主任支额昏睡，梦见火水未济，乱象缤纷。董嫂唤他不应，进书房将他拍醒。

有客人找。

客从北京来，瘦高，短发，无髭，除下墨镜，露出两只肥大的眼袋。他带有檀珠一串，古钱两枚，送与董主任做见面礼。他要拜访神垕镇的翟光照，请董主任帮忙引介，小小几个玩意儿，聊表心意。董主任设酒款待，问他找翟光照有何贵干。客人说："听说翟老先生很厉害，慕名而来，拜会一下高人，没别的意思。"

董主任说："他这几年不大见人，怕是难找。"

客人说："别人难找，您一定能找到。"

董主任笑笑："你高看我。"

董主任殷勤劝酒。客人自称酒精过敏，体内缺乏乙醛脱氢酶，不能喝，沾沾嘴唇就放下了。董主任不信，文化人哪有不喝酒的，一定是自家酒劣，不能使客人尽兴，于是唤老婆过来作陪。董嫂退休前是市剧团顶梁花旦，在舞台风情万种，在酒场横扫千军。她过来劝酒，说说笑笑就把客人灌倒了。客人来之前已订好酒店，到钧州后先办了入住，随行箱包都放在酒店里，登门时只携带一只手包。董主任取包查看，内有两部手机、两盒香烟、一串钥匙和一只钱夹。钱夹里除了身份证，层层叠叠都是卡，钞票却无一张，也没有其他纸张或证件。董主任抽出身份证，与摊卧沙发上的客人对比，大体确定是一个人。身份证上的名字也无误，"万鹏程"。董主任将身份证插回钱夹，把手包放回原处。

"有没有问题？"董嫂问。

董主任摇头："不知道。"

董嫂说："万一他不是好人，你带他去翟家，闹出事了怎么办？"

董主任默然。昨天傍晚王经武给他打电话，说有如此这般一位著名收藏家，想去拜会翟光照，请他帮忙牵个线。董主任退休后深居简出，远避是非，而翟家近年霉运当头，麻烦不断，沾上他家准没好事，遂以翟光照遁世已久，难以找寻为由推托。王经武十分执拗，声称万先生是他最好的朋友，他已答应万先生，董叔若执意拒绝，就是打他的脸。王经武是董主任的表侄，在北京潘家园开店。董主任的孙子前年在省城结婚，女方要求全款买房买车，榨光父祖两代的积蓄仍不够，便经董主任之手，向王经武借了三十万，至今仍未还清。即使不顾亲戚之谊，这个人情总是要还的，董主任只好应允，但也没有把话说死，只答应找找看。

"董叔，你跟翟家是什么关系？怎么可能找不到？"王经武说，"翟光照就算去了凌霄阁阎王殿，也会给你透个信儿。除非你不想帮这个忙。"

这番话听似恭维，实则是逼迫，断了董主任敷衍搪塞的退路。

董主任心中不悦，呵呵而挂。这还不到十二个小时，万先生就赶到了钧州，如此急切，令董主任深感讶异。他取起桌子上的锦盒。锦盒是万先生所赠，内装那两枚青铜古币：一枚空首布，一枚齐明刀。锦盒不大，但做工精致，云龙缎面细密平滑，那两枚老锈的钱币虽不起眼，嵌放其中，也显得高古贵重起来。董嫂对古董没兴趣，扫了一眼，问他是不是真要带这人去找翟光照。董主任合上盖子，将锦盒丢到桌子上。

"我给翟华胤打个电话，问问他认不认识这姓万的。"

翟华胤是翟光照的长子，翟家钧窑掌门人。他原本钧瓷做得好好的，嫌赚钱不快，跑去搞房地产和信贷公司，搞了几年，资金链断裂，欠下大笔高利贷。债主逼债甚急，翟华胤无力偿还，弃家跑路，数年间音讯全无。几天前，他悄然潜回钧州，不料刚下车就撞上债主，将他劫持到城外偏僻处，索款不得，打断了一条腿。董主任拨打翟华胤电话，语音提示已关机。董主任寻思片刻，又拨给王经武。万先生的礼物太重，檀珠是金星老料，已然过当，那两枚古币更甚，董主任虽是行外，也看得出是值一些钱的。倘若只是让他引个路，谅不至于如此破费。他叫王经武说实话，这万先生究竟有何意图。王经武有点不耐烦。

"要不要我把他祖宗八代的档案都发给你审查一下？就请你做个向导，带带路找找人，多大点事儿啊。"

"他送的东西太贵重，我心里不安呀。"

"那是你觉得贵，对人家来说只是根牛毛。他一个外人，在钧州地头上，有什么好怕的？"

董主任心下稍安，也不再联系翟华胤，而是拨了翟光照的电话。

依旧是关机。近半年来,董主任给翟光照打过好几次电话,全都是关机,想是老先生彻底隐藏身迹,不与外界联系了。也罢,只管带万先生去一趟,找着找不着都算尽力了。董主任踱回客厅,坐到单人沙发上抽烟。一支烟没抽完,万先生就醒了。他伸个懒腰,又揉揉脸,冲董主任微笑。

"喝高了。实在是没量,喝一点就出丑。"他说,"没惊吓到你们吧?"

"没有没有。"

"那就好。您看咱们什么时候出发?"

"现在就可以。"

神垕镇在钧州城西四十余里,周围群山连绵,即使走快速通道,也需大半个小时。还好万先生健谈,一路并不枯燥。其中大半时间,万先生都在讲他的妻子、他的女儿、他的事业和他幸福安稳的生活。董主任越听越不是味儿,万先生这些近乎炫耀的描述,似乎只是为了证明他是个好人,进而证明他听到了自己与老婆的对话。那么搜他手包的事,想必他也是知道的,所谓不胜酒力,只是装醉而已。董主任倍觉尴尬,对万先生也客气起来。车子进入镇区,穿过几条盘曲起伏的街道,来到老街望嵩门外。老街即老镇区,旧有寨墙环绕,后来寨墙逐渐拆除,只剩一座寨门保存下来。董主任泊好车,引万先生进入老街。翟光照久不管事,一直住在老街老宅里。老街全是旧建筑,且多为单层,硬山黑瓦之间夹杂着一些预制板平房,错错落落一大湖片。老街改造已规划多年,终于在年初启动,经过数月纷扰,居民已大多搬迁出去,沿街的老商铺也都关门歇业了,董主任带领客人往前走,就像行走在废弃的空城。此时明阳在天,白晃晃的光芒照耀万物,将他们的影子印在光滑的青石板路面上。两人踩着自己的影子,穿过两个街口,来到一所宅院前。宅门旁钉了一块黄色金属牌子,上书两行字:

翟家大院
钧州市文物管理委员会制

院门是老柞木的,年深日久,已不甚严齐。黑铁门鼻上挂有一只老铜锁。很显然,主人不在家。董主任再次拨打翟光照手机,仍然关机,便带万先生去翟家窑厂。他原本没打算去窑厂,既然万先生不是来找麻烦的,带他去走走也无妨,万一他看上翟家的瓷器,采购几件,也算给翟家办个好事。他给翟老二打电话,通知他准备接待。翟老二是翟光照次子翟华胄,华胤破产逃亡后,一直是他在帮嫂子打理窑厂。不料他居然也关机了。董主任有些纳闷,径自驾车过去了。

翟家窑厂依山而建,面积颇大,大小楼房也有好几座。但因经营不善,濒临破产,工人已遣散殆尽,窑炉也大多关停了,仅剩一座气窑还在烧,勉强维系翟家窑火于不绝。董主任在办公楼下喊了几嗓子,下来一个二十多岁的少妇。董主任认得她,是翟华胤的新婚儿媳。董主任问她有谁在家,她说都不在,问去哪儿了,也说不知道。董主任叫她带路去展厅,请这位北京来的万先生参观一下。翟家媳妇面色迟疑,说不好意思,展厅锁着,她不知道钥匙在哪儿。董主任明白她的心思。经常有市里的大小权贵带人来神垕各窑,以参观之名打秋风,以前董主任当陶瓷局长时也没少干。若在往常,以翟家基业，拿他几件瓷器不足挂齿，但如今翟家没落，穷困潦倒，难免小气起来，把东西看得比人情重要。董主任脸上多少有点挂不住，问翟家媳妇有没有见到她爷爷，这位万先生是北京著名收藏家，专程来拜访她爷爷的。翟家媳妇警惕地打量万先生，摇头说没有，爷爷早就不见外人了，他们也很久没见过。

翟家媳妇进门不久，对董主任略有印象，但并不了解他的身份，也不知道他与婆家的渊源，因此态度不冷不热。董主任被怠慢，在客人面前失了面子，略感不悦。此时手机作响，是翟老二打来的。他和嫂子去县医院看望大哥，手机电量耗尽，自动关机了，借人家的充电器充了会儿，才能开机，看到有董主任的未接来电，赶紧打过来。董主任说明情况，问他老爷子在哪儿。翟华胄说不知道，他手机总关机，联系不上。翟华胄的语气并不焦虑，老爷子性情孤僻，独来独往，经常外出云游，过些时候自己就回来了，他们已习以为常。这次失踪的时间有些长，总有两三个月了，不过想必也不会有什么意外。挂断电话，董主任向万先生摊了一下手，以示无欺。他建议万先生先回北京，改日再来。万先生抬头看天，太阳虽已偏西，但仍高悬于半空之上。

"天还早，再等等吧。"万先生说，"也许老先生是出去遛弯儿了，晚上就会回来。"

客人坚持不走，董主任只好作陪，带他去参观街市和窑神庙。两人边走边聊，不断遇到熟识的窑主，邀请董主任去家里喝茶。董主任均予婉谢。他问诸位可曾见到翟光照。大家都说早不见这老头儿，不知还有没有他了。耗到傍晚，翟家老宅仍然挂着锁。董主任再劝万先生返京，等他找到老先生，再通知他过来。万先生不置可否。

回到县城已很晚。董嫂等候已久,得知万先生执意不走,更加疑虑,叫董主任别再帮他,毕竟此人来历不明,好事坏事不如无事,把珠子和铜钱也还给他,免欠人情。董主任正有此意。两人又聊了些翟家的事,感慨不已,正要休息,王经武的电话打过来。万先生对今天的行程不大满意,董主任既然与翟家颇有渊源,想必也有非同寻常的联络方式,不该只是充当一名普通向导,带他到神垕镇走一遭了事。

"董叔,从小到大,我没求过你任何事,就这一回,拜托你给个情面,别叫我太难堪,好不好?"王经武说,"也不让你白忙,你不是还欠我几万块钱吗?你帮我这个朋友找到翟光照,这钱我不要了。"

董主任吃顿抱怨,颇觉无趣。次日上午,他电话联络万先生,万先生却已自己搭车去了神垕。今天神垕镇古玩市场开市,他想瞧瞧,不敢多扰董主任,就自个儿去了。他打算在钧州住几天,烦请董主任继续寻找翟老先生,找到了通知他。董主任乐得不陪,在电话里客气一番,继续进书房整理书稿。董主任退休多年,闲来无事,写了一部钧瓷题材的小说,初稿已完成,目前正在修订。他不会用电脑写作,也不想学,觉得电脑打字要分神,不利于思考,不如笔写得心应手。他刚看了几页,翟华胄打来电话,有人在他们那儿包了一窑柴烧钧瓷,后天上午十点开窑,客户要求举办开窑仪式,想请董主任去主持。董主任很乐意在此时帮翟家做些事,当即答应,约定后天上午九点半之前到场。

董主任年纪大了,不耐久坐,整了半天书稿,便已腰酸背疼。遂搁下笔,提了箱营养品去医院看望翟华胤。翟华胤的老婆、弟弟和儿子都已回去，只有一个女子在那里照料。那女子三十来岁，头发齐肩，微肥，穿一身职业女装，一副都市白领的派头。看到董主任，她起身相迎，叫他伯伯。董主任愣了一下，欢喜说："哎呀，闺女回来了。"

那女子叫翟旦宁，翟华胤的女儿，因与父母不和，大学毕业后就在外地工作，一直没有回来过。今天上午她刚到公司，便接到父亲电话，得知变故，立即请假赶回来，连衣服都没顾上换。毕竟是父女连心，不能割舍呀！董主任心中感慨。翟华胤萎靡地躺在病床上。才四五年，他已衰老了许多，头发乱糟糟的，胡子也长，身上的方格衬衫既脏又皱，领子上的污垢异常醒目。董主任更加感慨。翟华胤一向爱讲派头，自认为风流倜傥，天天收拾得周吴郑王，何承想沦落到如此境地！他讲起万先生，问华胤可否认识。华胤详细询问了万某的相貌，不认得，也难判敌友。他叫董主任见机行事，如果姓万的是要买父亲的钧瓷，万分欢迎，倘若找事儿，立即报警。董主任应允，说了会儿闲话，叮嘱华胤好好养伤，便告辞了。

这天晚上，万先生请董主任吃饭。万先生在神垕受了窝囊气，有些不开心。董主任以为他是在怪自己没尽力，只当没看见，问他有何收获。万先生说没有收获，走走看看而已。他问董主任有没有翟老先生的讯息。董主任说没有，已多方寻觅，仍无线索。董主任在撒谎，他并没有寻找翟光照，而是向熟人借到七万块钱，只待万先生一走，便还给王经武。他向万先生讲起后天要去翟家钧窑主持开窑仪式，邀请万先生同往。万先生横竖无事，欣然应邀。

饭没吃完，翟华胄又打来电话。事情发生了变化：傍晚时翟旦宁回到窑厂，听说后天开窑，定要自己做主祭。翟华胄向客户征求意见，被客户断然拒绝。自古以来开窑都是男人的事，客户迷信，怕犯了晦气。翟华胄是跛脚都被他嫌弃，所以才找董主任来帮忙。旦宁那丫头死倔，宁可这窑瓷不卖，也得她来做，把她妈气得心口疼。翟华胄也拿她没办法，想请董主任劝劝她，叫她别胡闹，一窑瓷十五万，对眼下的翟家不是小数目。董主任哑然失笑，这么多年了，这闺女的脾气竟是一点也没改。他对说服旦宁并无把握，决定后天早些去，先劝旦宁，真劝不下，再看情况随机应变。

万先生旁听通话，约略猜出了大概。他来钧州前，已听王经武讲过一些翟家的情况，来钧州后，与董主任闲谈，又听董主任讲了不少翟家往事，颇觉传奇。现在又冒出来这么一个女儿，如此强硬做派，分明是要趁乱夺权。他们没有带酒，喝的是饭店提供的荞麦茶。万先生给董主任倒上茶水，笑说："这家人的故事真是复杂，可以写本书了。"

董主任说："不瞒你说，我已经写了。"

万先生饶有兴致，请求先睹为快。他有朋友是北京某著名出版公司老总，只要小说写得好，他可以推荐出版。他还有朋友是导演，拍过好几部热播剧，他也可以居中引荐，把小说改编成电视剧。董主任怦然心动。但董主任一向务实，从不对没影儿的事轻予期待，因此笑笑而已。万先生欲讨董主任欢心，而欲讨文人欢心，莫如夸其作品写得好；并且他也想从小说里了解翟家的情况，以便与他们打交道时心中有数，因此极力恳请拜读大作。他翻出与导演的合照给董主任看，极言两人关系之铁，又翻出一张饭局照片，指点他旁边那位秃头男子，说他便是出版公司的老总。然后又给董主任的微信发了一段语音，声明书稿若在他手里遗失或剽窃，愿承担一切责任。董主任见他做到这份上,再不给看显得自己太小家子气,遂于饭后取出书稿,给万先生送了过去。

万先生看那书稿,竟然都是写在旧式稿纸上,摞起来厚厚一摞。难怪他不愿轻易与人,万一有个差池,损失的确巨大。董主任练过书法,全文一例小楷,工整隽秀,看起来赏心悦目。万先生赞叹不已。但他对小说并不抱太高期待,董主任毕竟是退休干部,他不认为一个老官僚能写出动人之作。翻开封面,扉页上写有几行字:

  文学作品

  非史非传

  瓷林诸公

  敬毋对号

万先生破颜一笑,翻页阅读,发现文笔还挺好,读起来很有味道。不料才读了几页,他便手麻脚凉,急忙取出自己带来的一只玫瑰紫水仙盆,将底款看了又看,全身都凉透了。他呆了片刻,将水仙盆丢到床上,捡起书稿往下看。一册看完,又看一册,一册复一册,连睡觉都忘了。

清德宗光绪二十一年纪事

（公元1895年，岁次乙未）

一

方志每多附会，家乘常有浮夸，且都喜好隐恶扬善，讳过虚美。因此地方叙事，多不严谨，子孙们讲述的先祖功烈，亦未可尽信。譬如翟家后人，讲起他们祖上复烧钧瓷的初衷，坚称是赞助革命，为反清起义筹措资金。他们言之凿凿，地方文士亦无意考究，故事在口耳与诗文之间流传，传得久了，便被世人当作了信史。

翟家这位先祖名日新，本是外乡人，十七岁时遭逢凶年，在老家难以存活，与父兄逃荒来到钧州神垕镇投奔舅舅樊有。神垕乃中原名镇，世代以烧瓷为业，求财帛于窑火，仰衣食于埏埴，因工商而致繁荣，无农耕旱涝之忧。樊有在神垕荣盛窑做满窑工，翟氏父子经他引荐，也都进了荣盛窑。樊有来神垕已多年，做工之余，唯好吃酒赌钱，且无酒德和赌品，一旦吃醉赌输，便要撒泼耍赖。唯因他救过窑场总办朱先生的太太，得总办庇护，大家虽嫌恶他，却也无如之何。翟氏父子入窑后，樊有去找匠首宋及物，求匠首收他大外甥翟日进做徒弟。宋及物不理会,他便去找朱先生,请朱先生代为说项。朱先生的情面不可不给,宋及物虽不乐意,也只能收了。

神垕镇因瓷而生三十六行,其中一行曰"骡帮"。瓷土采自山间,输送不便,多赖骡帮上下驮运。荣盛窑是神垕挑头的大窑,共有窑场两处,倒焰窑五座,规模大,用土多,且须严选瓷土,因此自建骡帮,不假手于外人。樊有将姐夫翟启佑塞进骡帮。数月之后,翟启佑熟悉了路径和人头,樊有便逼领队的鳏夫辞工,由他姐夫顶替。鳏夫说:"凭甚么?"樊有说:"凭你对骡子干的那些事。"鳏夫大骇。樊有说:"要不要找朱先生讲一讲,请朱先生定夺?"鳏夫羞恨而退,当晚便上吊自杀了。翟父遂做了领队,每日牵引十数匹骡子上山下山。一日晌午,他照常进山,忽从灌木中飞出一只雉鸡,骡子受惊,将他拽下山谷,摔断了一条胳膊、三根肋骨。人多幸灾乐祸,纷传是鳏夫寻仇,因果报应云云。翟父伤愈后,不复去窑场做工,置备起一套工具,到镇外挖片去了。

翟日新未受舅舅提携。舅舅不喜欢他,翟日新也无须舅舅多管,他脑筋活,人勤快,不过一两年,便将做瓷的工艺从头到尾都学了个通透,与窑场工友亦相处和睦。匠首宋及物说他是可造之材,比乃兄悟性高,意欲主动收为徒弟。翟日新却谢绝好意,辞工转行,贩卖起了瓷器。经营几年,手头渐有积蓄,便在镇中置办房产,又在镇外买一块地,供他父亲侍弄。翟父种惯了地,来神垕无地可种,颇觉心慌,仿佛过的日子都是假的,如今儿子遂了心意。

翟日新作力斗智,生意做得很活,最鼎盛时,还在开封城开了间瓷行。孰料祸福无常,光绪二十一年春,他贩运一批上色细瓷去归德府,路上遭遇劫匪,押车伙计看那几名匪徒瘦骨伶仃,不放在眼里，对打起来，竟被刺死两人，刺伤一人。翟日新报了官，历久无果，死者家属吵闹不休，他只好变卖产业，赔钱消灾。开封的瓷行本就不温不火，翟日新图它做个门面，勉力维持，此时也难以为继，推盘转让了出去。

受盘人是朱总办的大公子朱义夫。交接那日，朱总办与朱义夫一起来到开封，拜访他的老朋友梁先生。梁先生是文古斋的老板，店面就在翟日新隔壁。朱总办在梁先生那里待了半日，先回神垕去了。翟日新交割完毕，去鼓楼街办些私事，又把日常所用的物事搬到鬼市上卖掉——都是些炊卧之具，朱义夫不要，弃之又觉可惜，遂贱卖了。次日清早，他到瓷行取了自己的包裹，作别店铺和义夫。义夫送出店外。文古斋也已开门，听见二人说话，梁先生匆匆走出来。

"翟老板且留步。"梁先生说，"这里有一封朱先生的信，十万火急，劳你给他带过去，如何？"

梁先生名九成，五十余岁，黑纱六合帽下鬓发青灰，身高不过常人，唯因形容清癯而觉其颀长。他本是读书人，久试不第，死了功名之心，因好古，遂入了这一行。起初没本钱，开包袱斋搂货转卖，有时也去四方铲地皮，后来腰中渐鼓，便开了这间古玩店。翟父挖片偶有所得，不愿卖给走乡收片的，令翟日新贩瓷时捎往开封出销，庶几多赚几文。翟日新寻觅买家，找到梁先生这里，打过几次交道，就算认识了。梁先生隔壁的店铺经营不善，关张歇业，房主另行招租，翟日新以此地尚称繁华，应有可为，便托梁先生联络，将店子盘下来，开了一间瓷行。闲来无事，他会去梁先生那边瞅一瞅，倘若梁先生有暇，便与他下下棋谈谈天，虽无过深的交情，却也是彼此信赖的邻居。此时梁先生有所求，虽心中狐疑二人昨日刚见今天又火急飞书，也不便多问。梁先生将一支铁筒递与他。那铁筒犹如竹管，长不盈尺。

"须得亲手交给朱先生，切莫转手他人。"梁先生叮嘱，"拜托！拜托！"

朱义夫听闻是给他父亲的急函，唤人牵来他的哈萨马，给翟日新当坐骑。翟日新策马疾行，在寨门宵闭之前赶回了神垕。他先去朱总办家交差。朱总办是乘马车徐徐而归，在钧州城又耽搁了一下，傍晚才到家，此时正在后院与程老板说话。门房老陈接过马缰，将马牵去马厩，叫翟日新自去后院送信。朱家宅院在文庙旁，是座二进的四合院。神垕镇四围皆山，地面狭小，寨内房舍大多逼仄，也鲜有阔大的宅院。朱宅虽小，却甚洁净，内外门首皆悬挂纱灯，将院子照得明晃晃的。后院上房和厢房都亮着灯烛，房门亦皆关闭，庭院寂静，一二小虫在墙角若有若无地鸣叫。朱总办与程老板必是在上房堂屋。翟日新径直走过去，将到门前，忽听朱总办道：

"这是赝品，并非宋钧。"

翟日新微一愣，脚步不由停下来，继而听见程老板的声音："何以见得呢？宋钧的器型好仿，这釉可是做不出来的。"

"这釉诚实漂亮，我也不信有人仿得出。"朱先生说，"但这款识不对。你看这款上，写的是'绍圣三年秋奉敕造于钧州'，绍圣是北宋年号不假，可这钧州，当时并不叫钧州，直到近百年后，金朝世宗大定年间，方才改称钧州的。"

房内陷入沉默。程老板是荣盛窑窑主，与朱先生私交甚笃，对朱先生也极信用，窑场大小事务尽皆决于其手。二人此时所议，当是私密之事，贸然进去恐有不便。翟日新正自迟疑，忽听朱先生吆喝：

"要听进来听，鬼鬼祟祟的，当刺客么？"

翟日新大窘，只好推门而入。朱先生和程老板看到是他，无不惊愕。朱先生撩起黄绫，将桌上一只笔洗盖住。

"我以为是义民呢，原来是翟老板！"朱先生说，"夤夜来此，有何贵干？"

义民是朱先生的二公子。翟日新说明来意，将铁筒交与朱先生："我听见你们说话，恐有打扰，便在外头等一等，可不是故意偷听，程老板和朱先生切莫误会。"

朱先生接过铁筒，冲翟日新点头微笑："翟老板受累了。"从柜橱取出两只瓷瓶，"这两瓶酒，不成敬意，请翟老板解个乏，吃了好好睡一觉，把听到的都忘了吧。"

翟日新接瓶在手，打量几眼。瓶是青花玉壶春，釉面光滑细腻，胎上描绘几竿竹子，旁边一行松雪体行书："人生得意须尽欢"。这便是神垕镇大名鼎鼎的"三绝酒"：酒瓶是用净五花土三池上细泥做坯，由荣盛窑匠首宋及物亲手烧制；诗画则是用佛头青做颜料，诗为朱先生所题，画为程老板所绘；而后由朱先生亲自押运，去汾阳杏花村灌装的九酝竹叶青。他们自诩瓷瓶、字画与酒并列三绝，故名三绝酒。神垕人不以为然，甚么得意尽欢，甚么三绝，不过是自恃财能，得意忘形而已，因称其为"得意忘形酒"。翟日新知是好物，并不谦让。辞别之际，他瞟一眼程老板，见其脸色如土，一副失魂丧魄之状。

翟日新并未回家，在街巷里曲折南行，来到陆秉宪宅外。回来路上，他遇到过陆秉宪，特意勒马问候。老陆对他无甚好感，冷淡支吾一声，背负竹篓径往东去。翟日新猜他定是去开封卖片。陆秉宪是挖片老手，不时挖到好品相的宋钧残片，攒够数量便去开封。翟日新轻叩大门。大门低矮，两扇榆木门合起来不过三尺之宽。叩门声不重，连绵而响，也足以惊动院内的人。未几，里头便传来采芹的叫喊："谁？"

翟日新忽然心虚，将一只包裹丢在门口，扭头便走。采芹又喊几声，仍无回音，手持一把尖刀打开门。街道里月光皎然，并无人影。她将包裹捡起，拿回房间里查看，都是女人用的物事，计有江绸一段、狐皮围脖一条、花想容的胭脂水粉两盒、錾花银簪一支。采芹嗤之以鼻，兜起来扔到墙角。次日晌午，她去翟家找日新。日新前晚在鬼市熬了夜，未曾睡好，昨日又长途骑马，几乎颠散了骨头，疲惫不堪，此时仍在酣睡。老翟凌晨即起，去田里侍弄他的庄稼，宅门虚掩着。采芹推门而入，喊声日新，没有回应，便去捶他的窗子。窗子是枣木的，贴了层厚实的油纸，翟日新睁开眼，看到阳光白亮，在窗纸上印出一条人影，急忙起床迎出去。采芹立在枣树下，笑嘻嘻地望着他。

"我在街上玩，听到朱先生家的老陈在骂你，说你把他家的马骑坏了。"

翟日新不懂马，只道可以日行千里夜走八百，昨日回来路上，一门心思打马奔走，回到神垕时，马的确都吐沫了，想是疲惫已极。他问采芹那些东西可还入眼，采芹愣了一下。

"原来是你送的呀，我还当是朱义民呢。哎呀我得回去收起来，别让老鼠咬坏了。"

说罢飞身便走。日新眼望她离去，一点惆怅无端而起，坐到竹凳上，背靠枣树发怔。不过半炷香工夫，采芹又折回来，气喘吁吁地冲翟日新笑。

"你送我那么多好东西，是要做表记么？"

翟日新也望着她笑，并不作答。寨北忽然铳声大作，轰轰响了一阵，消息片刻，又轰轰响起来，其间隐约有鞭炮和唢呐的声音。翟日新不知何故，问采芹。采芹说："我在街上溜达时，听人说荣盛窑的程老板死了，大概是他家在办丧。"

日新讶然，想不到一日之间程老板已赴黄泉。他想去程家瞅瞅，但知采芹必定与他同往，有些难为情。踌躇之间，舅舅樊有横着膀子闯进来。看到采芹在，樊有脸色顿黑，询问日新他爹在不在家。日新说不在。樊有便不再说话，在院里踅来踅去，蹲到黑陶花盆边看看一串红，又仰头观望邻居家越过来的核桃枝。昨晚睡前，父亲告诉日新，舅舅这几日要回老家，那边有个妇女新寡，他去相一相，倘若寡妇有意，便讨过来当老婆。翟父乡心大炽，意欲跟他一道回老家看看。日新以为舅舅是来叫父亲启程，有意送他几串钱做盘缠。不料樊有有些沮丧。

"过几日再说吧。"樊有说，"我方才去找朱先生借钱，他叫我先别走，这些日也不可离开，说是有事要办，等办完再走。"

樊有说着，乜一眼采芹："你走吧，我跟日新说点事儿。"采芹说："你要说便说，我又没堵你嘴巴。"樊有不耐烦："我们说家里的私事，你听着算甚么？"采芹说："那你把我当家人好了。"樊有说："没见过脸皮这般厚的闺女。"采芹说："我也没见过这般不要脸的舅舅。"樊有大怒："你说谁不要脸？"采芹说："谁心虚便是说谁。"樊有蹦起来:"再敢胡说八道,我打你啊!"采芹说:"你打!"从腰间抽出一把刀子,"我看看你哪只手不想要了。"樊有眼睛瞪得要掉下来,却不好真动手,对日新说:"这闺女不能要,娶了她你倒八辈子霉。"气哼哼地走了。

  日新旁观采芹与舅舅斗嘴,好气又复好笑。采芹与舅舅是冤家,日新刚来神垕那一天,他二人便几乎打起来。那日天气不佳,烈风挟带微雨,卷起尘埃又打落在地。日新与父兄顶着烈风,忐忑不安地进入镇子。他们原以为寻找舅舅需花很长时间,不料一入寨门便望见了樊有。樊有吃醉酒,正与人打架,以一对二,败阵不敌。那二人一青一少,衣着光鲜,想必是大户人家的少爷,唯下手狠毒,尤其是那少年,骑在樊有身上挥拳如风,专拣薄弱之处打。樊有上下遮挡,招架不住,不唯脸上开花,双耳欲聋,腰子也要被打碎了。他嘴巴却不愿吃亏,便骂,"日恁奶奶""尻恁娘"之类,污言秽语喷涌而出。少年愈怒,揪住他辫子根,把脑门往青石板上砸。砸了三五下,樊有就不骂了,再砸几下,又复求饶。日新与哥哥丢下箩筐,冲上去救舅舅,奈何饥疲交加,刚动手就落了下风,撕扯几下,便被打倒在地。街上行人稀少,两边商铺也没甚么客人,只有几名伙计在店口抱臂旁观。其间有条黄毛狗经过,立在旁边观望片刻,似是有意加入战斗,却拿不准该帮谁咬谁,遂摇尾而去。日新被卡住脖子,压在坚硬的青石板上,仿佛溺水的羔羊,拼尽全力也挣不脱,不禁心生绝望,以为要死在这里了。

  一个妇人解救了他们。那妇人肤白体丰,明眼细眉,穿件缃花边的绸裙,衣襟上别条素色帕子;发髻是时兴的苏州撅,插支垂珠长钗,旁簪一朵通草淡菊花。她从街道深处匆匆赶来,吆喝住那两人，捶打着他们离开了。走之前，她摸出一把铜钱丢到樊有面前。铜钱跌落到石板上，发出叮当脆响。

"买酒吃去吧老狗，赶紧吃死算了。"她说。

翟父是这边唯一站着的人。他受了大惊吓，双腿绵软欲仆，直到对方走得看不见，方才回过神，上前搀扶内弟和儿子，口中喃喃，谴责对方太霸道，欺负他们这些外地人。樊有不耐烦地打断。

"不是欺负外地人，是欺负没钱人。"他说，"有钱在哪里都是太爷，没钱在哪里都是孙子。"

樊有用袖子蹭蹭脸上的血，将散落的铜钱一枚枚捡起来。他并不为如此难堪的见面而羞愧，只是有些意外，看看日新他们挑来的三对大箩筐，也就明白了来意。他将铜钱攥在手心，试图站起来，未能站起，顺势靠在街边石阶上。翟父问他怎的得罪了那些人，他没好气说："欠他们钱呗。"

"撒谎！"路旁一个丫头说。那丫头瘦伶伶的，衣裳也紧小，头发胡乱扎在脑后，手里捏半只脆梨，"人家兄弟俩好好走路，他截住人家，叫人家喊爹。嘴巴这么臭，打死也活该。"

"滚！"樊有面露凶相，"你个小婊子……"

丫头将梨子砸过去，正中樊有脑门。樊有作势要爬起来打，丫头顺手捡起街边一只破匜钵，一副无惧对打之状。樊有便软了，抹去额上梨渣，骂骂咧咧撑起身，带领姐夫和外甥踉跄而去。

那丫头便是陆采芹，打樊有的两位少爷，则是荣盛窑总办朱先生的公子。樊有被两位朱少爷那般羞辱，仍旧殷勤地往朱家跑，供朱先生驱使，采芹骂他不要脸，也抵实不亏。寨北的铳声响了又响，日新按捺不住，定要去程家看看，让采芹先回。采芹说："死人有甚么好看,还是去我家吧,我给你看样东西。"翟日新问是甚么东西,她说:"你去看了便知。"日新不信她家有甚么稀罕之物胜过他对程老板之死的好奇,两只脚却不由自主跟她走。走到大门口,却见樊有又踅了回来。

"被疯闺女气糊涂,忘了正事儿。"他对日新说,"朱先生叫你过去,赶紧。"

二

日新随舅舅来到程老板家。程宅挽幛高挂,吊客云集。程家是神垕第一大户,程老板人缘亦好,此时忽然归西,大小有点头面的人都来致意。朱先生头戴黑绸礼帽,上簪一朵白花,左臂缠条白布,在客堂那边指点办丧。听见樊有叫唤,他回过头,只见眼窝青黑,神情憔悴。他将日新领进一个没人的房间,取出一支黑漆铁管,正是昨天梁先生送来的那个。

"烦你再跑个腿,把这东西给梁先生送去。"朱先生将铁管递与日新,复从袍中摸出一张钱票,"不能叫你白劳动,这点钱你拿着,路上买个点心。"

朱先生本欲遣义民去送,义民不知去哪里鬼混了,彻夜未归。今日凌晨,他接到程老板的噩耗,惊忙赶来办丧,于忙碌中派人去寻义民,直至午时仍未寻到。朱先生不敢再等,便遣樊有去找翟日新。日新浑身酸痛未消,本不欲往,看看那张钱票,是周聚昌的拾串文,便应允了。朱先生亦称火急,嘱他尽快送达。日新不敢再去朱家骑马,在街上雇头骡子,匆匆赶往开封。

梁先生见信使又是日新,甚感意外,朱先生回信如此迅速,更是令他欣喜。他将铁筒拿进里间,少顷又出来,口称有要紧事去办,撇下日新便走。日新父亲又挖到几枚钧片,中有两枚非同寻常,釉面上带有紫色斑点,仿佛洇染的朱墨,想必能沽个善价,日新顺道带来,要卖与梁先生。及见他顾不上,只好去隔壁瓷行等候。店还是那个店,主人却不复是自己,日新睹物感伤,软绵绵瘫在一只竹椅里。朱义夫关心他的马,询问脚力可好,为何没有骑来。日新心虚,不说马被他跑坏了,只说他被马颠碎了,打死也不愿再骑。义夫大笑。

梁先生迟迟不归。是夜,翟日新在瓷行打地铺蹭了一宿。次日上午,梁先生仍未来文古斋。日新等得心焦。他不想干跑一趟,打算进些趁时的货物,带回去挣个跑路钱。他身上只有那张周聚昌拾串文的钱票,周聚昌是神垕钱庄,钧州亦有分号,但在开封却无处兑换,须得把钧片卖掉,才有钱买货。开封收片的斋号有好几家,他只相信梁先生。梁先生是生意人,但凡赚钱的古董他都喜爱,但他私人癖好,却是瓷器,尤爱钧汝二窑之物。前年有一回,日新回神垕进货,弄到一瓶三绝酒,拿来与梁先生分享,乘便把父亲新挖的钧片卖与他。两人在斋中小酌,半酣之际,日新向梁先生打听钧瓷行情。梁先生顿时感慨起来,连称风狂。光绪初年,钧瓷还不算甚么名贵物事,在宫廷,钧窑花盆用以种植三文钱一棵的六月菊,乐亭刘家喂猫喂狗,亦用钧瓷做食槽,取其厚重结实。唯因近年洋人喜好,四处搜求,遂尔成为稀世名珍,价钱也扶摇直上,高入云天了。萃宝轩前数日收了一只北宋莲子杯,梁先生有幸开眼,杯子小巧玲珑,釉面莹润如玉,青中泛紫,紫中透红,又有几道纹路蜿蜒其上,状如泪迹,扪之却光滑无痕。梁先生从眼里馋到心里,复从心里馋入骨头,恨不得变作一只锦匣,天天将它装入腹中。

"值很多钱吧?"日新问。

"一万两银子是有的。"

"嚯!"日新惊叹。

梁先生睃他一眼:"倘若是我的,多少钱都不卖,有这东西,要钱干吗呢?"

翟日新说:"我听戏文,古代有个人梅妻鹤子,您若是独身,怕是也要把钧瓷当作老婆孩子了。"

梁先生大笑。"我先前并不喜爱钧瓷,直到看见这只莲子杯,才算领略了钧瓷之美。相形之下,汝瓷仅有青色一种,过于单调,便显冷淡了些。"说罢叹了口气,"有生之年,若能叫我收得一只钧瓷,便是死也瞑目了。"

正因爱钧如是,梁先生对钧片亦有感情。用他话讲,既不能得其完器,一片一段,亦可聊慰情怀,只消片段成色好,他出的价钱总比别人高一些,因此日新宁愿多等一些时候。他等了一天,才把梁先生等回来。梁先生略显疲惫,神色间却有掩不住的喜悦,想是他的事情办好了。他见日新仍在,略感讶异,寻即又眉开眼笑,叫日新再帮他给朱先生带封信。日新苦笑,心思黄了瓷器生意,却当上了邮差,索性开间民信局好了。梁先生进里间将信写好,依旧锁进那支铁筒。日新收讫,奉上自己的钧片。梁先生打开布袋,将钧片倒在柜台上,扒拉几下,拣起那两枚飘紫残片。

"这两片还有点意思。"梁先生说,"这些片坯胎很厚,质地却较为疏松,应是元代的。这上头的紫红斑是点斑,而非爆斑,相比之下就差些，不值甚么钱。"他将瓷片丢进片堆里，"这一堆拢共给你十五两银子，如何？"

日新大失所望。他知梁先生不会坑自己，说不值甚么钱，定是不值甚么钱，虽不开心，也只能成交。梁老板叫掌柜付钱讫，邀日新进内室吃茶，朋友送了一包敬亭绿雪，请翟老板品鉴。日新与他相识至今，从未受过如此隆重的招待，笑称必无好事。梁先生亦笑。

"也没甚么坏事。其一，几番劳乏你做信使，聊表感谢。这其二嘛，是有一事相托。"

"甚么事？"

"神垕有个挖片的，叫陆秉宪，你可认得？"

日新笑："认得。"

"他前日来开封，带了一只三足香炉，自称是挖片时所得，拿去萃宝轩出销。他咬定是宋钧，要价甚高。萃宝轩的老板与大掌柜都不在家，少东家拿不准，请我去掌眼。"梁先生说，"钧瓷在北宋臻于化境，北宋灭亡后，这工艺便失传了，后世虽有仿造，都无宋钧的神韵。国朝景德镇亦有仿钧，但那釉色炫艳浮夸，光彩夺目，全无宋钧之含敛大气。有人试图做旧，以酽醋浸泡，再埋入土中，腐蚀掉釉面贼光，冒充宋钧。但这只能骗骗门外汉，遇到行家，也不难分辨。陆秉宪那只香炉云足螭耳，造型大方，釉层犹如堆脂砌玉，俨然就是宋钧，若不是底儿露了相，我那日就被打眼了。"

"怎的露相了？"

"宋钧底部概有一层保护釉，色如芝麻酱。他那只香炉却是裸底，并无芝麻酱釉。且其釉色偏于光明，显见是不曾到代。仿钧仿到这般境地，可算是好工手，吃亏在学问不够，出了怯。我判断它是前朝旧仿，也值一些钱。少东家有意收，奈何陆秉宪把价绷太死，没谈拢。"

日新说："想叫我帮你弄到么？"

"正是！"梁先生说，"我问过萃宝轩的少东家，他已确定不要，我再收便不算撬行。那香炉釉色虽则一般，并无红紫窑变，却也是个好东西，值得入手。翟老板若能帮我拿到，定不叫你白忙。"

萃宝轩出八百两银子未能成交，梁先生愿出一千两。一千两银子不是小数，日新对采芹顿生艳羡之心，一样是挖片，她爹能挖出好东西，他爹却挖不出。若能促成此事，按成三破二的规矩，可得五十两佣金。日新愿意一试，将茶吃完，辞别梁先生。他身上银钱太少，不足以大肆采买，只选了几匹洋布挂到骡背上，回神垕丢给洋布行，赚了三五串钱，顶这几日的骡金。还过骡子，天色已苍黑，秋风挟裹冷雨，从山间飘摇而来。日新无伞，小跑到朱总办家送信。朱先生不在家，但此次梁先生并未要求送交本人，日新便交与朱太太，请她转达。他有意绕去采芹家，找她爹谈谈生意，却发觉身上发冷，寒毛一根根竖起来，似是伤寒了，便在街头药铺抓两包发汗解表的药，匆匆跑回家去。

日新这所宅院在南寨东南角，位置偏僻，庭舍狭小，也颇老旧了，好处是便宜，买来后加以修葺，亦其坚牢，可以安居无虞。他买这宅院是为结婚，荣盛窑一名老工匠给他说了门闲事，是本镇的闺女，相过之后双双满意，他彼时已小有积蓄，便买下这座院子，以为安家之计。夫妻俩尚算和美，婚后未久便怀了孩子，不料分娩时遭遇难产，母子两命皆未保住。日新悲怆不已，多数时间都在外头经商，不大回来，以免睹物伤情。兄长日进做了匠首宋及物的倒插门女婿,住在宋家,小小宅院只有翟父一人,便显得幽深空旷了。日新赶到家,叫父亲将药煎了,喝下一大碗,裹起被子焐汗。老翟目睹儿子狼狈之状,满腹忧愁,在他床前踟蹰再三,欲言又止。日新察觉了父亲的异样,叫他有话便讲。老翟叹一口气。

"伤了的那个,也死了,他老子和老婆来家里闹,叫赔钱。"

日新愕然。老翟说的那人,是被劫匪刺伤的伙计,为救治他已花了许多钱,不料仍未保住性命。日新头疼欲裂,闷了片刻,问老翟:"要多少?"

"两千串。"

日新闭上眼,剧烈地打起摆子,刚焐出的一点汗也缩了回去。老翟唉声叹气,指责他当初不该去贩瓷,倘若像他哥哥那样,老老实实在窑场干,早几年已出师了,工钱不少也稳当。日新没好气:"你有后悔药就给我吃,没有就出去让我睡。"老翟端起药碗走出去。

日新并无睡意,身上时冷时热,热如火烤,冷如覆冰,说不出的苦楚煎熬。窗外的雨时大时小,却一直未曾停歇。不知过去多久,忽有人拍门。日新想,不会是采芹吧。老翟也还未睡,跑出去开门,却是舅舅来了。往日舅舅也曾半夜来过,总是捶门喧嚷,把一条街的人都吵醒,这回却一声不响,拍门也很克制,不知吃错甚么药。他进到院内,悄声与老翟道别,说有紧急事去外地,过来跟姐夫讲一声。老翟诧异,樊有又不是公差,何事这般要紧,须得他漏夜冒雨赶路头?樊有说:"你休问了,知道我走了就好,你和日进也莫担心,有朱总办罩着,有事便去找他。"老翟说:"日新回来了,染了伤寒,在屋里睡,要不要跟他说句话?"樊有说:"不用了,叫他睡吧，我这就走了。"然后听闻脚步侧侧，走出宅院。老翟送出门外，在青瓦门楼下立了片晌，反闩大门，回他的上房去了。

次日上午，死者家属又复找上门来。此次来人甚多，不唯死者老子与老婆，还有两个儿子和一群叔伯兄弟。日新高烧未退，支撑着与他们商谈。死者此前医治与赔偿，加起来已有四五百串，此时全都不算，须得再赔两千串钱，否则便举族住进翟家，绝不善罢甘休。日新知其明欺自己是外来户，却也无奈，只得写下一纸文书，签押认赔，搜索家中余钱，共得散碎银子二十两，钱票十五串，先予赔付。死者家属这才退去。

经这一番闹腾，翟日新病情加剧，瘫卧床上，仿佛要死一般。午后秋雨又起，满耳萧瑟，令人倍感凄凉。翟日进撑把油伞来探望。翟父上午去找他，交代了两件事：其一是劝日新改邪归正，重回窑场做工；其二是央他岳丈帮忙，把日新收进荣盛窑，再分派个好职事。日进为人忠厚，亦且勤快，深得匠首宋及物喜爱。宋及物膝下无子，只有两个女儿，皆已嫁人。二女儿名如玉，过门数年未能生育，在夫家饱受欺辱，后来丈夫与人斗殴致死，遂以寡妇之身回到娘家来。日进因是宋及物的爱徒，时常去宋家，与如玉互生好感。宋及物乐见其成，与翟家过了礼，将日进招为赘婿。老翟不乐意儿子倒插门，但彼时翟家在神垕尚未立足，上无片瓦，下无寸土，宋及物则是神垕公认的大匠，家境亦甚殷实，日进做人家的女婿，实是他的福分。如玉果然不利子息，与日进结婚多年，迄未孕育，直到去年才诞下一女，取名月容。日进生活美满，家庭事业两如意，眼见弟弟折腾许多年，却落得如此恓惶，不免痛惜。即使父亲不交代，他也有意找日新谈一谈，正好今日窑场休息，便来与日新说话。

日进行前,先如父亲所教,找岳丈求了情,恳请岳丈帮日新谋个差事。宋及物沉吟片刻,答应收留,但不是去荣盛窑,而是他筹备中的窑场,为他做事。程老板尸骨未寒,三个儿子便闹起了分家,宋及物无心为他们卖命,打算自立门户,办个窑场自己做老板。翟日新精明能干,是可用之人,将他招至麾下,对窑场定然有益。日进十分欢喜,觉得对弟弟有了交代,开开心心找过来。他敦劝弟弟回头是岸,以后就跟他岳丈做事,与他一起好好烧瓷器,好好过日子,莫要辜负他岳丈的美意,也莫让老父再为他担忧。日新本来嫌雨声聒噪,此时听兄长絮叨不休,愈加心烦。

"谢谢你丈人的好意,他的差事我做不了,也不想做,你们另请高明吧。"日新说,"至于我过好过歹,也不用你操心。"

日进被弟弟抢白,无语以对,呆了片响,摸出几张钱票压在草药下。那是他这几年攒的体己钱。他每月工钱多少,宋及物都会告知女儿,他也自觉如数上交。倒是如玉心疼丈夫,每月给他一串钱零花。他不舍得用,攒上数月,便拿去周聚昌钱庄存起来。他叮嘱日新好好养病,候了一会儿,没有回音,知他情绪不好,也不怪他,默默退出门去。

日进才走,采芹便来了。她不知日新染病,看他半死不活的模样,要去请先生。日新怕人讲闲话,声称已好了许多,将剩下那服药吃完就没事了。老翟不在家,此时正冒雨在山脚挖片,试图为儿子分忧。采芹自作主张,要给日新煎药。她提起药包,看见下面的钱票,对日新说:"你可看好了,我没动你的钱,万一少了别找我。"日新讶然,将钱票数了数,刚好二十串文。他明白是哥哥的心意,回想方才对他的态度,不禁追悔。采芹到伙房将药煎好,捧与日新喝。日新喝罢,喉头作痒,一时咳嗽连声,咳罢吐出一口痰。采芹说:"咳得这么大阵仗,还以为你要吐血呢,才吐一口痰。"日新苦笑。他向采芹讲了梁先生的生意,望她促成此事,五十两佣金两人平分。采芹说:"我才不稀罕那点儿钱,你帮我做个事,我便帮你做这事。"

"甚么事?"

"无量寺后头有个枯井,你知晓吧?有点背,不太好找,仔细点也能找到。井里有个人,你去把他弄上来。"

"谁呀?"

"朱义民。"

朱义民在那口枯井里已困了五天。义民喜爱采芹,纠缠得十分厉害,采芹谎称挖片时一只簪子掉进枯井里,他敢下去捡回来,便与他好。义民立即携绳而往,将绳子一端绑在井旁栎树上,缒井而下。采芹等他降到井底,立即解下绳索丢入井内,嘎嘎笑着跑开了。那晚日新去拍她家门,她还以为是义民已逃出来,惊惶了一宿,后来才知不是。这几日她每天都去枯井那边,丢一些吃的给他,再取笑几句,引以为乐。今日上午她又去,井下却没有声响。她有些慌,怕朱义民死了,欲下井查看,又恐有诈,被朱义民在下头欺负。思量无计,遂来找日新求助。

日新听罢,惊出一身冷汗,想这姑娘也太野了,万一闹出人命如何是好?不过朱义民被她如此惩治,却也十分解气。采芹见他不语,有点急躁:"行不行啊?"

日新说:"行啊。"

三

朱义民游手好闲,浪荡乡里,昼夜不归是常有之事,家人早已习惯,此时失踪数日,并无人担忧。朱太太见他蓬头垢面、衣衫污秽地回来,以为他又与人斗殴了,将他责骂一顿。义民自感脸面丢尽,一语不发,换过一身干净衣裳,骑马离开神垕,径往开封投奔哥哥去了。

朱先生也未过问义民的行踪,只在找他送信而不得时发了通脾气,之后便未想到过他。近日迭遭变故,朱先生身心俱疲。他前数日去开封,经梁先生引介,见了一个革命党人。那人是兴中会的,奉命来河南联络反清势力,因与梁先生相识,特意登门拜会。梁先生得知兴中会在筹备起义,苦于资金不足,遂密函邀来朱先生,共商大计。朱先生乃前明皇室后裔,"高瞻祁见佑,厚载翊常由,慈和怡伯仲,简靖迪先猷",朱先生是"先"字辈,大名"先声",与"先生"同音。人们"朱先 shēng 朱先 shēng"地叫,也不知是尊称其为先生,还是直呼其姓名。朱先生不忘世仇,以反清复明为己任,曾经加入白莲教,为反清大业出生入死。惜乎百般努力,最终付诸东流。朱先生壮志难酬,流落江湖。一日来到豫西某地,见那山林甚是险僻,料想必有剪径的匪徒,于是加倍小心,果然发现一个鬼鬼祟祟的人影。朱先生囊中空虚,便想做个螳螂后的黄雀,待那劫匪得手,再将他劫了。彼时程老板初掌窑场,前往洛阳走市,行经此地,被匪徒洗劫一空。那匪徒收获颇丰,惧程老板报官,竟欲杀之灭口。朱先生怒其无道,挺身而出,断其一臂,逐去之。程老板死里逃生,将钱财悉数送与朱先生,谢其救命之恩。朱先生豪情上头,分文不取,收刀弹衣欲去。程老板益发要交他这个朋友,执其衣袖不放,声称道路艰险,恳请他好人做到底,护送自己到洛阳。朱先生见他言辞恳诚,横竖是漂萍之身,去哪里都一样,便应允了。两人一路畅谈,甚是投契,程老板得知他孤身无亲,力邀他来神垕,誓与之共富贵。朱先生已知天道不还,反清复明已是黄粱旧梦,程老板如此盛情,却之不恭,便随他来到神垕,取《周易》"遁世无闷"之义,改名无闷,隐身于这座四面环山的中州瓷镇,勃勃雄心也逐渐消息了。神垕人称呼他,早年多叫"朱总办",后来年齿渐长,又多叫"朱先生"。时过境迁,再次听见这称呼,颇有隔世之感,仿佛"反清复明"也如"朱先声"一样,成了一个空头的名号,不复再有别的意义。不料在垂暮之年,却又遇到了反清的志士。朱先生听那人畅谈革命,觉得不是一路人,但看他豪情满怀,视死如归,颇似自己当年,心中又生敬佩。那人劝朱先生改弦更张,加入兴中会,反清复明虽亦反清,却是复古守旧,倒行逆施,与世界潮流是不相符的。朱先生呵呵一笑。

"复古也是革命。"朱先生说,"你我道虽不同,只要反清,就不妨交个朋友。"

朱先生许诺资助五千两银子。哪知前脚到家,梁先生的急函便已尾随而至。兴中会的朋友被人出卖,在他们密会之后,便被官府捉拿了。梁先生在巡抚衙门有熟人,急往求救,答说须得纹银七千两。梁先生刚收了几件玩意儿,手无余钱,又不敢大肆周借,只得向朱先生求援。朱先生甚感糟心,却不能坐视不救,万一那人口风不严,把自己招供出去,更是麻烦,遂装了七千银票,托翟日新给梁先生送去。梁先生那熟人果然有力,钱花进去,兴中会的朋友就出来了。

朱先生虽则破财,并不怨恨梁先生。他二人有特殊的交情。梁先生年轻时屡试不第,倍受打击,一怒之下加入白莲教,誓与大清为敌。朱先生与他便是在教中相识。后来教中出了叛徒,在官军镇压下分崩离析,两人也各自逃命。梁先生逃至开封,藏身于一家古玩店,从伙计做到掌柜,后嫌不自由,便辞职单干,由包袱斋而坐座,逐渐成为开封古玩行鼎鼎有名的人物。他久闻神垕乃中州名镇,料想必有好物,去那里蹚摸过好几回。有一回他在神垕街上走,听闻人喊"朱先生",悠然想起朱先声,回头观望,果然是那个教中同袍。以为死别多年,不期在此重逢,两人感慨颇深,又恢复了往来。梁先生见过宋钧莲子杯后,几乎犯了魔怔,疯狂搜求宋钧而不得。朱先生笑他犯痴,然则诚如张陶庵所言:"人无癖不可交,以其无深情也。"梁先生如此发痴,更令朱先生称赏,决意买只宋钧送与他,以遂其心愿。

一日与程老板谈窑务,讲了些工艺改进的话题。如今通都大埠,诸如京、津、宁、沪、汉,上色瓷品已是洋人的天下,国瓷日益衰落,只能卖与寻常百姓家,再不改良精进,早晚步入绝境。朱先生深以为忧,程老板亦感喟万千。后来谈及钧瓷,朱先生说他欲收一只宋钧,只是苦无觅处。程老板默记在心,私下帮他搜寻。数日前,地保张恩荣拿来一只三足鼓钉笔洗,声称得自南方蛮子之手,知道程老板在收,特意送来,询其意向。那笔洗造型简洁,釉质莹厚,内呈天青色,外为丁香紫,釉色雍容瑰丽,漫汙全体,隐然有宫廷富贵之气。底款是一行阴刻的文字：

紹聖三年秋奉敕造於鈞州

程老板是广见世面的人，却从未目睹这般釉色，想必便是传说中的窑变。他遣人唤来匠首宋及物，请他掌眼。宋及物连称开眼，摩挲赏玩不已。他坚信是宋钧无疑，款上的"紹聖"，亦是北宋年号。程老板遂决意收了。张地保开价八千两银子，一文不让，并要签立契书，买卖自愿，过手不论。程老板只求博朱先生欢心，爽快应允。这天晚上，他听说朱先生从开封回来了，立即带了笔洗去拜访。朱先生翻到底款，一眼便看出破绽。朱先生决意隐居神垕后，曾找来一本州志，了解地方掌故与风土人情，因此知晓钧州地名的流变。反倒是程老板、宋匠首这些土著，身为钧州人，却对本地故史知焉不详，以至被蒙骗了。程老板悒郁而归，在书房默然独坐。将近四鼓，仍未回寝，程太太过去唤他，却发现他已死了。

程老板下葬隔日，大少爷程令声与二少爷程令仪联袂来访，请朱叔叔出面主持析产事宜。程老板甫入土，老三令德便吵着要分家，把老太太逼得老泪纵横。令德是远近闻名的败家子，令声、令仪正不愿与他同过，他既要分家，正好兄弟散伙，各保一份产业。兄弟俩知晓朱叔叔这几日辛苦，特意备了软轿，抬他过去。程令德已备好笔墨，几位舅伯也已到场，单等朱先生来定大局。朱先生端坐在八仙桌右手的太师椅上，扣弄一串骨珠，静听三位少爷陈述析产因由与分析办法。他们已经商定，两处窑场分归老大、老二，钧州城与外埠的商号则归老三。三位少爷讲罢，请朱叔叔决断。朱先生将骨珠套进手腕,端起青瓷盖碗吃茶。茶水早已半凉,他却小口浅啜,似乎仍然嫌热,吃快了会烫到嘴。他啜饮良久,终于将茶吃完,把茶碗轻轻放回桌上。

"这是你们家事。"朱先生说,"我与令尊虽属至交,毕竟是外人,不便置喙。舅伯们都在,你们看着办吧。"

说罢便走。程氏兄弟面面相觑,舅伯们则无不叹息。令声与令仪不敢拦阻,讪然送出门外,仍要派轿子相送。朱先生谢绝,执意步行离去。朱太太在家等候消息。她亲沏了茶,给朱先生端上来,问他情形如何。朱先生将茶碗摔到地上。

"一群王八蛋!"朱先生大骂,"老子才入土,便闹分家,百年基业都是这样葬送的!"

朱太太亦甚伤感,劝丈夫消气,自己却也不由得嗟叹。宋及物负手来访。老宋也听闻了诸少分家的闹剧,但他此来,却不为程老板的家事。他听人讲,程老板之死,乃因收了只假宋钧,一时想不开,竟就气绝了。他身为掌眼人,万分难堪,怄得几夜未曾合眼,因此来找朱先生,请他把笔洗拿出来,叫他再过过眼,以证清白。朱太太送来两盏新茶。朱先生自取一盏,捏起碗盖拂了拂茶汤,氤氲茶雾中隐约有点焦躁的气息。这是他素喜的大红袍,昨日新购的,那一点焦躁之气,不知是因焙火过重,还是炭火的余味。朱先生无心细品,眉头却皱了起来。

"你听谁讲的这疯话?"

"你莫管是谁,总之有人这样传。"

"我怎没有听闻? 该不是你老兄自己心虚罢?"

宋及物面露尴尬之色,欲待强辩,却一时结舌。朱先生合上碗盖，将茶碗放下："那笔洗我看过，当真是美不胜收，至尊宋钧无疑。我这些天委实困顿，正打算歇过这几日，好请你吃酒，谢你的掌眼之功呢。"

"不出丑便是运气，哪敢叨你的请？"宋及物说，"朱兄别小气，快拿出来我看。"

朱先生摊手："没了，给程老板陪葬了。"

宋及物愕然："程老板特意买给你的，怎的又给他陪葬？"

"太贵重，我生受不起，这份情谊已经足够，东西就还给他了。"朱先生说，"程老板是胸痹发作过世的，赵大夫可以作证，老兄不必多想。"

宋及物干笑几声，似是不信，神情却松懈了许多，扯些闲话将茶吃完，拱手告辞。朱先生送出堂屋，立在阶上看他走出宅院。朱太太收拾了宋及物的茶碗，对朱先生说："实未听见街上有那种传闻。老宋怎的这般心慌，硬往自己身上找事儿？"朱先生冷笑："想是吃了张地保的回佣，心里有鬼。"朱太太笑："作牙抽佣，本是常事，有甚么好怕的？这老宋的心也忒小了。"

程家虽遭大丧，窑场并未停工，宋及物别过朱先生，却未去荣盛窑，而是到处奔走，筹备他的窑场去了。宋及物要开窑场，神垕镇无不看好，财主亦争相支持，他在镇里串了两天，便寻定资本与人手，然后正式拜会程太太，辞去了匠首之职。他未去见程令声和程令仪，一则两人是小辈，还轮不到与自己讲进退，二则两人正争相邀请他做匠首，他懒得与他们啰唆。他仍有延揽翟日新之意，遣翟日进去招安。日进奉命而往，好话说尽，无功而返。宋及物大怒，痛骂翟日新不识好歹，不复再有任用之意。

日新并非不识好歹。对宋及物烧瓷的本领，他是顶佩服的。神垕瓷业繁盛已久，分工甚细，举凡淘土、练泥、拉坯、修坯、画坯、合釉、制匣、满窑、烧火等等诸项各有专司。荣盛窑分工尤细，譬如画坯，更分画工与染工，画者不染，染者不画；再如烧火，亦分紧火与溜火，紧者不溜，溜者不紧。寻常匠人大多精通一两道工序，擅长三五道已属难得，宋及物却从头至尾无所不精。匠人习气，大多眼高于顶，目无余子，唯独宋及物，合镇无人不服。他不唯手艺精，境界也高，发明出一套做瓷即做人的道理，诸如"练泥如练性，修坯如修身""釉欲和先和其气，胎欲正先正其心"，俨然已是由术入道，以大师自居了。翟日新自愧不能企及，然而敬则敬矣，却无意追随之。烧瓷与经营是两门业务，好匠师未必便是好老板，以日新观察，宋大师恐无陶朱之才。宋大师之抠门又是人所共知，日新急于赚钱还债，倘若跟了宋大师，只怕下辈子也还不完。

日新脑子发胀。冒雨去救朱义民，使他病症雪上加霜，又躺了两三日，犹自缠绵不愈。这天中午，老翟做了酸汤面叶，叫他趁热吃了开胃发汗，背起竹篓自去挖片了。日新刚吃罢，采芹提溜一个东西找过来。她将东西放到桌上，打开包裹的粗布单子，露出一只青釉香炉：三足如云，两耳如螭，正是梁先生要的那玩意儿。日新大喜。

"你这几日没露面，还以为说不动你爹，要食言呢。"

采芹说："我是没说动我爹，老头儿倔得很，我趁他挖片不在家，把他箱子给撬了。"

日新愕然："胡闹！"把香炉包起，"赶紧拿回去。"

"不拿。"采芹说，"你要让我食言么？"

日新说：""你要让我犯法么？""

"偷的人是我，要坐牢也是我去坐，你怕甚么？"

日新啼笑皆非，倒头而卧，不再搭理她。采芹仔细观察他脸色，仍然委顿无神。"你身体这么好，不该顶不住小小的伤寒，一定是被眼前的事难住了。"采芹说，"我听说他们来闹了几回，叫你赔钱，是不是？"日新默然。采芹又说："他们要多少？"日新仍不语。采芹有点不高兴了。

"究竟多少呀？"

"两千串。"日新闷声说。

"嗤！"采芹哂笑，"不过两千串钱，就把你难倒了？"

日新没好气，愈加不想与她说话。采芹自顾自说："那家伙长得像痨病鬼，一条烂命换两千串钱，真是好生意。哎，说到死人，这几日镇里死人可有点多呀，先是程老板，然后是张地保，都说张地保不见了，今日前响从河里漂出来，原来是淹死了……"

日新不耐烦："赶紧拿上香炉回去吧，叫我安静会儿。"

采芹不答应，还要跟他拗。老陈唤着日新的名字走进宅院。日新应了一声。老陈循声入室，看到采芹在，意味深长地嘿嘿两声。日新问他有何贵干，他说："能出门吗？朱先生叫你去。"

四

朱先生歪在榻上吃烟。烟枪是程老板生前所赠，犀角枪杆，翡翠枪口，瓜棱紫砂烟葫芦，枪杆上镌刻一行小篆，"适己，适情，适可"。朱先生并未"适可"而止，连吃了两只烟泡，还要吃。朱太太怪他不节制,不准再吃。朱先生冷起脸,将手中的白铜烟扦摔到烟桌上。朱太太受惊,见他神色极是难看,阴郁中带有一点狰狞,想是心情太坏,也便不再多讲。朱先生又吃几口烟,情绪缓和了些,眯眼半卧在榻上。

"你们妇人家懂甚么? 大烟这东西,没有那么坏,吃一些不碍事。"朱先生说,"我倒是希望义民能吃烟。你看他终日游手好闲,难保不去赌钱。自古没有吃烟败的家,只有赌钱破的产。叫我说,不如叫他吃上烟,再趁早娶几房媳妇儿,羁绊着他,才不会出事儿。"

朱太太被他的歪理气笑,噗一口将烟灯吹灭。朱先生怒火又起,一脚将她踹下榻去。

"反了你!"朱先生呵斥,"所谓妇德,一曰贞,二曰顺。不贞不顺,要你何用?"

朱太太猝不及防,扭到了腰,伏在地上直不起身:"你发甚么癫狂? 中邪了?"

朱先生冷笑:"我中邪? 我看是你作死! 你以为我不知你做的好事? 不过是为着这张老脸,忍气吞声。你倒好,竟趁我为程老板办丧,无暇他顾,又去做那无耻之事,真当我两眼瞎掉,软弱可欺么?"

朱太太脸红如血:"你胡扯……"

"那你去把樊有找来,当面对质。去呀,怎么不去?"朱先生厉声说,"你告诉我,他为甚么突然离开神垕? 又去了哪里?"

朱太太兀自不能动弹,"脚在他腿上,他要去哪里,我怎么知道?"

朱先生将烟枪掷过去，烟葫芦砸在朱太太脑门上，顿时鼓起一只青紫的包。房门半开，翟日新恰好跨进来，看到这情形，一时不知如何是好。朱太太挣扎爬起，摁着腰趔趄而出。翟日新将烟枪捡起来，搁到烟桌上，向朱先生赔笑。

"都说朱先生疼老婆，原来也有家法。传闻果然是靠不住的。"

朱先生不作声，复将烟灯点起，示意翟日新坐到对面，请他也吃一筒，新购的明呀喇乌土，滋味醇正。翟日新谢绝，问朱先生找他何事。朱先生说："我要开窑场，你愿不愿过来跟我干？"

朱先生并非心血来潮。他在荣盛窑苦心经营三十年，一手将窑场做到这般规模，程老板一死，程家三位少爷便将产业瓜分殆尽，仿佛与他全无关系。朱先生口虽不言，心实怨怼，打算另起炉灶，自建一个窑场。却不是要赌气与程家少爷争短长，而是他急需钱财。白莲余党被镇压后，曾经搅动天下的太平天国和捻军亦相继失败，朱先生以为大清已不可推翻，不料去年甲午海战，北洋水师竟大败于蕞尔日本，令朱先生深感意外，反清之心又复蠢动起来。顷前在梁先生处会晤兴中会那人，听他讲海外华人如何排满，泰西诸国如何支持中国革命，清廷已是穷途末路，不日必将垮台云云，朱先生不动声色，心中却是风雷激荡。想他平生夙愿，便是饥餐胡虏肉，渴饮满奴血，此时强敌既衰，大清将亡，身为朱家后人，岂能置身于事外？即使大明复兴无望，只消倾覆清廷，也算是报仇雪恨，不负祖宗。只是雄心虽在，此身已老，冲锋陷阵横刀杀贼的事已做不来，唯有捐助钱款，支援革命党起事。捐少了不济事，而要多捐，便需投身工商，勉力赚钱了。

朱先生许诺的报酬甚是优渥：月俸两百串，另送窑场两成股份。

这已不是匠工的薪酬,俨然是合伙人的待遇。日新愕然,不知朱先生何以如此厚爱。朱先生笑笑,将烟灯熄灭。

"我年纪大了,不能事事躬亲,得有个帮我统管全局的人。"朱先生说,"你当年在荣盛窑烧瓷,便是好工手;后来做买卖,也有声有色;是个通才,所以用你。你是良马,我欲使你致千里,自然得先把你喂饱了。"先生收起烟枪,望向日新,"不知你意下如何?"

日新眼睛异常明亮,"朱先生看得上,是我的荣幸,跟您做事,我求之不得呢。"

"那就这么定了。"朱先生说,"从现在起,你便是窑场的总办。有些事咱们先合计合计。"

朱先生之意,并不只烧日用瓷器。神垕瓷以日用为主,销路甚广,唯以工艺不如洋瓷精良,难沽善价,只靠走量赚个辛苦钱。中国是瓷器故乡,如今却被洋人超越,讲起来也是国耻。朱先生打定主意,先以日用瓷起家,等把规模做起来,有了资本,便去萨克森国请个洋师傅,引入泰西的工艺。此乃长远之计,不可操之过速。做工商要耐得住,大字号的事业,往往需要几代人的经营。只是革命党随时起事,筹措资金乃当务之急,朱先生等不得。

"你知道钧瓷吧?"朱先生问。

日新笑:"当然知道。"

钧瓷失传虽已数百年之久,但在神垕无人不知,盖因窑神庙中所供神祇,便有一个专司钧瓷。神垕瓷业奉行多神崇拜,窑神多达三位:主神舜帝,民间呼为"土山大王";左神为柏灵公,右神为金火圣母。舜帝曾率民人陶于河滨,器不苦窳,故尊奉之。柏灵公姓柏名林,东晋永和间人,精擅甄陶之术,广传其法,造福无穷,北宋熙宁间追封为德应侯，故尊奉之。此二神为陶瓷共主，金火圣母则是钧瓷之神。圣母乃北宋神垕匠师之女。宋帝夜做一梦，梦到一只花口瓶，釉色前所未见，红如血艳如霞，把眼睛都照花了。皇帝醒来，传旨颍昌府，敕令督造此等瓷器，克期上贡。知府招来神垕最出色的匠师，命其烧制，若造不出，满门抄斩。匠师日夜试烧，竭尽所能亦未成功，大限已至，阖族待毙。匠师之女年方十六，目睹家庭之难，决定以身相殉。是夜，她沐浴更衣，乘人不备跳入窑炉，葬身于熊熊烈火。炉火熄后，匠师开窑取瓷，只见花口瓶上色彩斑斓，如血如霞，如天地奇观。皇帝要的东西终于烧成了。知府狂喜，即刻将瓷器解送东京。他在奏章里详禀了孝女投炉的壮举，还赋诗一首，称赞她"为谢国恩何惧死，挺身一跃报君王"。皇帝大悦，敕封少女为窑神，赐号"金火圣母"，着令地方建庙祭祀。

圣母故事乃民间传说，固不足以做史观，然则瓷至北宋而臻化境，却是前朝著述的公论。早前的瓷器釉色简单，无非青、绿、蓝诸色，统谓之青釉。北朝之后又有白釉。从此青、白二色，并行南北。北宋徽宗年间，颍昌府钧窑发明新釉，入窑煅烧之后，呈现红、紫诸色。初见这般釉色，人人皆惊，以为是妖异不祥之兆，即击碎之。后来渐觉可爱，认为有不世之美，遂珍贵起来，将此种釉色的奇异变化，称为"窑变"。窑变釉色，乃钧瓷独有之秘。迨至北宋灭亡，钧窑匠人风流云散，钧瓷技艺也便没落了，金、元两朝虽有烧制，终究不可与宋时比。明清以下，更不复闻。如今神垕诸窑，大多烧造日用陶瓷，间有几家做些奇巧精致的彩瓷玩物，说起钧瓷，已是千年皇历，如同神话一般虚无缥缈了。光绪朝以来，钧瓷渐成奇珍，一钵一洗，动辄几千上万两银子。残片亦日益值钱，稍具品相，便可换得几两纹银。陆秉宪曾挖到一块巴掌大的玫瑰紫残片，兼有菟丝纹路，拿到开封萃宝轩，竟然卖了一百五十两银子。

"烧一窑瓷，不过百十吊的毛利，还不抵一枚钧片。"朱先生说，"所以我思量着，为何不复烧钧瓷呢？倘若复烧成功，赚起钱来，岂不是如秋风扫落叶一般？"

世人皆知钧瓷值钱，试图复烧者甚众。先前程老板在时，便曾与朱先生、宋匠首尝试过，历时数年，无果而终。以程老板之财力，朱先生之学识，加上宋匠首的工手，都未能摸到门径，何况是寻常人等？日新亦曾起意，还找梁先生请教可行之法。梁先生是古董行家，读书也多，或许哪本古籍里记有烧制的秘要。梁先生叫他毋要痴心妄想，倘若有这法门，早已被人烧出来，轮不到他来捡便宜。日新深以为然，遂打消了念头。

"谈何容易呀！"他说。

"不容易就对了，太容易便能做出，也不值钱了。"朱先生收拾烟桌，对日新说，"此事只宜暗中去做，不可走漏风声，切记切记。"日新应诺。朱先生又说："开窑之事，不可拖延。建窑不如买窑，小窑伸展不开，须是大窑方能称事。正好杨老板的亨昌窑要出卖，我已与他碰过面，他要价过高，先吊他几天，杀杀他的心。等把窑场盘过来，咱们即刻开工。你这几日便要忙起来，工人、物料都须有个着落，一应诸事，先在脑中做个筹划。"

日新唯唯。杨老板的亨昌窑在镇外大龙山下，也是世代积攒的产业，鼎盛时有大窑三座，工人近百。杨老板是独子，与程家三少志同道合，接掌窑场后，十天有八天在外鬼混，余下两天，也有一天在宿醉。因此不数年便败落下来，欠了许多债务，窘困得要典妻卖子。日新想起宋及物,他也要开窑场,不知是否也在打杨家的主意。朱先生听他提醒,点了点头。

"你去令兄那里打听一下,看老宋有无此意。"

老陈匆忙走来。朱太太收拾了一个包裹,要去开封,叫老陈雇车。老陈见她神情悲戚,问其缘故,也不作答,心中不安,特来请示朱先生。朱先生甚不耐烦:"叫她去,叫她去,省得在家里聒噪。"老陈犹豫:"天已向晚了,她一人走,怎么放心?"朱先生说:"你派个人跟着,把她送到开封。"见老陈还要说话,朝他摆摆手:"去吧去吧。"老陈无奈而退。朱先生神色虽无变化,情绪却明显低落下去。翟日新知他心中烦恼,起身告辞。朱先生从袖中取出一张钱票。

"这是第一月的薪水,你手头紧,先拿去用吧。"

钱票崭新,周聚昌的二百串文。日新嘴里说着"这如何使得",手已不由自主伸过去。走出朱宅,他神清气爽,伤寒已然痊愈了。采芹在街里溜达,两手插在裤子两边的口袋里,仿佛一个浪荡少年。她看到翟日新,站在窑神庙山门前等他走近。街上行人如簇,日新颇有一些尴尬,又不好躲避,只得走过去。

"你怎么一天到晚游手好闲?"他说。

采芹说:"你真没学问,怎能用游手好闲说姑娘家?"

日新说:"你还知道你是姑娘家呀?"

"我上午挖了半天片,中午给我爹做了饭,又去看望你这个病人,忙完这些,才出来透透气,怎么就游手好闲了?"采芹说着,注意到日新满面春风,"哎,朱老头儿给你吃了甚么灵丹妙药?去他家这一会儿,气色变得这么好。"

翟日新不说话，只管笑嘻嘻往前走。采芹跟在他旁边："朱老头找你干吗？"日新不言。她自己回答："一定没好事儿，这老头儿最坏了。"日新说："朱先生要开窑场，请我做总办。"采芹说："别跟他干。"日新说："不干怎么还账？"采芹说："那点账而已，人家是病急乱投医，你病不急，也乱投了。"日新不睬她。采芹又说："朱老头儿找人做媒，去我家提亲，叫我嫁给他家老二。哈，真是癞蛤蟆想吃天鹅肉。"日新呆了一下，说："父母之命，媒妁之言，朱家那么有钱，你爹肯定满心同意。你爹同意了，你不同意也没用，拿绳子捆起来也要把你送到他家去。"采芹说："他敢逼我出嫁，我就不认他这个爹，一过门我就下包老鼠药，把朱义民毒死。"翟日新笑："你真是蛇蝎心肠，谁娶你指定倒霉。"采芹说："那要看是谁，若是我喜欢的，我会死心塌地对他好，给他吃给他喝，把他养得胖胖的，如果年馑了没吃的，我就把自己杀了给他吃。"日新又呆了一下。"我去办些事，不跟你扯了。"拐入一条小胡同，快步如飞地走了。

日新在镇上盘桓半日，看了几家釉药店和青料铺。傍晚时分，买了一斤点心和一顶缀玛瑙的小花帽，去哥哥家探望。宋及物的窑场还在筹备中，日进仍在荣盛窑做事，干一天便多赚一天钱，所以白天来是见不到他的。日新把小花帽给侄女戴上，大小正合适，又摸出一面小拨浪鼓，咣咣示范几下，递与侄女玩。日进在旁边洗衣裳，不时与弟弟拉几句家常。日新闲闲将话题带到宋及物的窑场上，询问宋老板做何打算，是自建新窑，还是盘别人的老窑。日进说："建新窑太麻烦，杨家的亨昌窑要卖，已经问过了。"他看气氛不错，再次游说日新跟他岳丈干。日新说："哥，你过得开心吗？"日进的手顿了一下,说,"很好啊,我很好。"把岳母的褂子拧干,放进盆里,搓起岳丈的裤子。搓了一会儿,又说:"蛮好的。"

日新无话可讲,稍坐片刻便走了。其时灯火已上,明月方出,星辰如碎玉般散布天空。日新穿街过巷,踽踽而行,夜风拂面而过,使他心生孤独。老翟早已做好晚饭,候了很久,见他终于回来,免不得唠叨几句。吃饭间,老翟忽然起身,去里屋取出一张纸。

"天苍黑时陆采芹来过,拿了这张纸,叫我给你。"老翟说,"我不识字,也不知道写的甚么。"

日新接过去看,是一张收据。

> 立收偿字人周永泰:缘因周永泰之子周常平由翟日新雇用,为盗所伤,不治丧命,合议翟日新赔付制钱贰仟串。今收由陆采芹转送纹银壹仟伍佰两柒钱陆分玖厘,以纹银时价折计制钱壹仟玖佰伍拾玖串;连同前日翟日新已付纹银贰拾两、折计制钱贰拾陆串,周聚昌钱票拾伍串,总计折合制钱两仟串整。钱命两讫,永不生事。立字为照。
>
> 代笔人:连朝喜
>
> 光绪二十一年八月初三日　立收偿字人周永泰(画押)

五

一夜之间,陆采芹替翟日新还债的新闻传遍神垕。大家都知晓她疯,不料能疯到这般境界,无不啧啧称奇。唯独陆秉宪仍在鼓里,吃过早饭照旧去挖片,走到街上,路人都冲他嬉笑,夸他闺女了不起。老陆知非赞美,却也未曾多想,只是没好气而已。一个老实人截住去路,询问采芹还债之事是否属实。老陆大惊,急忙折回家,拖出密藏的陶罐,发现银子几已偷光,只剩几枚小小的碎疙瘩。老陆险些昏厥,拽根蜡棍去寻采芹。采芹洗衣裳回来,恰好自投罗网。老陆先将大门反锁,手执蜡棍一顿追打。采芹无处可逃,索性立在院中任由老陆打。

"我就知道我不是亲生的。"采芹说,"你使劲儿打,一口气把我打死,你就遂愿了。"

老陆气炸,却不再打了。"你若不是我亲生的,凭你这么疯,早把你丢进山里喂狼,还容你活到现在,干出这混账事?"老陆大吼,"说,为甚么偷家里钱给姓翟的还账?"采芹说:"我横竖要嫁他,那点钱就当彩礼,咋啦?"老陆说:"你要点脸吧祖宗!你们别说三媒六聘,连个通好的影儿都没有,就嚷嚷要嫁,知不知道'羞耻'二字怎么写?"采芹说:"谁说没有通好?他给过我表记呢。你看我头上的银簪子,还有脸上抹这粉,都是他买的。还有缎子和围脖,都是顶好的东西。"老陆说:"你们那是私订终身,丢人现眼的事,还有脸拿出来讲?你就算要嫁他,也该是男家出彩礼,古来朝辈几千年,哪里有女家出彩礼的?"采芹说:"我嫁他娶,本就是我们的私事,私订终身又怎么了?再说了,凭甚么彩礼只能男的出?我就不服,就要出!"

老陆两只眼瞪着采芹,气得说不出话。采芹说:"你还打不打?不打我晾衣裳去了。"老陆胸膛堵塞,狠捶几拳,才吐出一口气。"我一定是八辈子造孽,杀人放火烧寺庙,老天爷惩罚,叫我生出你这个东西!"老陆说,"你就算真想帮他,偷了钱私下给他,叫他自己去还,也替陆家祖宗留一点脸,你说你为啥要大张旗鼓自己去?"

"他脸皮薄,我拿钱给他,他定然不要,索性就自己去了。"

老陆叹了口气:"你把衣裳晾上,去街上买几刀烧纸。"

"要烧纸做甚么?"

"我要被你气死了,看在我养你十几年的分上,把纸烧给我。"

老陆说罢,扭头便走。他先赶往周永泰家,向老周索要银子。老周不给,叫他管翟日新要。老陆又找翟日新。日新不在家,老翟也去收拾庄稼了。老陆在大门上狠踹几脚,去街市四处寻觅。寻了半日,没寻见翟日新,反倒处处被人取笑,拦住他询问采芹几时定的亲,婚期又在何时。老陆老脸丢尽,唾面自干,愤怒回到家,却见朱先生坐在院子里,正自悠闲地吸洋烟。朱先生来一会儿了,采芹不许他进屋,只肯给把竹椅,让他坐到靠近大门的椿树下。她本来大门也不许进,朱先生说是为着日新来的,不让进保准她后悔,她才将信将疑退了步。

朱先生此次来不是提亲,而是做媒。今日辰时,日新登门拜见,先讲了宋及物有意竞买亨昌窑之事,又期期艾艾提出不情之请,求借两千串钱。朱先生已听老陈讲了街上的传闻,问他是不是要还陆采芹。日新赧然称是。朱先生感慨起来,说他从未见过这般直率热烈的女子,满街庸人都说她疯,他老人家却甚喜欢,原本还想着为义民提提亲,把她娶过门做儿媳妇。

"如今看来,她眼中的人是你呀。"朱先生说,"你是怎么想的?可愿娶她?"

日新苦笑。他家是外来户,到神垕七八年,仍被人另眼看待。前妻跟了他,也受连累,时不时被轻薄捉弄。倘若发怒,对方反而惊诧,怪他们心眼小,一个玩笑都开不得。日新前妻心眼的确不大,时常气得抹眼泪。如今日新债台高筑,自不会有别的女人看上他,要谈婚娶,唯有采芹最合适。她是神垕土著,也泼辣,不会被"玩笑"所伤,更不在乎他有钱没钱。但让日新求亲,他却羞于开口。他是丧妻的鳏夫,采芹则是未出门的闺女,不说她爹不会答应,自己都觉难为情。朱先生听他讲罢,不以为然。

"人生短短,转眼就老死了,有喜爱的,便要抓紧。"朱先生说,"何苦自设牢笼,跟自己过不去?"

日新叹息:"我也想这般洒脱,只是人穷志短,又不是本地人家,不由得不多思量。"

"穷是以前,以后跟我做事,不愁富贵。你上次婚姻未能克终,可知天意是要你娶采芹。至于不是本地人,又有甚么关系?我也不是本地人,一样在这里风光。"朱先生说,"你若一定心虚,也好办,认到我身上,做我干儿便是。在神垕镇,没人不给我三分薄面,你也无须再自卑。"

日新忙说:"这怎么敢当?"

"没甚么不敢当。男儿处世,当有几分傲气,莫说是我朱某干儿,便是皇帝的驸马,王公的金兰,也是做得的。"

采芹听朱先生讲明来意,不胜之喜,立即拽了他衣袖往上房请,怪他不早讲,早讲先给他打碗鸡蛋茶,好好款待。老陆横到两人前头。

"你既然是他干爹了,很好,先把那一千五百零一两银子还给我。"

"聘礼我出,婚娶花销也算在我头上,但这笔账却要他自己还。"朱先生说，"日新跟了我，想不赚钱都难，担保一年之内，连本带利还给你，以后你只消坐享清福。"

采芹眼都笑眯了："就是就是……"

"就是个屁！"老陆大喝，转向朱先生，"你少跟我鬼扯，要么还钱，要么滚蛋，想跟我结亲，先撒泡尿照照自己是甚么东西！"

朱先生目露凶光，怒视老陆。老陆昂然不惧，怒目以对。朱先生倏然笑起来："老陆，这样是不行的，长辈只能做长辈的事，管多了便是犯贱。这么大年纪了，何苦呢？"

两个老头儿不欢而散。日新在朱宅等候，得知不果，自嘲苦笑："我还是先筹钱还他吧。"朱先生说："不能还。"日新问其缘故。朱先生说："你把钱还给他，他遂了愿，便把你拒之门外，不使你和采芹相见，你就半点机会也没有了。你不还他，他反而主动找你，也会逼采芹向你讨要。你再见机行事，把生米煮成熟饭，陆老头想不答应，也不能了。等你与采芹成了亲，再挣个百万身家，都送与他，偿还他便了。"日新默然。朱先生看他犹豫，又说："大丈夫行事端看结果，拘泥小节，难成大器。你自己思量吧。"

老陈匆匆走进来，瞟一眼日新，对朱先生说："听外头人讲，秬老板的坟被掘了，不知真假。"

朱先生大惊，立即赶往程老板的坟地。程家祖坟原是山腰一块梯田，被程家看中，买下来做了坟场。这块钱甚有讲究：背后山岭拱抱，犹如罗圈椅的靠背；前方则视野开阔，据此远眺，神垕形势一览无余。神垕镇原本是两个寨子，隔河相望，后来工商日益繁荣，丁口滋繁，外地人亦纷纷来此落户，居民遂溢出寨垣，在周边铺展开来。驺虞河从两寨之间曲折而过，犹如玉带分开阴阳，自山上俯瞰，整个镇区恰如太极的图案。朱先生赶到时，坟场已围了许多看客，程太太哭倒在地，两位少爷亦皆捶胸号泣。墓室是青砖拱券，上封黄土，左手边掘开一个洞穴，黑黝黝地通往下面的棺椁。朱先生头晕如旋，几欲栽倒，捉住大少爷令声的臂膀定了定神，叫他去无量寺请和尚来做法事，再请三班响器，九抬炮铳，煞煞邪气；又派人去找泥水匠，尽速把掘口补上。

半个时辰后，宋及物携带香果纸钱赶过来，翟日进扛一匹纸马跟随其后。工匠已开始封堵掘口。宋及物从旁边走过，驻足看了几眼，过来向程太太和朱先生致意，而后摆起香果，向坟拜了几拜，将纸钱和纸马焚化。程太太看那纸灰飞扬，又复大哭。朱先生叫程家媳妇把老太太送回家去，以免过悲伤身。他与程家两兄弟和宋及物并肩而立，监看工匠补洞。和尚和响器班也都到了，在坟前列起阵仗，预备开场。朱先生问宋及物："宋老板，你可知这是谁干的？"

宋及物神色迟疑："不知。"

朱先生面无表情，回视程家兄弟，"你们父亲生前积德行善，从不曾与人结怨，身死之后，却被鼠辈如此糟蹋！此仇不共戴天，不可不报，你二人须铭刻在心，旦夕毋忘！"一家响器班准备停当，唢呐遽然奏起，声调高亢而悲凉。程家兄弟望坟切齿，泪如雨下。

宋及物站了一会儿，先行离去。黄昏时分，宋及物草草扒几口饭，在院里来回踱步。已过秋分，天气仍然燥热，几只青蝉在邻家泡桐上叫得声嘶力竭，令人心烦。宅门虚掩，被人吱呀推开，回首望去，是朱先生。宋及物蓦然一慌，旋即又复平静，似乎是怕他来，但又知他定会来，真的来了，也便认了。他注视朱先生一步步走近。

"你莫不是猜疑我？"他说。

"你不致如此下作，但你一定知晓是谁。"朱先生负手而立，打量眼前那株木槿树。木槿虽在花期，奈何朝开暮谢，此时天色向晚，紫色花瓣已纷纷枯萎了。"程老板没有仇人，遗体也完好无损，可知盗墓贼是图财。神垕历来没有厚葬的规矩，也从未发生过盗墓之事，这人却来盗程老板的墓，显是认准里头有值钱的物事。程老板生前送我一只宋钧，十分贵重，此事人人皆知，但却只有一人知道我把它陪葬了。"回顾宋及物，"——便是你宋老板！倘若还有别人知晓，也定是从你这里走漏的风声。"

宋及物神情黯然，缄默不语。朱先生说："我朱某为人，宋老板是知道的，快意恩仇，睚眦必报。这人我定要找出来。宋老板最好告诉我，否则便是与我朱某为敌，从此割袍断义，反目成仇。"

宋及物面现为难之色："我确是怀疑一个人，但不知究竟，不敢妄猜。"

"谁？"

"我不能讲。"

朱先生冷笑："很好，很义气，朱某佩服！"扭头便走。走到宅门处，又复回头，"听说你要买杨家的亨昌窑，本来念着多年交情，想成全你。如今既已情断义绝，我劝你最好罢手，敢与我争，白刀子进红刀子出！"

日新未去坟场围观。那只香炉尚在他屋里，须得送还采芹，以免被老陆发觉，追索起来，告自己盗窃。他将香炉裹起，提到陆家，却见大门紧闭，门鼻上挂着半锈的老锁。日新在门外逡巡片刻，郁郁而返。少顷，老翟亦负篓归来。他今日又是白忙，一枚钧片也未挖到。他将荆篓和镢头丢到院角,嘟嘟囔囔地发牢骚。往日挖片者甚少,不过六七个老头儿,今日忽然冒出来许多,镇外野地里到处都是。老翟觉得这些人好没来由,平白无故抢他的生意。日新苦笑。定是采芹拿了那许多银子为自己还账,他们以为是她家挖片所得,于是纷纷入行了。

晚饭后,日新去朱宅探望。程老板坟墓遭劫,干爹心情定然不佳,于情于理都该陪在身侧,谈谈天宽解一二,最好再小酌几杯,微醺忘忧。朱先生在书房写字,旁边果然有酒:两瓶三绝,两只建碗,一只碗内斟满了酒,另一只空着。朱先生刚写完一幅字,宣纸上笔走龙蛇,日新侧身观看,是一首诗:

重义轻生轵下客
白虹贯日去不归
片心惆怅清平世
韩市无人问布衣

观其诗中用典,应是战国聂政刺韩的故事。日新虽不精于文史,但其事发生于本土,州中妇孺无不知之,日新看到"轵下客""白虹贯日"与"韩市",便是猜也能猜到了。朱先生将狼毫放到珊瑚笔架上,问他所来何事。日新说有些开窑的杂项,来向干爹请示。朱先生说:"你是总办,自己做主便是,无须问我。"日新应诺,捧起酒瓶,要往那只空碗里倒。朱先生伸手将碗遮住:"你若吃酒,再去拿只碗来。"日新讶异:"这不是有两只么?"朱先生指指那只盛酒的碗:"这是程老板的。"复指一下空碗,"这是我的。"日新遂去取来一只,仍要为朱先生斟上。朱先生又遮住碗,叫日新只管自己吃。日新说:"酒通神明,程老板在天之灵,也是要与干爹对酌几杯的。"朱先生一笑:"你非程老板,焉知程老板的心思?"日新说:"'他人有心,予忖度之'嘛,好朋友在一起,没有不吃酒的。"朱先生将碗倒扣在桌上:"理是这个理,但你毕竟不是程老板。"

朱先生言及此,心下不觉怃然。复仇之前不饮酒,是朱先生的规矩。当年在白莲教,他们四方转战,日夜紧张,唯一的乐事便是饮酒。朱先生与几位好友酒量尤大,同袍分送绰号"酒江""酒河""酒湖""酒海",朱先生为酒河。后来教中出了叛徒,官兵趁夜突袭,全军覆没。三位好友殊死而战,保护朱先生突出重围,他们却相继丧命于兵刃之下。朱先生遂立重誓,不杀叛徒,不复饮酒。之后果然滴酒不沾,追踪三年,终于找到叛徒,手刃于街市,取其首级而去。此事至为隐秘,唯于一次酒后与程老板说过,如今程老板已经作古,世上便再无人知了。

日新见朱先生执意不吃,有些进退为难。朱先生示意他自便。老陈推门而入,在朱先生耳边低语几句。朱先生点点头,对日新说:"我这边还有些事,不留你了,这些酒你拿回去,吃了好睡。"

朱先生并无悲戚之色,令日新稍感意外,相形之下,反倒是自己矫情了。他携酒而归,看到那只香炉,心下又复不安,寻思须尽快退还,免得夜长梦多。遂趁更鼓未深,再次去找采芹。这回他带了一瓶未开封的三绝酒,以备撞见老陆,讨好之用。陆家大门仍然反锁,从门缝窥探,不见人迹,亦不见灯火,只有月光寂寂,洒满庭院。日新心中纳闷,不知他们父女去了哪里,只得怏然而回。

六

采芹就在她的房间里。

采芹的房间与邻舍无异，一色的坏墙灰瓦，窄门狭牖，但其坚牢却非邻舍可比。盖因采芹是野丫头，不服管教，时常惹得老陆光火，将她囚禁房中。采芹不甘约束，不是卸门，便是砸窗。老陆遂将窗子加固，嵌以铁条；又换掉门墩，将门轴包死，复以厚石板替代门槛。禁闭之前，再搜索房间，将斧凿之类拿走。采芹再是折腾，也难以遁逃，只好在房间里摔打东西，或倒头睡觉。

日新来时，采芹便在睡梦之中。她梦见百花开了又谢，飞鸟来了又去，日头升了又落，日新却在远处总也不过来。他既然不过来，她过去好了，可她走来走去，日新就在前头，却总也走不到他身边。她不信这是真的，真的日新怎会这般冷漠？此时定是在梦中！一念及此，她果然醒过来，顿时如释重负，心生喜悦。四更的梆子和远方的狗吠依稀可闻，月亮已偏西，她的窗子隐在阴影里，隔着油纸看见外头一片朦胧的白光。采芹听到腹中雷鸣。从晌午关到现在，已经六七个时辰，胃肠早已空了。她捶门喊爹，饿死了，要吃的。叫喊多时，上房屋寂然无应。采芹怒了，不给吃喝，是要饿死自己么？她发狂尖叫。四邻都被吵醒，无不咒骂她该死，老陆却仍无声息。采芹恨得要放火烧屋，忽然想起柜中还有未吃完的馃子，急忙摸黑翻出来。馃子不多，好在糖稀饱满，吃到肚里亦可顶饥。饿意减退，怒气也便消息，采芹不再抱怨是她爹绝情，毕竟晌午吵架时，她的话也太难听。晌午朱先生走后，她也负气要走，被她爹拦住，硬是拖入房间，关了禁闭。采芹反抗不过，大骂她爹不讲理，自己可以跟寡妇鬼混，却不许她正经跟人好。老陆大怒，抄起一根棒槌便要开门。采芹知晓没好果子吃，赶紧从里头将门反闩。老陆被挡在门外，咆哮如雷，复将门反锁上，气哼哼地出去了。

  他定要气死了！采芹想。她在黑暗中做个鬼脸，嘻嘻一笑，横到床上想起心事，想着想着，便又睡着了。再次饿醒时，天光已大亮。门仍反锁着，叫几声爹，依然没有回音。采芹犯起嘀咕：不会真气死了吧？再喊几声，仍无反应，不禁心生恐慌，嗓门也尖厉了起来。

  日新再次来还香炉，看到大门犹自挂锁，颇感沮丧。正待走，忽听采芹在院内尖叫，似是发生了不测，急忙逾墙而入。院墙一人多高，由旧匣钵与碎石混砌而成，旁边生长一棵半粗的槐树，日新以树借力，轻松翻越过去。上房反锁，采芹的厢房亦反锁着，日新不明所以，隔门向采芹询问缘故。采芹方知父亲一直不在，愈发惊惶起来。除去开封卖片，老陆从不在外过夜，如今彻夜未归，定然是发生了意外。她叫日新找东西把锁砸开。日新在院中寻觅，未有趁手之物，见东厢房不曾上锁，便信手推门而入。厢房里盘有一座灶台、钧盘、高岭土、匣钵、镟刀之类做瓷的物事一应俱全，俨然是个小作坊。神垕作坊甚多，在家做好瓷坯，拿到窑场去搭烧。老陆开作坊并不足奇，只是日新却不知他有这个营生，采芹也从未讲过。他寻到一柄锤子，砸开采芹的锁。采芹先跑进灶房，舀一瓢水狂饮而尽，又从陶盆抓起一只馒头。院墙下堆有一排匣钵，她跳上匣钵，将馒头咬在嘴里，手攀墙头跃身而过。日新把香炉放进她屋里，慢了这么一会儿，赶出来时，她已不见了。

日新茫然摇首，莫名其妙，自去忙活开窑的事。北寨有个匠师与东家闹翻，辞工不干了，日新要登门拜访，将其聘为己用；顺路再拜会骡帮老板，洽谈合作事宜。采芹还账的事仍在镇里发酵，日新穿街过巷，总觉打招呼的都不怀好意，刻意拣人少地方走。躲躲闪闪来到望嵩门，却撞上了采芹。采芹跑得满头汗，问日新可曾见到她爹，她找遍了南寨，迄未找到。日新摇头，心说阿弥陀佛，可不要让我遇见他！采芹与他并肩而行，走出望嵩门。再往前是驺虞桥，桥两边汇聚了许多候工的脚力。日新不欲和采芹同行，却不好甩开她，有如芒刺在背。两人踏上驺虞桥，忽闻对岸一片喧嚷，一大群人从北寨簇拥而出。当前一人鸣锣开道；身后一人则被绳索捆缚，脖颈悬挂一块硕大的木牌，上书两行字，距离太远，看不清写的甚么；其后是一大群压阵和围观的人。看那阵仗，是在游街示众。桥上桥下的人都往那边张望。采芹眼尖，认出被捆那人竟是她爹，大惊失色，飞也似狂奔过去。

日新亦觉惊诧，犹豫少时，也跟了上去。一个中年汉子手牵绳索，走几步便踹老陆一脚。那汉子方脸圆鼻，大腹便便，乃是已故地保张恩荣的胞弟张恩光；身后跟随的一大群青壮，皆是他族中子弟。采芹冲上前，从张恩光手中抢过绳索。日新尾随而至，看清牌子上的字："无耻淫贼，天打雷劈"，愈发讶异。采芹将她爹护到身后：

"王八蛋！光天化日欺负人，知有王法么？"

张恩光冷笑："嘿，采芹姑娘还知有王法，了不起。那你问问你爹，侵门踏户奸污寡妇，坏人贞节毁人清白，可否犯了王法？"

采芹愕然，回望她爹，见其鼻青脸肿，满身污秽，衣衫也撕扯得不成样子，想必是遭受了毒打。依老陆的脾性，倘若无辜，打死也不服软，然而他却垂头低眉，一语不发，可知没有冤枉。他昨日锁起采芹，复去找日新算账，找了几番都没找到，怀恨去镇外挖片。黄昏时分回到镇内，烦恼不解，遂去酒肆吃酒。吃到半醺，旁边来了一个汉子，与老陆打招呼。老陆与他不甚熟识，只知与相好寡妇的儿子同在一家窑场做工。那汉子人头甚是活络，酒肆里不少人与他寒暄。有一人问："你今夜不是看火么？怎么跑来吃酒？"汉子说："今日乏得很，不想干，跟阿喜换了工，过来吃两碗酒，回家睡觉去。"那人说："凭你这酒性，一吃起来，两碗哪里打得住，吃醉了酒，明日又要旷工，总办又该收拾你了。"汉子说："无妨无妨，跟阿喜讲好了，明日前响还让他顶工，后响去便可。"阿喜便是寡妇的儿子。老陆本来要走，听了这番话，又稳稳坐住，一直耗到酒肆打烊，才结账离去。二更的梆子已经响起，街巷里人迹渐稀，老陆一路前瞻后顾，鬼鬼祟祟来到寡妇门外。这一晚他就睡在了寡妇家。他本欲在拂晓前离去，以免招人耳目。不料才到四鼓，大门忽然被人擂响，一群人在外间嚷叫捉贼，叫得最凶的，正是张恩光。

那寡妇是张恩光的二嫂。数日之内，先是大哥溺死，二嫂又曝奸情，连番不幸令张恩光悲愤莫名，将老陆往死里打。同来捉奸的多是本族青壮，下手亦不留情，大家合围痛殴，须臾便将老陆打走了半条命。内中有人胆小，恐闹出人命，极力劝止。张恩光怒火难消，将老陆捆起来，丢入粪坑，派人去请寨主、间长和宗族长老，敦求公断。铁证如山，族中长老无不痛心疾首，寨主和间长亦无计为老陆转圜，遂公议拟了入室强奸的罪名，押送州衙处置。老陆俯首认罪。张恩光不解恨，必欲游街示众，先将他羞辱个够，再送州衙不迟。

采芹目睹父亲凄惨之状,既心疼,又复心恨。她爹与寡妇已纠缠多年。寡妇是外地人士,随丈夫来神垕做工。她丈夫与老陆略有交情,后来丈夫病死,孤儿寡母生活艰难,幸得老陆照应,方可勉强度日。老陆鳏居已久,寡妇亦有意托付余生,两人遂通了男女之好。不料采芹得知,却如捅了她的马蜂窝,作死反对,闹得不可开交,乃至宣称她娘便是老陆与寡妇合谋害死的,要去官府告发。老陆稍予惩罚,她便离家出走,镇夜不归。老陆犹如活在噩梦中,只好与寡妇断了私情。寡妇无奈,恰有人做媒,张地保的二弟死了老婆,意欲续弦,虽说他患有痨疾,但为人忠厚,家中也有权势,可保她母子安生。寡妇觉着不错,便嫁了过去。不虞入门一年多,张老二也病死了。寡妇再寡,无比悽惶。老陆不忘旧情,趁机又凑了上去。只是如今不同以往,寡妇虽寡,却是张家的人,事关门风,不容她与老陆私通。两人只得偷偷摸摸来往,犹如做贼一般。他们的好事并未逃过坊邻眼睛,只是坊邻厚道,悯其鳏寡有情,且讨厌张地保的为人,因此并不传扬。神垕乃繁华之地,也是声利场与是非乡,市井间偷情之事并不稀罕,似这般老树生花的公案,又没甚么噱头,委实无人在意。这日凌晨,张恩光正睡得熟,几位族中少年忽然喧嚷而来,声称有人看见陆秉宪进了二嫂家,叫三哥赶紧去捉奸。张恩光火冒三丈,大恨老陆与二嫂过分,竟在大哥丧期闹出这等丑闻,遂率诸人攘臂而往。他扯开采芹,示意众人继续押老陆游街。采芹当胸捶他一拳。

"滚开!"采芹大叫,"我爹是鳏夫,那女人是寡妇,男情女愿,关你们屁事?把我爹打成这样,我要去官府告你们!"

张恩光哂笑:"赶紧去告,莫在这里挡路,否则把你也捆了,陪你爹游街。"

张恩光说罢,招呼众人动手。众人一拥而上。日新急忙上前阻拦。采芹是姑娘家,张恩光不便动粗,多事冒出个翟日新,张三哥便不客气了。日新已豁出去挨打,并不与对方厮斗,只是拢起胳膊,护持采芹与老陆。采芹本要拼命,但见她爹一副将死之状,怕是撑不了几拳,遂与日新一起将他护定。张家人围殴正酣,忽听一声断喝,回头望去,却是朱先生匆匆赶来。

朱先生果然有面儿,喊了声住手,众人便不再打了。朱先生负手而立,打量老陆,见其血污遍布,奄奄一息,浑身上下仍有刺鼻的粪溺气息,腌臜之状令人欲呕。他喟然一叹,回视张恩光:"老陆诚然不对,打成这样,也嫌过了。那女人不是你二哥的发妻,与你二哥也无一男半女,不过是个外人,既然守不住,便由她去吧。你们恼恨,情有可原,这一顿打也够饱,该消气了,倘若闹出人命,恐怕不好收拾。张大哥新丧,大家都正悲痛,莫再多事了吧。"

张恩光没好气,"这是我们家事,朱先生就别管了……"

一语未了,有人飞奔而至,传报噩耗:张二嫂上吊了。张恩光大惊,顾不上眼前纷争,回身便走。其他人众听闻真个闹出人命,皆感不安,都悄悄散去了。朱先生叫采芹借步说话,将她带到街边僻静处:"事情闹成这样,委实难看。那寡妇倘若死了,这事还没完,你爹恐怕也难善终。如若寡妇没死,于今之计,最好是叫你爹趁势娶了她,否则你两家以后在神垕都无法做人。你意如何?"

采芹咬着嘴唇闷了片刻:"好吧,只要她没死,就随他们,我大不了离家自己过。只是不知张家答不答应。"

"你同意就好,别的事你莫管,我去跟他们磨。"朱先生说,"你快与日新把你爹扶回去,请个先生给瞧瞧。"

老陆之前被人殴打羞辱,犹如一具行尸,此时松懈下来,顿如烂泥般软瘫,再也不能走路了。日新将他背回家,与采芹一起为他擦洗更衣。大夫诊过,说是断了几根肋骨,但不致命,歇三五个月便好。老陆老脸丢尽,躺在床上默不作声,脸颊却愈发瘀肿起来。采芹走出房间,眼泪簌簌落个不停。

"他一定怪我,若不是我捣乱,他们成了,也不会有今日这事。"她呆了片晌,又说,"可我就是不想要后娘,现在也不想要。"

日新说:"那寡妇看上去蛮和善的,你怎的那么倔?"

采芹冷笑:"知人知面不知心,恶毒后娘的故事还少么?她一进门,我爹指定被她蛊惑,把她儿子当宝贝疙瘩,不再喜欢我。芝麻叶,黄撅撅,有后娘就有后爹,我只等着受虐待了。"她抹抹泪,"罢了,我走就是,只愿那女人别死,死了我爹还得赔命。"

日新握住她的手。采芹任由他握,把头抵在他肩上,蹭去脸上的泪渍。正午时分,朱先生施施然走来。寡妇抢救及时,好险没死。他与张家周旋良久,张家终于同意放寡妇出门,唯有一个条件:寡妇可以走,家产不能动,一针一线俱属张家,毋得带离。

"事不宜迟,迟则生变。"朱先生说,"采芹,你与日新这就把她接过来。"

日新应诺,拉起采芹便走。他们依照朱先生交代,先去雇了一顶红呢软轿,又买来许多鞭炮,沿路燃放。朱先生已遣人请了一名媒婆,一班响器,在寡妇家候着。寡妇已在媒婆张罗下换了装,于是响器前导,媒婆引轿,不尴不尬地送到陆家来。陆家宅门和院内已然悬红挂彩，老陈正指挥人布置花堂，男男女女鱼贯而入，顷刻便已齐备。老陆亦在热心坊邻敦劝下，换上一件不甚合身的婚服，准备好与寡妇合卺。这是朱先生的主意：张家受此大辱，难保不会变卦，须得立即把婚事办了，做成夫妻之实，张家便莫得借口。婚礼所需花红什物，街上红事店里俱有售卖，采办不难；老陆二人的婚服，则是裁缝店里的样装，多给些钱，也拿得出来。然则当机立断，雷厉风行，快刀斩乱麻地办好一切，却非寻常人可为，令日新对干爹平添几分敬意。日晡之后，寨主与间长亦受朱先生之邀，前来为这对白头新人做见证。老陆伤重，不能拜堂，寨主和间长悯其不易，许其便宜行事，叫他坐在罗圈椅上，简简单单地成了礼。

老陆何承想一桩天大的丑事，竟有如此结局，诚所谓峰回路转，这顿打似乎也挨得值。次日上午，采芹收拾起自己东西，打了几个包袱。老陆睃见，把她唤过来，问她又耍哪一出。采芹说要搬走，给他新娘子腾地方。老陆说："你搬到哪里去？"采芹愣了片刻，眼泪一颗颗溢出来。

"我去睡寨门楼，要么去关爷庙，再不然剃了头发，找个寺院当尼姑，横竖不打扰你们。"她说，"你放心好了。"

老陆板起脸："胡闹！我看你是想去翟日新家，瞎找理由！"

采芹说："你又不许我跟他好，我若去了，还不把你气死？我再不好，也不愿你死。"

老陆捉住她手腕，拉她坐到床头："你跟爹讲讲，这姓翟的有甚么好，叫你这么死心塌地？"

采芹听爹爹这话，似有商量的余地，顿时想笑，笑容在嘴角一闪，又憋住了："我也不知他有甚么好，只知他愿为我挨打。"她望向爹爹。老陆脸上涂了药,青一块紫一块黑一块白一块,滑稽而又难看,"他也愿为你挨打。"

老陆哭笑不得:"就这?"

"这还不够吗?"

"那你嫁给盾牌好了,盾牌更扛打。"

"盾牌会走路么?你挨打时盾牌会跑去救你么?"

老陆哑了一下。"总之荒唐!"

老陆终究同意了采芹与日新的婚事。朱先生替代翟父,为日新里外张罗。朱太太和两个儿子都去了开封,房舍空着也是空着,朱先生叫陈婶把义民那间房子收拾出来,给日新做婚房。老陆伤重,有时还会咯出一点血,休养多日仍无好转,也望采芹和日新尽快完婚,冲一冲喜。于是三媒六聘如流水般走过,就近择一个吉日,热热闹闹把婚事办了。

婚礼前一日,朱义民忽然骑马返回。他打量张灯结彩的宅院,郁郁若失,及见他的房子被日新占用,脸色顿变,闷了片时,也便无所谓了。朱先生看到他,眉头蹙起来,问他回来做甚。义民一向惧怕朱先生,讪然垂头,说他听闻日新大喜,特地赶回来致贺。朱先生说:"你与日新亲密么?"义民说:"不亲密,这不成我干哥了么,一家人了,总得表个心意。"朱先生说:"甚么一家人?你是你,他是他,休要纠扯。"扫义民一眼,"既然回来了,就帮忙做些事,明日婚礼一毕,马上回开封去。"义民说:"知道了。"朱先生要走,又复告诫:"不得作怪,敢胡闹,仔细你的皮!"义民不语,欠身让朱先生过去。

义民不速而至,令日新倍感警惕。翟父和日进亦觉别扭,做事不由得拘束起来。忙至二鼓，各色物事已大体齐备，不齐的明日仍有时间张罗。日进催日新去睡，明天是大喜之日，需养足精神。义民在宅院里晃来晃去，东摸一下西踢一脚，看甚么都不顺眼。他窥伺日新进了新房，潜入酒室偷出两瓶三绝酒，去敲日新的门。日新将他让入新房。义民打量房间。他的物事已尽数清走，桌椅、箱柜、妆台、绣屏和彩灯都是新置办的，唯花梨架子床尚在，床上用具亦置换一新，铺了簇新的鸳鸯被，张挂起顺店镇云霓阁的锦帷罗帐，床头又悬吊两只应景的同心结。日新鸠占鹊巢，心不自安，请义民落座。义民听若无闻，只管打量房间，看罢多时，取出一包红包递与日新。

"恭喜你呀，日新兄，住了我的房子，娶了我的女人，还抢了我的爹。你倒是给我留一样呀。"义民说着，打开一瓶酒，在鼻下嗅嗅，倒满两只斗笠碗，"来吧，吃一碗，恭贺你新婚吉祥，早生贵子。"

日新听他满嘴挑衅之词，心生不悦，以明日尚需早起为由，婉拒了他的酒。义民也不勉强，自顾自吃起来，一碗吃罢又倒一碗，须臾已将一瓶吃完。日新意欲叫人去请干爹。义民看出他的心思，嘿嘿一笑，"你莫怕，我回来是真心贺喜，绝不生事。等这两瓶酒吃完，我便会走。"日新赔笑，"说哪里话，你我已是兄弟，彼此一家，你能回来，我满心欢喜，怎么会怕？"义民嗤地笑起来。

"你可真是假惺惺，采芹知晓你这般虚伪，一定失望。"义民说，"我只知你以前讨厌我，但不知有多讨厌，现在算是知道了，我现在有多讨厌你，你以前便有多讨厌我。"

日新的笑容僵在脸上，不虞义民竟于此时揭发旧怨。义民生性顽劣，是镇上著名恶少年，到处惹是生非，不在话下。但他不会只拣一人惹，惹过也就罢了，只消不与他计较，他也懒得反复寻衅。唯有采芹是例外，每次遇见采芹，定要穷追猛打。义民比采芹大两岁，身躯却高大许多，采芹不是对手，几番吃亏，便以走为上，再碰见义民，立即撒腿而逃。她跑得快，义民跑更快，追上之后，先要戏弄一番，一只手捉住采芹辫子，做挥缰跃马状，另一手抽打她脑壳，口呼"驾、驾"。采芹回身与他扭打，义民便将她按倒在地，骑在她身上，左右开弓抽她耳朵。采芹的肌肤宛如荣盛窑的上色细瓷，白得闪眼，义民抽打数下，两颊便涨起一片桃红，几欲出血。义民这才丢下她扬长而去。采芹脾气倔，受欺负并不对老陆讲。街坊们看到，虽觉义民过分，但他是有名的鬼见愁，不能招惹，采芹则是挨打不亏的疯丫头，因此都懒得管，只说是顽童厮打，理他做甚。翟日新初来乍到，有一回上街闲逛，遇见义民欺负采芹。他认出义民便是那日与自己对打的少年，采芹则是无惧与舅舅对打的丫头，此时狗咬狗，颇有些幸灾乐祸。但观义民下手甚重，周围看客却无一阻拦，便觉欺人太甚，上前将义民拖开。义民也认出他，将那日未撒完的气加倍发作，丢下采芹直扑日新。日新已知他是朱总办的公子，不敢还手，只是狼狈招架。采芹趁机反攻，揪住义民的辫子发狠一扯，将他拖翻在地。义民暴怒，挥拳痛击采芹，打得她鼻血迸流。采芹那时才十一二岁，个头又复瘦小，顽抗盛怒之中的义民，譬如狸猫之搏恶犬，须臾遍体鳞伤。日新不忍她被如此欺凌，亦不敢得罪恶少，遂上前将她护住，替她挨打。义民的哥哥义夫恰好路过，喝住义民，将他赶回家去。采芹的鼻血淋漓流到裤子上，她仰起头，捏紧鼻孔，责问日新为何不还手。日新说："他家有钱有势,惹不起。"

采芹斜着眼睛看他:"你真窝囊!他家再是有钱有势,他也只有一条命。"

日新羞愧而去。后来他又遭遇过几次追打,周围依然只有看客,无人拦阻。他开过一个仗义的头,若不继续,似乎说不过去,之前那次仗义亦将沦为笑话,于是仍旧上前。采芹知他不敢与义民对打,一脱围便逃之夭夭,日新则招架着义民的攻打,向荣盛窑或朱先生家的方向退却。日新来神垕吃饱了饭,身体结实起来,义民比他小几岁,再是凶猛,也伤不了他。如是几次,义民便与日新结了仇,时常到窑场找碴,冷不防抽他一耳光,或从背后踹他个狗吃屎。日新饱受羞辱,悲愤不已,欲豁出去还击,终归不甚气壮,工友一劝,也就忍恨作罢了。

义民打采芹的癖好持续到四年之后。彼时采芹已是十五六岁大姑娘,义民再次撒野,她拔出一把刀子,朝他两腿各刺一刀。义民长号倒地。采芹又拽起他的辫子,割下半截,丢进旁边铁匠铺的火炉里。义民伤愈之后,无颜见人,跟随哥哥去钧州城做生意,两年之后方才归来。他仍未放过采芹,但却不复追打采芹,改而追打为她做媒的三姑六婆。采芹虽说疯野,却也不是无人愿娶,朱义民不在的两年多,曾有好几个媒婆上门说亲。采芹挑三拣四,一个也看不上。媒婆早已不满,背地里骂她不识好歹,此时朱义民又来搅乱,便再也无人登门做媒了。

"结果却便宜了你。"朱义民对日新说。他叹了口气,似有无限惆怅,将最后一点酒倒入碗中,"我以前总是打她,在你们眼里,是我品行低劣,恶意欺凌。其实不然,我打她,是因我喜爱她,越是喜爱，便愈要打，下手也愈重，你们只看见我打她，却不知我是在爱慕她。有一回，我骑在她身上，打她耳光，看她在身上挣扎，竟然泄精了。"说到这里，他顿了一下，而后苦笑，仰头将酒吃完。

"我也不知为何与你讲这些，大概是要惹你不开心吧。但我思想，你也不该不开心，我的东西都让你拿走了，住我的房，睡我的床，尻我的女人。"他已有醉意，扶桌起身，两眼迷离望向日新，见他脸色如铁，扑哧一笑，"我醉了，说胡话呢，你莫在意。万勿向你干爹告状，他会剥了我的皮。睡吧，睡吧。"摇摇晃晃地走了。

日新在椅子上坐了一夜。次日，朱宅上下热闹忙碌。因是朱先生做主人，镇上人物皆来致贺，加上数十名帮手打杂的街坊，将宅院挤得水泄不通。朱义民一天都未见人，不知躲到哪里去了。黄昏时分，翟日新出发迎亲，三班鼓吹开道，一路鞭炮不绝。采芹已装束停当，穿戴霞帔凤冠，脚踩元宝鞋，在二娘扶持下僵硬地走出来。她未缠足，有一双大脚板，特意定做的大号元宝鞋，走起路仍然要跌跤。按规矩，新娘上轿前应当哭一哭，以表对娘家之不舍。二娘鼓励采芹哭几声，采芹试着哭，张开嘴巴啊一声，却发出咯咯的笑。如是再三，索性不哭了。二娘无奈，只好扶她上轿，打发她走。一时乐声鼎沸，鞭炮喧天，将新娘接入朱宅。在上房拜堂时，日新与采芹交拜，瞥见朱义民夹在人群当中，面无表情地观看。拜堂之后，大宴宾客。奉仪致贺的人太多，宅院里只堪坐下头面人物和两家亲友，其他人等只好坐到外头，桌席连绵铺张了半条街。新娘送入洞房，新郎则沿桌敬酒。日新担忧朱义民趁机去洞房胡闹，一直心神不宁，有意叫哥哥去看护，又怕惹人笑话。朱先生因故不吃酒，一些宾客便觉不能尽兴，必令日新代饮。日新酒量虽可，一桌桌下来，亦不免吃紧。日进看见弟弟作难，上前分担，方替日新解了围。敬完院里的贵宾，去敬街上的客人。日新持壶欲出，却见义民从马厩那边走来，牵马跨出宅院，径自离去了。

七

宋及物也为日新的婚礼出了力，进出朱宅指点诸事，还封了一两银子做贺仪。日新是他女婿的胞弟，他来撑忙顺理成章。然而宋大师之意，却不在撑忙。他无意与朱先生为敌，奈何朱先生不肯放过他。朱先生警告他不得打亨昌窑的主意，可放眼神垕，有意出卖且最合心意的窑场，唯有这个亨昌窑。宋及物心存侥幸，以为朱先生几十年的交情，不会不讲情面，继续找杨老板谈收买。白天刚谈过，晚上院子里便丢进一只血淋淋的猪头。宋及物方知朱先生是作真的，将猪头卤了，叫日进给朱先生送过去。他思虑多日，决定与朱老板合伙，一起盘下亨昌窑。在朱宅撑忙时，他找个机会，向朱先生讲了他的主意。

"你经营的本领我没有，我烧瓷的本领你没有，咱们斗则两害，合则两利。"他说，"所谓兄弟同心，其利断金，你我兄弟联手，共同发财，如何？"

朱先生说："大喜之日，不谈这些。"起身去招呼客人。

宋及物讨个没趣。婚礼过后，他又去找朱先生。朱先生丢出一句话："只需说出盗墓贼的名字，一切好谈。"宋及物默然而退。宋大师退场，杨老板没了筹码，态度大变，对朱先生由倨而恭，先前是爱买不买，如今则是低声下气。朱先生吊了他两个月。杨老板连番减价,前后削去一千两银子,朱先生仍不松口。杨老板急需钱用,求朱先生给个薄面,手下留情。

"你这窑场年数已久,我若盘下,需费大工夫修整,钱不见得少花。不如另卜善地,新建一个,爽爽亮亮地开张。"朱先生说,"二手的东西,终归犯硌硬。"

"您老既然无意,还请高抬贵手,莫要阻拦人家宋老板呀。"

朱先生呵呵一笑:"宋老板买与不买,是他的事,与我何干?"

杨老板商谈无果,怀恨而去。下元之后,接连下了两场雪,一场比一场大,将镇里的老房压坏许多。天气骤寒,落雪冻结不化,镇子与群山皆如覆盖了一层坚厚的棉花。这日晚饭后,朱先生唤日新到上房议事。他今日收到梁先生的信。九月丙午,孙中山率兴中会之众在广州武装起事,虽则功败垂成,革命火种已然散布开来,各地起义势将前赴后继。当此风起云涌之际,革命经费至为重要,倘若朱先生有志,还望继续赞助。信附一封孙中山的手书,对朱先生慷慨解囊、拯救兴中会同志之义举敬申谢忱,至盼与其携手革命,共排大清。朱先生久闻孙中山乃革命领袖,今日得其手书,至感荣幸,仿佛他的反清复明即将与兴中会的反清革命订立同盟,孙先生这封信,便是结盟的邀约。朱先生豪情勃发,顿感时不我与,决意不再拖宕,这便把亨昌窑买过来,抓紧生产。他问日新筹备得如何。日新说一切皆已就绪,只待窑场到手,即可开工。朱先生点头,询问他岳丈身体可否康复,他们岳婿关系又如何。日新说已好了许多,老人家闲不住,一下床便又去挖片了。他时常与采芹过去请安,老人家仍未接纳他,有些爱搭不理。朱先生笑起来。

"老陆是驴脾性,心下再爱,也要倔着脸。你只管殷勤问安,好吃好喝孝敬着,他没有不喜欢的。"朱先生说,"咱这窑场开工后,钧瓷复烧也须立即着手。钧瓷一脉,都说金不如宋,元不如金,元朝之后就断了。其实钧州本土仍有人烧,不过是心法失传,只剩一点粗浅皮毛,烧出来也是窳劣不堪,乏人问津。这一线微弱薪火,一直传到上代人。我初来神垕时,还有个老先生在家烧制,自称古法,偶尔烧出个东西,有那么一星半点的漂亮釉面,譬如癞子身上的一点胭脂粉。我与程老板曾想买他的手艺,那老头儿敝帚自珍,死活不卖。他不卖,我们也不稀罕,便作罢了。日新,你可知这位老先生是谁?"

"谁呀?"

"你岳丈的岳丈。"朱先生说,"咱如今要复烧钧瓷,却不知从哪里下手。那老先生烧的东西虽则不值一提,他的办法却可借鉴。老先生膝下无儿,他的手艺要传,定是传给你岳丈。你好好讨你岳丈欢心,从他那里把手艺学过来,咱们的复烧大业,便有开门的路径了。"

日新忆起那日在采芹家看到的作坊,复思及那只仿钧香炉,顿觉必有隐情,不由得心头卜动。他吃口茶压了压,向干爹讲起宋老板。宋及物仍不甘心,遣日进向日新传话,欲托日新代为调和。朱先生听罢,只是吃茶,待一盏茶吃完,才说:"老宋要合伙,我自然欢迎。但他自视甚高,不甘人下,轻易放他进来,他必指手画脚,拿班托大。先挫挫他心气儿,等他认清了形势,再招他入伙吧。"

老陈带领一个汉子走过来,说是亨昌窑的工人,他们老板请朱先生过去谈些事儿。朱先生笑说:"杨老板有甚么事,非得晚上谈,这寨门都要关闭了。"嘴里抱怨着,身子却站起来,取了大氅便跟工人往外走。日新怕天黑不便,干爹需人照应,也跟了去。

这几日天气一直阴沉,三人出门时,雪片又飘飘洒洒落下来,朔风从北山吹至,冷如冰刀。他们顶风冒雪,来到大龙山下的亨昌窑。杨家家眷都在北寨老宅,唯杨老板讨清净,在窑场收拾了几间房,日常住在这里。杨老板已备好酒水,单等朱先生大驾。他将朱先生迎入客堂,连道劳乏。朱先生说:"知道劳乏,还折腾我老头儿,该当何罪?"杨老板说:"罚酒三杯如何?"朱先生脱下大氅,递与日新,笑说:"那太便宜你,倘若你要谈卖窑的事,罚你再减三百两。"

"朱叔叔一向仗义疏财,出手大方,何时变得这么抠搜了?"屏风后有人接腔,随即转出一人:身材颀长,五官俊朗,头戴貂皮暖帽,团花锦袍外罩着一件猞猁皮翻毛外褂,刺绣腰带上悬挂一根尖长的玉觿。朱先生扫他一眼,脸便板了起来。

"令德也在呀。"朱先生说,"你爹五七那日怎没回来?"

"哎,朱叔叔还是老样子,一见面就责备我。"程令德说,"我那几日去外地看货,恰好病了,没能赶回来。"

"我怎听说是你赌钱输太多,被人扣住了?"

"这是哪里来的谣言,实在讨厌!朱叔叔别听他们放屁。朱叔叔快请坐,来来,坐到火盆边,赶紧暖暖身子。"

杨老板将一张方桌搬到火盆旁,摆上一碟狗肉、一碟花生、一壶热酒和三只珐琅彩荷口杯。那杯子本是茶杯,寻常人都嫌花哨,却被他拿来吃酒。朱先生瞟了一眼,甚是嫌弃,不过是打定主意不吃酒,也就随便他了。他示意日新坐过来。杨老板乜一眼日新:"请朱先生过来,是要说些私密事,日新先回吧,等我们说罢,恭恭敬敬把朱先生送回去。"朱先生说："他是我干儿，日后要继承我的产业，没甚么事是他听不得的。"不由分说，将日新拉到旁边那张椅子上。杨老板与程令德对视一眼，笑眯眯地说："朱先生既然这般坚持，恭敬不如从命。"他给在座诸人一一斟上酒，端起自己那只杯，"我先吃了三杯罚酒，咱爷儿几个再好好谈天。"说罢连饮三杯。程令德夸张地叫嚷："好！杨老板痛快！"朱先生眯眼打量杨老板，说："看来这三百两银子是压不下去了。"

杨老板嘿嘿一笑："朱先生莫误会，今日请你大驾，不是我卖窑场，是程三少有话与你说。"

朱先生讶然，回视程令德："找我何事？"令德端起酒杯："朱叔叔，我先敬您一杯，您吃了这杯酒，我才敢向您开口。"朱先生冷冷地说："那就不要开口了。"令德尴尬不已。杨老板说："朱先生真是狠人，事事不讲情面，我们外人不给脸也就罢了，老东家的公子也这般不当人。"朱先生说："杨老板就不要挑拨了，令德有话与我讲，可以去我家，也可以去他家，犯不着借用贵宝地。天寒地冻，月黑风高，我老头儿身子骨不大好，这便告辞了。"

杨老板连忙拦住："这事虽说是三少的，我也有份，所以还得劳你听一听。三少，你倒是讲呀，跟你朱叔叔客气甚么呢？"

令德也缓了过来，嬉皮笑脸，一副玩世不恭的神气，"朱叔叔，不满您说，我这几年时运不好，做生意总是赔，欠了不少钱。这不年底了嘛，那帮人追着我讨债，烦死人。我爹不是买了只宋钧么？在您那里放着，我就寻思着向朱叔叔讨回来，当点银子顶顶账。"

朱先生说："给你爹陪葬了。"

"朱叔叔不要逗我了，那么好的东西，您哪里舍得给我爹陪葬？"

"你怎知我舍不得？"

"这您别管，总之我知道，那东西现今就在您手里。"

朱先生凝视令德："看来你爹的坟真是你挖的。"

"朱叔叔可不能乱讲，我怎会挖我爹的坟呢？"令德提起酒壶，给杨老板满上酒，又在朱先生面前的杯里点了两滴，"倘若朱叔叔喜欢那只瓷，也行，您就留着，给我五万两银子便好。"

朱先生气得笑起来。"凭甚么？凭你是你爹的不肖子？"

"那倒不敢，我若是凭这个，还不被您老打死？"令德说，"我凭的是您反清复明的宏图大业呀。"

朱先生与日新皆惊。日新望向朱先生，见他脸色骤变，想必是真的。杨老板旁观他二人的神态，幸灾乐祸笑起来。"我就说要支开翟日新，你偏不听，这下好了，又多一个知情人。"朱先生不理会他，怒斥令德："混账小子，信口胡言！"令德说："得了吧朱叔叔，就您这色厉内荏的模样，给您面镜子您自己看，都会掉一地鸡皮疙瘩。这事儿可是您自己讲的，那年您跟我爹在他书房里吃酒，你们吃多了，您自己讲出来，我娘去给你们送梅子汤，恰好听到了。我娘是老好人，给您保了二十年的密，直到今日才告诉我。"

朱先生怫然："编得愈发荒唐了，别说没有这事，即使有，你娘也断不会讲与外人知道。"

"可我不是外人呀。"令德说，"我央她老人家向您讨要宋钧，她不肯，我自己要，她也不许。她向我讲起您与我爹的情谊，特别着重您救过我爹的命。我便好奇，就您这身子骨儿，并非孔武之人，怎么救得了我爹？她老人家便告诉我，朱叔叔您曾是白莲教的头目，统过兵打过仗，有一身的本领，听得小侄好生敬仰。您说，这么大个秘密，再加上那只宋钧，值不值五万两银子呢？"

朱先生默然片刻，摇头苦笑。"都说贪杯误事，果然呀，果然！"回视杨老板，"你方才说你也有份，又是甚么意思？"

杨老板说："闻者有份嘛，这么大个秘密，我也听到了，难道不该讨些封口钱么？"

朱先生哈哈一笑，"该，的确该，见财不取，天诛地灭。"拉起翟日新，将他推出门外，"你先回去，天晚了，再不走，寨门便要关了。"日新心悸不安，犹豫不去。朱先生大喝："回去！"将门重重合上，复将门闩起，回身走到火盆边。

"既是你娘讲的，我也只能认了。"朱先生对令德说，"只是你娘一片善意，被你拿来作恶！你爹娘皆是好人，却生出你这祸害，一世清名都被你糟蹋了，委实痛心！"他喟然长叹，踱到令德身旁，拍拍他肩膀，陡然捉起那根尖长的玉觿，刺向令德咽喉。

雪已停歇，偶有零星几片落上脸颊，犹如冰凉的羽毛。亨昌窑建在山脚，场院宽阔。窑场已停工数日，看场的人懒得打扫，仅清理了一条三尺宽的甬道供人通行。日新心怀忐忑，缓缓走向窑场大门。走了不过数丈之遥，忽听客堂传出打斗之声，一时桌椅翻倒，盏碟破碎，咣噹叮噹不绝于耳。日新驻足回望，不知是该作速离去，还是返回相助朱先生。犹豫之间，杨老板已夺门而出，朝这边狂奔过来。他并非追逐日新，而是逃命。便在交肩之时，日新将腿一绊，杨老板顿时仆倒，一头扎入路边雪窝里。未等他爬起，朱先生已手持尖刀赶至，又补一脚，将他踹翻，复以膝盖顶住后背，左手揪住发根往后一拽，短粗的脖子便袒露出来。杨老板一声短号，鲜血顿如喷射一般自脖颈飙出，飞溅到雪地之上。朱先生附在杨老板耳边，喘息说:"活得好好的,你偏要寻死,何苦呢?"将手一送,杨老板颓然跌入殷红的雪里。

看场工人听见动静,从场门耳房里出来观望,见此情景,慌忙缩回房去,灯光亦倏然而灭。朱先生踢一脚杨老板,确信已死,对日新说:"去,给我搬张椅子。"日新跑进客堂。客堂里一片狼藉,程令德匍匐在翻倒的桌子上,颈下仍在汩汩冒血。朱先生在外大喝:

"杀人者,朱先声!"

日新明白他是喊给工人听。他从火盆旁搬一张干净椅子,送到朱先生身边。朱先生坐到椅子上,气息已然粗重而艰难。日新这才发觉,他后颈扎了一把铁锥,锥身已没入颈内,血液从锥柄处渗出,往下淌入衣领。日新骇然失惊,不知所措。朱先生喘息少时,示意日新靠近。

"我也活不了了。官府来办案,你就说他二人为盗宋钧,掘了程老板的坟,被我查实,将他们杀了。"朱先生说,"事情前因后果你都知晓,若有讲不通的地方,该怎么补怎么圆,你自己想一想。"

日新点头,眼睛酸涩难忍,却无泪水流出来。朱先生握住他的手。朱先生的手仍是热的,上面沾满黏稠的血。"好孩子!"他说,"我无法带你烧钧瓷了,好好跟你岳丈学,学会了,日后大有用处。"日新又复点头。朱先生喘了片刻,气息益发低微:"我死之后,家里的宅院归你,你与你干娘讲,她会信的。你再告诉她,我对不住她,叫她受苦了,也受委屈了。"日新不知如何作答,唯有不住点头。朱先生叹了口气,似有无限惆怅。

"出师未捷身先死,长使英雄泪满襟,古往今来,再没有比这更可恨的事了。"又复一笑,"好歹了却一桩恩怨,不算十分亏本。

日新，给我倒碗酒来。"

日新急忙跑回客堂。刚到门口，客堂的灯一闪而熄，房内顿时漆黑一团。日新心头一颤，回头望去，只见天地迷蒙，宇宙寂然，朱先生一人一椅，孤独坐在白茫茫的雪地上，仿佛入定了一般。

八

劫坟盗墓自古为不赦之罪。程令德身为息子，盗发生父之坟，令人发指。杨老板助纣为虐，死有余辜。朱先生为亡友报仇，虽于法外行事，不可纵容，然则义薄云天，其志可嘉。官府勘审完毕，以当事两造皆已死亡，遂令各收其尸，潦草定谳。

程氏家门不幸，出此逆子，成了遐迩闻名的笑话。程家人打碎牙齿和血吞，糟心得无可如何。程太太气得狠了，痰涌喉头，救治不及，竟自撒手西去。令声与令仪连办两场丧事：将母亲与父亲合椁，又选佳穴安葬朱叔叔。令声厌恨令德，不欲他入祖坟，令德老婆从钧州回来闹，令声不愿再被人家看笑话，只好退让，把令德草草埋到祖坟边缘。

朱太太接到噩耗，在义夫陪同下赶回神垕，与程家一起料理丧事。翟日新将案情讲得滴水不漏，该留空白的地方也留了空白，供办案老爷推理发挥。办案老爷鞫问之后，认为案情十分明白，便放他走了。他在镇口牌坊下接住朱太太，跪地痛哭。朱太太叹息数声，将他挽起。日新要带干娘回家，朱太太却执意住到程家去。朱先生下葬那日，朱太太并未服白，亦未送葬，只令义夫披麻戴孝，与日新一起扶棺。朱太太如此冷漠，令人不解。令声兄弟亦感疑惑，私下推想,必是朱太太恨朱叔叔重友轻亲,甘为朋友送命,却置家人于不顾;她放着自己家不住,执意住到程家,则是要逼程家给个交代。兄弟俩合议,各出一千两银子,作为帛金送与朱太太。不料丧事一毕,朱太太便带义夫回开封,并无问罪之意,帛金更是坚辞不受。日新拦住不放,定要干娘回家住几日。朱太太苦笑。

"这里没有外人,我也不瞒你了。你干爹那日把我赶走,我前脚到开封,他后脚便送去休书,把我们母子扫地出门了。"朱太太说,"我和义夫回来办丧,是因着往日情分,毕竟那么多年,他待我们母子不薄。你是他干儿,那宅院他给了你,便是你的,我们不会去住,更不会与你争,你尽可放心。"

日新与程氏兄弟皆大惊。朱先生与朱太太并非原配。朱太太原是晋商之妻,那晋商做瓷器生意,定居神垕已久,与程老板家颇有渊源。后来晋商亡故,留下寡妻与两个小儿,程老板便居中做媒,撮合她与朱先生成了亲。朱太太颇有姿色,人亦贤惠,朱先生娶到她,称心如意。只是两人成家多年,却不曾生下一儿半女。程老板关心老友,问他是否房事有亏,要不要找大夫瞧瞧,吃些鹿茸、海龙、大云之类壮阳之物。朱先生怫然。

"我与太太相亲相爱,她的孩子,便是我的孩子。"朱先生说,"倘若我再生了孩子,难免会有亲疏之别,对这两个孩子便不公平,也让太太为难。索性就不生了。"

程老板将信将疑,转思朱先生为人,最是特立独行,固不可以世俗观之,便信了他。别人却不信这"鬼话"。镇上渐有传言,说朱先生有龙阳之癖,娶太太只为掩人耳目,至于其男宠,或是程老板,或是宋匠首,甚或就是晋商的两个儿子。大清朝男风炽盛,讲朱先生有龙阳之好，不算多大的羞辱，朱先生听见，亦付之一笑，与太太依旧琴瑟和谐，亲爱有加。日久天长，人皆信其深情，纵使对朱先生仍有非议，提起他对太太的好，却无一人质疑。日新那日初至朱宅，惊见朱先生凌虐太太，已觉讶异，不虞他更加绝情，竟将朱太太休了。

"干爹死前，叫我给您传个话。"日新对朱太太说，"他说他对不住您，让您受苦了，也受委屈了。"

朱太太其实已非朱太太，她与孩子已复了前夫的姓，于礼亦应改称刘太太。刘太太听了日新的话，愣了片刻，似乎有些意外，眼睛亦泛起潮红。"休都休了，死也死了，再讲这些，还有甚么意思？"她说。

送走刘太太，翟日新回到朱宅，在堂屋闷坐，环顾干爹生前所用物事黯然神伤。自从嫁与日新，采芹对朱先生亦甚尊敬，日常与他相处得很是愉快，朱先生突然死去，她也十分难过。她去酒室提了两瓶酒，欲陪丈夫消解忧愁。日新瞪她，叫她有点淑女的样子。采芹说："那你娶我做甚么？我又不是淑女。"日新说："那你也须有点当娘的样子，都怀孕了，还吃酒，不怕生出个酒鬼？"采芹认为有理，起身便走。日新问她哪里去，她说："找我爹，叫他过来陪你吃。"

采芹刚出门，宋及物便来了。宋大师虽已离开程家窑场，与朱先生也已闹僵，但却不忘旧情，这几日一直在两家撺忙办丧。他走进堂屋，看见桌上的三绝酒，想起原先三人一起共事，如今已只剩自己，一时感伤不已。他以父执自居，嘱咐日新节哀，又讲了一些应景的话，而后询问事发那晚都发生了甚么，如何发生的，朱先生可曾讲过不足为外人道的话。日新不愿再提此事，敬他是哥哥的岳丈，忍耐着把讲给官府的那些话又复述一遍。

"没别的？"宋及物问。

日新没好气："你想听甚么？"

"你干爹没讲是如何怀疑到程令德的？"

"如若讲了，你还能置身事外么？"

宋及物勃然作色："你这话是甚么道理？"日新面无表情，也不答话。宋及物候了片晌，见日新不作声，愈发忐忑起来："你还知道些甚么？"

日新说："该知道的都知道，不该知道的猜一猜也知道。"

宋及物不怿。话不投机，多留无益，他从桌上抄起一瓶酒，径直走了。他并未回家，在街上买了些金箔元宝，去给朱先生上坟。朱先生的坟茔在山阳一块荒地上，周围山石与杂木甚多。宋及物将元宝焚讫，打开酒瓶，排出两只斗笠杯，与朱先生对酌，自己吃一杯，给朱先生沥一杯。宋及物酒量一般，须臾便有醉意，喃喃诉说起了心声。程令德盗发父坟，与他实有干系，但他又委实冤屈，须得向朱先生辩白清楚。令德是程太太最宠爱的儿子，娇纵过度，人便毁了。他不愿在家受父亲约束，遂以学贾为由，常年在钧州城里鬼混。程家在钧州有间瓷行，规模庞大，旧有心腹掌柜经理，掌柜告老后，便由朱义夫接管。程令德到钧州后，诸事不问，只管要钱。世人谴责纨绔子弟，言必称"吃喝嫖赌抽"。程令德只爱嫖与赌，偶尔抽点大烟，对吃喝则不甚在意，因此他坚称自己只有一半坏，真要论起家风，也不十分辱没祖先。但他赌性甚野，手中钱无论多少，都敢一把押上。嫖也别出心裁，必须一妓一少年，少年狎妓，他狎少年，否则便不尽兴。朱义夫勉力支应，终究扛不住他挥霍，不得已禀报程老板。程老板大怒，严令瓷行不得任其支钱，唯每月给银十两，供其日用。令德并不收敛，无钱可用，便去借贷，不多时便债台高筑。他又还不了，于是拆东补西，债台变债山，一山更比一山高。有个债主是江湖中人，烦透了他的谎话，放言克日还钱，否则便挑了他两根脚筋。令德这才怕了，惶惶终日，计无所出。恰好此时程老板猝死，令德大喜，立即张罗分家，把自己那一份家产变卖还账。债主闻知，蜂拥而至，犹如饿虎分食，将他到手的财产瓜分殆尽。令德郁闷不已，思欲翻身，又去赌坊豪赌。这回不光输掉仅剩的宅院，两只手也押给了坊主。令德失魂落魄，跟随一个熟人去蹭饭局。座中有位津门来的古董贩子，到此收购钧瓷，请诸位帮忙寻摸，必有重酬。令德忆起父亲生前曾收买一只宋代笔洗，他瞄过一眼，犹记得形制和釉色。他向古董贩子描绘一番，询问价值几何。古董贩子大起兴趣，声称若实是宋钧，愿出一万两收买。令德欣喜欲狂，立即盘算如何从朱先生手里弄过来。百计千方，莫如去"借"，求朱叔叔送他赏玩几日，然后不小心遗失了，请朱叔叔原谅。他知朱先生素来不喜自己，亲身往借，定然不给，便去拜访宋及物，央浼宋叔叔代为说项。宋及物亦不喜这位三少，先前在他家做事，不得不容让他几分，如今已然不干了，才懒得搭理他。令德却不识趣，反复乞求，纠缠不去。宋及物烦得很，便说那笔洗已给他爹陪葬了。令德大惊，追问真假。宋及物说："是朱总办亲口所讲，你若不信，自去问他。"令德愣了半响，悻悻而去。

"我本意是替你挡道，省得他去找你啰唆。"宋及物手持斗笠碗，对朱先生的坟头说，"哪知他会干出如此悖逆之事？"

宋及物归咎于天意弄人，讲得无比伤心，回家睡一觉，次日醒来想想亨昌窑，便又觉得天意待他也不薄。老朱死了，没人再与他争；杨老板也死了，杨家无人做主，更将急于脱手。窑场虽说死了人，不大吉利，但宋老板并不迷信，试想中华上下五千年，哪一寸土地上不曾死过人？所以吓不倒宋老板，反倒可使宋老板以此为由再杀杀价。杨家孤儿寡母方寸大乱，没了主意，听掮客一顿危言耸听，果然害怕卖不出去，以极低的价钱售与了宋老板。

宋及物如愿以偿，身心舒畅。此时距春节已不足一月，他打算先检修窑场，过了年再正式开张。彼时春和景明，万象更新，天地人和，大吉大利。他先请和尚来窑场念诵一天《消灾吉祥经》，再请道士做了罗天醮，而后查勘窑炉与房舍，该改造的改造，该翻新的翻新。又找泥水匠重建场门，嵌上一幅砖雕大字："隆兴窑"。这是他起的新名号，喻示窑场改朝换代，宋老板正式入主了。

宋老板踌躇满志，乘龙快婿翟日进亦是干劲十足，天天忙得不可开交。只是一闲下来，想到弟弟日新，他便心生忧愁。日新命运着实蹭蹬，干甚么都不成，好不容易认个干爹，满以为要改运发达，朱先生却转眼横死了，真所谓靠山山倒，靠屋屋塌。如今采芹已有身孕，他也要当爹了，依旧两手空空，真叫人替他着急。老翟亦为此苦恼，多次找日进谈话，告诫他毋忘手足之情，别只顾自己荣华富贵，也须帮衬一下弟弟。老翟不大去宋家。宋及物先前是匠首，已然高不可攀，现在又做了老板，俨然是神垕的世家门庭。宋太太亦日渐矜持，举手投足，都是贵妇人的风范——在宋太太心目，所谓贵妇风范，无非是捏腔子，端架子，穿皮子，坐轿子——老翟泥腿垢面，本就不招宋太太待见，此时再去她家，宋太太愈加嫌厌，连带看日进也呆头呆脑，与自己女儿日益不登对了。因此老翟每次登门，都如做贼一般，先在宋家门口探头探脑，看亲家母是否在家，若在，便悄然而退，改日再来。朱先生死后，日新叫父亲搬到朱宅，与他夫妻同住，便于照应。老翟并不知那宅院已归了日新，怕住进去弄脏人家屋子，况且采芹太凶蛮，他自忖难与相处，遂坚拒了。但日新这份孝心，仍令老翟欣慰，与日进讲话时，不由得就言重了。

"要当爹的人了，还住着人家的房子，多作难啊！"老翟说，"你当哥的，自己吃香喝辣，就忍心看弟弟做不了人？"

日进甚感羞愧。他非不愿帮日新。岳丈买下窑场后，他已数度与岳丈商量，乞请把日新招纳过来，日新脑子活，会做事儿，窑场用得着。奈何岳丈对日新仍未释怀，总是丢出一句"日后再说"，便不复理会。而以钱帛接济日新，日进又不掌财权，有心无力。他觉得枉为兄长，愧对弟弟，私下央求如玉，叫她帮忙向岳丈讲讲情。如玉好脾气，愿为丈夫分忧，然而一开口，即被宋及物打断，呵斥她多嘴多舌。如玉不似她姐姐那般强势，在父亲面前乖觉听话，父亲不让多管闲事，她便不敢管了。但她给丈夫出了个主意：叫采芹来求爹爹。爹爹不是无情之人，采芹来求，他必会心软。日进深以为然，抽空找到采芹，传授此计。采芹听罢，捧腹大笑。

"你是讲笑话呢，还是讲梦话呢？"采芹说，"你叫宋及物来求我，八抬大轿抬我丈夫去他的破窑场，我都不答应，让我求他？你们是想笑死我么？"

日进大窘，觉着弟媳虽则直率，却未免有些孟浪。采芹等日新从外头回来，把他哥哥的"妙计"讲给他听，试图逗他开心。这几日翟日新与老陆关系紧张。日新借请安之际，试探着提起钧瓷之事，声称有意试烧，望得岳父指点。老陆顿生警惕之心，说他不会，没得指点。采芹说："那你平时在厢房里鼓捣甚么？炼仙丹么？"老陆说："仙丹倒没炼，炼的是开胸顺气丸，被你气得要死时，吃一粒续续命。"当下不欢而散。日新再去请安，老陆挂起免见牌。采芹不忿，找爹爹讲理，爹爹就她一个女儿，他的手艺不传与日新这个女婿，还想传与谁？老陆实则已有意传给日新。他眼看日新无所事事，采芹跟他怕是要吃苦，把烧钧瓷的手艺传与他，好歹能养活女儿和外孙。他原本打算年后便传，不料日新先行提出请求，老陆便改变了主意。他疑心日新娶采芹，正是图着他老人家的手艺。

"这小子没安好心！"他对采芹说。

"你别管他安不安好心，反正你女儿也不是好人。"采芹说，"我既然嫁了他，你就得传给他。"

老陆大怒，将她逐出门去。日新断了这条路，试图重操旧业，苦于没有本钱。去钱庄告贷，钱庄叫他典质宅院。朱先生的宅院虽说给了他，却不好典质，万一朱太太转变主意，又来索要，恐惹是非。他找父亲商量，要把那个小宅做抵押。翟父听闻他又要做买卖，死活不允，令他老实去窑场做匠工。日新废然而去，转找相识的人求借，皆托词支吾，改找窑场求赊瓷器，亦都期期艾艾，不愿与之。日新在神垕并无根基，婚礼上的人头攒动，不过是捧朱先生的场，朱先生已死，谁还认得他是哪个？反倒觉得此人委实倒霉，不要沾他的好。日新寻思无计，似乎只有去窑场做工了。但采芹又不允，她一个娇滴滴的好丈夫，才不让去窑场给人做牛做马。日新郁郁寡欢，话也说得少了。采芹极尽夸张之口吻，将日进的"妙计"

讲得绘声绘色，满以为会博日新一笑。不料日新听罢，眼睛却泛起潮红。

"我哥哥是想帮我，只是自己没本事，才出此下策。"日新说，"我不觉有甚么好笑，只觉得难过。"

采芹讨个没趣，有点不开心："你要骂我，直接骂好了。"日新瞥她一眼："哪有骂你？"采芹说："你是想说，你哥哥有心帮你，却没本事，我爹爹有本事，却不帮你，对不对？"日新嚆然："胡扯些甚么？"采芹说："我才不是胡扯，你敢说你心里不曾这么想？"日新不想吵架，强颜欢笑："我还真不知晓。我又不在我心里，心里想些甚么，我哪里晓得？我心里只有你，你说是，就一定是了。"采芹双手捂脸："哎哟，好不要脸。"又趴到日新肩上，嘴巴贴在他耳边，"我就喜欢听这么不要脸的话，你再说，你再说。"

老陆提只布袋走过来，看见两个小东西如此狎昵，眼睛仿佛被火烧，仰头望向天空，吆喝道："大白天的，像甚么话？"采芹从日新肩上爬起来："我跟我丈夫亲昵一下，你也管！"老陆说："也须分个场合。"采芹翻白眼："这是我家好不好？是你闯进我家，打搅了我们。"老陆说："行，行，这是你家，我这就走。"将那只老粗布袋子朝她一递，"拿去卖了，换些钱过年。"采芹接过布袋，打开看，是那只螭耳云足香炉。采芹将香炉取出来，递与日新。日新已见识过这只香炉，接炉在手，随即翻看足底。老陆在旁昂首眄视，等待一句感恩的话，却没等到，有些气恼，转身便走。日新唤住他。

"这香炉做得极好，可以乱真了，但有一点瑕疵，不够完美。"日新说，"只消修理一下，便能卖个好价钱。"

老陆与采芹同时开口。老陆说:"甚么瑕疵?"采芹说:"卖多少钱?"

日新举起香炉,向老陆指了指炉底:"这里缺点东西。"复对采芹说:"至少加倍。"

清德宗光绪二十七年纪事

（公元1901年，岁次辛丑）

一

樊有回到神垕时，恰逢隆兴窑老板宋及物中风。

隆兴窑名不副实，宋老板苦心经营五年多，生意既不兴旺，家业亦未昌隆，自开工之日起，几乎没有如意的时候。

宋老板开火第一窑，便发生了倒窑事故。

宋及物十一当学徒，十五成匠师，二十做工长，三十一岁擢升荣盛窑匠首，由他掌管的窑炉，从未发生过倒窑之事。隆兴窑隆重开张，头窑意义非凡，选土、杀泥、拉坯、修镟、配药、上釉，宋老板无不严密把关。至于装窑，更由他亲自指点，确保窑位得宜，钵柱疏密合则，而后监视工人用泥砖封闭窑门，亲手点燃引柴，向火膛加入第一锨煤。掌火师傅是特邀的老徐。火弱则窳，火猛则偾，能否开出一窑好瓷，端看火候掌控得如何，所谓"一烧二土三细工"，烧火功夫尤为要紧。窑炉有大小之分，煤柴有软硬之别，瓷坯形制也不相同，需用几何柴几何煤，起火后如何紧，如何溜，胸中先有成算。老徐烧火数十年,自有一套心法。他在侄子窑场做匠首,寻常人是请不动的,此番是看宋老板的情面,来帮他烧头窑火。宋老板发狠封了五两银子才将他请到,图的便是万无一失,旗开得胜,讨上一个好彩头。

有此二人坐镇,这一窑必无差池。宋老板却总有些心神不宁。他自嘲是关心则乱,为自家做事,到底与别家不同。监管各工之余,他不时走到火口前,与老徐攀谈几句,从火孔看看火色,或挑出一枚火照查验火候。一次他来到窑边,忽觉窑内似有异常动静,急忙竖耳倾听。动静骤然放大,匣钵倒塌的声音犹如惊雷般灌入耳朵。

"老徐!老徐!"宋老板狂叫,"火高了,火高了!"

老徐正在添煤紧火。他也听见了倒窑之声,瞬间色变,急忙观察火候,对狂奔而来的宋老板说:"火没问题,不关火的事。"宋老板亲自查看,只见火势均匀,焰色橙黄,确不至于使窑内风火过猛,冲翻匣柱。然则便是匣钵的缘故了:或是满窑时放置未牢,匣钵不稳,经不得火流冲刷,遂尔倾圮;或是匣钵质地不佳,受火后软化或崩裂,以致倒塌。满窑之时,宋老板亲自经手,每柱都特意摇晃过,确保柱体安牢。至于匣钵质地……

宋老板脑海里陡然一白。这一窑中的若干匣钵,用的是杨家旧物。说它"旧物",只是因为换了主人,实则都是新的,杨家购入后尚未动过,宋老板不愿浪费,便物尽其用了。住火冷窑后,宋老板钻入窑内查看,果然是几只匣钵碎裂,致使柱体倾倒,连环撞翻了一大片。宋老板捡起一枚匣片,从断面看,匣坯乃是粗疏的黄砂土,镀匣的火候也未到。为这区区几文钱的便宜,竟至毁了满窑心血,宋老板恨不得一拳捶死自己。他想起了樊有。

宋及物虽于烧瓷诸工序无所不精，但论个艺，却也有人比他强些。比如烧火，他便不如老徐，拉坯也略逊神火窑的老赵。至于满窑，无论他承认与否，却也心知不如樊有。满窑看似力工而已，实则大有讲究，须得通盘考量窑室构造、火龙走向、器型圆琢、坯件大小、釉质厚薄、柴煤软硬。不同窑炉亦有区别，倒焰窑、半倒窑、直焰窑各有各的装法。倘若不得其宜，瓷器成色便受影响。满窑之后，复要详加审视，确无疵谬，方可封窑起火。樊有的脑筋因酗酒而日益发昏，满窑却不含糊，扫一眼窑室，扫一眼煤柴，再扫一眼瓷坯，该如何装便已心中有数。他的本领不仅于此。窑上所烧，大多是碗碟之器，一摞瓷坯二十余只，装在一个长筒匣钵里。生手装匣小心翼翼，仍不免磕碰，樊有倒提匣钵，自上而下一贯到底，绝不伤及瓷坯。而后一手托起一摞，步履如飞，匣钵犹如李天王的宝塔，在他手心挺立不倒。如此连干半日，也不听他喊声累。凡他经手的匣钵，必先弹叩一下，倘若匣钵材质不佳，抑或暗藏裂纹，有破坏之虞，便弃之不用。而其一弹一叩，即可判定取舍。寻常窑场并不专设满窑工，只在装窑时临时雇佣。荣盛窑当初亦未常设，徒以樊有的技能，兼之总办的厚爱，特别将他定为常额，厚其薪酬，把他羁縻起来。宋老板眼望满窑烂瓷，求才之情油然则生。

"你舅舅去哪儿了？"他问日进。

日进说："不知道。"

"几时回来？"

"也不知道。"

宋老板清空窑室，再次装坯封窑。老徐亦甚丧气，打起精神给他烧火。这一回处处精心，无一不妥，然而住火开窑，瓷色却不尽如人意，还有几柱微有一点阴黄。宋老板很是纳闷，在场人等也都不语。老徐尤为沮丧，仿佛晚节不保，一世英名都毁在了这里。

"这窑必是漏气了。"他说。

宋老板扫视大窑。这座窑炉的确有些年头，但外观依然雄固，宋老板也找了挛窑匠细细修补过。烧火之时，宋老板曾仔细观察，并无渗烟或漏火之处，可知是没有问题的。之后再烧几窑，成色亦非上佳，与宋老板的大名甚不匹配。原有许多商号和瓷贩紧盯着宋老板的窑口，准备好了抢货，但看这一窑窑的瓷，都变得谦让起来。宋老板无比懊恼，本不信怪力乱神，也请了窑神像回来，每日上香膜拜。然而情状仍无好转。他寻思窑场曾有血光之灾，窑神只管烧瓷，镇不住邪祟，于是重金请来一尊关公像，花岗所雕，高达丈余，竖立在窑场当中。关公似乎发挥效用，接连几窑皆属中上，令宋老板略感宽慰。不料之后几窑成色又甚一般，宋老板心说糟糕，正自张皇，接下去几窑又好了。宋老板的情绪跌宕起伏，宋太太也跟着日日惊心，一忽儿绫罗绸缎插步摇，张罗着要买几个会伺候人的丫鬟，一忽儿又荆钗布裙，准备做个省吃俭用的普通老妇。如是翻来覆去，弄得她都忘了自己究竟是何身份，每日早起都纠结良久，拿不准今日是该坐软轿去与镇上的阔太太打牌，还是罩上围袍去丈夫的窑场里帮工拉坯。她抱怨丈夫愚蠢，不该买座凶窑，好好的天庭路不走，偏去撞这个破落户的地狱门，真是作孽。

不唯宋太太如此批判，镇中人皆作如是观。坊间盛传宋老板的窑场不干净，否则以他的本领，怎能烧不出好瓷？商贩担忧他窑里的瓷也不干净，心中犯忌，渐渐都不去那里进货了；搭窑的小作坊亦纷纷改投他处，即使降价也挽留不住。当初踊跃贷钱的钱庄和大户，则日益频繁地登门讨债。曾经意气风发、人人敬重的宋匠首，逐渐沦为进退失据、垂头丧气的倒霉鬼，满口"做瓷即做人"宏论的大宗师，也堕落为欠账不还的老无赖。宋及物艰难支持五六年，终于撑不下去。一日傍晚，他回家吃饭，一语不合，与太太大吵一场，饭也不吃了，赌气回窑场去。这年天气冷得早，才到十月朔，雪便若无其事地飘起来。宋及物回家时还未下，吵完架出来，地上已然落了两指厚。宋及物有些发怔，仿佛吵一场架的工夫，世界就变了样。窑场工人已遣散殆尽，夜晚由翟日进守窑看场。宋及物叫他回家，自己在此值夜。日进看岳丈气鼓鼓的，仿佛发怒的蛤蟆，知是与岳母闹过，自己回去断然受气，不想走。宋及物瞪眼作色，呵斥他走，他不敢违拗，只好回去了。

宋及物目视女婿走出场门，在窑场各处巡视一遍，踱到关公像下。今夜无月，但因雪落缤纷，关公伟岸的身形清晰可辨。宋及物呆立片刻，回客堂取出一瓶尽欢酒，搬了一把椅子，来到场院一座假山旁。那假山由太湖石堆砌，压在当年朱先生与杨老板横尸之处，其上错落嵌放了十八罗汉像。宋及物放下椅子，面山而坐，将酒瓶打开。这是最后一瓶三绝酒。宋及物对瓶吃了几口，向假山沥下许多。

"老朱呀，你还在记恨我么？"他说，"看我堕入这般境地，你一定开心了吧。"

那瓶酒很快吃完。宋及物晃晃瓶子，仰起嘴巴控了控，将空瓶丢到假山下。"酒也没了，真他娘的无趣！"

如玉心疼爹爹，怕他挨饿，装了半罐米粥、一碟素菜和两只馒头，叫丈夫给爹爹送去。日进正不愿在家看岳母的脸色，立即带饭赶回窑场。他望见假山旁放了把椅子,旁边雪地里瘫卧一人,一动不动,仿佛死了一般,赶上前查看,正是岳父宋及物。

宋老板中风的消息不胫而走。债主皆惊,以探病之名纷至沓来。宋老板瘫卧在床,口不能语,唯眼睛可以转动,却又羞于见人,紧闭双目。债主无不忧虑,请少当家翟日进借步说话,协商债务。此事翟父已想到了前头。得知亲家中风,老翟便找到日进,叮嘱他毋跳火坑,不要宋及物的窑场,也莫管他的债务。老翟言辞激切,不容违拗,日进便应诺了。然而此时债主环伺,皆以契约、信义相胁迫,仿佛日进不认账,便是奸诈无良的小人。日进诚惶诚恐,请诸位老板放心,岳丈的债他定会全数承担,只是现今委实无钱,请列位宽限一二,容他设法偿还。大债主稍感安心,道扰而去。小债主却等不及,打起窑场的主意,意欲拿东西顶账。日进也由他们,看中什么便作价拿走。

作价抵账,必然从贱,日进虽感痛心,却也无奈。然而有位刘姓债主,欠他十串钱,竟要拉走半库房的大黄碗。日进不允,刘某便吵嚷起来。日进有个好友叫俞述彦,听闻窑场遭事,赶来探望,看到刘某气势汹汹,将日进当狗一般骂,大怒,揎拳欲殴之。日进急忙拉开。刘某咆哮而去,转头带了两个儿子,提刀执杖杀回来。俞述彦亦不示弱,抄起一把铁锹,与刘家父子打作一团。日进不敢得罪刘家,又怕伤了述彦,试图拉架,双方俱有凶器,又近不得身。正自叫苦,忽有一名汉子冲过来,挥舞一根枣木根加入战团,乒乒乓乓一顿乱打。俞述彦与刘家父子都吃了棍子,暂时罢手,看那汉子,竟是失踪多年的樊有。

"打架出去打,别在这里捣乱。"樊有吆喝,"我家窑场不是斗狗的地儿。"

俞述彦没好气,想这老舅昏头了,居然不分敌我。樊有确实不明情状。他刚回到神垕,先去老翟那边放了行李,听老翟讲了这几年的遭际。老翟满腹怨言,备述亲家之恶,尤其是这个狗屁窑场,害苦了日进。樊有却喜出望外。有这么一座大窑,只要他去掌令,舅甥同心,不愁不赚大钱。老宋瘫了最好,省得他指手画脚,惹人讨厌。至于债务,管他个尿,反正是老宋借的,与日进没有干系。况且虱多不痒,账多不愁,还不了钱,该担心的是债主,而非他们。他一刻也坐不住,欢天喜地去找日进,一进窑场大门,却见两帮人在殴斗,登时火起,抄根棍子就打上了。刘某度量再打下去,以三对二,怕是占不到便宜,便聒聒噪噪地讲起了道理。樊有听罢,眼睛瞪得要掉出来。

"十串钱就要我半库房碗?我把这窑场都给你行不行?"

刘某说:"那好办,碗我不要了,马上还钱。"

樊有说:"谁欠的你,你管谁要去,他若不给,你砍他胳膊卸他腿都成,少在这里给舅爷耍横。"

刘某父子大怒,又欲动手。日进急忙挡在中间,担保两日内必定还钱。刘某情知今日已无结果,遂勒定两日之限,与儿子悻悻离去。日进请舅舅和俞述彦去客堂坐,他关切舅舅别后,这么多年没有音讯,究竟去了哪里。樊有说去景德镇了,只此一语,再无他话,只是着忙盘问窑场的底细。日进择要讲述。樊有看他愁眉苦脸,一副颓唐之状,为他鼓气。

"你如今是窑主了,台面上的人物,得打起精神。"樊有说,"赶明儿起换一身绸子衣裳,戴顶文明帽,收拾得体面些,有个老板的样子。"

日进苦笑:"莫要我当老板了,老刘的十串钱我都不知怎么还。"

俞述彦说:"我家里有几串钱,拿过来你先用着。"

樊有乜他一眼。俞述彦是神垕土著,世代佣工为生,到述彦这一代仍旧赤贫。他在荣盛窑做工时,与日进成为朋友。日进是宋匠首的高足,在窑中小有职权,对他多有帮衬。俞述彦感恩图报,但凡日进有事,他必仗义出头。俞家房舍窄小,述彦与妹妹述秀同居一室,十分不便。日进遂游说父亲,认了述秀做干闺女,让述秀住到他那边去。翟日新搬到朱家后,翟父独居老宅,难免孤单,身边多个懂事的闺女,自是乐意。日新和采芹亦不反对,有人替他们照料老翟,他们也省事。樊有得知情形,却甚不乐。他此番回来,打定主意要住在姐夫家,多一个二十多岁的老姑娘,要多出许多麻烦。他将此视为俞家兄妹对他的冒犯。

"就你那几个钱,一文顶个磨盘大,留着给你妹子打帐篷吧。"樊有抢白述彦,复对日进说:"钱的事你莫管,万事有我,你只安心做你的老板。"

二

离开隆兴窑,樊有去朱宅找二外甥翟日新。

这几年间,翟日新一直在试烧钧瓷。他终究未能得到岳丈的指点,只是自己凭空摸索。并非老陆绝情,而是他把老陆那只三足香炉弄坏,彻底惹翻了老陆。老陆听他讲,在炉底加层芝麻酱釉便可价钱加倍,且声称出自开封文古斋梁先生之口,深信不疑,便依他所言,将香炉拿回去修理。芝麻酱釉不难做,用青蓝釉稀薄地刷一层,烧出来便是此种颜色。老陆刷好釉,将香炉放过匣钵,置入灶炉,而后实以黑煤,复以圆盘将灶口盖住,鼓起风箱开烧。日新与采芹跟随他进入作坊,他也未曾驱逐,想是已经接纳了日新。日新观其所为,深感讶异,实难想象那方小小的灶台竟是窑炉。鼓风甚耗力气,日新主动求代,老陆也未说甚么,欠身把位置让给他。待煤火烧尽,老陆叫日新撬开炉盖,取出匣钵。他骨伤尚未痊愈,忙活片刻,已然隐隐作痛。炉火虽熄,炉内仍然炽热,日新戴上浸了水的棉套,将匣钵小心捧出。不料匣钵乍出炉膛,便在他手中破裂,连同钵中的香炉一起坠地,想是降温太快,风惊炸裂了。老陆和日新皆大惊,急欲抢救,却已迟了,咣啷一声,香炉已碎成数片。老陆心疼欲死,捶胸顿足。

"你个没用的废物,克人败家的畜生!"老陆大吼。

他将日新赶出家门,从此除籍,不复相见。采芹不高兴,跟爹爹论理。风惊又不是日新的错,要怪须得怪天气。再怪也须怪爹爹,爹爹都忽记的事,日新又不是行家,怎能考虑得那么周全?再者,从炉底看,芝麻酱釉造得蛮不错,这可是日新的功劳,即使日新有错,凭这个也能将功抵罪。不过是碎了个香炉,再做便是,何至于发如此大火。老陆气得发笑。

"再做便是?"老陆说,"你以为做钧瓷是做烧饼,随随便便给你做一个出来?"

"无非是烧瓷嘛,能有多难?"

"你说有多难?你看我鼓捣大半辈子,我才烧出几个?"

"我怎知有几个？你又没告诉我。你只叫我莫要对外人讲。"

"你还真是不经心！"老陆说，"你姥爷做了一辈子，没做成一个，我接手做了二十几年，也仅仅做成两个。"老陆比出两根手指头，"两个！就两个呀我的亲祖宗！现在只剩这一个，也被他毁了，你说要他有甚么用？"

采芹说："那一个呢？"

老陆哑了一下："卖了。"采芹说："卖了多少钱？"老陆翻眼："怎么，你还想打劫？"采芹也翻眼："谁稀罕你的钱？你只要烧成过，便能继续烧出来，叫日新帮你，一定更快。日新比你有学问，烧出来更赚钱，到时赔你十只八只便是了。"老陆怫然："他比我有学问，还求我做甚么？有本事自己烧去。"采芹嬉笑："至少他知晓宋钧底上有芝麻酱釉，你怎不知晓？你早知晓，早刷上，也不致把它弄坏。哎，爹，日新天天在家读书呢，老朱生前弄到许多烧瓷的书，都让他读完了。你不知他有多勤奋，夜里都不睡。你大半辈子才烧出两个，这手艺也不精纯，叫他帮你，说不定三五日便烧出一个。"老陆发怒："叫他三五日烧一个去！莫再来烦我，再来烦，打烦你们狗腿！"

老陆将采芹赶出大门，气哼哼回上房屋。老婆取笑他，对女婿这般敌意，定是因为抢了他的小棉袄，吃老醋了。老陆睒她一眼，坐进罗圈椅生闷气。老婆捧上一杯茶，劝他消气，日新那孩子蛮好，不必这般记恨。

"你懂甚么！"老陆说，"人心隔肚皮，谁知是红是黑？不光他没操好心，他干爹朱无闷也不是好东西。姓朱的一直惦记我的手艺，还以为我不知晓。他收翟日新做干儿，指不定便是图着采芹对翟日新好,绕着弯儿下手。"老婆说:"你呀,把人想得太坏,若不是人家老朱,你我能有今日?"老陆默然,闷了片刻,又说:"恐怕这也是他的计谋,咱们都被他算计了。"老婆拿帕子掩起嘴,笑得弯下腰去。老陆瞪着她,看她笑得乐不可支,渐渐也觉无趣了。

"不是我讨厌日新,是这小子委实不吉利。"老陆说,"听说他在归德府老家,便娶过一房老婆,得疯病死了。来神垕再嫁一个,也死了。人家脚工给他押个货,又死了三个。这种克人的家伙,你说我怎敢把闺女嫁给他?"

老婆听他这么讲,也觉心头发瘆。"那你还不是嫁了?"

"这不是出了那档子事,我心一软,就应许了。可是你看,没过几日,姓朱的也死了。又没过几日,我的香炉也叫他毁了。这不天生一个灾星么?我后悔得肠子打结。采芹已经跟了他,也没办法,生死有命,福祸自招,我还须留这半条老命,跟你过后头的日子呢。"

老婆深以为然,嗟叹良久,对老陆说:"你把手艺传给阿喜吧,阿喜这孩子心实,也会给你养老。"

老陆摇头:"烧钧瓷太难,我琢磨一辈子,也没琢磨出个规范,成了不知怎么成的,不成也不知为何不成。教给他也没用,万一他任了性要烧,反倒害了他。"

采芹怏怏回到家,见日新仍在书房翻书,走过去扶门而立,呆呆看了半晌,心下慢慢欢喜起来。日新换书时才发现她,问她鬼鬼祟祟做甚么。采芹说:"看你读书呀,怕扰乱你,就没说话。哎,你索性不要烧瓷了,好好读书去赶考,说不定考个状元。"日新不理她。采芹又说:"钧瓷也没甚么烧头,我爹烧了大半辈子,才烧出两只,你就算学会,一辈子只烧两只瓷,有甚么意思? 还不如读书考状元。"日新抬起头:"只烧出两只?"采芹点头,将她爹的话讲与日新听。日新不语,若有所思。桌上的书一本压一本,乱糟糟的一大堆,采芹要收拾,日新说:"别动,你出去吧,我再看一会儿。"

采芹遂出去了。日新将房门反闩,从亮格柜取出一只笔洗:正是朱先生那只丁香紫三足鼓钉洗。他翻看底足,除了那行文字,并无芝麻酱釉。日新望着底足发了会儿怔,复将笔洗藏入柜中。半个时辰后,采芹做了午饭,用条盘端过来,跟丈夫在书房吃,吃完她再收拾走,不耽误丈夫看书。采芹厨艺甚差。与日新结婚后,居住在朱宅,饮食起居皆由老陈老婆伺候,无须她动手。朱先生死后,老陈夫妻便告老离去,回北山老家了。采芹只好自己动手张罗一切。她主中馈,唯熟而已,不可苛求色香味,日新若要改善伙食,便需自己下厨。今日中午,采芹做的是臊子面,面条厚薄不均,臊子的肉丁也大小不一,与木耳、萝卜乱炖一气,又加了许多辣子粉。日新扒了几口,泪珠和汗珠一齐冒出来。

"我思量,仍须烧钧瓷。"他拿手巾抹去汗和泪,对采芹说,"越难做的事,越值得做,获利也越大。轻易便能做出的东西,也不值钱了。"

采芹说:"好呀,你想烧,咱便烧。"日新说:"我打算找个窑口做工,边赚钱边烧。"采芹说:"做甚么工,要烧便好好烧,别三心二意。"日新苦笑:"我总须养家。"采芹说:"家有甚么难养? 你好好烧瓷,我来养。"日新噱然:"哪里有让老婆养家的?"采芹说:"这不就有了? 先讲好,我可不白干,等你烧出钧瓷,发了大财,得买十个丫鬟伺候我。"

从此日新便专心烧起钧瓷。他将内院西厢房辟为作坊,仿照老陆的样式筑起一座鸡窝窑。"鸡窝窑"是老陆的命名,他以为此窑状如鸡窝,故称。日新嫌它难听,况就形制而言,分明与灶台相似,不知老陆何以不称灶台而称鸡窝;转思老陆之怪脾性,也便无须质疑了。朱先生曾讲,他当年与宋匠首试烧钧瓷,只专心于釉药,而未着意于窑炉,以为窑变乃釉药之变化,自应在釉上用功,至于窑火,不过是成釉之美而已;追思教训,实有偏失。日新亦以为然。《南窑笔记》有载:"炉钧一种,乃炉中所烧。"朱先生与日新琢磨,此"炉"定非烧细瓷与炻瓷之大窑,唯其炉式如何,却无着想之处。此时观照老陆的"鸡窝窑",日新顿有开朗之感,于是便效法老陆,亦自炉窑入手了。

采芹果然担起养家重任,每日去镇外挖片,孕时鼓腹而往,产后负子而出,未曾有偷闲的时候。日新一旦提议营生,她便不高兴,责怪他不务正业。日新疼惜她辛苦,便趁她不在时拿些物事去典当。朱先生不喜收藏,家中并无古董文玩,但朱先生毕竟是有钱人,生活讲究,所用什物大多价钱不菲,拿去典当,也能换些钱维持花用。采芹是粗枝大叶的人,但凡不是过于明显的物事,少了甚么她也不上心。寒暑相继,年复一年,大清国风雨飘摇,变乱频仍。近两年尤甚:先是义和团四处杀洋妖;继而洋人攻陷京城,太后与皇上仓皇西狩;再之后朝廷与洋人讲和,共同剿灭了义和团。等等等等,不胜书纪。凡此种种,无一不是大事,又无一对神垕发生影响,仿佛天外异闻,惊奇却不关痛痒。日新也不关心这些军国大事,只是埋头烧瓷,渐渐摸到了钧瓷的门径,虽说成功尚遥,却也偶尔会有一两片莹润的釉面。他将这些釉面小心敲下,修理做旧,混到钧片中去卖，也能蒙混过关。此时他才明白老陆的钩片何以那么多。

樊有登门时，日新正在作坊配制新釉。听到舅舅叫唤，他先是一愣，急忙闪出去，将门锁上。樊有听姐夫讲过，日新这几年不务正业，既不做工匠，也不做买卖，唯靠典当度日。他端起长辈的架子，径直走进上房客堂，一屁股坐到八仙桌东首的太师椅上。日新问了几句扯淡话，诸如舅舅何时回来的，还走不走，吃饭没有，便无话可讲。舅甥俩遂大眼对小眼，场面不尴不尬。樊有有点气，质问日新："这么多年没见着，今儿回来了，你连杯茶也不给我吃？"日新说："采芹出去挖片了，没烧水。"樊有说："你就不能给我烧一壶？"日新便去伙房烧了水，捏一撮茶叶丢进茶碗，冲上水给舅舅端过来。樊有矜持地捏起碗盖，拨了拨漂浮的茶叶，脸上露出鄙夷之色。

"朱先生喜好大红袍，朱太太喜好炒青眉，义夫和义民也都只吃好茶。轮到我，你就给我上这种破叶子？"

日新说："家里只有这个，好茶吃不起。"

"你吃不起就对了，由着你这么败家，万贯资财也不愁去喝西北风。"

"哎呀，舅舅甚么时候成持家模范了？"采芹背负竹篓，手牵儿子月清走进来。月清刚满五岁，脑壳上毛头蓬乱，杀裆裤的裤裆已被扯破，露出一点蹭脏的棉絮。"我们再是败家，也还有个家。舅舅呢？你的家在哪里？叫我们去喝杯好茶。"

樊有看到她，黑脸不语。采芹对月清说："月清，这是你舅爷，不知跑哪里混了几年，如今发财回来了。快叫舅爷，你舅爷可大方了，叫一声给一两银子。"

月清立时蹿到樊有身旁，一迭声叫"舅爷"。樊有大慌，忙说好了好了，试图阻拦，却拦不住，被他一口气叫了十几声，而后伸手要钱。樊有心中窝火，当着采芹磨不开脸，在衣袋里摸索半天，摸出两枚小皮钱，宝贝似的递与月清。月清一把抢过去，嚷嚷着不够，爬到樊有身上，去他衣袋里掏。日新吆喝一声，他才不甘心地溜下来，仍旧跟舅爷讲理，一共叫了十五声，才给两个，还欠十七个。他算术不好，对银子亦无意识，只当十七两银子便是十七个小钱。采芹说："舅爷今日没带钱，先欠着你。放心，娘给你记着账呢，忘不了，出去玩吧。"月清攥着小钱雀跃而去。樊有甚感无趣，没话找话："孩子都这么大了，头发这么长，也不给剃剃。"采芹说："不急，留着做个试验。"樊有说："甚么试验？"采芹说："你这舅爷里也带个舅字，你若不给钱，等到明年正月给他剃个头，看有没有用。"樊有起身便走。采芹说："哎，舅舅，别走呀，我和日新结婚你还没随礼呢，打算几时补上？"

日新送舅舅出去。樊有跨出宅门，回头打望，见采芹未跟过来，松下一口气，站到街中央打量宅子，对日新说："你舒舒服服住着这个大宅院，可知是怎么来的？"日新说："朱先生收我做干儿，他亡故后，留给我的。"樊有乜视日新："神垕镇那么多人，他为甚么偏偏收你做干儿？"日新不语。樊有说："我现今明白告诉你，这是朱先生应许我的，我帮他干了一件事，他收你当干儿子。我也不瞒你，我本意想让他收日进，他偏要收你。你有今日，是我拿命拼来的，这座宅院，也是从日进手里抢来的，知道么？"日新愕然："你帮朱先生干了甚么事？"樊有说："这你莫管，你只消记住，这宅院本是你哥的。如今你哥窑场有难，你须多帮补他，做人得知恩图报。"

日新默然。哥哥身陷困境,他何尝不想帮助,只是自身难保,有心无力。樊有又说:"你也来窑里干吧,给你派个事做。都是当爹的人了,天天闲吃胡混,有甚么出息?孩子这么大,也不请个先生教教,跟个野猴子似的,没个规矩……"嘴里谴责着,头昂得高高的,大摇大摆地走了。

采芹挖片时遇到几蓬野葱,在枯草败叶间青鲜可爱,一股脑都采回来,给丈夫烙饼吃。她在庭院择葱,见丈夫郁郁不乐地回来,准是樊有没讲好话,很气,后悔不曾多骂他几句。日新责怪她没大没小,他毕竟是亲舅舅,不可没有礼数。采芹不以为然,"谁叫他糟蹋我丈夫?活该!"

采芹已有数日未去看望她爹,与日新吃过饭,带月清去老陆家。老陆本来连她也不见,她只管一次次来,老陆也便由她了。老陆阴脸坐在院子里,采芹与他说话,他也不理。月清一头扎进他怀里,一边与他腻歪,一边将手伸进他衣兜。这是月清与姥爷相见的常态,老陆习以为常,总在衣兜里放几枚铜钱让他摸。这次老陆却甚烦躁,一把将月清推开。月清溜到姥爷身后,换个位置下手。老陆掏出衣袋里的铜钱摔到地上。

"拿去,拿去,都给你们!"老陆咆哮,"这条老命也给你们!"

采芹吓了一跳,问爹爹怎么了,发这么大火。老陆气恨恨地不说。月清见势不妙,将钱一枚枚捡起来,作势放回姥爷的衣袋,却只投了一枚进去,其余都攥在自己手心。采芹见爹爹不讲,便去上屋问二娘。二娘也在生气。刚才樊有来,毫没道理,定要老陆给他五千两银子。老陆不给,樊有便撂下狠话,半月之内见钱,否则叫老陆吃不了兜着走。后娘听见,出去骂樊有。樊有看到她,很是意外,即刻明白了情形,取笑他们是老树开花,作势要包几个小钱做贺礼,尽情戏弄了一番,又对老陆说:"你有老婆了,我还没有呢,再加五百两银子,叫我也讨个老婆暖被窝。"

"发了一顿疯,趾高气扬地走了。"二娘说,"你爹要跟他打,被我拽住,你看他那块头,壮得像野牛,你爹哪里打得过。"

采芹大怒。她以为樊有是被自己骂,心怀怨恨,便来寻爹爹闹事,立即要去找他算账。月清因姥爷不和蔼,不愿在这里玩,也跟随采芹走了。采芹先找到老翟那里。老翟不在,樊有也不在,只有俞述秀在院里洗衣裳。再找到翟日进家。宋老板瘫在床上流口水,宋太太也病倒了,如玉在家伺候他们,月容则陪着母亲做针线。樊有没来过,宋太太都不知他回来了。月清留下与月容姐玩,采芹乐得省事,便由他了。她找到隆兴窑,找到无量寺,找到窑神庙,找了北寨找南寨,一直找到天黑,也未找到樊有。她回家陪丈夫吃过饭,又要去找。日新哂笑。

"你真是闲的! 明知他是泄愤,泄了就罢了,找他干吗?"

"一人做事一人当。"采芹说,"不服冲我来,干吗去惹我爹?"

她不顾丈夫反对,只管去找。刚到街上,便被一对夫妻拦住去路。月清抢人家孩子的琉璃咯嘣,孩子不给,被他打了,琉璃咯嘣也摔碎在地。采芹忙赔不是,出钱赔偿,顾不上再找樊有,风风火火去寻月清。采芹不爱带孩子,月清大多时候在老翟与老陆两处流转,偶尔去日进家。她寻了一遭,在老翟家寻到。月清正叫俞述秀喂饭,看到采芹气势汹汹赶来,立即蹿到院中,抱住枣树往上爬。采芹一把揪下来,抡起巴掌便抽。月清号哭,大喊爷爷救命、姥爷救命、爹爹救命,喊遍了也没用,改喊亲娘饶命。俞述秀上前劝阻,被采芹一把推开，也便不管了。

今日连番受气，采芹心情糟糕，晚间上床，翻来覆去睡不着，便去书房找日新，缠他去睡。日新被她缠得没法，只好陪她回卧房，不料一进门，便看到床上的竹板和红麻绳，方知她不是真要睡。采芹直言不开心，要寻欢作乐。日新说累了，早些休息吧。采芹不答应，只管自己摸索。摸索良久，日新仍无反应。采芹说："刚才在你爹那边教训月清，俞述秀要拉，被我推了一把，推到胸上。她那两只奶可真大，跟揣了两颗人头似的，还软乎乎的。"采芹说着，两只眼睛闪动水波一般的光。日新下体渐渐挺立起来。采芹说："你是不是在想俞述秀？"

日新说："胡说甚么！"

采芹说："那你这东西怎么突然有精神了？"爬到日新身上，将他的下体纳入下体。"嘘嘘嘘，别强辩了，想就想呗，反正得实惠的是我。你若敢跟她来真的，我把你俩的脑袋割下来。"

三

瞿日新这几日情绪烦闷，无心烧瓷，意欲出门散散心。他打算去窑神庙上个香，再去无量寺拜个佛，然后进山走一走。刚锁了作坊门，听闻月清在宅门口嚷叫，问找哪个。有人说找瞿日新。月清便索要买路钱，否则不给进门。对方呵呵笑，说这定是采芹的儿子，眉眼和泼性都随他娘。日新听那话音颇为熟悉，急迎出去，却是朱太太和她儿子刘义夫。

数年不见，朱太太老了许多，身体也愈见发福，那件蓝缎镶边大襟长袄虽则宽大，亦遮不住丰腴之态。她问知月清果然是日新与采芹的儿子，满面疼爱之色，要抱一抱。她衣襟上挂了一只象牙耳挖，月清不知是甚么东西，只觉晃来晃去甚是好玩，便由她抱了，趁机在她怀里把玩。朱太太抱着他进入宅院，见到采芹，看她满面烟火之色，衣裳也是旧的，握住她的手，手掌亦甚粗糙。朱太太疼惜之情溢于言表，连问陈嫂何在，怎么让采芹亲自劳作。日新告知老陈夫妻已在干爹去世后离去。朱太太叹了口气，一手抱月清，一手挽采芹，一起走进上房屋。

　　朱太太虽已被休，每逢朱先生周年，仍会回来上坟，给他烧些纸钱。她总是独身而来，只有一名仆人驾车陪同，烧完纸即便离去，不见镇中故旧，也不知会日新。她说过不复再进这个宅院，数年间果真未曾一至，今日忽然而来，令日新心生不安。他询问干娘来意。朱太太对"干娘"的称呼坦然接受，全无当年的排斥之情。她告诉日新，此番归来，一是看望日新三口。一家人久无来往，实在是有违礼教，不成个体统，以后得常来常往，走动起来。这第二，是给他干爹上坟。日新诧异。第一条虽不知真假，好歹是个像样的理由，第二条便着实荒唐：干爹忌日在月余之后，此时回来，上的哪门子坟？刘义夫亦神情凝重，不苟言笑，仿佛讨债的一般，哪里是走亲戚的模样？日新心中悻然，却也不便说甚么。

　　寒暄片刻，采芹要去置办酒菜，天已近午了，不可使客人饿乏。朱太太挽住她不放，叫义夫去楼外楼叫一桌送来。未几便已送到，三荤四素二汤，外加两壶时酿。饭罢，朱太太大发感慨，饭菜还是老家的好，开封虽说是繁华大都，数不完的佳肴名吃，但总觉得差一点东西，不是那么对味。采芹说："这不简单，雇一个神皇厨子，菜蔬也来神垕采买，做出来肯定是神垕滋味。"朱太太笑称好主意，又说久别神垕，颇思北寨清凉记的莲子百合羹，央采芹去给她买一碗。采芹起身要走，朱太太又把月清放到地上，掏出几块银圆，叫他跟他娘一起去，路上买些好吃的。月清要她的象牙耳挖，她也笑吟吟取下来。日新知她是把采芹和月清支开，好与自己打开天窗说话，因此并不阻止。果然采芹和月清一出门，朱太太便换了一副神色。

"日新，你可知我和义夫为何此时来上坟么？"

日新摇头。朱太太长叹一声，对义夫说："义夫，还是你讲吧。"

义夫给日新斟上酒。"这得从义民说起。"

刘义民到开封后，不改纨绔习气，终日价饮酒使气，在三教九流之间厮混，结交了许多江湖朋友。半月之前，他与朋友吃花酒，席间有个生人，鹰鼻隼目，两眉如刀，是一位朋友的朋友，朋友称其为乔哥。喝到放浪形骸时，乔哥得知刘义民是神垕人，问他认不认得朱先生。义民说认得，此人甚讲义气，前些年为朋友报仇死掉了。乔哥嘿嘿一笑："的确讲义气，可惜是个信尿。"义民听他话中有话，问他此言怎讲。乔哥却不说了，与座中酒友山呼海啸划起拳。义民存了心，对他格外殷勤，酒散后执意与之同行，半路拖他拐进一家窑子，唤来几个窑姐，将他灌得大醉，徐徐套话。原来这个乔哥，便是梁先生那位"兴中会的朋友"。梁先生看上几个玩意儿，急切想要，奈何一时手紧，便把主意打到朱先生头上，找来在衙门当过差的乔哥，一起设了个局。那姓朱的竟然上当，不但爽快给钱，还真要与他们结盟，共谋反清大业。梁先生又伪造一封孙中山的手书寄给他，马上又换来三千银票。二人屡骗不爽，心花怒放，意欲当猪慢慢宰下去，不料他却为朋友复仇，与人火并死掉了，着实可惜。义民套问清楚，扶他离开窑子，行至偏僻处，将他推入阴沟，压住脖颈浸死其中。

日新大骇，不虞梁先生竟如此卑劣！朱太太说："我一直想不明白，你干爹为何突然翻脸无情，把我们母子三人扫地出门。现在才知晓，他以为自己真个是与革命党结盟反清，怕连累我们，才与我们断绝关系的。"朱太太泪水闪烁，撩起衣襟上的帕子拭了拭，"他这人呀，一辈子重朋友讲义气，却被朋友这般坑骗……"

义夫说："我已叫瓷行伙计把贵重瓷器收起来，破上这个铺子不要，放把火烧了梁九成的文古斋。这几日两宫回銮，驻跸开封，城内盘查甚严，不好行事。等两宫启跸，城禁放松，我便下手。"

日新听他此言，前半段甚是明白，后半段却不知所谓。他问两宫回銮是何意思。义夫说："大清国的京城不是被洋人打破了么，太后和皇上跑到西安，派李中堂与洋人谈判，已经谈妥了。太后和皇上要起驾回京，从咱们河南走。现今到了开封，据说要在这里住些时日，大概是京城尚未清肃妥当。这么要紧的事，你都不曾听闻么？"

日新说："实未听闻，也不关心。"

次日上午，日新陪朱太太和义夫去上坟。他们都带了孝服，在坟前穿起。朱太太眼泪涟涟，指挥义夫给朱先生行三拜九叩之礼。日新也随同叩拜。拜讫焚烧纸钱，义夫手持枯枝挑拨纸钱，以助其燃。火苗熊熊，鼓荡着纸灰在半空回旋。朱太太眼望坟墓，痛哭失声，责骂朱先生太糊涂。日新与义民亦皆垂泪。朱太太哭了多时，方才渐渐收声，又叹息久之，洒泪别去。马车在山脚等候，朱太太叫义夫先走，她与日新在后面徐徐而行。她叮嘱日新，误会既已澄清，以后便是实实在在一家人，万不可彼此疏离，冷了他干爹的心。义夫兄弟已复了刘姓，不想改来改去，但情谊是一样的。倘若日新有个缓急，只管去找义夫，义夫定会以骨肉相待。日新应诺。他问义民为何未来。朱太太顿时忧形于色。

"这孩子跑疯了，日夜不沾家。老大不小，也不娶媳妇儿，托人给他说媒，他也不睬。我这两个月都没见着他，前日才回去，讲了你干爹的事，又拉着我的手说了半天话，便又没了影儿。"朱太太说，"本想带他一道来上坟，找不着他人，就与义夫回来了。"

日新不语。朱太太也满腹心事，一时无话。默然走了一会儿，日新说："我舅舅回来了。"朱太太不应，似是没有听到。日新知她定然听到了，继续说："他向我讲了一件事，不知真假。"朱太太说："甚么事？"日新说："他说朱先生收我做干儿，是因为他为朱先生办了一件要紧的事，与朱先生交换的。"朱太太嗤地一笑："听他放屁！你干爹是甚么样的人，他又是甚么样的人，你干爹有甚么要紧事用得着他去办？他是眼红你得了这宅院，胡扯北风呢，别搭理他。"日新笑笑："我也纳闷呢。"

又走了半晌，朱太太张张嘴，似要说话，却又不说了。日新已然瞥见，揣测她想说的话或与舅舅有关。舅舅与朱太太有些不清不楚的干系。日新与父兄来神垕不久，便听到坊间传闻，说他舅舅在河边晃悠，看到朱太太溺水，便将她救起，趁势强奸了她。朱先生为保全太太名节，故意只讲他救人，把他当个恩人对待。而朱太太何以溺水，则是因为朱先生好男风，娶朱太太只为掩人耳目，朱太太知情后，不可承受，去河边散心，不小心跌落了进去。也有人说她是故意投水，试图自杀。坊间的话真真假假，尽信不如不信，日新听听也便罢了。后来又有传闻，说樊有有一回吃醉酒，拦住义夫、义民兄弟，叫他们喊爹；朱先生得知，极是恼怒，勒令他断酒，否则便割了他的舌头。朱先生是否下过此令，日新无从得知，但舅舅从那之后再未吃过酒，却是明白无误的事实。日新睒一眼朱太太。朱太太白皙丰满，一身贵气，却与舅舅那种人扯上绯闻，委实可惜复可悲。想这混浊世界，哪里有十全如意之人，帝王将相，无量众生，都有自己的不堪。

　　直到山脚，朱太太都未再说话。她不说，日新也便沉默。他将朱太太和义夫送出数里，直至山隘方回，一路思想干爹与梁先生的仇怨，心胸惆怅而愤懑。刘义民杀了乔哥，刘义夫要烧梁先生的店，两兄弟已改回刘姓，尚且要为朱先生报仇，自己身为干儿，受恩不小，于情于义，自是不可置身事外。他将书房反闩，取出那只鼓钉洗，放在书桌上，望着它出神。不知过去多久，笔洗忽然发出一声清脆的细响，犹如琉璃之崩，琼玉之鸣，极近而又极远。那是开片的声音。日新回过神，包起笔洗来到作坊，调制釉水刷到底足上，复将笔洗装入匣钵，放进炉膛。做罢这些，他摸索囊中，尚有两枚当五十的制钱，遂去窑神庙上香，将钱投入功德箱，顶礼膜拜而返。他点燃炉火，曳起风箱，辨着火色控温。熄火后开匣查看，笔洗的釉质与釉色皆未受损，足底则现出一层均匀的芝麻酱色。日新长舒一口气，未敢多候，即着手修理做旧。至于瓷器做旧之术，朱先生遗稿里收录甚多，日新在自做的钧片上试行，颇有效验。如今依法施于笔洗之上，果然消去了原先的贼光，多出几分古意。他将笔洗反复端详，觉得可以一试了。

是夜，日新早早便上了床，意欲养足精神，以备明日远行。采芹不知他别有打算，以为是要寻欢作乐，急欲将月清哄睡。月清却偏不睡，她便将他送到老翟那边，急急忙忙赶回来，日新却已睡着了。采芹不甘心，将他弄醒，告诉他把月清送到俞述秀那边去了，今夜跟俞述秀睡。日新哦一声，翻身又要睡。采芹说："你是不是很羡慕你儿子？"日新没好气："我明日要去开封，让我睡吧，好不好？"采芹说："不好。你去开封做甚么？"日新说："去找梁先生，请教一些问题。"采芹说："那好吧。但你要告诉我，昨日朱太太把我支出去，是不是讲我坏话。"日新笑："瞎说甚么，朱太太很疼惜你，专门给了二十两银子，叫你买胭脂，再做几身新衣裳。她怕你犯倔不要，才故意把你支开，私下里给我，等她走了，再转交给你。"采芹叹了口气。日新说："你叹甚么气？"采芹说："你还记得你给我买过胭脂水粉和银簪子么？还有绸布和皮子围脖。"日新说："你是怪我结婚后没再给你买。"采芹说："不怪你，现在是没钱，等你有钱了，一定会给我买的。"日新翻过身，将采芹搂入怀中。采芹赤条条的，仿佛一条秋刀鱼。她将脸贴在日新胸前，沉默片刻，说："朱义民怎没回来？"日新说："你想他了？"采芹说："我想他做甚么？"日新说："没想他干吗要问？"

采芹抬起头，打量日新脸庞，见有猜妒之色，嘿嘿笑起来："你吃醋了。"她说，"我就是想他了，怎么？你生气呀？生气打我呀。"日新跃身而起，一把将被子扯开，袒露出采芹的身体。采芹身体开始颤抖，嘴巴却说："反正你又不要我，闲着也是闲着，就让朱义民来要。"日新拽起床头的竹板，重重抽打在她屁股上。采芹呻吟一声，似是极端疼痛，又极端快活。

107

"打我，使力……"

日新挥舞竹板，在她屁股上噼噼啪啪地抽。他们第一次欢好，便曾这般模样。那时他们才定过亲，一日傍晚，采芹来找日新，两人在房内说话，说着说着便到了床上。那晚朱先生外出办事，交代在外过夜，偌大内院只有他们二人，因此可以肆无忌惮。日新无意间在采芹臀上拍打了一下，清脆的声音甚是悦耳。采芹忽然战栗起来，叫他继续打，用力打。她在日新的抽打中癫狂扭曲，几乎要死了。事罢之后，她汗津津地压着汗津津的日新。"真奇怪，我喜欢你打我，"她说，"你打得越重，我越是快活。"之后几次欢好，两人继续如此。日新虽觉怪异，却也乐在其中，直到迎亲前一晚朱义民找到他，讲了他对采芹做的那些事。

采芹在竹板下扭动，像是躲避，又像是奉迎，双臀几欲出血，身体亦泛起一层桃红。日新那点火却逐渐冷却。"刘义民喜欢打你，你喜欢挨打，你们还真是一对儿。"他说。采芹说："是呀，你不开心么？"忽然察觉丈夫的声音异常冷静，一骨碌爬起来。"我是故意胡说八道，惹你打我的，你可不能当真。"日新说："他爱打你，你爱挨打，不就是真的么？"采芹咬着嘴唇呆了一下："傻子！我只喜爱被我喜爱的人打，我不喜爱的人打我，我恨不得戳死他。"日新说："睡吧，我明日还须起早赶路。"

次日日新并未去开封。笔洗虽已做旧，但他毕竟心虚，怕过不了行家之眼，须再详加审视，不可操之过急。午饭后，他正专心修瓷，樊有袖手找过来。采芹出去挖片，忘了把大门锁起。日新甚烦，却不得不去应付。樊有在院里东张西望，确认采芹不在，才问日新："我听人讲，朱太太回来过？"

日新说："已经走了。"

"我知道她走了。她在的时候，你怎不告诉我一声？"

"她回来是上坟，又不是找你，为甚么要告诉你？"

"没事就不能见个面么？都是老熟人！"樊有不悦，"你这孩子，说话跟采芹一个腔调，就不知道尊重长辈，亏我给你挣下这么大个宅院。"

日新皱眉："你说是你挣的，你倒是说说怎么挣的。"

樊有观其脸如麻布，一副不承情的神气，十分恼火。他四下张望，再次确认没人，压了嗓子说："我就告诉你，谅你不敢讲出去。我帮朱先生杀人了。"日新一惊："杀了谁？"樊有说："张地保。他坑了程老板，卖个假宋钧给他，程老板好面子，活活气死了。朱先生为程老板报仇，叫我下手弄死他。否则我好好的，为甚么要躲出去这许多年？"日新说："你既然杀了人，还敢回来？"樊有一哂："反正朱先生也死了，死无对证，谁能把我怎样？"晒日新一眼，"话虽这么讲，你嘴巴也得守紧，莫要传出去，免得招惹麻烦。你哥如今正作难，你横竖弄些钱给他救急，莫要只顾自己在这宅院里住得安逸。"

樊有说罢，昂首阔步地走了。日新回到作坊，望着笔洗出神。他固知朱先生收他为干儿，并不只是好心，也打着利用的算盘。唯以朱先生待他甚厚，又将宅院遗赠与他，因此感念至深。倘若舅舅所言属实，还有必要为朱先生报仇么？傍晚时分，采芹挖片归来，先洗了手，过来找丈夫。日新看她步履轻快，一路哼唱小曲，问她何事如此开心。采芹顿时眉飞色舞。

"我挖片回来，路过宋及物的隆兴窑，看到宋太太正把你舅舅往外赶,拿把棒槌边打边骂。宋太太那张嘴你是知道的,顶会骂人。你舅舅再是没脸没皮,也斗不过她,灰溜溜地逃走了。"

日新说:"宋太太为甚么赶他?"

"不知道,听宋太太骂,也不看看自己是甚么狗东西,到她家窑上指手画脚。想是他仗着你哥的关系,去人家那里充主子,被打出来了。"

日新设想舅舅被宋太太驱逐的狼狈状,亦觉可笑。晚上睡前,两人各在自己被窝里沉默。街道里已传来三更的梆子,日新仍睡不着,试着叫声采芹,采芹立即"嗯"了一声。日新说:"假如有一个人,对你很好,但他对你的好,却是一桩交易,你会怎么看他?"采芹沉默久之,说:"他会害我么?"日新说:"不会。他大概还想利用你,但这利用,对你也是有好处的。"采芹说:"那我会感激他。人和人本来便是利用,夫妻也是。我喜爱你,是因为你有甚么东西让我喜爱了,我利用你满足了我的喜爱。你接受了我的喜爱,定然也是因为我有甚么东西让你喜爱了。说开了,这也是一桩交易。你会因为这是一桩交易,我也利用了你,你便怨恨我么?"日新将被子撩开,把采芹拉到自己被窝里。

"你说得对,我不能怨恨。"他说,"我明日去开封,你想要甚么? 我给你买。"

四

两宫驻跸开封已二十余日,仍无启跸北上的迹象。城禁亦日益严厉,在街上行走,随时会有官差盘查。驻防旗兵与抚标亲军马、步营倾巢而出,把守关隘要道,巡防内外。城门亦有重兵戍卫,进城人等皆须严行搜查。搜检兵勇甚是粗暴,将行人包裹乱翻乱扔,翟日新候查时,便见有人的果子盒被打翻,还有一人的琉璃樽失手摔碎,蹲在地上痛哭。他恐笔洗也被兵爷随手一掷,提前捧在手中,先请兵爷过目,再呈上包裹,任其翻检。

梁先生不在文古斋,只有一名伙计看店。伙计是后来的,不认得翟日新,声称梁老板这几日有要事在身,不常来店里,即使来,也没个定准的时候,客人倘若有闲,可在店里吃杯茶等等看。日新不愿干等,走到隔壁刘义夫的瓷行,只见铺面上尽是不值钱的炻瓷,果然没有了上好货色。行里的掌柜和伙计也都不认得他,问刘老板可在,答说老板家里忙,好些日子没来过了。日新有些纳闷,在街上遛了一遭,眼见到处都是盘查的官差,便又回到文古斋去。刚吃半盏茶,梁先生匆忙赶至,唤出伙计,吩咐把柜里那只唐代海马葡萄铜镜装起来。梁先生亦颇见苍老,头发已然星星,神色也甚是憔悴。眼睛大概也花得厉害,眼光从日新身上扫过,竟然没有认出他。日新嬉笑招呼。

"梁老板久违了!"

梁先生回头仔细打量,这才认出日新,连称久违,翟老板多年不见,不知在何方发财?日新展开双臂,笑说:"你看我穿这衣裳,像发财的样子么?"梁先生说:"宁嫌老王公,莫嫌少年穷,翟老板风华正茂,来日不可限量,一时窘困,不能当个事情。"伙计已将铜镜装在锦盒里,捧出来递与梁先生。梁先生问日新可有甚么见教,他还有关紧事着急去办,若无重要事体,他先失陪,日后再奉茶叙旧。日新笑说:"也没甚么要紧事,手头有个宋钧,想请梁老板过过眼。你既然忙,就不叨扰了,改日再来找你谈天。"梁老板说:"宋钧？是陆秉宪那只香炉么？"日新摇头:"不是呢,你不是讲过嘛,他那个是仿宋。我这是个窑变的笔洗,实打实的至尊宋物。你忙去吧,别误了尊事,我到萃宝轩去遛遛。"梁先生把锦盒放到柜台上,呵呵笑起来。

"翟老板不够朋友,才几年不见,就这样寻我开心。"梁先生说,"我是真有关紧事,并非怠慢老友,你切莫误会。但你知晓我的贱癖,听到'宋钧'二字,天打炸雷也挪不动脚,再是紧急,瞧一眼宝贝的时间还是有的。翟老板莫要小气,拿出来给我开开眼。"

日新环顾店子,又望望店外。梁先生心领神会,将他请入内室。日新这才将包裹打开,取出那只笔洗。梁先生两眼顿时光芒四射,急忙取出放大镜,翻来覆去看之不足,边看边喃喃自语:"好物！好物！"看罢多时,将笔洗和放大镜放下,打盆凉水洗脸,又撩水频激脑门,再回来看。足足看了两刻,仍不愿放手。日新提醒:"梁老板留心时间,切莫误了正事。"梁先生回过神。

"哪儿来的？"

日新说:"实不相瞒,这东西是朱先生的遗物,我因被他收为干儿,死前将宅院和这只钧瓷传给我。"梁先生皱眉:"朱先生现成两个儿子不传,传给你这干儿？"日新说:"义夫和义民也不是亲子,朱先生那年从你这里回去不久,便把太太休掉,连同义夫、义民一并赶走了。"梁先生点头:"难怪隔壁的朱老板改姓刘。这老朱作甚么妖？好端端地把人家母子扫地出门！"日新说:"我也不知,问过干爹,他不讲,问急了,便说嫌他们母子是累赘,把他们赶走,剩他一人好办大事。也不知他要办甚么大事,总之宅院和这笔洗到了我手里。不怕梁老板笑话,我本想把这笔洗供起来,做个怀思追远的表记,但我这些年一直走霉运,事事不成,没有进项,潦倒得要做叫花子。你看我今日来拜访老友,连个体面衣裳都没有。所以就寻思,把这笔洗卖了,换些钱还账,再找机会重整旗鼓。你以前讲过喜爱宋钧,所以先拿来给你看。不知梁老板可有意向?"梁老板一厢听日新讲话,一厢又拿起放大镜鉴赏:"你报个价我听听。"日新笑说:"我是卖家,当然多多益善,你便是给我一座金山,我也敢要,关键是你出多少。"

梁先生沉吟片刻,说:"我若给得少,不单对不住你这好友,也对不住你这好物。若要多给,我手头抵实没钱。为了目前这桩事,我已倾尽家财,能借的也都借遍了。"顿了一下,又说,"这笔洗值一万二千两银子,凭你拿去萃宝轩还是琳琅阁,绝不会更多。我今写个借据,欠你纹银一万三千两,你先把这笔洗给我,容我从这桩事中脱身,再行偿还,如何?"

日新心中冷笑。朱先生藏书中载有一则笔记:奸人以乌贼墨水书写借据,过些时日,墨水便会消失,奸人以此抵赖。梁先生想必便是要施此伎俩。"梁老板这么讲,着实叫我为难。"日新说,"我厚起脸把瓷拿来卖,实在是穷得狠了,你给我个借据,能够当钱使么?这物事于你而言,只是个玩好,于我却是救命的东西。你既无钱,可知与这笔洗无缘,我还是去别处看看吧。"

说罢作势要走。梁先生忽然起身,将房门反闩起来,向日新连连作揖。日新一惊,不知他要做何名堂。梁先生揖罢,犹自抱拳在胸:"翟老板说拿它救命,我也要拿它救命,翟老板说救命是夸诞,我要救命,却是真实无虚,迫在眉睫。你今日没让我看到便罢,我既然看到了，断不能让你拿走。"

日新抢过笔洗，在胸前抱紧，"梁老板要强抢么？"

"翟老板莫慌，你且听我讲。"梁先生说，"我有个外甥，在日本国留学，不合结识了革命党，一心一意要反清。他探听到两宫回銮，经过开封，便潜了回来，妄图刺杀皇上和太后，结果行事不密，被官府捉拿了。好在两宫仍在开封，地方官不敢声张，怕两宫知晓，责怪河南治理不严，招致乱党，因此尚且留着一条命在大狱里。我这外甥父母早亡，跟着我长大，至今尚未婚娶，更无子嗣，倘若死了，他日黄泉相见，叫我如何面对他的双亲？我便是破了这个家，也须把他捞出来。但那官府贪图不足，钱花了不少，却无一点响动。昨日有个巡抚衙门的朋友对我讲，德意志国的公使来了开封，要面见皇上作交涉。去年那庚子事变，起因便是德国前任公使被杀，激怒了洋人，才酿成这泼天大祸。德国新公使此番来，定然是要为难两宫。巡抚打探到消息，那公使最爱中国古瓷，尤爱宋钧，以为宋钧窑变之美，无与伦比。巡抚便想送他一只宋钧，讨其欢心，也算为两宫分忧。那朋友教我找只宋钧献上去，定能打动巡抚，把人放了，毕竟巡抚也不愿提及行刺之事。这确是好主意，可那宋钧是何等稀罕之物，一时间往哪里找去？我正愁呢，好巧不巧，你就把这只笔洗送来了。翟老板，你说这岂不是天意？天与不取，必受其殃，我今日是断不能让你拿走的。"

日新听他讲到反清，几欲失笑，想这梁某真是一招鲜，吃遍天，连个戏文都懒得改。他假作犹豫："令侄诚然是英雄好汉，令人万分敬仰。可我一家老幼已难糊口，全指望这瓷换钱吃饭，终不能以我全家性命，换令侄的一条性命。爱莫能助，请勿见怪。"将笔洗裹入包袱，起身便走。梁先生慌忙拦住。

"这东西是朱先生的遗物，朱先生与我知交半生，定是他在天之灵知我急用，便叫你送了过来。"梁先生又复频频作揖，"翟老板，你纵不看我薄面，也须体念朱先生的侠义心肠，把笔洗赊我一用！"

梁先生讲得无比悲切，奈何日新"铁石心肠"，竟是不为所动。梁先生无奈，恳请日新且莫离开，在这里候他一个时辰，他这便去筹钱。日新怕他去找江湖朋友，将不利于自己，允诺等他，但要去隔壁刘老板的瓷行等。梁先生不放心，吩咐伙计跟定翟老板，万不可让他走了，自叫一辆东洋车，抱起那只海马葡萄铜镜匆匆而去。日新如约候了一个时辰，梁老板并未返回。日新心中忐忑，意欲离去，却不甘心，忍耐着又候了一个时辰。梁老板这才急急赶回来，将日新请回斋内交易。他取出十数张日升昌的银票，付与日新点讫，收起笔洗，说声"翟老板请了"，便又急急离去了。

日新将银票藏好，走出文古斋，兀自有些发蒙，仿佛做梦一般。即是最发达的年月，他也未有如此身家，更不曾携带过这般巨量的银票。他欲立刻离汴，以防生变，等赶回钧州，再为采芹采买水粉、首饰和丝绸。行至城门，忽又惊觉，身怀这许多银票，倘若被官差搜出，恐惹麻烦。遂又赶到刘义夫的瓷行，询问刘老板居处，意欲将银票寄存在义夫那里，待风平浪静再来索取。瓷行掌柜已知他与老板的渊源，派遣一名伙计将他送到刘宅。刘义夫这宅院也是两进的院落，但却宽敞许多，且距繁华街市不远，闹中取静，义夫买它，想必花了不少钱。日新当年经营瓷行，乏善可陈，转到义夫手里，却是财源广进，数年间便在开封府开了好几个分号，可知于商贸一途，义夫是胜过他的。义夫不在家，朱太太则在上房念佛。紫檀条案上供了救苦救难观世音的宝像，案下八仙桌摆放青铜香炉，青烟袅袅，弥漫堂屋。朱太太手扣佛珠，敲击木鱼，虔诚念诵《妙法莲华经》。日新突然造访，朱太太甚感意外，请坐上茶，问他所来何事。日新也不隐瞒，将报复梁先生之事备细讲与她听。

"……梁九成前后骗干爹一万两银子，我连本带利拿了回来。"

朱太太颔首："好孩子，不枉你干爹疼你一场。"

日新说了寄存银票的意思，朱太太即时应允，腾出一只剔红奁盒，叫他盛放其中，拿去私密之处藏好。日新取了一张一千两的银票送与朱太太，说是孝敬她的，开封太远，平时难得来一趟，些许银子，请干娘自己买些点心吃。朱太太坚辞不受，叫他留着做起家的本钱。日新无奈，也便罢了。朱太太情绪低落，与日新讲话，显见是在强颜欢笑。日新以为她仍在为朱先生之死伤心，不好多问，便问义夫去了哪里。

"找义民去了。"朱太太说，"义民一直没有消息，我这几日心里很是不安。回想他那日回来，拉着我的手说了许多话，叫我往后要吃好睡好，保重身体。当时听着贴心，现在回想，句句都透着别的意思。义夫也说，义民那天跟他讲，万一他没了，请义夫多受累，替他向我尽孝。义夫还骂他酒吃多了讲胡话。现在想来，都是不吉的兆头。我这些天日夜诵经念佛，求他平安。义夫也在外头四处寻找，不知今日有无下落。"

日新默然。少顷，义夫怏怏而归。他奔走大半日，仍无义民的消息。朱太太甚感失望，寻又打起精神，替日新讲了今日所为之事。义夫点头称许，叫他"好兄弟"。日新笑说："那梁某故技重施，又编了个反清故事，若不是有干爹的前车之鉴，我说不定也入他彀中了。"义夫也笑："他怎么编的？讲来听听。"日新说："他说他有个外甥，要刺杀两宫，被官府捉拿了，他急需宋钧去贿赂巡抚，求我先把瓷器赊与他，日后再还钱。"朱太太摇头苦笑："这梁九成，好歹是读过圣贤书的，瞎话张嘴便来，真是有辱斯文！"义夫却神情古怪，沉默少时，说："我今日听臬司衙门的人讲，确是有人密谋行刺两宫，被官府捉了，那人也确是从日本潜回来的。近日开封盘查严密，便是与此有关。"

日新与朱太太皆愕然。朱太太说："也许梁九成便是借此撒谎，未必真是他外甥。"义夫说："梁九成确是有个外甥在日本国留学。"日新说："他还说德国公使来了开封，找两宫交涉国务，有没有这事儿？"义夫点头："有。"三人一时皆无语。静默移时，日新苦笑了一下。

"我本意是要坑梁九成，却害了反清的人。"他回视朱太太，"干娘，假如干爹在天有知，同意我这样做么？"

朱太太寻思片刻，叹了口气："你干爹是极讲义气的人，又把反清看得比天都大，他是不会同意的。"

日新霍然起身。义夫问他意欲何为，他说："把瓷器截回来。"义夫说："瓷器被巡抚识破，他外甥得死，没有瓷器，一样是死。横竖要死，算了吧。"日新说："即使横竖要死，也不能死在我手上。"朱太太点头称是。义夫说："那好，我带你去找他。"

义夫与日新坐上马车，一路疾行，赶到鼓楼附近的琳琅阁。据义夫讲，这琳琅阁是巡抚大人的生意，府道州县要见巡抚，先须在这里花大钱买个不值钱的玩意儿。梁先生所谓巡抚衙门里的朋友，必是琳琅阁的姚掌柜。日新与义夫赶到时，梁先生果然在琳琅阁。

姚掌柜有事外出，不在阁内，梁先生正怀抱那只笔洗苦苦等候。看见日新找来，梁先生脸色骤变，起身便走。日新一把将他揪住，与义夫拖他出去。梁先生大叫挣扎，日新在他耳边说："这瓷是赝品，不怕你外甥送命，你便喊。"梁先生顿时软了。琳琅阁的伙计冲上来，拦住去路。梁先生忙说是他老眼昏花，都是熟人，伙计方才退去。日新与义夫将他挟上马车，赶到文古斋，把伙计打发走，又吩咐瓷行的伙计在门外看定，不许闲人入内。梁先生已回过神，找出放大镜将笔洗反复鉴定，除却紫口铁足、釉色含敛这些显见的征象，釉面下又有气泡密如攒珠，釉色浅淡处还有数条开片的纹路，必是宋钧无疑，便又作紧抱在怀里。

"翟老板是要反悔么？"梁先生说，"咱可是讲定的，过手不悔。"

日新说："亏你还是行家，你可知道钧州在北宋时并不叫钧州？"

梁先生一怔，定神想了想，笑起来。"翟老板休要蒙我。《欲寡过斋杂笔》有载，钧窑，宋钧州造。《南窑笔记》亦有载，钧窑，北宋钧州所造。《陶录》记载更详，称钧窑乃宋初所烧，出钧台，钧台宋亦称钧州。难不成这些前贤著述全都错了？"

"还真是错了。钧州于夏商称夏邑，春秋称栎，战国改称阳翟。此后阳翟之名世代沿用。金灭北宋，升阳翟县为颍顺军，后升颍顺州。金世宗大定二十四年，方改颍顺州为钧州。钧州之名，以此为始。"日新说，"前人著述时有舛讹，尽信之不如无之，梁老板是高人，岂能不知这个道理？"

梁先生看他说得笃定，犹疑起来，从书架翻出《金史》，在"地理志"下仔细搜索,果然是在金世宗大定二十四年才改名钧州的。梁先生脸色涨红,又逐渐变得苍白,两排牙齿咯咯作响。他在情急之中,确是粗心了,仅凭瓷家之言作判断,而未详作印证。但那姚掌柜何等精明,又岂能像他这般疏忽?梁先生惊惧良久,渐渐定下神。

"你为何要害我?"他问日新,"又为何要救我?"

日新说:"为了朱先生。"

梁先生如遭棒喝,顿时明见一切。他叹了口气,说:"看来你们都知晓了。"日新说:"你与朱先生是白莲教的同袍兄弟,他对你一片赤诚,你怎能忍心欺诈他?"梁先生呵呵一笑:"他非对我赤诚,是对反清赤诚。"梁先生说,"朱先生此人,那是万分的精明,寻常要骗他,绝无上当的可能,但一讲到反清,他便脑筋晕瓜了。这就叫君子可欺之以方。"义夫气极:"你明知他是君子,还要欺他,你就不信头顶三尺有神明么?"梁先生说:"我讲好听,称他一声君子,讲不好听,不过是被仇恨蒙心的蠢汉。我与他反清,哪里是为着甚么民族大义,家国苍生?不过是恨!我的恨小一些,发泄完便没了,他的恨却大过苍天大海,这辈子都翻不过去,结果就被困住了。"

日新怫然:"朱先生乃明朝皇族后裔,反清是为复明,堂堂正正的伟岸事业,哪里是你这般投机奸猾的人能比的?"

"反清复明?呵!"梁先生冷笑,"他起初反清,是年少无知,被族叔蛊惑,上了贼船。一日为贼,终身为贼,此船一上,便由不得他再下去了。他后来反清,则是要报他的私仇。你们可知是甚么仇么?"他扫视日新和义夫,"你们做小辈的,想必不知。那白莲教虽说曾经动摇天下，但被朝廷镇压后，势力便愈来愈小。首领眼见造反无望，便生一计，买通皇宫里的太监，叫朱先生去势进宫，寻机刺杀皇帝。朱先生的族叔已经战死，部伍里只剩他一个明室之后，首领拿国仇家恨一鼓动，他便答应了。不料教中出了内奸，在为朱先生去势之时，官军突然杀到，一番剧战，首领力竭而死。朱先生刚割下男根，被同袍保护着杀出重围，虽说逃出一命，进皇宫的计划却是泡汤了。他只是割了男根，未曾去势，有男人的欲望，却无发泄的办法，这可比做太监还痛苦百倍。你们说，他该有多恨？"

义夫怒不可遏，青筋在脖颈和鬓角一根根鼓起来，卡住梁先生脖子，将他抵到墙上："你再胡说，我掐死你！"

梁先生气息艰难，却依旧嘿嘿笑："你嘴巴讲得狠，真要做，你哪里敢？换作是义民，我才信他。"拍拍义夫的手，"放手吧，横竖又不敢杀我，何必费这力气，也让老夫受罪，损人不利己。"

义夫被他说破，极是难堪，又卡了片刻，方才将手松开。日新收起笔洗："看你外甥分上，过往恩怨一笔勾销。但那一万二千两银子，你也莫想收回，那是你骗我干爹的，我连本带利，替干爹拿回来。"

梁先生扶椅坐下，揉搓卡疼的脖子，眼望日新用黄绫将笔洗严严实实包起来。"我有一事不明，想请教翟老板，不知翟老板能否见教？"

日新乜他一眼，"你说。"

"北宋时钧州既不叫钧州，却为何称其为钧瓷？"

"因为钧台。"日新说，"当年夏启称后，在此地修筑钧台，大会诸侯，史称'夏启有钧台之享'。后人便以'钧台'代称本地。唐人曾有诗句'迩钧台之胜地,俯宛叶之名墟'。宋人建窑,即因钧台而称钧窑。后来金国改称钧州,也是因为钧台的缘故。"

梁先生频频点头:"是了,是了,我记起来,《陶录》引有唐铨衡《文房肆考》数语,称贵地昔号钧台。只是我在唐氏原作中并未见到此句,因此不曾经心。说到底是我读书不精。"朝日新抱拳,"真所谓士别三日,当刮目相看,翟老板非复当年卖瓷器的小商人了!"顿了一下,又说:"承你不吝指教,我也告知你一件事,那一万二千银票我不会要,但你最好也莫用它。"

"为什么?"

"因为是假的。"梁先生苦笑,"一万二千两银子,不是一万二千两粪土,仓促之间,你叫我往哪里找去?我把店里的文玩拿去贱卖,一时间都卖不掉,万般无奈,只好出此下策。你回去当废纸烧了吧,倘若去用,是会吃官司的。"

日新气极,欲痛殴之,但看他苍老不堪,仿佛将死之人,又下不得手。他恨恨片刻,带了笔洗与义夫离去。将要跨出内室,梁先生又说:"再告知你们一件事吧,你们的兄弟刘义民,他已死了。"

五

梁先生身负旧案,大隐于市,对过往身世讳莫如深,每日风声鹤唳,临深履薄。积年如此,遂致多疑成性。他信世间有偶然,却不信世事有巧合。所谓巧合,多是设计,看似天意为之,实则阴影幢幢。乔哥吃醉酒溺死阴沟,是谓偶然;溺死前曾与刘义民同席吃酒,亦属偶然。两桩事一起发生,便是巧合。梁先生浮想联翩,心生疑忌，于是事事谨慎，不去偏僻之地，不单身夜行，远离刘氏兄弟，不给他们下手的时机。《易》不云乎？夕惕若厉，乃可无咎。做人小心一些总是没错的。

半月之后，梁先生在日本国留学的外甥林湛忽然返汴，且形迹诡秘，时常漏夜不归。梁先生忧心忡忡，捉住林湛严加盘问，方知他意欲行刺两宫。梁先生大骇，逼问缘由，原来是刘义民给他拍电报，说梁小姐重病垂危，不日将死，嘱其速归。梁小姐是梁先生的独女，与林湛情投意合。林湛接电，即刻赶回开封。刘义民在城外截住他，告知实情，他将刺杀两宫，欲与他共谋壮举，电报上不便讲，因此编了个谎。义民与林湛是好朋友。林湛早前常去梁先生的文古斋，义民则偶尔去一趟哥哥的瓷行。林湛因多管闲事，遭人殴打，被义民撞见，替他出头打了回去，两人就此相识。林湛读多了新派书，思想激进，刘义民任侠使气的浪荡做派甚合他的口味。梁先生不愿林湛与无赖厮混，更怕他与新派人走太近，惹出祸端，便将他送往日本留学。哪知日本国到处都是锐意反清的留学生，林湛到了那里，竟是如鱼得水，先前尚无反清的信念，如今也慨然以反清为志业了。义民邀他行刺两宫，自是义不容辞。二人密谋，拟于两宫入城之际下手。

梁先生魂飞魄丧。他确信此必刘义民的圈套，制造个弑君的罪名，借官府之手，将他们满门诛灭。他不敢坦承与朱先生的恩怨，唯逼林湛悬崖勒马，即刻回日本国去。林湛不听。梁先生痛心疾首。

"你也不思量，那刘义民是个泼皮，又不是革命党，他为何要刺杀两宫？"

"他不是寻常的泼皮，刺杀两宫，是继承他父亲的遗志。"林湛说,"他与我讲,他先前不懂他父亲,以为父亲是严厉无情的人,怕他,但不敬他。后来方知他父亲是反清的义士,一生都在忍辱负重。他要效法父亲,做一件轰轰烈烈的大事。"

"这等鬼话你也信?"

"我信!"

林湛心意已决,梁先生不可夺志,辗转一夜,思得一计:查出二人行迹及巢穴所在,而后谎称从衙门友人处探得风声,官府已然知情,即将拿人,现有讯息为证,令其作速逃亡。林湛以为大势已去,必会返回东瀛。他尾随林湛,在城内绕了半日。黄昏时分,林湛潜入一条偏僻胡同,闪进一间民居。梁先生记定位置,正待离去,一队官兵忽然掩至。林湛被就地捉拿。官兵搜索房舍,缴获长枪两支,城图一份。梁先生远远望见林湛被押出民居,一时心如死灰。胡同对面忽然闯来一人,朝官兵连开数枪。胡同狭窄,官兵躲避不及,登时一死数伤,余皆惊惶匍匐。那人拖起林湛便跑。官兵于后穷追,开枪乱射。林湛中枪,倒地不起。那人背上亦中了几枪,仆倒在地。官兵迅速迫近,那人挣扎着爬起,跌跌撞撞冲进街边的铁匠铺。几名铁匠正在打铁,铁砧叮当,炉火熊熊。枪声骤起,铁匠皆惊慌退散,躲入棚内。那人冲至炉前,朝脑门开了一枪,一头扎进炉火中。等官兵赶到,将他拖出,头颅已烧得焦煳一团,五官更是不可辨认了。

"当时夜色已重,那人又用皂布蒙了脸,但从身形看,定是你家义民。"梁先生说,"我那外甥被捕,少不得严刑逼供,你家却至今无恙,可知我外甥誓死未招。我敬义民是条汉子,也不能辱没我外甥的节义,因此也忍着未说。我如今破家保命,只能求得我与小女不受牵连,可怜我那外甥,却是凿定要死了。"

义夫泪如雨下。义民毁容,自是不愿连累家人,其死如此惨烈,更令义夫悲痛。日新也听得两目泫然。

"未必。"日新说。

梁先生两眼空洞,颓唐欲绝,听闻日新之言,瞟他一眼,"甚么未必?"

"令甥未必不能救出来。"

"怎么救?"

日新举起黄绫包裹的笔洗,在梁先生面前晃一晃:"这笔洗虽是赝品,但仿得极好,连你梁老板的法眼也被骗过,错只错在仿造之人学识不足,在底款上刻了那么一行字,欲弄其巧,反成其拙。如今只消将那行字打磨去,重敷一层芝麻酱釉,便可以假乱真。"

梁先生眼光陡亮:"翟老板能做么?"

"我试试看。"

"这瓷虽是假的,但凭这工手,也颇值一些钱,倘若弄坏了,我却赔不了你。"

日新说:"不消你赔。"

梁先生的颓唐瞬变惊喜,随之又复黯然,苦笑说:"你便做好了,我也买不起,再要骗你,你也定然不会上当了。"

日新说:"救人要紧,无须多言。"回顾义夫,"义夫,借你马匹一用,我这便赶回去修理,尽快送来,给梁老板献上去。"拔腿便走。梁先生说:"翟老板且慢走。"日新回头:"梁老板有何吩咐?"梁先生扶椅站起,朝日新一揖到地。日新连忙托住:"时间紧急,梁老板莫讲这些虚礼了。"

城禁森严，街内不得驱驰，日新只能骑马徐行。赶到城门时，已然天光消尽，满城灯火，城门也关闭了。平时城门都在戌时五刻关闭，如今情势非常，官府不敢马虎，索性早些闭城宵禁。日新望门兴叹，转辔返回义夫家，在他家借住一宿，明早再走。义夫已与他约好，毋将义民死讯告诉朱太太。一夜无话。翌日清晨，日新别去，朱太太与义夫送出宅门。门外抱鼓石旁站立一位姑娘，穿一件湖绸对襟棉裙褂，外头披条驼绒斗篷，衣裳虽厚，却掩不住窈窕身姿。她似乎等候已久，看到日新等人出来，微微松了口气。

"翟老板！"

日新打量她，似乎眼熟，一时想不起是哪个。"你是……？"

"我是梁九成的女儿。"

日新恍然醒悟。当年他与梁先生做邻居时，梁先生的女儿偶尔会去文古斋玩耍，日新见到过几回，每次都给她买些街头的吃食或玩物。六年不见，已然出落成亭亭玉立的大姑娘了。日新感喟不已，问她何事来此。

"我爹叫我来告诉您一声，我表哥已经瘐死狱中，不用再麻烦您了。"梁小姐说，"你们那钧州知州，与我爹薄有交情，倘若有用得着的地方，翟老板尽管开口。"

梁小姐说罢，朝日新垂首一福，回身而去。日新见她眼中有泪，在晨光下晶莹闪烁，却未流下来。他眼望梁小姐远去，一时惆怅不已。朱太太和义夫也甚伤感。日新将马还给义夫，步行回神垕。他有意看望一下梁先生，说几句节哀的话，转思自己此来，本是要报复，却无功而返，即使同情他的境遇，又何至于向他表达脉脉温情？梁小姐那件斗篷十分漂亮，披在身上也定然暖和，日新意欲为采芹买一件，寻觅半日，终于在马道街的云裳裁缝店找到，询问价钱，身上的钱还不够零头，只好废然作罢，买了段洋布回去给采芹裁衣裳。

到神垕时刚过晌午。相识的人碰面，都与他招呼，眼神无不意味深长。日新不明所以，犯着嘀咕回到家，远远望见一群人身穿孝服，在自己家进进出出。日新大惊，以为是父亲或岳父亡故了，急忙跑过去，却发现是张地保的家人。他们在内院搭了一座灵棚，棚下并无棺柩，唯有一张草席，几条春凳，坐着八九个张家男女。张地保的遗孀与三叔张恩光居上而坐。日新骇怒，质问缘故。张太太寒脸不答，张恩光则叫他去问自己老婆。日新绕过灵棚。采芹怀抱月清，坐在上房门槛上，冷眼观望院子里的张家人。看到日新，她笑了笑。

"你回来啦？"她说，摘下丈夫肩上吊的那卷布，指头搓搓料子，又轻轻抚摸布面，"这洋布真好，是给我买来做衣裳么？"

日新唔一声。才几日不见，采芹神色异常憔悴，双眼浮肿，脸色苍黄，仿佛大病了一场。日新手指灵棚和张家人，询问是何因由。采芹说："他们想霸占咱这宅院。"日新大怒，待要发作，忽思是舅舅杀了张地保，顿又大沮，疑心是舅舅东窗事发了。采芹示意他进屋说话。月清趁机挣脱，采芹捞了一把，没捞到他，也不管了。她将洋布放好，垂眉站在丈夫面前。

"张地保不是溺死，是我爹杀的。"采芹说，"所以他们来闹，叫我赔钱，不然就拿这宅院抵。"

日新愕然："你在逗我么？谁说张地保是你爹杀的？"

"你舅舅，樊有。他管我爹要钱，原来是勒索我爹，我爹不给，他便把我爹扭送官府去了。"

"你爹认了?"

"认了。"

日新扭头便走。采芹说:"你去哪里?"

"找樊有。"

日新跨出堂屋,却见灵棚着了火,白粗布棚幔从背面一角烧起,迅即烧掉一大片。张家人急忙扑救。月清从那边跑过来,手里兀自紧攥一根燃烧的柴火。张地保的儿子骂着"兔崽子"追赶,眼看追上,日新急忙上前拦住。月清一径跑上台阶,蹿进上房,躲到采芹身后。张家众人扑灭火苗,簇拥上来叫骂。日新说:"诸位且莫狂躁,稍等片刻,我必给你们一个回答。"

樊有这几日自作主张,为日进操办窑场事宜。场中尚有一些物料,可以支应一时,唯匠工难以寻觅。隆兴窑已然破产,且被视为不祥之地,避之唯恐不及,无人愿来招惹晦气。樊有却甚高傲,寻常匠工他还看不上,径直去找那些老把式。老把式们无不惊诧,问他家里有没有秤,先称称自己斤两再来;倘若没秤,镜子亦可,照照自己是甚么鸟。樊有恬不为意,声称不会亏待诸位。老把式皆笑,问他能给多高的工钱。老把式们是花消他,匠工薪酬例由陶瓷公会议定,所有窑场一体遵行,即使樊有愿意多给,谅他也不敢坏了规矩。樊有果然无胆犯规,但却开出更好的报酬:窑场股份。只消来窑场做工,即有股份相赠,年头荐酒,岁尾分红。空口无凭,由新窑主翟日进签押股权书为照。他慷宋及物之慨,把股份送得甚多,横竖窑场已死,不如拿来收买人心,拼一条活路。老把式们怦然心动。但心动归心动,无人愿为空头股份丢弃现有的饭碗。樊有再发豪言，承诺开工之日，先预付两个月工钱。几个老把式在窑场干得不如意，被他一阵煽风，居然同意了。然而几日过去，樊有并未弄到预付薪水的钱，心中烦躁，在小酒馆吃了些酒，敞衣半醉而归。日新找来时，他正蹲在老翟院内，一边嗑瓜子，一边指点俞述秀给他缝棉袄。看到日新盛怒而至，知其来意不善，他想躲，两条腿蹲麻了，要站未能站起来。述秀见日新归来，既是欢喜，又为他忧愁，不知说甚么好。日新顾不上与她多言，请她暂且回避，他有话与舅舅讲。述秀便出去了。樊有腿已缓过来，也要往外走。日新将他截住。

"你与我讲清楚，张地保究竟是谁杀的？"

樊有嘟囔："有甚么好讲。"绕开日新便走。日新扯住他衣襟猛力一搡。樊有踉跄几步，几欲仆倒，亦自怒了："混账，敢打亲舅！"日新说："你与我讲明白，否则你我今日都过不去。"樊有趔到枣树下，手扶枣树坐到石磙上。日新跟过去："张地保究竟是谁杀的？你？还是采芹她爹？"

樊有迟疑片刻："采芹她爹。"

"你为甚么骗我？"

"本来是我要下手。那夜间下着雨，张地保吃醉酒，我跟在他后头，打算等他上了河桥，把他推到河里，再下水把他浸死，万一有人撞见，便假作是要救他。没承想桥上已经有人，张地保走到桥当中，那人当头一棍，把他打下河去了。那人打完便往这边跑，我躲不及，便与他打了照面，看出是陆秉宪。陆秉宪也吃了一惊，要与我动手，看样子是想灭口，但他哪里是我对手？丈量一下，就软了，给我一张两百串钱票，叫我保密。"

"人既不是你杀的,你为何逃跑?"

"怕死呗。"樊有咧开嘴巴,自嘲一笑,露出两排黑黄的牙,"朱先生有交代,叫我弄死张地保即离开神垕,我若不走,他定要杀我灭口。朱义民也对我不怀好意,老是放风要弄死我。我索性便走了,反正神垕这尿地方,也没甚么好。后来听说朱先生死了,朱义民也跟随朱太太去了开封,不再回神垕,我觉着没事了,就回来了。"

日新回想舅舅那几日恃功而骄的神气,一时如蝇在喉:"你收了采芹她爹的钱,替他保密,怎的又食言,把他出卖了?"

樊有哑嘴:"这不是你哥的窑场急用钱么,老宋瘫了,窑场也瘫了,你哥要当家做主,便须找钱重整旗鼓。这钱不是小数,你又穷得典衣吃饭,我不找老陆我找谁?他挖片几十年,总能弄到好片,又没有花项,手里定然攒了不少钱。不料这老东西把钱看得比命还要紧,我逼得急了,他竟要弄死我。那日我喝了点酒,找他要钱,他一开始笑眯眯的,连声应允,还拿出一瓶得意酒请我喝。那酒必是你孝敬他的,对不对?哼哼,我是你亲舅,帮衬过你多少,也未见你送与我一瓶。我那时还蛮开心,与他说笑话,我说我才不喝,你这酒里定然有毒。谁知我这一说,那老头凶相毕露,抽出刀便来戳我。亏得是大冬天,穿得厚,没让他戳死。你看看你看看。"樊有指点他的棉袄。俞述秀出去时,把棉袄放在树下的针线筐里。日新扫一眼,果见一条长长的裂口,述秀补了一半,还剩一半,内里半黑的棉絮清晰可见。"我看这老头下了死心,还跟他客气甚么?趁酒劲儿把他制住,拿绳子捆起来,扛到地保家,叫地保报了官。你别瞪我,这不赖我,若不是他生了歹心,我也不会这么干。他若只是不给钱,我又能拿他怎样?他横竖是你老丈人。你跟采芹讲,这事儿不赖我,要赖就赖她爹……"

日新在他絮叨中走进院子。俞述秀在门外石凹上坐,看到日新出来,起身相迎。日新无心敷衍她,径直走了。张家人仍在为灵棚被烧骂詈不休。日新将张氏遗孀和张恩光请到上房,询问他们意欲何为。张太太说:"杀人偿命,欠债还钱。"日新说:"我岳丈已经入官,定会偿命,你们安心便是。倘若不放心,便去官府闹,叫官府为你们做主。你们却来我家里闹,似乎没道理吧?"张恩光说:"日新老侄,我大哥堂堂地保,说起来也是一方诸侯,无端被你丈人杀了,我家损失有多大,你知晓么?这哪是一命抵一命便能了结的?打个比方,臣子杀了皇上,只消自己赔命便可了结么?当然不是,还得诛九族呢。我大哥的命,你丈人是抵不住的,况且还有夺我寡嫂的仇,两桩加起来,把你这宅院做赔,恐怕也是不够。"

采芹在旁冷笑:"你们想要,还须我给不给,与我要不要脸,大不了再来个一命抵一命,管你抵不抵得上……"

日新阻止采芹,笑说:"张三叔拿皇上来比张地保,可是大不敬啊,就不怕小侄去告发吗?"张恩光顿时仓皇,支吾说:"我就是那么一比方,又不作真。"日新说:"有些话不能讲就是不能讲,管你作不作真。好了张三叔,话出如泼水,你吞是吞不回去的。咱且放下你这欺君之言,先分辩咱们两家的事。你说我岳丈一命,抵不了张地保一命,这只是你的高见,大清律法可不这么讲。倘若张三叔以为你比大清律法大,咱们这便去官府理论理论,请官府讲个明白,究竟是张三叔大,还是大清律法大。"

张恩光的脸本来便胖,此时涨得厉害,仿佛肿起来一般,厉声说:"你休要胡搅蛮缠!"日新弹衣而起:"究竟是谁胡搅蛮缠,我说了不算,张三叔说了也不算。无须废话,这便去州衙吧。"张恩光结舌不语。日新打量叔嫂二人,吩咐采芹去烧水沏茶。采芹见丈夫已压住场面,心下放松,便听话去了。日新等她出去,对叔嫂二人说:"人死不能复生,是妇孺皆知的道理。张地保已死,我岳丈少不得赔命。两命相抵,我没了岳丈,你们也一无所得。不如这样,我把这宅院送与你们,你们放过我岳丈,咱们做个和解,留我岳丈一条残命,你们也落得实在的好处。如何?"

叔嫂二人沉吟不答。日新候了少时,说:"看来贤叔嫂是无意和解了。既如此,也莫浪费光阴,立即去见官吧,到了大堂,先讲讲张三叔的欺君之言,再论论张三叔大还是大清律法大,然后再请知州老大人批判,你们侵门踏户强夺民宅,是个甚么罪名。两位,请吧。"

张恩光面现不满之色,"日新老侄,你看你,大家乡里乡亲,几百年的街坊情谊,做事怎能不留余地呢?天大的事,也好商量着处置,动不动便去官府斗讼,还不把大老爷烦死?你说得对,人死不能复生,我大哥已经死了,我们也不愿多伤人命。所谓冤家宜解不宜结,你既有赔情道歉的诚意,我们也有以德报怨的胸怀。来来,坐下,咱们都莫斗气,好好议议这事儿。"

等采芹沏好茶端上来,两造已然谈妥:张家认可地保系酒后失足,溺水身亡,不复追究。翟日新则将宅院奉送张家,以为补偿。采芹只端了一盏茶给丈夫,日新怪她不知礼数,叫她再去沏两盏。采芹板脸而去。日新将二人延至书房,须臾写好契据,约定于事了之后十日内搬家移交。两造画押,各执一份。张地保的子女不欲答应,以为便宜了凶手。三叔密嘱不可意气用事,仇要报,好处也要拿,先把这宅院落到手,再慢慢收拾陆秉宪不迟。地保子女方才释然,于是拆除灵棚,收拾东西退去了。

采芹端茶回来,不见丈夫和张家叔嫂,正自纳闷,过了片刻,又见张家动手拆灵棚,益复讶异。日新从容走过来。采芹朝张家人努努嘴,问他是搞甚么把戏。日新笑笑,将与张家的协约说与她听。采芹大惊,怒他不该自作主张,气鼓鼓地进屋去了。日新也不睬她,复去寻找樊有。他与舅舅商量,意欲让舅舅去州衙"自首",便说与陆秉宪有旧隙,又因酒后交恶,遂诬陷了他。诬告罪名虽重,但事出有因,且以酒后失智,加上自首情节,自可从轻论处;日新再找关节疏通,保他不会受苦。樊有不信他能找到甚么关节,坚不答允。日新便要挟他,倘若不做,即与张家联合告他,就说是他杀的张地保,如今诬告老陆是为灭口。樊有脸色乌黑,气得说不出话。日新说:"你若同意,我给你一千两银子。"樊有说:"你少诓我,你哪里有那么多银子?"日新说:"我去找义夫借,你可等我把银子拿回来,再去自首。"樊有说:"五千两。"日新说:"两千,一毫也不能再多。"樊有说:"你去拿钱吧。"

日新回到家,进屋收拾行装。采芹跟过来,问他又要去哪里。日新说先去州牢探望岳丈,再赶赴开封办事。除向义夫贷钱,他还欲以那只笔洗做交易,请梁先生在钧州知州那里求个情。他庆幸未向梁先生下死手,可知做人诚需心存善念,与人留活路,便是为自己谋方便。采芹眼泪簌簌流下来。日新只顾收拾东西,未看到她落泪。他将笔洗又裹了几层棉布,以策安全,一边忙活,一边与采芹说话,叫她去岳丈家拿几件棉衣,明日给岳丈送去,替换着穿。再送一些酒食;听说牢中饭食极差,不可让岳丈遭罪。不过先须向牢子行贿,否则必被私吞。采芹眼泪流得越发厉害。她用手抹了一把,对丈夫说:"我先给你做饭。"

六

现任钧州知州乃同进士出身,榜下即用知县,吏部掣签分发河南。他虽是老虎班,到了开封,仍然一候数月,轮不到晋见巡抚。等他终于明白规矩,前往琳琅阁购买文玩,问过价钱,也只能搓手逡巡。梁先生与琳琅阁姚掌柜是多年相好,时常去他那里走动,几番见到这位寒士在阁外徘徊,问了阁中伙计,颇生同情之心,便向姚掌柜讲情,叫姚掌柜发个慈悲,渡他一渡。姚掌柜将头摇得如同拨浪鼓,他也非铁石心肠,但规矩就是规矩,倘若在这里破了例,便会有人心存侥幸,也来卖惨,巡抚的生意还怎么做?梁先生亦知规矩不可动摇,不好勉强,他那年生意好,手头颇为宽裕,于是慷慨解囊,替那知县买了一幅当朝某亲王的画作。知县如愿得缺,感激不尽,到任不久,便连本带利把钱还给梁先生。那知县十分精明,自从摸清官场门径,仕途极是畅顺,年年考绩优等,数年间便已转迁钧州,做了这个繁华之邑的州牧。

梁先生遭受重创,卧床不起,才四五日不见,竟像是换了个人,颇有形销骨立之感。翟日新暗自心惊。梁先生听他讲明来意,点头应允,但已没有力气写信,唤梁小姐代笔。梁小姐下笔有如流水,一行行楷书隽秀飘逸。日新将信收讫,取出笔洗奉上。另送梁小姐一只彩绘瓷猴。他推算梁小姐年龄,今年当是十七岁,属猴,因此买了只瓷猴送她。那瓷猴是神垕专烧玩物的清赏斋所造,做工精致,猴子手托仙桃，既得意又紧张，仿佛桃子是刚偷来的，瞧上去滑稽可爱。梁小姐莞尔一笑，谢过翟老板，也便收下了。

义民已死，义夫别无昆仲，遂视日新为手足。日新登门告贷，他全无犹豫，只是对梁先生，他甚不放心，怕姓梁的使坏报复，叫日新钱也花了，人也救不出来，甚或借机大兴冤狱，构陷他们。日新亦担忧梁先生不可靠，因此才拿笔洗做交易，指望他讲个良心。给梁小姐送伴手物，也是讨好的意思。如今别无良策，只能冒险一试。

他们多虑了，梁先生并未坑害日新，知州老大人亦雅念旧情。樊有收到两千银票，前往州衙自首。死者家属也认可醉酒溺亡，不予追究。知州遂升堂判案，作了个花团锦簇的理学谳词，宣称"王法不外教化，纲常其维人伦"；樊有"因怨兴谤，诚天理之不容；痛笞自首，亦良知之未泯"；陆秉宪"挟恨伤人，其情本无可原；蒙诬下狱，其惩实属过当"；判令樊有"责笞三十，以诫其后"，陆秉宪"饬义遣返，勿蹈其前"；敦促二人"宜解旧怨，用敦亲谊，当修新好，式穆乡风"云云。刑名师父揣知堂官之意，吩咐衙役仔细用刑，因此板子打得啪啪响，却只伤了樊有一点皮肉，回家敷药躺了两天，便又上街吹大话去了。

陆秉宪是火暴脾性，在牢中又吃了许多苦头，一番腌臜罪遭受下来，老命已然折损了大半。回家看见女儿女婿没了宅院，将家具什物都搬过来，与自己挤在一起住，更是恨彻心胸，过了几日，剩下的小半条命也呜呼不保，丢下老婆撒手归西。老陆之杀张地保，便是因为老婆。张地保捉到老陆与弟媳通奸，定要将二人浸猪笼。张地保跋扈惯了，老陆知他说到做到，遂献出笔洗，以之换命。张地保得知他居然会烧钧瓷，改变主意，命其日后烧出钧瓷，皆须奉献与他。老陆为求脱身，暂且答应，回家愈想愈恼，便动了杀心。此时老陆既死，老婆心灰意冷，复思与采芹同居檐下，更加难过，于是抚尸痛哭一场，悬梁自尽了。

采芹与日新迭遭变难，苦不堪言。日新的话日益稀少，终日闷在老陆那小作坊里不出来。采芹找话与他讲，他也只是嗯嗯唔唔，讲得多了，便将她打断，他要么在做瓷，要么在读书，要么在思想，请采芹莫要扰乱。采芹遂默然而退。一日晚间，日新难得早早回卧室睡，采芹打起精神，想陪丈夫找些乐子。她烧水洗澡，又擦了厚厚一层脂粉，光溜溜钻进丈夫被窝。她生过月清，身子便走形了，兼之天天挖片风吹日晒，又为省钱给丈夫烧瓷，一年到头吃不得几回膏粱厚味，肤色亦日益败坏下去，当年肌如脂玉，杏脸桃腮，如今却黯淡萎黄，一脸菜色，自己看着都不喜欢。尤其是双乳，以前虽不甚大，却也可盈一握；哺乳时一度膨胀，令她欣喜万分，不料断奶之后便如漏气的皮球，迅速干瘪下去。每当看到俞述秀胸前鼓囊囊两团，她便心羡眼热。她努力撩拨丈夫，日新却毫无意趣，便又拿俞述秀来助兴。日新不耐烦，质问她为何总是提她。采芹说："你不是喜欢她么？"日新说："我何时喜欢她了？"采芹说："你少撒谎，每次我一说她，你这东西就来劲儿。"日新说："那我割掉好了。"话一出口，忽然想到干爹，继而又想到刘义民，心情顿时一团糟。他想告诉采芹，义民已经死了，沉吟良久，终究也没有说。

采芹努力多时，未有效果，兴致萧然，也便罢了。两人在被窝里各想心事。房间漆黑一片，采芹的眸子比夜更黑，在夜里亮晶晶地转动。二更梆子在街里响起。采芹知丈夫没睡，说："问你个事，你须对我讲实话。"日新不语。采芹只管说:"为了我爹,你宅院也不要了,笔洗也不要了,又是求人,又是告贷。我知晓你都是为我,我本该内心欢喜,可我却很慌张。你知道为甚么吗?"日新仍不语。采芹说:"我怕你是拿这些来赔偿我,因为我对你好,你心里总觉着欠我,现在一股脑都还清了,还要多出许多,你就可以安心了。"采芹咬咬嘴唇,艰难地说,"你其实是不喜欢我的,对不对?"

"你胡说甚么?"日新说,"别瞎想,赶紧睡吧。"

日新这时已经困了,翻个身便坠入梦乡。午夜时分,他被尿憋醒,发现采芹已回到她的被窝,坐在那里发呆。下弦月落在窗纸上,映进来一片稀粥样的白光。日新揉揉惺忪睡眼。"你怎么了?"他问。采芹看他一眼:"没甚么,睡不着。"

采芹其实也睡了片刻,刚睡着便做了噩梦,梦到她爹拿绳索套住她脖子,要勒死她。她挣扎醒来,却是辫子缠住了脖颈。天亮后,她照旧去挖片,挖了大半日,一无所得,心灰灰回到镇里,先绕去老翟处找儿子。这许多天来,她与日新情绪都不好,月清在这里没有好果子吃,便天天待在爷爷家。爷爷待他和蔼可亲,薅他胡子都不恼。俞述秀更好,时常给他买瓜子,买糖果,买叫蛐儿。小东西有利可图,看到她比看到亲娘还亲。采芹登门时,述秀正砸皂荚,拿皂沫和水给月清吹泡泡。月清玩得欢脱,看到他娘理也不理。采芹怅然。

"你这么喜爱他,干脆送与你吧。"她对述秀说,"你做他娘好了。"

述秀笑嘻嘻说:"好呀。"

"索性连他爹也送你,你们一起过好了。"

述秀的笑容僵下来。采芹背起空竹篓，面无表情地走了。日新仍在作坊里忙活。他已隐约窥见钧釉之秘，采选山间矿石实验，已能烧出一些简单的变化，虽仍难成全器，且时有时无，不可掌握，但终究是有了收获。采芹倚门而立，看他在那里忙碌，或坐在木机上发呆。她默不作声望着他，一直望了大半个时辰。

"我回来了。"她说。

日新睃她一眼："你不早就回来了么？"

采芹说："原来你知道呀，我还以为我是一团空气，你看不到呢。"转身去伙房做饭。灶下已无煤，只能劈柴烧火。家中钱财已然罄尽，且又背负了许多债务。樊有拿到那两千两银子的苦肉钱，便给日进送去，叫他作速登基开窑。日进疑其来路不正，反复询问，方知是从日新那里来的，日新又是借的别人，立即送还日新。日新坚决不受，叫他用这钱好好办窑。日进遂乘间交与采芹。采芹坦然收下，又坦然告知丈夫她已收下。日新不悦，重新还了回去。宋太太正为此事痛骂日进，此时失而复得，方才放过他。采芹懂她丈夫，也不懂她丈夫，既然他执意把钱与人，她也不说甚么。只是面对日益窘困的生计，她愈来愈觉得吃力。她想起以前大包大揽，叫丈夫甚么都莫管，只管专心烧瓷，可是如今，她包揽不动了。这天晚上，她又梦到她爹，复在惊吓中醒来。其时月光皎洁，悄然洒满窗台，宇宙间寂静如死。她将脸埋进棉被，呜咽哭泣。她哭得很轻，怕吵醒丈夫。日新还是被吵醒了。

"又怎么了？"他问。

"梦到我爹了。"采芹说，"他拿把刀追我，一直追一直追。"

日新没好气："怎么老是梦到他？这老头儿也是，不赶紧去投胎,天天回来纠缠你做甚么?"

采芹沉默久之,说:"他怪我吧。"日新一哂,翻身又睡。将要入梦之时,隐约听见采芹说:"有个事我须与你说明白。"

"甚么事?"

"我早晚要杀了你舅舅。"

日新无声冷笑,掉头跌入梦里去了。次日上午,他用仅剩的一点煤又烧一次。此次造型是钵盂,取出后釉面均匀,色呈青蓝,只是釉质甚薄,且黯淡无华。他忆起前日梁先生的来信。梁先生病体稍瘥,日日琢磨钧瓷,聊以忘忧。有所心得,便给翟老板写信切磋。前日来信中,他讲起一个发现:他研究先前所收钧片,不少胎质偏生,釉质稀薄,应是火候未到,釉药未能完全发挥所致。日新亦以为然。只是这火候如何把控,却是未知之数。他眼望那只钵盂出了一会儿神,甚感疲倦,遂走出门去散心。

日新将方向付与两只脚,在镇中信步而行,一路走到窑神庙。既来之,则拜之,他在庙外香烛铺里赊了几炷香,进大殿给金火圣母上香。窑神庙乃神垕主庙,建制虽未敢逾越文庙,规模却颇过之。大殿尤为雄伟,歇山顶的琉璃瓦黄绿相间,在阳光下熠然生辉。殿内三尊神像皆着鲜衣,宝相虽不精美,却也神采奕奕。唯金火圣母专司钧瓷,镇上又无烧钧瓷的窑场,比之土山大王与柏灵公,香火便差了许多,像前的功德箱也常年空空。即连庙祝也未同等相待,对彼二位神像勤加拂拭,清洁如新,圣母的额角眉上,却有依稀可见的尘迹。日新感喟不已:世人拜神,只为功利,倘若于己无用,便是神仙也不放在眼里!待自家复烧成功,定要为圣母重塑宝像。日新上香祈愿讫,走出大殿,坐到门旁一只竹凳上。今日天气极好,天空湛蓝如倒覆之海，阳光晒在身上，暖烘烘地使人昏然。日新背楹而坐，满脑子都是火候。几名外乡客人入庙游览，向导指点殿中神祇，一一讲解。讲到圣母投炉的掌故，一名客人说："人身上有许多脂膏，跳进炉里，好比是添了一把烈火呀。"众人皆笑。向导嘘止，大殿之上不可唐突神灵。众人立即噤声，说笑话那人亦向圣母拜了几拜，口称罪过。日新听见了那句话，懒洋洋一笑，脑海里忽然隆隆作响，仿佛春雷涌动，惊起蛰伏无觉的念头。

"向炉里添一把烈火……"

日新所采釉药多为山中矿石，与陶瓷釉药截然不同。须知石性坚牢，非白药、青灰之可比，得非鼓冶不足，火力未及，未能融解石性，而使釉药难以发挥？日新霍然而起，拔腿便走。他要去隆兴窑找日进，商讨控火升温之法。日进烧火尽得宋及物真传，亦自摸索出一套心法，已不逊于神火窑的老徐。刚出庙门，却见邻居飞奔而来，远远便向他叫喊：

"日新，快回去，家里出事了……"

日新两脚如风跑到家。大门反闩，隔墙呼喊采芹，亦无应答。他从当年那个地方逾墙而入。上房屋门大开，樊有正在地上抽搐，旁边丢弃一只已然破碎的酒瓶，正是世间仅剩那瓶三绝酒。日新冲进房间，房门忽从背后关上，而后咔嗒一声，门闩也扣了起来。日新惊忙回头，却是采芹。采芹手握一把尖刀，背靠在门上，也不睬日新，只是专注地打量着地上的樊有。樊有已气息不继，脸膛憋得发紫。

"去请先生，日新，快去请先生……"

樊有艰难乞求，声音低哑如鸣釜。半个时辰前，樊有还在隆兴窑拼对活计。他出了两千银子,在宋家面前趾高气扬,俨然是大股东的派头。宋太太见钱气馁,乖乖退让三分,由着他在窑里指手画脚。春节前是陶瓷旺季,他打算紧烧几窑,赶个热市。老把式们收到股票和预付的工钱,皆如约而至。樊有又以他们几人做门面,外加一些额外的补贴,招诱来一批普通匠工,择个吉日祭神开工。他素来颠顸,行事亦不着腔调,张罗起窑中事务,却也井然有序。债主们听闻窑场重开,登门讨债,也被他使奸耍滑推搪过去。正忙之际,俞述秀匆匆找来,刚才采芹去家里,说要与日新离婚,叫他过去一趟,主持局面。离婚、分家等事,例由舅舅出面主持,因此樊有并不怀疑,但也不甚关心,又磨蹭了半响方才动身。日进却很惊惶,深恐弟弟妻离子散,意欲向采芹求情,请她看在日新不惜破家营救她爹的分上,莫要抛弃他和孩子。樊有斥其多事,没听老话讲,冤家宜解不宜结,孽缘虽有不如无。述秀也劝日进莫去,采芹特别交代,只让舅舅一人过去。日进虽不认可舅舅的高论,但他深知采芹的脾性,她不让去,去了必定没有好结果,只得留在窑场,忐忑等候。

樊有来到采芹家,宅门和上房门都开着,采芹正在堂屋吃酒。她用的是浅腹敞口黑釉酒碗,不知已吃了多少,桌上则摆放一瓶已启封的三绝酒。樊有十分不满,一个女人家,这般大碗吃酒,成甚么体统?日新不与她过,真不亏她。他批评采芹几句,取起那瓶酒,大鼻一嗅,香气撩人,晃晃尚有大半瓶,仰头便吃了几口。他没看见日新,问其何在。采芹说去找寨主和闾长了,叫他们过来做见证。樊有骂声荒唐,一面吃酒,一面喋喋不休责备两个小东西,放着大好的日子不过,整天净胡闹,早知今日,当初就不该成这个亲。他这几日忙活窑里的事，没顾上吃酒，肚里的酒虫早已作乱，此时佳酿入喉，真如琼浆玉液，不知不觉便吃完了。他摇摇空瓶，后悔吃太快，譬如猪八戒吃人参果，都没顾上细细品味，可惜了好东西。然后他发觉不对，浑身渐渐软麻，心子在胸腔里越跳越快，似要破腔而出；脑筋则越来越模糊，腹中也剧烈地疼起来。他望向采芹，采芹亦冷漠地望着他。樊有想起曾听人讲评书，《水浒传》智取生辰纲，杨志等人中计，吃了下药的酒，好汉们在旁观望，口里说着"倒也！倒也！"于是纷纷倒地。樊有挣扎要走，也倒在了地上。

日新看看舅舅，回头望向采芹。采芹也将眼光转到他脸上，朝他晃晃手中的刀子。她的神情平静而坚决，仿佛一切已定，不容更改。日新又回头看舅舅。樊有已明白了结局，眼泪犹如虫子一般爬出来。

"我毕竟是你舅舅啊……"他说。

日新再次回头，对采芹说："闪开！"采芹仔细观察樊有，对丈夫笑了笑："没用的，请先生也白请，他死定了。"日新大吼："闪开！"采芹让到一边："闪开就闪开，你吼甚么？吓到你干妹子了。"日新愕然，环视堂屋，并无俞述秀的人影。采芹朝东屋努努嘴："在里头呢。"日新双脚发软，撩开门帘钻进去，果见述秀蹲在箱柜旁发抖。述秀怕惹恼采芹，本是不来的，但又心烦意乱，坐立难安，便找了个理由，就说叫月清去吃饭，也走了过来。她进到宅院，恰逢樊有倒地，不知何故，兀自茫然，采芹已提刀向她扑来。述秀撒腿便跑，却已迟了，采芹越过她，抢先占据宅门。述秀大叫救命，采芹将宅门反闩，持刀呵斥："再叫一声戳死你！"述秀恐惧欲死，再也张不开口，被采芹押入房去。然而邻居已听到那几声呼救，料想出了大事，遂急急忙忙去找日新。

日新扶述秀起来，述秀却如一团烂泥，怎么也起不了。采芹在门口盯着他们，对丈夫说："你别与她拉拉扯扯，我还没死呢。你放心，我不会害她，我还指望她给我带孩子呢。"见日新不听，登时恼了，"你再碰她一下，我马上戳死她！"日新知她已经疯狂，只好放下述秀，从采芹胸前挤过去，打开门奔出宅院。等他带领大夫匆忙赶回，樊有果然已经死掉了。采芹踞坐在八仙桌右手的太师椅上，手里依旧紧攥那把刀。她望着惊慌失措的丈夫，眼中充满哀怨。

"你从来没有喜爱过我，对不对？"

日新看着她，甚么话也说不出，眼泪没头没脑流下来。采芹说："你莫哭，你一哭，我的心就软了，你就让我对你狠一回吧。"寨主与闾长恰在附近办事，听闻凶讯赶过来，挤在堂屋门口咋呼，叫采芹放下刀子。采芹扫他们一眼："你们真讨厌，我与丈夫说几句分别话，你们也来捣乱！我对你们讲，樊有是俞述秀叫来的，毒是我下的，俞述秀不知情，被我骗了。"她叹了口气，对东屋说："俞述秀，我真不愿便宜你，可是我的儿子总得有人养，你若敢对他不好，我做鬼也饶不了你！"回视寨主和闾长："这事很好办，我一命抵一命，不用你们操心。"

采芹说罢，立刻举刀抹向脖子，连一瞬的停留也没有，似是害怕稍一停顿，便会动摇下手的决心。翟日新泪水满眶，眼前白茫茫一团，犹如世界都淹没在水幕里。随着堂前一阵惊呼，水淋淋的世界骤然变色，仿佛丹砂坠入池塘，瞬间洇开一大片朱红。

清末帝宣统二年纪事

（公元1910年，岁次庚戌）

一

大清宣统二年春二月，钧州知州为追复钧瓷，奉抚宪札饬，遵照部章，开办钧华瓷业公司。翟日新师傅因复烧见功，成绩卓著，被知州钦点为公司匠首，经理一应烧造事务。

日新获此差委，百端交集。他复烧钧瓷，只是为着自己发财，不料阴差阳错，被推上了宗师的位置，讲起来着实荒谬。采芹死后，他蛰伏了大半年，方才渐渐缓过来。月清没了亲娘，爹爹又杜门不出，爷爷亦因家门巨变而一病不起，幸有俞述秀和宋如玉轮流照管，方得免于饥寒。述秀已二十有零，老姑娘了，也有媒人说亲，高不成低不就，迄未出嫁。老翟便动了私心，意欲将她变换名分，干闺女转作儿媳妇。他私下征询述秀的意见。述秀红了半天脸，不说同意，也不说不同意，只说不愿去陆家那宅院居住。此事不难，把亲结到这个宅院便是。老翟招来日进，叫他去俞家提亲。俞述彦不大情愿：翟日新是丧门星，又不务正业，妹子跟了他，准定落不了好。只是好友诚恳相求，情面难拂；况且妹妹横竖嫁不出去，万一哪天老翟亡故，翟日新收回宅院，她还得回来跟自己争住所，想想便觉头疼，遂应允了。二人父母早亡，长兄为父，述彦同意，婚事就定了。不料日新却无回应，老翟几番劝告，皆木脸不语。老翟忧闷不已，病情转剧。日进去劝弟弟，述秀是贤良女子，父亲卧病至今，全赖人家伺候，月清也靠人家抚养，这份情意不可不报。如今父亲病危，须抓紧与述秀成亲，以此冲喜，去去家里的晦气。日新被他聒噪得心烦，说："结就结吧。"于是就近择个吉日，草草把婚事办了。

新婚宴尔，虽无鹣鲽之好，与述秀几日温存，也使日新逐渐有了一点生机。他想重操旧业，贷钱贩卖瓷器。述秀说："你与采芹在一起时，究竟在做甚么？"复烧钧瓷是不宣之秘，日新一直讳莫如深，今与述秀成了夫妻，无须瞒她，便讲与她听。虽说是不宣之秘，毕竟世上没有不透风的墙，神垕镇早有传闻，说翟二在家偷烧钧瓷。大家讲起来无不哂笑，想那钧瓷是何等之物，非有皇帝的诏令，会集全天下的精工圣手，是决计造不出的。谅他区区翟二，能玩出甚么花头？要烧钧瓷，还不如去炼仙丹，只有采芹那个疯女人，才会信他的邪，一心一意支持他做蠢事。述秀也听过这传闻，但未有亲见，不知日新究竟是不是在烧钧瓷，或许真在炼仙丹也未可知。此时听了日新的话，方知人言不虚。

"你已烧了这么多年，也有了眉目，丢弃可惜。"述秀说，"还是继续烧吧。"

日新说："说是烧钧瓷，实则是烧钱，没钱怎么烧？"

"我赚钱。"述秀说,"采芹能做,我也能做。"

日新苦笑。幽居之时,他追思过往,认定采芹之所以寻死,乃因家中山穷水尽,她撑不下去了。比起谋生的本领,述秀还不如采芹,叫她赚钱,早晚又是惨剧。他去陆宅收拾物事,在竹篓中发现几枚钧片。那是采芹最后的收获,她早出晚归,挖了大半月,仅得这几个东西,品相亦不佳。日新不曾挖过片,采芹不允,大男人须做正经事业,挖片这等碰运气的事,是老叟和妇人做的。但若日新进山采石试釉,她必陪同前往。日新嫌她多余,不欲随从,采芹不管,只是跟定了他。有一回日新攀岩上山,失足坠落,采芹眼明手快,一把将他拽住。日新眼望危崖,冷汗涔涔。采芹却甚开心:"你看你看,多危险呀,我不跟着怎么行?"以后便跟得理直气壮。日新捡起那几枚钧片,在手中摩挲,泪水缓缓溢满了眼眶。

他将自造的钧片与那几枚钧片混在一起,前往开封出卖。梁先生的文古斋一蹶不振,时开时关,日新不便再去找他,径直来到萃宝轩。萃宝轩的掌柜打眼一瞥,嫌成色不好,只愿给几块龙洋。日新不卖,拿到琳琅阁碰运气。琳琅阁不做这等小生意,唯因巡抚换了人,一时门庭冷落,姚掌柜闲着无事,便扒拉开瞧了瞧,愿买,但出价只比萃宝轩多一块。日新大失所望,却也只能出手。到家时天色已晚,述秀张罗着吃罢饭,取出一张钱票递与他。是周聚昌的三十串文。日新问她来处,说是公公把那块田地卖了。日新拿钱票去找父亲。老翟僵卧床上,昏然将睡,对日新的疑问甚没好气,反正那田地是他花钱买的,自己老了种不动,卖掉把钱还给他也是应当。说声要睡,翻个身不再理会日新。日新无语而退,质问述秀,可是她劝父亲卖的地。

"这不急用钱么?"述秀说,"爹爹身子骨不好,地里也种不出个甚么,不如卖了。等你烧出钧瓷,赚了大钱,爹爹倘若还想种地,再买一大片良田给他,叫他做个地主。"

日新默然。他以这些钱做本,重开炉灶。作坊在老陆宅院,他嫌两边奔走太麻烦,且惧有人乘虚窥伺,索性住到了那边。述秀与他商量,两个宅院太浪费,不如卖掉一个。日新问她卖哪个,她说陆家那个。她对陆宅既憎又怕,宁死不愿居住其中。只是陆宅已成凶宅,述秀怕,别人也怕,售卖宅院的布告张贴多日,迄无一人问津。

樊有死后,翟日进万念俱灰,铁心舍弃了窑场,去程令声那里做了匠副。这是程老板为日进特设的职事。老匠首年事已高,鲜来上工,一应事务悉由日进经理。他本欲退养天年,叫日进接替,程老板不允。他怕日进把晦气带到自己窑场,当初收留,仅是试用,及见窑窑俱是上色,方才放心任用,但终究心存忌讳,不愿让他担当匠首的职名。日新找日进商讨焙火升温之术。两人琢磨久之,推测将匣钵放入炉中,复以煤填满炉膛,将匣钵包裹起来,再起火紧烧,或可使钵内温度升至未有之境。两人下手实验,果然釉色好了许多,只是釉质甚薄,且淋漓下淌,将铁足都埋了起来,没有宋钧温润如玉的质地。再接再厉,无不如此,且瓷胎时有窳斜扭曲乃至炸裂者。两人甚感沮丧。日进劝日新收心,莫再一门心思弄这个,尽早做些别的营生,赚钱养家才是要务。

"好好珍惜眼前人呀!"日进说。

日新不语,再次试烧,便不再邀请日进。他思忖釉质过薄,或因坯胎未曾干透,不能充足吸附釉水之故,遂将生坯先行过火烧制,再予施釉，果然好了许多。但其成色仍然不佳，釉质黯淡无华。这日他再次试烧，又复不成，煤也用完了，坐在作坊纳闷。俞述秀背了一筐蓝炭走过来。所谓蓝炭，乃是窑炉中未曾烧透的煤渣。大窑火膛大，盛煤多，火把式不时撬火通风，一些正燃烧的煤块从炉条缝隙漏下去，湮埋在炉灰之中。穷人家会叫孩子来捡拾，拿回家烧饭用。述秀将蓝炭倒在鸡窝窑旁。

"这个不知行不行，你凑合着试试。"她擦着额头的汗说，"如若能用，我再去捡。"

日新望向那些炭渣，犹如看到一张张讥嘲的脸谱。他有心不用，踯躅久之，还是装好匣钵，将炭渣塞入炉膛。这次的器型是花觚。蓝炭已烧去湿气和煤气，虽则寒酸，却甚易燃烧，也没有生煤的滚滚黑烟。日新鼓动风箱，未用几时，炉内温度已然飙升，干净的火苗从炉盖的火孔突突冒出。当火苗变作炽亮的淡红，日新取起一片匣钵，将火孔盖住，开始焐火，又复猛烈鼓风。待火色变作鲜亮的橙黄，他停下风箱，使烈火在炉内自由燃烧。此时刚过秋分，天空高阔而清爽，正是烧瓷的好时节。日新躁动不安，仿佛有事将要发生，却不知吉凶与祸福。止火降温后，他取出匣钵，小心翼翼地打开。

果然有事发生了！

后周世宗皇帝敕烧一批瓷器，窑工请其釉色。其时甘霖方住，云开天青，世宗御笔批题曰："雨过天青云破处，这般颜色做将来。"

日新捧起那只花觚，但见青衣一袭，笼罩上下，且那釉质温莹如脂，润泽如玉。这便是周世宗要的瓷器呀！日新看过几眼，复将花觚放到地上。他双手抖得厉害，唯恐失手打碎。他围绕花觚，蹲着看，站着看，贴着它看，又退开几步看，越看越是欢喜。夕阳在他的欢喜中坠下山去，夜色如潮水般涌起，缓慢而又迅速地灌满宇宙。日新坐在黑夜的海底，内心孤独而喜悦。

花觚虽佳，唯无窑变，是其美中不足。日新却不以为憾。他此前试验，已知釉料将呈色此，能有如此美质，已是上天恩眷。他将花觚做旧，前往开封拜访梁先生。梁先生脾胃虚弱，平素喜好吃些小米粥，他特意带了一包今秋新打的小米。梁先生颔首致谢，叩问翟老板来意。日新说收了个东西，难判真伪，特来求教梁先生，帮忙掌掌眼。他将花觚取出，放到桌上。梁先生小心捧起，翻来覆去鉴赏，眉间时蹙时舒，似有一片疑云聚散不定。

"后世有人仿造宋代天青釉，只是做出来，都像是黏鼻涕，被人取笑为鼻涕釉。"梁先生说，"你先前卖给我的钧片里，便有不少那种釉色。"

梁先生说话时，两眼依旧黏在花觚上，似是讲与日新听，又似是自语。日新胸中仿佛有块铅石往下坠，沉甸甸压在心口。梁先生顿了一会儿，说："似这般釉色，才是宋窑的天青啊！"日新顿时舒一口气。"只是这东西看新，似不到代。"梁先生又说，"但今人是决计做不出来的，这釉光呈相自然，绝无妖气。"他抬起头，两眼隔着镜片盯紧日新，"你打哪儿收来的？"

"英雄莫问出处，古董莫问来路。"日新说，"再请您帮忙估个价，我要拿去卖，怕被杀猪。"

梁先生将花觚放到桌子中央。"倘若确是宋钧，值不少钱。但这东西有点看新，恕老夫眼拙，不敢草率断定。"梁先生搓搓手，说，"我倒是想荐个买家，又怕打眼，在同行面前丢了脸面，毕竟之前那只笔洗，我便看走眼了。这样吧，东西留在我这儿，给你五百两银子，你意如何？"

当年陆秉宪那只香炉，梁先生愿出一千两收买，这只花觚要好许多，他却只出五百两，想是前次打眼，深以为戒，谨慎得过了头。"您怕看走眼，不买便是。"日新说，"您就帮我估个价，我拿去卖了，少不得包银子谢您。"

梁先生以为日新嫌少，沉吟少时，说："天青月白虽是贵色，但就钧瓷而言，却不如红与紫。红如胭脂为上品，紫如墨者次之。钧瓷一向有个说法，红为最，紫为贵，天青月白胜翡翠。青白二色虽好，还有个可比拟的价，红和紫是无价可比的。近世风气又是一变，洋人喜爱紫釉，紫钧价钱一路上天，便是红钧也比它不过，至于天青月白，仍是等而下之。我收你这花觚，也只是自己赏玩，未必便好出手。翟老板是老朋友了，老夫不会蒙你。"

日新笑说："这东西诚实不能卖与您，还请梁老板海涵海涵。您就帮我估个价便好。"

梁先生凝视日新，摇摇头："我已开了价，不好再讲，翟老板若执意不卖，请你收好。"

梁先生不愿讲，日新亦不强求，他愿自收，可知已过了他的法眼。别过梁先生，日新即刻赶往萃宝轩，以两千银子轻易出手。银票是大德通票号的，日新先去兑了些龙洋，采买时鲜果子，叫辆东洋车，前去看望干娘和义夫。朱太太思子成疾，又复镇日吃斋，缺乏荣养，竟是清减了许多。日新自责未能尽孝，陪她说了许多宽心话。他先还了义夫一千两银子，又包了十块龙洋去谢梁先生，顺道给梁小姐捎了两盒三德合的糕点。他之前在梁先生桌上看到这种糕点，劝梁先生少吃，过于甜腻，不利脾胃。梁先生说那是小女爱吃的东西，他是不吃的。梁先生神情古怪，坚拒他的龙洋，自称无功受禄，恐遭天谴。日新知他尴尬，也便不勉强了。

返回神垕，日新开始琢磨钧红与钧紫。不料不但未能烧出红、紫二色，连上次的天青也烧不出了。日新讶异，去拜了窑神，仍烧不出，再拜公关，还烧不出。日新大起惶恐，疑心是采芹或老陆作梗，意欲将作坊搬到自家宅院去。述秀过来送饭，问他何故愁眉苦脸。日新不敢明讲，怕惊到她，只说又烧不成了，抵实奇怪。述秀不懂做瓷，在炉灶旁瞅了瞅，问他可否是煤炭的缘故。日新卖瓷得钱，回来便把蓝炭清理了，改用南山的硬煤。神垕周边诸山，除有上好的瓷土和釉果，还盛产煤，尤以南山最佳，价也最高。日新半信半疑，改用蓝炭烧制，数炉之后，果然又得一良器。日新哑然失笑。智者求诸物理，愚人偏信鬼神，他嘲讽自己是十足的愚人。

之后的成器逐渐多起来，虽则十烧不能得一，日积月累，也甚为可观。釉色亦日渐丰富，除却青、白二色，还时有黑蓝变化。唯最贵重的红与紫，却总烧不出来。频繁而出的宋钧使开封的古董商惊而又喜，喜而复惊。日新见微知著，得休便休，后来卖瓷，便远走京津宁沪。这年冬天，他去天津卫卖了一只净瓶，贪看那城市的西洋景观，不觉多停留了几日，忽然想起干爹周年将至，才急匆匆赶回钧州。

每到朱先生忌日，朱太太和义夫都会回来上坟。今年亦然。意外的是，此次梁小姐也随同而来。朱太太讲，梁老板欲弥旧怨，一直想来给朱先生上个坟，只是病体总也不好，不能成行，担忧再拖下去，恐将直接面见朱先生于地下，遂命小女代他一行。日新发财后，恰逢张家连番遭事，家境败落，便又将宅院赎买回来。张家猜疑是朱先生作怪，害他家不得安宁，正有意售卖，于是爽利成交。日新将宅院照原样重新翻修，朱太太进入其中，恍然有隔世之感。日新设宴为干娘一行接风，宴罢散去，各入房间歇息。日新自去书房翻书，未尽数页，有人轻叩房门，打开看，却是梁小姐。

日新已有年余未见梁小姐，今日见到，满心欢喜。梁小姐薄施粉黛，额发向两边抿起，脑门和眉眼显得干净明亮。头上梳了麻花双圆髻，用珠线网子罩起来，看着很是时髦。虽是在宅院里，她却仍旧披着那件驼绒斗篷。她从斗篷下取出一只笔洗，递与翟大哥。她以前都叫翟老板或翟先生，此时改称大哥，亲昵了许多，令日新很是受用。那笔洗色呈丁紫，身嵌鼓钉，正是送与梁先生那只。

"我爹叫我把这只笔洗送还翟大哥。"梁小姐说。

日新讶然："这洗已归令尊所有，何来送还之说？"

"我爹说，他当时收这笔洗，只为贪好钧瓷，留下来赏玩一些时日，他已赏玩这么久，该知足了。"梁小姐说，"我爹叫我转告翟大哥，于文贪近贫，不是本分应得的，便需及时罢手。"

二

宋钧频现于神垕翟日新之手，在开封古董行震动不小，不唯商家纳闷，梁先生更是生疑。他寻绎往事，从翟日新的天青花觚，追溯至陆秉宪的螭耳云足香炉，复思及陆、翟二人的翁婿之分，心中便已有数。陆秉宪不过是无知无识的泥腿子，翟日新亦非饱学之士，而能自我摸索，至此境界，令梁先生平生几分敬意。回想那日翟日新不把花瓠卖给自己，或许不是嫌钱少，而是不愿坑自己呀。梁先生感喟不已，遂托言为朱先生上坟，遣女儿去提点一下翟老板。

只是日新怎能罢手？生活虽已无虞，红、紫二色尚未烧出，始终是盘桓不去的心事。他将原先那间厢房重新辟为作坊，每日沉浸其间。老翟在日新发财之前亡故，未能赶上做地主，死前十分忧愁，仿佛入了冥府，会因不农不工、身份不明而被阎王打入另册。述秀则生了个儿子，起名月明，全副精力全都用在他身上，不唯照管不了月清，连日新也渐渐顾不上了。月清无人管教，肆意成长，率同俞述彦的儿子俞松涛，在镇里呼啸来去，四处惹祸。

这天他们在街上晃荡，看见月容被人欺负。翟日进继承的债务太多，又坚拒日新接济，生活很是拮据。他老婆如玉在家为寿衣店做寿衣，抽空做些蜜食果子，叫月容扛去街上卖。月容话不多，也难得见她笑，总是要帮她娘做这做那，没工夫跟月清玩，因此月清并不喜欢她。她那日在窑神庙附近卖蜜食，几个少年吃了不给钱，月容拽住一个不让走，少年发怒，踢翻她的篮子，仍不放手，便要围殴。月清和松涛彼时正热衷耍枪弄棒，效仿戏台上的武生对打，因此各提溜了一根白蜡棍，正好派上用场。那帮少年虽则高大，却不及二人凶猛，几棍子抡过去，便纷纷逃窜。二人大获全胜，意气风发，定要护送月容回家。月清想向大姆表表功，顺便在她家蹭顿饭。大姆做的饭好吃，不像俞述秀，做的简直是猪食。——倘若与亲娘比，还是俞述秀好一些，俞述秀做的是猪食，亲娘做的猪食不如。——宋及物已死，宋太太也迅速老朽，她在里屋听月清和松涛叽叽喳喳讲了事情经过，心疼那篮蜜食，走出来痛斥月容成事不足。月容不敢反嘴，唯有抹泪。月清听老太婆声色俱厉骂个不休，十分讨厌，等到吃饭时，偷偷摸出一枚小皮钱，丢进她的粥碗里。

"老奶奶，祝你长命百岁。"月清说。

宋太太甚觉好笑，将粥喝下去，才明白了小东西的言下之意。她在如玉帮助下捶咳多时，才把小皮钱从喉咙咳出来，好险没有憋死。宋太太拐起小脚，颤巍巍找翟日新告状。日新惊得脸色发白，逮住月清，按到上房台阶上狂打一顿，问他可否知错。月清坚称无错，他祝老婆子长命百岁，一片好心，老婆子却恩将仇报，不得好死。日新愈怒。

"你以为我不知你的心思？你是想堵住老太太喉咙，叫她无法讲话。"日新说，"可你知不知道，这样做是会要人命的！"

月清说："我丢小钱，明明是许愿。"

日新大喝："那你老实讲，你许的甚么愿？"

月清不语。他许的愿是让宋太太变作哑巴。月清前几日游荡到无量寺，见有香客往水池里投钱，问和尚是何缘故。和尚说那是许愿，丢一枚钱到池里，便可灵验。月清便也丢了一枚进去。他身上从不缺钱，爷爷和姥爷俱在时，都是他的摇钱树，采芹有时懒得带他，也丢与他几枚钱，叫他自己买东西吃。后来他们都死了，爹爹却渐渐发财，俞述秀虽则吝啬，为打发他，也时常给些零钱花。和尚问他许的甚么愿，他说叫寺里的大雄宝殿起火。和尚大怒，将他打出山门。不料两天后，和尚不小心触翻香烛，果然在大殿里酿出一场不大不小的火灾。月清于是迷上了许愿，随时随处摸个小皮钱，丢到他以为有效的地方。日新见他不复顶嘴，以为知悔，便饶了他。傍晚时分，他外出办事回来，看到庭院地面歪歪扭扭写了几行字：

翟日新
大坏蛋
专吃狗屎不吃饭

日新暴怒，从房间揪出月清便打。月清死活不认是他写的，越打嘴越犟，打得狠了，疼不过，便大哭喊娘。述秀听他喊得凄厉，怀抱老二走出来。月清说："我叫我娘，关你啥事？"述秀愣了好一会儿，才反应过来，扭头回房间去。日新加力狠抽几巴掌，月清立刻尖叫："俞述秀，救救我……"

俞述秀没有出来救他。日新打罢，恨恨进作坊去。他新调配了一种釉水，取几只素烧过的坯胎，施釉后晾干备烧。次日上午，他继续进作坊忙活，取一只梅瓶装入匣钵，放进炉膛之中，忽然内急，遂先如厕方便，而后实炭起火。等蓝炭燃烧起来，焰色发红，即合上炉盖。他于此炉并无期望，不过是例行试错，积累经验而已。匣钵打开，果然未有惊喜，不唯釉色黯淡，流釉亦甚严重，将底足都包了起来。日新欲弃之，发现瓶边有一摊铜渍，仔细辨认，依稀看出是枚熔化的铜钱。日新立刻想到是月清捣鬼，极没好气。他取起烧废的净瓶，忽见包裹底足的釉面上泛出一抹混沌的红，大愕，仔细观察，却是那摊铜渍漫延到瓶底，与下淌的釉质粘到了一起。莫非釉上之红，乃由铜液所致？日新寻即找来一枚广东钱局的当十铜圆，磨下一点铜粉，加入釉药之中，重新配釉试烧。住火降温后，他捧出匣钵，缓缓打开，顿如梦魇一般呆住了：梅瓶之上釉面温润，遍体飞红缭绕，轻盈如飘羽之朝霞，明丽如泼笔之丹砂。

这便是窑变啊！童叟无欺、如假包换的窑变！

日新喃喃自语，欣喜欲狂，回身跑出作坊，满宅院寻找月清。月清早已逃出去，此时正在窑神庙后，与俞松涛拿竹竿捅老椿树上的马蜂窝。看到他爹疯狂奔来，月清将竹竿一丢，撒腿便跑。他爹愈喊站住，他愈跑得拼命，后来实在跑不过，便抱住路边一棵核桃树，哧溜溜爬了上去。日新在树下喘息，仰头嬉笑说："别怕，不打你，快下来，爹赏钱给你。"他从衣袋掏出几枚当二十的制钱："喏，这些都给你，回家再赏你一块银圆。"

月清肝胆俱裂。他不知自己闯的祸究竟有多大，以致不苟言笑的爹爹要伪装开心，拿这许多钱来诱捕他。他以为必死无疑，骑在最高处的树丫上大放悲声。日新无奈，也怕他惊惶失足，只好先走开了。他沽来好酒，满怀喜悦欲与人分享，思来想去，偌大的神垕，竟无一个推心置腹的朋友，于是提酒上山，去找朱先生说话，给干爹报喜。他在朱先生坟前追忆过往，感喟万千，不知不觉便喝多了。醉醺醺回到家，梁先生的信已在等他。

梁先生生辰将至，倘若翟老板方便，邀他去开封小叙。日新欣然前往。他特意带上那只梅瓶，送与梁先生做寿礼。梁先生将那只笔洗归还，令他万分感激。那笔洗虽是赝品，但于日新却有非同寻常的意义，此时烧出了窑变钧瓷，于情于理，都该拿去补偿梁先生。梁先生赏鉴久之，不动声色。

"仍然不能问来路么？"他说。

日新笑："又何必问！"

梁先生点头,将梅瓶推到桌子中央。"恭喜翟老板!"

梁先生的寿宴订于庆丰楼,来贺友人多是古董行的同业,日新寻思不便与会,便婉拒了。梁先生也不勉强,叫梁小姐陪他在开封城里走一走。日新对开封城再熟悉不过,并无想去的地方,梁小姐亦无意陪他游览名胜,而是带他去祭林湛。林湛墓在开封城东二十六里,甚是偏僻的一个所在,二人乘坐马车,在阡陌之间曲折而往,几欲迷失路径,走出一大片农田,方才豁然开朗。梁小姐祭毕,神情黯然。坟周田畴交错,青苍无际,不远处一溪如带,盘绕于原野之间。日新陪梁小姐在附近走了走,问她要不要去祭义民。义夫花了许多钱,终于找回义民的遗骸,将他偷葬在黄河边一处林场里。梁小姐拒绝。

"我讨厌刘义民。"她说,"不是因为他把我表哥骗回来,害他枉送性命;我表哥矢志反清,早晚会为此献身。我讨厌他,是他不该以我的名义去骗我表哥。"

"你的名义最好用,所以才用你吧。"日新为义民缓颊,"他与林公子同心同德,慷慨赴义,也算是条好汉。"

梁小姐冷笑:"他怎好与我表哥相比? 我表哥反清,是为了国家民族,千秋大义;他反清,不过是报私仇。况且他身染脏病,生不如死,索性反清而死,还落个好名声。"日新愕然,问她何以知之。梁小姐说:"自然是表哥告诉我的。我表哥不计较,是因革命力量太弱小,必得团结一切反清的势力。你可说刘义民是勇敢之士,但在境界和格局上,是无法与我表哥相提并论的。"

日新无意为义民辩白,但听梁小姐之言,似乎也甚偏颇。他记起梁先生也曾说干爹反清是报私仇,心头不乐。"义民反清,是继承我干爹的遗志；我干爹反清，则是为了复明，一样是伟大的功业。大家殊途同归，就毋分甚么高下了。"

梁小姐打量日新，神情甚是讶异。"翟大哥常去津汉宁沪，是见过世面的人，想应了解世界大势，却怎是这般见识？"她说，"难道你一心做瓷，不问世事么？"

日新一笑："确是无甚兴趣。"

梁小姐说："朱先生反清复明，是为了再造一个专制帝国。我表哥反清革命，则是要推翻帝制，建立民主共和的新国家。朱先生要建的帝国，仍是君君臣臣那一套，不过是把满人的朝廷换成汉人的朝廷。我表哥他们要建的共和国，却是人人平等，再没有皇权国度的等级与特权。这是截然不同的两条路，怎么能一样呢？再则，朱先生他们反清，是为自己的荣华富贵，打下江山自己坐；我表哥他们反清，则是为了四万万同胞，打下江山与国民。这样的两重境界，又岂无高下之分？"

日新语塞。他知讲不过梁小姐，唯有干笑："我只是个升斗小民，做好自己的手艺，养活自己的家人，如此便罢。国家大事我不懂，也管不了，任他风云激荡，天地翻覆，我只万花丛中过，片叶不沾身。"

梁小姐笑起来，"翟大哥恁是烂漫了，所谓万花丛，只怕是刀俎，不沾身也只是时候未到。"

日新哈哈一笑，不再说下去。他听梁先生讲，梁小姐亦欲去东瀛留学，梁先生不允，父女俩为此闹得甚不愉快。梁小姐受表哥影响，脑子里早有不合时宜的想法，表哥之死，又令她愈加反感大清。本来一介女子，即使偏颇一些，亦无所谓，横竖不能抛头露面去造反。不料这几年开封突然冒出个叫刘青霞的,据称是故广西巡抚马丕瑶之女,因嫁与开封府一个刘姓大户,故改姓刘。夫死之后,即搬到开封城居住,私下与革命党来往频密。梁小姐不知怎么与她相识,被她感染得日益激进起来。如今刘青霞要去日本国,鼓动她同去。

"她受了蛊惑,便要抛下我这个老病的爹,去做那疯狂之事。"梁先生痛心疾首,"咱便不讲三纲五常的道理,羔羊有跪乳之恩,乌鸦有反哺之义,禽兽尚且知道孝顺亲长,他们这些闹革命的,怎么连人伦都不要了?"

日新深感意外。他所见识的梁小姐,温文大方,知书达礼,却不料婉约表面之下,竟有如此刚烈的胸怀。梁先生以生辰为名邀来翟老板,实有一事相求:请翟老板收梁小姐为徒,把她带到神垕去,跟他学烧瓷器。神垕僻居中原一隅,虽是繁华名镇,毕竟远离通都大邑,未受外洋风气的侵蚀,把梁小姐拘在那里,或许可以收敛心性。他听说西洋国男女平等,女子与男人一样在外做事,待梁小姐学会烧瓷,倘若不愿在大清国过活,再去东洋或泰西,也有个安身立命的基础,免得身无长技,只能不务正业,跟着闹甚么革命。所谓学烧瓷器,梁先生未有明说,但弦外之音,心照不宣,定然是烧钧瓷了,否则也毋庸拜到翟老板门下。他叫梁小姐陪翟老板走走,便是制造机会,好让日新乘间劝说。

"你看她都这么大了,死活不愿嫁人,说甚么家庭是礼教的产物,是压迫女性的枷锁。更不要讲生孩子,说甚么在这专制国度,生孩子便是为统治者生奴隶。你听听,这都甚么话?再不可让她这样疯下去,否则早晚闯祸。林湛已经没了,倘若她也没了,我便是死也不能瞑目。"梁先生说,"翟老板且看两世的交谊,帮老夫这个忙,余生衔环结草,以报大德!"

梁先生言辞恳切,日新却甚没好气。他疑心这老儿没安好心,又要耍诡计赚自己。梁小姐确实可爱,收她为徒未始不可,神垕镇女子做工的不在少数,带她去神垕烧瓷器,并非惊世骇俗之举。但要教她烧钧瓷,却是强人所难,想他多年磨砺,万般艰辛,才摸索到钧瓷之秘,岂能轻易授人?他愿为梁小姐花钱,纵使倾尽家财亦所不惜,至于钧瓷手艺,还是罢了。遂以世交辈分为由婉拒梁先生:他与梁小姐同辈,收她为徒,实乖伦常。但他愿帮梁先生游说梁小姐。

意外的是,梁小姐也存心游说日新。梁小姐与父亲怄气数日,因为梁先生寿辰到了,想起父亲年过花甲,身如风烛,不知还有几时于人世,心便软下来,决定不去日本了,只是一时面上尚未抹开,未曾告诉梁先生。据刘青霞讲,革命党在海外花销巨大,为他们筹措钱款,同样是革命事业。梁小姐欲与翟大哥合伙,把翟大哥的钧瓷拿去海外出卖,得钱平分,一半捐与革命党,一半归翟大哥。一来洋人的钱好赚,二来,列强从中国抢走无数珍宝,分文未予,以翟大哥的瓷赚他们的钱,也算为国复仇。她担保翟大哥到手的钱不比国内少。

"请翟大哥三思。"梁小姐说。

梁小姐言下之意,已认定他的钧瓷都是自造的赝品。虽说他们父女早已隐晦提点过,但她今日如此直白地讲出,仍令日新不怿。日新心中烦恼,却对她气不起来,只是迁怒她爹,在肚子里将他抱怨一顿。"这个怕是难为。"他说,"钧瓷这东西,是最难寻摸的,我不过是运气好，收了那么几只，谁知以后还有没有这般幸运。"

梁小姐停下脚步，面对面望着他。日新被她看得发窘，正没理会处，梁小姐倏然一笑，又复背手往前走："杜工部有首诗，《奉送魏六丈佑少府之交广》，翟大哥读过么？"日新摇头："没有，我读书少。"梁小姐说："那我背诵给你听。'贤豪赞经纶，功成空名垂。子孙不振耀，历代皆有之。……两情顾盼合，珠碧赠于斯。上贵见肝胆，下贵不相疑。'"背诵至此，她顿了一下。"这首诗其实一般，不是杜工部上佳之作，但这句'上贵见肝胆，下贵不相疑'，却极为动人。"扭头看一眼日新，"翟大哥觉得呢？"日新说："的确是箴句。"梁小姐嫣然，与日新并肩而行。日新沉吟了半晌，说："你喜爱钧瓷么？"

"不爱。"梁小姐说，"不瞒翟大哥，我喜爱的是绘画，一直想去巴黎。巴黎你知晓么？法兰西的国都，世界艺术的殿堂，我想去那里学油画。待父亲不再需要我，我便动身去巴黎。"

"很好。"

"钧瓷之事可否做得，也望翟大哥坦诚相告。"

日新说："容我想一想。"

梁小姐便不再说话，叫他专心想。日新思想多时，答应做，但有个要求：不可与外人言之，即使她父亲，也不能告诉。梁小姐欣然应允。梁先生得知女儿回心转意，不再去东瀛，即使来日去国，也将转往巴黎学习西洋绘画，老心甚慰，亦不复执意送她去神垕。日新返回神垕，做出两件窑变钧瓷，拿去交与梁小姐。他取笑梁小姐，年前特奔走数百里，登门敦促他罢手，现今却主动入伙，可谓前后矛盾，言行不一。梁小姐嬉笑。劝翟大哥收手是她爹爹的意思，她只是传声筒而已。她爹爹把古董看得太宝贵，以为是前人艺文之精粹，不容于中作假，不仅是怕坏了行业的规矩，更怕变乱故实，湮没了历史的本相。梁小姐则不然，她以为实有意义的文物甚少，大多古董并无价值，却动辄千万，不过是有钱人的游戏。既然有钱人喜好这游戏，便陪他们玩玩也无妨，反正他们不缺钱，正好拿来赞助革命，也是别样的功德。日新大噱，连称有理。他看着梁小姐将瓷收起，素手纤纤，如脂如荑。送瓷之前，他曾猜疑这是梁家父女做的局，然而即便真是圈套，他也决意跳一回。何以如此，他也不甚明白，或许是因为梁小姐吧，这么一个女子，即使为她上一次当，也是值得的。

梁小姐并未失信，数月之后，日新收到一张大清银行的汇票，金额果然不少于国内出卖所得。日新将钱兑出，分了一半赠与梁小姐，供其来日留学巴黎之用。梁小姐坚辞不受，倘若翟大哥执意要送，送她一件斗篷好了，那件驼绒斗篷她最喜欢，穿了多年，已然破旧，请翟大哥照原样做一条。日新陪她去云裳裁缝店定做，又一起游了大相国寺和古吹台，方于宋门作别。其时秋高气爽，数雁排云，呼朋引伴之声嘹亮入耳。日新心生惆怅，梁小姐亦似有不舍之意。返程路上，日新盘算在开封买个宅院，日后常来居住，既便于接近省会名流，也方便与梁小姐相见。

回到神垕，日新先去日进家。他要把钱送与哥哥，叫他还债。述秀将钱管得严，烧了几只瓷，卖了多少钱，一一记录在账，倘若先回家，必要被她收去。日进为债务所困，头发早已灰白。他此时尚在荣盛窑上工，月容也出去卖蜜食，只有如玉在家。日新正是要趁哥哥不在，私下将钱给嫂子，否则又会被他不容分说回拒。然而如玉也不收。当年舅舅从日新那里拿的两千两银子，被述秀翻出旧账，锲而不舍地追讨；他们月前才勉强还清，不敢再欠这个人情。日新愕然，竟不知还有此事，怒火冲天回到家，准备与述秀大吵一场。他很少与述秀吵架，一旦吵起来，述秀便哭诉嫁到他家的种种艰辛，为他祖孙三代吃过几多苦，受过几多累，又为他烧瓷立下何等功勋，还为翟家生了个白白胖胖的儿子，如今日子才好一些，他便与她为难，还有没有良心？日新吵过几回，回回都被她绕进苦情之中，只能无语败走。然而这一次，述秀委实过分，不吵一架对不住兄嫂亲情。不料述秀却不与他吵，坦承她的确讨要了，但她要的是一千两。大家都是舅舅的外甥，舅舅的钱自应平分，没道理都归老大。亲是亲，财明分，即使不过这日子，她一样得要。

"你只会欺负我，你敢这样跟采芹吵吗？"述秀说，"你敢跟她吵，她不拿刀戳你几个窟窿！你也只敢对我凶。"

日新捶头而出。民信局的信差登门，送来一封书信。日新不看便知是梁先生的，普天之下，只有开封的梁先生给他写信。他启封展读：

  日新贤侄如晤！贤侄克复宋钧，功参造化，诚乃艺林之巨擘，瓷界之宗师。吾有一友，已奉巡抚差委，不日将往牧钧州。此友心存兼济，志在功业，莅任之后，必将多方建树，造福钧民。吾已盛荐贤侄才能，嘱其照觑。彼极关切，有与贤侄共谋大业意。卿本佳人，当搏千秋之誉，勿取百年之毁。唯贤侄之慎思也！

愚世叔梁　于病榻

三

梁先生遭难之后，总是病恹恹的，翟日新每次见他，都以为活不长久。然而隔些时日再去，仍然还是看到他，也仍然一副病恹恹的模样，仿佛卡在了光阴的缝隙，永远好不了，也永远死不了。如是多年，日新习以为常，觉着他就像这大清朝，眼看要亡，就是不亡，似乎千秋万代都将这么不死不活地耗下去。唯一一次精神好，是在那次生辰之会，当时日新见他容光焕发，还有一点担忧，怕是回光返照。此次登门，梁先生又回复常态，一副痨病鬼的模样，卧在榻上吃水烟。

日新此番来，是找梁先生问罪。梁先生向新任知州推荐日新，看似关怀，实如出卖，令日新无比愤懑。他自思待梁某不薄，这老儿却如此拆台！他以前坑干爹，多大的仇恨，都不复与他计较，如今又来坑自己，当真是狗改不了吃屎。梁小姐不在家，不知出去做甚么了。这正好，倘若她在，日新还磨不开脸骂人。梁先生只顾吃烟，对日新的责难无动于衷，等他发泄完，才磕磕烟锅，咳嗽几声坐起来。

"我以为先前的恩怨都已了结，原来翟老板还记挂着，老夫也很无奈。但就此事讲，我却无愧你干爹，纵使黄泉相见，他也不能怪我一声。"梁先生说，"你的工手诚然高明，莫说老夫，便是琳琅阁的姚掌柜也辨不出真伪。但似这般充古射利，终究不是正路。有术无道，君子所耻，有术而道，方是正途。你在此中取钱已然不少，再做下去，恐将不能善终。该思量思量了，是做个赝造古董的名手，还是复兴钧瓷的宗师。老夫言尽于此，如何取决，你自作主张。"

梁先生讲罢，又复卧到榻上，闭目养起了神。日新默然。他有意见见梁小姐，听取她的意见，只是梁先生不再说话，他亦无话可讲，彼此干坐，甚感无趣，遂怏然而出。他在梁家门外徘徊，直至天黑，也未见梁小姐回来，只好作罢，去义夫家借住一宿。次日上午，他以辞别梁先生为名再次登门，梁小姐却又一早出去了。想是此番无缘相见，日新不便多候，怅然离去。他走不久，梁小姐便回来了。她去给爹爹抓药，药房少一味无漏子，派伙计去别家药房借，不料一时俱无，走了多家方才找到，因此耽搁了。日新今日之来，问知梁小姐不在，失落之情溢于言表。梁先生看在眼里，等梁小姐回来，便告诉她日新来过。梁小姐颇觉意外，问他何事而来，听梁先生讲罢，瞠然失色。

"你这不是砸了他的饭碗么？"

"不是我砸他的饭碗，是他要砸我们这行人的饭碗。"梁先生说，"姚掌柜早已起疑，几度找我议论此事，我都推说不知。我与日新的交情，开封府古董行大半知晓，我虽推说不知，姚掌柜终究不会深信。如今要去钧州做州牧的人，是姚掌柜的人头，与我并不相识。姚掌柜怂恿他恢复钧瓷，指名聘请翟日新做师傅，还特把我拉去，声称我是翟日新的世叔，叫我居中引荐，共同成此美事。我若推辞，便显得别有隐情，难圆其说，只好照做了。"

梁小姐愠然："他这是要全天下都知晓翟老板会烧钧瓷，翟老板无论做与不做，再拿瓷器去卖，人家都不会当古董收了。这姓姚的也忒狠毒！"

"姚掌柜是万中无一的精明人，他这么做，却也不只为他自己，还为着这个行当。"梁先生说,"对翟日新,也是洗手上岸的良机。巴拿马国要办万国博览会,新知州意欲叫他烧几件钧瓷出来,拿去参展,倘若得了名次,不仅是知州的政绩,他也可以扬名立万儿,从此堂而皇之地做个宗师,岂不甚好?"

梁小姐哑然。翟日新回神垕不久,新知州便到任了。知州姓袁,捐纳得官,在开封候补时也蹭蹬了许多时日。巡抚已数度更迭,琳琅阁早已不是抚台的买卖,但姚掌柜毕竟在巡抚衙门经营多年,仍有许多办事的门路。袁知州经人指点,来阁里买了几千银子的玩意儿,结交上姚掌柜这个朋友,由姚掌柜代为打点,联络上抚台的心腹红人,最终得了钧州知州的差缺。但他只是署理,而非实任,倘若抚宪照拂,或可转为实授,多做几年,否则干个一年半载,便要去职让衙。因此时间宝贵,只争朝夕,到任后席不暇暖,便招翟日新师傅来衙议事。

经这几日沉思,日新已接纳了梁先生的劝诫。讲起来,充古射利的事确已干不长久。翟二无端暴富,在神垕传为奇谈,大家寻证根由,无不认定他偷烧钧瓷成功了。自负才干的匠师不肯落后,也纷纷攒劲儿烧起来。神垕镇复烧钧瓷一时成风。还有人登门拜师,请求提携。日新不肯外传,推说并无成效,坊间传言都是没有的事。众人不信,有胆大的觑其不在,潜入他的宅院偷窥作坊。日新察觉,养起几条恶犬看家。未过数日,便有人隔墙丢入下了药的肉,将恶犬尽数毒死。登门借钱的人亦日益众多,其间不乏街上打混的无赖,借与他有去无还,不借又堵门滋事,令日新头疼不已。此时知州抬举,未必不是好事,横竖已经难做,不如接受招安,借由官府的势力,镇压一下这些无赖土著。主意既定,知州的帖子送到,他便欣然赴召了。

袁知州与翟师傅商议的，果然是参加巴拿马万国博览会之事。此次展会规模浩大，是宣扬钧州的良机。现今钧瓷备受洋人推崇，若能烧几只参展，定当惊艳世界。老大人风闻翟师傅已得钧瓷秘要，可喜可贺，老大人身为州牧，不可自外，愿助翟师傅一臂之力，共同光复钧瓷，克成伟业，请翟师傅公忠体国，施展神工妙手，尽快烧几只出来，莫要误了参会的时辰。日新听到"公忠体国"四字，不由得战战兢兢。

"钧瓷之道，极艰极深，小可摸索多年，也仅得其皮毛。"日新说，"老大人有命，敢不尽力！"

袁知州笑说：:"翟师傅毋得过谦。事关大清荣耀，只可成功，不可失败，切切！切切！"

日新忐忑而归。他非独自回家，还有两名巡警随行。巡警身穿新式制服，肩扛日本明治三十年式栓动步枪，腰间挎有警棍，日夜轮班在门口值守，有人胆敢擅闯，即时吃一顿棍子。神垕人皆惊，日新乃得安心静虑，思考形制。釉色与窑变固然美妙，倘若器型不佳，亦伤观瞻。他琢磨数日，绘出两个图案：一为四足祥龙鼎，一为太极盘。太极以喻中华文化，毋庸多言；四足祥龙鼎则有一些讲究：鼎为国之重鼎，龙乃中华图腾，四足则分喻礼义廉耻，所谓"礼义廉耻，国之四维"。他将图纸上呈知州裁示，大获称赏，命其立行烧制，克期缴纳。

日新奉命而返，找哥哥帮忙做坯。日新倾心烧制，于造型并不精擅，遇到繁难的琢器，便有不胜之忧。太极盘是圆器，做之甚易，祥龙鼎则阔大繁复，成之甚难，保险起见，还须请日进帮手。弟弟获知州宠用,多年打熬终于出头,日进也为他开心。他从窑里买了些三池上细泥,照图塑造,先做一只送去,又做了两只备用。日进手掌粗厚,十指却甚灵巧,鼎胎做得雄浑大气,细节处又精致入微。日新欣赏久之,赞叹不已。

"哥,知州对我讲,他要创办个公司,专烧钧瓷。"他对日进说,"等开办了,你来做匠首吧。"

日进笑笑:"我做匠首,你做甚么?"

"我做总办,到那时咱俩当家。"

"算了吧,官家的差不好当,再说我也不懂钧瓷,老老实实烧大窑便好。"

翟二烧钧瓷参加万国赛会的消息不翼而飞。镇上一些老师傅不服,也将自己的宝贝送至州衙,请老大人品鉴。知州闻报神垕匠师来献钧瓷,即刻拨冗接见,看了东西,大失所望。一人如此,人人如此,知州便厌倦了,吩咐门子不再通报,呈送之瓷先送书启师爷验看,倘若粗劣无华,当场屏退。他指点那些已收入的东西,对来访的姚掌柜直摇头。

"这都甚么玩意儿,也敢拿来献丑!"

姚掌柜呵呵一笑,并不置词。袁知州说:"已过去许多时日,翟日新仍未烧出,赛会日益迫近,着实心焦。姚先生,这姓翟的究竟有没有这本领?"

姚掌柜说:"梁先生都举荐了,是不会错的,放心便是。"

"那姓梁的靠得住么?"

"他爱钧如命,却未收过一只翟日新的瓷,你说靠不靠得住?"

"如此说来,他竟比你姚先生还高上一等了,你还曾收过一只呢。"袁知州笑说,"但我仍有疑惑,你姚先生是何等法眼,赝品伪物怎能蒙得了你?那只瓷你也转卖了洋人,洋人亦未看出是假。倘若它真是宋钧,并非翟某所烧,我们这般倚重他,岂不是笑话了?"

姚掌柜闲闲坐在太师椅上,手中揉搓一对狮子头掌珠。那掌珠雕刻八仙人物,据说是前明天启皇帝御案操刀,包浆红腻如脂,已不知经过几人之手。"我曾走访南北同业,近年所收钧瓷,大多出自翟某之手。他若不是自造,难不成是学了茅山道术,能够点土成钧?"姚掌柜说,"老大人无须担忧他不会,只应担忧他藏私。"

袁知州点头,"然则他若果真藏私,不为所用,又将如何?"

"他既应了你的差事,便是入了你的掌心,他若不尽力报效,要你老大人大堂上的板子何用?克期不成,大杖伺候,重刑之下,没有不老实的。"

"倘若他宁死不从呢?"

"那就打死算了呗,有本领却不为所用,还留他做甚么?"

袁知州拊掌大笑,"有理!有理!"

翟日新只道"克期"是知州的期勉,并不以为会有责罚,因此做得不紧不慢。他怕过早献上,显得烧钧瓷太容易,这于艺也不珍贵了。但也不愿逾期,显得自己本领不济,跌了身价。于是选在期限前一日,将瓷包好送至州衙。那瓷一鼎一盘,俱各精妙。太极盘半是月白,半是墨黑,彼此合抱,以象阴阳,想是用了两种釉药,唯其交融之处自然生动,宛如天成。四足祥龙鼎更是出彩,龙蟠云涌,端方大气,于细微处尤见匠心。知州大悦,只是遗憾未有红、紫二色,尤其是鼎,倘若施以紫釉,更显华贵,翟师傅烧作天青,颇显单调了些。

"天青便是天清，上天赐命之大清。"日新说，"鼎是国器，加天青釉，昭示我大清乃天佑之邦，鼎运万年。"

袁知州未料他竟有这么一套说辞，虽知附会，却不可反驳，遂对翟师傅大加褒扬，赏银十两，将瓷器制椟盛装，送赴赛会去了。

翟师傅既已复烧成功，开办公司刻不容缓。神垕窑课甚重，官府征收十一之税，贩易出境另抽厘金，因此各窑场规模大小，州衙悉皆知之。袁知州照册点名，招来前二十家窑主，敦促其踊跃入股，共创大业。窑主皆知复烧钧瓷定可赚钱，唯对官督商办深怀戒心。官督商办并非新鲜事物，自洋务运动以来，在大清国行之已久，例由商民出资认股，官府派员经管，名曰官商共利，实则民财官用，商民虽经入股，不啻路人，一应事务皆无权过问，能否赚钱分红，亦属未知之数。因此窑主应者寥寥，唯陶瓷公会会长顾祖昌与副会长程令声是行业领袖，不敢退缩，其余皆以产业微小、资本有限婉拒。知州震怒，痛斥他们赖朝廷以致富，却不思报效国家，不识大体，有负皇恩。老大人声色俱厉，众人无不觳觫，胳膊总归拗不过大腿，遂以各家资产大小分摊了股份。钱款既备，知州委任总办拟定公司章程，邮送《东方杂志》付费刊发，以为公示。而后筹建窑场，择吉开张。

开窑前夕，巴拿马传来捷报：钧州选送的两件钧瓷广受赞誉，荣膺赛会大奖。袁知州喜不自胜，即命书启师爷写了禀帖向抚宪报捷，详陈其复兴钧瓷之功勋。抚台履札嘉勉，谕令他善为经营，光大故物。袁知州振奋不已，自择良辰，定于宣统二年春二月初二日举办典礼，宣告公司开张。翟日新师傅则以无可置疑之成就，被知州钦点为公司匠首。

老大人如此推重,神垕镇人人艳羡,日新却不甚开心。他意望的职事是总办,而非匠首。转思公司既是官督,由官府委人做总办也在情理之中,遂自我宽解,含忍过去。聊可慰藉的是,经他说项,总办允诺租用隆兴窑做公司窑场。隆兴窑早已荒废,此时钧华公司租下,为日进谋到一笔进项。有人从中坏事,向总办揭发窑场不祥,不可租用。只是日新师傅正获知州宠信,总办也须结其欢心,况且钧华公司是官家的事业,管他甚么凶窑凶场,有官家坐镇,自是百无禁忌。但那些揭发也未始无用,总办拿来与日新师傅谈,多拿了许多回佣;日新本想一劳永逸,叫公司把窑场买了,也被总办以物议太大,不宜操之过急为由婉拒了。

二月二,龙抬头。日新剃了发,修了面,准备赴公司出席典礼。那日风和气朗,春光明媚,一树梅花在墙角开满枝头。公司专门派遣一顶软轿来迎接。翟师傅绸袍皮褂,头戴银鼠暖帽,手握文明棍,意气风发走出大门。忽闻蹄声嘚嘚,驶来一辆马车,在日新面前停下来。车帘撩开,一个老太太从车内欠出身子。日新瞄了一眼,居然是干娘朱太太,惊喜异常,以为她专程来为自己贺喜,急忙迎上前,将她扶下马车,搀扶她进家去。朱太太挽住他的手,示意他往后看。日新回头,只见马车里又跳出一名女子。那女子身穿土布衣裳,手提一只包裹,一副贴身仆从的打扮。她跟到朱太太身后,冲日新笑了笑。日新愕然。

"你怎么……"

朱太太急握一下他的手。日新心领神会,不再讲话,托着朱太太的手,将她们引入宅门。

四

那"仆从"是梁小姐。

梁小姐终究闯出大祸。她经刘青霞之手，将翟日新的瓷送出国外，一只卖与日本人，一只卖与英国人，赚了一大笔钱，如约一半归日新，一半捐与同盟会。同盟会因河南革命气氛低落，欲激发之，将这笔钱用为经费，派人回国刺杀巡抚。彼时革命党最是热衷暗杀，盖因武装革命代价太大，倾尽力量发起的数次起义，无不被官兵轻易镇压，于清廷几无影响。暗杀则简便易行，只对达官贵族下手，极能刺激高官之心，震慑权要。清廷大员接连遇刺，朝臣将帅无不胆寒心悸，人人自危。河南虽无反党滋乱，巡抚却也防范严密。暗杀团几番行刺，均未得手，乃于巡抚巡视河防时冒险伏击，结果一人战死，三人被捕，刺杀行动遂告失败。梁小姐虽未参与行刺，但暗杀团来开封后，与她会过几面，从她这里得过一些帮助，倘若有人招供，必将受其牵连。梁小姐欲逃亡海外，却与刘青霞断了联络，无路可走；况且父亲近日病重，大去之期恐将不远，不忍舍其而去；唯有寄望被捕者能如表哥一般坚贞不屈，宁死毋招。梁先生颇有宿命之感，哀叹不已，叫她去钧州投奔日新，在神垕躲避一些时日，观望动静，再作打算。梁小姐亦有此意，只是放心不下父亲，遂去拜访刘义夫老板，请求照觑。义夫和朱太太闻知其事，顿生爱护之心，朱太太定要亲自送她去神垕，嘱咐她安心躲藏，乃父自有他们照应，无须担忧。

日新愕然失色，心下埋怨梁小姐孟浪，今日之祸实是咎由自取，嘴上却讲不出来。他将梁小姐安置到原先的作坊里。日新暴得大名，访客日益众多，还有人远道而来，日新便将作坊毁掉，改为客房，一来留宿远客，二来杜绝他们参观作坊的请求。梁小姐习于安静，终日闭门不出，并不觉得为难，但每日来客纷纭，终非长久之计。俞述秀对梁小姐亦颇有敌意。日新告诉她，梁世叔家犯了一些事，让梁小姐来这里躲一躲，等风头过了便走，叮嘱她务必保密，万勿讲出去，以免惹祸上身。述秀心中不乐，亦且不安。日新得空便钻进那个房间，与梁小姐嘀嘀咕咕个没完，更使述秀厌烦。梁小姐是都会女子，青春，有学识，姿容美好，除了来时是用人装束，穿衣打扮皆甚洋气。凡此种种，都令女主人有"珠玉在侧，觉我形秽"之感。她疑心丈夫与梁小姐必有暧昧之情，所谓犯事来避，不过是登堂入室的借口。述秀越想越恼，逐渐没好气起来，天天在庭院指桑骂槐。梁小姐是聪明人，听了几回，便向翟大哥道别。日新甚是难堪。

"我带你去另一个地方。"他对梁小姐说，"只是有些委屈你。"

日新把梁小姐带到老陆的宅院。翟父死后，那个宅院已被俞述秀卖掉，陆家这个是凶宅，无人敢买，一直荒在那里。日新将梁小姐安顿其中，隔几日便抽空过去看望，对述秀则说梁小姐痛感人情凉薄，已经走了。述秀信以为真，心生一点羞惭，想象一下梁小姐的"狐媚"，便又坦然了：她逼走梁小姐，是因梁小姐不伦，而非自己不义，说到哪里也不能怪她。老陆的宅院本就偏僻，出过四条人命后，左邻右舍时常于夜半听见叫骂和厮打，有时是哭泣，时而幽噎时而凄厉，令人毛发倒竖。白天人们尚有胆气，说那不过是野猫作怪，或是风过穴隙的声响。只是一到夜间，再胆大的人也不由得心怯,听闻那些声音,无不蒙头发抖。能搬走的人逐渐搬走,这条街也愈加荒僻起来。日新未向梁小姐讲这些,怕她恐惧,只以玩笑的口吻问她怕不怕鬼。梁小姐说哪里有甚么鬼,要讲赛因斯,莫要迷信。说着掏出一把手枪,仔细检查了一番。那是把比利时造掌心雷,刘青霞送她防身的,枪长不足四寸,容弹六发,小巧玲珑,便于携带。日新不知"赛因斯"何意,向梁小姐请教,才知是西语,大致相当于中国的"格致",日本国译为"科学";在日留学的人满嘴巴讲这个,她便是从表哥和刘青霞那儿学到的。

宅院荒僻有荒僻的好处,虽说一入夜便瘆得慌,却安全了许多,白天亦可走出房间,在狭小的庭院里晒晒太阳。日新去了一趟开封,按梁小姐吩咐买来许多书,足可供她消磨时间。他带回一个坏消息:暗杀团有人招供了,梁家已被查抄,梁先生也已下狱。他是听朱太太和义夫讲的,日新怕被人盯上,暴露行迹,未敢去梁家观望。梁小说听他讲罢,默然无语,日新料想她会哭一场,她却只是眼角挑起几粒泪,眼睛一眨,便流向脸颊去了。

"翟大哥,你怕不怕?"她问。

日新摇头。

"我要你说出来。"

"不怕。"

梁小姐笑了笑,神情凄凉而落寞。顿了片刻,她说:"我听朱太太讲,你有个前妻,叫采芹,极是爱护你。她死不久,你便娶了这个女人。是么?"

日新说:"是。"

"你就那么迫不及待?"梁小姐说,"这位贤嫂有甚么过人之处,叫你如此心急?"

日新苦笑:"我那时穷困潦倒,有女人愿意嫁我,便是烧了高香,哪敢有甚么奢求。"

"大丈夫何患无妻?"梁小姐说。她望着摇曳的灯焰出了会儿神,眼色渐渐迷离起来,"你太不爱惜自己了。"

这晚翟日新没有回去。他与梁小姐睡在了一起。从此他隔三岔五就来这边睡,述秀问起,便敷衍说与人吃酒吃太晚,睡在了公司。公司为他收拾有一间房子,供他休憩,因此述秀并不怀疑。一个月后,日新又去了一趟开封,打探梁先生情况,兼为梁小姐采买水粉和伽南香。房间空置多年,霉气经久不散,梁小姐甚感不适,要熏香压一压。梁先生仍在狱中,虽则虚弱不堪,却好性命尚存。义夫当年因着义民的事,特意结交了臬司衙门的人,能够探听得消息。但他不敢施救,亦不敢托人照应,怕被看出形迹,招惹麻烦。梁先生本就抱病,身体羸弱,也不知他在狱中是如何打熬的。梁小姐听日新讲罢,依旧沉默不语。日新知她伤悲在心,万分疼惜,欲要温存宽解,又觉一切话语都甚无用,只是将香点了,把紫铜香熏放到床头,陪她默坐。梁小姐沉默良久,抬头望向日新,身子也贴了过来。

"与我同房,你快活么?"她说。

日新抚摸她的脸颊。她的脸细腻光滑,在指下微凉如丝绸。"当然快活。"

"那便好。"

梁小姐说着,将日新推倒,缓缓爬到他身上。在日新往日印象里,梁小姐是新派女士,大方而矜持,譬如玫瑰之有刺,可远观而不可亵玩。然而行房之时,她却总是主动而为,且索求无度,仿佛欲壑难平。他们初次行房未曾见血,想必梁小姐已非处子之身。日新对此并不计较,毕竟他也给不了梁小姐甚么名分,只是欢愉之余,难免要猜想她的床笫经历,假设种种情形,然后在心中生出一点惆怅。但他并未沉浸于此,梁小姐身世飘摇如灯烛,既已两情通好,便需惜取眼前。况且钧华公司还有许多事令他忧心,实无闲情去寻莺莺燕燕的烦恼。

钧华公司创办之初,原拟钧瓷与日用瓷并重,以日用养钧。日新已打定主意把哥哥拉过来,由他掌管大窑。钧华是官字窑,讲起来更体面,况有自己在,定然不会叫他吃亏。日进技术纯熟,由他掌窑,是谓内举不避亲,无人敢生非议。他们兄弟同心,打着官家的名号,自能将公司红红火火做起来。日进亦以为然,且日新许诺的薪酬比荣盛窑高出许多,日进债务未尽,难免心动,于是找程老板请辞。程令声极力劝阻。天底下的事业,只有自家的才会卖力经营,官督的却不然,经营好坏与他无关,没人用心去做,早晚必定垮台。他叫日进好好在荣盛窑做事,毋要三心二意,重蹈他岳丈的覆辙。日进经他点拨,忆起岳丈的教训,顿时息心断想,老老实实留在了程家。日新起初尚觉懊恼,钧华公司经营起来后,才发觉程老板是金玉良言。总办对烧大窑兴趣寥寥,每日价只督促着烧钧瓷。公司大小事务尽皆取决于他,而他又时常不在,安插进来两个心腹,充任管账司事和管收发司事。管账司事经理一切账目,即使采买一土一药,也须由他经手。管收发司事不仅经理诸物出入、登记匠工所造各瓷数目,即连品判瓷色、监察各工等事,也都包揽起来。日新师傅空为匠首,处处不能自专,甚感窝火。

袁知州急于求成，日新不便令其失望，先筑起几座鸡窝窑，调配釉水，烧了一批天青器和月白器。他将窑炉建造法式与烧火秘诀一无保留，悉数传授学徒，唯最要紧的釉方秘不外传，每日自去配好，交由学徒烧制。至于知州热望的红、紫二釉，他思忖再三，决定暂不出手。袁知州看到第一批瓷，欢喜得紧；第二批烧出来，仍是青、白二色，便有些寡味。第三批呈上，依旧未有红紫，不由得心焦起来。

"钧瓷贵在窑变，窑变之义，在于釉呈多彩，方能幻化万相。所以红紫二色至为要紧，无此二色，不足以成缤纷。"袁知州说，"翟师傅得勉力啊！"

日新说："天青月白，也是至文至雅的釉色，身价一向清贵，未必不如红紫。"

袁知州说："天青月白，自是清雅，但这世上毕竟俗人多，那些买家还是喜好钧红钧紫，所谓钧瓷挂红，价值连城。咱们做瓷，也须投一下买家的喜好。况且天青月白，本是柴汝一路，并非钧窑当行本色，咱们钧瓷毕竟以红紫为尚，如今复烧，也应以此为宗旨。"

袁知州句句在行，令日新深感讶异，想其背后定有高人，不禁有些惶恐："老大人见教的是，待我再作努力。"

袁知州点头，端起茶碗吃了几口茶。"本官深知复烧不易。前朝曾有民谣，要想穷，烧钧红，要想死，烧钧紫。可知其中艰难。是以本官特别创办钧华公司，便是为翟师傅做个后盾，毋庸为花费担忧。近日有一些流言，讹传翟师傅其实会烧钧红，只是自私其术，秘不外传。似这般没头脑的浑话，本官是决不相信的。只是人言可畏，倘若任其流传，叫人们当了真，恐让那些公忠任事的人寒心。本官今日且与翟师傅立个军令状，择日克功，也好断了那些流言蜚语，为实心做事的人立个榜样，如何？"

日新手心攥出一把冷汗，期期艾艾说："老大人放心，小可自当积极报效。"

袁知州说："如此甚好。本官与你一个月的时限，翟师傅勉力勉力！"

知州讲罢，即以另有要务离去。日新本欲禀报窑中事宜，求个裁示。依照公司章程，烧出钧瓷后，须按各匠各色登记在簿，并公估其值，待售卖后按率分成。然而前后所烧钧瓷，一入库即不见踪影。日新询问管收发司事，管收发司事叫他去问总办。总办则声称是经营上的事，叫翟师傅无须多问。日新悒然不乐。早前参加赛会那两只瓷器，获了大奖，却没了下落，知州说是被公使当作礼物送与所在国，以敦邦谊。大清子民报效国家，本是应有之义，也便罢了。但公司里的瓷器亦去向不明，让他如何向徒众交代？知州来去匆促，日新只吃一顿申饬，却没有白事的机会，悻悻不乐，心生悔不当初之意，连带着怨起梁先生。这晚见到梁小姐，也不由得有些没好气了。

梁小姐是自由惯的人，在这荒凉小院一困数月，已然心浮气躁，书也逐渐读不进去。此时见日新神情语气皆有不耐之意，更觉心无聊赖，却也未说什么，只是与他上床云雨。梁小姐镇日不出，吃肉又多，一两月间便胖出许多，楚楚纤腰上也生出厚厚一层脂肪，肉墩墩的颇为丰饶。她原先袅娜娉婷，颇有一股仙气，似乎不食人间烟火，住进这宅院后，却日日以肉为食，肥瘦不忌，令日新甚感讶异。采芹偏瘦，述秀偏胖，梁小姐不胖不瘦，丰约得宜，正合日新的喜好，不料如今却急剧地朝着述秀奔去了。云雨既毕，梁小姐坐起来，痴痴望着日新。日新被她看得心中发毛。

"怎么了？这个样子！"他说。

梁小姐说："多看看你，把你记牢一些。"

日新笑："你在这里安安全全，以后日久天长，有你看的，就怕你要看腻了。"他说，"晚了，睡吧。"说着把灯吹熄，将梁小姐搂在怀里。两人将睡未睡，各自沉默。过了一会儿，梁小姐说："翟大哥，这屋里是不是死过人？"

日新一怔，似有阴风袭过，全身寒毛一根根竖起来。"没有。"他说。

梁小姐说："我总觉得有人在旁边看着我。"

日新强颜一笑，将她抱得更紧："别瞎想，你不是说过么，要讲赛因斯。鬼神之事都是虚妄之言，莫要当真。"

"可我就是害怕。"梁小姐将头埋在日新胸前，"真的害怕。"

日新轻轻拍打她脊背。她身上的汗已经落干，脊背在手掌下微微发凉。"没事的，睡吧。"

四更刚过，翟日新便离开宅院，躲躲闪闪去公司。每次来去，他都万分小心，唯恐被人看到。还好迄未被人撞破。但他终不自安，这才区区两三个月，来日方长，倘若一直住在此处，早晚泄露。他忆起当年梁先生宋钧救甥的往事，顿受启发，决定造两只好瓷，去开封托托姚掌柜，请他帮忙赎命。倘若两只不够，便多烧几只，直到打点通透为止。神垕承平已久，镇内街道昼夜畅通，两寨的寨门也常不关闭。日新裹衣而行。时辰太早，街上依然冷清，偶尔有个

挑担卖浆的老头,哼着小曲儿从旁边走过:

> 神垕聚宝盆,
> 泥土变成金。
> 富了公子哥,
> 苦了老艺人。

日新打个寒战。时序已是初夏,凌晨的空气虽则清凉,却并无寒意,日新仍觉得冷。他不愿去公司。昨日公司发薪,却只支予半数,另一半等等再说。至于等到何时,总办没讲,也无人知晓。匠工俱感沮丧,怨言纷然。有个烧火的师傅连半数也未领到,因他有一窑瓷没烧好,降温太急,出了许多烟熏和阴黄,被管收发司事罚没了整月的薪水。那师傅父母卧病,两个儿子都不成器,生活很是拮据,忙碌一月分文未得,十分绝望。日新看他悒郁而去,百般不忍,意欲私下接济,因与管收发司事发生了一点龃龉,下工后又急于去见梁小姐,一时忘怀了。他打算上工之后,把那师傅单独叫来,给他三五串钱,聊作抚慰。

公司规程,每日限定五更上工,黄昏下工,除三餐外不得擅离作坊。然而午时将近,那师傅却仍未来。日新隐约不安,遣一名徒弟去他家查看。一刻钟后,徒弟飞奔而返,报告一个噩耗:那师傅自杀了。他老婆因他工钱被罚没,与他大吵一场,他觉得没有过头,便偷吃了一包耗子药。日新大惊,逼管账司事支出五十串钱,自己再出五十串,赶往烧火师傅家吊唁。又派遣几名工人帮助办丧,折腾了几日,总算把事情抹过去。日新仍不自安,叫述秀再拿五十串钱过去，聊表一点心意。述秀不允，这是公司公事，没道理自己贴钱，况且已经给他五十串，仁至义尽了，倘若再给，他们尝到甜头，便会讹上门来，市恩不成，反而招怨。日新无语而退，从体己钱里取出一张五十串文，唤来月清，叫他送去。月清刚过十四岁，个头已赶上乃父。他接过钱票瞅了瞅，神情不乐。

"爹，你们公司为甚么这样无情？"

"事情不是你想的那么简单。"日新说，"你还小，长大就明白了。"

月清说："什么简单复杂，就是欺负人。这人也太窝囊，换作是我，谁敢弄我，我就弄死他。"他还要往下说，忽见乃父脸色剧变，立即捏着钱票走开了。

日新目视月清走远，记挂梁小姐，匆匆赶过去。夜虽未央，这边已甚冷落，街巷萧然，阒无人迹。宅院大门仍然反锁，上房门也仍然虚掩，只是屋里却无灯光。梁小姐讲过她是害怕的，如此黑灯瞎火，难道她已睡了么？日新推门进屋，摸索着点上灯。火苗焚烧黑暗，照亮并不宽敞的房间。他未看到梁小姐，只看到一封压在灯下的信。

梁小姐走了。

五

梁小姐回开封投案。她要从狱中换出父亲。

得知父亲株连入狱，梁小姐便欲自首，然而思及牢狱中的酷刑折辱，便又胆寒心怯。坊间流传，狱中有许多专门折磨女犯的手段，一个赛一个的残忍邪恶。表哥林湛也曾向她绘声绘色地讲述过，而后痛斥清廷之暴虐无道；梁小姐听得毛骨悚然，以为人间惨剧，无过于此。

"我不畏死，却也不愿死，能活一天，便是一天，活到不能再活，我也便坦然去死了。"梁小姐信中说，"只是那非人之辱，却是万万不能承受。每思清白之躯，将横遭凌秽，无不肝肠寸断，痛彻心扉。吾头可断，吾身不可污！以是含垢苟且，不敢自首。"

她后来想到一个办法：大清刑律，孕妇可免拷讯，即是犯了死罪，亦可暂得宽缓，待产后百日再予行刑。因此一旦怀孕，在狱中便无笞楚凌辱之忧，且有一年多的活头。只要活着，便有变数，或许到那时候，清廷已被推翻，不但无须再死，还将成为新国度的英雄。日新年龄虽比她大了许多，又复出身寒微，但却不甚庸俗，品行亦可，如今又成了举世闻名的宗师。他对她的情意，她也是看得出的，因此委身于他，心甘情愿。只是时间紧迫，不由她从容受孕，情急之下，便有了虎狼贪淫之态。更且每餐必吃大肉，务求增肥，以期早成孕相，即使油腻作呕，仍暴食不辍。她计算时日，与日新同房至今，已有两次月信未至。梁先生卧病多年，梁小姐照应之余，也翻些医书，读过几本经方和脉诀。《濒湖脉学》有云："尺脉滑利，妊娠可喜"。梁小姐搭脉自诊，指下滑润流利，如珠之走盘，自是滑脉无疑。她断定已然怀胎，兼之吃肉有成，已颇具孕妇之相，于是便毅然决然地投案去了。

"我与你同房，一是报答你，二是利用你，你我恩义两清，互不相欠。我此去是吉是凶，都与你没有关涉，你不必记挂，更无须搭救。"梁小姐说，"唯我腹中婴孩，是你的骨血，待我在狱中生下来，须请你接回家去。我只说是行刺者的遗腹子，以免连累于你。你须好生教养，等他长大成人，倘若仍是清统治，便送他去巴黎，教他在自由国度自主决定他的生活。至嘱！至盼！"

落款日期，已是两日之前。日新将信看完，呆坐了一会儿，在灯上焚讫，赶往程老板家借马。他要立即奔赴开封营救梁小姐。程老板的大公子克勤幼时见人骑大马，无比艳羡，缠着父亲给买，一直缠到束发之年，程老板终于答应，买了一匹纯种伊犁马送与他。程公子极是爱护，寻常不许人碰，唯有程老板遭逢急务，才给他骑一骑。倘若搁在年前，翟师傅来借，程老板是断然不给的。如今翟师傅是鼎鼎大名的人物，知州老大人堂前红人，他要借马一用，当真是荣幸之至。程老板正与陶瓷公会几位老板谈事情，暂时也不谈了，亲自带翟师傅去马厩，也不管儿子是否同意。那几位老板都起身作揖，向翟师傅致意。日新匆匆一抱拳，与程老板走出客堂，随口询问在议些什么，夜已如此之深了。

"他们几个听闻有工匠要聚众滋事，心下担忧，找我来谈一谈，商量个对策。"程老板说，"此事亦关系到钧华公司，贵总办不在，也不便打扰你。你且去办你的事情，倘若后续失控，少不得要请你一起拿主意。"

日新也风闻有人意图闹事，四处煽风点火，鼓动匠工罢工涨薪，其间最卖力的便是他内兄俞述彦。钧华公司的烧火师傅自杀，俞述彦便要为他出头，纠集一帮人去砸窑场，亏得翟日进闻知，在半路将他们拦下，才免除了一桩祸事。日新忆及此事，甚感厌烦，这舅哥也不思量钧华公司是什么所在，岂是随便可砸的？若非日进阻挡，他早在州衙大堂挨过板子，丢进大狱吃牢饭去了。

"天底下的事，横竖讲不过一个理字。"日新对程老板说，"令声兄不必忧虑。"

他无心与程老板多谈，匆匆牵马而出，一上路即打马狂奔。不料那马养护太好，早已不耐驱驰，还未跑到钧州，便已疲惫欲仆。日新懊恼不已，却也只能时紧时缓，由马而行。赶到开封时，已是后日凌晨。他先去梁先生家查看，发现大门上封贴已除，急忙推门而入。宅院一片死寂，仿佛连空气也死了，家具和地面都积了一层灰尘，一串杂乱的脚印在地上清晰可辨。日新循着脚印走过去，进入梁先生卧室，只见梁先生仰卧在床，灰褐色的长袍裹在身上，犹如裹着一具干尸。

"梁先生！"日新喊。

梁先生不动。日新走上前，发现他已死了。梁小姐因身形大变，一路上竟未遭遇质疑，进开封城时也未受到盘查。她先找到姚掌柜，请姚伯伯帮个忙，待她入狱后，替她把爹爹接回家。姚掌柜不负所托，等狱卒将梁先生丢出来，即派人将他舁归梁宅。梁先生到家不久，便咽气了。日新想他一生精明体面，却落到如此下场，不胜唏嘘。梁先生只有一妹，早已亡故，在开封别无亲属。日新找义夫帮忙，一起把后事办了，复求义夫搭救梁小姐。义夫叫他莫慌，大清律令，妇人犯法例有优容，但凡不是死罪，承审官拘提录供后即交亲属保领，不得一概羁禁。梁小姐虽与反党交通，并未参与行刺，罪责不大，他去有司疏通打点，应可取保收管。日新大喜。不料义夫在巡抚衙门与臬司衙门奔走数日，花了许多钱，却只是得到确信：梁小姐必死无赦！先前她表哥刺杀两宫，地方官或可网开一线，如今他们却是刺杀巡抚本尊，抚台大人哪里肯放过？巡抚亦欲借此案煞煞反党的猖狂之气，威慑效尤，因此大兴刑狱，凡有牵连人等，皆不宽贷：行刺而死者枭首戮尸，被捕者皆处大辟，剖肝摘心；另有几名同谋及知情不报者悉数处决。梁小姐是唯一女犯，且幸有身孕，兼有自首情节，抚台特予抚恤，可以多活一些时日，但等产后百日，仍然难逃一死。日新震骇，一时面无人色。义夫睹其失魂丧魄之状，叹了口气。

"那孩子是不是你的？"

日新兀自不能回神，"甚么？"

"我说，梁小姐肚里的孩子，是不是你的？"

日新点头："是我的。"义夫说："你窝藏她这么久，还与她怀了孩子，却未牵连到你，实属万幸。"朱太太说："哪里有甚么万幸？必是那丫头编了话头，把日新撇了出去。义夫，你去用心打点，休怕花钱，莫要让她在牢里吃苦，好好把孩子生下来，也算在这世上留个血脉。"义夫应诺。朱太太嗟叹良久，又想起义民，愈加心酸难过，捏着帕子流了许多泪。

日新辞别朱太太和义夫，转往琳琅阁拜访姚掌柜。姚掌柜已知梁先生亡故，是翟师傅料理的后事，极称他义气，自责这几日太忙，疏于关照，以致老友孤死，未能送他最后一程。日新问他能否把梁小姐救出来，梁小姐是梁先生仅有的后人，不能任她就死。姚掌柜取出一只玛瑙嘴珐琅彩鼻烟壶，挑一些烟末，点在左手虎口上，摁着鼻孔左右吸下，接连打了几个喷嚏。

"那丫头是我看着长大，就像是自家的孩子，她犯了事，我能不关心么？但凡有一线生机，我早已下手了。"姚掌柜说，"她犯这事太大，她要巡抚大人死，巡抚大人怎会让她活？"日新说："横竖要试一下，但有一星半点的机会，便不能放手，所需花费，自有小可承担。"姚掌柜勾着头，眼光从玳瑁老花镜上翻出来，目不转睛打量日新，忽地一笑："这丫头在外躲藏许多时日，是不是就在你翟师傅的府上？"日新说："这却没有，倘若在我家里，我拼着身家性命，也不让她投案送死。在开封城，姚掌柜是通天的人，万望想想办法，代为周旋。"姚掌柜说："翟师傅抬举了，我可没那么大本事。这丫头虽说必死，但阎王的生死簿，却也未必不能改一改。只是显见要花大钱，不知翟师傅愿花多少钱去赎她的命？"日新说："程婴与公孙杵臼为救赵氏孤儿，连命都可不要，真正是大义大勇。梁先生于我有知遇之恩，若不是他指点明路，我也得不了今日这点虚名。如今他家蒙难，即使破家竭产，我也要救梁小姐出来。"

姚掌柜点头："翟师傅这般重情重义，老夫敬仰得很。但从巡抚这虎口中救人，可是要如山似海的花费，翟师傅纵有万贯家财，恐怕也是九牛一毛，到头来人未救出，你的家也破了，却又何必。"日新说："破便破了，总得去救。"姚掌柜说："莫要意气用事。君子行事，求的是结果，知其不可而为之，固然可佩，却也没用，没用的事，不如不做。"日新焦躁起来："总不能袖手旁观，置之不理，恳请姚掌柜横竖帮忙！"姚掌柜不语，似是寻思主意，良久方说："这丫头可不可救，端看翟师傅能否做一件事。"

"何事？"

"烧钧红。"姚掌柜说，"倘若翟师傅能烧钧红，这丫头便可救得，如若不能，趁早罢手。"

"只要有用，我定努力去烧。却不知需要几只？"

"几只？"姚掌柜睨视日新，似笑非笑，"翟师傅把抚台大人的门槛看得忒低了,也把我老儿的辛苦看得忒贱了。你烧钧瓷的本领若不显露出来,待你烧成,拿去充古射利,自是卖得了天价。现如今世人皆知你翟师傅会烧钧瓷,你手里出来的东西再好,也只是今玩,卖不得善价。等你那钧红烧出来,也不过图个稀罕,多赚几文,你还想望着当古董卖么?"

日新犹如兜头浇了一盆冷水,但细思姚掌柜之言,虽则无情,却也在理,不由得懊恼起来:"姚掌柜要多少? 您给个数儿。"姚掌柜伸出一只拳头。日新说:"十只么?"姚掌柜笑:"翟师傅是寻我老儿开心呢。"日新说:"那却是多少? 还请明示。"姚掌柜说:"十年。"日新愕然失色。姚掌柜说:"我去贷钱把梁姑娘救出来,你须与我烧十年钧瓷,慢慢抵账。这十年内所烧钧瓷,无论上二三色与脚货,皆须归我。你可做得?"日新默然。姚掌柜候了片刻,见他仍自不语,便说:"看来翟师傅不情愿。那便罢了,我老儿也不愿惹这麻烦,一时之间贷那许多钱,却不是开玩笑,万一有个闪失,把我身家性命都折进去也未可知。那丫头自己作孽,该她一尸两命,须怪不得别人。"端起桌上的茶碗,"我还有些事情,急切要办,这就不陪翟师傅了,他日有闲,再来寒舍吃茶。"

日新苦笑:"姚掌柜是老相识了,何必这般挤对我呢? 我不是不答应,只是如今我是公司的匠首,所造钧瓷皆须上交公司,你叫我私下给你烧也便罢了,所有瓷器都归你,却是万万做不到的。"

姚掌柜一哂,"翟师傅是聪明人,这事怎能难得倒你? 你只说烧不出来,或拿几只窳劣的去敷衍便好,官家的事,何须认真? 倘若那知州与你为难,我自有办法替你出头,放心便是。"

日新将信将疑,念及姚掌柜在巡抚衙门的势力,也便信了。两人当下订立契约：姚掌柜平安救出梁小姐，翟日新为他烧十年钧瓷；倘若救不出，但能免其死罪，则烧五年；如若营救不力，使梁小姐未能免除死罪，或瘐死狱中，则契约自动中止，翟日新已奉送之钧瓷不予退还，姚掌柜已花费之钱款亦不得追索。并约定钧瓷品数，每月不得少于两只上色，红、紫二色不得少于半数。契约期间，翟日新所造钧瓷毋得私匿与他售。契书一式二份，两造画押，各自收讫。

救人要紧，姚掌柜即刻贷钱去疏通关节，翟日新则返回神垕烧钧瓷。回到镇内，日新先找程老板还马。日新对这马憋了一肚子气，还须向程老板殷勤致谢。那马在回途喂足了水草，也未敢多加驱策，看上去仍显疲惫。程老板疼惜在心，却不便多讲，邀翟师傅一道去陶瓷公会议事。工人私下乱发竹帖，已然蠢蠢欲动，要闹起来了。公会几番去请钧华公司总办商议大局，总不见人，今日晌午终于见到了，总办却在那边发脾气，生硬拒绝了邀请。总办官威大，大伙也没办法，正好遇上日新师傅，劳他代替总办去跟大伙谈一谈。日新急于烧瓷，不愿管这雇佣之间的纷争。姚掌柜是大手笔的人，在开封翻云覆雨许多年，积攒下极好的信用，他应诺的事，必不会弄虚作假。当务之急，是尽快烧两只钧红送去，以表自己的诚意。程老板捉住他胳膊不放，叫他务必去会馆与大家见一面。日新无奈，只好随他去了。

程老板把事情讲得十万紧急，会长顾祖昌与其他几位老板却并无几分忧色。日新听他们议论目前形势，不过是俞述彦串联起几十人先行罢工，其他工人都在犹豫观望。罢工者多是顾老板窑场的人，顾老板言笑自若，反倒是程老板忧心忡忡，提议稍作退让，加一点工钱安抚人心，大事化小。顾老板笑他妇人之仁。

"程老板可不是忘了咱们这陶瓷公会是为何成立的？"顾老板说，"咱们这章程，可还是你家老爷子与朱先生一手拟定的。"

程老板哑然。镇里的雇佣矛盾由来已久，在早前，工匠嫌工钱少，闹一闹，窑主便会让步，多给几文钱息事宁人。窑主皆以为此风不可长，遂创立陶瓷公会，统一议定薪酬和准则，共同遵照执行。宋及物当年为招揽生意，私自降低搭烧价钱，便被公会严厉申饬，险些革除他理事之职，逐出公会。老板们一体进退，工匠的日子便不好过了，陶瓷形势好时，老板尚且讲个情面，一旦形势不佳，便会下调工钱，从工匠身上找补。前些年景况好，窑口骤然增加了八九个，供过于求，瓷器渐渐就卖不上价钱，工匠的工钱也每况愈下。程老板经营得法，窑场甚是红火，年初把二弟令仪的窑场也合并了过来。他本无意降薪，公会勒令同降，也只得照做。此时顾老板拿公会章程压他，他亦无话可讲。闷了片刻，他说："既然大伙都不担忧，又何必开这会议呢？有这工夫，不如去推几圈麻将。"

顾老板说："今日开这会，是要重申一下规矩，所有窑场共同进退，谁若私自漏气，便是与我们所有窑场为敌，操他祖宗十八代，大家伙一起弄死他。"

程老板脸色紫涨，宛如烤红的对虾。日新对顾祖昌向无好感，此时看他嚣张，十分讨厌。"原来程老板把我拉过来，是叫我挨骂的。"日新说，"钧华公司开的薪水是比你们高，但那是知州老大人体恤下人，特别给的恩典，并不由我做主。顾老板骂得这般痛快，是叫我听呢？还是叫知州老大人听呢？"

顾老板赔笑："翟大哥说的哪里话？你们是官字号的公司，自然有官家的气派，我们这些窑场哪敢相提并论？只要你们兑现得了，哪怕开的工钱高出一百倍，我们也不敢放个屁。今日本来是请总办的，托总办在老大人面前讲个情，也体恤体恤我们做实业的艰难，倘若刁工闹事，千万给我们撑个腰。我们好歹也是钧华公司的股东，拿钱报效过的。总办没来，想是太忙，就烦劳翟大哥帮忙传个话。"

日新嗯哼几声，道声告退，急匆匆赶去公司。总办看到他，犹如看到失踪多年的祖宗，既是气恼，又复欣慰，问他这许多天不辞而别，去了哪里。日新说有些要紧事，去了趟开封。总办说："不是我斥责你啊翟师傅，你是匠首，满窑人指着你安排事情，你不在，这窑还烧不烧了？最要紧的是，你与知州老大人可是立了军令状的，一月之内烧出钧红。眼看已二十多天了，你可不要打马虎。"

日新说："知晓了。"丢下总办进到作坊去。放工之后，他等到二更，窑场已无人迹，关闭作坊大门，自己动手开烧钧瓷。钧红毕竟难成，烧了几夜皆未烧好。日新不禁心焦。这一夜忽然运气大好，连接烧出两只上色钧红。日新大喜，小心包好，悄悄带出公司，天甫亮便赶赴开封，送到姚掌柜府上。这两只瓷并未做旧，釉光近妖，却也并不跳脱照眼。姚掌柜赏玩多时，神情既似欣喜，又似惆怅。

"翟师傅果然神工妙手，令人叹服！"他说，"我已去有司打点，虽说仍无转机，但那丫头谅不至于受罪，翟师傅且稍安心。"

日新称谢而去。返回神垕，他先回家小憩，遥见家门外把守几名巡警。日新猜是为了军令状的事，心下着慌。巡警听见他便是翟某，立即押他去钧华公司。日新强作镇定，负手前行，使巡警看上去像是他的随从。总办被知州打了板子，卧在榻上哼哼，看到翟日新押至，极没好气。

"翟师傅啊翟师傅，您还真是不见棺材不掉泪。昨日期限已至，知州老大人亲临检视，不但未见钧红，连您的人影也没见着，害我吃了许多板子。您可真是傲慢得很哪！您不用与我讲，您去州衙大堂与老大人讲吧。"

袁知州花钱得官，急于回本，刮钱刮得狠了，得罪了地方上几个势家。那些势家在京城和开封都有做官的亲故，撕扯开去，弄得知州异常狼狈，将公司烧的钧瓷一件件拿去孝敬，才算有惊无险。知州眼见捞钱不易，钧瓷送礼却广受青睐，益发指靠钧华公司。知州时不我待，心急如焚，翟某却恃恩放纵，敷衍搪塞，不但钧红、钧紫未曾烧出，连天青、月白也愈来愈少，人亦动辄不知去向。姚掌柜讲得好，不为所用即是无用，不给他点颜色，怕是永远烧不出想要的颜色。闻报翟日新押到，知州立刻升堂，斥其不守本业，荒废要务，私交虽笃，军令无情，着杖臀五十，再勒状书。日新大惧，请求老大人格外开恩，倘若打坏了身体，更加无法烧瓷。知州冷笑。

"烧瓷须是用手，不是用臀。"知州说，"俗话讲，不以霹雳手段，难显菩萨心肠。吃这一顿打，叫你警惕起来，用心做出钧红，成就了一番伟业，才晓得本官的良苦用心。"

知州言罢，掷下一支红头签。衙役不由分说，将日新按倒，乒乒乓乓打了五十大板。日新双臀被打个稀烂，疼得死去活来，几度晕厥。行刑之后，他被牛车载回神垕，且羞且恨，伏在床上修书一封，唤来一名心腹学徒，叫他火速赶往开封琳琅阁，送交姚掌柜亲启。姚掌柜启信观看，但见恨意纵横，满纸悲愤，不禁拮须而笑，即时写了回信，交学徒带给翟师傅。日新将信看罢，摇头冷笑。

"果真是老江湖！"他说。

六

总办被打，只是知州薄惩，责他督造不力，板子下面留有情面，因此歇几日便好了。翟日新派人来请，邀他去宅上说话。总办亦有意找日新师傅谈心，于是乘顶软轿来到翟府。日新已俯卧多日，虽经良药调理，仍然不能下榻。总办看他如此之惨，不禁心生同情，回想他连累自己的屁股一起吃苦，便又同情不起来。

"老大人本意，咱们公司是只做钧瓷，不烧大窑的，只因你要连大窑一起烧，便应允了。有人说你是要为令兄找事做，也有人说你翟师傅野心大，想借着官家的力量把公司铺张开，再私吞了。这些乱七八糟的话都不讲它，总之老大人为你烧了大窑。你可知这要多花多少银钱？老大人如此器重，你就不该尽力报答么？"总办说，"这些日神垕工人滋事，你招来烧大窑那帮人也起哄架秧子，嚷嚷着要罢工索薪，闹得我实在头疼。这可都是翟师傅找来的麻烦，我独自承担这无妄之灾，从没向你抱怨过。我一边为你在老大人那里吃板子，一边为你在公司里抹屁股，这般酸辛悲苦，不奢望翟师傅说个谢字，只求你赶紧烧两件钧红出来，叫我交个差，别再跟着吃板子，可好？"

日新说："我岂不知老大人的苦心栽培？总办大哥的照拂之情，我也是念念不忘的。只是那钧红极为难烧，否则不至于几百年都没人烧出来。如今我这臀伤未愈，下不得床，即使想赶紧，也不能够。转眼又过去了许多时日，期限一天天迫近，眼看又得去大堂上挨板子了。"他抚髀长叹，神情愁苦，"我这条贱命，怕是早晚要死在板子下头。只是连累总办大哥跟着受罪，抵实对不住你。"

总办听得揪心，也不由长吁短叹。日新说："我今日找总办大哥来，是想商量个事，向你讨个主意。我家珍藏有一只宋钧，是当年荣盛窑的程老板重金收来，送与我干爹的，我干爹死后，传给了我。我本来要传家的，如今实在吃不消这板子，便想着拿出来献给老大人，求老大人看我这份孝心，放我一马，容我尽力去烧，不要再打板子了。总办大哥觉着是否可行？"

总办听到"宋钧"二字，眼睛骤然发亮，急请翟师傅拿出来开眼。日新吩咐月清去取。月清吊着脸走出去，须臾提来一只锦匣。总办打开，匣中端放一只水仙盆。那盆内蓝外紫，宽约一尺，形制略如笔洗。总办小心捧起来，但见釉质温厚如玉，釉色丰富含敛，器型亦自然大方，诚有不可言喻之贵气。翻看底足，敷有薄薄一层芝麻酱釉，阴刻一行文字：

大宋崇寧六年內府監製

总办心花怒放，看之不足，又怕有个闪失，小心翼翼放回匣内。"翟师傅这番孝心，定能打动老大人。"他说，"事不宜迟，我这便给老大人送去，叫他早些见到你的心意。"

日新在榻上抱拳，"烦劳总办大哥！"

他目送总办欢喜离去，唤来月清，叫他去找几个人。月清因他爹被打，憋着劲儿要烧钧华公司，叫程老板的大公子克勤帮他弄几桶松油。克勤怕事，告诉了他爹。程老板急忙转告日新。日新大惊，叫述秀作速把月清找回来。

"那窑场是你伯伯的产业,你若烧毁,官家无非另租场地,吃亏的是你伯伯。"日新说,"这些天你与我老实待在家里,倘若出去寻事,仔细打断你的腿!"

月清心虽不忿,但看他爹讲得严厉,不敢违拗。拘在家中这几日,他要闷死了,正欲犯禁出逃,忽然听说叫他去找人,立即旋风般冲出门去。不过半个时辰,要找的人相继来到,都是公司里亲近的工匠。日新半卧榻上,与他们密议了大半时辰,方才端茶送客,每人送了五串钱,叫他们暂时花用。数日之后,程老板携带三瓶红花酒、两支老山参、一盒血竭粉,登门拜访翟师傅。他听人讲,翟师傅被知州责罚,非因烧不出钧红钧紫,翟师傅都得了万国大奖,是世界顶尖的匠师,怎能烧不出来?实因他替钧华公司的工人做主,不给工人如期足数发钱,他便誓死不烧,惹恼了总办,到知州那里进谗言,才害他吃了许多板子。程老板甚为感佩,特来问候伤情。

"我听说工匠们要驱逐总办,立你为主,真所谓公道自在人心!"程老板说,"且看事情如何变化,倘若闹到不可收拾,我们这些股东终究还是可以说句话的,大家上个禀帖,请求委任你做总办,说不定就成了。"

日新苦笑:"令声兄莫要花消我,我才不当什么总办,做这匠首便已怄死了。"他说,"不瞒令声兄,我如今只望公司赶紧散伙,还我自由之身。"

程老板说:"那我们的股金岂不是白打水漂儿了?我还指望在你的钧瓷上发财呢。"

日新大笑。两人吃茶谈天,少不得又讲起镇上的局势。雇佣双方都不肯退让,镇里已经乱套了。顾老板的工匠已全数罢工,其他大小窑场也空了大半。程老板的窑场私下发些盐油做福利，聊以羁縻人心，因此还能维持，但仍有不少工匠被俞述彦等人胁迫，不敢再去上工。罢工者啸聚街头，情绪激烈，本来只要加工钱，彼此一鼓荡，怨气逐渐变作了仇恨，蠢蠢然皆有造反的冲动。地保出来讲话，全然无人理会。陶瓷公会的老板们这才忧惧起来，公出一笔银钱，托钧华公司总办向知州求援。总办收了钱，数日过去，杳无音讯。老板们耗不住，再去钧华公司拜会。总办冷笑。

"诸位都是精明人，怎就不明事理呢？"总办说，"知州老大人是一州父母，士农工商，手心手背，都是他老人家的肉，你们叫他偏袒谁？万一事情闹大，传到上宪那里，说是奸商欺压百姓，激起民变，他老人家要担多大的干系？你们诸位算算你们的身家，加起来有多少银子？只抠摸地拿出一千银圆，便想叫老大人为你们撑腰顶事儿，也亏你们好意思！"

顾老板等人汗出如浆，嗔怪总办大哥不早指教，即时公议追加五千银圆，另有两百银圆赠予总办，聊作薄酬。总办这才应了此事。从钧华公司出来，顾老板等人放出话去，知州已有谕令，即将拘拿滋事之人，主动回窑上工者，即可既往不咎。果有不少工人害怕，意欲退却。俞述彦等人遂传发竹帖，以示警告。

> 六月十八天雷落，
> 将窑炸成马蜂窝。
> 工匠得令都歇手，
> 谁敢不遵砸他锅。

竹帖传遍神垕。天雷炸窑，分明是要暴力起事，而不仅是罢工增薪了。陶瓷公会诸老板皆惊，急请巡防营与保安团查缴火药硝黄，闹腾数日，并无所获。老板们疑惑不安，不知俞述彦等人是虚张声势扰乱人心，还是真要作乱。此时已是六月中旬，过几日便是十八，总办那边却迟迟未有知州的回音。程老板忧形于色，唯有叹息。

"你这舅兄说起来也不坏，为人豪爽仗义，只是脾气太暴，行事冲动，不计量后果。"程老板对日新说，"他年前吃醉酒，为人出头打架，把人打残，被告进大牢。令兄日进师傅与他是好朋友，求我出面搭救，我看日进师傅和你老兄的面，多方调停，才将事情抹平，把他从牢里弄出来。不料他这一出来，却闹出这样的祸乱。"

日新倾听他的抱怨，知其未言之意，是望自己出面劝诫述彦，叫他毋再生事。日新与述彦虽是郎舅，关系却甚冷淡，一年到头见不了三五回面，说不了八九句话。述秀对哥哥一家亦无甚感情。日新发财后，述彦老婆满以为可以沾光，几番找小姑借钱，都被述秀不冷不热地打发了。述彦当年为了成亲，竟狠心将妹妹赶出去，多年来也甚少闻问，着实伤了述秀的心。述彦倒有骨气，从不找妹妹借钱，也不讨好暴发的妹夫；那日他要替人出头，带人去砸钧华公司，显然也未顾及妹夫的感受。

"他虽是我内兄，平时并无来往，这你是知晓的。"日新对程老板说，"他自己做事，自己承担，犯了国法，自有国法处置。"

程老板嗟叹，稍坐片刻便辞去了。他回到自家窑场，吩咐二弟令仪，即刻密募一批可靠之人，将先前购买的枪械备好，一旦事变，即武装自卫。令仪不擅经营，窑场被大哥兼并后，便在大哥身边做事。遣走令仪，程老板又招来匠副翟日进。

日进近来亦甚忧愁。经这多年拼争，他已将岳丈的债务清偿大半。平常镇里境况好，债主亦不担忧，账上加息即可，并不急于催索。如今镇里一塌糊涂，债主们也都心慌，急切要把钱讨回手中，落袋为安。有个债主心眼小，怕讨不出来，特意叫老婆上门，撒泼打滚以死相逼。日进羞愧不已，意欲向程老板预支工钱，然而去年俞述彦的官司花费八百龙洋，都是他经手向程老板借的，至今未还，再去求借，着实张不开口。程老板窑场客堂供有神像，左龛是关老爷，右龛合供三窑神。程老板拈香致敬，先拜窑神，再拜关老爷。拜讫，与日进师傅坐下说话。程老板问日进，他的好朋友六月十八日意欲何为。日进大窘，回说不知。程老板复问，能否请他做个说客，前往游说俞述彦。

"窑主们都怪我多事，不该救他出来，以致造成今日这局面。"程老板说，"你去好生劝说，请他多少顾念一丝情面，莫要闹得太过，叫我无法做人。"

日进唯唯而出。俞述彦等人占据无量寺，每日在此大碗喝酒，发号施令。和尚已老，敢怒不敢言。日进寻到寺内，找述彦单独说话。述彦已与几位兄弟发过毒誓，有进无退，绝不投降，叫他有话只需当众讲。日进向大伙儿讲了一堆利害，声称知州已知此事，十分恼怒，不日便来拿人，劝他们赶紧散去，毋再生事。述彦不以为然。

"听他们咋呼！我们只是歇工，又不曾杀人放火干犯王法，知州凭什么拿人？"述彦说，"我们不做工，他们不给钱便是，难道不赚钱也犯法？"

日进语塞。红日西垂，霞光铺满半空，映得人脸一片血色。有人挑了两架食盒,为大伙送来酒食。述彦问是何人馈赠,那人说他只是饭馆跑腿的,并不知晓金主是谁。想这偌大的神垕,必有慷慨好义之士,述彦并不多疑,叫人将酒食摆在庙前银杏树下,大伙席地而坐,举箸共食。述彦将日进也拖来一起吃。日进夹在东家与好友之间,进退两难,郁结莫名,便也坐下吃酒。述彦等人一面进食,一面喧嚷,大骂老板黑心,血肉吃光,骨髓吸尽,连皮渣都不肯多分一点与工人。

"既然没有活路,索性一起死!"一名工人攘臂大呼。

此时大伙都有醉意,听他一嚷,也都脑筋发烧,纷纷响应,开始商议如何吃大户。程老板的窑场最是兴旺,先抢他们,再抢顾祖昌,顺路把周聚昌钱庄也撸了。日进大惊,叫他们不可乱来,程老板家可是有枪的,还很多。有人说:"那正好,咱们悄咪行事,把枪夺过来,拉一杆队伍占山为王去。"大伙轰然叫好,都道事不宜迟,今晚即便动手,打他个措手不及。日进魂飞天外。

"大伙罢工,无非是涨些工钱,千万不能过火。"日进说,"我这便去找老板商谈,叫他们让步,你们且等我消息,不可造次。"

有人哂笑:"日进老哥,烧瓷大家服你,要做交涉,怕是老板们不搭理你呀。"

众人哄笑。日进酒力上头,被激起一腔意气,端一碗酒站起来,"我现便立个军令状,若不能说服老板让步,给大伙加工钱,我翟某提头来见!"

述彦说:"别乱赌咒,这事与你没关系,你莫多管。"

日进已将酒仰头灌下,把碗摔到石头上。"这军令状我已立了,在我回来之前,大伙不得生事!"说罢醺然而去。走到镇内,夜色已起,日进酒意逐渐散去,脑筋亦清醒过来,回想方才的军令状,不禁心生懊悔,暗暗叫苦。自思这一生,处处以好心行事,却又处处不得好报,令人心灰意冷。他硬起头皮去见程老板。程老板刚从会馆返回。他试图游说公会诸公稍做退让,毕竟时境不同,不必刻舟求剑,囿于旧章,倘若闹到无法收场,谁都落不得好。顾老板不同意,以为当此非常之时,大家更需一体共进,不可退让。只消挺过这一关,刁工们死了心,便不复生事;否则恶例一开,后患无穷。与会诸公共同表决,大都认同顾会长。程老板孤掌难鸣,悻悻而返。

"你那好朋友呢?愿退让么?"他问日进。

日进摇头。程老板甚感无奈:"事到如今,只有死耗下去,看谁能耗到最后了。"他说,"你也辛苦了,回去歇息吧。"

日进明白大势已去,多讲无益,遂无言而退。他并未回去歇息,在街上逡巡而行,不由自主来到窑场。夜已近半,工人早已下工,除了看场的保全,只有烧火工老刘在窑棚看火。老刘倚在条凳上昏昏欲睡,日进将他拍醒,叫他去歇房休息,自己看火。老刘乐得偷闲,便进歇房去了。日进坐到条凳上,望着炉膛出神。炉火熊熊,赤焰袅袅,宛如轻盈舞蹈的仙娥,又似激荡如泼的鲜血。日进想起金火圣母的故事,以及给他讲这故事的岳父。

"该住火了。"他说。

七

翟日新这日几心神不宁,既为袁知州之事忐忑,复为梁小姐之事烦恼。镇中形势亦令他忧心,每天听闻外间闹闹哄哄,殊难自安。

不断有人登门探望，其中大半是各窑场有名头的匠师。大伙风闻翟师傅为了工匠福祉不惜得罪上官，皆感敬佩，纷纷前来探望。这些匠师虽说略有地位，却也是受雇于人，薪酬不由自己做主，因此都支持工人罢工。但对鼓动起事的俞述彦等人，他们是看不上的，也不以为能成大事。大伙期望的领袖是日新师傅，日新师傅有名望，有地位，登高一呼，必然万众回应，由他主持局面，方有成功的指望。

今日来这一拨匠师，便是劝进日新师傅的。他们并非敦请日新师傅带头闹罢工，而创办工匠行会。人家窑主有钱有势，尚且建立陶瓷会公，协调一致共同进退，工匠一无所有，却又散如沙土，如何与人家对抗？倘若创办个工匠行会，将镇中工匠都吸纳进来，大家也协力同心，一体进退，便足以与窑主制衡了。至于会长人选，非日新师傅莫属，大伙愿奉他为主，共襄盛举。

自那日旁听了陶瓷公会的会议，日新便知窑主们已稳操胜券，工人罢工毫无胜算，闹小了不济事，闹大了有官府。此时匠师们提议创办行会，他十分赞同，只是会长一职，恕他无心为之。匠师们劝进甚急，请他务必担当重任，颇有"先生不出，奈天下何"的意味。日新却之不恭，勉为其难应允了。匠师们欢欣鼓舞。事不宜迟，大伙分头联络各窑匠首及要紧匠工，于明日上午在窑神庙取齐，共同协商创办行会事宜。神垕诸窑公定每月上工二十八日，大建朔、望两日休息，小建则唯望日可休。明日恰逢望日，即使未罢工的匠工也要公休，正好召集起来开大会。届时将订立章程，推选会长、副会长及理事若干名；而后祭拜窑神，宣告行会成立，行文陶瓷公会发起磋商。计议既定，匠师们别过日新，各自奔走去了。

房内重归宁静。日新捡起榻旁那本《燕闲清赏笺》，欲翻几页，却横竖看不进去，便取出已然草拟的行会章程，再做推敲。匠师们唯恐日新师傅不愿承担大任，却不知这一切都是日新师傅的主意。袁知州的一顿板子，叫日新洞彻了梁小姐先前的批评。说甚么万花丛中过，片叶不沾身？生在污浊世界，没人能够独善其身，如今时候到了，自己果然成了刀俎上的鱼肉。即使在姚掌柜策应下赶走袁知州，焉知下一个知州便会放过自己？即使新知州不与自己为难，又焉知没有豪横之人暗中觊觎，欺压加害？庄子有云：桂可食，故伐之；漆可用，故割之。所谓对景伤前事，怀才误此身。如今神垕乱象日甚，雇佣之争方兴未艾，他思量不能再置身事外了。将水仙盆送交总办后，他遭月清邀来公司几位心腹工匠，密议罢公司事务，提出了创办工匠行会的想法。

"单打独斗是不行的。"他说，"要想安身自保，必须结援自重。"

心腹工匠受命而去，四处放风，却并不讲是谁的主意。各窑匠师风闻此言，都觉有理，环顾神垕上下，可以领袖群工的，只有世界知名的翟日新师傅，于是大家便联袂来访了。

日新正琢磨条款词句，门外传来总办的呼叫。日新骤然心慌，急将章程塞到榻席下。总办跨进门来，喜气洋洋，先问候翟师傅伤情，而后取出一方纸，宝宝贵贵递与日新。知州老人人收到瓷器，对翟师傅的孝心十分感动，特赐字一纸，以表嘉勉。日新将纸打开，其上排列四个行楷大字。

德藝兼優

这四字颇为粗陋，老大人不是翰场出身，情有可原。日新甚觉宽慰，要留总办大哥小酌几杯。总办说镇子里闹翻天了，公司那帮人也要造反，他得找顾祖昌等人传达知州口谕，然后回公司收拾刁工，来日方长，回头再与翟师傅吃酒，一醉方休。说罢匆匆而去。日新乜一眼知州的字，捏起纸角丢到地上。月清从外头狂奔而入，收不住脚，踩到了纸上。日新睃他。

"急惶惶的干甚么？"

月清说："大伯死了。"

日新仿佛挨了一板子，从榻上弹跳起来："谁说的？"

"程克勤，他爹叫他来报信儿。"

翟日进跳窑而死。今日清晨，老刘醒来看火，发现火已住了，登上窑顶查看，天眼也已打开，想必是日进师傅做的。老刘下了窑，看到月容丫头走过来。她爹昨夜一宿未归，镇上太乱，她娘担心出事，叫她来寻一寻。老刘告诉她，她爹昨晚在这里，不用担心。月容也便放心回家了。过了半个时辰，月容又赶来，要账的老婆婆又上门了，她娘叫她爹赶紧回去。上午不要账，夜晚不借棉，是传承已久的规矩，老婆子这一早便去索债，委实过分了。老刘甚感不平，骂着老婆子去找日进，找遍窑场皆不见，想是已经离去了。月容只好去别处寻觅。老刘去水台洗了把脸，回到窑旁，瞥见登窑的梯子下有只半旧的布鞋。之前他上窑查看天眼，便看到过那只鞋，只是未曾留意，此时心中微动，仔细观察，似乎是日进师傅的。他忽有不祥之感，立即爬上窑顶，从天眼往窑内张望。窑火早熄，窑内温度亦降了下来，虽仍有热气蒸腾，却已不甚烧灼。老刘望了一眼，几乎栽下窑去：匣钵顶上果有一具灰白的骨架。他怀疑死者便是日进，急报老板与匠首。程老板不愿相信，派人四处寻找，将镇子找个遍，亦未见到日进，去他家问，也说没有回去。不消说，那具白骨便是日进师傅了。天眼初开时，窑内风火仍如浪潮，匣钵与瓷器亦皆红软，倘若日进师傅于彼时跳入窑内，必将使匣钵倾圮，他也将被烈火焚为灰烬。骸骨不存。他必是等炉火渐息，匣钵凝固，方才跃身其中，如此则不致压垮钵柱，发生倒窑，只是死前的痛苦却不知增加了多少倍。匠首老史爬上窑顶，自天眼缒绳而下，将日进的遗骨移进锦囊，小心翼翼抱出来，手抚锦囊老泪纵横。

"他这是死也不愿祸害人啊！"

程老板在旁边捶胸顿足，大骂日进师傅糊涂。日进之死迅速传遍神垕。俞述彦等人昨晚吃醉酒，倒在银杏树下睡一宿，醒来之后，都不再提吃大户的事了。他们正在寺中百无聊赖，忽闻日进跳窑自杀，无不震惊，想必是昨晚的军令状无法交差，遂自寻死了。众人大恸，都骂日进太傻。述彦眼红如血，抄起一把锻打柴刀便往山下冲。大伙皆操械跟随，杀奔程家窑场。程老板已怀抱日进师傅的骨殖离去。他怕将遗骨送回日进家，家人承受不得，不如先放窑神庙，待安抚好日进遗孀，再装柩送回不迟。俞述彦等人呼啸而来，赶到窑场时，身后已汇集了百余人。大伙一齐动手，将窑场砸个稀巴烂。述彦又放火烧了作坊，率众扑向程老板的家宅，途中闻说程老板与日进遗骨都在窑神庙，便又转奔那里。他们边走边议，一不做二不休，先把日进遗骨抢过来，再依次扫荡各个窑场，搅他个天翻地覆，报仇雪恨。

程老板向大殿功德箱投了一张一百串文钱票，将日进遗骨放到香案上，拜了几拜，吩咐人去购买棺柩，要上好的楠木。一名窑场保全飞奔而至，报告窑场被毁，凶手已率众杀往这边来了。程老板大惊，急忙逃回家去。俞述彦一伙赶到时，庙里已无人影，只有个老庙祝在殿门口张望。俞述彦看见那堆骨殖，叫一声"好兄弟！"眼泪汹涌滚下来。他跪地叩了三个响头，将锦囊缠到背上，提起大刀往外走。众人跟随其后，滚滚前往程老板家。程老板派人去保安团求救，复紧闭宅门，命令新募的队勇登墙守御，敢有强行侵犯者，即开枪射击。他叮嘱队勇只打四肢，倘若瞄不准，便朝空地开枪，吓枪即可。俞述彦率党羽鼓噪上前，墙上长枪齐发，接连打翻几人。余皆惊畏，纷纷退后。俞述彦臂膊也吃了一枪，所幸只是擦伤皮肉，未伤到筋骨。两边一时相持不下。程老板急望保安团来救，却久候不至。其他老板听闻暴乱，都赶往保安团求助，已将为数不多的团勇瓜分完了。俞述彦分派党羽砸抄各个窑场，自己带人再次冲击程宅。这回他们卸了附近几张门板，遮身向前，一直进逼到宅门，朝门上泼油纵火。大门将破，街中忽然传来两声枪响，大伙循声望去，只见翟日新跌跌撞撞跑过来。他手握一把左轮枪，臀伤尚未痊愈，行动不便，却又跑得着急，便似要跌仆的模样，颇有几分滑稽。月清和月容扶持如玉紧随其后。日新挡在程家门前，拿枪指向俞述彦。

"你闹够没有？"日新说，"我哥已经死了，你还不让他安宁么？"

述彦说："我正是要弄死姓程的一家，给日进报仇。"

月清说："舅舅，你脑子里装的是屎吗？我伯伯究竟为甚么死，你都想不明白？"

述彦大怒，骂声"兔崽子"，挥拳欲揍月清。日新拿枪顶住他胸膛，将他逼退，叫他把日进遗骨交过来。述彦怒视日新，大喝："有种你开枪！"月清从他爹手里夺过枪，对述彦说："我爹打死你，

203

他老婆要跟他闹，还是我来吧，外甥打舅，打死去尿。来呀舅，你问问我有没有种。"述彦气得脸庞扭曲，却不敢作声。日新将锦囊从他背上解下。如玉上前接住，紧抱在胸前，几欲昏厥。日新和月容扶她坐到大门前的石阶上，对述彦说："你即使不要你妹子，也想想你的老婆孩子，你不想活，他们还要活！"述彦呆了一下，说："我没有妹子。"回身便走。他的党羽紧随其后，一起离去。随风放火的乌合之众眼见散场，也一哄而去了。

这天下午，神垕镇四处起火，遍地打砸。傍晚时分，西风骤起，推动乌云满天乱滚，几声暴雷响过，大雨如浇似泼倾泻而下。巡防营在急风暴雨中赶到，街上早已空无人迹，唯有浊水滔滔，沿街奔流。知州闻变震怒，先关心日新师傅有无受害，而后下令搜捕首事人等。俞述彦及其党羽自知事大，难以善后，连夜逃出神垕，不知所终。官府图形追捕，又捉了一批积极起事的工匠和趁火打劫的暴民，饬令雇佣双方各退一步，协商和解。日新强忍悲痛，主持成立了工匠行会，率同几名副会长和理事，与陶瓷公会做交涉。老板们余悸未消，同意退让，各工依率上浮薪酬，上色提成亦予增加。先前行规，所烧瓷器得上色者，酌提定价十成之一，分赏各工；二、三色不赏不罚；脚货则需议罚，罚金各工按率摊派。今既提高上色提成，脚货之罚亦随同增加，以示公允。工匠们闹腾月余，未有收入，亦自心慌，至此便都纷纷复工了。一场暴乱遂不尴不尬地过去。

日进的遗骨盛入棺柩，罩以锦缎，安放在窑神庙内。日新除了办事，都去那里守灵。日进下葬前一日，姚掌柜的伙计送来密函，告知两个好消息：其一，事情已成，袁某不日落官，翟师傅可以自由了。其二，梁小姐的案子亦有转机。同盟会的汪精卫在北京刺杀摄政王，事败就擒，摄政王以德报怨，推恩宽贷，并未将其处决。抚台大人似是受了感召，谈起遇刺之事，亦不复切齿痛恨。倘若打点得宜，梁小姐或可母子平安，双双生还。日新喜极，将信丢入火盆焚讫，眼望灵柩含泪而笑。

六月甲午，土润溽暑，宜祭祀，宜安葬。由工匠行会出面，为翟日进师傅举办了隆重的葬礼。起灵之前，先在窑神窑做了公祭。窑神像下添了一个他的牌位：经由陶瓷公会与工匠行会公议，翟日进师傅被尊为窑神弟子，配享大庙。如玉没有参加丈夫的葬礼，她已几近痴傻，在亲戚照看下卧床发呆，只有月容来送她的父亲。月容愈长愈秀气，依旧不爱说话，开心的时候最多抿嘴一笑。她站在大殿前，望着父亲所睡的木棺，知道他再不会醒来。他再不会独自坐在院里发呆，不会一个人吃酒吃到醉，再不会听母亲没完没了的唠叨，也不会背着母亲，偷偷拿钱给自己买好吃的。她想放声哭，却只是拉着叔叔的手，站在棺前默默流泪。

日新手牵月容，听程老板在殿台上致辞。他忆起二十五年前，他们兄弟肩挑行李，跟随父亲来到神垕镇。二十五年时光飞散，忽然此时，哥哥竟这样离去了。想是他太累，负重而行这么久，再也支撑不得，便以如此惨烈的方法求解脱。日新悲从中来，泪落如雨。

葬礼之后，程老板把如玉和月容接到自己家，日进欠的债也替他还了。这诚然是报答日进，更是报答如玉和月容。那日程家得逃大难，不是俞述彦怕了翟日新的枪，而是如玉和月容站在了程家这一边。日新本要把她们母女接到他这边，想想述秀，也便罢了。暴乱过后，日新与述秀更不相容。他已做好打算，待哥哥"五七"一过，便与述秀离婚。他赚的钱大多在述秀手里，连同这宅院都归她，也不亏她。他将与月清搬到凶宅，从此安心烧瓷，等候梁小姐出狱。

日进"二七"的次日，钧华公司几个徒弟来拜访。日新坐在葡萄棚下，与他们吃瓜闲聊。公司大窑的工匠与总办彻底闹翻，都已辞工不干，经由工匠行会协调，分散到别的窑场去了。总办本不愿烧大窑，走了正好，把精力都用在督烧钧瓷上，日日在场，催迫甚急。今日工匠上工，却未见到总办，听管账司事讲，他被知州召去州衙了。今日本是朔日休息，被总办强迫上工，他既不在，大家正好散去，来陪师父说话。正闲谈间，进来一个陌生人，问知是翟师傅的府第，呈上一封书信。日新扫一眼信封，便知是姚掌柜写来的。姚掌柜书信的特色，便是没有特色：无论信封、信纸，还是字体、行文，皆无任何特征，且知名不具，即使熟人看了，也不能咬定是他的手笔。墨水也用的乌贼墨，日新看过他的信，都会如约焚毁，一次忘了烧，过不几日，信上的文字便不见了。那人将信交与日新，转身便走。日新略感面熟，仔细思想，记起是琳琅阁新来的伙计，急忙叫住他，赏了一块龙洋。送走伙计，他启信展读，却只看到四个字：

事败，速逃！

日新心内大惊，面上从容地将信纸插入信封，声称另有要事，急需去办，将徒弟们遣走，抓两件长袍塞入竹箱，又取几张钱票，戴上凉帽匆匆而出。刚跨出大门，一队巡警已然赶到，迎面拦住去路。带队的巡长腰间挎有手机，其余巡警则负长枪持枷镣。巡长喝问他可是翟日新。街上行人如簇，一时都聚上来。日新无法说谎，只好应承。巡长一声令下，将日新拿住，当场铐上枷锁与脚镣。程老板来找日新，见此情景，无比惊愕，上前询问缘由。巡长手按枪柄，警惕扫视程老板与围观人群。

"奉知州令，捉拿乱党翟日新！"

八

翟日新造假事发了。

他献与袁知州的"宋钧"是赝品。这是姚掌柜的计策，他叫日新伪造一只宋钧，以赎罪为借口送与袁某，袁某急于求官，得瓷后必将进献巡抚，他再设法告知巡抚瓷乃伪物，袁某以赝充真欺诈上宪，抚台一怒，袁某必定落官。然而日新造假过于逼真，欲令抚台相信是假，却也难办。姚掌柜叫他在底款刻一行字："大宋崇宁六年内府监制"。崇宁年号只有五年，并无六年之说，以此提示，一目了然。至于袁知州，是个不读书的捐纳官，看到也不懂，不足为虑。即使他找行家鉴定，也必是找姚掌柜，更毋庸担忧。——姚掌柜向日新坦承了与袁知州的交情，唯隐去了怂恿知州坑害日新之事。他以前害日新，是要断了日新充古射利的路，如今日新已在掌握，姚掌柜便要为自己做打算了。

一如姚掌柜所料，袁知州得瓷，先去开封找他掌眼。姚掌柜装模作样鉴赏一番，叹美不绝，说是至尊宋钧，老大人得此宝贝，可喜可贺。袁知州深信不疑，立即托人送入巡抚衙门。数日后，一位巡抚幕友持瓷来访，请姚掌柜鉴定。姚掌柜草草一望，便说是假，指点底款上的年号，请教幕友何来的崇宁六年。幕友大愕，索史查验，果无崇宁六年。姚掌柜自忖大事已成，便向日新作书报喜。

姚掌柜自谓算无遗策，却未算到幕友与袁知州的关节。此幕友乃抚台心腹，当初姚掌柜为袁知州求官，便是走他的门路。袁知州知他当红，私下里刻意攀附，三节两寿无不殷勤孝敬，硬是用银子砸出了一点交情。袁某此番献瓷，便是借此幕友之手。幕友乃钱粮师爷，不通文史，但天性谨慎，恐有差池，进献巡抚之前，也来找姚掌柜掌眼。隔日中午，袁知州接到幕友密信，痛斥他欺罔抚帅，如今抚帅盛怒，命其速送一万两银子平事。袁知州震恐，急赴开封，先找姚掌柜责问缘故。姚掌柜措手不及，唯有自咎学艺未精，道行不够，前次鉴定时走眼了。

"古董这一行，打眼之事甚为常见，英明如乾隆爷，也曾把一幅伪作《富春山居图》视为真迹，而将真迹斥为赝鼎，闹出了一个千古笑话。"姚掌柜说，"后来那师爷拿瓷前来，说是抚台的东西，令我好生鉴定。他知你我是好朋友，命我毋得欺妄，把话讲得很是严厉，似是窥见了什么。我不敢怠慢，小心鉴别，方才看出问题，也不敢隐瞒，只能如实相告。我正打算去钧州拜访，向你说明情形，你却已经过来了。"

姚掌柜讲罢，反问袁知州，那水仙盆究竟从何而来。知州这才坦承是翟日新所献，翟某自称是他传家之宝。姚掌柜击股浩叹，责备知州："那翟某便是造假起家，你又不是不知，怎么相信他的话？"

袁知州哑然，闷了片刻，郁郁若失："实不相瞒，我也并未一味信他，只是思量着，即使他的瓷是赝品，只要瞒过你的法眼，一样可做真的用。你对他的瓷已有成见，我怕告诉你来历，会干扰你的判断。谁知你却在这紧要时候走了眼，真是害死我了！"

姚掌柜说："那你也须告诉我是要送与巡抚，不可草率，我也便打起精神仔细鉴别，料不致弄出这样的疏误。"

袁知州无语以对，苦不堪言。姚掌柜嗟叹不已，神情无比懊恼，又似无比惆怅。"好个翟日新，我姚某竟被他两番打眼，这琳琅阁的牌子，算是叫他砸了个稀烂。"袁知州恨极，冷笑说："这姓翟的，也不知吃了多少熊心豹子胆，竟敢如此戏耍本官！"姚掌柜说："老大人要如何处置他？"袁知州说："走着瞧吧。"

袁知州拜见钱粮师爷，惶悚谢罪。师爷懒得听他啰唆，只叫他作速送钱过来。袁知州失魂落魄，返回钧州，立即招来总办，先打二十板子出气，再问如何收拾翟日新。总办无妄遭灾，也恨死了姓翟的，遂献一计，诬称神垕暴乱乃由翟某煽动，他创立工匠行会，自任会长，并于乱后代表工匠做交涉，便是铁证。袁知州用其计，即刻派人捕拿翟日新。袁知州走后，姚掌柜便作书报信，派伙计送往神垕。原先那名伙计有事请假，未在阁中，便遣新伙计去了。那伙计老家靠近官道，离乡日久，思亲心切，先到家停留了一日，才又继续赶路。等他将信送达，翟日新已来不及逃亡了。

巡警将日新押至州衙。袁知州立即升堂，不由分说，先打断他两条腿，复打碎两只手，投入州牢之中。隔日提审，继续痛打。知州一壁泄愤，一壁筹钱，贷来一万两银子，急急送到师爷处，师爷却不收了。姚掌柜已料定师爷意在勒索袁知州，只消袁知州餍足其欲，便会将瓷压下，不使巡抚知晓，遂约了另一位师爷吃酒，于杯觥之间"不慎失言"，将此事讲了出去。此师爷与彼师爷素来不睦，两人互相拆台，争宠已久，得知此情，立即禀报巡抚。巡抚召钱粮师爷问话。钱粮师爷惶恐，承认确有其事，那知州无知，错以赝品为至宝,已被他严词斥退了。巡抚问是哪个知州,师爷如实相告。巡抚说:"拿个赝品来孝敬我,不是眼瞎,便是狡妄,此等人为民父母,百姓何辜?"

"你回去收拾收拾,准备离任吧?"师爷对袁知州说,"最好把屁股擦干净,免得有不法情事,被有司查出,你可就不得善终了。"

袁知州大悲而返,决意在去职之前弄死翟日新。日新熬不住疼,已然屈打成招,自诬是神垕暴乱的主使,且暗通革命党,阴谋造反。袁知州不愿便宜他,仍自审讯不已,稍不顺意便大刑伺候。工匠行会联络起一帮匠人,前往州衙鸣冤。袁知州索性将几名副会长也捉起来,一一打板子问罪。所幸程老板有亲戚在州衙,花钱为翟师傅买命,才使日新一次次挨过鬼门关,熬到新官上任,洗雪了冤情。出狱之时,他已膑踝俱碎,四肢尽折,神昏目迷,气若游丝。述秀延请名医,不惜巨资救治,终于保全了性命,只是骨肉脏腑俱受重创,元气耗散,纵有回春妙手,仍不免落个虚损之疾;双手亦挛缩如鸡爪,百般调治也难以复原了。

日新弄巧成拙,悔恨不已。转思不与袁知州作对,一样得吃他的板子,保不准哪回他下狠手,仍会被他打死;拿半条命换他丢官,虽说不值,却也并非大败亏输。而两手挛废,未必不是好事,倘若再有官家逼迫造瓷,便可名正言顺地拒绝。所谓塞翁失马,殆此意也。工匠们只道他是替大伙受过,为暴乱之事无辜遭殃,皆感戴之。他身子虽然坏了,却倍受尊敬,人们见他,皆呼会长而不名。日新甚感荒谬,想人生遭际,真是莫名其妙。只是姚掌柜得不到瓷,已不复认真打点,梁小姐在狱中定要吃苦。日新已有牢狱的经验,将身比身,更感痛楚,每日长吁短叹,徒唤奈何。

暑往寒来，自夏迄冬，群山如碧渐至万物白头，梁小姐仍禁锢在狱，未有赦宥的佳音。日新昼企夜望，心力交瘁。腊八那日，陶瓷公会在窑神庙施粥，并有杂戏助兴，俞述秀怀抱月明去看热闹，月清更是一早便没了影。那日天候不佳，晌午时刮起北风，继之碎雪如霰，飞荡而下。日新孤坐书房，听那霰雪阵阵，打上窗纸，直觉宇宙洪荒，天地寂寥。此时用人叩门，引来一个陌生汉子。那汉子是刘义夫店里的伙计，奉东家之命来送信。日新接信在手，叫用人带汉子去烤火，再弄些热乎的酒肉给他吃。他将信拆开，在火盆旁阅读。信是义夫亲笔所书，告知日新一件大喜之事：梁小姐生了。

梁小姐系狱以来，巡抚并未严刑为难，但也未大度到赦罪开释，而是囚在牢中，任其自生自灭。日新是关心则乱，担忧过度，梁小姐实未遭受太多折磨。姚掌柜虽已不复疏通，义夫却从未停止打点。这世上疼惜梁小姐的，除了日新，还有朱太太。朱太太愈是想念义民和朱先生，便愈是疼惜她，吩咐义夫要好生照应。朱太太罹患郁症已多年，身体渐坏，最终心衰而亡。弥留之际，她仍念念不忘梁小姐，叮嘱义夫须尽力营救，万不可弃她于不顾。于是梁小姐虽在囹圄，却甚少受虐，平安怀胎十月，诞下了一个男婴。

翟日新喜极，匆忙往下看，看了几行，眼泪倏然飙出来。

梁小姐死了。

民国十九年纪事（上）

（公元1930年，岁次庚午）

一

中华民国十八年九月，钧县国民政府创办县立陶瓷学校，开设钧瓷科。民国十九年四月，县长以先贤翟日新于钧瓷有恢复之功，特聘其后人翟月明出任总教习，教授钧瓷烧制之法。翟月明执教多日，竟无所成。县长盛怒，以怀奸藏私、欺诈县府为由，将其收监关押。翟月白为救二哥，决定前往陶瓷学校代兄任教。

翟月白行前，先到关帝庙见了大哥翟月清。翟月清现为神垕镇保安团团长。他刚打发走求援的四乡红枪会会首，此时正与副团长俞松涛商议射柳会之事。往年射柳会都在端午举行，今年情况特殊，他想提前办了。俞松涛赞同。月清叫他通知陶瓷公会和商会预备花红，另叫打猎的张麻子捕捉鸟雀，不可少于六百只，最好是山雀和山鹊鸰，斑鸠亦可，不要喜鹊、燕子和鹁鸽。俞松涛应诺而去。月清这才闲下来。他点上一支烟，听三弟讲述了他的决定,愀然不乐。

"是二娘的主意吧?"月清说。

月白说:"爹若在,他也会同意的。"

"胡说!爹若在,他宁可叫我攻城劫狱,也不会叫你这么干。"月清说,"老二自作自受,纯属活该,犯不着拿自己去赎他。"

月白说:"二娘说她梦到爹了,爹让我去的。"

月清怫然:"这话你也信?二娘是什么样的人,你还不明白?"

月白笑了笑:"二娘待我不薄,若不是她,我也许早死了。拿我交换二哥,我也是情愿的。"

月清无语。月白是梁小姐所生,却由俞述秀养大。梁小姐在狱中虽受关照,毕竟狱中环境恶劣,耗到生产,也已经精疲力竭。分娩时又因稳婆草率,致使大出血无法收拾,最终不治而亡。她的遗体与婴儿同时送出牢狱,由义夫和姚掌柜共同接收。义夫派人去神垕送信,询问日新作何安排。梁小姐毕竟与他有夫妻之义,如何安葬,是将灵柩送到神垕,还是埋到她爹梁先生坟旁,须由他来做主。还有婴儿,日新已然残废,养育须靠俞述秀,述秀愿不愿要这个孽子尚未可知,倘若不要,义夫夫妻就收为养子了。日新大恸,胸口闷疼欲死,似要吐血,却吐不出来,几欲昏厥,也昏不过去,仿佛将血吐出,或者昏厥过去,便是便宜了他。他要把梁小姐母子都接到神垕。俞述秀脸色冷如冰霜。

"姓梁的是造反,你把他们母子都接来,是叫天下人都知晓你和她的奸情么?"述秀说,"窝藏反党是什么罪名,你比我清楚,想让全家人都陪她死,你便去接。"

日新辗转反侧,一夜白头。次日一早,他在他的房间里唤述秀,不应,又唤月明,亦不应。月清一夜未归,此时才顶着一身雪回到家,听见父亲叫喊,进去问他做什么。日新叫他唤二娘来。月清找遍家中,没见到人,从被窝里揪出仍在酣睡的月明,问他二娘哪里去了。月明说去开封接小孩了。是日风雪急骤,不辨路径,车行都不欲出行,除非价钱翻三倍。述秀不愿多花钱,遂顶着风雪徒步而往。五天后,她乘坐义夫家的马车,把婴儿抱回家来。她将襁褓放到翟日新床头,让他看他的私生子。襁褓外包裹厚厚的貂裘,义夫老婆怕天气太冷,婴儿受不了,特意赠送的。婴儿大难不死,却也孱弱异常,偶尔哭几下,啼声细微得仿佛猫崽之喘。日新看着自己的第三个孩子,悲欣交集,想亲亲他,却只是泪眼婆婆地微笑。述秀冷眼旁观,面无表情。

"我先跟你讲清楚。"述秀说,"我会把他当自己孩子养,万一有个差池,你须不能怪我。等他大些,调皮捣蛋,我打他骂他,也是为着他好,你不能说我虐待他。"

日新含泪点头。述秀又说:"姓梁的埋到她爹旁边了,已经入土为安,你也无须烦恼。"日新又复点头。述秀果然尽心养起婴儿,对外宣称是翟日新在外相好的女人所生,生下来不要,她这正宫便接收了。一时人人皆称述秀贤良。日新给婴儿起名月白。月白先天不足,时常得病,况且又不是述秀亲生,无奶可喂。述秀花了比养月明更大的功夫,才算把他养大。述秀常对人讲,倘若不是她,三儿早在死孩子沟沤烂了。话虽难听,却也不假。

翟日新本想带全家人离开神垕。满清倒台那日,神垕镇发生了一场激烈战斗。邻县一杆土匪侵入神垕,与保安团大打一场,杀伤十余人。保安团退据两寨,闭门坚守,土匪强攻不下,在寨外洗劫半日，饱掠而去。整个神垕沉浸在悲伤和惊惧之中，无人关心京城的龙廷是不是换了人。日新却十分感伤。梁小姐生前最盼望的，便是大清倒台，如今大清终于倒台了，她却永远留在了大清。他想带家人去开封祭奠梁小姐，然后暂寓开封。皇朝末世，天下本就不太平。自武昌起义以来，官府全副精力都用在对付革命党，无力镇守地方，乡土秩序随之大溃，胸怀不逞之气的人纷纷落草为寇：强梁横暴的拉杆起伙，走投无路的拉杆起伙，游手好闲的拉杆起伙，没有饭吃的拉杆起伙，羡慕土匪不劳而获的也拉杆起伙，一时间大小匪帮满山遍野。此次匪帮入侵神垕，已是今年的第二遭。翟日新想寓居开封，待新政府削平叛乱，恢复治安，再回神垕不迟。倘若时局一直不靖，索性就定居开封，不再回来。述秀却不愿走。他们家在大寨里，寨墙高厚，保安团也兵强马壮，匪帮两番攻打，都如蜻蜓撼树，可知是很安全的。日新说不动她，只好改变主意，只去祭奠梁小姐，了却一桩心事。述秀不会陪他们去祭姓梁的，日新腿伤仍未痊愈，行走不便，也无力照应月白，便叫月清去雇辆马车，让他和用人随行。

月清听说带他去开封，欢天喜地，立即去寨外车行雇车。日新在家等候，久等不归，唤述秀去找。述秀不去。她与采芹的儿子互不喜欢，两人平常甚少搭腔。日新改叫用人去。用人到车行询问，车老板说没见月清去雇车。日新以为月清又颠屁了，愠怒，不再等他，要与用人一起走，月白却突然发起烧来。日新只好暂缓行程，延医给月白诊治。月清一直不见，这天晚上也整宿未归。次日一早，用人开门洒扫，看到门后丢了一张纸，上面写有许多字。她拿给东家过目。日新扫了一眼，脸色骤变。

那是土匪的飞票,月清被绑架了。月清去寨外雇车,遇到两个外乡人,声称要去山上的观音庙,不知路径,请他帮忙带个路,愿以一块银圆为酬劳。月清贪那银圆,便带他们去。行至山间偏僻处,那二人拔出短枪,将月清掳走了。原来这二人是另一杆匪帮的匪徒,听说前一伙抢劫得手,也想来发财,派此二人先行踩点。其中一人先前在神垕做过工,认得月清是翟日新的大儿子,家里因烧钧瓷而暴富,便施计绑之。匪帮飞票索赎,命翟家于两日内将一万龙洋送至二十里外的老鹰崖,过时不至,便行撕票。

日新请来保安团团长、程老板和工匠行会几位副会长,商议如何救人。程老板建议破财消灾,保安团长等人亦附议。这些匪帮到处杀掠,已然不把人命当回事,不餍足其心,恐有不测之险。述秀却不同意。

"你们别管了,我自会去救他。"她说。

众人皆无语。大家皆知翟家的钱掌握在翟太太手中,翟太太又是极悭吝的人,连个用人都不愿雇,做饭洗衣统统自己动手,甚至给孩子裁新衣,也不去街上的裁缝铺,买段布料回家自己做。现在家里这用人,乃因日新和月白一残一幼,月明也尚小,翟太太实在顾不过来,才不得已雇用的。此时她不愿交赎金,想必是心疼钱。程老板说:"日新兄倘若手头不方便,大家可以帮忙凑一凑。"述秀说:"谢谢你的好心,用不着。"说罢径自出门去了。

众人面面相觑。日新气极,脸色一会儿青一会儿紫,便如窑变一般。行会副会长说:"我听说俞述彦一伙回来了,盘踞在无量寺,不知嫂子是不是去找他帮忙。"日新大惊,问他何时回来的。副会长说已有两日,他们宣称要保护神垕,不准别的匪帮侵掠,也不知葫芦里究竟是卖什么药。过了两个时辰，俞述秀自外返回。日新问她是否去找俞述彦，她说是，她哥已经答应去讲情，叫那边把人放出来。

"一万龙洋，说给就给，要死啊！"述秀说，"大清皇帝那么多钱，洋鬼子来勒索，还得先跟他们打一仗呢，打不过才给，哪儿有一张嘴就遂他们意的？"

日新已不想再与她讲话，倘若月清有个好歹，马上与她离婚，带上月白远走高飞。这天晚上，月清果然平安归来。随行还有保安团六名团勇，带头的是翟日新一个徒弟，名唤常宝安。常宝安在公司跟随翟师傅烧过几天钧瓷，后因父亲老病，需要照顾，走不开身，便不去了。日新念他纯孝，对他很是照顾，三五不时拿钱给他花用。常宝安父亲亡故，也赖日新帮衬，替他买了棺材，张罗着把丧事办了。常宝安因是感恩。后来翟日新被知州构陷下狱，钧华公司也倒闭，常宝安无事可做，便去保安团当了一名团勇。他枪法好，亦且骁勇，两次对抗匪帮皆奋勇作战，深受团长赏识。今日他听团长说翟月清被绑架，问明地点，约上几个相好的兄弟去营救。他们赶到时，恰逢俞述彦与对方谈崩，双方乒乒乓乓打起来，常宝安他们趁乱突入，将月清救出。月清除掉身上的绳索，怒不可遏，夺过常宝安的枪，定要打回去报仇。常宝安等人诓他，说他爹急火攻心，眼看不行，回去晚就见不到人了。月清这才恨恨而返。

翟日新一颗心落地，从私房钱里取出一百串文，叫宝安和他的兄弟去吃酒。宝安等人走后，日新感慨不已，极称宝安这孩子有情有义。述秀不以为然。仅凭这几个愣头青，哪里救得出人？她哥哥却有近百号人，几十条枪，若非哥哥在那边强攻，打得对方落花流水，常宝安等人也捡不了这个漏。所以讲到底还是她的功劳。前后算来，倘若没有她，翟月白和翟月清一个都活不了，月明则是她生的，倘若不给生，翟家必将绝后。从此之后，每当翟家父子惹她不高兴，她便把这番话拿出来讲一讲，于是日新闭嘴，月清远遁，月白则恭恭敬敬谢二娘，令她十分解气。

绑票事件后，翟日新益发坚决要离开神垕镇。述秀眼见住在寨内也不保险，亦感心慌，转思有哥哥那支雄壮的队伍撑腰，也便无所畏惧了。她与述彦虽说没什么感情，毕竟是骨肉兄妹，这般血缘亲情，关键时候还是靠得住的。月清也死活不走。被救回来第二天，月清便去保安团报名做团勇。他虽只有十六岁，身材却比许多大人还要高大壮实。这位太保平时游手好闲，逍遥镇中，此时主动来投效，团长自然欢迎。但在接收前，还需征询一下翟会长的意见，取得他的同意。翟日新听团长讲罢，沉吟多时，长叹一口气。

"他执意要去，就由他去吧。烦劳团长好好调教，治治他的心性，教他明白做人的道理。"

月清从此便留在保安团，一干至今。其间保安团名称数度变易，由保安团而自治团，而乡团，而民社，而民团，而保安队，大小战斗不下三十余场。月清一直坚守其中，攻则冲锋陷阵，守则不动如山，前后经历四任头领，最终在常宝安战死后，接替他成为新团长。翟日新未能看到他成长为一方领袖，于民国十年冬感染伤寒，以身体虚弱，最终不治。弥留之际，他回想一生经历，对这世界竟无半点留恋，唯一放心不下的，便是幼小的月白。他叮嘱月清要照顾好弟弟，长兄如父，毋得诿责。月清谨记遗嘱，却也做不了什么。他既不会教月白读书写字，课其学业，也不会为他洗衣做饭，照料生活，只有保其平安，再不时给他一些钱花。二娘向人讲起育子之道，声称对三个儿子持平相待，从不偏心。然而月清有时回家，总见月明手有果子，兜有铜钱，在家里耀武扬威；月白则默然旁观，或在帮二娘做家务。月清心中不满，却又无能为力，因此对月白心存歉疚，觉得自己言而无信，辜负了父亲的嘱托。此时月白要冒险去救老二，月清更感愧恶。

"爹死前交代过，等你长大成人，叫我把你送到巴黎去。我这些年只顾着玩枪弄炮，手里存不住钱，也一直忙，竟都忘记了。"月清说，"等眼前这大麻烦过去，我找程克勤借笔款子，亲自送你去巴黎，顺便也开开眼界。"

月白说："那是我娘生前的愿望，她说的是，如果等我长大，还是大清统治，就把我送出去。现在是民国十九年，大清早倒台了，还去干吗？"

月清摇头："三娘也是有点执念，大清的确不是东西，但这民国也未见得好到哪里去。你若非要去陶瓷学校，那也行，毕竟神垕不安全，搞不好要大干一仗。那学校在县城里，相对平安，你就在那里装腔作势，混一段时日，等我这边打完，就去接你回来。县长虽然可恶，谅他不敢把你怎样。"

月白听到"装腔作势"四个字，不禁苦笑。二哥便是在那里装腔作势，惹恼县长，才被投入监牢的。他向大哥辞行。月清在各个抽屉翻了一通，找出十几块大洋送给他。月白不要。月清说："这也不是专门给你用。你把光烈也带去吧，替我照管一下，放在神垕，我也不放心。"

二

翟月明被县长拘押，的确是自作自受。

中华民国成立后，政权多方变易，钧州之名也改作了钧县。翟日新想望的太平久久不至，各路英豪拥兵自重，遂至军阀割据，连年混战。钧州虽小，一样城头变幻大王旗，今年归这个军阀掌管，明年又归那个军阀统治。军阀虽则换得勤，干的事儿都一样，无非派款索饷，搜刮县民。即使在同一军阀治下，换一波驻军，便有一轮搜刮。县长亦是五日京兆，屁股尚未坐暖，接任的已经到了。任期苦短，既要应付驻军的搜求，又要对付猖獗的土匪，还得抽空为自己捞些钱，忙碌得很，实无多余时间和精力去做造福一方的事。

本任县长却不热衷于捞钱。县长姓吴，少年投军，参加过辛亥革命。他是孙总理的信徒，孙总理以公仆自居，所谓"官厅为治事之机关，职员乃人民之公仆"，他便也自称公仆，莅任之后，兢兢业业地做起保境安民的工作。一日，他与县内名士在公署茶叙，谈及本县风物，有人讲起钧瓷的掌故，以及翟日新复烧钧瓷、国际赛会获奖的往事。只可惜翟师傅因瓷致祸，心灰意冷，不愿再烧，几个儿子也都没有继承父业。神垕镇虽说烧钧瓷的不乏其人，但论成就和造诣，却不可与翟师傅同日而语，好不容易恢复的钧瓷技艺，于今又要失传了。吴县长深以为憾，起意办一所陶瓷学校，从大都会聘请专家，与神垕匠师一起研烧钧瓷，以期重振绝学，发扬光大。同时也开设新式陶瓷课程，培训本地匠工，改良本县陶瓷工艺。名士们听罢，都赞美吴县长高瞻远瞩，功德无量。吴县长见大家如此支持，即责令劝业所和教育所共同筹办此事，将县城西厢原先一所书院辟为校舍，从江西聘来几位陶瓷技师，又倩人从武汉聘来两位科学家，以为师资，正式成立了钧县陶瓷学校。

那两位所谓科学家，都是待业的年轻学人，他们老师与所倩之人相熟，便将他们推荐了过来。二人毕业于名校，一精物理，一精化学，但对复烧钧瓷茫无头绪。从神垕聘来的匠师也不济事，原指望由他们提供经验，再由两位先生以科学手段分析研究，不料煞有介事折腾了两三个月，一只像样的钧瓷也没烧出来。那些匠师都自称是翟师傅的徒弟，却如此无用，委实不可思议。吴县长疑其藏私，不愿贡献秘方，将他们招来质询，颇有问罪之意。匠师们坦承实无秘方，当年在钧华公司，大家只是跟随翟师傅学过短短数月，釉药还都是翟师傅私下配制的，不曾传授他人。吴县长喟然：

"翟师傅如此行事，境界和格局未免太小。中国科技不能进步，便在于国人私心太重，但有一技之长，便视为独家吃饭的门路，秘不外传。多少伟大的发明创造，就这样沦为私有之物，不能造福社会大众，殊为可惜，也殊为可叹！"

众匠师皆缄默。吴县长嗟叹久之，决定亲自前往神垕，敦请翟家后人出山任教。他之前派人去过翟家，被俞老太拒之门外，只说手艺已经失传，不答允儿子去陶瓷学校。吴县长无奈，方才转请翟师傅的徒弟。负责选聘的官员曾经问过他们，究竟懂不懂得烧钧瓷，他们都说自己是翟师傅的亲传弟子，倘若他们不懂，世上便没有人懂了。官员如言回报，吴县长才下了聘书。岂料他们的话应该倒着听：世界上没有人懂，因此他们也不懂。吴县长将他们逐出学校，只留一名看上去老成持重的，叫他带路去翟家。

吴县长登门时，适逢俞老太不在。月明正与朋友吃酒取乐，他老婆也在旁边作陪。三人猜枚行令，十分快活。听说吴县长来访，月明急忙整衣出迎，将县长引入上房堂屋，唤用人徐嫂赶紧上茶。俞述秀本已辞了用人，月明老婆进门后，什么家务都不做，述秀不愿以婆婆之尊伺候她，只好又雇了一个。吴县长稍作寒暄，向月明讲明来意，问他家中哪位公子得过翟大师真传。月明在椅子上挺了挺胸，腰板也直起来。

"我哥哥尚武任侠，不爱烧瓷，弟弟又小，先父见背时他年方十岁，因此只我一个得了他的真传。"月明说，"只是先父曾有交代，不许我对外讲，我谨遵遗命，一直严守秘密，所以无人知道我会烧。有些人自称会烧，牛皮一个比一个吹得大，实则不过是先父未进门的徒弟，莫道入室，连登堂的台阶都还离得远。当时听说聘请他们做讲师，我便知道必定败事，果不其然。"

吴县长微笑点头。徐嫂将茶奉上。月明向吴县长介绍，这茶是今春的本山毛尖，他于谷雨前亲赴信阳，在一个相熟的茶场自选自炒的，又加了精挑的密银花和杭白菊，取其清热明目，请吴县长品尝。吴县长不喜茶道，小啜几口，亦觉清芬可人，齿颊生津。两人一边吃茶，一边畅谈钧瓷。月明口若悬河，极言钧瓷之神奇与玄妙，将窑变、开片等特征讲得天花乱坠。吴县长听得如痴如醉，两盏茶吃罢，正式提出聘约。钧瓷技艺不绝如缕，传承发扬的重任，就在月明公子身上了，希望月明公子出山掌舵，踵事增华，将乃父的绝学发扬光大，成其万古之名。月明立刻矜持起来，啜两口茶，将一枚菊花在嘴巴里咀嚼了片刻，询问给他什么职位，薪俸几何。吴县长说是总教习，月俸两百大洋。吴县长的薪俸也不过是两百元，如此厚待，可见求贤的诚意。月明又啜了两口茶。

"不瞒县长，先父当年烧瓷卖给洋人，一只就是几万龙洋。这区区两百元，不过是零碎的花头，我们家是看不上的。"月明说，"只是县长礼贤下士，一片赤诚，令我十分感动。钱不钱的无所谓，一起成就一番千秋功业，才是我顶在乎的。先父生前常对我讲，天底下的事什么都不要紧，要紧的只有三样，立功、立言、立德。我一直谨记他老人家的教诲，须臾也不敢忘怀。"

吴县长拊掌而笑，当即叫随员取出聘书，注名相授。吴县长亲手将聘书交与月明。月明双手去接。吴县长捏住一边不放，目视月明："翟公子可莫要像那些匠人，言过其实，欺误本县啊。"月明说："县长一万个放心，钧瓷本就是我家的东西，你若信不过我，普天之下你还信谁去？"吴县长这才放手。月明拿证在手，轻轻放到桌子上，并未多看一眼。吴县长另有要务，与月明公子又叙几句，即便告辞了。

月明将县长送出宅门，返回院内，忽如旋风般奔入上房，取起聘书看了又看，欢喜得两条眉毛直了又弯，弯了又直。看罢多时，又拿起来飞奔厢房，去给朋友和老婆开眼。他两个一直在吃酒调笑，此时俱已半酣，一左一右歪在烟榻上。朋友将聘书瞅了瞅，两眼蒙眬望向月明老婆，嬉笑说："以后得管你叫总教习夫人了。"月明老婆把聘书夺过去，看了半天，一个字也不认得。"总教习是什么？"她问，"跟林冲的总教头是不是一回事儿？"月明说："差不多。"朋友大笑。月明被他笑得无趣，说："顾宗禹，我给你也谋了个差事，你须请我吃酒。"顾宗禹说："什么差事？"月明说："做我的助手，月俸五十大洋。"顾宗禹嗤地一笑："给你做助手？莫说五十大洋，五百大洋也不干，老子也不缺这点钱。"月明说："做我助手怎么了？钧瓷这一行，不客气讲，自我爹死后，全世界数我第一名。"说着竖起大拇指。

"你还是吃奶第一名呢。"顾宗禹说，"你爹那是有实实在在的本领，说他世界第一，没人敢放个屁。我爹他俩是对头，提起这个，也是顶佩服的。我爹常讲，我们辛辛苦苦烧窑半辈子，抵不上你爹烧一只钧瓷。你呢？活这么大，一只尿壶都没烧过，就敢讲会烧钧瓷，嘴巴真是没个边儿。当心县长发觉上当，把你推到南关城外吃枪子儿。"

月明听他这么讲，也有点慌，转思那几名滥竽充数的匠师事败之后，不过是逐回神垕，到手的薪俸也未追缴，便又安下心来。"你懂什么，"他对顾宗禹说，"大音希声，大器晚成，无为之为，是为大为。你别看我一直没烧，心里清楚得很，等我烧出来，把你的眼给亮瞎了。"

顾宗禹正在吃茶，闻声大噱，把茶水呛到肺管里，顿时大咳起来。月明老婆急忙帮他拍打。他们是表兄妹，关系一向亲密，表妹嫁来后，顾宗禹经常出入翟家，无所顾忌。月明原有一房妻子，是翟日新在世时给娶的，过门后一直未孕，述秀也嫌她对婆婆不够顺从，日新死后，便寻个由头将她休了。陶瓷公会会长顾祖昌听说，登门做媒，把新寡的外甥女嫁给了月明。顾祖昌与翟日新交恶已久，两人一个是资方首脑，一个是劳工领袖，经常为镇里的雇佣纠纷针锋相对。此时他主动示好，令述秀甚感欣慰，以为丈夫做不到的事，在自己手里成就了。那女家的爷爷原先做过典史，算是地方上的名门大户，与之联姻，可称门当户对。述秀喜滋滋地答应了。两个仇家从此结了亲。女子入门年余,便诞下一子,起名光煦。述秀欢喜不已,天天把小孩带在自己身边,今日便是携他外出办事了。顾宗禹笑罢,对月明说:"你真懂得烧钧瓷么?"

"那是自然。"

"那为何以前我爹几番找你合伙烧钧瓷,你都说不会?"

月明哑了一下,说:"因为我爹有遗嘱,不准我们再烧钧瓷。我娘也管得紧,不让说出去。如今是县长叫我去,我敢不去,他才真正会枪毙我呢。"

宗禹一哂:"那你们也明讲呀,都是亲戚,干吗要骗我爹?"月明老婆也怫然:"老婆子什么都管,放个屁都得经她允许,讨厌死了!"月明心中不乐,嘴巴动了动,也没讲什么。

吴县长离开翟家,前往关帝庙视察神垕保安团。大清灭亡后,因匪势日炽,各里甲都组建了民团,保境自卫。神垕是县西大镇,神垕保安团亦兵强马壮,枪械众多,实力仅次于县城的保安总团,战斗力却有过之。县西群山连绵,地域广大,匪帮流窜其间,来往不定,县政府鞭长莫及,便将县西六里民团划归神垕保安团统领,得于县总团之外便宜行事。神垕保安团驻所关帝庙,也成为县西民团的总部。翟月清统率各团,互为呼应,一处有匪,各方驰救。匪帮连番吃亏,决意报复,勾结周边各县匪帮,合力围攻神垕。神垕镇富甲一方,远近匪帮无不垂涎,纷纷应邀而来,迅速麋集起数千之众。翟月清得到情报,将寨外及周边村落的人召入寨内,据寨死守,又令六里保安团各守其境,勿得擅离,而向保安总团和周边各县民团传书求援。周边各县民团常得月清相助,欠他许多人情,此时皆慨然驰援,内外夹击,将匪帮打散。翟月清也被激怒,但有匪帮进入县西六里境内，便穷追猛打，哪怕只是借道，也不放过。县西诸匪帮一度丧胆，闻翟月清之名，不敢出门夜尿。

翟月清日益坐大，不仅匪帮痛恨，驻军将官也不乐见。有人在自己辖下拥兵自重，将官不只脸上无光，心中亦且不安。因此每任驻军都会收缴他的枪械。然而神垕富商众多，才把枪药收去，他们又筹钱买了新的。匪帮听闻保安团枪支被缴，兴高采烈来打劫，迎头吃一顿子弹，屁滚尿流而去。如是几次，匪帮接受教训，掐准情报，上午驻军收枪，下午便去打劫。不料迎接他们的仍是一顿子弹。原来翟月清给团勇每人多发一支枪，平时拆了放在家中，需要时立即取出，拼装应战。因此尽管天下糜烂，各地兵匪横行，神垕镇仍能保持一点平安气象。

吴县长以视察保安团为名，实则有要事与翟月清相商。国民政府北伐成功后，全国本已统一，但在军队编遣问题上，诸大军阀意见不一，各不相让，冯玉祥、阎锡山、李宗仁等人遂通电反蒋，一场大战已不可避免。去年秋，蒋总司令亲临河南视察，途经钧县，逗留了几日。吴县长陪同左右，甚感荣幸。豫中有位绿林出身的英雄，名唤樊钟秀，曾经追随孙中山总理，东征西战颇有功劳。此时大战在即，蒋总司令意欲借重他在河南的势力，任命他为豫陕边防军总指挥，派他经略河南。樊钟秀收集河南旧部，得数万之众，驻守许昌。站定脚跟后，他却临战易帜，倒向阎、冯一方，出任反蒋联盟第八方面军总司令。钧县与许昌密迩相接，都在樊钟秀控制之下，一旦战事开启，钧县亦将成为蒋总司令的敌境。吴县长忧心忡忡，听闻翟月清与樊钟秀颇有交情，便想走走他的门路，请他出面游说樊总指挥。他前日派专人来神垕，邀请翟团长到县府一晤，被翟月清以防务繁忙、无暇分身为由婉拒。吴县长为国隐忍,青山不就我,我便就青山,于是借聘请钧瓷传人之际,亲往神垕来拜会。

传闻不甚准确,翟月清与樊钟秀并无什么交情,而是他救过樊钟秀的姻亲,于樊家有恩。樊钟秀老家在河南汝州,距离神垕不过百里之遥。翟月清当年被绑票,对那两个土匪切齿痛恨,必欲杀之报仇。但那杆匪众与俞述彦部一番激战,元气大伤,已然分崩离析,那两名土匪也不知去向。翟月清多方打听,皆无消息。直到他二十二岁那岁,忽有线报传来,那二匪在豫西混迹多年,也拉起一杆队伍,于近日返回豫中了。月清大喜,立即带人追击。他们赶到汝州宝丰县,恰遇那杆匪徒攻打一座村寨。村寨防守不济,已被匪徒打下,寨民也放弃了抵抗。翟月清率众掩至,一阵猛攻,将匪徒歼灭大半,那两名匪首也被捉住,验明正身,当场枪决。樊钟秀的一个姻亲住在这村寨里,对月清至为感激,特向樊钟秀写信告知情况。其时樊钟秀正在陕西与督军鏖战,于倥偬之际给月清写了封信,向他表达谢意。数年后,樊将军率部返回河南,一次回家探亲,特意绕道神垕,看望了翟月清和他的兄弟。此番樊总司令再度返豫,镇守中原,翟月清与他的情谊也被人翻出来到处传说,一来二去便传入了吴县长的耳朵。

月清听罢吴县长的恳托,甚感为难。他救过樊总司令的亲戚不假,但樊总司令是做大事的人,早已以身许国,不可能徇庇私情,为了朋友义气而置国家大义于不顾。吴县长说:"正是要请翟团长向樊总指挥晓明大义,以国家为重,不要背叛蒋总司令啊。"

月清搔头。"国家大事我不懂,但国家又不是蒋总司令的,为何以国家为重,就不能背叛蒋总司令?"月清说,"说不定樊总司令正是以国家为重，才背叛了蒋总司令呢。"

"蒋总司令身兼国民政府主席，代表的是中华民国，所以反对蒋总司令，便是反对中华民国。"吴县长说，"樊总指挥是乱世豪杰，诚然令人敬佩。只是他这一路走来，投靠陕西督军，又反了陕西督军，投靠吴佩孚，又反了吴佩孚，如今接受蒋总司令的委任，又反了蒋总司令，如此反复无常，怕是会令天下英雄耻笑。不论是国家大义，还是个人信义，都是有亏的。倘若樊总指挥坚守立场，全始全终，于上有功于国家，于下也保全了个人名节，必将名垂青史，万世敬仰。"

月清说："县长这话讲的，把樊总司令比成三姓家奴了。樊总司令也许正是不想当家奴，才反了又反的。大丈夫知所进退，有错便改弃暗投明，总比冥顽不化死不改悔的好。"他见吴县长脸色渐变，抽出一支老刀烟递上。吴县长谢绝。月清遂自己划火柴点燃。"县长忧国忧民，令人钦佩，我虽然不懂国家大事，但县长的意思，我一定找机会转达。我近日接到情报，有几杆土匪要趁乱滋事，攻打神垕，一直忙着布置防务，所以前天县长传召，我没有过去，不是不敬，实在是不敢擅离职守。等我准备停当，便去许昌拜访樊总司令，把县长的道理讲给他听。但我不敢保证他能听进去，倘若他执意不从，我也是没有办法的，县长莫要怪我。"

吴县长说："岂敢岂敢，天下事自有天命，我等尽力而为便是。"

吴县长关心防务，有意检阅民团，视察防守情况。月清欣然同意，带他前往各处巡视。环镇险要之处皆已修筑工事，派人把守，寨内更是戒备森严，团勇人多势众，士气昂扬，装备亦甚精良。吴县长巡视完毕，深表嘉许。

"翟团长治军严整,实乃地方之长城啊!"吴县长说,"令弟月明已经接受聘任,到陶瓷学校去做总教习。你们兄弟一文一武,可谓佳话。"

月清惊讶:"县长想是听人误传了,月明不会烧瓷,叫他去当教习,没的误事,千万别用他。"

吴县长笑说:"不必过谦。"

地保、陶瓷公会会长、商会会长、工匠行会会长及两寨寨主听闻县长莅临,纷纷赶来拜见。吴县长在保安团总部亲切接见,勉励他们克服时艰,专心生产。县中政务繁剧,不克多留,少叙片刻,吴县长即辞别各位,乘车返回县城。随行秘书听翟月清说月明不会烧瓷,担心又聘一个骗子,问县长要不要收回聘书。吴县长说:"不用。"秘书说:"万一这翟月明也是个嘴上跑火车的,并无真实本领,怎么办?"吴县长说:"那更好。"秘书茫然,求教好在哪里。吴县长随车颠簸,望向窗外,等车驰过最后一个哨岗,将神垕远远抛在身后,方才回视秘书。

"你也看到了,翟月清实力强大,俨然是地方一霸,与樊钟秀又是一伙,张口闭口樊总司令。一旦开战,他必定站在樊某一方,与我们为敌。"吴县长说,"翟月明自己夸了海口,倘若烧不出钧瓷,正好将他查办,扣为人质,拿来跟翟月清谈条件。"

秘书大悟:"如此说来,这翟月明竟是自己送人头了。"

吴县长冷笑,又复长叹:"国事如此,令人痛心,非常时刻,只好用一些非常手段了。"

月清送走吴县长,立即回家找月明。说是家,他已很久不在这里住。自从加入保安团,他便长住关帝庙,偶尔才回去住一宿,父亲死后，就彻底不回了，他那间厢房也被俞述秀用来放杂物。月明刚被他娘痛骂一顿，躲在书房翻书，大哥也跑来问罪，令他不胜其烦。

"爹生前被人诬害，便是因为把手艺守得太严，秘不外传，坏人才下了歹手。我如今把手艺公开出去，所有人都知道做法，谁想要自己做去，便没人打咱家的主意了。身怀重宝，盗贼之招，不要把好东西藏家里，才能真正保平安。"月明说，"况且由着手艺失传，爹的成就早晚会被埋没，如果发扬出去，造福社会，爹就能名垂青史，千古不朽了。这也是为爹好。"

月清听他狡辩，愈发恼火："什么混账道理？你若真为爹好，就该老实听从他的教诲。财宝的确招盗贼，但错在盗贼，不在财宝，你怕财宝招贼，是不是把家里的钱财都布施出去？"

月明说："也不是不行。"

月清气得发笑："那好，你去跟二娘讲，把家里的钱财都捐出去，这房子也别要了，你们娘崽三代搬到寨外棚户去，看没钱能不能保你们平安。"月清说，"别说保平安，只要有人把你们当人看，就算我输。"

月明冷笑。"现在就有人把我当人看么？你把我当人看了？还是刘春芝把我当人看了？走到外头去，又有哪个不是把我当笑话？家里是有几个臭钱，又怎样？换来尊重了吗？"月明愈说愈恼，将手中的书狠狠摔到地上，"我去做总教习，便是要独立自强，靠自己的本事赚钱，叫人知道我翟月明不是废物！我有什么错？是不是我活着，横竖都不对，只有死了才遂你们的意？"

刘春芝是月明老婆的名字。月明讲得悲愤，竟然呼哧呼哧哭起来。月清默然，掏出老刀烟，抽一支递给他。月明平素只吃大烟，从不抽这种粗夯的东西，此时在气头上，也要放纵一回，便接过去，在哥哥的火柴上点燃，狠命吸了几口。不料烟气燥烈，吸入肺中，宛如吞了一口胡椒粉，顿时呛咳连声。月清大笑，在他颈后拍打几下："你以后闯天下，得学会抽这种烟，不要再吃鸦片。"月明呛咳渐止，捏着烟又要猛吸。月清说："这烟劲儿大，别吸太急，会把肺管烧坏的。把泪抹了，以后不能随便哭，大丈夫行走天下，什么都可以带，唯独不能带两包泪，会被人小觑的。"月明用袖子在脸上抹了抹。"哎，这就对了。"月清说，"你要去赚钱，很好，我支持。你要把爹的手艺传播出去，造福社会，我也没意见。问题是，你真会烧钧瓷吗？"月明不语，只是一口接一口吸烟。月清说："有心赚钱是好事，但须凭真本事去赚，坑蒙……"

"我会！"月明打断他。

三

俞述秀老早就发现翟家的种都不安分。老子翟日新放着大钱不赚，偏要卖弄才智，结果引火烧身，自取其辱。老大翟月清守着家业，做些什么不好，偏要耍枪弄炮，打打杀杀，也不知他能否善终。老三翟月白更是出格，所为之事虽无身家性命之虞，却会丢尽翟家的脸。俞述秀深以为忧，担心月明也会干出不省心的事，因此将他拘在家中，小心管束。她不求月明建功立业，但教他无是无非，平安一生，便是阿弥陀佛，反正他老子赚有厚实的家底，只要不出祸乱，够他花用两三辈子。所以他最好什么都不做，乖觉待在家里，能多生几个孩子,便是无上的功劳。倘若嫌闷,有大烟有女人,还闷,给双份大烟。月明饱食终日,无所事事,既无琴棋书画的雅好,亦无吃喝嫖赌的恶习,他如擎笼架鸟,挟弹飞鹰,斗蟋蟀走犬马,玩古董捧戏子,世俗纨绔子弟所热衷的游戏他全不沾,唯有抽烟读书,是其最爱。读书也只为消遣,并无做学问的志向和雄心。这样最好,但凡有个执拗的爱好,便可能生出不测的事端,唯其心无所骛,方可无欲无忧,安安生生地待在家,不过是多耗几斤烟土而已。至于女人,据俞述秀观察,凭月明的本事,可能连个刘春芝都吃不消,但若月明想要,她也不吝再给他讨个偏房,刘春芝敢闹,便休了她。

俞述秀越来越不喜欢刘春芝,早已有了休逐之意。她舅舅顾祖昌在神垕诚然有势力,但俞老太也不是好惹的,保安团团长翟月清是她继子,副团长俞松涛是她亲侄,保安团等于是她家的。她哥俞述彦带杆投军,做到营长,虽说早已战死,威名还是在的,营长妹子的名头,足以使她昂首挺胸睥睨群小。区区一个顾祖昌,还怕了他不成?吴县长登门时她不在,是应一个媒婆之邀,以看戏为名去相姑娘了。那姑娘是高风里地保的侄女,虽不识书,却甚达礼,长得也俊俏。她跟媒婆讲的是为三儿找对象。月白早已到了婚娶之年,俞述秀急切要给他讨个老婆,最好是厉害角色,河东狮那种,将他严密监管起来。只是前后相了好几个,一概被他拒绝,只说都不称心,令述秀十分窝火。今日这姑娘甚得述秀之心,给月白可惜了,最好是留给月明。她把办法都想好了:先将姑娘娶进门,做月明的小,再帮她赶走刘春芝,把她扶正。

月白在荣盛窑做事。荣盛窑老板程令声已于前年亡故,大公子克勤接掌窑场，聘用月白为副经理，帮他打理窑务。月白视窑如家，尽心尽责，每日早出晚归，俞述秀回到家时，他还没有回来。述秀一进门，徐嫂便报告了县长来访、二少爷受聘的事。述秀脑子一晕，几乎栽倒，想这翟家的种真是没救，枉费她周全看顾二十多年，一不留神就惹出乱子。她尖叫着翟月明的姓名闯进后院，喝令他滚出来。月明早已想好应对之词，不等他娘质问，先行禀报了接受县长礼聘之事，然后搬出他那番道理，试图说服老娘。俞述秀才不信他的鬼话，将他骂个狗血喷头。刘春芝嗑着瓜子走出来，在旁边附和老太太。

"就是，真有这本领，在家自己烧好了，多发财的事儿，干吗要去教别人？"

俞述秀最讨厌煽风点火，尤其讨厌刘春芝在她母子之间煽风点火，喝令她闭嘴，然后带上那纸聘书，急匆匆去荣盛窑找月白。她要解除聘约，把聘书送回县政府。事不宜迟，此时天色尚早，叫月白快马加鞭赶一赶，或许今日便可送达。月白不在窑场，赶到程家去找，也不在。翟月容说他和克勤去开封了。钧县连年多事，道路不宁，外地瓷商担忧安全，渐渐不愿来神垕进货。程家主烧细瓷，其大宗是从刘义夫的瓷行走货。义夫亦对老家形势心生畏惧，进货次数越来越少。程克勤甚感忧虑，遂与月白一道去拜访，试图博博旧情，巩固商谊。翟月容嫁给了程克勤，生有两儿一女。克勤在外奔忙，程老太太又年老多病，家里便由月容照管。她看婶婶急惶惶的，问她有何事体，倘若要紧，即刻派人前往开封，叫月白先赶回来。述秀眉头紧蹙。

"这却不用。"述秀说，"他自家的事，哪有他姐家的事要紧。"

月容笑了笑，懒得与婶婶争口舌。述秀心急上火，咽干口燥，向月容讨茶吃。月容给她沏了栀子莲心茶端上来，继续做她的针线。述秀瞟一眼，见是夏日穿的凉褂，已经缝好一件，此时在缝第二件。她猜其中必有一件是给月白的，一问果然。

"蛮好，省了我的事。"述秀说，"你俩可真是体己，知道的是你们姐弟情深，不知道的还以为他爹娘死绝，靠你这个叔伯姐姐养着呢。"

月容嘴巴笨拙，不会讲话，被婶婶抢白，也只能笑笑。述秀吃了几口茶，忽然想起月清可用，遂又急惶惶地赶往关帝庙。她又扑了个空，月清不在，悻悻然回到家，徐嫂却说刚才月清来过了，前脚方走。述秀捶胸顿足，大骂老天爷混蛋，故意捉弄她。刚进房间落座，顾祖昌来了。顾祖昌脸黑，自称是老包转世，人称是相由心生。他问月明何在，跟他谈些事情。述秀甚没好气，叫他有话便讲，月明被关禁闭，不能见人。顾祖昌说："是不能见人？还是不能见我？"述秀说："你不是人？"顾祖昌哈哈一笑："嗨，我这脑筋，竟是自己讨骂了。我听说月明受聘去陶瓷学校做了总教习，专教烧制钧瓷，有这事儿吧？"述秀说："已经辞了，他又不会烧，做什么总教习，没的叫人笑掉大牙。"顾祖昌说："我听说月明可是立了军令状，保证会烧的。"述秀说："以前聘的那些人，哪个没保证自己会烧？真会吗？"顾祖昌笑："他们是他们，月明是月明。这么了不得的技术，要说翟师傅会轻易外传，那是不可能的，要说翟师傅丢弃了，没有传给子孙，那也是不可能的。"述秀说："你是你，他是他，别拿你的心思猜摸他，他要跟你这心思，也做不出钧瓷。"顾祖昌被她噎得火起，脸色愈发黑了。

"人都说俞述秀的嘴,陆采芹的刀,一个比一个扎人,果真不假。"顾祖昌说,"我是听见消息,好心赶来奉劝,叫月明不要去当教习,有这本领,得留着自己用。你都不听我把话讲完,便一刀又一刀乱扎过来,好没道理。"

俞述秀听他把自己与陆采芹放到一起讲,大怒,冷笑说:"你这老头儿什么时候安过好心?假惺惺来劝告,怕是黄鼠狼给鸡拜年。"

顾祖昌也恼了,却仍然压着性子赔笑:"老嫂子讲话也须留一丝情面,我若不安好心,会把如花似玉的外甥女嫁给你们月明当媳妇儿?"

俞述秀说:"谁知道你葫芦里卖的什么药。"心头忽然电光一闪,两眼如炬盯着顾祖昌,"你却说说,你葫芦里究竟在卖什么药?"

顾祖昌怫然,"我还想问你究竟是吃了什么药,这般莫名其妙!"

话不投机,不欢而散。俞述秀遣徐嫂去关帝庙,把月清唤回来。半个时辰后,徐嫂复命,说没见着月清。傍晚时再派去找,仍未找到,保安团的人也不知他的去向。述秀问她可否去过常家寡妇那儿,徐嫂说没有。述秀瞪眼作色:"去啊!"徐嫂急忙赶去。少顷回来,说也没有,常家房门紧闭,黑灯瞎火全无动静。述秀怒极,痛骂那两房儿子都是无用的东西,关键时刻一个也靠不住。她决定自去县政府退聘书,命徐嫂通知翟月容,叫她备好一辆马车,明日一早过来接她。

不料这天晚上,翟月明却失踪了。晚饭时他还陪老娘老婆一起吃,吃完便回书房去,俞述秀和刘春芝皆未在意。刘春芝自去睡,做了个噩梦,梦到与人正行好事,忽有一只无头野猪奔突而来,又有一条巨蟒于后穷追,须臾皆到眼前。刘春芝惊醒,发现丈夫还没回来,不敢再睡,掌灯去书房唤他,却见书房空空,并无人在。叫起徐嫂,徐嫂也不知他去了哪里。再叫起婆婆。述秀大惊,痛骂儿媳和徐嫂没用,一个大活人也能看丢,叫她们赶紧去找。刘春芝还未从噩梦中脱离,心中仍有余悸,声称要带孩子,不愿出去。俞述秀只好把孩子给她,自与徐嫂出门寻找。闹腾到半夜,把程家和顾家的人全都惊动,最后赶到保安团,才知道月明去县城了。月明在二更时分溜出家门,提只竹箱到关帝庙找月清。月清不在,问去哪儿了,副团长俞松涛说不知道。其实他知道,月清是护送常宝安的寡妻回娘家了,她娘得了急病,恐怕难活,叫她回去完孝。其时红日偏西,天色垂暮,二十多里的山路,赶到已太晚,也太危险,便叫月清护送她。月明无奈,转向俞松涛求助,声称今日上午县长亲来聘他出任总教习,约定明日上午在县政府相见,他本打算下午出发,不合中午吃多了酒,一直睡到方才,倘若明晨再走,定要误了期约,所以打算漏夜前往,请表哥派人护送则个。他一面说,一面取出聘书请表哥过目。俞松涛今日亲耳听吴县长讲了聘用月明之事,信以为真,遂派了五名骨干团勇,趁月色送他去县城。

俞述秀只觉有口老痰涌向心窍,立即便要追赶。俞松涛担心出意外,诓姑姑说刚发现有土匪在寨外出没,不能开门。俞述秀无奈,强挨到黎明,坐上月容家的马车急急而去。她先赶到县政府,要退回聘书,好不容易找到县长秘书。秘书刚接到消息,翟月明先生已于今日一早到校赴任。他客气接见了俞老太,告知她聘书已下,没有退回的道理,倘若执意要退,便是恶意违约,将交由政法处置。俞述秀在神垕俨然一尊神佛,到了县政府,却也低声下气,不敢造次，唯百般哀求，她儿子根本不晓得烧钧瓷，望青天大老爷念他年幼无知，饶了他这一回。秘书勃然作色。

"既然不会，充什么大师？拿我们县长作耍么？"秘书呵斥，"什么年幼无知？他已经二十七岁，再过几年都能当爷爷了！难不成包个襁褓，便要拿他当婴孩？"

俞述秀还要辩说，秘书已不耐烦，声称政务繁忙，无暇与她纠扯，叫人将她请出门去。俞述秀惶悚而去，问着路赶往陶瓷学校，翟月明果然在这里。述秀见他无恙，稍感心安，转思他惹下这般祸事，却浑然不觉，真是作死！一时急恨交加，老泪长流。月明到校之后，极受校长与同人的敬重，行必他先行，坐必他先坐，与他说话，也必先尊称一声"先生"。月明一辈子没受过这般礼遇，欣然飘然，在校长陪同下参观了学校，更觉新鲜，已铁心要在这里待下去。既已离开神垕，他也不怕老娘发威，反而怪她思想守旧，爹爹被官府陷害，那是发生在万恶的大清王朝，如今已是中华民国十九年，民主政权，怎可能还有那种事。儿子顽固而天真，令述秀无比心碎。事已至此，她也只好听天由命，失魂落魄地回神垕去了。

月明在陶瓷学校风光了大半月。在这大半月内，他把肚子里存的钧瓷知识讲个精光。这些知识全都来自他父亲的遗稿——其实是朱先生的——他逃出来时，将那本手抄的遗稿与几部古人著作一起带来，现学现卖，支撑了三个礼拜。他原本可以拖更久，吴县长迫切想要结果，要么他烧出钧瓷，要么把他投入牢中当人质，因此特意吩咐学校，把翟先生的课排得异常紧密。所幸月明口条好，善辞令，每堂课只讲一点知识，余下的便肆意发挥，云山雾罩之间，一堂课的时间便耗完了。学生们听他舌灿莲花，无不倾倒，他一进教室，先鼓掌欢迎，讲完下课，再鼓掌致敬。月明十分得意，认为这才是安身立命的事业，极恨来得太迟。三周之后，与钧瓷相关的历史文化、艺术鉴赏、民间传说以及他令尊曲折动人的传奇故事全都讲完了。县长特派的校董早不耐烦，催促他尽快进入主题，讲授钧瓷烧制之法。月明这才着慌，想回家再翻翻书房。出逃之前他已经仔细翻过，并未找到钧瓷烧制的文字，即使哀集钧瓷知识的那本遗稿，也被撕去了许多页，还有不少地方用墨水涂抹了。当时他只觉得父亲行事决绝，不留只言片语于后世，此时却又寻思，倘若父亲真有遗著，那么重要的东西，定然不会轻易让人找到，或许是藏在梁头，又或者墙缝，乃至于地砖之下。他想回去再行搜索，哪怕拆掉书房，掘地三尺，如果有，便找到它，如若没有，也好彻底死心。

然而校长却不许他离校，声称县长有令，非常时期，翟先生安全至关重要，非县长允可，不得放翟先生出校半步。校门口也派有警察站岗，说是保卫，却似狱卒，将月明看得死死的。月明这才发觉事情不似想象的简单，思来想去，只有向月白求救，给他写一封信，叫校工送去，而后称病请假，卧床不起。

校工赶到神垕翟家，恰逢月白商游归来。月白和克勤在开封拜访过刘义夫，又一路向西，去郑州和洛阳走了一遭。冯、阎联军在豫东与蒋军打起来，开封情势不妙，义夫的生意也大受影响。他对国事看衰，已打算关张歇业，移居南洋。克勤和月白甚感失望，只好转向其他地方找销路。然而一路西行，所至无不人心惶惶，商贾大多观望，除了可以趁乱发财的买卖，余皆乏人问津。两人越走心越凉，寻思着再往西去，到西安看一看。西安是西北军老巢，远离中原战场，想必会太平一些。况且它是大都会，倘若能在那里做开局面，其利不小。在洛阳打尖时，他们遇到一位刚从西安回来的老乡，讲起西安境况，直言糟糕，劝他们别去。河南镇嵩军控制陕西多年，为害陕民不轻，尤其是西安，曾被镇嵩军围攻数月，死伤数万，因此谈到河南人，皆无好感。程克勤与翟月白相顾失笑。河南军阀祸害过陕西，陕西军阀也祸害过河南。陕军在河南溃败后，民间红枪会到处劫击，呼曰"杀老陕"，遇到溃兵，先喝问一声"谁？"回答"我"者，即便放过，倘若是"额"，立行格杀。或在地上画一个圆圈，问是何物，答"圈圈"者，即便放过，若答"区区"，立时格杀。两省百姓皆受军阀之害，却彼此仇恨，令人叹息。克勤和月白也便不去西安了，打道返回神垕镇。

月白看罢月明的信，啼笑皆非。月明怀疑父亲把钧瓷秘要传给了月白，因为众所周知，父亲在三个儿子中最是偏爱老三。倘若真传了，恳请三弟顾念手足之情，赶紧教给他，好让他解围。如若没传，则请三弟去书房翻梁掘地，寻找遗书。月白拿信去找月容，请她观看。

"二哥真是胡闹！明明不懂，偏要充大，惹出麻烦了，又开始发癔症。"

月容将信看过，笑起来，"这月明，没个稳性，都是婶婶教养不当，把他弄坏了。他咬定你得了叔叔的真传，都不想一想，叔叔老的时候你才多大，怎么可能懂那个？"

月白苦笑。月容将凉褂取出来，叫他换上试试身。此时是农历四月的中旬，已立过夏，过几日便是小满，枝头的杏子青黄相接，将熟未熟，阳光照在肌肤上，亦有刺灼之感。正是换衣的时候，脱去长袍马褂，改着短衣轻衫。褂子布料是从钧县城裕兴昶布行买的绨葛，贴身清凉，裁剪也甚得宜，月白穿在身上，大小胖瘦正合适，便如就着身子做的一般。月容叫他不要脱了，把换下的衣服拿去洗。月白问他姐夫可在家。月容说不在，工匠们该发工钱，瓷器却都堆在仓库里，换不出钱，他去找些钱来，先把工钱发了，免得人家断粮。月白黯然。月容却很豁达，劝月白不用心焦，大势如此，谁也没有办法，大家都在受苦难，也不是自己一家。

从月容家回来，月白写了两封信，一封给二哥月明，告诉他父亲并无传授什么秘要，帮不了他，至于翻梁掘地，二娘和大哥都不答应。第二封写给世伯刘义夫。此次去开封，拜访世伯之余，月白还去给他娘上了坟。他爹始终未把他娘迁回神垕，而是每到周年，便带他去祭奠，再与他在开封小住几日。一开始他不解，直到后来才想明白，他娘是大世界的人，魂灵必不肯屈居山乡，他爹不愿为了自己看望便利而委屈她。另外，他爹也可借此由头，每年带他出去走走，到开封看看都会，开开眼界。他去上坟时，义夫世伯也陪同去了。义夫问他是否有意出国留学，比如去巴黎学艺术。他这里有一笔款子，是月白父亲生前托管的。翟家财钱都归俞述秀掌握，翟日新自感活不长久，担心月白将来受苦，遂于陆家旧宅偷烧两只钧瓷，悉心做旧，趁去开封上坟之际带给义夫，叫义夫帮忙卖掉，所得钱款三七分，三成归义夫做酬庸，另外七成则由义夫代管，等到月白长大成人，或者出国留学，或者做正当事业，再拿出来给他用。义夫受人之托，忠人之事，此时月白已长大自立，而他自己也将远走南洋，便主动提起这桩事，想要做个了结。月白惊喜异常。但他无意出国，更无意学艺术，只愿留在神垕，佐助姐夫经营窑场。

人各有志，不可勉强，义夫只能由他，叫他何时用钱，便向他要。眼下姐夫窑场艰难，月白想把钱拿回来，给姐夫纾困。

不料义夫却拒绝了他。义夫在回信中讲了理由：月白的父亲当年特别交代，这钱首先是给他留学用，其次是给他做事业用，再次是供他落难之时渡难关，除此之外不可他用。即使月白做事业，也须先由义夫权衡可否，再决定是否给予。程老板窑场有难，义夫诚然同情，但却不能违约。况且就他判断，神垕瓷业恐将长期低迷，此时将钱投进去，无异于投石入海，连个水漂都打不起。

月白得书懊恼。他向月容讲了此事，怀疑义夫世伯要私吞钱款。月容说："他若有心私吞，干吗要告诉你有这笔钱？"月白感觉有理，又生羞愧。月容人虽柔弱，心胸却甚宽大。克勤以仓库里的瓷器做抵押，从周聚昌钱庄贷了笔款子，把工匠工钱结了，暂时关停窑场，等待时局好转，再谋生产。克勤情绪低落，连日来借酒浇愁。月容却很淡定，劝克勤毋过烦恼，越是难熬的时候，越要顾惜身体，这才是翻身的本钱。克勤并非不懂这个道理，只是做不来。月白也做不来。月容在教女儿芳杜做针线，月白在旁边看着，忧愁渐渐散去。月容原本偏瘦，嫁入程家后生活优裕，又连生几胎，逐渐丰腴起来。月白自侧面望去，小臂白白，胸脯鼓鼓，眉眼鼻唇的轮廓温润而柔和。

"姐，你见过我娘么？"他问。

"没有，你娘来神垕两回，我都没见到。"月容说，"月清应该见过。"

"他见过。我问过他，他说长得有点像你。"

月容抬起头，望着月白笑，"是么？"

"他这样讲的。"月白说,轻轻叹了口气,"人都说长兄如父,长姊如母,很多时候,我也是把你当母亲来看待的。"

月容说:"我比你大十六岁,年龄上也能当你娘呢,可你毕竟是我弟弟。"低了头继续缝线。不小心针尖扎了食指尖,一点刺疼传到心里,却不动声色,悄然用拇指和中指夹着摁了一下,针眼处渗出一粒朱红的血珠。徐嫂匆忙赶来,看到月白在,对他喊:"三少爷快回家,出事了。"

月白惊起。"什么事?"

"二少爷被县长抓起来了,老太太等你回去拿主意。"

四

在找月白之前,俞述秀先找了月清。

找月清是理所应当,他是大哥,又有势力,要救月明,自然着落在他身上。就冲他是地方一霸,吴县长也得给几分情面。述秀命徐嫂去唤月清。月清正在关帝庙与六里乡团团长议事,顾不上回。述秀久等不至,倍感心塞,觉着他们兄弟之情竟是轻薄如纸,于是亲赴关帝庙责问。六里乡团团长刚走,又来了几个红枪会会首,找翟团长寻求枪弹支援。近日各里甲皆有土匪踪迹,过了一杆又一杆,竟如赶会一般,一时人心惶惶,有钱的团会紧急买枪警戒,没钱的只好四处化缘。神垕乡团财大气粗,大家不约而同求到这里来了。月清请他们先去大殿喝茶,引二娘到厢房说话。述秀眼见这里人来人往,一拨拨如走马灯般,可知月清的确繁忙,气也消了些。她向月清讲明情况,叫他赶紧救人。她本以为月清听罢,必将大怒,立即便找吴县长要人。不料月清神色平静，仿佛是听闻一桩闲事，不值得大惊小怪。他叼上一支烟，摸索几个衣袋，掏出一盒红头火柴。

"早劝他别去，他不听，问他究竟会不会，他说会。人家县长亲自登门聘请，他就这么耍人家，抓他也不亏。"月清说着，划根火柴点上烟，"他这属于欺诈，国家再乱，也有个律法。"

述秀心下凉了半截，"他就算万般不是，毕竟是你亲弟弟，你不能任由他在牢中受苦。万一那县长发疯，要枪毙他，你弟弟还有命么？得赶紧救回来。"

月清吐着烟笑起来，"二娘想多了，欺诈又不是死罪，顶多坐个牢吃点苦头。这样也好，叫月明长点记性，让他明白这世界不是自己家，做人行事不能太任性。"

述秀怒视月清："这么说，你是不打算救了？"

"没必要嘛，吃几天牢饭就放出来了。也该磨炼磨炼他，二娘该放手就放手吧，再不放手，他永远长不大。"

述秀心寒至极，拂袖而去。月清眼望她气急败坏离开关帝庙，靠在檐柱上将烟吸完，拔出腰间的撸子，瞄准三十米外的木靶，一口气将子弹打光。他非不想救月明，只是无法找吴县长开口。吴县长托他办的事他没办成。几天前他去了一趟许昌，拜访樊总司令，候了两日，未见到樊总司令，却见到两个死对头。那两人都是拉杆的匪首，因参与过围攻神垕，被月清凶猛报复：一个在神垕附近绑老财时，月清闻风掩杀，几乎团灭之；另一个率杆路过神垕，被月清劫击，险些性命不保。两人因此痛恨翟月清。如今樊总司令镇守许昌，招贤纳士，两人带杆投奔，皆获委用。见到月清，两人十分高兴，叫他好好保重，他们过些时便会登门拜访，给他送大肉纸钱。

月清也满脸堆笑,朝二位抱拳。

"好说好说,兄弟随时奉陪。"

两匪首大笑而去。月清命随行团勇即刻赶回神垕,叫俞松涛强加戒备,万勿懈怠。他又等了半日,终于等到樊总司令接见。樊总司令仍然一身绿林气概,见面先握手,再熊抱,然后又握手,边握边摇,口中各种亲切问候。樊总司令还记得翟月清,亲热既毕,对旁边的副官说:"这位兄弟可了不得,我当年想招纳他,被他拒绝了。"回视月清,"不知兄弟现今在何方高就?"

月清尴尬赔笑。当年樊将军顺道去神垕看望,见月清气宇不凡,团勇也士气饱满,便想将他们收归麾下。月清大仇已报,对神垕没什么留恋,樊将军如此器重,便有心投奔,跟随他去外头的大世界轰轰烈烈干一番。他与团长常宝安商量,宝安不放,周边土匪这么多,神垕自保不暇,倘若他们走了,神垕怎么办?月清犹豫不决,回家征求父亲的意见。翟日新目睹民国日益糜烂,几近陷于万劫不复之境地,早对称兵割据的军阀失望透顶。在他看来,樊某不过是诸多军阀中的一个,虽则口口声声为国为民,可是放眼天下,又有哪个军阀不说自己是为国为民?

"跟这种人去打仗,只是让国家更乱,百姓更苦。"他对月清说,"不如留在神垕保境安民,造福乡里,这才是实在的功德。"

月清怏怏而退,致书樊将军,谢绝了他的美意。他确定书信送达了,樊将军迄无回复,不知是太忙顾不上,还是不高兴懒得回。自彼之后,两人再无联络,也不曾有过交集。前些时他听闻樊总司令奉命返豫,镇守中原,不胜欢喜,立即便要启程去拜见。只是随即又得到情报,许多匪帮从四面八方源源而来,其中颇有交过手的对头。月清着慌,立即布置防御,不敢擅离。又命人四下放风,大讲樊总司令与他的交情,试图以此震慑匪众。然而奇怪的是,那些匪帮并不滋扰神垕,也不劫掠村寨,竟如流水赴渊,奔向许昌。月清暗叫"他娘的",日益恐慌,却也无可奈何。终于有一天,一伙匪徒换装而来,大摇大摆穿过布防的哨卡,一径走进关帝庙。他们赶开团勇,占据大殿,头领自称是第八方面军某部连长,传唤地保、陶瓷公会会长与商会会长,声称奉樊总司令之命,征收军饷两万元,着令于一日之内上缴,逾期不缴,军法处置。地保等人相顾失色。月清叫连长拿出总司令的手令瞧瞧。连长拿不出。月清即令关闭庙门,将他们围住,又把连长从交椅上踹开,自己坐上去,优哉游哉点上烟。

"知道我跟樊总司令什么关系吗?"月清问连长。

连长被他唬住,摇头说不知。月清示意俞松涛告诉他。松涛遂将樊总司令与翟团长的渊源添油加醋讲一遍。月清说:"你们一群土匪蛋子,竟敢伪装樊总司令的兵,坏樊总司令的名头,真是活腻了!老子这就把你们挨个儿枪毙,割了脑袋给樊总司令送去。"连长面色如土,坚称他们真是樊总司令的兵,也真是奉的樊总司令的命,不过传令的是他们营长,究竟是不是樊总司令本意,他们也不知晓。月清问是哪个营长,连长说出一个名字。月清又点上一支烟,那人是他的仇人之一,两人几番对打,各有伤杀,对方吃亏更大,扬言要活捉翟月清,剥皮抽筋,零刀碎剐。

"原来是老相识。"他对连长说,"你回去告诉他,下次派人征饷,须得颁发樊总司令的手令,否则便是违犯军法,樊总司令定当不饶。"

这天晚上，月清检查过哨防，回到驻地纳闷。附近出现好几伙穿军服的人，但从行迹看，定是匪帮无疑。神垕是县西最后一座未被打破的镇子，各路匪帮久已垂涎，如今换了身份，自然更加惦记。他出了会儿神，走出关帝庙，趁夜来到常宝安家。常宝安的寡妻叫井菊兰，很乡土的名字。她儿子常光烈已经熟睡，她睡不着，仿佛算准月清会来。他们做过男女之事，并肩躺床上说话。井菊兰问他何时结婚，如此下去不是了局。月清期期艾艾，宝安毕竟是兄弟，她毕竟是嫂子，兄弟娶嫂子，会被人讲闲话。井菊兰冷笑："哎哟，你还是怕讲闲话的人？"月清无语。井菊兰心头有点气，闷了一会儿，又说："你还是讨个老婆吧，咱们也不要再这样了。"月清伸开臂膊，将井菊兰搂住："我终日枪口里打滚，讨老婆，不是害人家么？"井菊兰说："那你就不要再过这日子，讨个老婆，离开这里，天下这么大，哪里安不了身。"月清说："可我就喜欢打打杀杀，打得越是激烈，我越是兴奋，子弹在耳朵边呼呼叫，就像是腾云驾雾。如果太平无事，我反倒浑身不舒服。"井菊兰说："你真是个怪胎。"月清呵呵一笑。井菊兰怔了一会儿，说："宝安也曾讲，乱世难为人，他不进保安团，就会当土匪。你俩都是怪胎。"月清不语。井菊兰听不到他讲话，肘子捣他一下："怎么哑了？"月清说："想宝安了。如果他还活着，我们做个分身，一攻一守，一内一外，也不用这么吃力。现在我想出去办个事，都担心出乱子，不敢走开。"井菊兰说："该办的事就去办，别前怕狼后怕虎，天不该塌，怎么着都不塌，天要塌，怎么着也会塌。"月清侧过身，凝视井菊兰。灯光摇曳，将她雪白的身体掩藏在他的影子下。

"你说，这回天会不会塌？"他问。

井菊兰捏捏他的鼻子，又抚摸他的脸，"不要问我，去做你的事。"

次日一早，月清便带了两名团勇奔赴许昌，并在第三日见到了樊总司令。他本以为樊总司令仍会感念当年的情义，不料一开口，却是暗责自己未曾投靠，顿感不安。他向樊总司令讲了自己的境况，又汇报了连长无令征饷的事。樊总司令大怒，声称必将严厉查办。

"我在这里驻扎，那些趁乱搞事的家伙便都冒我的名胡作非为，真是岂有此理！"樊总司令说，"昨天你们钧县的吴县长来电，说有庙道起事，打着我的旗号攻打县城，被他们一阵掩杀，落荒而逃。冒我的名已然可恶，还这么不顶用，真是气死我了！"

月清听他讲到吴县长，立即趁话，大讲吴县长对樊总司令的敬仰，以及希望樊总司令相忍为国，坚守立场等语。月清不懂话术，只是把要讲的话讲出来，对方接不接受就不管了。樊总司令脸色渐渐难看起来，"瞧这样子，老弟是来给姓吴的做说客喽？姓吴的算什么东西，也敢教训我？"

"他也不是教训，只是提个建议。"月清说，"国家大事我不懂，只知道做官要忠，做人要义。总司令已经答应蒋介石，按道理讲，就该信守承诺才是。"

"你既然不懂，就不要乱讲。"樊总司令说，"我是信奉国父三民主义的人，国父曾经握住我的手，称赞我是好同志，真革命。我所做的一切，都是在遵行国父的遗嘱，为了中华民国的福祉。蒋介石不过是个弄权的军阀，早就背叛了国父，你叫我忠于他，把我樊某当什么了？"

月清无语。他都不知道国父是谁，也不明白国父的遗嘱是什么。

樊总司令是真生气了，声称军事旁午，叫他回去好好守寨，慎勿与土豪劣绅勾结，残害地方百姓。副官随即起身送客。月清大慌，急忙说还有一件要紧事得讲。樊总司令叫他快讲，他便将匪帮混入军队的事向总司令做了报告。樊总司令脸色益发难看。

"致公堂是帮会，却最早支持国父革命，难道你还把他当黑帮吗？我老樊也是拉杆子起家，你也要把我当土匪吗？"樊总司令说，"英雄不问出处，只要他们弃暗投明，加入革命队伍，就是革命同志！好好回去做你的本事，另外转告姓吴的，干好他的政务，多给老百姓造福，敢有异心，先把他枪毙了！"

月清狼狈而返。樊总司令如此不近人情，大出他的意料，转思他是做大事的人，自是不能拘泥小节，更不能受人情世故羁绊，也便释然了。途经钧县城，他来到县政府门前，思量要不要进去找吴县长，向他转告樊某人的话，逡巡片刻，拨转马头离去了。他们之间的矛盾，他们自己解决好了，没道理让老子在中间做受气筒。他这样想。

俞述秀在月清这里被拒，无计可施，只能召月白回来商量对策。刘春芝娘家起会，唱三天大戏，她去看戏了，俞述秀也懒得通知她，反正她知道了也没用，只会哭哭啼啼惹人烦。俞老太说是与月白商量，其实她老人家已经盘算好：月明根本不会烧瓷，倘若夹在一堆匠师之间，尚可滥竽充数，只有他一人撑场面，必然原形毕露。月白却不同，他自幼便在程家窑场盘桓，刚到十九岁，便做了荣盛窑的副经理，是懂烧瓷的。虽说荣盛窑是烧日用瓷，与钧瓷不同，但终究都是烧瓷，应付陶瓷学校的外行已经足够。她想让月白去做总教习，替换他二哥。

"我前几日做梦,梦到你爹,他对我讲,月明要有难了,只怪他不学无术,爱出风头,也是报应。我问他什么难,他不说,只说三儿可以救他。"述秀对月白说,"醒转来,那梦就像是真的,活生生在眼前。我还以为只是梦,当不得真,谁知你二哥果然出事了。如今之计,也只能靠你去救你二哥了。"

月白啼笑皆非:"若能换回二哥,我自是愿意,可我不会烧钧瓷,去也没用呀。"

述秀不悦,"三儿也不讲手足情分了么?"

"二娘言重了,救是一定要救,但要想个好法子。"

述秀冷笑:"好法子,你却说有什么好法子?把你枕头下的东西送给吴县长,请他手下留情开个恩?"

月白大骇,脸色骤然苍白如纸,呼吸心跳都要停止了。艰难挨了一会儿,他说:"二娘莫恼,我去便是了。"

五

次日凌晨,翟月白便带领常光烈上路了。

翟月白并不想带常光烈。光烈才十四五岁,却已在荣盛窑做了三年小工。神垕童工甚多,十来岁即进窑场打杂的也不鲜见,光烈体恤寡母,欲赚钱帮补家用,便找到月白,请他帮忙说情,在荣盛窑找个事做。月白那时并未在荣盛窑任职,只是程义勤听从月容的建议,着意培养他做副手,把他放进窑场历练,而他也别无爱好,只喜做瓷,因此日常大都泡在窑场里。匠工皆知他与老板的渊源,都以二当家视之,比老板特聘的经理更有权势。月白感于常光烈的孝心，向姐夫打个招呼，将他收入窑场，叫他帮工清扫作坊。光烈对清扫本工不上心，却对拉坯烧瓷饶有兴趣，得空便去看师傅们干活。月白巡视作坊，见他看得痴迷，问他想不想学。光烈说想。月白便将他带到一只钧轮旁，亲手教他拉坯。他是光烈的世叔，他爹教过光烈他爹，他再教光烈，也是分内之义。光烈对做瓷颇有天分，各道工序一学便会。月白惊喜不已，遂收为徒弟，悉心培养。此去陶瓷学校，倘若是寻常任教，他很乐意带光烈，让他也开开眼界。但他是要救二哥，并且几无成算，搞不好兄弟俩都得坐牢，再带光烈就很不方便了。

然而月清却很执意，叫他必须带走光烈。月清这几日心烦意乱，有不祥的预感。拜访樊总司令归来那晚，大殿内关公的大刀无故自断，次日上午刮起大风，将大殿正脊中央的琉璃宝葫芦吹落，在殿前摔得粉碎。月清不信鬼神徵应之事，但这些令人不快的事于此时出现，难免会当成不祥的兆头。所以月白要去县城，他并不特别反对。他也劝过井菊兰，叫她带上光烈离开神垕，井菊兰不走。她娘家在穷山沟里，父亲和哥哥早亡，母亲前些天也死了，她想走也无处去。她父亲和哥哥都是被土匪打死的，她丈夫常宝安为他们报仇，带人穷追匪帮，结果中了埋伏，力战而死。宝安死前，将老婆孩子交代给月清。菊兰人不丑，心也好，倘若月清愿意，就娶了她。她毕竟还年轻，横竖得嫁人，嫁给别人，不如嫁给自己兄弟。月清万分纠结。他的确中意菊兰。菊兰虽是女人，性子里却有男人的豪气，为人处事爽快利落，甚合他的趣味。只是关公在上，娶嫂子这事儿抵实难为，况且他认定自己早晚也会死于非命，娶了菊兰，要害她当二回寡妇，何苦？他不敢明娶，井菊兰也无意他嫁，于是就这么耗着，不尴不尬地过日子。此时井菊兰固执不去，月清也不多勉强，万一自己死了，说不定还得要她收尸。只是光烈尚小，必须保全，所以叫月白带走。

学校吸取翟月明的教训，月白一来，便让他直接讲授烧制之法。教学作坊里有前任匠师筑造的鸡窝窑，钩盘、煤炭、匣钵、瓷土等物一应皆备，恭请月白先生现场教学。月白来校之前，特地拜访了一位师兄，请师兄务必把父亲教的东西都传给他，他要拿去救人。翟日新当年在钧华公司授徒，除了釉药未传，余皆倾囊相授，诸如筑窑、焙火等术，徒弟们无不熟知。散伙之后，大家各自努力，也渐渐做出一些气象，唯钧红、钧紫二色，迄无第二人能烧出来。吴县长首次聘用那些匠师中，便有人烧出过品色普通的钧瓷，但他们皆视釉方为奇珍，彼此支吾，不愿奉献而已。这位师兄年纪已大，且多病，膝下无子，两个女儿也不孝顺，因此心灰意冷，把师傅当年所授，以及自己多年摸索的心得悉数传给月白，也算是报效师门。月白据此着手，在两位洋学先生的帮助下试烧了几日，竟然也烧出一只天青梅瓶，一只天蓝净瓶。然而也仅止于此，之后数日烧制，皆无进展。

忽一日，吴县长亲莅学校，督查钧瓷复烧工作。校长详作汇报，并将烧出那两只瓷瓶呈上。吴县长打量几眼，只见釉质干枯，釉色黯淡，与想象的品色相去甚远。

"把翟月明关起来，他弟弟就烧出这两只瓷，虽不怎样，好歹也有进步。看来还须使用雷霆手段。"吴县长说，"把翟月白关进作坊，严加督促，烧不出好东西，就不放他出来。"

校长唯唯应诺。已有数名警察在校园里候着，听到命令，立即将翟月白锁入作坊，两人三班，在门口守定。月白做出那两件瓷，本以为可以暂时交差，容他继续研烧。来校这几日，他也渐渐喜欢上这里，尤其是与两位洋学先生通力合作，听他们讲了许多科学原理，深受教益。此时被关禁闭，突然而莫名，好在他已有预备，虽则愤懑，却也并不反抗。两位老师替他讲情，极言翟月白先生勤力烧制，可谓夙兴夜寐呕心沥血，如此相待，实非文明之举，望县府和校方尊重学术，尊重文化，立即恢复翟月白先生的科研与人身自由。请愿书上呈校董会和县政府，县府不予理睬，校长则劝两位老师不要多管，安心教学领薪便是。两位老师出离愤怒。物理老师恰好另有地方聘请，遂掷书请辞，飘然而去。化学老师亦有去意，只是一时未有下家，暂时挨着。

吴县长如此粗暴，大半是为泄愤。樊钟秀不知何故，突然对他极端无礼，四天之内打了两通电话，痛斥他荒废政务，残害百姓，扬言要枪毙他以谢钧县父老。昨天他外出视察防务，路过钧县东关，派人通知吴县长立即来见，又以之前的理由痛骂一顿，骂得兴起，果真下令枪决。幸赖副官在旁劝阻，才饶他一命。吴县长回到县府，手脚犹自冰凉。他与秘书细推原委，必是翟月清在樊某那里讲了自己的坏话，遂决意报复。只是翟月白烧瓷用心，且已有了成效，遽然投入大牢，也嫌过分，于是将他幽禁于作坊之中，令他继续研烧。

月白被关押的消息传至神垕，俞述秀僵如木鸡。刘春芝已从娘家回来，也知道了丈夫已被收监，非但未哭，反而骂月明活该。述秀怒火中烧，铁了心要逐她出门，只等月明回来便下休书。今日春芝去表哥家打麻将，输了十几个袁大头，心里没好气，回来听说月白也折进去了，更没好气。春芝在神垕以摩登著称，身上穿戴据称都是沪上来的款式。今日这件旗袍便十分扎眼：高领短袖，开衩过膝，淡绿缎面上绣了几朵鲜红的石榴花；搭配着刘海波浪头、涂唇膏的猩红嘴巴和尖头高跟的白皮鞋，洋气得不像样子。牌桌上有个绸缎行的太太，老家是苏州的，时常来往宁沪，对她这身装扮也啧啧称奇，说是在大上海的洋场，旗袍也未有这么短的袖和这么高的衩，可见翟太太比上海人还要时髦，若是去了四马路的会乐里，定能做个花魁。刘春芝只道"会乐里"是名流汇集的所在，"花魁"则是艳压众芳之美词，心花怒放，便只顾着搔首弄姿，心思全不在牌上，以至输了又输。她听了徐嫂与婆婆的对话，双臂抱胸，在庭院里冷笑。

"这可好了，折一个不够，又送去一个。哥儿俩在牢里可不孤单了。"

刘春芝阴阳怪气，虽是自语，嗓门却放到最大，意在让俞述秀听到。老东西日益可恶，春芝早已不能忍受，故意借碴恶心她。俞述秀果然听到了，撩开琉璃珠门帘闯出来，喝令春芝闭嘴。春芝偏不闭，一边往自己屋里去，一边甩着帕子说："要么说呀，不是亲生的孩子，到底不心疼，明知是坑，还把人往里推。"

述秀大怒，几步抢到春芝前，截住她的去路，两眼圆瞪，仿佛要吃人的老虎。"你放什么屁？轮得到你替老三打不平？"述秀喝骂，"你个不要脸的荡妇，聪明点就闭上狗嘴，掩好行迹，再于我面前翘尾巴，仔细把你拖去点天灯！"

春芝被婆婆骂蒙了，"你胡说什么？青天白日朗朗乾坤，这样泼人脏水，当心老天爷打雷炸死你！"

"你还嘴拗！你给我等着。"述秀说着，返回自己房间，取了一团水红的东西，兜头摔到春芝脸上。春芝接在手中，居然是一件亵衣，上好的顺店镇绣花熟绸做面，里头衬了一层柔软的棉纱。春芝抖开看了看，茫然不解。

"干吗给我这个！"

"你给我装！你敢说这不是你的？"

春芝不胜骇异，"自然不是我的！"

"那你与我讲，这院里还有谁用这东西？"

"我管你们谁用，反正我没用，你从谁那里拿的，就问谁去。"

述秀不信："真不是你的？"

"当然不是，我不用这东西，从嫁到你家来，我都用的背心。你要不要进我屋里搜检搜检？"

俞述秀愕然，呆了一下，回头便走。春芝一把揪住她衣袖，"你别走，跟我讲清楚，凭什么骂我是荡妇？这亵衣又是怎么回事？人死不过头点地，你这样诬蔑我，凭空污我清白，却是什么缘故？"春芝的手犹如铁钳，咬住袖子不放，述秀挣了几下，挣扎不开，头晕得厉害，扶住旁边的金桂树，缓缓瘫坐到地上。

徐嫂飞奔关帝庙告变。月清未在关帝庙，此时正在寨外校场主持射柳会。端午射柳是古人游戏，清朝末年即已不复流行。常宝安做保安团团长时，翟日新提议恢复此戏，自己出钱做花红，奖赏比射优胜的团勇。他认为此举可以鼓舞士气，提振军心，激励团勇操练。常宝安试行一次，团勇果然积极踊跃，镇民中善射者也纷纷参与。此后遂成定例，年年端午都要举办。后来场面渐大，周边民团和善射者都来参赛助兴，每当赛事，即射手云集，观者如堵，成为地方一大盛会。翟日新亡故后，陶瓷公会和商会接力出资，以继其美。此时还不到端午，只是激战在即，等到常例的射柳之期，许多兄弟也许已经不在了，甚至可能都不会再有射柳之戏。月清想在保安团内先办一场，在战前与兄弟们尽情一乐。待到端午之期，倘若大家还在，境内安稳，再大张旗鼓操办一场。他们的躲柳之戏，与古法并不相同，而是在匣钵中盛放鸟雀，高悬于巨柳之上，射者站于百米之外，第一枪射破匣钵，鸟雀飞出，第二枪射下鸟雀。所有参射团勇，皆发美酒一壶，牛肉一斤，优胜者另有厚赏。非常时期，警戒不可懈怠，各哨卡轮班值守，交替参赛。

　　徐嫂气喘吁吁赶到校场，找到翟月清。月清没料想月白也被关起来，大惊，急问光烈下落。徐嫂说不晓得，叫他赶紧回去，再晚老太太要不行了。月清叫俞松涛接替他主持，火速赶回家。二娘俞述秀背靠桂树席地而坐，刘春芝则在旁边张牙舞爪，定要老婆子讲清缘故，还她清白。庭院里聚拢了几位闻声看闲的街坊，在婆媳之间不知所谓地劝和。月清喝住春芝，将闲人赶出院去，与徐嫂将二娘扶进房间，叫徐嫂去请先生。春芝忌惮月清，叫了声"不讲清楚，这事儿没完"，就气呼呼地回她房间去了。述秀喝了一碗绿豆汤，渐渐缓过来。月清问她究竟发生了什么，跟老二媳妇吵成这样。述秀不语。月清又问褒衣是怎么回事。述秀仍不语。再问褒衣从哪儿来。述秀依旧不语。月清烦了，看她已无大碍，想是死不了，便丢下她要走。述秀忽然说："扶我起来。"月清按捺性子，将她从床上搀下来。述秀手中兀自攥着那条褒衣。"去灶房。"她说。月清遂托着她胳膊往灶房去。不到做饭的时候，灶火封了煤，中间留一个火眼，往上吐出一条细软的火苗。述秀说："把火捣开。"月清提起火杵，咣咣一顿捣，将灶口打开，火焰顿时涌上来。述秀将褒衣丢到火上，只一瞬间，水红的绸子与洁白的棉纱便已化为灰烬。述秀据起翻馍批捅了几捅，灰烬搅进煤屑，纷纷滚落到灶下去了。

月清搞不懂二娘做何古怪，也顾不上管。他匆匆赶回赛场。射赛仍在进行，有两人连射连中，相持不下，围观者哄然叫好。月清无心多看，嘱咐俞松涛看好家，点了几名心腹团勇，打马赶往县政府。将近县城，忽有几架飞机从天空嗡嗡飞过，未几，东南方即传来轰隆隆的爆炸声，枪炮声亦骤然响起，远远听之，仿佛春节时连绵不绝的鞭炮。战事已经到了钧县境内。月清回望团勇。这几名团勇都是月清训练出来的，胆色过人，虽知战场不远，却都嬉笑自若，骑马跟定了月清。他们冲到城下，城门已经关闭了。月清自报家门，叫城上放下吊桥，开门纳人。吴县长正在城头巡视，听闻月清叫喊，扶堞望去，只见他骑在一匹大马上，背负长枪，腰挎撸子，一副气势汹汹的模样。那几名团勇亦皆全副武装，个个骁悍。

"翟团长好啊！"吴县长喊，"你不在神垕守寨，来这里做什么？"

月清认出是吴县长，怒自心起，将长枪取下来，横在马背上。"好个屁！我来要人，赶紧把我的三个人放出来！"

吴县长冷笑："好大的口气！你还指望樊钟秀给你撑腰么？"

月清说："老子腰板够硬，无须人撑。"

吴县长待要讲话，脸色忽然一变，声音也有些打战了："你既然不要别人撑腰，带那么多人做什么？"

月清大笑："老子就带这五六个人，也吓到你了？"忽觉不对，回头望去，只见南关寨那边涌出许多人，犹如洪水般滚滚而来。来人渐近，都穿杂牌军服，拖枪曳旗，漫无统属。月清大惊，知是战场上逃过来的溃兵，急要进城，吴县长却死活不开。溃兵转眼扑到，叫嚷开门，城上不应，便开枪攻城。有人看上月清他们的坐骑，上来便抢。月清开枪击倒数人，与团勇拽起马骡，躲进吊桥外的一道工事后，据垒与溃兵对射。溃兵枪械和枪法均不如他们，须臾死伤一片，不再强攻，掏出手榴弹往这边丢。一匹马当场炸死，一名团勇也被炸伤，大腿上血肉模糊。月清大怒，见有举手榴弹者立行击毙，须臾又打倒几人。溃兵大骇，纷纷后退。月清的毛瑟枪射程远，溃军退到安全之处，手榴弹便丢不过来了。双方一时陷入僵持。吴县长急令开门，放月清等人进来。月清持枪断后，待团勇与马匹都进入城门，方才跳上吊桥。

吴县长在瓮城里接住月清，连称误会。这些溃军都是樊钟秀的部下，月清打死那么多，可知不是一伙。月清仍在恨他，懒得与他多言，张口便是要人。吴县长笑笑，带他走进门洞，悄声说："你帮我做件事，我便放人。"

"说！"

"城内还有两百驻军，由一名营长统辖，方才溃兵赶来，他要开门接纳，被我和保安总团的赵团长抵死挡住。留着他在城内，总是心腹之患。你若把他除掉，我便放了令弟。"

月清皱眉："你们怎不下手？"

吴县长说："赵团长他们家人都在城内，万一失手，不堪设想，所以投鼠忌器。"

"哪个是他？"

"在城头上，穿少校军服那个便是。"

月清说："带路。"

两人并肩登上城头。赵总团长与月清熟识，上前迎了几步。营长却只是回头瞟了一眼，仍旧观望城外形势，几名亲信环立在他身旁。那营长也是投奔樊总司令的绿林豪杰，本指望大干一场，升官发财，不料樊军自与蒋军开战，竟没占到什么便宜，今日更是遭遇重挫。营长眼望城外潮水般的溃兵，甚感失望。他目睹了月清等人的战斗经过，虽说出于自卫，情有可原，可死的毕竟是自己这边的人，不容姑息。他怕月清撒野，不好收拾，意欲等他走到近前，趁其不备将他拿下。不料月清下手更快，不等营长回转身，已拔枪将其挟持，喝令亲兵缴械。亲兵仓皇无措，纷纷缴枪就擒。月清押营长巡行城上，遇到驻军士兵，便令交枪受缚。收降完毕，即朝营长头上开了一枪，顿时脑花飞溅，推下城去。吴县长看得心惊。月清回视县长。

　　"放人！"

　　"放人不难，这便可以将两位令弟交你带走。"吴县长说，"可这兵荒马乱的，城外有土匪溃兵，城内也旦夕难保，你说是把人放出来安全，还是待在监狱里安全？"

　　月清想想，的确有理，但把月白他们放在县城，恐将再次成为吴某的人质，一时犹豫不决。赵总团长在旁说："月清兄弟不必担心，我担保令弟安全，倘若出了差池，你拿我是问。"月清寻思无计，赵总团长也是讲信用的人，便应允了。城外溃兵已如蝗虫过境，滚滚而去。月清担心神垕安危，顾不上再去看望光烈和两个弟弟，将受伤团勇托付给赵总团长，便要率众赶回。吴县长和赵总团长将他送出城门。临别之际，吴县长说："有件事不知翟团长可否知晓？"

　　"你说。"

"今日上午，蒋总司令的军队空袭许昌，已将樊钟秀炸死了，因此下午交战，樊部才会溃不成军。"吴县长说，"还请翟团长节哀。"

月清说："他死他的，关我尿事？"

"你们不是交情深厚么？"

"他是军阀，我是小民，能有什么交情？我那天去给你做说客，还被他骂得狗血喷头，我都没好意思跟你讲。"

吴县长愕然，晓得之前冤枉了月清。只听月清又说："你们做军阀的，做政客的，一个个高高在上。你们要斗，便在军营和衙门里斗好了，军营里拿大枪，衙门里拿大印，互相打，打死为止。可是他妈的，干吗要来祸害我们地方？"

六

翟月清带人赶回神垕时，天色已黑透。今日射柳尚未结束，各个哨卡便相继传来警讯，俞松涛中止比赛，布置防御，率众赶走了好几拨散兵流匪，所幸没有大战，亦无伤亡。月清舒一口气，请来地保和两寨寨主，叫他们火速传令，把寨外居民尽数尽快召入寨中。他担心溃兵未尽，匪帮也将趁乱打劫，万一贪夜来犯，寨外的人会吃大亏。地保孙经略深以为然，急去操办，两寨寨主亦匆忙赶回，安排接纳事宜。

才过半个时辰，东南方向已然枪声大作。一股溃兵从襄城奔来，沿途洗劫，此时赶到了神垕，与据守山隘哨卡的团勇打起来。翟月清带人赶去增援，边战边退，掩护尚未进寨的居民逃入寨内，而后关闭寨门,据寨坚守。溃兵围攻不下,反而被寨上枪炮齐发,死伤甚众,遂放弃攻寨,转向寨外劫掠。寨外多是穷人家,溃兵洗劫多时,也没抢到什么钱财,于是纵火烧屋,喧嚷而去。其时西风凛冽,鼓吹着火焰迅速蔓延。寨上人众眼望大火熊熊,映透半天,却不敢开门去救。家在寨外者无不悲号。次日天亮,大家登寨观望,只见房舍残破,一片焦黑。有人急欲回家查看。翟月清勒令两寨团勇不得开门放人。那些居民心急如焚,与守门团勇吵嚷起来。更有人痛骂翟月清,都是他不准救火,才烧成这般模样。俞松涛巡行至此,听到那人叫骂,一枪托砸到他背上。那人踉跄扑地。

"兵匪在外头嚷嚷要走,正是叫给你们这些蠢货听,倘若开门去救火,他们便会夺门进寨。"俞松涛怒斥,"到那时不光救不了火,寨子也要完蛋,懂不懂?"

翟月清派人出寨打探,得知兵匪确已退走,仍不令开寨门,分派团勇回驻各个要道哨卡,又派人四处侦察。正午时分,一名探子飞奔入寨:大批杂色武装自南方涌来,从其行进路径看,正是朝向神垕。东方的探子亦返,报有大队武装开来,装备精良,还驮有山炮。神垕是方圆百里仅存的富庶之地,两支来历不明的武装都涌向这里,意图何在,不言而喻。月清急令各部做好应战准备,派人驰告六里乡团和四乡红枪会,请求支援,又派一名心腹团勇,乘快马赶往县府告急。他遣人找来井菊兰,叫她去通知某地红枪会。井菊兰在义粥棚那边打下手,两手是面跑过来。她嫌那个地方太远,不想去,叫月清另派他人。

"马上开打,男人都得守寨,你就辛苦一趟吧。"月清说,"一定得把人带来,完不成任务,你也不用回来了。"

井菊兰虽不情愿，却也去了。日影渐移，四野阒然，唯有群鸟之鸣，声震林樾。不知过了几时，镇外哨卡处忽然一片枪声。不久，守哨的团勇相继逃回，那两路来犯的武装也随之进入视野，犹如洪流滚荡，冲到寨前。因有一河相隔，东来的扑向北寨，南来的扑向南寨。两名匪首纵马来到南寨东门外，叫翟月清出来说话。月清就在寨门上。他已认出来者，他们脱了军服，看上去顺眼了许多。

"两位老兄好啊！"月清说，"是什么风把你二位吹来的？"

一名头领眼睛有些近视，纵马往前跑了几丈，看清是翟月清，大笑起来。"前些天在许昌，不是跟你讲过嘛，要给你送大肉纸钱，这不，咱们不远百里，专程给你送来了。"遂吩咐手下将东西提过来，一束肥膘猪肉，一大串方孔冥钱，丢到寨门外，"咱们说到做到，决不食言。"

月清放了一枪，送大肉纸钱的匪徒应声倒地。月清说："借花献佛，送给你这手下享用吧。"头领大骇，打马要走。月清一枪将马打翻，大叫："这边来！"头领知他枪法，狼狈爬起身，一步步往这边挪。月清喝道："快些！"突然一声炮响，将寨墙轰得砖石飞溅。月清被气浪扑倒。那头领拔腿便跑，逃回本阵去了。月清挣扎着爬起来，耳朵内犹自雷声轰鸣。他稳一下神，望向寨外，一名军官模样的人跨越石桥，从河北飞马而来。寨上烟尘散去，他看清了那人，不由得摇头苦笑。——正是扬言要剥他皮抽他筋的那位。

"翟团长别来无恙？"那人朝寨上喊。

月清答："托你福，好着呢。"

"那就好。"匪首说，"我们三个今日专程拜访，没别的事，就是找你叙旧。为表敬意，我们都带了礼物，他们的是猪肉纸钱，我呢，听说翟团长喜欢刀，特别带了把剥皮剔骨的刀子。我用这刀子剥过狗，利得很，皮剥完了，狗还活着。希望能让你满意。"

月清说："老兄客气了，我从不玩刀，只玩枪，这剥狗的刀，留给你自己用吧。"

匪首哈了一声，不再与他斗嘴，转而向寨上喊话，声称大军前来，是找翟月清算旧账，只为翟某一人，只要把他交出来，井水不犯河水，如若不然，便打破寨子，玉石俱焚。限时一个时辰，勿谓言之不预。寨上一阵骚动。地保、寨主、陶瓷公会会长及若干闾长都聚在关帝庙内，随时因应情势，商决事务。匪首的要求迅速传到庙内。孙地保询问诸公意见。人皆不语。孙地保望向顾祖昌："昌公，你说怎么办？"顾祖昌说："这回匪势太大，还有山炮，咱们万万抵挡不住。翟月清固然守寨有功，但为了他一个，搭上两寨数万条命，似乎……"

孙地保回望其他人等。众皆缄默。孙地保叹了口气，派人去请翟团长。月清赶到关帝庙，只见诸公木然呆坐，皆如泥塑一般。孙地保问他寨外形势。月清点上一支烟，说："这些匪徒的装备比以前强了许多，军队收缴乡团的好枪，定是便宜了他们。这些都不要紧，要紧的是那几门炮，那东西威力太大，正面对打，根本顶不住。我打算选一个敢死队，带手榴弹突袭，把那些炮炸掉，然后就好办了。"

孙地保说："万一失败呢？"

月清说："失败就失败呗，死的做烈士，活的继续拼。"

顾祖昌说："叫上万人陪你死？"

月清怒视顾祖昌。顾祖昌往烟斗里填烟丝，不与他照眼。月清又扫视在座诸公，亦皆沉默无言。月清嘿嘿一笑。"我就猜你们要把我卖掉，果然。"他说，"你们也不想想，这三伙土匪兴师动众，如此大阵仗，只为要我一条命？即使三个匪头答应，他们手下那些人也不答应。把我献出去，你们只会死得更快。"

顾祖昌说："他们是跟你有仇，又不是跟别人。你出去，这几万人还有一丝活路，你不出去，大家必死无疑。"

月清再次扫视众人，仍无一人发声。他问孙地保："这是公议么？"孙地保说："你就别让大伙为难了。"月清呵呵笑起来，捏着烟走出大殿，从马厩里牵出一匹伊犁马。他有两匹马，一匹伊犁一匹蒙古，蒙古马跑得慢些，但有耐力，伊犁马耐力差些，但跑得快。他策马来到寨门，登寨窥望。那三个匪首已经不见，匪众也都随意坐卧，两尊山炮正对着寨门，极是醒目。月清丈量形势，倘若跑得快，或许可以冲上官道，逃往县城。

主意既定，他带好枪弹，命人开门。团勇皆不舍。月清大喝："开！"团勇只好拉开寨门。月清打马飞驰而出，却未直冲官道，而是奔向山炮，意欲先将它们炸掉。匪众看似漫散，实则戒备，发现月清出寨，立即遮上前去，乱枪齐发。月清知已不能得手，掉转马头冲向官道。那边的匪众也遮过来，截住去路。月清无奈，只好再次掉转马头。匪众无马，追不上月清，但却人多，镇外到处都是，四下拦截，逐渐将月清逼到山下。月清左右冲突，皆不能出，马也被流弹射中，倒地不起，遂背靠峭壁，据险顽抗。匪众几番进攻，都被月清打退。匪首大怒，命人推来一尊山炮，朝他放了几炮，顿时山石破碎，碎叶乱飞。匪首观望片刻，没有动静，派人上去查看，只见月清满脸血污，大半身子都压在乱石之下，已然气息奄奄，不省人事了。

　　正如月清所料，他一出来，匪帮便开始攻寨，先用山炮轰击，打破寨门，而后一拥而入，大快其欲。俞松涛分守北寨，极力抵抗，最终不支，率众突围而去。匪首将月清拖到无量寺前，捆到一棵柏树上，把玩着那把刀子，居高临下观赏两座寨子里的杀戮和洗劫。山风如水，迎面泼来，月清渐渐清醒，顿觉有难挨之疼。他的下半身都被巨石砸碎了，右臂也已断裂，骨头扎出衣袖，雪白地露在外面。匪首听到微弱的呻吟，回头查看，见月清醒来，十分开心。

　　"你可吓坏我了。"匪首说，"一炮打死你，实在太亏，剥死人有什么意思？谢天谢地，你醒了。"

　　月清眼望寨子，心如死灰。匪首提刀踱到他面前，看看他，又看看寨子，嘿嘿笑起来："不值吧？"月清吃力笑了一下："死在你手里，更不值。"匪首说："那我多割几刀，叫你值一点。"月清说："你不招降么？"匪首说："不招，你这人靠不住，留你一命，我就没命了。"月清叹气："妈的，被你识破了。"匪首说："先讲好，剥的时候你不能骂，否则先割掉你舌头。"月清说："不骂一声就死，岂不是太窝囊？"匪首说："那我还是先割舌头吧。"叫两边的匪徒摁定月清脑袋，举刀动手。树丛里传出一声枪响，一颗子弹从匪首背后嗖地飞过。匪首急忙躲避，麾众反击，发现不过是个妇女，枪法也不济，对射几个回合，即身中数弹，倒在血泊之中。匪首愤然作色，骂骂咧咧走过去："一个女人家，不在家里做饭缝衣，跑出来打打杀杀，像什么话？"话音未了，又有一阵枪响，一队人从林子里冲出来，直扑匪首。匪首大惊，急令匪众掩护，狼狈退下山去。

　　这队人是俞松涛和他的兄弟，那个妇女则是井菊兰。俞松涛把月清解下来,平放在树下,把菊兰也抱到他旁边。月清望着血淋淋的菊兰,叹气说:"你这蠢女人,叫你去搬救兵,是叫你逃命,你回来干吗?"菊兰说:"回来给你收尸呀。"月清扑哧一笑,笑声牵动破碎的躯体,仿佛有无数锯条在身上横七竖八地锯。菊兰没有去搬兵,月清那点心思在她眼里一目了然,才不会上当,于是另外找个人去。后来她听说月清被逼出走,赶紧去追,土匪已开始大肆攻寨,内外交火,出不去了。神垕富甲百里,匪徒破寨之后,忙于抢劫,顾不上杀人放火,除非是遇到把钱看得比命重的人,比如俞述秀,才会成全他们。因此镇民蜂拥出寨,四散逃跑,匪徒也不阻挡。菊兰趁乱逃出,四处寻找月清下落,听人说他逃上山了,便也钻入山中。她在山间遇到一支来援的乡团,因见匪势浩大,不敢上前,躲在这里观望。菊兰痛骂他们是懦夫,继续寻找,又遇到刚刚突出重围的俞松涛。松涛派出一名团勇,随同保护菊兰。不断有镇民逃上山来。菊兰逢人便问,终于得到消息:有镇民看到月清被拖到无量寺去了。菊兰与那名团勇急忙赶去,果然看到月清被捆在树上。菊兰让团勇去叫人,自己守在那里。她本来要等援兵,匪首都要下手了,援兵仍然未至,她只好先冲出来。

菊兰感觉自己要死了,想把头枕在月清胳膊上,死在他的臂弯里。俞松涛把他们摆在一起,便率团勇追击匪首去了,无人帮忙,她自己动不了。她很懊恼,却无奈,只能抓紧时间与月清多说几句话。她说:"月清。"月清不语。她说:"你恨他们吗?"月清仍不语。她喊:"月清!"月清依旧没有回应她。菊兰艰难地侧过头,望向月清,发现他已死了。菊兰叹了口气,也闭上了眼睛。

俞松涛追击归来,看到月清和菊兰都已死去,目眦尽裂,绕尸怒吼，犹如狂兽之嗥。团勇亦皆悲愤。他们将尸体抬入寺内，暂放在大雄宝殿。驰援的那支乡团也赶过来，睹此情景，无不黯然。俞松涛发起狠，要杀回寨去。团勇皆持枪追随，呼啸而出。乡团中有几人被感染出一团豪气，亦慨然随之。其余的人仍然犹豫，走到寺外观望。一人忽指山隘处大叫。众人闻声望去，只见一支军队荷枪跑步而来。那队伍甚是严整，前锋抵达寨下，即与匪众接战，枪炮之声一时大作。这支部队是正规军，战力颇强；俞松涛那支队伍也冲进寨内，怙勇负气，拼死而斗。匪众抢掠多时，已收获颇丰，无心恋战，纷纷逃出寨子，四散溃去了。

次日上午，吴县长在保安总团赵团长的陪同下来到神垕，视察匪祸，赈抚难民。昨日月清的心腹前往县城求援，吴县长虽欲相助，却无兵可用，仅有保安总团二百多人，还得保护县城。正焦灼间，恰有一位师长率部路过，进城补给。县长立即求见师长，请求发兵剿匪，解民倒悬，他愿奉上五千大洋，以助军资。师长看了地图，不过几十里的路程，正好借机在此休整数日，遂应允之，派出一营兵力前往平乱。

溃兵袭城第二日，吴县长以大局已定，解除宵禁，陶瓷学校也继续开课。常光烈入校之后，听了许多有趣的课程，尤其是两位洋学老师的课，令他眼界大开。两位老师都是热情洋溢的新青年，见此少年爱好科学，无不喜欢。光烈由是知道了氧化还原、化合、分解等等诸反应，也明白了看似纯净的瓷土，其实包含了无数的元素和物质。原先以为烧瓷只是土与火的技艺，在某种神秘力量的作用下得以成就，如今才晓得其实是一系列物理与化学反应的结果。以前含含糊糊的东西，在科学这里，都有明确的定义和解析。后来月白被关禁闭，把他托付给化学老师。化学老师姓谢，名安平。谢安平老师为翟月白的遭遇鸣不平，抨击县府粗暴颠顶，不尊重科学。钧瓷失传已久，要恢复也须假以时日，怎能数日之间便要成功？常光烈看他言辞激烈，为他倒了一杯水。

"老师，请问您一个问题。"光烈说，"假如有一团泥巴，有多种成分，但不知道都是什么，可以分析出来么？"

谢老师说："要看成分有多少种，如若太多，太复杂，很难完全分析出来。如果相对单纯，就可以。"

光烈说："比方说，烧瓷用的釉泥呢？"

谢老师想了想，"应该可以。"

光烈取下脖子上挂的宝葫芦。那是一只小小的白瓷葫芦瓶，上面绘有一枝梅花，瞧上去颇为精致。光烈在桌子上铺一张纸，将瓶塞拔出，取一根缝衣针小心地捅，倒出来一撮泥灰。

"您能把这个分析出来么？"光烈问。

这些泥灰是翟日新的釉泥。当年翟日新与姚掌柜订立契约，于晚间在公司偷烧了两只钧红。值夜的工人与常宝安相熟，那晚有事，叫宝安代班。宝安看到作坊亮灯，过去查看，发现师傅正在烧瓷，便躲起来偷窥。当那两只瓷器相继取出，宝安瞠目咋舌，只觉满世界都是红光。翟日新将瓷包起，收拾掉做瓷的痕迹，匆匆离去。宝安上前检查，发现桶中有一点残存的釉泥，如获至宝，急忙收集起来。他上街买一只小瓷葫芦，将泥储入其中，穿上一根红线绳，当作吊坠挂在脖子上。他只是作为宝贝收藏。师傅待他不薄，他不会出卖师傅，况且这么一点釉泥，连只碗都敷不满，拿出来也没有用。后来师傅矢志不烧钧瓷，这点釉泥，便是世上仅存的钧红釉了，常宝安因此更加珍视。他对这个秘密守口如瓶，只对妻子和儿子讲过。菊兰看丈夫如此宝藏，甚感可笑。丈夫死后，睹物思人，她才也珍惜起来，一天到晚挂在自己脖子上。再之后她与翟月清好上，再看此瓶，便有一些羞愧，于是传给了光烈。

　　谢老师大喜，立即带光烈去试验室，化验半日，终于分析出了几种成分，主要是二氧化硅和碳酸钙，还有一些氧化铜。谢老师以此成分寻找原料，与光烈调制釉水，再由光烈试烧。光烈虽小，烧瓷功夫却不弱于老师傅，月白也已将师兄那里得来的钧瓷心法传授给他，因此做起来有板有眼，并无滞碍。第一天没有成功，学校里还进驻了许多保安团勇，一个个荷枪实弹，搞得气氛肃杀而紧张。光烈以为是冲月白来的，更加着急。第二天烧出一只笔洗，虽有一些模糊的红晕，釉面却棕眼密布，厚薄不匀。第三天烧出一只玉壶春，半面干缩如枯橙皮，半面则红蓝错杂，通体缩釉严重，釉质干涩，虽有进步，却也不甚可观。第四天一早，他们继续实验，将新釉敷上一只素烧过的挂盘。火住降温后，他们打开炉盖，取出匣钵，顿觉霞光满眼，万物缤纷。谢老师将挂盘小心翼翼捧起来，仿佛捧着一团瑰丽的幻梦。

　　"放进炉子时灰扑扑的，经火一烧，竟然化生出这么漂亮的图案。"谢老师说，"光烈，这便是窑变吧？"

　　光烈未曾想到好运竟然如此迅速地降临，一时有些无措。"应该是吧。"他说。

　　喜报寻即传到县政府。吴县长从神垕视察归来，犹自悲怆不已，忽闻佳音，实慰心怀，立即前往陶瓷学校验收成果。他手捧挂盘，眼光黏在飞红溢彩的釉面上，不知如何形容，唯有不住声地说"漂亮！"赏玩久之，他传唤月白师傅，要向他致以热烈的祝贺和崇高的敬意。校长报告县长，这挂盘是谢安平老师与一个叫常光烈的学生研烧成功的，至于月白师傅，还在作坊里关着。吴县长讶然，急命释放月白，并请老师和学生来见。校长匆忙走出去。吴县长又捧起挂盘观赏。秘书在旁说："翟月明也还在牢里，是不是也放了？"

吴县长说："放了，再派辆车把他送回去。连同翟月白，一道送回去吧。"

秘书应诺，又说："他们家的情况，要不要先告诉他们一声？"

"先说一下也好，让他们有个心理准备，免得到家一下子接受不了。"吴县长说，"另外你安排一下，选择日子，举办个表彰大会，表彰这位克复钧瓷的老师，还有他的学生。然后再开办钧瓷工厂，广招学徒，把这门技术真正发扬光大。"

秘书一一记在本上。忽有飞机的轰响自西北传来，由远而近，须臾便到头顶。吴县长甚感讶异，猛然想起师长的军队还在这里休整，师部便在学校隔壁，大惊失色，起身要走，炸弹已然从天而降。一阵巨响过后，房屋化为废墟。吴县长匍匐在倾圮的檩柱下，只觉天地翻覆，不知身在人间，还是已入地狱。他缓缓抬头，看到那只挂盘就在手边，只是已经碎裂了。灰尘渐渐沉降，落到一片狼藉之上。挂盘也覆了厚厚一层尘埃，万紫千红掩盖在尘埃之下，全都看不到了。

民国十九年纪事（下）

（公元1930年，岁次庚午）

一

翟月清并未死。

俞松涛等人将翟月清和井菊兰抬入无量寺大殿，便都离去了。大和尚敬翟月清是为镇民捐躯，特为他念诵《地藏菩萨本愿经》，以超度之。诵到"我观南阎浮提众生，举心动念无不是罪"，忽听有人低语"闭嘴！"惊顾四周，并无人影，再看尸体，却见月清睁开了眼。和尚只道是佛法殊胜，乃使死者复生，无限欢喜，急忙将寺前观战的外乡团勇唤过来，叫他们见证佛法之不可思议。俞松涛闻讯赶来，惊喜万分。镇里的大夫已弃家外逃，寻找不到，俞松涛派人从数里之外请来一名郎中。那郎中只能治得头疼脑热的小病，看过月清的伤，摇手而去。俞松涛无奈，去车行叫一辆车，把月清连夜送往县城。恰好赵总团长在城头巡夜，急忙开门放入，亲自送到医院。那医院是吴县长到任后创办的，聘有多名西医医生。月清一路颠簸，又已昏迷，被医生通力抢救到天明，居然又醒了过来。

井菊兰却是死了，死于枪伤失血过多。如何安葬她，成为一个难题。俞松涛对月清和菊兰的关系颇有微词。他想把井菊兰葬到常宝安坟旁，又怕伤了月清的感情，显得自己也不讲义气，毕竟他与常宝安没有交情，月清却是一起撒尿和泥长大的。思量多时，索性厝柩无量寺，等井菊兰的儿子回来再作决定。

常光烈于匪难后第三日返回神垕，在翟月白帮助下，将他娘葬到他爹旁边，然后返回县城照顾谢老师。光烈和谢老师都在轰炸中受了伤，光烈伤情轻微，只是擦伤一些皮肉，谢老师却被坍塌的屋梁砸断了胳膊。翟月白运气好，未被空袭伤及，关押他的作坊炸倒了半边，而他在另一边调釉，侥幸逃过一难。他忧心大哥和谢老师的伤情，但家里更是一团糟，需他回去料理。俞述秀死了，程克勤也死了。俞述秀死于守财，程克勤则死于护子。他儿子程发祥年龄虽小，胆子却大，匪徒冲入他家，他居然持枪对打，直到子弹打光，才逾墙而走。克勤为掩护他，不得已持枪阻挡匪徒，被匪徒乱枪打死。月白要承担起两家的善后，无暇去医院照看大哥和谢老师，便给了光烈一些钱，叫他代劳。光烈不管翟月清，只是守在谢老师身边，直到他离开钧县。吴县长受伤颇重，不能理事。他本以为樊钟秀既死，蒋总司令必可占领中原，不料西北军随即顶上来，把蒋军打退，双方在许漯一带陷入僵持。吴县长心不自安，即以伤重为由挂冠而去。人亡政息，陶瓷学校亦被裁撤，谢老师失去职事，生活无着，骨伤稍愈，便负笈返乡了。

在陶瓷学校学习新式工艺的神垕人颇多，学校解散，众人归来，常光烈复烧钧瓷成功的消息亦传回镇内。人们无不惊讶。通情的归功于翟月白和谢老师，常光烈不过是走狗屎运，拣了个便宜；

迷信的则以为是金火圣母偏爱，常光烈天生要吃这碗饭，否则好运为何不应在翟月白自己身上，偏偏应在了他身上？光烈一回神垕，便有人找上门，或欲重金聘其为匠师，或欲与其合伙，一起烧制钧瓷。顾宗尧最是大方，承诺每月薪水三百大洋，年底另有分红。他看光烈已成孤儿，先给一百大洋供其花用。顾宗尧是顾祖昌的大儿子，寨子失陷后，顾家失了不少钱财，顾祖昌最喜爱的二儿子宗舜也死于非命，老先生悲恸不已，卧床不起，家业遂由顾宗尧接掌了。光烈尚是少年，未谙世事，听闻工钱如此之多，欣然答应。顾宗尧立即与他订了契约，签名画押，又力邀他去自己家住。光烈家的老房子在匪乱中烧毁，月白将他安置到自己家。刘春芝对此颇有怨言，看到光烈也没有好脸色，光烈已然心生去意，顾宗尧邀请得十分诚恳，便跟随他走了。

月白先后埋葬了二娘和程克勤，又收拾罢两家的烂摊子，然后去县医院看望大哥，陪了他两天。月清得知光烈住在自己家，略感安心，叮嘱月白务必要照管好他。月白应诺。他回家后不见光烈，询问月明，才知道被顾宗尧弄走了。月白大惊，责骂二哥糊涂，任由光烈幼稚行事而不予阻止。母亲之死使月明遭受重创，家里的钱财也被土匪洗劫一空，生活骤然陷入困境，因此精神颓废，终日饮酒浇愁。刘春芝跟他吵过几架，不愿再看到他，搬到另一个房间去住。此时三弟也对自己横加指责，俨然视自己为废物，月明不胜悲愤。

"你们都有能耐，都会做人，只我百无一用，横竖不是人，万事都怪我。"月明说，"如今这天下大乱，刀兵四起，也都是我的责任，你赶紧去报官，把我抓起来枪毙，立马天下太平。去啊，快去啊!"

月明嗓音嘶哑,形同癫狂。月白且气且心疼,丢下他直奔顾家。光烈正与顾宗尧一家吃饭,山珍海味摆满桌席,月白扫了一眼,还有几位镇上有名头的人物在。光烈见月白寻来,起身相迎。其他人年龄和地位都比月白高上,皆安坐不动。顾宗尧笑说:"月白老弟真会赶时候,刚开席,你便来了。"回头吩咐用人加把椅子。月白因大哥之事,痛恨顾家,不愿与顾宗尧搭腔,只叫光烈马上走。光烈不想回月白家去,扶椅而立,没有动弹。月白愈怒,要拖他离开。顾宗尧起身横到他面前。

"月白老弟要干吗?"

"带光烈回家。"

"光烈是我干儿,我家便是他家,你还要带到哪里去?"

月白惊愕,"光烈何时成你干儿了?"

"就在今日。"顾宗尧说,"这些老板都是见证。"

月白回视光烈,见他默然不语,想是事实,气得想抽他。"光烈父母双亡,我是他师傅,就是他父母。"他对顾宗尧说,"你收他当干儿,须得经我允可,我没同意,便不作数。"

顾宗尧嘿嘿笑起来,"你是他师父?若不是光烈烧出钧瓷,把你救出来,你还在牢房里锁着呢,还师父,亏你讲得出口!你反过来叫他师父还差不多。"

席上诸人皆笑。月白恼羞莫名,却无言以对,只管拽光烈走。顾宗尧也恼了,一把将月白推开。"老弟莫要太过分,似你这般强闯民宅,我便打死你也不犯法。今日且看光烈的情面,不跟你计较。光烈要去要留,由他自己做主,你敢用强,莫怪我不客气!"席间诸老板也都说:"叫光烈自己选,月白老弟不得逼迫。"月白料知已不能强行带走,便叫光烈自己讲。光烈迟疑片刻,说:"我就住在这里吧。"月白犹如被当胸捅了一刀,从前心凉到后背。顾宗尧说:"月白老弟可听见了？ 赶紧走吧,莫要逼我赶你,那可就不好看了。"

月白恼怒而去。走到半道,终究不甘心,再次折回顾家。这回顾家连门都不让进了。月白气塞胸臆,在街上走了一会儿,去程家找翟月容。克勤死后,月容憔悴了许多,鱼尾和白发突然显现,仿佛是戏台上的时光流转,角色在后台换了妆,只一会儿便已朱颜半凋。她正在洗衣,用人都已辞退,家中杂务皆由她亲为。她坐在老槐树的阴影下,不紧不慢地揉搓衣裳,神情间有点若有若无的哀愁。若有若无反而欲盖弥彰,使月白更加伤心。他很难过,欲说几句抚慰的话,却心中空空,什么也说不出来。月容问他有何打算。他说没有打算,过一天算一天,苟全性命于乱世。匪祸之后,神垕的窑场都已停工,仍然打得不可开交的蒋冯大战,又使复工遥遥无期。外地来神垕讨生活的人逐渐离去,商铺林立的街道也日益萧条,往常摩肩接踵举袂成云的盛景,转眼已成了昨日梦华。许多做瓷的人眼见前途难料,开始另谋出路,然而出路何在,却蒙昧不清。世事如此,除了拉杆做土匪,做什么行当都不保险。人们身闲心慌,唯有吃酒消遣,吃多了便打架闹事,各种是非和仇恨亦如野草般滋蔓开来,镇子里的戾气与日俱增。程发祥在父亲死后,变得敏感而好斗,又被这环境感染,也逐渐收不住心,每日在街上惹是生非,令月容头疼不已。荣盛窑本已艰难,如今克勤也死了,未来更加渺茫,能否重新开张都未可知,月容不愿让月白在这里不死不活地耗下去。

"你还是出国吧。"她对月白说,"不要辜负了你娘的期望。"

月白望着她,"我走了,你怎么办?"

"我总过得下去,手头还有些钱,再不然把窑场卖了,横竖能把小的拉扯大,老的送了终。"月容说,"你出了国,也算了却你娘的心事,她在天之灵也会开心。"

月白摇头,"不去。她有她的心事,我有我的心事,她连她自己的命运都安排不好,又怎能安排好我的命运?"

"你呀,就是倔!得赶紧给你娶个媳妇,好好管教你。你也老大不小,看看你这年龄的人,哪个不是老婆孩子都有了?"

月白没好气,"生在这乱世,自己都活不好,还娶什么老婆?大人都活不好,还生什么孩子?生了孩子,叫他在这乱世里浮沉,你对不住他,他也终将辜负你,何苦呢?"他说着,想起常光烈,不由得更加心烦。月容看他变得烦躁,询问缘故,得知常光烈投靠了顾宗尧,也只有喟叹。

"这孩子是认贼作父了!"她说,"他执意往坑里跳,谁也没有办法。你已仁至义尽,由他去吧。"

月白说:"他还小,不懂人心险恶,被顾宗尧骗了。大哥反复叮嘱我要照看好他,结果才几天,他便出事了,我怎么向大哥交代?"

月容说:"你可千万不要告诉月清,他那脾气,知道了定然不依,立即便要回来找顾宗尧算账。他身体还不好,禁不住折腾。"月白说:"知道的。"月容继续埋头洗衣,忽然笑了一下。月白帮她提水,看到她笑,问她何事开心。月容说:"我想起你讲过的话,月清说你娘长得像我。"月白默然,将水倒入木盆。月容又说:"我很好奇,我和你娘哪些地方像？等见到月清,我要问问他。"月白脸颊发热,仿佛被阳光烫到。月容继续说:"你娘和二娘都不在了,我是长姊,给你讨媳妇的责任,我可得担起来。这几天我便去找媒婆,叫她们好好物色一个。即使你出国,最好也在国内娶个媳妇带过去,我听说洋人都有狐臭,娶个洋媳妇,天天在一起,怕要熏死了。还听说洋人吃得也不好,天天牛奶加面包,有什么吃头？带着国内的媳妇,也好给你烧饭。"月容边说边搓洗衣物,盆内放了许多皂末,水红的绸子隐没在雪白的泡沫下。月白不乐:"你就这么急着把我往外赶？"月容说:"男大当婚,你再不娶媳妇,人家要怀疑你有毛病啦。"月白说:"管他们呢,反正我不想娶,就跟你相依为命好了。"月容怔了一下,叹了口气。

"傻子！我又不能跟你一起过。"

月清毕竟体质过人,才十几天,皮肉伤已愈合大半,精神也恢复了许多,一个月出头,便欲下床出院。医生不得不每天训斥一顿,才勉强压制住他。月白在家无事可做,徒然心烦,便去医院陪大哥。月清急于出院,是他计算时日,井菊兰和保安团战死兄弟的"五七"要到了,他要回去为他们办丧,医生不放他走,令他无比沮丧。他叫月白帮他张罗菊兰的"五七",多给她烧些车马纸钱,光烈还小,办不了这些。末了他问:"光烈在家干吗？"

月白装作没听见,只说没问题。月清说:"我问你光烈,他在家干吗？"月白说:"他很好。"月清点头:"这孩子很敌视我,现在他娘又因我而死,他怕要更加恨我。我亏欠他太多,以后慢慢补吧。"月白不语。月清又说:"没想到这孩子有做瓷的天分,真是意外,他爹可没有这能耐。他师爷的手艺这么曲里拐弯传到他手里,也是天意。"月白淡然一笑:"就怕学到手艺,不用到正路上。"月清说:"做瓷器又不是做烟土,害不了人,没有不走正路一说。就是会招祸,先是爹,再是你和月明,咱家在这上头吃亏不轻。你得管教好光烈,叫他不要显摆,自找麻烦。等世道太平了,你们想烧,再烧不迟。"

护士过来给月清换药,顺便提醒该交钱了。医院是县立,县府人员和赤贫人士免收诊金和药费。月清不是县府人员,亦非赤贫人士,自应照章交费。之前的钱先由保安总团垫付,后由神垕镇保安团支付,此时又该续交了。月清有点尴尬,叫月白回去转告俞松涛,马上送钱过来。月白本想在这里待一天,明日再走,月清不耐烦起来,催他赶紧回去。他不愿欠人钱财,背上一文债,便如背了一座山。月白只好匆匆而回。俞松涛正在关帝庙发脾气,听月白讲了医药费的事,抽了自己一个嘴巴。

"我都忘了这事,真他娘的该死。"他说,"你回吧,我这就找钱送去。"

月白走后,俞松涛唤来管账的文书,问他能不能搞点钱。文书说:"咱们也去绑一票?"俞松涛嘿嘿一笑,叫他滚蛋。土匪攻入寨子后,关帝庙也没放过,将保安团的钱款和弹药洗劫一空。战后不久便要发饷,战死团勇的丧葬及抚恤,更是一笔紧迫而巨大的款子,俞松涛找地保、寨主与各会会长,请他们尽快筹措。地保和寨主愿意相助,陶瓷公会和商会却很是支吾。大战之前,大家才应保安团长翟月清的要求,筹措了巨款购买快枪和弹药,这才没多久,又令大家出钱,未免过分。况且经过匪兵洗劫,镇中已然元气大伤。土匪退走时,又从不少大户人家绑走肉票,虽则离开了神垕,飞票传到，被绑的人家却不敢不交钱赎人，因此而破家者又不知凡几。诸公唉声叹气，各道艰难，竟无一人主动纳捐。俞松涛没有化到一文钱，反而吃了许多抢白，颇怒，转思保安团的确未能善尽保安之责，拿了人的钱财，却未能替人消灾，人家当然不开心。幸赖顾家新主顾宗尧慷慨解囊，地保孙经略也带头募捐，百般筹措，弄到一千大洋送过来，才算暂解燃眉之急，将战死的兄弟买棺下葬，受伤的兄弟给钱医治，至于抚恤，只能等等再说。前次俞松涛给县立医院送的钱，也是从这中间出的。半月之后，兄弟们按时来领饷，他便无以支应了，只好请求宽限一些时日，容他想想办法。兄弟们也不为难他，嘴里讲着没关系，但都明白大势已去，隔日便有几人辞职了。隔几日又有数人离去。俞松涛眼见人心涣散，团已不团，悲愤不已。昨日有个受重伤的团勇最终不治，老婆孩子来关帝庙哭闹。那团勇是家中梁柱，他死了，老婆孩子生活无着，难免恓惶。俞松涛与此团勇关系亲密，听闻噩耗，无比悲伤，意欲抚恤，却拿不出钱，便带了几杆快枪，卖给邻镇一家老财，把钱给他们送去。其他战死者家属闻知，也找上门来，要求他支付抚恤，身为代理团长，不能厚此薄彼。俞松涛焦头烂额，恨不得在颈上插根草标，把自己卖掉，换钱分发给他们。好不容易将他们打发走，翟月白又来了。俞松涛上次送钱，以为够用了，不料竟然已用完，颇有些心惊，大骂医院心黑，比土匪绑票还凶狠。月白走后，他愁肠千结，计无所出，有心找老板们求借，又不愿看他们的脸色。犹豫久之，他去马厩牵出自己那匹哈萨克马。这匹马与翟月清的伊犁马同时买的，松涛爱之如命，寨破时曾被土匪抢去，松涛打回寨子，正好遇到，开枪击毙土匪，将马夺了回来。他打来一桶水，将马细心刷洗，又喂了一顿饱料,骑上它前往县城,找到一个牙侩,把它卖了。那马知将易主,对松涛萧萧悲鸣。松涛只当没有听到,拿钱径直而去。他来到医院,将钱袋放到月清床头。

"等你伤好了,去外头做大事吧,投军也好,拉杆也好,干他几年,也混个军阀。"松涛说,"别再回神垕了。"

二

与翟月清不同,俞松涛是有家小的。他爹俞述彦当年起事落草,在周边数县纵横多年,从不曾劫掠神垕,反而多次率众救护,赶走觊觎神垕的匪帮,因此他娘儿俩在镇里照常生活,并未受到排挤和攻讦。后来俞述彦投入镇嵩军,随军入陕,因功升至营长,将妻儿接去居住。俞松涛到了婚娶之年,在那边娶妻生子,以为落根之计。后来他爹战死了,家境渐衰,俞松涛便也投了军,几年间混到排长之职。一次与同袍吃酒,醉后龃龉,失手将连长打伤。连长是旅长的亲戚,松涛害怕报复,连夜逃出军营,一路潜行回到了老家。其时翟月清刚接任保安团长,与数杆土匪鏖战正酣,邀请松涛入伙。松涛横竖无事,便加入了,与月清并肩作战,奋不顾身,积功渐升至副团长,与月清分守两座大寨。

给月清送过钱,松涛步行回神垕,走到半路天便黑了。他截住一辆拉草禾的骡车,将车卸掉,骑上骡子代步。途中又抢了一家酒铺,搬出几坛酒和十几斤羊肉,挂到骡鞍上。回到神垕已是午夜,他喝开寨门,把值夜的团勇叫到关帝庙,摆开酒肉大快朵颐。吃到半酣,他说:"咱们兄弟出生入死,却落到这般下场,你们灰心不灰心？"一人说："不是灰心，是寒心。"众人轰然应和，皆称寒心透顶，不想干了，不如散伙。松涛说："不能散伙，一散伙，咱们一个个屁都不是，只要保安团在，就是一股势力，没人敢小觑。只是以后不能再这么蠢，被人做狗使，还不给饭吃。以后咱们要做人，不用他们施舍，没饭吃，咱自己找去。"有人问："怎么找？"松涛指点桌子上的酒肉："你们可知这些东西是怎么来的？"众人皆说不知。松涛说："老子在路上抢的。那老板抽把刀要跟老子干，老子一枪打断他一条腿，他老婆吓死了，跪地上叫我大爷，大爷饶命大爷饶命，要什么都给你。我看她叫得实诚，就饶了他们。"团勇皆无语。松涛继续说："还有那头骡子，也是抢的，老子拿枪一比画，车把式就乖乖给了老子。"松涛一边讲，一边嘿嘿笑，越笑越厉害，仿佛疯魔了一般。

"真他娘的痛快！"

之后数日，邻县几个大户相继被绑票，每家索赎三千到五千大洋不等。神垕几个老板也在门缝里收到勒索的飞票，要求将大洋若干，于某日某时送到某山某处，倘若不遵，后果自负。有人不以为然，次日晚间房子便着了火。又有人不遵，隔天小孩便不见了。一时人心惶恐，无敢违拗。大家求助保安团，代团长俞松涛爱理不理，以无钱饷士为由谢绝救援。俞松涛口称无钱，这个月底，团勇却足额领到薪饷，之前拖欠的也全都补上，又因天热，每人发了十元消暑津贴。伤亡兄弟的抚恤也都补发到位，且颇为优厚。神垕镇人人惊疑，渐有闲话传开，说那绑票和勒索之事，便是保安团串通土匪干的。地保孙经略约齐两寨寨主、各会会长及地方上有名望的耆老，召俞松涛过来说话。俞松涛带了几名团勇赴会。孙地保历数近来发生的治安事件,指责保安团没有作为,言下颇有质疑他们为祸乡里的意思。俞松涛大怒,当场掀翻桌子,痛斥孙地保无中生有,恶意诬陷,将他捆到柱子上,叫团勇站到百米之外练打靶。在场诸公魂飞魄散,极力讲情,顾宗尧更是拦在孙地保身前,恳求俞团长宽宏大量,孙叔老了,脑子糊涂,自己都不知道在讲什么,俞团长万勿与他计较。团里艰困之时,顾宗尧慷慨相助过,俞松涛对他颇有好感,便看他情面,放过了孙地保。

白露前一日,俞松涛又去给翟月清送钱。月清住在赵总团长的一处闲宅里。他的皮肉伤早已痊愈,但骨伤严重,医生叮嘱需卧床休养三个月,不必住在医院,只需定时复检便好。他本来想回神垕,松涛劝他莫回,神垕人都在怨他,若不是他得罪匪首,也不会这么大动干戈来报复,以至于害苦大家。月清狂笑一场,也就不回了,向赵总团长借个地方将养,待骨头长好,再做打算。松涛要派一名团勇来照料,被他拒绝,赵总团长雇有一名用人,用不着多费人力。松涛派团勇,意在为月清做警卫,他怕匪首寻仇,找上门刺杀月清。月清也明白他的用心,贵为中央军统帅的蒋介石便是以刺杀起家,何况土匪?倘若知道了他的容身之处,定然会上门谋害。因此他不愿团勇来,只要他手中有枪,不用警卫也无妨,倘若他手中有枪仍不能自保,让团勇来也是枉送性命。松涛拿钱给他,他也不要,他不想与神垕人再有瓜葛,也不愿再花保安团的钱。

"这钱不是保安团的。"松涛说,"是六里乡团凑的,托我给你送过来。"

月清不信:"他们一家比一家穷,买杆枪都得当裤子,哪里有余钱充大方?"

松涛笑："也没你说的那么穷。这么多年你一直仗义相助，他们深感恩情，所以凑了这些钱，聊表一点心意。"

月清愈发不信："我为神垕出生入死，神垕人还不承我的情，我帮那六里乡团，仅仅是举手之劳，不足挂齿，他们没道理这么客气。"

"生人记恩，熟人记仇，人心就是这样，没道理好讲。"

松涛说着，将钱袋丢到床头柜上。月清说："团里的钱够用吗？"松涛说："够啊，用不完。"月清说："省着点用，镇里已经伤了元气，一时半会儿恢复不了，管他们要钱，他们也不乐意。"瞟一眼床头柜上的钱袋，"这钱你拿回去，给团里用吧。"松涛说："最见不得你装仁义，明明是英雄好汉，干吗要逼自己做圣人？搞得自己苦哈哈，也没人承你的情记你的好。团里钱够用，不够用我自有办法弄去，你老老实实养伤，伤好了想去哪儿去哪儿，最好能混个师长旅长，叫我们兄弟也跟你沾沾光。神垕的事，你以后再不要管，天塌地陷都与你没关系，家里人自有我照应，你不用担心。"月清说："你个狗玩意儿，你是明着夺老子的权啊。"松涛说："那可不，你都干了十来年团长，该换我过过瘾了。"

两人大笑，各怀满腹心酸。笑罢，月清问松涛，这些天可曾见到光烈。松涛说没有。月清说："这孩子脾气倔，有股野性，没人管教，怕会出事儿。月白虽是他师父，人太忠厚，少一点狠劲儿，恐怕拿不住他。你得多上些心，时常看顾，别叫他走了歪路。"松涛说："他认了顾宗尧当干爹，住在顾宗尧家，生活不赖。"月清愕然："什么时候的事？"松涛说："有一两个月了吧，顾宗尧认他当干儿，估计是冲着他会烧钧瓷，听说他们已经开烧了，有没有烧出来，我还不晓得。"月清说:"我是认真问你话,你别跟我瞎扯淡。"松涛看他一副震惊之状,颇觉讶异,"诓你干吗? 听说因为这事儿,月白还跟顾宗尧闹得很不愉快。月白没告诉你?"月清不语,脸色异常难看。松涛看这情形,显然是月白未讲,想必因为月清与顾家有仇,才不愿让他知晓。松涛说:"月白也是过虑了,顾祖昌是老杂毛,顾宗尧人还不错,光烈跟着他,未必就不好,我听说吃穿住都由他管,每月还有三百大洋的薪水,这待遇,比做县长还好。你也别瞎操心,有我们在,还怕光烈被人坑?"月清不想再说话,朝松涛甩甩手:"你走吧,到家告诉月白一声,叫他来见我。"

松涛走到街上,打听着寻到一家窑子,选了个标致窑姐,先付过钱,引到月清住的地方,叫她进去伺候那位爷。他回到神垕,去找月白。月白不在家,月容的婆婆旧病发作,怕要撑不住,他去那边帮月容照应。松涛便叫月明转告。月明仍是醉醺醺的,手握蒲扇瘫在逍遥椅上。月明是松涛嫡亲的表弟,但在翟家三兄弟中,却是松涛最瞧不起的一个。月清骁勇大气,是松涛顶佩服的人;月白虽不过二十来岁,却已立业多年,管起偌大的荣盛窑。月明活到这么大,屁本领没有,衣食住行无不仰赖姑姑,如今姑姑一死,他便成了这般狗屎模样。这诚然与姑姑的管教不当有莫大关系,但是生而为人,不痴不傻四肢健全,却把自己活成废物,又怎能全怪别人?坊间有传,他老婆刘春芝与顾宗禹不清不楚,姑姑死后,两人更是如胶似漆,全然不把月明放在眼里。松涛听到传闻很恼火,找月明询问真情,倘若属实,他便替月明出头,收拾那对狗男女。彼时月明宿醉方醒,听了表哥的话,不以为然。

"他俩是老表,亲密一些有什么? 难道男女在一起,就一定有奸情？"月明说，"市井里这些闲话，就如放屁，听他干吗？"

松涛说："即使没有奸情，也得讲个男女分寸，被人这样议论，你就不丢人？"

"都什么年代了，还这种老脑筋。你出门被狗吠，又不是你的错，你丢什么人？难道被狗吠了，你就不出门了？"

月明讲话有气无力，神情淡漠，仿佛在说一件无关痛痒的事。松涛无语至极，怫然而去，对这位老表也愈加看不上眼。此时他见月明又在醉乡，忍不住大发脾气。

"一天到晚只会吃酒，像什么样子？"松涛说，"你的老婆孩子打算叫谁给你养？"

月明醉眼蒙眬地打量俞松涛，"不用你管！你别看我现在颓唐不做事，是我不想做，等我开始做了，叫你们都惊掉下巴。"

松涛冷笑："那我请教你，你打算什么时候开始做事？"

"知道楚庄王的典故吗？你当然是不知道的，你又不读书。楚庄王继位之初，便是沉溺于醇酒美人，万事不做，直到三年以后，才开始奋发振作，成就了一番惊天动地的霸业。所谓三年不鸣，一鸣惊人，三年不飞，一飞冲天。"月明说，"我这才三个月，离三年还早，不着急。"

松涛大嚷而去。月明注视他离开，复又瘫在逍遥椅上，两眼空空，望向天宇。天宇虚空如海，海底似有浩大的黑暗，与他隔空对视。月明觉着自己的魂魄要被那黑暗吸走，心慌恐惧，急忙翻身坐起。顾宗禹提一壶酒和两个小菜找过来，要与月明吃酒。月明不吃了，叫他自己吃。顾宗禹见他宿醉未醒，再吃酒太伤身，便不强攀他。月明瞧他自斟自饮，神情郁郁，平素废话极多的一个人，此时却不言语，便说："顾宗禹，你的蟹壳青死了吗？"

顾宗禹日常不务正业，只喜秋兴斗虫，蓄养了好几只有名号的蟋蟀，蟹壳青是他最爱的一只。他最忌人讲这种晦气话，冲月明翻白眼："你死了它也不会死。"月明说："那一定是斗虫斗输了，你输了多少码？"神垕斗蟋蟀贴标对赌，一个筹码一块大洋。顾宗禹赌得大，动辄上百码，头脑发热时，一把上千也押过，但却输多赢少，满心指望这只蟹壳青能做大将军，为他翻翻这几年的本。月明的话令他更加恼火："你嘴巴是茅坑么？只会喷屎！"

月明说："那你干吗哭丧着脸？白露时节正宜驯养蟋蟀，你这蟋蟀头子不去弄你的蟋蟀，却跑来这里吃酒，是有什么烦心事么？"

顾宗禹说："有也不能告诉你。"

"说来我听嘛，憋在心里会得病的。"

顾宗禹不理他，只管埋头吃酒。月明说："看样子心事不小，我唱个曲儿吧，给你解解闷儿。"顾宗禹不置可否，月明便唱起来：

竹竿籊籊，河水泱泱。相忘为乐，贪饵吞钩。非夷非惠，聊以忘忧。

一阕三叠，反复咏唱。唱罢叹了口气："顾宗禹，你知道这是什么曲儿吗？"顾宗禹闷声说不知道。月明说："你当然不知道，像你这种游手好闲没知识的人，知道就怪了，所以你心情不好时只能吃酒，可怜见的。"顾宗禹说："你有知识，你怎不去北平当教授，干吗窝在这里当活宝，叫我们这些没知识的人取笑？"月明发窘："我也不是没当过教授，在陶瓷学校，我可是顶受欢迎，每次我授课，教室里坐得满满的，还有许多人挤在窗户外头听，大家都说，从没见过像我这么有学问的人。我在这里被你们取笑，是龙游浅滩被虾戏，虎落平阳遭犬欺。你即使粗俗，想必也知道姜子牙和朱买臣的故事，他二人发迹前，一样是被无知的人欺负和嘲笑。自古而然，我也不能例外。你们笑只管笑，早晚有你们打脸的时候。"顾宗禹冷笑："那祝你早日发迹，来打我们的脸。"月明说："你这脸跟打过也差不多，哎，你究竟怎么了？"顾宗禹又闷头吃一杯酒，说："你这样什么事都不做，你家兄弟有没有骂你是废物？"月明说："原来是被你大哥骂了，像你这般游手好闲，又不学无术，的确跟废物差不多，你大哥也没骂错。"顾宗禹大怒："你又比我强到哪里去？你还不如我，我还能捐个生意赚点零花钱，你活这么大，可曾赚过一文钱？我若是废物，你便连废物都不如……"月明翻眼打断他："哎哎，这样互相贬损有意思么？赶紧吃你的酒，吃完滚蛋。"

顾宗禹鼻孔里哼一声，继续吃酒，吃了一杯，又说："月明，你究竟会不会烧钧瓷？"月明躺在逍遥椅上晃啊晃，只作没听到。顾宗禹说："问你呢，你会不会？"月明说："当然会，常光烈都会，我怎能不会？"顾宗禹说："那你怎被吴县长关起来了？"月明说："这事说不得。"顾宗禹说："有什么说不得？我又不是外人。"月明说："我到陶瓷学校后，依我的计划，是先讲钧瓷文化，再教烧制方法。在教烧制前一晚，我做了个梦，梦到先父，先父极是严厉，呵斥我不遵遗训，拿了根尺二长的戒尺，劈头盖脸就打，我一惊吓醒过来，出了一身冷汗。我知晓自己错了，不能再错下去，于是便谎称不会，叫那姓吴的关了起来。这事儿讲出去也没人信，我也懒得辩解，随他们怎么说吧，我只无愧于先人便好。"顾宗禹说："如今常光烈和我大哥合伙,已经烧出了钧瓷,烧得还不错,我去瞧过,挺漂亮。你们家这技术已经传出去了,你再保守秘密也没意义,不如咱俩也合伙烧吧。"

月明手摇蒲扇,沉吟不语。宗禹说:"老蒋老冯的仗打得没完没了,也不晓得何时才完结,即使他们打完了,指不定还有别的军阀过来接着打。这窑场的生意眼看要完蛋。烧钧瓷就不同,不用那么大阵仗,烧出一般的,当工艺品卖,烧出上好的,做做旧,拿去充古董,好家伙,还不赚死了。我大哥把常光烈抢过去,便是打的这个主意。咱们也干起来,你出手艺我出钱,你是翟家人,更他妈正宗,不愁干不过他们。"宗禹讲了半天,见月明没有反应,问他:"你干不干?"月明说:"容我想想。"

顾宗禹将一壶酒吃完,酩酊而醉,歪进月明的房间,倒在罗汉榻上酗酗睡去。月明持扇出门,去月容家找月白。街上人看到他都笑,打趣说大教授出来啦? 月明听若罔闻,只管趿着鞋往前走。月白不在月容那儿,月容也不知他干吗去了。月明怏怏而返,边走边寻思,自家的技术被姓常的小子搞去,成了他的本领,也不经师门同意,便堂而皇之地与人合伙烧起来,真是岂有此理! 似这等不守规矩,欺师灭祖,剁他两只手都不为过。越想越气,不由自主往顾宗尧的窑场走去。

走到半道,迎面看见月白。月白刚从顾宗尧窑场出来。他也是去找常光烈,但不是找常光烈的麻烦,而是通知他去上坟,十天后他师爷周年,叫他同去祭拜,届时再借机劝他回家。他已找过四次,前两次去顾家,后两次去窑场,皆被堵在门口,不放入内。这回他强行闯入,却发现顾宗尧也在。顾宗尧颇怒,意欲将他打出门去,想了想,还是忍下怒气,笑脸相迎。翟家虽已败落,翟月清也残废了,却还有俞松涛这个表亲。姓俞的匪气日重,保安团也越来越像贼窝。有人去县政府告状,告了几番皆无响应,告状的却被打了闷棍,装入布袋丢进河中,几乎淹死。风闻是俞松涛通过保安总团赵团长给县长上了孝敬,因此纵容不管。翟月白虽然讨厌,终归是俞松涛的亲戚,打狗还须看主人。他问月白有何贵干。月白也不与他吵闹,只是说明来意,让他叫出光烈。顾宗尧说:"光烈不在这里,我会转告他,月白师傅放心。不送了,你走好。"

月明听月白讲罢,怪他太客气,就不该理会顾宗尧,只管去作坊寻找便是,找到了先抽兔崽子两耳光,叫他马上回来,敢不听,立即剁手。月白一哂,问他何事来找。月明说:"常光烈那个釉方,是谢安平帮他分析出来的,谢安平一定知晓,他有没有告诉你?"月白说:"告诉了。"月明说:"那就好,把方子抄一张给我。"月白说:"你要它做什么?"月明说:"你莫管,抄给我便是。"月白狐疑地打量他:"你不讲清做什么用,我不能给。"月明怫然:"这方子是咱爹的,不能只有你一人知道,我和大哥理应也有一份。况且天有不测风云,万一你有个三长两短,人没了,到那时别人家会,反而自己家不会,岂不是天大的笑话?"月白觉得有理,但仍不给。月明大怒,扭头便走,走了几步,回头说:"大哥叫你去县城找他。"

三

月白拖了好几日才去县城找大哥。月容的婆婆死了,他要帮月容办丧。其间经历了一场风波:老太太卧病多年,终于撒手西去,也算解脱，小叔夫妇却坚称是被月容虐待致死，以此为借口，定要分了她的家产。小叔名克俭，与克勤早已分家，老太太一直由克勤夫妇伺候。克俭夫妇闹得泼凶，主持葬礼的二叔程令仪几乎气死，紧急吃了一剂镇肝熄风汤，方才保住老命。自古家事难管，地保和寨主虽则同情月容，克俭夫妇胡搅蛮缠浑不讲理，他们也束手无策。俞松涛闻讯，带人前往镇压，朝天放了几枪，才把克俭夫妇吓退，使老太太得以平安入土。

月清早已等得不耐烦。他骨伤严重，两条腿全被石膏包裹，不能屈膝，坐不了轮椅和滑竿，想出去透个气也难。如是三个月，憋得他心浮气躁，看什么都不顺眼，小不如意便大发雷霆。有一晚蚊帐里钻进一只苍蝇，在帐子里嗡嗡飞，赶不走也打不住，月清怒不可遏，拔枪狂射，最终以五颗子弹的代价，将苍蝇击毙帐中。结果一群蚊子从弹孔钻进来，把他叮得满身包。他于暴怒中将蚊帐扯得粉碎，然后无数蚊子蜂拥而至，犹如空袭般在他身上狂轰滥炸。月清自作自受，苦不堪言，追根溯源都是匪首所害，发誓腿好之后，找遍天涯海角也要弄死他。他听月白讲了克俭闹丧的事，大怒，定要砸开石膏回神垕，一枪打死程克俭个王八蛋。月容是翟家现今最年长的人，克勤则是月清的好朋友，克勤尸骨未寒，克俭便如此相欺，实不可忍。月白百般劝解，告诉他公论站在姐姐这边，事情已然解决了。月清听到"公论"二字，冷笑不已，却也不再执拗了。

桌子上放有一坛老烧，是月明前天拿来的，里头现泡的续断、补骨脂和红花，叫大哥吃了疏经活血，强筋健骨。这是他头一回来探望月清，他能来已是意外，因此月清并不见怪，反而甚感喜悦，老二终究还是懂事的，心里有自己这个大哥。他向月明问起常光烈的事。月明顿时义愤填膺,备言常光烈那兔崽子之可恶,根本就是小魏延,脑后生就反骨,顾宗尧一收买,便叛逃过去。这也怪月白,太软弱,身为师父,竟然由着他欺师灭祖,倘若换作他,家法伺候,立即剁掉他两只手,看他还怎么跟人烧钧瓷。月清听他大讲狠话,颇觉好笑,问他光烈在顾家会不会受委屈。月明说:"他在那边快活得很,早已乐不思蜀,能有什么委屈?这家伙就是喂不熟的狼,对他再好也白搭。你自己想想,你是怎么对他的,他又是怎么对你的?如今咱家败落,他便急吼吼地另投豪门,小小年纪,已是三姓家奴,真不得了。"月清瞪他:"你好歹是他师伯,讲话这么刻薄,像什么样子?"月明说:"刻薄了又怎样?骂死他都不够份!"月清大喝:"够了!"月明闭嘴不语,心中却有一万个不服,重重叠叠地投射到脸上。月清的喜悦已然耗尽,赶他走。月明说:"我还没讲正事呢。"

月明想让月清做主,命令月白把釉方交出来。这才是他此来的目的。月清也问他要方何用。月明也不相瞒,将与顾宗禹的合伙计划讲与他听。"娘死了,钱也没了,眼看家道衰落,我得担负起重振家族的责任。"月明说,"况且技术已经外流,总不能让外人拿着咱家的东西发财,咱自己却置身事外,惹人笑话。"月清深以为然,老二愿意入行做事,更应赞赏和支持。因此月白来后,他便要求月白把方子告知月明。月白这才明白二哥讨方的用意。

"我已准备在荣盛窑里烧钧瓷,等眼前这些事一了,即便动手。"月白说,"二哥想做,可以过来跟我一起做,干吗要跟外人合伙?"

月清觉得很对,很支持,但仍建议把釉方告诉月明,毕竟他是亲兄弟,有权知道父亲的遗方,况且他还为这个坐过牢。月白说:

"我可以给你，但不能给二哥，二哥做事一向没谱，给了他，保不准还会传出去。"

他找来笔纸，将釉方录下，交给大哥。月清见他态度坚决，也不再多言。月清叫月白来，本意是要质问光烈的事，时至今日，已不用他再作解释。两人又聊了些别的。月白讲起保安团纪律日益松弛，颇有扰民之举，月清大惊，叫月白回去通知松涛，命他立即来见。

松涛听了月白的转告，未置可否。他跟洛阳一名烟商谈妥生意，负责豫中数县的烟土销售，又在神垕镇上开了几家烟馆。今日烟馆开张，他请几位乡团团长和江湖朋友过来吃头烟。月明的大烟刚好吃完，来找表哥讨要，被松涛痛斥一顿，叫他趁此机会把烟戒掉。月明悻悻而出，遇到月白，问他可曾去看过大哥。月白说刚回来。月明便向他讨要釉方。月白直言已给了大哥，且与大哥讲定，暂时不给二哥。月明愕然，深感人情凉薄，不光表哥吝啬，亲兄弟也如此排斥自己。他越想越难过，一时心如死灰，失魂落魄回到家，烟瘾又上来，却无烟可吃，难受得抓耳挠腮，便如全身上下都得了疥疮一般。月明赌气忍着，挺了不到两刻钟，已觉生不如死，实在撑不下去，厚起脸唤春芝，叫她去找顾宗禹讨些烟膏来救命。春芝却不在家，不知带光煦去哪儿了。月明痛苦得在地上打滚，哭喊亲娘，要爬去找顾宗禹。宗禹却自己来了。他看月明如此光景，急忙回家取了几两烟土，将月明拖上烟榻，点起烟灯给他吃。月明这才回魂，身上已然汗水淋漓，仿佛落水之狗。

"必须赚钱，赶快赚钱！"月明说，"否则没有大烟吃，这条命必死无疑。"

顾宗禹说："那就赶紧开窑烧钧瓷。"

月明歇了好一会儿，说："我这几日身体不好，容我休养一下。"

顾宗禹嗤笑："懒人屎尿多，废人借口多。你要做便做，不做也爽利说一声，一直拖拖拉拉，真是烦死人，你可知这一天天浪费的都是钱？"月明说："再给我两天时间，等我去探望一下大哥，听听他的意见，看他同不同意。"顾宗禹说："你家人真是麻烦，常光烈都烧出好几窑了，你们还在讲祖上遗训的破规矩。等你再讲几天，这点烟土吃完，你自己打熬去吧，我是不再施舍了。"月明眯眼躺着，只不言语。顾宗禹望着烟灯出了一会儿神，说："常光烈也在吃大烟。"月明讶异，懒洋洋乜了顾宗禹一眼："他一个半大后生，嘴上无须，屄上无毛，吃什么大烟？"顾宗禹说："是我大哥引诱他吃的，吃得很凶，已经上瘾了。"月明说："你大哥真不是东西。"顾宗禹叹了口气："你这话虽然难听，却也不差。他给常光烈吃的不是好烟膏，是从伊朗来的红土。"月明说："那东西跟毒药差不多，吃多了要拉血的。"翘起身问顾宗禹，"你大哥想干吗？"顾宗禹说："谁知道他要干吗，反正没安好心就是了。他还带常光烈去窑子，常光烈年少精旺，尝到滋味，一发不可收了，如今除了去窑场烧瓷，便是吃烟嫖妓，那三百大洋的薪水，恐怕不够他挥霍。"月明骇然："你大哥真够缺德！哎，顾宗禹，如果咱们合伙，你不会也出阴招害我吧？"顾宗禹说："你把我看成什么了！我顾宗禹虽不是好人，却也不做伤天害理的事。"月明冷笑："你们可是亲兄弟，他能做得，你便也能做得。"顾宗禹说："你们兄弟呢？难道也是一个德行？"月明说："我们是同父异母，当然有差别，你们可是同父同母，不光是相同的种，还是从一个屄里出来的，本性自然一样。"顾宗禹大怒，抄起鸦片盒砸过去。鸦片盒是本镇烧的普通彩瓷，原先有一只纯银的,正面錾刻欢喜弥勒,背面錾刻飞天,十分精致,被土匪抢去了。月明尖号一声,骂顾宗禹手黑,说不定心肠一样黑。顾宗禹懒得与他打嘴官司,横竖打不过,也取支烟枪吸了几口烟,一副心事重重的模样。

"常光烈这事,最好给月白讲一声,叫月白知道。"顾宗禹说,"他如今已陷进泥潭了,不拉出来,早晚不得好死。"

月明身上的汗渐渐退去,湿透的衣衫贴在肌肤上,仿佛一层脱落的皮。"是死是活,都是他自找的。各人自扫门前雪,莫管他人瓦上霜。"

次日一早,月明即出发赶往县城。他要再次游说大哥,求取釉方。月清支着两根拐杖,在院子里缓慢移动,两腿强直,仿佛两根石膏柱。这些天月清心情复杂,且喜且忧。医生限定的时间已经临近,不久即可去除石膏。据医生讲,届时还需半年左右的恢复锻炼。时间虽久,总归可以自由活动,好受得多。此是所喜;忧的是前途未卜,不知何去何从。神垕是不回了,投军又非他所愿,即使要投,也须等完全康复之后,这漫长的半年如何挨过,实在头疼。月明急忙上前搀扶。月清见他又来,知是为了釉方,而不是关心自己这个大哥。但看他殷勤扶持,颇有手足之情,仍觉欣慰,故意问他何事而来。月明也不含糊,直言是为釉方,月白说已把方子给了大哥,此来便是讨要。月清遂向他讲了月白的打算,劝他跟随月白一起干,兄弟同心,其利断金,再好不过了。月明不听,固执讨要方子。理由有二:兄弟平等,没道理他们两个都有,却不给自己,这不公平,父亲在上,他必须也要拿到一份。此其一。其二,这么多年来,他总是被人视为废物,依附于家人而生,早已烦透了,一定要独立自主,免得别人又讲是依附老三,被老三养着。他说得分外决绝,大有不如愿毋宁死的气概。

月清思量再三,老二的确也有他的道理,遂将釉方取出,送给了他。月明大喜,要寻笔纸誊写。月清说:"你拿走好了,我留着也没用,万一丢失,反而泄了秘密。"月明说:"那好,等你生了孩子,我全都传给他。"月清大笑。

"方子给你了,别再觉着委屈,回去好好跟月白干,莫生外心。"月清说,"不要跟顾家打混,顾家没好人。"

月明想起常光烈的事,张口便要讲,话到喉头,忽觉不甚妥当,急忙硬生生地收住。月清瞧见他神情古怪,问他动什么心思。月明说:"我觉得你太小瞧我,常光烈也跟姓顾的合伙,你就不怕,却怕我。"月清说:"我也怕光烈呀,不瞒你说,我这心一直悬着,怕他出事。"月明说:"他出事了又怎样?"月清说:"还能怎样?找姓顾的算账呗。"月明说:"你成了这样子,还能打打杀杀么?"月清瞪他:"我这样子怎么了?要杀人照样跟捏死只蚂蚁一样简单。"月明瞅瞅他的右手。月清的右臂和右手都裹了石膏,看上去笨拙无比。月明说:"你捏只蚂蚁我看看。"月清笑骂:"你要死啊?我一拐杖打掉你的头。"

月清关心保安团的事,询问月明是否真有扰民之举。月明说不晓得这回事,也没听见有人抱怨,月白年轻气盛,难免愤世嫉俗,讲话夸张,不足为信。不过俞松涛开起烟馆,却实在不好。镇里人无所事事,本就心焦无聊,再开那么多烟馆,不是鼓励大伙沉溺到大烟中去?月明讲得义正词严,全忘了他自己便是大烟鬼。月清大骂松涛混账,叫月明传话,让他马上来见。月明今日得遂所愿,一辈子没觉得大哥这么好,及见他情绪不佳,便要讨他开心。他先唱了几段祥符调,见大哥无甚兴趣,又改耍参军戏,一人分饰苍鹘和参军的角色。月清看他耍得起劲,敷衍地笑了笑。月明略有些气馁,转而讲起明清笔记里的奇闻怪谈。月清这才提起兴致,听得津津有味。月明看看天色已不早,晚了怕要赶不回去,便最后奉送几个《笑林广记》里的荤笑话,将月清笑得前仰后合,然后辞别大哥,携方而去。

月明喜气洋洋回到神垕,先去烟馆找表哥。找了几个烟馆,都不见松涛,再去保安团,在关帝庙见到了。松涛正与几位江湖朋友谈生意,看到月明甚不耐烦。月明才不管他烦不烦,当众传达了大哥的命令,袖手便走。走出大殿,迎面撞上顾宗尧。顾宗尧脚步匆忙,向月明点头示意,便要擦肩而过。月明叫住他。

"顾宗尧,我听说你给常光烈吃红土,还给他找婊子,太缺德了啊。"

顾宗尧脸色陡变,"胡说!你听谁讲的?"

"头顶三尺有神明,你只要做,没有不被人知道的。"月明说,"还有件事要跟你讲明白,常光烈的技术,是偷我们家的,你跟他合伙烧钧瓷,是公然盗窃我家的财富,我要求你立即停烧,否则到县里打官司,叫你吃牢饭。"

顾宗尧冷笑:"大教授大言不惭!"径直上大殿去了。月明施施然回家,听到月白房间里有人说话。月白回来收拾东西,要搬到月容那边住。程克俭夫妇不死心,仍然去月容家里闹,惹恼了发祥,动手推搡了几下。克俭夫妇就此讹上,顺势躺倒不走了。地保孙经略住得不远,闻讯赶来,威胁送克俭夫妇去县里吃官司,二人才叫咷而退。但他们显然不会就此罢休，月容柔弱，发祥暴躁，恐怕难以对付，月白决定自己出面，帮姐姐支撑起门事。刘春芝从舅舅家拿了许多石榴，见小叔回来，取两只给他送过去。看到月白收拾行装，春芝以为他要出国去了，一问，原来是去月容家。春芝笑起来，笑容冶冶，意味深长。

"我婆婆是不是从你这里拿走过什么东西？"春芝说。

月白如闻晴天霹雳，一时魂魄俱飞，无语以对。春芝看他这样子，心中便已笃定了，捂着嘴巴咭咭笑。"你二娘怀疑那东西是我的，还骂我是荡妇，我真是冤枉死了。你跟嫂子说说，那东西究竟是谁的？"月白脸红如血，挣扎说："我在外头捡的。"春芝说："啊哟，哪个会把这东西丢在外头？我看是在哪个女人的闺房里捡的吧。赶紧告诉嫂子，别辜负我为你背这许多天的黑锅。"月白不语，只管埋头收拾衣物。春芝说："我不光为你背黑锅，还为你保密呢，没对别人讲过一个字，连你二哥都不曾告诉。难为我这份心，你不谢也就罢了，连个实话也不愿对我讲，可是寒了嫂子的心了。"月白说："我说了，是在外头捡的。"春芝说："那好，既然没什么猫腻儿，便不怕别人知道，我可就讲给别人听了呀。"月白急忙说："嫂子留情！"声音小得像蚊蚋之鸣。春芝看他窘迫无以，开心极了："那你快告诉我。"月白说："嫂子别问了，难为情。"春芝眼见实在问不出来，也便罢了。"你须记着，你欠我一个大大的人情，可不准忘了。"月白连声应允，点头如捣蒜。

春芝捉弄他这一番，心情大好。她对月白素有好感，觉着他踏实，肯干，长得也比月明俊。但有婆婆日夜镇宅，月白也早出晚归，寻常难得一见，见到了也只是打个招呼，一个叫声"嫂子"，一个答声"回来了?"即各回各房。如今老太太已归西,春芝当家做主,甚感自在,与小叔的对话这才多了些。小叔要搬去月容家,春芝多少有些不舍。月明这数月常常醉酒,不省人事,她一人带着光煜,每到风高之夜或惊雷之天,便会心惊害怕,家里有个正常男人,好歹可以壮壮胆色。她要帮月白收拾衣物,月白不让,也就算了,毕竟叔嫂有别,遂倚在门口,剥着石榴跟他讲些闲话,问他要不要去书房拿些书,要的话她找钥匙去开门。月白说不用,需要的话再回来拿。春芝感慨起来。月白看上去像个读书人,却不大喜欢读书,月明分明是个纨绔子弟,理应不学无术,却一天到晚泡在书房里。百样人有百样态,真是奇怪。月白笑笑。他不去书房,是因书房被二哥占了,不好争巢而已。不过他的确不如二哥那般好读书,所以也没什么好辩解。书房里的书都是父亲的遗留,其中几本是父亲当年买给他母亲的。父亲成名后,有意无意要塑造名士气象,最爱读明清笔记和诗话杂录;母亲避难时的读物,则是林纾的翻译小说,《巴黎茶花女遗事》《黑奴吁天录》之类。月白不喜欢父亲的遗书,母亲那些又是文言叙事,不如白话译著和现代小说通俗易懂,所以也不读它。每次去开封,他总要到书店街走走,买些中外文学著作,自己先读,如若觉着好,再推荐给月容。月容认不得几个字,也没空学,便叫他把小说里的故事讲给她听。因此每有闲暇,他便给月容讲故事。月容一边做针线,一边听他讲,芳杜和弟弟偶尔也会旁听。在月白看来,这便是人生最美好的时光。他从枕头下摸出一本书,塞进衣物中。春芝眼尖,走上前把书掏出来。那是郁达夫的小说集《沉沦》,春芝不识字,但见月白神色紧张,猜定必是淫书,翻了翻,尽是文字,并无图画,更无春宫,索然无趣,又丢进了竹箱。月明大摇大摆跨进房间。月白急忙要将书藏起,月明已经瞄见,赶上去一把抢走,翻了几页,大惊小怪起来。

"哎嗨,你竟然看这种书,诲淫诲盗,成何体统,"将书夹到腋下,"我没收了!"

嫂子在场,月白不便跟他撕扯,只好由他豪夺。月明得知他要搬去照应月容,频频点头,殊表嘉许,一副弟弟做了对的事、当哥哥的内心甚慰之状。春芝见他装腔作势,哂笑而去。月明打量她走开,对月白说:"有件事我得告诉你,常光烈情况不太妙。"

四

月白赶到关帝庙,找俞松涛搬救兵,要去顾家解救常光烈。松涛已与江湖朋友谈好合作事宜,正要去酒馆吃酒,顾宗尧被他叫来,是让他陪酒结账。顾宗尧是烟馆的股东,以后有许多事要假手他做,松涛对他很倚重。月白截住去路,看到顾宗尧也在,分外眼红,厉声指责他卑鄙,叫他马上放了光烈。顾宗尧神情无辜,向在场诸位表白,常光烈与他合伙,又认他做干爹,皆属自愿,他顾某人自始至终不曾亏待,月白师傅不能因为个人情绪,便肆意诋毁,污人清白。月白见他振振有词,怒不可遏。

"你说你有没有叫他吃红土?有没有叫他嫖妓?这是人干的事么?"

那些江湖朋友的生意里便有红土,听了月白的话,甚觉刺耳。一位朋友干笑说:"这位老弟忒是好笑了,不过是吃点烟土,添福添寿,有什么可惊怪的?嫖妓也正常呀,哪个男人不嫖妓?俞团长不嫖吗？顾老板呢？你不嫖吗？"顾宗尧说："那还是个男人吗？"那朋友说："看看！人生在世，再没有比吃烟嫖妓更快活的事，顾老板叫那小兄弟一起享受，正是贴心相待，不当外人。这位老弟不感谢人家，怎么还骂上了？"

有人撑腰，顾宗尧也理直气壮起来："孔圣人讲过，食色，性也。烟也是食，妓即是色，吃烟嫖妓，是极符合人性的事，孔圣人也不会反对。月白老弟为何如此计较呢？难道真的是忌妒光烈后来居上，盖过了你们的风头，便找这么个借口，要把他弄到你们家去，使他不得自由么？"

月白被他们驳得张口结舌，除了骂声"胡说"，一时不知如何回嘴。松涛在旁打圆场："吃点烟也没啥，月明这么大时也吃上了，不是好好的？嫖妓更不是事儿，你大哥十三四岁就逛窑子，照样把婊子干得哇哇叫。别瞎担忧，顾老板倘若虐待光烈，我第一个不饶他。我们要去吃饭了，你去不去？不去就回吧，别多想。"

月白没搬到兵，反吃一顿教训，回到月容家，仍然恼怒不解。月容劝他消气，各人有各人的造化，强求无益。月白终究不能忍，要趁顾宗尧不在家，闯进顾家去，务必亲见到光烈，看他究竟是什么态度。月容拉不住，怕他吃亏，唤发祥跟随舅舅去。这回月白运气好，来到顾家附近，刚好遇上顾宗禹。宗禹心知月白来意，示意他不要多讲，带他去另一个地方。光烈吃烟狎妓，吃烟还好，把妓女带到自己家来，却不好看，因此顾宗尧另租了一个小宅院，把光烈挪过去住，派了两个人看定，自己也时常睡到那边，与光烈同乐。门子阻止月白进入，被顾宗禹喝退。宗禹毕竟是三少爷，门房不敢僭犯，只得放行。光烈正蜷在床上吃红土，通身光溜溜的，旁

299

边躺着一个妓女，上身肚兜斜挂，下身光无一丝，显然是刚行过好事。月白等人推门而入，光烈惊起，手慌脚乱找衣裳。妓女却不惊慌，只是扯过一条单子，潦草地盖住身体。那妓女足有三十多岁，姿色也甚普通，胜在皮肤白皙，身材也好，只是脸上的脂粉被汗化掉，瞧上去颇有一些滑稽。

光烈遗传了乃父的体格，虽未成年，却已身长五尺有余，俨然是个壮男。他穿好衣裳，神情不怍，质问月白来此干吗。月白目睹这荒唐景象，既怒且悲，叹了口气："才几月不见，你就堕落成这样子，你爹娘在天之灵有知，该有多伤心！"光烈说："不要提我爹娘，尤其不要提我娘，若不是你大哥，我娘也不会死。我娘若不死，我也不会无依无靠，寄人篱下。"月白说："我是你师父，我爹又是你爹的师父，咱们是世代的亲情，本就是一家人，怎能说无依无靠，寄人篱下呢？你赶紧跟我回去，不要再跟顾宗尧打混，他会毁了你。"光烈冷笑："你少跟我假惺惺，你哪里是关心我，是怕我把你家的技术传出去罢了。我明白告诉你，那釉泥虽然得自你爹，但能分析出来，是谢老师的贡献，谢老师和吴县长都是要把方子公布出来的，所以这方子已经不是你家独门的秘密，你和翟月明因此获救，已经是报答了。我不欠你们翟家，反而是你们翟家欠我娘一条命。从今以后咱们各走各的，不要再拉来扯去。"

发祥听他如此抢白舅舅，怒从心起："你良心叫狗吃了？你那几年在我家窑场做工，我舅舅是怎么照顾你的？若不是他执意收留，我家才不要你这种烂货！你因为我舅舅和舅爷，才有了这点本事，竟然翻脸不认人！像你这种忘恩负义的东西，看你脏爷的眼，骂你脏爷的嘴，再跟我嚣张，弄死你个王八蛋！"

光烈大怒，冲上前与发祥厮打。发祥也发狠，提起铁团似的拳头迎面对打。月白和宗禹急忙拉架，一人拖住一个，却都像拖疯牛一般，根本拉扯不住。门子虎背熊腰，听到动静赶过来，才将两人分开，驱赶月白和发祥走。宗禹眼看已无回旋余地，再留无益，示意月白先走。月白亦知无望，只好离去。月容在家焦急等待，在庭院接住舅甥二人，看到发祥眼角发青，知是打架了，急问详情。月白心灰意冷，将情形讲了一遍。月容喟然。

　　"他这是被顾宗尧蛊惑了。"月容说，然后训斥发祥，"他已经不正常，你跟他讲道理，当然是没用的，打架更是不该。你这脾性，跟你大舅一般无二，等你大舅回来，叫他好好修理修理你。对了月白，月清怎么还不回来？伤还没好么？"

　　"他大概是不回来了。"

　　"为什么？"

　　"失望吧。"月白说。

　　月明这一天都很欢乐。月白走后，他吃了点酒，又吃了点烟，卧在榻上把小说看完，啧啧称奇，现代文学这东西也太草率，故事不够传奇，也不正经说理，若不是瞧着新鲜，真是百无一用。该到吃饭的时候，春芝不来叫他，他便自己晃过去。家里虽已衰败，用人还在，春芝闲惯了，做不得家务。饭还没做好，春芝躺床上假寐，叫光煦在旁边捶腿。月明心情好，宽容大肚，主动与春芝讲话，告诉她自己马上当老板，跟顾宗禹一起烧钧瓷。春芝说："你在梦游吗？"月明说："什么梦游？我几时梦游过？"春芝说："那你讲什么梦话？你若会烧钧瓷，何至于被关到牢里，丢人现眼？"月明说："这事我不与你解释，你问过顾宗禹便知。老实告诉你，釉方我知道得明明白白，我若烧不出来，便是你儿子。"春芝说："我才不要你这样的儿子，晦气死了。"月明说："你只管瞧不起，等我烧出来，挣个万贯家财给你花，看你不天天叫我爷爷。"春芝被他逗笑了，坐起来望着他："宗禹跟我讲过这事儿，我只觉着靠不住，是你靠不住。你莫要撒谎，实话告诉我，你真会烧么？"月明怫然，从衣袋里取出那张方子，展开来在她眼前晃："这便是釉药的成分，清清楚楚明明白白，常光烈那兔儿子便是用的这个方。我若靠不住，天底下没有靠得住的了。"春芝虽不识字，但看那些字一排一排，犹如药铺开的处方，有些信了，眼睛渐渐亮起来。月明说："你去把顾宗禹叫来，就说我答应了，跟他合伙，要与他商谈具体事宜。"春芝说："你自己去。"月明懒洋洋歪到床上，把光煦揪过来给自己捶腰："我若自己去，显得我求着他。这事儿机权在我，得他过来找我才成。"春芝笑说："装的你，尾巴翘天上去了。"却也不再推诿，收拾一下便去了。

过了足足一个时辰，用人做好的饭菜早已凉透，刘春芝才把顾宗禹带过来。月明瞧见他，呀了一声。顾宗禹挨打了，脸上有显亮的巴掌印。顾宗尧得知他带翟月白去见了常光烈，将他痛打一顿，下手狠且重，全无兄弟之情。刘春芝找上门时，顾宗尧正打得凶，宗禹跪地挨揍，瑟瑟颤抖。宗尧越打越气，借题发挥，痛斥宗禹不务正业，玩物丧志，爹把他惯成了一个废物，他以后可不会再惯着。骂到气头，闯进宗禹房间，把他的蟋蟀一顿踩死，连同装虫的青玉笼和斗虫的宣德盆也都砸了。宗禹心疼得以头抢地，却不敢阻止，唯有泪如飞瀑，滚滚而下。宗尧毁罢他的败家物事，气仍未消，复过来殴打。宗禹老婆回娘家省亲了，不在府上；老爹顾祖昌病得重，卧床不起，想管管不了；刘春芝更是不敢作声。后来还是老太太抱住宗禹，以身遮挡，宗尧才算放过，警告宗禹不得再管常光烈与翟家的事，否则打断双腿。刘春芝等人散去，才悄声叫顾宗禹来她家。宗禹也想躲出去，只是脸被打肿，怕人看到笑话，磨蹭到夜色黑透才出门。月明看宗禹如此狼狈，颇为同情。

"你二哥顾宗舜十足一个好人，热心肠，正派，对人和和气气。轮到你大哥顾宗尧，怎么这般残暴？他是你爹亲生的么？"

宗禹苦笑："我倒希望他不是我爹亲生的，我心里也好受些。"

月明说："你别理他，咱们这就开窑赚钱，等你发了财，与他分庭抗礼，各过各的，再豢养十几条恶狗，敢欺负你，放狗咬死他。"

宗禹在路上已听春芝讲了月明的意向，此时听他亲口证实，心下颇慰，把蟋蟀惨死的悲愤往下压了压，觉得这或许是天意，叫他以后正经干事业。两人一边吃饭饮酒，一边讨论开窑各务，商定由宗禹出资本，月明出技术；宗禹管出销，月明管烧制，赚钱之后，两人平分。宗禹已经打听过，北寨有个小窑场要出卖，明天便去谈一谈，杀杀价买下来，即刻开烧。烈酒助雄心，两人越谈越有劲儿。月明说："顾宗禹，我告诉你，月白要跟我合伙，我都没答应他。这说明什么？说明我信任你，把你看得比亲兄弟还重，你晓得么？这事一定要做成，叫天下人都瞧瞧咱们的本事，叫他们看仔细，咱们终究是纨绔无用的败家子，还是英雄有为的实业家。"宗禹已然酣醉，持杯大叫："这也正是我的心愿。我一定要赚个亿万身家，压倒顾宗尧。顾宗尧，我忍他忍够了，早晚把他踩到脚底下，叫他看看我是谁，再老实与我交代，我二哥究竟是怎么死的。"

月明也已酒酣耳热，脑子发昏。春芝却只是陪了几杯，脸颊微酡而已。听了宗禹的话,春芝一惊,急问什么意思。宗禹却好像已经忘记说了什么,茫然问她什么什么意思。春芝也便不问了。

顾宗禹果然憋着一股劲儿,次日上午便去找那个窑场老板,三下五除二谈定价钱,将窑场买下,然后选聘匠师,筑窑开烧。匠师是月明选的,多是他爹当年的徒弟。月明毕竟只有釉方,于筑窑焙火之术并不精通。筑窑那日,顾宗禹拿来一张草图,叫匠师照图修建。匠师先前烧制,都是用师门的鸡窝窑,图纸上的形制却是圆窑,虽不如大窑之巨,却也比鸡窝窑阔大许多。这是顾宗禹从常光烈那里抄来的。常光烈嫌鸡窝窑太小,效率低下,遂创制一座倒焰窑,一次可烧数只,前后鼓捣数月,居然被他弄成了。窑中匠工皆惊叹,以为小常的运气实非寻常,有人说他天生该吃这碗饭,可知不假。顾宗禹有心自立门户,留心观察常光烈的技术。他往昔时常去窑场溜达,此时仍去,并不令大哥怀疑,被他暗中用心,将这一套东西偷学了过来。月明虽不擅烧火,那些师兄却都是个中老手,试行数次,即已摸出门道,烧到第八窑,便开出两只稍具品相的窑变瓷。群心振奋,再接再厉烧下去。到第十窑,突然好运暴发,一下开出三只窑变瓷。他们将瓷放到一起,但见桃红葡紫,异彩纷呈。其中一只釉色光莹,器型完好,定为上色;一只釉色虽则鲜泽,惜有漏釉和包足,定为二色;一只釉色沉暗,不够动人,定为三色。宗禹与月明欣喜若狂,立即吩咐人去采买酒肉蔬果,香牲纸钱,再采购一堆烟花炮仗,既以祭神,又以庆功。月明将瓷器反复鉴赏,对宗禹说:"顾宗禹,你发现没有?这些窑变没一只相同的,各有各的颜色,各有各的花样。"

"我又不瞎,当然看得出。"宗禹说,"这玩意儿还真有意思,一样的素坯，一样的釉水，放进一个窑炉里，烧出来却千变万化，无一雷同，真是神奇。"

月明说："这就像你们兄弟仨，一样的种，同一个屄，生出来却天差地别，各有各的长相，各有各的品行。"

宗禹大怒，想想也的确如是，又复大笑。他们将这三只钧瓷封入柜中，大宴匠师，喝到晚间，俱各酩酊而散。此乃月明生平第一件得意事，颇有子牙出山首战告捷之感，扬眉吐气，江山可得，快活得无以言表。他昂首挺胸晃到家，吆喝春芝打水，给他洗脚。春芝已知他们做成了，亦甚欢喜，吩咐用人烧水，亲自端过来，戏腔谑调说："老爷，水来了，请洗脚。"月明歪在榻上，将脚抬起，叫春芝给他脱鞋。春芝觉着好笑，却也投合他的心情，由他得意一番，便将鞋袜给他脱了，把脚摁进水中。月明脚有老婆洗，腰有儿子捶，极大满足，醉醺醺地哼起小曲儿。春芝听那曲儿里颇有淫冶之词，在他脚上掐了一把，叫他嘴巴放干净些，孩子在呢。月明夸张地叫一声疼，抚摸光煦的脑壳，嘿嘿嘿笑个不了。

春芝洗了一只脚，换另一只脚，对月明说："我今日去看望舅舅了，他的身体越发不好。"月明心不在焉地应了声。春芝说："我跟舅舅讲了一个事，讲完有些后悔。"月明说："什么事？我和顾宗禹烧钧瓷吗？"春芝说："不是这个。那天你和宗禹吃酒谈开窑，宗禹吃醉了，讲过一句话，不知你还记不记得？"月明说："哪一句？"春芝说："宗禹讲，等他出息了，要逼大哥交代，二哥究竟是怎么死的，这一句。"月明说："不记得了。他二哥不是土匪打死的么？要顾宗尧交代什么？"春芝不语。月明嬉笑："总不会是顾宗尧干的吧？"春芝说："就是觉着二表哥死得蹊跷。我舅舅最喜欢二表哥，窑场都交给他管理，家事也大多由他做主，大表哥不受待见，私下里很多怨言。我听舅舅讲，那回土匪打进来，闯到家里要钱，舅舅和二表哥破财消灾，给了许多钱。土匪心满意足，都退出去了，二表哥过去闩大门，忽然响了一枪，大家都在屋里不敢动，等没动静后出去看，发现二表哥被打死了。"月明说："所以你怀疑是顾宗尧干的？"春芝说："本来没怀疑过他，那天听宗禹那么讲，好像他知道什么隐情，多心想一想，就觉得蹊跷了。今天后晌我去看望舅舅，舅舅又在想念二表哥，眼泪汪汪的，我一难过，就把这话讲给他听了。"月明说："讲就讲了呗。"春芝说："大表嫂可能听到了，我讲完才发现她就在门外。"月明说："听到就听到呗，你不过是捕风捉影，翻老婆舌头，令人讨厌而已，顾宗尧就算知道了，也未必跟你计较。"月明说着，躺下身去，舒服地扭了扭腰，"你们女人呀，就喜欢疑神疑鬼，附耳射声。"春芝说："我就是看不惯大表哥的嚣张跋扈，才当家做主，就把宗禹整得像孙子，好歹是亲弟弟，宗禹那脾气，也不会跟他争家长，何必呢？那天他打了宗禹，还把宗禹的蝈蝈踩死，那蝈蝈是宗禹的命，宗禹死了心，要分家析产自己过。他知道了，又要收拾宗禹，所以宗禹才住在窑场，不敢回去。舅舅气得要死要活，也拿他没办法。真是欺人太甚。"她讲了半天，月明全无反应，正要问他为何哑了，却听他的鼾声已经响起来。

五

月明这一觉既酣又长，醒来后精神饱满。他吃过早饭，鼓腹而出，施施然往窑场去。今年天候异常，冷得格外早，才过了霜降，已然寒气逼人。月明穿了棉夹袄,袖手而行,仍然有点不耐。因为年景不好,又遭了兵,入秋之后,饥民日益众多,神垕街上也冒出许多鹑衣鹄面的逃荒者。月明心情好,看他们恓惶可怜,格外悲悯,摸出衣袋里的钱,一路施舍过去。这钱是他昨日向顾宗禹要的,本是给春芝做家用,到家后醉醺醺的,忘却此事,因此还在身上。人多钱少,还没到窑场,便已散尽了。月明浑不为意,哼着小曲往前走。哼的是神垕民谣:

进了神垕山,七里长街宽。
七十二座窑,烟火遮云天。
客商天下走,日进斗金钱。

哼完又龇牙一笑,骂了声"什么玩意儿!"他嫌这词句粗鄙无文,也不知是哪个白脖儿编的,在往常决计不唱,以免辱了自己的喉舌;今日身心通泰,听见挑担的人在唱,不由自主跟着哼了一回。走到窑场门口,他听见里头有吵闹之声,急忙跑进去,却是顾宗尧在撒野。顾宗尧带了十来个工人,要拆除他们的窑炉,顾宗禹不让,两人遂吵起来。说是吵,实则是顾宗尧一边倒的斥骂,宗禹偶尔强辩几句,又换来更凶的骂。宗尧一面骂,一面指挥工人动手。宗禹的工匠在旁观望,不敢阻挡。月明大怒,冲到窑炉前,喝令工人住手。

"顾宗尧,你真是胆大包天!"月明叫嚷,"光天化日砸人窑场,你眼里还有国法吗?"

顾宗尧冷笑:"你跟我讲国法?你这大教授眼里可有国法?"

"我当然有,否则早去砸你的窑场了。"

"那我问你,你可知道什么叫专利权?"

月明茫然:"什么专利权?"

"这都不知道,还有脸讲国法?"顾宗尧从衣袋掏出一张纸,"我来给你这大教授讲一讲吧。"他将纸展开,逐行读之:"民国元年,中华民国政府颁行《奖励工艺品暂行章程》,第三条第一款曰'凡关于工艺上之物品及方法,首先发明及改良者,得享五年之专利权。'第十四条曰'在专利年限以内,如有他人私自仿造妨害专利权时,享有专利权者得呈请禁止。'民国十八年八月,南京国民政府颁行《特种工业奖励法》,亦有明文规定,凡中华民国人民所办工业属自己发明者,准其享有五年之专制权。"顾宗尧读罢,将纸折起来,揣入衣袋,"这窑炉和烧制工艺,是我干儿子常光烈的发明,你们未经同意,私自剽窃,已经犯了国法。若不是看自己人的情面,我早已报官来抓人,何止是拆掉窑炉便了结的?"

月明愕然,一时无以应对。顾宗尧又喝一声拆,工人复动手拆起来。月明呆了一会儿,说:"你在哪里捡了一片废纸,就讹我们是法律,你把法律文书拿来我看,少拿一张纸糊弄人。"顾宗尧说:"大教授讲这话要多外行!你若不信,去县里告我便是,你告赢了,我赔你十座窑炉,若是输了,可别怪我翻脸不认人。"月明说:"钧瓷是我爹发明的,你如今也在烧,也是违法的,我一样可以告你。"顾宗尧嗤地一笑:"你耳朵里塞驴毛了?我适才读法条的时候没听到?专利期最多五年,你爹什么时候发明的?到现在多少年了?休再啰唆,否则公事公办!"

月明语塞,与宗禹眼睁睁看着窑炉被夷平。顾宗尧监视拆讫,又命宗禹交出那三只钧瓷,方带人离去。宗禹心灰意冷。月明观他如丧考妣，似要放弃的样子，对他说："顾宗禹，你是不是要软蛋？"宗禹瞟他一眼，不言语。月明说："他不让用这窑炉，咱就不用，还用我爹那种鸡窝窑烧，慢是慢点，多盘几座炉子，一样出货。咱们一边烧，一边自己琢磨新窑炉，不信干不过他。"宗禹见其斗志昂扬，也振作起来，当下收拾场地，重新建窑。

鸡窝窑建筑甚易，师傅们亲自动手，迅速做起几个。之后烘窑开烧，再次烧出漂亮的钧瓷，虽则仍然成少败多，总归有可见的收获。这一日他们烧出一只挂盘，窑变极佳，譬如红日初坠，霞光满天，并有远山隐隐，飞鸟数行。月明、宗禹和诸匠工无不惊喜，以为天工造化，不过如此。月明将挂盘捧在手中，端详许久，然后高高举起。顾宗禹吓坏了，忙问他干吗。月明说："叫我爹看看。"众人大笑。宗禹说："叫你爹看，你应该对着地下。"月明说："你爹死了才去地下，我爹是要上天的。"宗禹一哂，懒得与他扯。月明仰举久之，将盘翻过来，距离地面尺余。宗禹笑说："这是叫你娘看么？"月明白他一眼："这是叫后土做见证，瞧不起我翟月明的，都是眼瞎。"宗禹知他痴性发作，与诸匠工嬉笑旁观。月明叫后土见证罢，寻只匣子将挂盘装起来，抱起便走。宗禹问他干吗去，他说："给我娘上坟。"

月明穿街过寨，昂首挺胸，一副旁若无人之状，倘若有人挡路，即喝令让道。路人不知他何故威武，只道是仗他表哥的势，虽然厌憎，却也不敢怎样。俞松涛日益霸道，他手下的保安团也越来越不安分，有良知的团勇渐渐退出，游手好闲的街头赖皮则纷纷投靠，扰民滋事屡见不鲜，镇民无不侧目。月明狐假虎威，却道是自己的光芒令人敬畏，十分快意。上坟祭母讫，他又横行到家，召出老婆孩子，取出挂盘给他们开眼。春芝看丈夫这般装腔作势，简直令人发指，捏着帕子一顿笑。月明被她笑得渐感无趣，对光煦说："看到没有？这就是没文化。老子讲过'上士闻道，勤而行之；中士闻道，若存若亡；下士闻道，大笑之；不笑不足为道。'爹爹做出这么好的瓷，你娘不敬礼膜拜，居然笑，可知有多庸俗。"春芝听他掉文，益发笑得不可开交。月明颇受打击，赌气将挂盘装进匣子。春芝拿帕子抹去笑出的泪花，说："老爷别恼，不是说女子无才便是德么，我庸俗没文化，才显得你了不起嘛。"复将挂盘取出来，装模作样看了一番，啧啧赞美。月明这才开心起来。

次日上午，月明照常鼓腹出门，准备去窑场上工。未走多远，迎面遇上俞松涛。松涛是来找他，给他一袋钱，叫他给月清送去。月清伤得过重，骨头不好愈合，石膏比预计的时间多打了两个月，半月前方才除去。他活活憋了那么久，定要在县城大肆消遣，而他又是花钱没数的人，一向大手大脚，手头定然拮据，所以得赶紧给他送钱。月明不去，他急着干事业，叫表哥派个团勇去。松涛不悦。

"我自己都不敢去，你叫团勇去？"松涛说，"都是你和月白在他面前告我黑状，害我不敢去见他，他恐怕早攒了一肚子火。我叫你去，也是罚你，见到他好好说话，多讲讲我的好，替我洗刷洗刷。"

月明说："你只会罚我，怎么不罚月白？月白横竖闲着，你找他去。"松涛说："月白去开封了。"月明说："那我不管，我现在两只脚不听使唤，只想赶紧去窑场，手也不听使唤，只急着做瓷。"闪开松涛往前走。松涛一把揪住他衣领，厉声呵斥："做瓷关紧，还是你哥关紧？"月明挣了一下挣不开，说："我哥还能没钱花？言语一声，赵总团长多少钱都给他。"松涛说："赵总团长家里是开银行的？凭什么没多没少给他花？再说就你大哥的脾性，他会伸手要？"月明说："好好好，我去我去。"松涛这才放手，将钱袋塞给他，负手盛怒而去。

月明拐回家中，将挂盘和钱袋装入一只竹箱，叫用人去窑场告诉宗禹一声，就说自己去县城了，明天回来。倘若赶得紧，今天冒黑也能赶回来，但月明不想赶太紧，他想在县城溜达溜达，去戏园子听场戏。他乘骡车赶到县城，月清果然出去消遣了，不在住处。月明是坐不住的人，也不等他，径自去街上玩。恰逢今日是万寿宫庙会。蒋、冯大战已经结束，中原暂归平定，虽说仍有土匪滋扰，毕竟已无大军压境玉石俱焚之忧。城内外居民都闷得久了，趁着庙会游乐散心。商会出钱请来两班戏，一个南阳调，一个祥符调，在万寿宫外唱对台。药行、车马行、梁子行等各行帮亦皆推出自己的戏班，南腔北调来助兴。商贩也蜂拥而至，密密匝匝占满了附近几条街。钧县乃中原腹心，地当南北孔道，自古便是繁华的所在。唯自京汉铁路开通，商道东移，复遭各路军阀竞相搜刮，才逐渐没落了。但那重商善贾的遗风，却是不曾改变，因着一点和平的气象，便会郁郁勃勃地生发出来。月明看了好几台戏，又逛遍几条街，买了许多玩意儿，吃了许多小吃，在人群中挤出一身汗，玩得十分尽兴。直到天黑会散，方才回到大哥的住处。

月清仍然未归，直到将近午夜，才被一顶滑竿送回来。他与赵总团长吃花酒去了。他的腿好得不利索，走路偏拐，令他无比懊恼。赵总团长劝他宽心，孙膑两条腿全都废掉，照样用兵打仗，称霸天下；要离断了条胳膊，也照样是顶天立地的英雄。月清老弟铁骨铮铮，骨头歪一些，依旧是铁打的好汉，不影响干大事。他在百花楼摆局,又邀了几个朋友,陪月清消闲解闷儿,一直吃到此时方散。月明见大哥成了跛子,替他发愁,一直盯着他的腿打量。月清没好气,问他来干吗,听说是松涛叫他送钱,更加没好气。

"我叫他来见我,这么久了,他怎么不来?你是不是没传话?"

"传了,当然传了。他是太忙,脱不开身,心里一直惦记着你,所以才叫我给你送钱。"月明说,"哥,我给你看个东西。"

月清坐到椅子上,端起茶碗漱口,瞅他屁颠屁颠拎过来一只竹箱,先从中取出一袋钱,说是松涛送的,随手丢到桌子上,又捧出一只匣子,将钱袋拨拉开,小心翼翼放到桌子上。

"哥,你猜这里头是什么?"

月清狐疑地望向匣子。匣子是桐木做的,未曾刷漆,也没有装饰,略显简陋。"枪吗?"

月明撇嘴:"再猜。"

月清懒得猜,说声困了,要去睡。月明按住他不准动,将木匣打出,取出那只挂盘。屋里灯光不甚明亮,窑变之美仍然清晰可见。月清接盘在手,瞧了几眼,问月明:"你做的?"月明负手挺胸:"正是。"月清嘿嘿一笑:"好,做得不赖,很漂亮。"月明说:"比爹烧的好吧?"月清瞪他一眼:"说声咳嗽,你就喘上了。"又看了看,"确实不错,倘若爹看到,也会夸你一声。"月明被大哥夸赞,虽说力度不如预想,仍然心花怒放。月清看罢,对月明说:"是要送给我吗?"月明急忙夺过去:"是叫你看看,你想要,以后再给。"月清大笑。

"你也有事业了,很好。"月清说,"好好干吧。"

次日上午,月明辞别大哥,欢喜回神垕。走在镇上,月明昂首阔步，颇有睥睨众生之感。人们看到他，都冲他笑。这显然是自己成了人物，受人瞩目。月明回到家，春芝和光煦都不在，只有用人在院子里扫地。月明在庙会上给春芝和光煦都买了东西，春芝是一根步摇，摊主讲是翡翠的，从前清落难王爷府里收来，本是格格闺房之物。月明也不知真假，瞧着好看，价钱也不贵，便买下了。给光煦买的是彩塑泥人和一只长命银锁。月明高喊春芝和光煦，没有应答，问用人去哪儿了。用人神情古怪，好像白日见鬼，要说不敢说的样子。月明纳闷，追问之，用人才说："光煦在他三叔那儿。"

"春芝呢？"

"在关帝庙。"

"去那儿干吗？"

用人不答。月明茫然，将竹箱放进房间，挂盘藏好，去关帝庙那边找春芝。街上人看到他，仍然都是冲他笑。有些不笑的，眼神却又意味深长。月明渐感不妙，急急走向关帝庙。庙前围拢许多人，在那边叽叽喳喳，又有人想进庙，被团勇把住，不放入内，便站在门口向里张望。众人看到月明来，纷纷让路。团勇也自觉放行。月明愈加心慌，闪过照壁，只见大殿前跪着两个人。那两人一男一女，皆衣衫不整，被人用绳子反捆起来，竟然是刘春芝和顾宗禹。月明大骇，疾步上前。宗禹脸上青紫交加，身上也有鞭打痕迹。春芝脸上亦有几道鲜明的抓痕。

"春芝、宗禹，你们这是怎么了？"月明问。

顾宗禹和刘春芝皆垂头不语。俞松涛和顾宗尧从大殿里踱出来。松涛怒容满脸，走到顾宗禹身后，朝顾宗禹后背踹了一脚。他穿着簇新的长筒马靴，一脚下去，将顾宗禹踹个嘴啃地，口唇破裂，血液随之迸出。松涛瞟一眼月明:"你可算回来了,再不回来,我这脸都端不住了。"月明说:"表哥,这是怎么了?"松涛说:"你还看不出是怎么了? 你是猪吗?"月明看看顾宗禹和刘春芝,摇了摇头。看看表哥,又摇摇头。再看顾宗禹和刘春芝,将头摇得如同拨浪鼓:"你们一定弄错了,他俩是亲表,不可能的。"顾宗尧在旁边叹了口气:"月明老弟宅心仁厚,被这对狗男女害到这个境地,仍是茫然不觉! 叫人好生难过!"说着,也在顾宗禹身上狠踢几脚,"你这混账东西,这样对待朋友,还是不是人?"

顾宗禹闷哼几声。顾宗尧穿的是三接头皮鞋,鞋尖甚硬,踢在身上定然很疼。月明怒视顾宗尧:"你干吗踢他? 他有没有害我,我能不晓得? 需要你做好人教育我? 你又算什么东西?"

松涛呵斥:"闭嘴,叫顾老板把话讲完!"月明说:"他这种人,心地是最坏的,嘴里哪有什么真话?"松涛大怒,揪住顾宗禹的头发,将他脑袋拽起来:"你自己讲,你是不是跟刘春芝睡在一起,被我们捉奸了?"顾宗禹嘴巴上的血蜿蜒而下,流进脖颈里。"是。"他说。松涛在他脑壳重重一推,他的脑门又磕到地上。"听到没有?"松涛说。月明木然僵立,望向春芝,只见她面色如土,已如傻了一般。顾宗尧立在她身后,神色阴郁。

"讲起来真是作孽!"顾宗尧说,"宗禹一直不在家里住,他老婆怀疑他有私情,昨晚听人讲刘春芝去了窑场,便要去捉奸。我怕她吃亏,也需有人做见证,便叫人请了俞团长,一起赶过去,果然撞见他们正做肮脏之事。俞团长当时便要枪毙他们,被我劝住。不是我回护他们,是想等你月明老弟回来,如何处置,由你自己定夺。另外呢,我心中有件事一直不明,也想趁机问个明白。我家是我在做主，月明老弟是知道的，老三平时不务正业，挥霍无度，全由家里养着。家父和老二都宠他，由着他胡来，生生把他惯成了一个废人。我当家后，要纠正他这恶习，一个月只给他三十大洋花用，也不让家父家母贴补他。看似无情，实则要逼他自立。不料他因此记恨我，编派我各种不堪的坏话。这也罢了，清者自清，无须跟他计较。后来他要跟你合伙烧钧瓷，我听闻之后，还很欢喜，对人夸赞他要振作了。我原以为你们是从小做起，不料他起手便买了一座窑场，如此手笔，令我惊讶。我问了镇上几家钱庄，都说他没贷过钱。他是游手好闲的浪荡公子，没有什么正经朋友，要借也不可能。我疑心是家父又在私下庇护，对家父讲了几句重话，把他老人家气得不轻，大半夜的要离家出走。我方知错怪了家父，讲起来也是不孝。可那老三的钱是何来路，更加令我生疑，于是便趁这个事情，逼他讲个清楚。这一问不要紧，月明老弟呀月明老弟，你可真是千古少见的可怜人啊！"

月明说："有屁就放，少跟老爷打机锋。"

顾宗尧摇头："还是俞团长讲吧。"松涛捏着一支哈德门，将烟灰弹到顾宗禹头上。"刘春芝说你家里的钱被土匪抢光了，假的。"松涛对月明说，"那天土匪进家，刘春芝和孩子刚躲进地窖，姑姑要进已经来不及。姑姑怕暴露孩子，掩好地窖，与土匪周旋。姑姑把钱藏得严，土匪逼问，就是不讲，土匪没办法，打她一枪便走了。那枪没打到要紧处，姑姑一时没死，刘春芝一出来，就问她钱藏在哪儿。那时候你和月白都在县城，光煦也小，姑姑只好告诉她，结果被她私吞了。后来顾宗禹跟你开窑，用的便是这笔钱，顾宗禹说钱是他的，其实都是你的。你这蠢货！"

月明脑子里轰轰作响,仿佛有飞机不停飞过。他望望地上的顾宗禹。顾宗禹匍匐着,看不见他脸。他又望向春芝:"春芝,这是真的么?"春芝依旧垂头不语。顾宗尧在她腰上踢一脚,大喝:"说!"春芝负疼尖叫,连声说是。月明说:"是什么?"春芝说:"是真的。"月明眼泪哗哗流出来。

"你们怎能这样?"月明说,"我对你们不好么?我昨天在县城逛庙会,觉着好玩,还后悔没带你们一起去。我给你们都买了东西,春芝,我给你买了支格格用的步摇,宗禹,我给你买了一顶墨西哥的文明帽,我都给你们带回来了,还想着叫你们高兴。你们怎能这样对我……"

月明讲不下去,咧开嘴巴号啕大哭。松涛揽住他肩膀,将他带进大殿,从裤袋拽出一条手帕,递到他手里。松涛的衣装都是新的,衫子是绸,裤子是呢,腰带也是新购置,铜扣光灿夺目,想来也是好东西。这根手帕也是丝绸的,其白如雪,其滑如冰。月明将手帕放在鼻下嗅了嗅,嘿嘿笑两声,捏着手帕一角手舞足蹈,仿佛要扭秧歌。松涛大惊,急抽他几耳光,将他打得发愣。

"长点出息!"松涛大喝。从枪袋里拔出手枪,拉栓上膛,塞到月明手中。月明握住手枪,举起来看了看。手枪沉甸甸的,擦得锃亮。松涛说:"咱家没有窝囊废,也不要窝囊废!有种做男人,出去崩了那对狗男女;没种做男人,就崩了你自己。别给我在这里发疯,丢人现眼!"

月明看看表哥,见他好凶,仿佛寺里的金刚。他举着枪走出去,一阶阶下到殿前,来到春芝和宗禹身后,左右打量他们,扣扳机开了一枪。那枪口却是朝着天上。而后又开了一枪,从春芝和宗禹之间穿过，径直向庙外走去，一边走，一边朝天开枪。松涛气急败坏，追上去把枪夺下。月明依旧往外走，右手仍做持枪的姿势，走几步便往上一挺，仿佛在开枪。他穿过一条条街，在无数人的尾随围观中回到家，取出那只挂盘，小心捧在胸前，再次走出了家门。

月白去开封，是送发祥到那里读书。发祥越来越难管教，几乎无一日不惹事，月容和月白甚感忧虑，便想把他遣送出镇，找个可靠的地方羁縻起来。他们首先想到的是义夫世伯，意欲送到世伯店里做学徒。这时月白收到谢安平老师的来信。谢老师离开钧县时，月白送他几十块大洋，给他路上做盘缠。陶瓷学校欠着一月的薪水未支，眼看也不会支了，谢老师囊中羞涩，便接受了月白先生的好意。谢老师伤愈后，经朋友介绍，到开封一所学校任教，特向月白写信告知，月白先生何时驾临开封，务请辱降寒舍，小酌两杯。月白得信大喜，改变主意，要送发祥去读书。学校因战事推迟了开学时间，此时入学，尚且不晚。谢老师慨然相助，帮发祥办理了入学手续。他还记挂着常光烈，向月白询问他的情况，得知他投靠劣绅，堕落到了不堪境地，惊愕不已。两人嗟叹久之，深以为憾。月白安顿好发祥，又去拜访义夫世伯，与他商谈时务。战争已经结束，时局渐安，他想重新开窑烧瓷。以他的计划，要引进德国的机器和工艺，主烧上色细瓷，走都会的高端。另外再建窑炉烧钧瓷，当工艺品来卖。义夫世伯对国内形势渐生信心，认为大势已定，国民政府将会致力于发展经济，振兴工业，因此也不打算移民南洋了。伯侄二人谈得很是投契，决定再过一些时日，中原地区仍有几杆土匪，待政府剿灭之后，即择吉日开窑复工。要做的事都已办讫，月白又给母亲上了坟，去马道街花想容香品铺采买了丹祺点唇膏、林文烟花露水和谢馥春的水粉头油，再去书店街买了一些书，辞过世伯，打道回神垕。香粉唇膏之类是买给月容的，月容数月来伤心劳瘁，容颜老了许多，皮肤也日益枯黄。他昨日晚间到家，与月容说了半夜话，先讲了发祥入学的情况，又详述他与世伯合作的计划。月容甚感欣慰，叫他一切自己拿主意。

今日一早，月明家的用人把光煦送过来。光煦昨晚跟用人睡，今早醒来，闹着要娘，可是他娘已经出事了，用人不知怎么办，便把他送到三叔这边来。月白问知其情，大惊失色。光煦哭闹不已，月白将他带到后院，找了许多吃的玩的给他，又叫芳杜陪他玩耍，才算将他安抚。月白要去关帝庙问个究竟，被月容劝住。这种事体，月白身为小叔，其实不便过问。月白想想也是，便不去了。两人在家心焦不安，既是恼怒，又心疼月明。午后，月白实在忍耐不住，定要去看一下情况。他刚要动身，月明却已走进庭院来。他神态呆滞，步履机械，仿佛一只木偶，被看不见的线牵引而行。月白和月容急忙迎过去，将他接入堂屋。月明坐到八仙桌旁的太师椅上，将抱在胸前的桐木匣放到桌上，打量屋里没有他人，朝月白招招手。

"来，月白，哥给你看个东西。"

月白走上前。月明将匣子打开，取出那只挂盘，双手托给月白。月白接盘在手，触目惊艳，急问月明："二哥，这是你做的么？"月明点头："正是，你看它好不好？"月白说："太好了，太好了，二哥，你真厉害！"月明说："是吧，大哥也说好。大哥还说，倘若爹爹见到了，也会夸我几句呢。"月白望着二哥，只见他神色如痴，唯两眼盯着挂盘，眼神无比温存，仿佛在看心爱的孩子，或是热恋的女人。月白心酸不已，叫声二哥，眼泪喷涌而出。月容亦在旁边拭泪。月明说："你们哭什么呢？我做得这么好，你们不高兴么？"月白说："高兴，当然高兴，爹爹和二娘在天之灵也定然高兴。"月明喃喃说："爹爹，二娘。"嘿地一笑，从月白手里夺过挂盘，又看一眼，重重摔到地上。月白惊呼抢救，已然不及，那挂盘跌在青砖地面，顿时碎作数片。月白捡起几片，心疼不已。月明冷淡地瞟一眼，说："都碎了，要它干吗。"回头望向月容："光煦在这里么？"月容说："在呢，要不要把他叫过来。"月明说："不用了。姐、月白，我托你们一件事。"月容说："你讲。"月明说："光煦还小，你们帮我养大，好不好？"月容说："我不养，你是他爹，得你养。"月明说："我是废物，自己都养不了，怎能养他。"月容说："谁说你是废物？像这么好看的瓷，除了你爹，还有哪个能烧出来？"月明说："常光烈便烧得出，也比我烧得好。"说着站起身，朝月容和月白分别作揖："拜托了，拜托了。"然后便向屋外走。月白拖住他："二哥，你要去哪里？"月明将他推开，冲他笑了笑："没事儿，我出去走走。"月白说："我陪你。"月明说："你是把我看得多废，我连个路都走不好么？"月白听他这么说，不忍再让他伤心，且看他虽则发呆，却似无甚大碍，想着让他出去走走，散散心，也许会好，便由他去了。

月明穿过庭院，踽踽往外走，头发乱乱，长袍宽宽，仿佛一个行走的草人。跨出二门，他举起右手，做手枪状向上一挺，仿佛朝天空放了一枪。

六

月明就此消失了。

当月白意识到不对，急忙寻找，月明已不知所终。俞松涛闻讯，派团勇四处寻觅，又传信周边乡团，请求协助找人，大阵仗找了好些天，竟无所获。月清闻知，立即要回神垕打死顾宗禹和刘春芝。月白告诉他，刘春芝已经投河，顾宗禹被顾家赶出家门，也已不知去向。月清满腔怒火无处发泄，大骂俞松涛王八蛋，白在镇里守着，连家里这点事都看不住。月白亦甚自责，怪自己大意，没跟着二哥，以至于他走丢了。月清说："你是做弟弟的，能怪你什么。"月白无语。月清换了身衣裳，挎起撸子，拉过长枪便走。月白问他干吗去。

"找月明。"月清说，"他那么窝囊，江湖无情，不赶紧寻到，不知要死在什么地方。"

月白郁郁而返。光煦日夜哭闹，要他娘，没娘爹也行。然而爹娘却都不见，定然是不要他了，因此哭得撕心裂肺。月容每晚抱他睡，又尽着他吃和玩，想要什么，立时满足，百般宠溺，过了好几天，才渐渐平复下来。月白从县城回来，只见他左手捏糖人，右手捏糖堆，正在那里左右互搏，糖渣子掉了一地。月容在旁边微笑看着，也不阻止。月白说："不能这么娇惯，早晚也会成二哥那样子。"月容说："这不是特殊时候么，等他过去这个坎，再严加管教便是。"月白觉得也对，不再说什么。他闻到月容身上有股香气，在她脸上仔细端详，发现敷了给她买的脂粉，颜色润泽了许多。月容说："二叔前晌过来了，他有个老相识，在顺店镇做绸缎生意，有个女儿，十七岁了，聪明俊俏，很知事儿，想给你做做媒，问你的意思呢。"月白说："再说吧。"月容笑："再说再说，你都多大了，还要再说，难道要打光棍么？"月白说："打光棍也不是不好，像二哥这样，还不如打光棍。"月容默然。

自匪祸至今，神垕已空耗太久，战争既定，窑主们便都迫不及待要开烧。月白看大家都打开了场子，也有点急，一一拜访先前的匠工，约定仍来荣盛窑做工。又拜访了几名老师兄，请他们来与自己一起烧钧瓷。众皆应允。然后与匠首检查窑炉和生产器具，联络釉药、青料、煤炭各商，准备一应开烧事宜。忙忙碌碌过了好几天。这晚饭后，月白陪月容说了会儿话。等窑场恢复正常生产，他要去德国考察新工艺，想带月容一起去走走，看看西洋的风物。月容欣然应允，叫月白烧一些漂亮钧瓷，顺道拿去西洋国，也让他们瞧瞧中国的好东西。

说到钧瓷，月白又想起常光烈。月白百般努力，皆不能挽回光烈，翟日新忌日那天，他也没有到场，令月白彻底绝望。此时提及他，难免心中耿耿，有一些郁怨之气。月容说："你也不要有这执念，不是说他出自咱家门下，就一定要跟随咱家。亲兄弟还要分门别户呢，何况是外姓徒弟，他有他的自由，不能勉强。"月白说："理是这个理，就是心中憋屈。"月容笑说："你换个事想一想，你大哥跟人家亲娘那个样子，人家心里憋屈不憋屈？"月白怔了一下，也笑起来。月容叹气："你们哥儿仨呀，没一个叫人省心！"

睡觉前，月白照例翻几页书。他把一篇小说读完，仍睡不着，便吹灯卧床，在黑暗中想些事情。午夜时分，他终于昏昏欲眠，大门却忽然被人打响。响声甚急。月白惊起，不知来者何人，从抽屉取出一把手枪，来到大门后，从门缝往外窥望。门外那人仍然叩门不止，身体却立在一边门板前，从门缝不能窥见。月白握紧手枪，问一声谁。门外传来低沉的回应：

"师父开门，是我。"

月白拉开大门，果然是常光烈站在门外。光烈闪进来，立即将门关上，复将门闩插紧。其时明月皎然，光芒似昼，月白打量光烈，只见他狼狈不堪，鼻涕眼泪糊满脸庞，身体亦哆嗦不止，仿佛得了严重的伤风。

"师父救我！"

常光烈烟瘾发作了。他与顾宗尧搞僵了关系，顾宗尧断掉他的烟，把他囚禁在院子里，饮食也不给。院中有恶狗，门口有壮汉，常光烈欲逃不得，熬了两天，实在要死，遂豁出命去，拆掉一只椅子腿，与恶狗激斗数合，将它打翻。看门的汉子吃多了酒，闻声赶来，却笨拙难为，眼望他越墙而去。光烈支撑到此时，已经熬不住了。月白要去烟馆买烟膏，被他阻止。烟馆虽是俞松涛的生意，名义上的老板却是顾宗尧，去那里买烟膏，顾宗尧必定知晓。二师伯也是吃烟的人，家中想必会有，劳烦师父去那边找找。月白暗暗点头，这孩子看上去都快傻了，脑子却仍然清楚。他将光烈安置在一间倒座房里，携枪回自己家找烟膏，果然从月明房间找到一些。他急急返回，听闻街巷里狗吠连绵，自远而近。光烈也听到了街里的动静，顾不上吃烟，求月白把他藏到月容姑姑房间去。月白没好气。

"有保安团呢，你怕什么？顾宗尧还能吃了你？"

光烈说："我不是怕顾宗尧，是怕俞松涛，你赶紧把我藏过去。"

已有人声从街口传来。光烈急忙吹熄油灯，逃出房间，往后院便走。月白只好跟过去，将他带到月容房外。此时大门已被擂响，有人高喊开门。月容也听到了外头的叫嚷，披衣开门，看到常光烈，甚感讶异。月白来不及多讲，叫姐姐把他藏好，自去应付门外的人。将门打开，带头的居然是俞松涛，旁边跟着顾宗尧，另有几名团勇和顾宗尧的人。松涛径直闯进来，质问常光烈何在。月白说："他不是在顾老板家么？怎么来这儿找？"

顾宗尧说："他从我那里跑了。这小子果然是个忘恩负义的家伙，我收他为干儿，百般优待，比自己亲儿子还亲，他竟然打我女儿的主意，趁家里没人，公然轻薄。我实在气不过，把他关起来，饿他两天，以示惩罚。他却打死我的狗，又打伤看门的，逃了出来。他想走也可以，民国嘛，人人自由，我也着实不愿见他，走了最好。但我跟他还有合伙关系，一些契约上的事得料理清楚，所以便请俞团长帮忙，一起来找他。"

月白说："顾老板这遭遇可真叫人同情。他不在这里，你们去别处找吧。"

俞松涛听顾宗尧在那边喋喋不休，早已不耐烦，也不理会月白，直接命人搜屋。月白见松涛不顾情面，也便不再言语。团勇和顾宗尧的人搜了倒座屋几间房，无所获。俞松涛推开二门，带头踱进去，打量上房和厢房，都是黑灯瞎火。月容的房间忽然亮起灯，少顷门亦打开，月容披衣走出来，看到外头站了一院人，问声"谁呀？"松涛说："是我。"月容说："松涛啊，这大半夜，带一堆人来干吗？"松涛走上前："顾老板报案，说常光烈调戏了他女儿，又打伤门子，作案后逃逸了。刚才有人见他跑进咱家来，我怕他行凶，过来看看。"月容说："月白，常光烈来咱家了么？"月白说："没有。"月容对松涛说："没在这儿，你去别处找找吧，光煦天天哭闹，刚哄睡没一会儿，不要把他吵醒了。"松涛点头："好，惊扰到你了，月容姐勿怪。"月容摆摆手："赶紧去吧。"

月白关上大门，听脚步声杂乱远去，方回到上房，将光烈从月容房间接出,领进一间耳房。光烈烟毒愈发剧烈,又不敢大声呻吟,一副要疯要死的模样。月白这才想起拿烟膏时未带烟枪,不过克勤的爷爷是吃烟的,家里应该遗留有烟枪,便叫月容去找。月容很快拿来一支黄铜紫竹绿翡翠的老烟枪。光烈仿佛饿鬼得食,一口气将那点烟膏全吃完,逐渐缓过劲儿,求师父拿些食物果腹。月白去厨上取来一些剩饭菜。光烈也不计较好坏,风卷残云吃个干净,气色渐渐好了些。但比之数月前,他却已如一具破皮囊,精气神都没有了。月白眼望他这副德行,只是没好气,并无半分同情。他问光烈究竟发生了什么。光烈立刻怒容满面。

"顾宗尧真是个坏种!"光烈说,"他与我签的契约,一月给我三百大洋薪水,把我接到他家去吃住。我以为他收我做了干儿,一定是白吃白住,没想到他都暗戳戳地记了账。又引诱我吃大烟玩窑姐,也不讲都是要收钱的。前天我找他,跟他说我不干了,要去开封读书。他便与我算起账,算来算去,居然倒欠他两千大洋,还了他才放我走。我说我没有,他便叫我把釉方交给他,拿来顶账。我不给,他便威胁弄死我,说什么黑白两道都是他的人,弄死我就像弄死只臭虫。他妈屄的,说我是臭虫!"

"他说你调戏他女儿,有没有?"

"根本不搭界的事。"光烈发急,"那是上个月,他女儿忽然去了我那边,我那会儿吃烟吃得迷迷糊糊,以为是窑姐,就抱了一下,她立即叫起来,我也赶紧放手了。哪儿有调戏?"

月白冷笑:"总之人家把这一笔也记到你账上。俞松涛又是怎么回事?你干吗怕他?"

光烈说:"他在顾宗尧的窑场有股份,顾宗尧巴结他,给的干股，所以跟顾宗尧穿一条裤子。"

月白点头，又复叹息："早先怎么劝你，你死活都不听！如今落到这境地，你说怎么收场？"

光烈默然。月白不想再与他讲下去，叫月容回去睡，自己也要休息。光烈等月容走出房门，叫师父且留步。月白问他还有什么话。光烈犹豫片刻，说："大烟我一定戒掉，但这不是一天两天可以做到的，还得吃着，慢慢戒。我还有别的病，很严重，若不尽早医治，怕要不行。"月白皱眉："什么病？"光烈面露羞惭之色："那个，花柳。"月白气得直摇头。光烈说："俞松涛的人肯定在外头守着，三五不时进来搜，我在这里是待不久的，也没办法治病和戒烟。"月白也觉头疼，想了想，说："县里在神垕设了镇公所，派了个镇长来管理地方，我明天去找他，请他主持公道。"光烈说："没用的，你知道俞松涛多霸道，镇长根本管不了他。除非一个人。"月白知他说的是谁，说声"睡吧"，走出房去。

翌日一早，月白匆匆赶往县城，去找大哥。月清不在寓所，他外出寻找月明，至今未归。月白买了些烟膏，又去药房抓几剂治花柳的药，快快返回神垕。镇公所的秘书正指挥人在街头刷标语，诸如"同舟共济、共克时艰""稳定秩序、恢复生产"之类。月白扫了几眼，转向镇公所，求见镇长。镇长姓周，上任前是钧县国民党党部宣传干事。开署之初，诸事繁杂，但他还是拨冗接见了翟月白。周镇长戴副金边眼镜，胖而斯文，颇似小说插图上的洋买办。他听月白自报家门，说："前任保安团长翟月清是令兄么？"月白说："正是家兄。"周镇长点头："久闻令兄大名，他如今在哪里？"月白说："他在县城养伤，这几日外出办事了。"周镇长说："我来钧县，多次听县府中人讲起令兄的事迹,十分敬佩。等他回来,定要见上一面,向他敬一杯酒。"月白喜不自胜,忙替大哥道谢。周镇长问他有何见教。月白将顾宗尧陷害常光烈的事讲了一遍,请镇长做主。周镇长手夹一支铅笔,在办公桌上笃笃敲,敲了许久,对月白说:"令兄的伤怎样了? 可有大碍?"月白不知何意,期艾说:"并无大碍。"周镇长说:"不知他何时回来?"月白摇头:"不知道呢。"周镇长说:"倘若月白师傅方便,去把他找回来如何? 我有些事要跟他谈。"月白连忙应允,然后问:"顾宗尧的事……"周镇长说:"我已知晓了,你先去找令兄吧,但莫要声张,免得招惹莫须有的麻烦。"

月白疑惑而退。回家时他留意街上,果然看到两名便装团勇守在街口。他进到家,将两道门都关起,过去看光烈。月容在院里糊袼褙纸,见他回来,悄声告诉他,光烈已在房间里翻滚挣扎了很久。月白走到门口,果然听到光烈在痛苦呻吟。月白取了一点烟膏给他吃,又去伙房为他煎药。等他端了药汤走过来,光烈已好了许多,仿佛涸辙之鲋回到水里,又活泛起来。但下体的臊疣仍然疼痛难忍。药中有黄芩、黄柏和龙胆草,汁液甚苦,光烈捧起药碗,一口一口喝,每口都要含在嘴里顿一下,让苦味在舌根停留片刻,似是在与自己赌气,自作惩罚。月白等他喝完,又打来温水,让他清洗下体,敷上药粉。光烈说:"谢谢师父!"月白说:"自家人,说什么谢,以后长点事儿,不要再任性便好。"说罢要走。光烈说:"你见到他了么?"月白知他说的是月清,心中一动,又坐回到椅子上。

"没见到,他去找你二叔了,还没回来。"月白说,"有一些话,不管你爱不爱听,我都得跟你讲一讲。你对你大师伯有很深成见,我知道原因,是因为他跟你娘相好,让你不痛快。但你可知他为什么一直不结婚？他要讨老婆，还愁没人嫁么？他是答应了你爹，要替你爹照顾你娘儿俩，大丈夫一诺千金，懂么？你娘也是好人，时间久了，他俩也是真心相爱。在你娘之外，你可听说他有别的女人？你娘死了，你怪罪到他身上，可他俩本就是一对爱人，要厮守白头的，你娘死了，他便好受么？"

光烈垂首而立，默不作声，眼泪在眶子里打滚。月白见他如此，想必已经知错，也便不再多讲，嘱他好好歇息，端起污臭的盆子出去了。

月白本已定好这几日便正式复工，忽然冒出常光烈的事，周镇长又叫他寻找大哥，计划都给打乱了。周镇长要见大哥，又不知为着何事，令人心忧。月容也觉无措，叹息家门多事，不知何日才是个头。正嗟叹间，两位老团勇来访。他们都是翟月清的心腹，早已退出保安团，久不见老团长，很是思念，想去探望一下，来找月白兄弟询问住址。攻寨那三名匪首已于数月前被西北军分兵击毙，月清的身体也恢复了许多，可以自由行动，不惧有人寻仇，他的住址也无须保密了。月白将地址写在一张纸上，交与二人，告诉他们大哥外出寻找月明，不知去向，周镇长也在找他。二人急问镇长找翟团长何事，月白将他们的对话重述一遍，二人激动不已。

"镇长定是要聘他做警察所长。"一名团勇说，"俞松涛一直想做，听说在县里花了不少钱，都要任命了，被周镇长压住，没能做成。上头派别的人来，俞松涛公然占据警察所，不让人家办公。那人胆小，辞职了，所长一直空着。俞松涛极恨镇长，扬言要赶走他，镇长的日子也不好过。他找老团长，必是请他回来压阵。"

二人立即别过，去联络旧日兄弟，大家分头出发，尽快把团长找回来。月白与月容看他们旋风般离去,面面相觑。月容说:"莫不是真的?"月白说:"听他们这么讲,有鼻子有眼的样子。"月容说:"那等月清回来,松涛他俩岂不是要杠上了?"月白冷笑:"松涛哪里杠得了大哥?大哥一回来,他就老实了。"

既然有人代劳寻人,月白也便放下这桩事,约匠首、工长与骨干匠工在春风楼吃了开窑酒,择吉祭神,开场复工。复工那一天,义夫世伯也来了。义夫年事已高,须发皆苍,身体却很康健,精神也甚矍铄。他并非专程来致贺,而是朱先生周年将至,遵常例回来烧纸。辰时开祭,匠首司仪,月白主爵,一时鞭炮齐鸣,碎红遍地。鞭炮放完,大家皆都愣住,只听噼噼啪啪的声音仍然不绝于耳。那声音神垕人很熟悉,正是激烈的枪战。月白急令关闭窑场大门,又担心月容和孩子,请匠首照应好义夫世伯,自己匆忙奔回家去。不少镇民从寨中汹涌逃出,询问情形,说是翟月清带人打回来,叫俞松涛缴械整编,俞松涛不答应,两边就干起来了。月白大骇,急忙折向关帝庙。

月白赶到时,月清已攻入庙门。周边房顶上都是跟他出生入死的兄弟,身后则是一队邻县借来的援兵。月清在外奔走劳顿,骨伤大受影响,走路一摇一拐,看上去颇有几分滑稽。松涛的心腹都是后来投靠的泼皮无赖,平常又乏训练,只有扰民的手段,并无作战的本领。但也有一些老团勇,因受松涛许多恩惠,颇为拥戴,此时极力抵抗。双方因此胶着了一些时候。松涛大势已去,持枪挺立在殿台上,眼望月清一拐一拐地走近,破口大骂:

"我跟你讲过多少次,别再回来,别再回来,这里的人不值得你卖命!你究竟是有多贱?兄弟之情,同袍之义,都他妈不如你的虚情假意?"

月清说:"你说得对,这里的人不值得老子卖命,老子回来,便是要报复他们,从今后兴风作浪,无恶不为,荼毒他们,鱼肉他们,好好出一口鸟气。你可以放心退下了。"

月清讲得一本正经,身后和房顶的团勇哄然大笑。松涛脸色青灰,只想一枪打死月清,却下不了手。他径直走下殿台,从月清旁边闪过,迈出庙门,向街中走去。月清这边的人不明所以,都望向月清,等他示下。月清派两名团勇尾随戒备,倘若俞松涛离开镇子,放他远走高飞,如若行凶,立即捉拿或处决。又命人将俞松涛的手下收枪看押,等候镇长训话,然后走进大殿,坐到椅子上歇息。他已经站不住了。

少顷镇长赶到,扫一眼庙中景况,先进大殿问候翟月清先生。月清起身迎迓,握手寒暄几句,即又坐回椅子,自陈骨伤未愈,不耐久立,还请镇长见谅。镇长连说无妨,关切翟先生伤情。月清说:"很糟糕,差不多是废人了。"镇长颇有失望之色,叮嘱翟先生好好休养,待贵体康健,还得多劳他为镇民和党国服务。月清苦笑:"江山代有才人出,像我们这些没文化的大老粗,都该退场了。"镇长说:"客气客气,翟先生仍是党国的英才。"

两人对坐叙话,等待月清缓过劲儿,好一起出去训话。镇长询问了翟先生的婚姻、家庭、经济等状况,以及与县城保安总团赵总团长的关系。新县长以战争底定,本拟撤销保安总团,但因地方不靖,仍有庙道、杆匪为乱,南京政府一时又不能荡平各地,只好暂时存留。赵总团长明白早晚解散,颇有一些怨言,与县政府的关系亦逐渐紧张起来。镇长听翟月清说与赵兄是生死之交,点头称许,夸赞他们是钧县两英雄。

"俞松涛自称与赵总团长关系密切,想必也是因为你的关节吧。"镇长说。

"他俩能有多亲密?不过是俞松涛要找靠山,赵老兄呢,又有些爱财。"月清说,"他们是通过我认识的,至于他们之间有什么勾兑,我却也不知道。"

正谈之间,殿外一阵骚动,继而听闻俞松涛大叫:"翟月清,你给我出来!"月清讶然,叫镇长暂避,自己起身走出殿去。镇长躲到大殿一角,看他步履艰难,不由得叹了口气。月清走到殿台上,只见松涛押着常光烈来到殿外旗杆下。松涛方才离去,并非要远走高飞,而是满腹恶气无处发泄,遂想到常光烈,径直冲闯入月容家,一个房间一个房间搜,将他搜出,从腰间拽出一副黄铜手铐铐起,拖到关帝庙来。月白和月容要阻挡,松涛将枪抵住光烈脑门,喝令他们闪开,否则一枪打死他。两人只好闪避。松涛几近癫狂,光烈在他胁持下面无人色,颤抖如筛。月清大惊:

"你可真有出息,学会拿孩子出气了。"

"少他娘的给我扯大道理!"松涛咆哮,"我真想一枪打死你,可你是我兄弟!我也真想打死你全家,他们又是我亲戚!我现在就把这兔崽子打死,叫老子解解恨……"

松涛尚未讲完,月清已拔出手枪,朝自己左臂开了一枪。那只臂膊骤然断了,血液汩汩而出,瞬间洇透衣衫淌下来。众皆惊愕。松涛也愣了,还未回过神,月清又朝左腿开了一枪,当即栽倒。松涛大骂:"翟月清,你究竟有多贱?"

月清疼得眼都睁不开。"我他妈也不想啊,可我不先下手,等你先下手么?"月清说,"我这样子,你总该消气了,如果不消气,我继续打,还有一条腿。倘若你非要打死他,那我只好陪死,跟你亲手打死我也差不多。"说着,把枪顶到残存的大腿上,望向松涛,见他仍在犹豫,遂又开了一枪,颓然扑在殿台上。

  松涛彻底疯了,狂骂"贱人",推开常光烈,朝天放了两枪,回头走出庙去。团勇看他已不正常,不敢阻拦,任由他骂着贱人离去了。几名老团勇冲上殿台,护持月清。月清三肢尽断,血流如注,已然要昏厥过去。镇长急命寻找医生。团勇分头去找,一连找来三个大夫。三个大夫每人一肢,分头收拾。月清仰卧在殿台上,一时昏迷,一时清醒。清醒之时,只觉眼前尽是人头,仿佛一朵朵乌云飘来荡去。他努力想要找到常光烈的那一颗,他在昏厥之前,听到松涛开了两枪,不知是不是把他打死了,他想确认一下。然而眼前晃来晃去,都是不相干的脑袋,月白,月容,镇长,团勇诸兄弟,以及那三位手忙脚乱的大夫。到后来,似乎连井菊兰和常宝安都出现了,虽说只是一层模糊的幻影,但已足令月清坚信那就是他俩,常光烈却仍然不见。他闭上眼,在心头叹一口气,感觉自己要死了。死无所谓,反正已形同废人,活着也不爽快,只是见到菊兰和宝安,如何向他们交代呢?

  此时一滴水落上脸颊,微热,像是夏日的头滴雨。接着连番有水滴落下来。又仿佛有两朵乌云笼罩在眼前,雨水便是从其中一朵上坠落。月清吃力睁开眼,终于看到了那张令他生厌的脸庞。月白把常光烈拉过来了。月清一点也不喜欢常光烈,虽说这孩子也不坏,脑子还挺好使,但有他在,使得他和井菊兰的关系无比别扭,仿佛常宝安还活着,时刻在旁边盯着他们。坦白讲,他不愿为光烈送命,正如他不愿为这个镇子的人与各路土匪血拼。偶或回想此生，月清觉得，自己之所以走上这条路，大半是因为当年父亲的默许和纵容。但他并不怪父亲，毕竟这条路是自己选的，父亲这么做，或许只是因势利导。他未必喜欢自己的儿子打打杀杀，但他终究得让自己的儿子去打打杀杀。所以人活着，总得去做一些并不想做的事，不为这个也不为那个，只是因为必须做。他握住光烈的手，朝他笑了笑。光烈的手热乎乎的，反衬他的手凉如冰石。光烈也不讲话，兀自流泪。泪滴接二连三落到月清脸上，还有一滴溅入了眼睛。月清本能闭上眼，索性也不再睁开了。

"好了。"他说。

1957年纪事

一

公元1957年,岁次丁酉,春三月初三日,应钧县人民政府盛情邀请,翟月明师傅从陕西耀县携眷返乡,回到阔别二十七年的神垕镇。

月明师傅本已定居耀县,此次回来,是要承担大任。去年秋天,有国际友人来华访问,受到总理接见。会谈之间,友人提及中国钧瓷,称誉不绝。总理为表情谊,特从故宫提出一件宋钧相赠;又以钧瓷在国际上如此见重,却技艺不传,深以为憾,嘱令相关部门商研复烧。总理指示层层下达,钧县人民政府深感责任重大,立即着手创办钧瓷工艺厂,组织人员开展技术攻关。神垕翟家曾于钧瓷复烧做出杰出贡献,此时要复兴钧瓷,瓷家后人自是重要人选。

此时翟家的当家人,是资本家翟月白。翟月白的窑场自民国十九年冬开窑,生意红火一时。刘义夫家族商号众多,南至宁汉,西至西安,北至平津,还一度走海运远贩南洋。荣盛窑的瓷器经由他们销往各地，再次成为神垕镇最大的窑场。翟月白能做到这等规模，除了义夫世伯的鼎力相助，也赖翟月清的保护。翟月清命大不死，却已彻底残废，上下四肢，只有右手右臂是好的，短行必策杖，远行必乘车。但他这只好手，偏偏是可以拿枪的，他的枪法偏偏又好，兼之打打杀杀二十年，攒下了一些威名，虽不能再纵横四方，仍不失为一地枭雄。日常无事，他拄了拐杖在街上溜达，过往人等都会客客气气叫声翟团长。各杆土匪也敬他是条好汉，轻易不愿招惹。因此直到日本人打过来，前后十余年间，翟家一直太平无事。

日军侵入钧县，是民国三十三年的事。神垕乃县西重镇，周边山区又有共产党的队伍出没，日军占据后，即择人成立伪公所，又设立钧西治安总队，驻守于此。陶瓷公会会长顾宗尧因对日军态度亲善，被任命为伪镇长。顾宗尧并不想干，当汉奸有风险，万一日本人最终败退，国军光复，必不会有好下场。但他又怕皇军另委他人，与他不对付，况且以皇军之战力，国军要翻盘谈何容易。顾老板十分纠结，听人讲以史为鉴，可以知兴替，遂从历史中寻找答案。在历史上，中原没少被异族统治。氐族人打过来，建立了前秦；鲜卑人打过来，建立了北魏；女真人打过来，建立了金国；蒙古人打过来，建立了元朝；后金人打过来，建立了大清。如今日本人打过来了，焉知他们不会在中原再建一个异族王朝？顾老板思想至此，茅塞顿开，真所谓读史使人明智，于是欣然接受了皇军的任命。他推荐翟月清出任钧西治安总队队长。他怕就任之后，翟月清会找自己麻烦，索性把他拉下水，要脏大家一起脏。即使翟月清不干，自己已先行示好，他要跟自己过不去，也须看点情面。日本人了解过翟月清的情况，不愿用一个废人。顾宗尧备言翟某在本地的势力，给他一个职位，将他羁縻起来，地方秩序便可恢复一半。即使不想用他，也不妨先以这个职位安抚住，再寻由头将他除掉，免得放他在民间生事。日本人以为然。顾宗尧遂登门拜访，代表皇军力邀月清兄出山。翟月清爽快答应，猛夸日本人够意思，当年他为周镇长办了那么大的事，周某都没给他做警察所长，他如今还没给日本人效力呢，日本人就封官了，可知日本人眼里是有他翟某人的，士为知己者死，他愿以残躯报效皇军。几天后，日军召开伪公所成立大会，翟月清也在台上就座。开场不久，翟月清忽然拔枪射击，将主持会议的宣抚班班长当场打死。在场日伪军立即还击，双方对射几枪，翟月清与几名日伪军相继倒地。顾宗尧与翟月清之间隔着两个人，这是他刻意安排的，他不愿与翟月清并肩坐，挨着他，心里总不踏实。此时枪声一响，他立即钻到桌子下，等到翟月清不能动弹，方奔上前，大骂翟月清狡诈无信，不算个人。翟月清横在血泊中，一副愤怒之色。

"这他妈不是你的主意么？"月清回骂，"商量好一起动手，坑老子啊？"

翟月清枪伤过重，旋即死亡。顾宗尧被日军捉拿，严刑拷打，逼问阴谋及同党。翟月白和翟光烈也被投入牢狱。那年翟月清舍身相救，光烈已尽释前嫌，改姓为翟，认月清做了父亲。他本来是想认干爹，月白说："别叫干爹了，就叫爹吧，让他和你娘有个合法的名分，刚好你叫光烈，跟我们下一代字辈相同，讲起来也是天意。"光烈不语，没说同意，也没说反对。月白知晓他的脾性，不反对就是同意，便去找大哥讲了讲。月清已成废人，自感人生无趣，一切都已无所谓，光烈有这个心，也便随他。此时月清刺杀皇军，光烈难逃嫌疑，被打得几番昏死。他坚称是顾宗尧设的局，顾家与翟家一向不睦，在神垕是众所周知的事，顾宗尧一直忌惮他爹，便搞了这么一个圈套，先请君入瓮，再借刀杀人。负责此案的日军少佐招来神垕绅民，询问顾翟两家的关系，果然颇有仇怨，便信了翟光烈的话。但这番说辞，却也为顾宗尧洗刷了反日的嫌疑，顾宗尧的儿子破家营救，又请来县内多名绅商作保，总算保下一命。

翟家这边为救月白和光烈，也近乎花光了钱。月容埋怨月清太莽撞。不是责怪他让家里受连累，花了太多钱；花再多钱都没关系，哪怕是倾家荡产，只要一家人平平安安就好，但把命搭进去，实在不值。月白却理解大哥的行为。月清一生好强，是纵横驰骋的人，却落得一身残疾，不死不活，可想而知有多抑郁和愁闷。月白一度担心他会自杀，闲了便去陪他聊天解闷，给他讲一些乐天达命的故事。月清明白他的心思，叫他放心，自杀是懦夫干的事，天底下没有自杀的英雄。为了证明自己不是懦夫，他连酒都戒了，免得叫人以为是在借酒浇愁。光烈对此颇有微词，觉得他太刻意，自己跟自己过不去。月白知道大哥有他的骄傲，因此尊重他的做法，可是这样清醒地熬着，无疑更加痛苦。如今抗日而死，对大哥来说，是最好的死法了，他以最体面也最有尊严的方式获得了解脱。

顾宗尧本要算计翟月清，却被翟月清算计，百口莫辩，矢志报仇。养好身上的伤，他主动去找日本人，请求报效赎罪。共产党在山区活动频繁，几名为日军做事的人相继被杀，神垕镇伪公所的职位一时没有正经的绅商敢接。顾宗尧利用皇军，诚然可恶，此时愿意戴罪立功，未始不是可用之人，于是再次委任其为镇长。顾宗尧一上任，便着手收拾翟光烈。他两个本就是多年的仇人。当年顾宗尧迫于周镇长和翟月清的压力，解除了与翟光烈的契约，翟光烈也答应与之和解，但实际上，两人都不服气。翟光烈极恨顾宗尧，事事与他作对。顾宗尧也极厌憎他，觉得就像疯狗，都已经向他示弱了，仍然咬住不放。所幸翟月白顾大局，常常压制光烈，刻意与顾老板交好，大家和气生财。三年前陶瓷公会会长改选，顾宗尧志在必得。光烈不愿让他得逞。他平常恃才傲物，睥睨同伦，除却节寿时去几位师伯家走一走，几乎不与任何人交往。此时忽然天天请客吃饭，在席间大肆攻击顾宗尧品行卑劣，德不配位，绝不可选他做公长。大家皆知翟光烈与顾宗尧有仇，如此攻讦虽属过分，却也可以理解。问题在于，他三叔翟月白也被一伙人拱出来竞选，他这么弄，便有恶意竞争的嫌疑。顾宗尧大张旗鼓找上翟月白，请翟老板给个解释。大家公平竞争，胜负无怨，用此等肮脏手段诋毁对手，即使赢了，又何以服众？翟月白大窘，为证清白，当即发公告退出选举，请支持他的朋友转而支持顾老板。顾宗尧去此大敌，如愿以偿，以微弱优势取得会长之位。翟月清获知原委，将光烈大骂一顿。月清从未对光烈动过气，即使他行事过当，最多斥责几句。这一回他真火了，痛斥光烈不长脑子，愚蠢，信尿，成事不足败事有余。

"虾有虾道，蟹有蟹道，君子小人各有其方。君子用小人的方法攻击小人，伤不了小人，小人拿君子的污点攻击君子，君子就会招架不住。"月清说，"你三叔一向以君子示人，大家也习惯了拿他当君子，你非要把他拉到顾宗尧的水平上，大家是不接受的，懂不懂？"

光烈无语。他认为他爹的话听似有理，实则荒谬。此事明明错不在他，一定要追究责任，那便是错在世道，错在人心，世道人心就不该苛责君子，放纵小人。自那之后，他更加讨厌人情世故，也愈来愈不愿与镇中的老板、匠师们来往，每日泡在窑场里埋头做瓷。人家也讨厌他自以为是目中无人，不愿与他交朋友。此时顾宗尧以伪镇长的身份报复他，竟无一人同情之。

顾宗尧报复翟光烈的办法很简单：请翟师傅烧几只钧瓷，代表神垕陶瓷界送给皇军，以为中日友好之象征。欧美称中国为 China，称瓷器也叫 China，在国际上，瓷器最能代表中国。钧瓷源自中原，中原是华夏发祥之地，中国核心之区，因此在诸窑中，钧瓷最能代表中国瓷器。以钧瓷来表达中日亲善，最是合适不过。顾宗尧在伪公所召集翟光烈和陶瓷公会诸公，讲出这番高论，询问诸公可有异议。有异议便是与日本人为敌，诸公明哲保身，要么不作声，要么表示支持。还有几人幸灾乐祸，请光烈师傅好好做，让日本人见识一下大神垕博大精深之文化底蕴。翟光烈怒火中烧，却也不敢公然反对，只说久已不做钧瓷，早忘记了釉药配方，且家门立有禁令，翟家子孙一律不准再烧钧瓷，所以很抱歉，他做不了。

翟家确实有禁烧钧瓷的规定。当年翟月白原本计划烧钧瓷，但在重开窑场之后，却又放弃了。县中权贵得知他家要烧钧瓷，纷纷登门索求；县政府也想以此作为奉迎大员的礼物，特意找翟月白先生谈话，勉励他精诚报效。月白顿生警惕之心，联想到父亲、二哥和光烈的遭遇，益发惊惧，痛感钧瓷这东西太招事儿，仿佛是诅咒，谁做谁遭殃，索性不做了。光烈数度请求烧制，都被月白拒绝。光烈实在技痒，趁月白出洋，在窑场一角建座小窑，偷偷摸摸烧了几窑。月白游历归来，刚到钧县，便有豪绅拦路求瓷。月白问知其情，大怒，命人将窑炉夷为平地，所烧钧瓷悉数砸毁，并要将光烈逐出窑场。光烈跪了一夜，加上月容求情，月白才饶过他，然后定立家法，严禁翟门子弟触碰钧瓷。光烈郁郁不乐，在月清面前发牢骚，三叔太迷信，也太胆小。月清本也觉得月白过虑了，但听光烈抱怨月白，便站在了月白这一边。

"你三叔做事最是稳妥，他打定主意的，都不会错。"月清说，"他不让做，你就别做了。"

光烈悻悻而退。此后十余年，翟家果然再没烧过一只钧瓷。镇中一直有匠师在试烧，也颇有所成，但大多是青白蓝诸色，偶有红紫，亦皆釉色沉暗，不如翟家之明润自然。顾宗尧不找他们，单挑翟光烈，讲起来也合情合理，但却着实让翟光烈为难。顾宗尧正是要他为难。中日亲善的帽子奇大无比，倘若不做，立时便有灭顶之灾。翟光烈回到家，与三叔商议对策。两人皆知顾宗尧用心险恶，所谓献瓷只是个由头，等光烈真烧出来，他定会利用日本人逼光烈交出釉方。三十六计走为上，月白叫光烈立即收拾东西，趁日本人和顾宗尧尚未限制自由，连夜离开神垕，与妻子程芳杜远赴陕西，投奔在耀县当匠师的二叔翟月明。

翟月明当年离家出走，脑子一时清醒，一时糊涂，行不由径，在山野之间流浪了七八天。他不愿出山见人，宁可被山里的野兽吃掉。其时冬寒方浓，一入夜便满山严霜。月明饥寒交迫，兼之烟瘾时发，几番要横死在林莽之间，却又命大挨过来。后来行至一山，实在撑不住，倒在一座小庙前。庙祝慈悲，将他收留庙中，调养数月，慢慢将身体养好，烟瘾也最终戒掉了。庙祝意欲收他为徒，来日让他继承衣钵。月明脑子恢复正常，受不得清寂，借口下山化缘，带上一兜干粮溜掉了。他已打定主意，要去陕西耀县投亲。俞松涛回神垕后，曾想把他娘和老婆接回来。他娘愿意，他老婆却不答应，理由是她父兄都不同意她背井离乡；他娘说服不了他老婆，就也留下了。月明在钧县之外别无亲戚，环顾世间，只有这么一个妗子，所以前去投靠。他一路行乞，来到耀县，顺利找到妗子家。妗子虽则对他娘没有好感，但那是上辈人的怨隙，无关晚辈。妗子听他哭诉遭遇，心疼得不行，抱他大哭一场，叫他以后就跟妗子过。耀县旧为耀州，也是造瓷的所在，到处都是窑场。妗子先托人说项，在附近一家窑场给月明谋了个差事，等他安定住，又为他张罗婚事，娶了一房媳妇。月明自食其力，养家糊口，日子也还过得下去。媳妇是邻乡的寡妇，粗鄙无文，胜在性情温顺，勤俭持家，非但不嫌月明无用，反而对他识文断字的本领极感荣耀，每常与人讲她老汉是落难的秀才，令月明十分受用。美中不足的是，老婆前后为他生了一儿一女，都不幸夭折，之后再不能生育了。月明膝下孤独，颇思光煦，于是豁出脸回了趟钧县，将光煦带到陕西来。他只是回到钧县城，叫月白把光煦送到城里，而未去神垕镇。月白带光煦到钧县与他相会，只见他清瘦如柴，面有菜色，两鬓也已斑然，十足一个下力讨生活的穷匠人。才几年而已，往日那个昂视骄步、神采飞扬的白面公子已不见了。月白心酸无比，劝二哥回来，兄弟仨在一起，风雨霜雪都不怕。月明不愿谈这些，只说在那边很好，不用担忧。月清和月容也都赶到钧县，与月明相会。月容看月明成了这个样子，潸然泪下。她不舍得光煦走，怕光煦到陕西吃苦，但见月明态度坚决，也不能叫他父子分离，只好在包裹里偷偷塞了许多钱，又叫月明务必常带光煦回家来省亲。月明着急走，只与他们在黉学旁的杏花村酒楼吃了一顿饭，便执意作别，带光煦返回陕西去了。

这一去便天涯遥隔，不但未曾回钧县省过亲，连书信也没写过一封，给他去信，他也不回，竟是雁杳鱼沉，再无消息了。因此光烈此去，颇有一些忐忑，担心二叔搬家找不到，甚至他的人都已经没了。

日军战火西燃，一路上难民如潮。光烈夫妇夹在难民之间逃入关中，一路打听，居然寻到了耀县二叔家。月明对光烈全无好感，只是他逃难而来，不得不留。他匀出一间房子给光烈夫妻住，又在窑场为光烈谋了个拉坯的活计。那窑场规模一般，经营也很寻常，远不如荣盛窑庞大有序。光烈入工后，处处看不顺眼，找窑主谈了几次。窑主颇不耐烦，叫他要干便干，不干滚蛋。光烈负气而去，另找一家窑场。干不多久，又处处看不顺眼，找窑主去谈。这位窑主却很客气，听他讲得十分当行，肃然起敬，问他来处，得知是钧县大窑的生产经理，连称失礼，立即提拔他做了总经理。光烈当仁不让，帮窑主改造窑炉，整顿生产，数月之间，生产效率便大幅提高，上色率更是提升数倍。窑主心悦诚服，要与他共创大业。忽有消息传来，日本天皇发布终战诏书，日军投降了。光烈喜出望外，无心多留，立即整治行装，辞别窑主和二叔一家，风尘仆仆返回了钧县。

钧县那里，自翟光烈逃走后，顾宗尧不愿罢休，找上翟月白，责令他将功补过，替翟光烈烧钧瓷，否则一体惩罚。月白声称不会，叫他另请高明，至于惩罚云云，悉听尊便。月白从未正经烧出过钧瓷，这是神垕尽人皆知的事，他坚称不会，顾宗尧也无奈何。所谓惩罚，不过是讲讲狠话，顾宗尧虽恨翟家，却不敢赶尽杀绝。翟月清虽死，他的心腹故友纷纷加入共产党，在附近山中打游击。后来出任钧西治安总队长的人曾任邻里乡团的团长，与月清也颇有交情。顾宗尧怕做得过分，惹了众怒，自己也不能善终。因此月白一家虽然难过，却幸保全性命，熬到了光复。自从日军占领，荣盛窑一直停工歇业，未曾开烧。至此重整旗鼓，开窑复产，未几何时便又重回规模，做了神垕窑场的头位。月白也以其资历声望和民族气节，被推选为陶瓷公会会长。

日寇虽去，局面却并不太平，国共两军争斗日益激烈。共产党在钧西活跃多年，耕耘颇深，解放了钧县全境。顾宗尧以汉奸罪被新政府枪决，其他财主、资本家各有处置。翟、程两家因态度良好，在社会主义改造中能够分清形势，主动合作，因此受到优待。公私合营后，人民政府将几家大窑统合，成立钧县国营陶瓷厂。翟月白入厂做了工程师，翟光烈做了窑炉车间副主任，程发祥则因觉悟高，工作积极，被提拔为副厂长。翟月白在厂里谨小慎微，处处退让，翟光烈却不改孤傲脾性，这也不入他眼，那也不入他眼，在自己车间自以为是，对别的车间也指手画脚。月白私下反复劝诫，叫他注意言行，须知工厂是国家单位，不是以前自家的窑场。光烈不听，依旧我行我素，该讲不该讲的只管讲，因此时常招惹麻烦。月白得了肝病，不能扰心动气，却被光烈拖累得未有安心的时候，病情也日益严重起来了。

总理复兴钧瓷的指示下达到神垕，县政府决定立即上马钧瓷工艺厂。兹事体大，需要有人担纲主持，且其人必须懂行，以便开展工作。镇中烧钧瓷的匠师虽不乏其人，但经审慎考察，皆不足以承担大任，县政府斟酌再三，决定从翟家选人。首先考虑的是翟月白，但他身体越来越糟，日见黄瘦，难当重任。翟光烈倒是能干，听说要建厂烧钧瓷，还跑到县政府主动请缨。但他成分太复杂，既是旧社会反动武装保安团团长的儿子，又投靠了资本家，还有一身黑历史，斑斑劣迹难以尽述，不宜重用。相比之下，翟月明要可靠得多。翟月明虽出身于资本家庭，却饱受迫害，早与其家庭和阶级决裂，一直在陕西为人佣工，自食其力，已然是一名无产阶级劳动者。他表哥俞松涛虽则不是好人，被逐出神垕之后，加入豫西一杆匪帮，在陕豫之间绑架勒索，无所不为，但自抗战爆发，他便投入国军某部，在河北与日军周旋，最终战死疆场。判其生平，有功有过，且翟月明一直与他关系不睦，无须牵扯。更重要的是，镇上几位有成就的老匠师都力荐月明。这几人都是当年跟月明烧过瓷的老师兄，既有同门之情，又有同事之谊。月明虽是迂阔公子，为人行事不近人情，对这几位师兄却很大方，手头有个缓急，找他求助，没有不应允的。他们感念月明，对月明当年的遭遇也倍感同情，认为应当给他一个公道，因此都讲他的好话。政府派人前往陕西耀县，调查翟月明在陕期间的经历和思想状况，得知其一向安分守己，并无不法行为，之后又全心全意支持人民政府，积极投身社会主义建设。钧县领导大喜，立即函调翟月明师傅返回神垕，主持钧瓷复烧工作。

三月三日天气新，云白水绿，草细山重，路边崖头的忍冬刚开花，靴子样的花苞在春光下明黄一片。月白手拄拐杖，坐在隘口一块山石上，与月容、光烈、他二儿子光照一起等候月明父子。近午时分，四条人影从远处并肩而来，隐约可见是两男一女和一名小儿。月容年纪大了，视力不好。光照视力好，却从未见过二伯一家人，并不能分辨是不是他们。不过从人数判断，应是。月明的老婆已经去世，光煦也已娶妻生子，小孩华胜今年六岁了。光烈的视力这几年也下降得厉害，手搭凉棚看了许久，确定是。月容叹息，月明太仔细了,这么大老远,还有孩子,连个驴车都不舍得雇。月明也望见了他们,加快脚步赶过来。月白扶杖迎上前,接住二哥。月明看到月白羸弱至此,大吃一惊。

"你怎么成了这样子?"

月白苦笑,"得了肝病,前些时去县医院检查过,说是已经硬化了。"

月明眉头皱起来,"赶紧治赶紧治!咱们正要报效国家,为人民服务,你可不能拖后腿。"

二

翟月明一家暂时安置在镇政府大院的两间杂物房里。

翟月白原本向镇政府提议,从他们家院子里搬走一户人家,用以安顿二哥一家。他们家的房舍被重新分配了,后院上房和两个耳房归翟月白一家,左厢房归翟光烈夫妻,右厢房和前院倒座房都被征收,住进几户没有房产的赤贫工人和干部。右厢房里现今住的是一对年轻夫妻,其父是镇里一位重要领导,于前年因公殉职。月白希望把这所房子收回来,给二哥一家住,二门一关,后院便都是他们自家人。镇政府征求年轻夫妻的意见。那对夫妻在此住了几年,已经习惯,不愿搬离。镇领导因他父亲的贡献,对他们颇为照顾,不便强行驱离,遂在政府大院腾出两个房间给月明师傅。他们向月明师傅表达了歉意。月明不以为意,叫那对年轻同志安心居住,不要为这种小事影响工作。月明师傅通情达理,气量宏大,令镇领导甚感钦佩。月白虽不开心,也不好讲什么,将二哥一家送入政府大院，叫光烈和光照帮他们收拾好房间，带他们去自己家吃团圆饭。他和月容早已准备好酒食，要在今日为月明一家接风。月明谢绝了他的好意，坚持带孩子们去食堂吃，叫他和月容自便，新社会要有新风气，无须搞旧社会那套虚头巴脑的形式主义。月白不可夺志，只好在光照搀扶下郁郁而返。

月白老婆和程芳杜已经做好了饭菜，三荤九素一大桌。芳杜怕二舅他们吃惯了陕西饭，一时不适应老家口味，特向厂里的陕西籍同事学了几道陕西菜，又做了一锅酸汤羊肉，只等二舅一家来到，欢欢喜喜庆团圆。不料左等右等，只等回月白、光烈和光照，月容也因聚餐失去意义，不再过来，与她的子孙回自己家去了。月白一家很是丧气。光烈说："不来拉倒，只当是拜神，向他们表个心意，刀头大肉自己吃。"大家皆笑。月白不愿独享，叫老婆把菜肴分作三份，月明和月容两家各一份，令光熙和光照分头送去。

光熙是月白长子，已婚未育，也在国营陶瓷厂上班。饭后，光熙和老婆去看电影；光照不爱出门，回自己房间看书。月白夫妇住上房东屋，光熙夫妻住上房西屋，光照住在东耳房，西耳房用来储置杂物。一年夏天风急雨骤，老槐倒伏，砸坏了东耳房屋顶，之后修修补补，总是漏雨。光烈因当年生活不检点，得过很严重的花柳病，迁延难愈，后来终于治好，却丧失了生育能力，结婚至今仍无子嗣，光照便住进他们厢房的另一个房间。多余房舍充公后，月白把书房里的书收拾出来，一半放到自己卧室，另一半放进光照的房间。后来他病情日重，嫌屋里太拥堵，把家具和摆件捐的捐，送的送，书也不要了，全部捐赠给国营陶瓷厂的图书室。他叫光照找辆架子车，把书拉到厂里去，光照却都搬进了自己的房间。结果光照的屋里都成了书,架子上是,柜子里是,窗台上是,床铺上也是。他在国营陶瓷厂当釉料工,下班后便钻进房间,翻翻这一本,翻翻那一本,时间一天天就过去了。光烈深以为忧,怕他变成书呆子,像二叔那样,人就废了。他劝光照去谈恋爱,新社会男女平等,厂里有不少女娃在做工,看上哪一个,放胆追求好了。

"搁旧社会,十七八岁都当爹了。我十四五岁就有过好几个女人。"光烈说,"你都二十了,还是处儿,就不难为情吗?"

光照笑笑,不说话。光烈说:"你就是太内向了。你爹在你这么大,已经走南闯北,管起了偌大的窑场,方圆百里的大户人家,都争着把闺女嫁给他。"

光照说:"我爹二十岁时也没结婚呢。"

"那是他眼高,都看不上。后来他看上你娘,叫姑姑去做媒,一说就成了。"

光照一哂。他娘不过是山乡小地主的女儿,既无显赫的家世,也无过人的姿色,更不是知书达礼的知识女性,他爹眼光倘若真的高,怎么会看上她? 当然,他娘也不是没有优点,她性情温顺,遇到任何事都不会发脾气,更不会寻死觅活地闹,只会默默不开心,且不会因为不开心而误了家务。但在新社会,这还算不算优点,也越来越可疑。另外,倘若他爹真的是看上他娘,他们夫妻理应鹣鲽情深,琴瑟和谐。然而就光照自幼所见,他爹对他娘似乎并无感情。并不是他爹对他娘不好,他爹很尊重他娘,说话做事客客气气。但是正常的夫妻关系不应该这样,相敬如宾往往意味着相近如冰,客客气气也说明两人并非一体,你是你我是我,我对你行礼如仪,也请你莫要逾越。街坊里便有人取笑翟月白,说他跟老婆行房,一边做事一边作揖。市井话语就这么形象而刻薄。

"你有没有看上的姑娘?"光烈说,"你不好意思追求,叫你嫂子去给你提亲。"

"没有。"光照从书堆里翻出一本《宋史》,"我要看书了。"

这是逐客。光烈却并不走,反而歪屁股坐到床沿上。光照房间里的床铺原来是柏木架子床,形制简单,却很夯实。光烈夫妻的花梨架子床则雕花镶玉,十分精美。那是他们结婚时按照芳杜的意愿打造的,她说人生百年半在床,一定要把床铺弄得养眼又舒适,因此不惜成本,请来一位颍作老木匠,打造得精致无比。精致归精致,却似乎不够结实,耐不得这对夫妻夜夜折腾。人家一张架子床可以使用几辈子,他们这张才十几年便不堪重负,榫卯日益松弛,前后修过几回,越修越垮,最终承载不起这对生龙活虎的男女。光烈找来几块木板,拿钉子钉了钉,凑合着能躺人,要跟光照换了用。光照不要他们的床,将自己的让给他们,去厂里搞了张工人睡的破床,搬到自己房间来。床是单人的,靠里那一半堆满书,更显狭窄,光烈只坐了半个屁股,感觉便要占满了。

"跟你商量个事儿。"他对光照说,"我想去二叔那边,跟他一起烧钧瓷。你要不要去?"

光照说:"我听人讲,厂里也打算筹建钧瓷车间,说不定会叫你来负责。"

"这我知道。"光烈说,"你爹不让我烧钧瓷,在这边干,他肯定一肚皮意见。他身体不好,不想惹他不开心。我想去找找二叔,叫他以公家名义把我调过去,在那边做,他眼不见心不烦,会好一些。"

光照说:"自欺欺人。"

光烈嘿地一笑:"不瞒你,我是不想见发祥。这货一直跟我过不去,处处与我作对,实在受不了他,索性躲开,跟二叔干好了。"

光烈尽量把话讲得云淡风轻,字字句句却满是郁闷和懊恼。光照想笑,又不觉得好笑。翟光烈与程发祥的矛盾由来已久。当年发祥在开封读书,因参加学运,游行时打了警察,被政府通缉,在谢老师掩护下逃回神垕。他见识了大城市,已经不习惯小城镇的生活,本想躲避一段时间,等过了风头,再返回开封,或去别的都会。月容怕他再闯祸,死活不准他走。月白也以窑场扩展迅速,急需人手为由,叫他留下来做帮手。发祥遂放弃了闯世界的打算,也不再上学,进窑场帮三舅做事。这诚然是母命难违,还有个原因,是他发现常光烈变成了翟光烈,在自家的窑场做匠师,还牛烘烘的,一副很屌的样子。他很讨厌,打定主意把他赶出去。然而三舅却很偏心,每当他与光烈干起来,总是批评他。他娘又事事盲从三舅,一听见说他跟光烈闹矛盾,都不容他辩解,先劈头盖脸骂一顿。发祥动辄得咎,无比气恼。他叔叔程克俭趁机煽风点火,大讲阴谋:翟月白要窃取程家的窑场,他娘也向着娘家人,恶意掏空程家。发祥思想数日,认为二叔所言极是,发誓夺回窑场。叔侄俩遂联手闹起来。月容气得没办法,索性不活了,买来几钱马钱子,碾碎吞下。芳杜发现她娘异常,急奔窑场求救,路遇光烈,问知情形,立即奔到程家,背上月容去找大夫。大夫先以瓜蒂催吐,复投以甘草汤解毒和胃,救治一日夜,方才转危为安。二爷程令仪大怒,召齐程氏宗亲与翟家诸舅,又请到镇公所书记、闾长及陶瓷公会诸公,亲自主持审理这桩家事。月容取出所有契据,月白也交出窑场账簿。程令仪请公所书记当众核查契据和账目,并无侵贪及私相授受情事。但也查出许多问题:翟月白于匪祸后携资入股,以总经理之职负责经营,其所得应有两端,一是股份分红,一是总经理的薪酬。但翟月白迄未支领薪酬,所得分红也大半放在月容处。二爷捣着拐杖,大骂程克俭畜生不如,又令发祥向母亲磕头认错。发祥羞愧难当,涕泣请罪。一场闹剧就此收场。

事过之后,发祥心中难堪,又要去开封。月容听他讲罢,没有言语,也不再吃饭,一连两日水米不进。发祥不敢造次,只好打消外出的念想。发祥在窑场待久了,也不得不服光烈的手艺,倘若真把他逼走,镇里各窑会争相聘用,也是自家的损失。两年后,发祥发现了一件更加不能容忍的事:翟光烈和芳杜好上了。翟光烈之所以隐忍不去,不是因为三舅的关系,也不是因为这里给他薪水高,而是看上了芳杜。发祥暴怒,向他娘告状,定要把翟光烈逐出窑场。月容愕然,急召芳杜询问。芳杜彼时十五岁,已如花朵初绽,容颜虽说不甚妍丽,但因时髦爱打扮,看上去很洋气。她又活泼,一天到晚笑嘻嘻,仿佛长了黄莺嗓子的蝴蝶,东飞西飞没个停歇。月容本来有些顾忌,打算绕弯子问话,她却立即明白了她娘的用心,爽快承认就是跟光烈好了。月容大惊,忙问怎么个好法。

芳杜说:"就是不见时想见,见到了便很开心。"

"没别的?"

"别的什么?"

"他有没有欺负你? 比方说,脱你的衣裳。"

"他倒是想呢,我没答应。"芳杜说,"我听说要结婚了才能做那个,他也就忍住啦。"

月容痛心疾首。光烈虽则改邪归正,年轻有为,毕竟有过荒唐的经历,自己一个白璧无瑕的闺女跟了他,委实难以接受。况且他已是翟月清的螟蛉子,讲起来与芳杜也算姑表兄妹,虽说并无血缘,仍然不符伦理。月容叫来月白,跟他商议对策。月白常见光烈与芳杜亲密无间,只当是兄妹情深,不料竟有如此之事,一时也蒙了,去找大哥问计。

"他俩好像是认真的。"月白说,"要说恋爱自由,但这事终究不好看,讲出去被人笑话。"

月清皱眉。"怕人笑话,就不要活了。"他说,"当年咱爹跟我娘,就被人笑话。咱爹跟你娘,也被人笑话。我跟光烈他娘,一样被人笑话。"他从盘子里拣起一枚瓷珠,包进弹弓袋里,"只要是认准的人,真心要,便去要,别人笑不笑话,有什么打紧?"

"那就由着他们?"

月清拉开弹弓,隔窗瞄准院角钉的一只蒲团,将手一松,瓷珠穿过狭小的窗棂,如流星般射出去,却只射在蒲团边缘,而未击中涂了红漆的靶心。他的手臂仍未恢复,也可能永难恢复。月清望着蒲团,神色略有些沮丧。

"叫光烈改回本姓,还姓常吧。"他说。

有月清支持,月容纵使心里发怄,也不再强行反对。在月白讲过的小说里,阻止儿女自由恋爱的,都是封建家长,月容跟月白去西洋走过一遭,好歹算是见过世面的人,不愿贴上封建家长的标签。只有发祥暴跳如雷,找碴打了光烈好几回。光烈全都忍着,不曾还手。如是几次,发祥逐渐无趣。芳杜也找他吵,骂他狗咬耗子多管闲事,令他倍感伤心,索性撒手不管了,要死要活随她去。他又想远走高飞，复又转念，倘若如此便走，无异于拱手让出地盘，没的便宜了翟光烈。况且翟光烈娶了芳杜，以他心肠之坏，难保不会谋夺财产。安全之计，必须留在神垕，坐守家业。

光烈因月清做主，如愿娶得芳杜，感恩在心，执意不改本姓，仍然姓翟。贾宝玉跟林黛玉是亲姑表，跟薛宝钗是亲姨表，恋爱也谈得，婚也结得，他光烈即使是翟月清的亲儿子，与芳杜也不过是姑表婚恋，贾宝玉能做的，他凭什么不能做？所以没有改姓的必要。两人结婚之后，幸福快乐，更且夜夜洞房，不知疲倦，搞出的动静响彻宅院。月白彼时已结婚数年，光熙和光照也已相继出生，他们夫妻敦伦，总是悄无声息，此时耳听这对新人的虎狼之搏，既为之害臊，又自惭形秽，越发没有敦伦的意趣了。月清也被吵得心烦，每常披衣而起，去街上闲走躲避，嘴上笑骂：

"他妈的，老子干你娘也没这么大声势！"

月清和月白本以为这只是小夫妻的蜜月生活，过段时间便不会再有这般狂热，不料蜜月变成蜜年，蜜年又年复一年。月白忍无可忍，旁敲侧击提醒他们注意影响。光烈照顾他们情绪，与芳杜静默行事，行了几次，实在憋得没意思，便又自由奔放起来。月白郁怒，不再跟光烈绕弯子，直接责备他太不像话。光烈说："不是说'食色，性也'么？就好比吃饭，你们吃饭喜欢不作声，我们吃饭就爱咂巴嘴，各有各的吃法而已，有什么大惊小怪？"月白老婆也私下劝过芳杜，女人家要贤淑，弄事便弄事，不能叫那么大声，很丢人的。芳杜说："我们是夫妻，又不是偷人，快活的时候喊出来，不过是叫人知道了我们很快活，怎么就丢人呢？"月白夫妻皆无语。月清大不耐烦，将小两口赶到前院的倒座房里住，一入夜便关起二门，这才清静了许多。

两人一直未能生育，诚为极大遗憾，却并不影响他们夫妻感情。他们与别的夫妻一样，日常里有吵有闹，闹得凶了还会打起来，但打人的无一例外都是芳杜。这一点令月容很欣慰，夸赞他是好孩子，有气量。光烈苦笑："我倒是想打她啊，可她那么娇病，跟一包水似的，碰一下就坏了。我就不一样，皮糙肉厚，由着她打，也打不坏。所以就让她打呗，只要她不嫌手疼。"月容大噱。她和月白关心他们的子嗣问题，到处打听擅长治疗男病的医生，叫光烈去瞧病吃药。无奈医生瞧了无数，药也吃了无数，竟无分毫效果。光烈也很心急，中医无效，便找西医，开封、北平、武汉、南京、上海都去过，看了许多洋大夫，也都无用。芳杜陪他南来北往，玩遍了名城大都，带回来一箱箱时髦衣饰和舶来化妆品。她安慰丈夫，不能生便不生了，天底下无后的人多着呢，没什么大不了，大舅也没有孩子，你看他就不当回事。光烈闷声说："我不是他儿子么？"芳杜笑起来。

"所以呀，等以后哪个兄弟孩子多，抱一个过来就好了。"芳杜说，"生孩子还得十月怀胎，生的时候更是疼死了，我才不要生。"

芳杜首先盯上的是发祥的孩子。发祥老婆宜男，进门后连生三个小子。芳杜瞅着那三个肉嘟嘟乱滚的小东西，馋得流口水，跟嫂子商量分一个。嫂子叫她跟发祥讲。发祥听罢妹子的痴心妄想，毫不留情地拒绝。芳杜不甘心，找她娘软磨，求她娘帮忙要孩子，还给她娘出主意，倘若哥哥不答应，就绝食吓唬他。月容将她赶出门去，隔天找发祥说话，问他能不能体恤一下妹妹。发祥说不能，他宁可把孩子送去寺院当和尚，也不给翟光烈当儿子。月容不能屈其意，也便罢了，劝芳杜从外门抱一个，大家都会帮他们留意寻找。芳杜闷闷不乐。光烈却看开了，夫妻俩这样也挺好，没必要养个别人家的孩子讨麻烦，反正以他们家的资产，绝不致老无所养。芳杜想想，认为丈夫说得对。于是两人就快快活活地过起了不计后果的生活。

发祥的生活却不愉快。他年龄越来越大，婚也结了，家也成了，窑场的事务也早已历练娴熟，三舅迄无交权的迹象。他私下跟他娘商谈，希望他娘讽劝一下三舅，幼主已经成年，可以亲政，三舅这个摄政王该退位了。他只是针对三舅，听在月容耳朵里，却有未尽之义，似乎在暗示她这个垂帘听政的老太婆也该歇着了，因此愠怒，质问他是不是又想不安生，再闹一出丑剧给人看。发祥见母亲生气，惶然而退。后来，工商业进行社会主义改造，荣盛窑属于资本主义工业，要搞公私合营。翟月白深知大势不可违，但终究有点失落。发祥则对社会主义改造充满热情，主动与人民政府合作，在全镇率先完成了改造任务。人民政府嘉其功绩，任命他做新成立的国营陶瓷厂副厂长。就任之后，发祥工作积极，连年被评为劳动模范，一时间踌躇满志，前程大好。唯一让他讨厌的人仍是翟光烈。他和光烈的矛盾并未随着荣盛窑的消失而化解，反而更趋紧张。不同的是，在荣盛窑，是他看光烈不顺眼，每每主动挑衅，到了国营陶瓷厂，却变成光烈看他不顺眼，时时出言攻击。有时候厂里开工作会，光烈还会当众跟他顶起来。发祥认定光烈是故意作对，成心拆他的台，于是也成心跟他过不去，时时处处以厂规厂纪严行关照。光烈生性孤傲，又自由惯了，受不得约束，如今被发祥管得死死的，动辄得咎，日益不能忍耐，便想离开国营陶瓷厂另谋出路。神垕镇除了国营陶瓷厂,还有几家集体性质的厂子,其中一家叫红星陶瓷厂,芳杜便在那里做厂办副主任。光烈私下拜访几位厂长,表达投奔意愿。他满以为情势还如当年,只要自己愿意屈就,那些厂子便会争相要人。不料诸位厂长听他讲明来意,纷纷谢绝,竟无一家愿意收留。光烈连连碰壁,心灰意冷,回到家大发牢骚,自己堂堂一名大匠,竟然沦落到如此境地,真是岂有此理。芳杜劝他安生,好好待在国营陶瓷厂便是,别老想着换槽头。光烈闷闷不乐。

"我也不想啊,就你哥这鸟样儿,我再不走,早晚被他整死。"

"他也恼你呢,嫌你总是跟他过不去,办他难堪。"

光烈说:"我的确讨厌他,看见他就没好气。咱家的窑场,是几代人的心血,他居然迫不及待地献出去,就没见过这么下贱的人。"

芳杜愣了一下,咯咯笑起来,附到他耳朵边:"你这么讨厌他,可以报复他呀。"

"怎么报复?"

"尻他妹子,往死里尻,尻到消气为止。"

光烈大笑:"好主意!"

主意虽好,只能在家里消解片刻之忧,每天到了工厂,遇到发祥,仍是烦得不行。两人正当壮年,身体也都康健,被圈在一个厂里,来日漫漫无有边际,想想便觉头疼。此时二叔回来主持钧瓷工艺厂,真所谓冬月闻春雷,拨云见天日。光烈与二叔虽说感情一般,毕竟是一家人,当年逃难时去投靠,他便接纳了,这次再去投靠,定会继续接纳。

"你也去吧。"他对光照说,"烧陶瓷没意思,还是钧瓷好玩儿。"

光照说:"二叔不会要你的,也不一定要我。"

"不可能。二叔知道我的本领,除非老糊涂了才不要我。"光烈说,"等我过去了,一定把你也拉去,以后你就跟我烧钧瓷,我把技术都传给你。"

三

令光烈意外的是,二叔果然不要他。

光烈下午下班后去找二叔。他心急,走得飞快,在街角与人撞了满怀,双方互相不忿,差点打起来,耽搁了些时间,等他赶到镇政府大院,二叔一家已经去食堂吃饭了。光烈只好在门外吸烟等候。门前生长一棵栎树,粗可半围,嫩黄的叶子炸满枝头。天气闷燥,似乎要下雨。一队蚂蚁从树根的洞穴里钻出来,沿着树身往上爬,仿佛行军一般,一直爬到高高的树枝上。光烈百无聊赖,捏烟头烧蚂蚁玩。蚂蚁被烤得发焦,纷纷坠落树下,后面的蚂蚁无知无觉,依旧前赴后继往前爬。光烈烧了一会儿,树下便铺开一片死蚁。他望着那些蜷缩的黑点,忽然有点惆怅,不再烧了,用脚趾了趾,将死蚁掩进干燥的尘土里。

光烈吸了两支烟,二叔一家才吃罢饭回来。二叔走在前头,昂首挺胸负手而行,一副大人物的派头。光烈给二叔递烟,寒暄着进到屋里。房间不大,但因没什么家具,并不显得拥挤,满屋只有一床一桌一盆架,外加两条板凳,且都是老旧之物,遍体污渍,似漆非漆似垢非垢,已看不出原木的颜色。桌上摆放一只竹套暖水瓶和两只白色搪瓷缸,盆架上则有一条毛巾和一只搪瓷脸盆,只有这四样东西是新的,想是政府发的生活用具。月明脸上一团和气,问光烈有什么事,听光烈讲罢,和气又变成了冷气。

"我才回来,什么都还没做,先把你调过来,像什么话?这样明目张胆地谋私,叫领导和群众怎么看我?"月明说,"踏踏实实在你的岗位上干吧,别好高骛远,这山看着那山高。"

"内举不避亲啊二叔。"光烈说,"我到你这儿是为了烧钧瓷,不是给自己讨好处。扫遍神垕镇,有哪个比我更懂钧瓷?你负责烧钧瓷,不用我才是失职呢。"

月明不悦:"你这是典型的个人英雄主义。你要搞清楚,创造历史的从来都是人民群众,而不是某个人,个人的那点成就,都是建立在人民群众的普遍性创造上,离开人民群众,个人什么都不是。钧瓷也一样,没有你翟光烈,人民群众照样烧得出来,还烧得更好!"

光烈被二叔狠批一顿,垂头丧气而去。光煦将他送到大院外。光煦脑海里仍然存留童年的记忆。他当年寄养在姑姑家,大多时候由芳杜带着玩耍。因为父母的事,他常被街头少年取笑和欺负,芳杜个头小,保护不了他,便唤光烈做打手,满大街追打欺负他的人。所以可以这讲,在没有父母的那段时间,光煦是在光烈的保护下成长的,因此对光烈心存感念。父亲的不近人情令光煦不安。他不敢反对父亲,只能劝光烈莫急,容他给父亲做做工作,也许过些天父亲就会改变主意。

光烈悻悻回到家。月白一家都已吃过晚饭,只有芳杜没吃,留着饭等丈夫回来。今晚街上放电影,严凤英主演的《天仙配》,光煦夫妻一早赶去抢位置,翟太太收拾完碗筷,也提只凳子去看了。

月白身体不适,在东屋卧床休息,光照则在堂屋与芳杜说闲话。芳杜厂里有个北寨的姑娘,年方十七,军人家庭,模样俊俏脾气好,她想做个红娘,给光照撮合撮合。光照谢绝,说他现在还不想结婚。芳杜问他什么时候才想结? 光照说:"等到想结的时候就想结了。"芳杜扑哧一笑:

"你不会是看上对门的小媳妇儿了吧?"

"瞎说什么呀。"

"那你干吗老是躲在房间里,隔着窗子偷看人家?"

"嘘嘘,别乱讲!"光照慌忙打断,"让人听见,要误会的。"

芳杜哈哈笑起来:"看把你惊的,这就叫心虚怕见鬼。"

她还要戏弄光照,却见丈夫回来了。光烈板着脸跨进二门,穿过拉了硕大一架葡萄棚的庭院,径直走进上房堂屋。芳杜问他干吗去了,回来这么晚。光烈说去找二叔了,坐到方桌边的板凳上,揭开盖饭菜的竹罩。几根盐水白菜,一碗清炖萝卜,半碟蒜苗炒焖子,另有四只玉米面窝头和两碗疙瘩汤。这便是光烈和芳杜今晚的伙食。芳杜坐到光烈旁边,与他一起吃,问他找二叔干吗。光烈闷声闷气讲了讲。

"真叫光照说中了。"他说,"都怪他那张臭嘴,打我臊气。"

芳杜说:"别丧气,二叔不要你,是他的损失,有他后悔的。我听我们副厂长讲,我们也要上马钧瓷车间,我去跟厂长说说,把你请过来,到时候我也调调岗,去给你打下手。"

光烈哂笑:"你们一个小厂子,也凑什么热闹。"

芳杜说:"我们小厂怎么了? 一样是干社会主义事业,你别瞧不起我们。先讲好啊,等我跟厂长说定了,你可得来。"

光烈埋头吃饭。芳杜拿筷子敲敲他的碗："听见没有？"光烈说："他不会要我的。"芳杜说："你怎么知道？"光烈说："又不是没找过他。"芳杜嬉笑："就你那张嘴，讲句话能噎死一头驴，人家不打你就够了，还要你？我去讲就不一样了，你就等好吧。"

老房子不隔音，月白听到芳杜的话，下床缓缓走出来。他今日上坟祭扫，告知父亲和二娘，二哥一家回来了，培坟时用力过大，身体有点吃不消。他原计划是阖家前往的，二哥归来恰值清明，正好团团圆圆来扫墓，以慰先人之心。但这计划被月明否决了，理由与拒绝会餐一样，新社会要有新风气，无须搞封建社会旧礼教的那一套。月白无奈，索性自己一个人去了。他走进堂屋，询问芳杜她们厂是不是真要上马钧瓷车间。芳杜说："副厂长姚庭树亲口告诉我的，说是厂里要让他负责这事儿，应该不假。"月白在光照搀扶下坐到竹椅上。

"县里已经成立钧瓷工艺厂，一套班子、一支队伍就够了。"月白说，"现在国营陶瓷厂要上，你们厂也要上，说不定其他几个厂也会上。这样一哄而上，不是浪费国家资源么？"

芳杜说："也不能这么讲，大家都是做瓷的，都想为国争光，你追我赶才有干劲儿，就看谁的本领大，谁先立功。"边说边瞅着丈夫笑，"光烈到了我们厂，肯定是我们拔头筹，没跑儿了。"

光烈只道是芳杜讲好听话安慰他，本来不信，后来又想，上次去找她们厂长，还是烧陶瓷，这回则是烧钧瓷，大不一样，或许真有可能调过去。闷气逐渐消解，呼噜呼噜吃完饭，等芳杜收拾完碗筷，一起回他们房间去了。此时夜色已浓，无星无月，世界仿佛沉进了墨池里。月白叫光照找出手电筒，陪他去见二伯。光照问他是不是要为光烈讲情。月白说是。

"光烈好钧瓷,一直想烧,只是被我挡着,不能光明正大地烧。"月白说,"现在国家要复兴钧瓷,已经不是咱们的家事,我挡不住,也没道理挡。光烈有这专长,正好可以大展身手。你二伯奉政府的命令专办钧瓷,是正宗的单位,去那里烧,才能得其所哉。"

"别去了,没用。"光照说,"二伯不会答应的。"

月白说:"你二伯虽然固执,也不是全然不通人情,我去跟他好好讲讲,没准就答应了。打虎亲兄弟,上阵父子兵,一家人同心协力做出番功业,把钧瓷成就在咱们的手里,也是一桩佳话。"

光照说:"问题是二伯已经不想跟咱们做一家人了。"

月白愕然,缓缓坐回竹椅上,不再说去,也不再说话。光照的话令人难堪,但他很可能是对的。二哥毕竟是不讲情面的人啊,月白惆怅地想,不像自己,把情分看得重,事事都有通融的余地。当年他禁烧钧瓷,令出如山,俨然是家门天条。光烈不敢违拗,不再提复烧之事。后来有一天,光烈找他商量,要研发新式陶瓷,请求建个研究所。月白矢志做最好的陶瓷,一百个支持。彼时他刚兼并了一个窑场,便在那个场中划出一半地方,给光烈建了试验室和窑炉车间。光烈虽未正经上过学,但自学成才,物理、化学都精通。当年在陶瓷学校,两位老师都认为他是可造之材,尤其是谢老师,一直希望他能读书深造。光烈倒是想,只是没爹没娘一个穷小子,没有读书的本钱,所以顾宗尧找他合伙烧钧瓷,许以厚利,他便答应了。他本意想赚笔钱去求学,不料钱未赚到,却染上了烟瘾和花柳。谢老师得知他堕落,特意写信劝诫。光烈得书痛悔,遂决意与顾宗尧散伙。之后他要戒烟,又要治花柳病,病好了又要照顾翟月清，再然后又喜欢上程芳杜，外出求学之事一误再误，以至不复作想了。但他与谢老师书信不绝，在谢老师指导下购书自学，又腾出一间房子，买来一大堆实验器材，杯管皿锅漏斗天平一应俱全，一有空就钻进去，将不同名目的物质相勾兑，或放在酒精灯上烧，看它们沸腾、溶解、激变乃至爆炸，不亦乐乎。月白知道他就是好玩，并无做科学家的志向，但是玩得久了，知识也便丰富起来。然而要研究新式陶瓷，他的知识显然不够，月白叫他聘请几位陶瓷专家，最好去德日两国找，人家的瓷器后来居上，做得比咱们好。光烈筑起一道围墙，将他的研究所与窑场分隔开来，写上研发重地，闲人免进，说即使总经理来视察，也须先行通知。一年复活节，月白请所里的德国专家吃饭，闲聊之间，专家说起研究所院中有院，是光烈所长的禁地，除了光烈，谁都不能进。月白知其必定有鬼。席散后，月容见他怒形于色，问知情况，深恐光烈真在那里偷烧钧瓷，急召芳杜询问。芳杜坦承光烈就是在偷烧，怕三叔发觉，烧出来就毁了，并无外传。月容不信。芳杜发誓是真的。

"他没有别的爱好，就喜欢烧钧瓷，别人眼里有名有利，他只是图个乐子。"芳杜说，"就像钓鱼，钓鱼的乐趣在于钓，不在鱼。他烧钧瓷也一样，乐趣在烧，不在瓷。"

月容转告月白。月白沉默久之，不言而去，后来也没再提及此事，只当不知情。光烈却以为自己行事隐秘，瞒天过海，私下里颇为得意。正因知晓光烈那些年一直在偷烧，如今国家要复兴钧瓷，月白相信没人比他更有资格来担纲。他给县里写信，郑重推荐翟光烈。信件寄上，久无消息。月白不甘心，亲赴县政府游说。县里也成立了钧瓷工作组，分管轻工的副县长陈桢任副组长，具体负责工作。月白策杖来到县城，找到陈县长。陈县长已看过他的推荐信，复烧钧瓷是政治任务，担纲的人政治上一定要可靠，翟光烈技术如何尚且不知，政治不合格却是显而易见。月白不以为然，愿以人格担保翟光烈政治上没有问题。陈县长从抽屉里取出厚厚一沓信件，丢到桌子上。

"这些都是举报信，检举揭发翟光烈的各种问题，大半集中在作风上和政治上。"陈县长说，"你是翟光烈的师父，又是他三叔，不求你大义灭亲，该避的嫌还是要避的。"

月白瞟一眼那沓信。信封正面朝上。月白肝病已久，眼睛也日益昏蒙，但仍然认出最上头信封上的笔迹是程发祥的。他无语而退。对于钧瓷复兴，程发祥当仁不让，锐意争取钧瓷工艺厂厂长之位。他私下找过月白，寻求三舅的支持。不支持他也可以，但也不能给翟光烈抬轿，一碗水要端平。月白没有给他承诺，而是给他一顿批评。复兴钧瓷是庞大的事业，容得下各路神仙一起显神通，没道理容不下他们兄弟俩。发祥有志担当，做舅舅的乐见其成，但把光烈当作对手，就太狭隘。即使不能合作共事，大可以公平竞争，所谓兄弟登山，各自努力。发祥悻悻而去。月白料到他不会听从劝诫，料不到他竟然写起了举报信，唯有摇头叹息。发祥营求甚力，县里却没有选择他，而是将国营陶瓷厂的书记调过去做厂长，另把月明师傅请回来做总工程师。月白既意外又惊喜，他不认为二哥能担此重任，但二哥因此归来，从此阖家团圆，却是大喜之事。他已谋划妥当，等二哥坐稳总工程师之位，便把光烈调过去当他助手，他们伯侄搭档，定能克成大业。岂料他还没开始操作此事，事情已经黄了。月白深感失望，在黑暗中仰卧竹椅，试图想个解决的法子。想来想去，无计可施，不由喟然一叹。光照在他旁边作陪，听到叹息，知他是在为光烈的事犯愁。

"能不能给谢叔叔写封信，请他推荐一下光烈哥？"光照说，"谢叔叔在轻工厅，陶瓷口儿归他管，他说句话，一定有用。"

光照说的谢叔叔，就是谢安平老师。谢老师在开封教了三年书，之后又辗转多地，四方任教，一直郁郁不得志。后来国事日非，谢老师痛感教育不能救国，便参加了革命。新中国成立后工作几经调动，转至省轻工厅，担任规划发展处主任。二十多年来，谢老师一直与神垕翟家保持联系，在他革命工作最艰困时，翟家还曾仗义相助：翟月清帮他们搞到一批枪械，翟月白则资助了两千大洋。谢老师感其厚谊，常思有以回报，只是革命者以身许国，也没什么特权帮他们谋利益。唯一的报答，是在程发祥争取国营陶瓷厂副厂长时，帮他打过招呼。程发祥给他写了封信，畅谈自己的工作成绩和革命理想，为了能在社会主义建设中做出更大贡献，所以想当副厂长。为了打动谢老师，他特别提到当年在开封学习期间参加学生运动的往事。谢老师知他一直在帮月白经营窑场，能力是有的，于是不避嫌疑，向陈县长打电话推荐。陈县长对发祥的能力和表现颇有印象，省厅谢主任也为他说项，便顺水推舟，提名任命他做了副厂长。除此之外，谢老师再未替他们做过任何事。月白和光烈也不愿以私事相扰，即使遇到困难，也从不向他开口。为光烈陈情失败后，月白一度想过向谢老师求助，但他最终还是放弃了。此前数日，他刚收到谢老师的来信。谢老师给他寄来几瓶苏联进口的护肝药和维生素，叮嘱他按说明书服用，好好调理身体。他在信中简单讲了他的近况，说他工作不太顺心，不愿在轻工厅干了，想调到钧县来做钧瓷。他与钧瓷有过特殊渊源，国家要复兴钧瓷，他希望来出一把力，他已打了报告，但愿领导会批准。至于他为什么工作不顺心，怎么个不顺心，信中语焉不详。月白不好揣测，但能感觉到他的状况可能不大好，此时再去请托，显然是不合适的。后来发祥当厂长的希望破灭，在三舅面前大发牢骚，痛骂相关领导昏聩，更指责谢老师不尽力，否则以他的地位和影响，何至于让他落选。月白问他是否向谢老师求助了，发祥说是，不光写了求助信，还附寄了三条大前门烟。月白愕然。

"干吗要寄烟呢？你这不是害他么？"

发祥冷笑："三条烟就能害了他？说不定他还嫌少呢。"

月白皱眉。他给谢老师写信，请他善自保重，安心工作，倘若能来钧县，带领大家振兴钧瓷，自然十分之好；如果来不了，也不用执意，一切服从工作需要，服从组织安排。信件发出后，至今未有回复，也不知谢老师的境况究竟如何，到底能不能来钧县。

"于今之计，只能等了。"月白对光照说，"你谢叔叔如果能来钧县，光烈的事不用讲他也会解决；如果来不了，给他讲了也没用，反而叫他烦恼。"

光照不语。月白瞟他一眼，只看到一团沉默的影子，隐匿在黑洞洞的房间里。次日上午，钧县轻工局在神垕组织召开了"欢迎翟月明同志及钧瓷工艺厂建设动员大会"。会议一毕，月明即走马上任，马不停蹄投入工作中。厂子系征用的旧窑场，早先属于顾家，有现成的作坊和窑炉，虽说已经破旧，修葺翻新仍可使用。厂中有两座钧窑炉，还是当年顾宗尧与翟光烈合伙时筑造的。光烈离开后，顾宗尧继续烧，再也烧不出好东西，渐渐也就废置了。月明命人将其全部拆除，另行建造新窑，所谓不破不立，新社会了，要以新窑炉烧新钧瓷。月明事必躬亲，昼夜匪懈，与工人一起搬砖和泥盖窑炉，一切务求快，务求好，但在花钱上却抠得很，能省一分是一分。用他话讲，每一分钱都是人民群众的血汗，不能浪费。

半个月后，国营陶瓷厂的钧瓷攻关小组也宣告成立，厂长任组长，程发祥任副组长兼钧瓷车间主任。这一切都是发祥策划和推动的。当他意识到争当钧工厂厂长无望，立即另起炉灶，游说厂长和新书记响应总理号召，利用本厂的便利条件，投入复兴钧瓷的伟大事业中来，一旦抢先烧成，便是大功一件。厂长和书记皆表赞同，于是攻关小组快马加鞭地成立了。月白做了最后的努力，向厂长提议由翟光烈负责钧瓷攻关。厂长召开厂务会议征求意见，意见不能统一，投票表决，以两票之差未获通过。月白本也没指望能成，得知结果仍然失望，遂以身体原因申请退休。厂长看他的确羸弱，不光肌肤日益黄瘦，白眼珠亦泛起一层土黄，全然一个病夫模样，便同意了他的请求。

月白交接罢工作，踽踽回到家，躺到床上睡了一觉。醒来时已是傍晚。那对外来的夫妻在他们房间吵架，男的嗓门大，女的声音尖，如雷如锥，搞得月白头疼不已。他叫老婆去劝劝。翟太太应声而往，少顷返回，说劝不了。

"他两口以前恩恩爱爱的，现在怎么天天吵？"翟太太说，"还吵得这么凶，闹得邻居也不得安生。"

月白闭目不语。那户人家是国民党政府官员之后，其父毕业于国立第五中山大学，在钧县做到财政科科长。新中国成立后，县政府借重他的才能，仍予任用。神垕是钧县经济重镇，社会主义改造任务繁重，县政府便将他派过来主持工作。老先生到任后，先是住在镇政府大院，后来到翟家找翟月白谈工作，看中这个宅院，便携家带口搬了过来。一年后，老先生因积劳过度，在改造工作完成前夕为公殉职。他儿子和儿媳因为他的缘故，工作都安排在了神垕，儿子沈济南在镇政府扫盲办公室，儿媳宁馨则是卫生院一名护士。宁馨柳眉杏眼，肤白貌美，颇似《水乡的春天》里饰演翠莲的孙景璐，也好打扮，天天梳根大辫子，爱穿大翻领束腰列宁装和布拉吉连衣裙。这一点跟芳杜很像。但宁馨比芳杜年轻，比芳杜漂亮，同样款式的布拉吉，穿在她身上也比穿在芳杜身上好看。芳杜三十五岁后，肌肤和身材开始走样，与宁馨的对比日益强烈，逐渐自惭形秽，索性不再臭美，把雪花膏、花露水和布拉吉全都送人，列宁装也不要了，长辫子剪成齐耳短发，再套上一件四个兜的人民装，从资产阶级大小姐顿时变成泯然于众的普通妇女。

　　妻子形象大变，令光烈颇为不适。他本就对沈家心存不满。首先是老沈主管企业改造，收了他们的窑场；其次又鹊巢鸠占，分去了他家三间大瓦房；此时连老婆也被他家的媳妇打击，不复以前的光鲜和快乐！光烈忍无可忍，决意报复。小两口在院角空地上种丝瓜，他偏要拔了种葫芦；小两口有洁癖爱干净，他偏要养一群小鸡，放到庭院里乱跑乱屙；小两口洗了衣裳晾在院子里，他偏要在旁边抖衣服打被褥，荡起团团灰尘，扑向湿漉漉的衣物。种种敌对行为不一而足，双方因此时常龃龉。光烈不怕龃龉，只怕矛盾不升级，倘若能打起来最好，他可以让一只手，并且叫他们夫妻俩一起上。跟光烈斗嘴的一般是沈济南，宁馨会主动退让，息事宁人。沈济南知道家中势力不复以往，嘴上强硬，心里也虚，跟翟光烈吵上几句,月白夫妻一出来劝架,便会就坡下驴。倘若月白夫妻都不在家,而光烈又不依不饶,也没关系,宁馨会出场将他拖回房间。丈夫如此不讲理,芳杜好气又好笑,叫他不许这么小家子气,不是大男人该做的事。妻子有令,光烈不可不听,只好心不甘情不愿地放过了那两口儿。

芳杜下班回来,带了一大包茵陈蒿,送给三叔煎水代茶喝。茵陈清热去湿,利胆退黄,对肝病有好处。芳杜她们厂在镇子边缘,依山傍河,山脚和岸边生长有许多茵陈,芳杜得空便去采挖,在厂里空旷处晒干,再收起来带回家。二月茵陈五月蒿,春间叶嫩,可采了炒菜,或和粉做饼,现在已经入夏,叶子渐老,不堪食用了。那对小夫妻还在那边吵,三叔眉头紧锁,三婶也牢骚不休,皆有厌烦之意。芳杜便过去劝阻,告知他们二位,她三叔有病在身,需要静养,请二位小点声,莫要影响病人。小两口已经吵得声嘶力竭,难以为继,听芳杜这么讲,正好偃旗息鼓。芳杜复又回去跟三叔三婶说闲话。三婶又讲起那两口不再恩爱之事,芳杜笑起来。

"男的在外头有人了。"芳杜说,"我听人讲,他负责一个村子的扫盲,跟那村里一个女的勾搭上了。外头也插一面红旗,回来再看家里的,自然就不顺眼了。"

三婶惊诧不已:"他媳妇儿长得多俊俏,还是个护士,多好的人,他还在外头偷吃?那个女人该有多好看?仙女下凡么?"

芳杜说:"不是呢,听说很一般,不如家里这个好看。"

"那就奇怪了。"三婶说,"放着自家的好吃食不吃,去外头吃屎,这人也是够贱的。"

芳杜说:"男人嘛,都觉得自己老婆不好,不如别人家的老婆好玩。"

三婶拿蒲扇在她臂膊上拍了一下:"胡说!你三叔就不是这种人,光烈也不是。"芳杜嬉笑:"对对,我讲话不严密,咱家的男人都除外。"月白说:"我听说你们厂确定要上马钧瓷了。"芳杜说:"是的,已经定了。"月白说:"光烈的事怎么样?能调过去吗?"芳杜顿感沮丧。"不好讲呢。"她说,"副厂长姚庭树很支持,也说动了厂长和工会主席,就是书记还没点头。"月白说:"还有希望吗?"芳杜想了想:"还有吧。"踌躇一下,又说,"应该是有的。"

宁馨在门外唤了一声,三婶应个腔,她便进来了。她刚才跟丈夫吵架,惊扰到月白叔,非常愧疚,过来致个歉。她带了两瓶药,黑褐色玻璃瓶的是葡醛内酯片,白色塑料瓶是叶酸片,都是保肝养肝的,送给月白叔。三婶已知她的不幸,深感同情,先前的怨气一扫而空,和颜悦色与她讲话,叫她不要客气,又对送药表示感谢,在房间里翻找一通,取出一瓶自制的辣子酱,定要小宁拿回去尝尝。宁馨坚辞未果,只好收下,向月白叔提了些养病的建议,祝月白叔早日康复,便离去了。三婶送出上房,又与她亲昵地说了几句话,才折返回屋。芳杜打量三婶,见她心情大好,不由得笑起来:

"赶紧给光照说媳妇吧,别由着他拖下去了。小心拖出事端,不好收拾。"

四

不须芳杜提醒,月白夫妇早已忧心忡忡。光照越来越孤僻,不爱交游,不爱与人说话,只喜欢一个人待着。以往他不是这样子,在三四年前，他还是正常少年，虽不如光熙那么好事多动，却也活跃开朗。改变是从三年前开始的。那时光照高考失利，未被心仪的大学录取。那所大学在本校录取了两名考生，成绩都比他差。光照深感讶异，找老师询问究竟。老师也不明白是何缘故，大概是他发挥失常，或不宜录取。光照默然而退，回家昏睡了两天。后来他收到一张录取通知书，是省内一所不知名院校发来的，通知他被学校数学系录取。光照对数学不感兴趣，将通知书丢进火炉烧掉了。恰好此时国营陶瓷厂招工，父亲问他去不去，他说去，于是便经父亲和发祥的举荐，进厂做了一名工人。从此光照便日渐沉默，每天独来独往，下班之后，要么回家，要么一个人四处走，去寺院看佛像，去河边看水流，去山巅看远方，或者坐到寨墙上，看云彩，看飞鸟，看落日，看房舍如甲壳，行人如蝼蚁。更多时候是闷在房间里看书。月白夫妇深以为忧，想给他讨个媳妇，结婚后生儿育女，柴米油盐，没准儿会把他治过来。然而光照对相亲毫无兴趣，托人介绍了好几个，他都推拒不见，婚姻大事于是拖之又拖，以至于今。

就在光照高考失利那一年，宁馨嫁给沈济南，被一辆吉普车送进翟家老宅。宁馨不仅爱干净，还爱种花，看小说，养小动物。翟光烈报复他们时，养了十几只小鸡在院里跑，不料她却很欢喜，每天主动清扫地面，反而是别人都讨厌，翟太太找来一圈草栅子，将小鸡围到墙角，不令乱跑。宁馨人也和气，在院子里遇到光照，都会报以微笑。她听说光照那里有很多小说，向他借。光照问她看哪个作家的哪一本，她说了几个苏联作家和他们作品的名字，很冷门，光照都没听说过。他对小说本来就没兴趣，因此也不难为情，叫宁馨自己去找，看上哪本拿走便是。那是宁馨第一次，也是唯——次进光照的房间,她丈夫从外头回来,听见妻子在光照的房间里说话,进去查看,发现两人正聊得欢,脸色顿时变得很难看。半个小时后,沈济南和宁馨在他们房间大吵一场。沈济南夫妻与翟光照的关系变得微妙起来,沈济南对翟家人的敌意也愈加浓烈。翟家人对沈济南也不大看得起,他与宁馨吵架越来越频繁,吵到最后,十有八九会动手。都新社会了,男人还打女人,真是岂有此理!

平心讲,沈济南与宁馨吵归吵,夫妻感情还是不错的。夫妻嘛,本来就是床头吵架床尾和。因此翟家耳听他们吵了一次又一次,也不好说什么,对宁馨的同情也渐渐不再那么饱满,反而觉得这两口隔三岔五吵一场,实在烦人。翟光照对沈济南的行为洞若观火,自感无趣,便刻意躲着他们夫妻,白天能不回家就不回家,回家后能不出门就不出门。宁馨逮到个机会,在院子里截住他,把那五本看完的小说还给他。光照说不要了,他不喜欢文学,让她留着好了。宁馨说不行,借书要还,否则是不道德的。光照怕惹事,不愿多讲,接过书要走。宁馨指指最上面那一本,对他说:"这里面有几个地方我看不懂,折了起来,你如果方便,回头给我讲一讲。"光照哦一声,抱书钻进房间。他把书丢到床头,取起上头那本翻看,果然有几页是折起来的。他将那几页看了一遍,不过是简单的情节,不认为有什么难以领会的深意。宁馨大概是过度理解,以至于自寻烦恼了。他将书页一一展平,忽然发现,每张折起的页角都准确地指着一个文字和标点,将文字和标点前后连起来,组成这样一句话:

"你是在躲我吗?"

光照愣了一下,心脏扑扑跳起来,隔窗望出去,宁馨正在摆弄她的花。花有许多,赤橙黄绿青蓝紫,一盆盆摆在她家窗子前,其中菊花最当令，瑶台玉凤和墨牡丹开得十分热闹。其时天爽气清，秋阳如水，宁馨站在阳光里，仿佛一朵安静绽放的花。她大概感觉到他在窥视，扭头望过来，果然看到他，遂冲他歪了一下脑袋，似乎在问他答案。光照有点局促，朝她点点头。她笑了笑，朝他摇摇头。光照垂头走开了。

之后光照仍然刻意躲避，但却开始留意宁馨，只要在家，不由自主就要向外张望，看她是否在院子里。他爹娘从未吵过架，光烈也对芳杜言听计从，宠爱有加，因此每当听到对面吵嚷，他便对宁馨充满同情，倘若沈济南动手施暴，他更觉厌憎。他从镇图书馆借来一本契诃夫的小说集，也以折叠页角的方式拼出一句话：

"对暴力的纵容，就是对自己的犯罪。"

他趁宁馨一人在家时，把书推荐给她看。宁馨扫一眼封面，说她看过了。光照说："再看一遍吧，经典是值得反复阅读的。"宁馨听他语气似乎别有含意，又注意到书里有许多折叠的页码，便接了过去。一个小时后，宁馨在外头叩他的窗子，将书还给他。他拿进房间翻看，他折的书页已被抻平，另外又有新的折叠，拼起来也是一句话。

"世上谁人不在暴力中？有些痛苦只能忍受。"

光照怃然，心头有如秋风萧瑟，千里万里木叶下，却唯惆怅而已。小小庭院众目睽睽，尤其还有满怀戒心的沈济南，光照不愿与宁馨多说话，宁馨也表示理解。两人有要说的话，便以这种方式传达。通常是一个人将书折好，做无意状放到院里的凳子上，另一个人则做随意状拿去翻阅，然后再放回去。他们以这种方式建立起一种隐秘的友谊。但究竟是不是只有友谊，光照说不清，也没有仔细去想，只是他的心渐渐虚空和不安，仿佛将要不再属于他自己。芳杜最先察觉光照的异常。有几回她洗衣裳，去问光照有没有要洗的，撩开门帘闯进去，却见他坐在窗前，呆呆地望向窗外，顺着他的眼光看去，宁馨正在院里做事，要么洗衣，要么择菜，要么洒扫，要么玩猫，要么搬张椅子坐在花丛边看书。

"好看吧？"芳杜问。

光照尴尬地转过身。芳杜大笑，引得宁馨也朝这边望过来。芳杜的笑虽是戏弄光照，却也包含一点妒意。她与宁馨各有丈夫，互不相干，然而同居一院，芳杜又是爱美的女人，宁馨的容颜便是一种无言的伤害了。唯一让她慰藉的是，宁馨与沈济南结婚很久了，却也未有怀孕的迹象。一次两人同时洗衣，她坦言自己丈夫不能生育，想要孩子要不了，反问宁馨何以不生。宁馨说："我们倒也想生，只是没有了公婆，我爹娘身体也不好，没人帮忙带孩子，我俩又都有工作，不想因为生孩子让生活变得一团糟，所以就拖着了。"芳杜说："该生还是要生的，总是要有这回事，晚生不如早生。"又问，"你们不行房么？"宁馨微红了脸："行的，没你们那么大阵仗就是了。"芳杜嘎嘎笑了一阵，又问："那你们怎么没怀孕呢？"宁馨说："我们用避孕套的。"避孕套还是稀罕之物，芳杜仅听人讲过一次，从未见过实物，闻言极感好奇，一定要看看是什么样子。宁馨无奈，只好带她进房间，取出来给她鉴赏。芳杜挑起那条橡胶套子反复打量，询问怎么用，听宁馨讲解罢，感慨不已。

"真是杀人不见血，这么薄薄一层胶，比刀枪还厉害呢。"她将套子丢进消毒盒，咂嘴说，"惨无人道啊！"

月白夫妇渐渐也看出了光照的问题。宁馨的确不错，倘若她未曾嫁人，将她娶来做儿媳，自然是一桩美事。只是人家已为人妻，再生异心，就很不道德了。他们不确定光照是否迷恋上宁馨，但他不愿相亲成家，却必定与宁馨有莫大关系。光照本就是心气高的人，再有这么一个女人做参照，寻常女子哪里还能入得他的眼？老两口焦虑不安，却也无奈。

程发祥与光照是同辈，但因年龄相差甚大，也没有共同爱好和志趣，平素少有往来，对光照的工作和婚事也不大关心。近些时发祥忽然热情起来，对光照百般关照，不时跑到釉料车间看觑他，还主动表示要为他解决职称问题，帮他评助理工美师。这天下班，他又拖光照去自己家吃饭。发祥仍住在他家的老宅院，与母亲生活在一起。月容近来身体不佳，每天卧床休养，不与他们同桌吃饭。发祥老婆下厨忙碌，烧了一荤四素，又蒸了一笼馒头，端上桌款待光照。发祥的三个儿子都已长成，老大年前结了婚，妻子已怀孕数月，发祥不久即将荣升爷爷。此时开饭，满桌子吃饭的生力军，风卷残云吃光了。发祥抚摸着发福的肚子，笑骂养了一窝吃才。将孩儿们打发走，发祥与光照也挪个地方，讲起工作的事。他想重用光照，把他调到钧瓷车间，等熟悉了工作，便任命他为副主任，由他管理车间。光照坦称不懂钧瓷，建议把光烈调过去。

"我听我爹讲，神垕镇烧钧瓷的人很多，但论成就，没人比得上光烈。"光照说，"让他来做，咱们厂定能一马当先。"

"瞎说！以前论烧钧瓷，成就最大的是日新姥爷，翟光烈只是偷姥爷的师，如果没有姥爷的创造，他会个狗屁！他能偷师成功，也全仗月白舅和谢老师，如果不是月白舅先把基本功传给他，谢老师再分析出釉泥成分，他仍然狗屁不是。"发祥说，"现在咱们要烧钧瓷，他但凡还有点良心，就该把技术传给你，由你来完成大业。"

光照说："你要的是成果，只要做出成果，谁做都一样，干吗一定要排斥他呢？"

"怎么能一样？复兴钧瓷是总理的指示，是政治任务，一旦成功，可是天大的功劳，到时候去北京报喜，说不定还能被总理接见。所以这事儿必须成在咱家人手里。翟光烈本姓常，冒咱家的姓，不是咱家人。他已经占尽了咱家的便宜，这回不能再便宜他。你回去跟他讲，叫他把配方什么的统统交出来，由你接管，否则就是与厂里为敌，与国家为敌，让他好自为之。"

讲到最后几句，发祥疾言厉色，还曲指重重敲了下桌子。光照不语。发祥意识到情绪过于激烈了，摸出大前门烟，抽一支递给光照。光照摇手谢绝。发祥便叼到自己嘴上。光照并不是发祥最中意的人，光照固然聪明，但聪明人往往性子倔，看上去少言寡语，脑子里尽是沟壑，不好弄。不像光熙，嘻嘻哈哈没有城府，能力虽则一般，却很听话。遗憾的是光熙迷上放电影，不再当陶瓷工人，执意去做了一名放映员。况且翟光烈目中无人，只跟光照关系好，叫别人找他要配方，铁定不给。因此发祥只能借重光照。发祥吸着烟，笑眯眯打量光照。

"听说你喜欢沈济南的老婆，是不是啊？"

光照大骇，"你听谁说的？"

"你就说有没有吧？"

"没有。"

发祥嘿嘿笑起来："你呀，还跟我装。前天月白舅来看我娘，他俩闲聊，我在门外听到的。放心，我不会讲出去。我见过沈济南

373

的老婆,叫宁馨是吧?长得真是齐正,难怪你看上。听说沈济南他俩关系不好,经常打她,是不是啊?"

光照不语。发祥知他尴尬,只管讲下去:"听月白舅的口气,也很喜欢她,就是人家结婚了,没办法。办法其实是有的。光照,你老实跟哥讲,是不是真心想要她?你若想要,哥给你想办法,包准你把她弄到手。"

光照从凳子上站起来。"我走了。"他说。

发祥捧腹大笑,也不强留,陪他走到门外,目送他狼狈而去。光照觉得要死了,仿佛街上的人都在看自己,每个嘴巴翕动的人都是要朝自己吐唾沫。他埋头匆匆赶回家,一进大门,便听后院有咆哮之声,进入二门,声音入耳更加清晰。沈济南和宁馨又吵起来了。光照极没好气,匆匆穿过庭院,要躲进自己房间。刚走到葡萄棚下,宁馨从房间里逃出来。两人打个照面,都愣了一下。宁馨捂着鼻子,天色虽已昏暗,仍然清楚地看到血从指缝间淌下来。一愣之后,宁馨要往院外跑,沈济南已追出来,一把揪住她头发,拖她回房间。宁馨负痛尖叫。沈济南酒气醺醺,嘴巴也不利索,想是喝醉了,身形却稳得很,不但脚步不踉跄,手上还有一把与他斯文外表不相称的蛮劲。光照脑子里轰轰响,想冲上前救宁馨,却僵在那里不能动弹。光烈和芳杜不在家,光熙媳妇也跟随光熙去放电影了,月白夫妇听到尖叫赶出来时,宁馨已被沈济南拖进房去,咣一声将门反锁。夫妻俩看看兀立庭院中的光照,叹了口气,相扶着回上房屋去了。光照听沈家房间里乒乒乓乓,沈济南大舌头的喝骂声不绝于耳,扭头向院外走去。

今日天气燠热,发祥穿条短裤,手持蒲扇,敞怀坐在街里,与坊邻纳凉扯闲天。上弦月高挂天中，照亮黄昏的镇子。看到光照返回来，一张脸板得像门，发祥便猜到有事，与他进家去说话。方才有人送来一兜桃子，发祥唤老婆洗几个给光照吃。光照不吃。

"你刚才讲，你有办法拆散沈济南和宁馨？"

发祥说："无缘无故的，拆散人家干吗？"

光照说："你就说你有没有办法。"

"办法当然有。"发祥说，"问题是干吗要拆散人家。你想要宁馨吗？"

光照说："你别管。我跟你做个交易，你把他们拆散，我给你弄到配方，行不行？"

"嗨嗨，居然要跟我做交易，你这家伙，把哥当成什么人了？"发祥从盘中捡起一只桃子，狠咬一口，嚼得满嘴汁液，"不光要釉方，怎么建窑，怎么烧火，都得弄清楚。烧钧瓷是一整套功夫，缺一不可。"

五

国营陶瓷厂钧瓷车间人员名单已公布，没有翟光烈的名字。红星陶瓷厂的钧瓷车间也已正式宣告成立，芳杜仍未带回接收光烈的消息。光烈眼看人家都热热闹闹干起来，却没有自己什么事，甚感无趣。周末中午，他在外头喝醉酒，摇摇晃晃回家来，倒在二门躺躺睡去。刚好光煦来找，见他匍匐在台阶上，急忙叫出芳杜，两人合力把他抬进房间。光烈素常不饮酒，偶尔喝一点，也如狗崽舔水，只听嘴响不下货，因此从不曾喝醉过。今日醉成这样，委实意外。

芳杜知他心中苦闷，心疼不已，又无以宽慰，只能劝他不要太执意，天下事自有天下人来做，少了谁都没关系。

"你也不要老把自己当回事，觉着就你行，有那么多人民群众呢。"芳杜说，"用二叔的话讲，历史都是人民群众创造的，做个钧瓷还不是轻而易举的事？你就消消停停，干好厂里交给你的工作就行了。"

光烈酒气熏天："二叔净讲外行话，钧瓷断代几百年了，人民群众那么了不起，怎么没人烧出来？还轻而易举，嗤！"

"那也不是非你不可。"芳杜说，"这世上没有什么事非谁不可，地球少了谁都一样转。"

"那可不一定。你没听说吗？没有毛主席，就没有新社会，没有共产党，就没有新中国。钧瓷没有我，想要复兴，怕也没那么容易。"他懒洋洋地栽到床上，仿佛一只笨拙的熊。芳杜要撕他的嘴，却只是在他肩头捣了几拳，不再搭理他，回望光煦，问他有啥事。光煦还没回答，光烈已先插话了：

"一定是二叔有弄不定的地方，叫他来问我。"他歪在床上眄视光煦，"对不对？"

光煦难为情地笑。他的确是奉父亲之命而来。月明急于建功，按当年光烈的模式建了座窑炉，复以当年的釉方烧制，打算先烧一批出来，让领导吃个定心丸，之后再改造窑炉，扩大规模，研究新配方。不料窑炉造好后，连烧数次，皆不理想，偶有几只釉色尚可的，也都黯淡无华，无法见人。月明怀疑是窑炉有问题，反复调试无果，便派遣光煦来找光烈，询问窑炉的具体制式和烧火之法。光烈听罢，嘿嘿笑起来。

"怪哉怪哉！二叔怎么不去问人民群众，叫你来问我？"

光煦说："你不也是人民群众的一员嘛。"

光烈大笑："对对对，你说得对，是我糊涂了。"朝光煦招手，"来，光煦，坐过来，我告诉你。"他扭扭腰，调整一个最舒服的姿势："要烧出好钧瓷，讲究极多，不光是釉料要紧，窑炉制式、烧火方法同样关键。另外气候、煤质、瓷土等等，都能影响成败。就拿煤来讲，方山煤热量小，适合烧薄质浅红釉；苌庄煤热量大，适合烧天蓝、茄紫釉；神垕南山煤热量适中，适合烧海棠红、鸡血红。再如天气。春秋天烧钧瓷，成色要比夏冬两季好，春秋天温度适中，空气湿度和流动性也好，烟囱拉力最相宜。现在是夏天，正是入伏闷热的时候，烟囱拉力提不上来，如若烧火师傅水平不过关，控制不好火孔和闸板，肯定烧不出好成色。"

光煦掏出笔和小本儿，边听边记。光照撩开布帘子，端一碗梅子汤走进来。他刚从外头回来，先到上房屋给父亲问安，陪父亲说了会儿话，听母亲讲光烈喝得酩酊大醉，煮了梅子汤要给他吃，便自己送过来，看看他什么情况。光烈看到光照，笑眯眯地叹口气，叫他也坐过来。

"我听说发祥把你调到钧瓷车间，准备叫你负责烧钧瓷，有这回事吗？"

光照说："听他说说罢了。"

光烈说："如果真这样安排，也不错，我把技术都传给你，等于借你的手来烧。很好，很好。"回顾芳杜，"你去给光照找个本儿和笔，我现在就开堂授课。"芳杜急忙翻抽屉找出来，递给光照。光烈半坐到床上，扁起嘴喝了几口梅子汤，润一润喉咙。

"钧瓷之美,大半在于窑变,钧瓷的神奇之处,也在于窑变。老艺人讲起窑变,总是神乎其神。那是他们不懂物理变化和化学原理,太多东西不明白,只能归因于天工造化。所谓一阴一阳谓之道,阴阳不测谓之神,明白了所以然,便知道是怎么回事,不明白所以然,只能神化它,结果就搞得神神秘秘云山雾罩。其实说白了,所谓钧瓷窑变,不过是釉里的化学元素在适当的窑火气氛下发生氧化还原反应,最终形成五彩缤纷的光学效应。这一切都有科学的原理,即使有些地方现在不明白,或者做不到,只要按照科学的方法去试验,早晚会弄明白,也早晚会做到。这一点你们要牢记,遇到问题,一定要研究它,不要回避它,更不要神化它,一神化,就真没有出路了。"

光烈又喝几口梅子汤,拿起蒲扇一顿猛扇。时令虽已过了夏至,但尚未入伏,几刻钟前又下过一场暴雨,之后又有风,因此房间里并不燠热,光烈脑门上却沁出一层硕大的汗粒。院里传来自行车的响动,他们隔窗望去,是沈济南回来了。他自行车把上挂着一只黑色公文皮包,白衬衣蹭了一大片泥渍,想必是雨后路滑,骑车摔了一跤。三人瞟了一眼,便将目光收回。光烈将窗子掩上半边,挥舞着蒲扇继续讲授。

"陶瓷和钧瓷在工艺上有许多相同之处,只是釉料、窑炉和烧成制度不一样。咱爷爷翟日新当年恢复钧瓷,用的是鸡窝窑。他的釉水配方,主要成分是本药、柴灰、氧化铜、氧化钴、石英和玻璃粉,在鸡窝窑里用蓝炭焗火,可以烧出天青、天蓝和红紫釉色;在我发明的窑里用还原焰烧,能烧出粉蓝,再加氧化锡,能烧出茄紫……"

芳杜站背靠衣柜，眼望丈夫深入浅出，将经验倾囊相授予两个弟弟，竟如交代后事般悲凉。芳杜一时心酸不已，别头走出房去。姚庭树确定指靠不上了，她想再去找找厂长。厂长正跟他老婆闹离婚，住在厂里，去找他也方便。她跨出房间，却见一个警察和三个民兵闯入后院，警察头戴大檐帽，身穿上白下蓝的五五警服，腰佩一把五二式公安手枪。三个民兵则穿便装，腰束宽皮带，肩扛三八长枪。警察示意芳杜不要声张，带领三名民兵直扑沈济南家。芳杜不知何事，骇然而立。光烈他们也听见动静，隔窗观望。对面房门大开，沈济南手腕上戴只明晃晃的手铐，被民兵从房间里推搡出来。宁馨追出房门，眼望丈夫被押走，想追不敢追，兀立于庭院当中，不知所措。芳杜问她发生了什么事，她摇头说不知道。光烈幸灾乐祸，扫一眼光照，见他神不守舍。

"你是去看热闹，还是继续听？"光烈问。

光照回过神儿："听。"

芳杜没去找厂长，而是陪宁馨到派出所问情况。她隐约感觉沈济南可能是因为作风问题被抓，到派出所一问，果然是。与沈济南勾搭的女人新婚不久，夫家是贫农，丈夫参加过抗美援朝，在战争中失去一条腿。夫家得知奸情，告到镇里，请求政府做主。镇长大怒，即令严查此案。宁馨脸色苍白，几欲昏厥，在芳杜扶持下软绵绵地回到家，倒在床上不动也不语，仿佛活死人。芳杜怕她想不开，一直在旁边陪伴，傍晚翟太太做好饭，也给她端过来。宁馨不吃，任翟太太和芳杜百般劝解，只是不开口。芳杜陪她到半夜，如同陪着一个会呼吸的人偶，渐渐有点怕，便回自己房间去了。她点上油灯，发现光烈眼睛睁得溜圆，还没有睡。两人自结婚以来，晚上睡觉几乎没有分开过,万一哪个因事回得晚,另一个便一直等着。芳杜解衣上床,将灯吹熄,给丈夫讲了对面的情况,嗟叹不已。光烈默不作声。芳杜说:"你睡了?"

"没有。"

"在想什么?"

"你以前跟我讲沈济南的事,我还不相信,没想到是真的。沈济南做这事,肯定很悄咪,否则不至于到现在才暴露。你却老早就知道了,你是听谁说的?"

"姚庭树。"芳杜说,"他跟沈家有点亲戚,他当副厂长,也是沈济南他爹说了话。沈济南他俩关系好,什么事儿都跟他讲。"

"姚庭树为什么要告诉你?"

芳杜说:"大家闲聊呗,东拉西扯就扯到了。"她一边说,一边在光烈身上摸索。光烈按住她的手:"别动,不想做。"芳杜翻到他身上:"还不开心啊? 别想着烧什么钧瓷了,好好过自己日子,比什么都强。"光烈抱住她,两条胳膊犹如铁箍,将她紧紧箍住,不使她乱蹭。"不烧了。"他说。芳杜在他身上不能动弹,也便不动了。她说:"你把技术都传给他俩了?"光烈说:"嗯。"芳杜说:"我看光煦一直在记录,笔都没停过,光照只是听,偶尔才记几笔。光照是不是心不在焉呀?"光烈说:"他再心不在焉,也比光煦强。光煦是举一得一,他能举一反三,没法比。"芳杜说:"要么说他是咱家的大才子呢,可惜了。"

光烈没有回话。芳杜也不再讲,将脸贴在光烈胸前,默想心事。明月犹如飞轮,出没于云层之间,窗子上时而明亮如昼,时而晦暗如墨。两人沉默许久,都知道对方没睡。芳杜说:"咱还是领养个孩子吧。"

光烈说："唔。"

"有个小孩，会热闹些，心里也不那么空。"

"你看着办吧。"

芳杜抬起头："你也不问问我心里为什么空？"

光烈说："我心里也空。"

芳杜怔了一下，待要说话，光照突然从他房间蹿出来，拉开堂屋门冲入庭院。芳杜和光烈都吓了一跳。芳杜拉开窗帘，只见光照已跑到宁馨窗前，叩叩窗棂，询问宁馨有没有事。房间里没有响应。光照提高声音："宁馨？"宁馨仍无回应。芳杜的心也揪起来，匆忙披衣下床，过去查看究竟。走到门口，宁馨的声音才传出来："我没事，你去睡吧。"芳杜舒一口气，问光照怎么了。光照说："听见她房间里有响动，怕出事，过来问一下。"芳杜仔细回想，确定自己没有听到什么动静，回屋问光烈，光烈也没听到。芳杜躺到丈夫旁边，叹了口气，又笑了笑。

"光照啊，没救了。"

六

由于民愤极大，镇长关切，沈济南的案子进展迅速，半月之后便在镇上召开公审大会，宣判死刑，押到大龙山下枪毙了。沈济南有个哥哥，名济北，在专区行署工作，接到通知赶过来。弟弟如此而死，沈济北深以为耻，决定把尸体捐给地区医专，供学校解剖教学之用，以赎济南的罪愆。长兄如父，他要这么做，宁馨也没有反对。

此事对宁馨打击巨大，但她并未因此而耽误上班，只是精神恍惚，时常出错，比如弄反碘酒和酒精的消毒次序，或把给甲打的针打给了乙。领导多次严厉批评，仍不能改，放她几天假，叫她回家休息。姚庭树以亲戚身份表示关怀，要把她接到自己家去住，方便照料。宁馨拒绝，躲在家中闭门不出。翟太太和芳杜深感同情，每天做好饭菜，都要分一些给她送过去，吃不吃随她意。翟太太其实不愿与宁馨接近，她丈夫作恶自毙，虽说与她无关，她本身也是受害者，但在芸芸之众看来，她终究是流氓的老婆，这辈子跟流氓二字撇不清关系。只是她如此凄惨，娘家也无人过来相陪，孑然一身无依无靠，死在屋里恐怕都无人知道，实在是可怜。作为邻居，不可不看顾些，人嘛，本就该慈悲为怀邻里互助。但她不希望光照跟宁馨走太近，最好连话都不要讲，须知悠悠之口最是可怕，这后院只有他两个是孤男和寡女，万一被人编出桃花新闻，就讲不清楚了。国营厂钧瓷车间已经成立，光照被发祥抽调过去，参与科研攻关，每日早出晚归，异常忙碌，索性住到了厂里。这等于从物理上切断了与宁馨的联系，因此翟太太尽管心疼儿子，却也没有反对。芳杜却不以为然。宁馨已是自由之身，只要光照喜欢，只管去追求，堂而皇之光明正大，有什么见不得人？宁馨如今深陷悲痛之中，身心脆弱需要抚慰，正是乘虚而入的良机，光照却埋头干起了工作，连面都不见，再好的姻缘也要断送了。

"得劝劝光照，公家的事，尽力就好，不要太拼命。"芳杜对三舅说，"工作要干，媳妇也要娶，不抓紧下手，等人家有了下家，后悔也晚了。"

月白躺在竹椅上，手持蒲扇闭目养神，仿佛没听见她说话。翟太太却不开心。芳杜前半句是至理之言，深合她意，后半句就莫名其妙了：干吗要把光照的终身幸福跟宁馨扯在一起呢？天底下清白的姑娘都死光了么？翟太太一不高兴，便发起牢骚，责怪芳杜她哥太过分，为了自己赶功劳，硬是把光照当牛做马使。

发祥的确把工作抓得紧，恨不得一周七天、一天二十四小时都不要休息。他这么拼，是为了跟钧瓷工艺厂赛跑。据钧工厂传出的消息，他们已经烧出一批像样的钧瓷。按说月明早该烧出来，当年他与顾宗禹合伙开窑，已有成功的先例。只是当时烧的时间太短，受刺激后神志不清的时间又太长，之后长达二十多年里更是未曾触碰，甚至连想都不愿想到，相关的技术细节早已模糊不清了。况且当年能够成功，聘请的匠师功不可没，尤其是那位掌火的师兄，若没他们出力，仅靠月明自己，断然不会那么容易烧出来。月明归来后，第一件事便是寻找当年的老同事。然而光阴飞逝，早已带走许多人，仅存的三个，也就是极力推荐月明那三位，亦有两个在他回来之前相继亡故，另一个则得了中风，瘫卧在床。月明无奈，凭印象另觅匠师，请来几位半老先生，摸索着筑窑开烧，折腾多日，仅烧出几只品相一般的天青器和天蓝器。等光煦从光烈那儿取经归来，月明在笔记的提示下才回想起许多东西。恰好省轻工厅派来两位专家，协助他们工作。大家精诚合作，反复试验，终于烧出了红釉钧瓷，虽说釉色不甚润泽，窑变亦嫌单调，毕竟是新中国成立以来第一批，首开其功，意义非凡，县政府特别颁发嘉奖令予以表彰。发祥受命之初，跟厂委立了军令状，誓言克日攻关，及见二舅已经抢占先机，不禁心慌，拖着光照日夜实验，务必要尽快拿出成果。他帮了光照大忙，此时要求光照加班做事，自是心安理得。像光照这种刺毛的人，不拿捏着他，是不会牺牲小我，积极自愿为公家做贡献的。不料光照不但积极配合，还主动住进厂里，吃在食堂，睡在车间，连家都不回了，令发祥深感意外。他本来还担心没了沈济南，光照会与宁馨搞起男女，沉溺于卿卿我我的庸俗资产阶级感情，从而耽误正事。此时看来，这位表弟还是分得清轻重，顾得了大局的，发祥甚慰。

有发祥做后盾，钧瓷车间事事优先，一应所需迅速到位，不论是何器械物资，只要光照认为用得着，立即采买置备。光照招工进厂后，一直在釉料车间做釉料工，但他小时候常去自家窑场玩，看见工人手艺精熟，拉坯施釉磨边镟底，皆如玩杂技一般，忍不住跟着学。少东家要学，自然无人不教，光烈有时兴致高，也会亲手指点。因此除了看火，诸道工序他无一不会，只是久不作耍，不复手熟而已。此时由他统筹一切，亦是秩序井然，有条不紊。然而他按光烈画的图纸筑造窑炉，又照他所教的方法配釉烧火，连试十余次，皆无所成。发祥越来越焦虑，断定翟光烈在使坏，没有成心教光照，把关键地方漏掉或者教错了。光照不这么认为，他与光煦同时听讲，光煦把笔记带回钧瓷工艺厂，他们就有了长足进步，可知光烈教得不错，只能怪自己没有烧钧瓷的基础，一切都要从空白处摸索着来，而烧钧瓷又是至精至微的事，尤其是烧火，经验至关重要，只听人讲是没用的。二伯月明则有相关经验，自然心手相应，一通百通。他建议发祥以大局为重，把光烈调过来。钧瓷工艺厂实力强大，红星、向阳、新华等厂也下手飞快，把镇里烧过钧瓷的人抢夺殆尽，大家都铆着劲儿往前冲，本厂已然不占优势，放着光烈不用，无异于自拖后腿。发祥不悦：

"你真做不出吗？"

光照不语。发祥眉头锁起："芳杜一天到晚说你是咱家的大才子，脑子最管用，光烈能做的东西，你怎么会做不了？"

"做是一定能做出来，只是要花时间。"光照说，"现在时间最宝贵，二伯那边已经抢了先，咱们再不抓紧追，差距会越来越大。"

发祥默然片刻："可以聘他做技术顾问，仍在烧成车间工作，这边有什么问题，把他叫过来一起解决。"起身要走，又说，"你去跟他讲吧。"

光照立即去找光烈。光烈在窑炉车间门口抽烟，头发蓬乱，神情落寞，仿佛一个忧伤的流浪汉。光烈是要强的人，最怕在人前露屃，越是处境不好，越是装得无所谓。这两天他却情绪低沉，郁郁寡欢，有时眼睛还会红起来。同事不知缘故，都以为是他三叔月白病逝了，急忙询问，原来的确是死了人，但不是月白，而是他老师谢安平。谢老师已经死去十多天了，他们一直不知情，直到前天收到谢师母的来信，才获知这一噩耗。谢师母在信中讲了谢老师的死因，说是工作压力太大，又被人举报受贿，难以自明，跳楼自杀了。月白两目泫然，嗟叹不已，光烈则默不作声，半日之间吸完了一条烟。光照走到光烈面前，叫他一声。光烈抬头瞟他一眼，又垂下头继续吸烟。光照坐到他旁边，掏出一盒带锡纸的大生产递给他。光照不吸烟，这是专门给光烈买的。光烈也不客气，接烟在手，问他烧出钧瓷没有。光照笑笑，不答他的问题，只说厂里要聘他当技术顾问，请他指导烧钧瓷。

"不干。"光烈说，"没心情。"

"你别赌气。"

"赌什么气？我赌钱赌命，就不赌气。"

光照说："你不要只顾嘴巴讲，先问问你的心和两只手愿不愿。"

光烈鼻孔里喷出两道烟："让我去也行，叫程发祥过来给我磕十个响头。"

光照苦笑摇头。有人在车间里喊翟主任，有事叫他去处理。光烈把大生产揣进衣袋，径自进车间去了。下午将近下班时，发祥来车间找光照。县里通知召开钧瓷复烧工作推进会，厂里派光照与会，叫光照准备一下，届时可能要发言。发祥神情不乐，想是因为没有成果，明天会上可能要吃瘪。他问光照有没有跟光烈谈。光照说谈了，他不愿来。发祥愠然而去。光照在窑炉前出了一会儿神。下班之后，工人散去，他将车间大门反锁起，调制了一瓢釉水，取一只素烧过的挂盘，上釉入钵，放进一座鸡窝窑。鸡窝窑相对易于掌控，不似倒焰窑难以把握，只是一炉仅烧一只，效率低下，不能撑起复兴钧瓷的大业，月明的队伍直接将它淘汰了。发祥急于见成果，不管什么窑，先烧出几只，把场面撑起来再说，因此叫光照造了个鸡窝窑。光烈把炉钧技术一并教给了光照，光照与工人依法烧制，却也只能烧出一些略具品相的瓷器，根本拿不出手。光照点燃炉炭，鼓风升火，待炭火燃尽，降温开炉，从匣钵中取出挂盘，只见釉色仿若泼彩，如花如雾，如云如水。只是仔细观察，盘面上有若干棕眼，且釉质不甚厚润。虽不完美，比之他前几次的私下试烧，仍有明显进步。光照反复审视，不大满意，待要再烧一个，时间却已很晚，再不睡要影响明天开会，只好作罢了。

次日一早，发祥与光照乘坐吉普车赶赴县城。出发前，发祥叫司机在厂门外停留十几分钟，说是等个人，结果没等到，便匆忙上路了。光照提了一只黑皮包，里头鼓囊囊的，发祥问他带的什么东西，他说是一点花生，趁开会之际，去拜访一个家住县城的高中同学。一路上发祥神情凝重，沉默不语，一副心事重重的模样。他不说话，光照也不出声。会议在县政府后院的会议室召开，由陈县长主持。会议开始之前，陈县长扫视会场，询问哪位同志是翟光烈。光照一愣，以为自己听错了，接着便听陈县长又喊：

"翟光烈？翟光烈来了吗？"

会场一阵骚动，犹如被炸的蜂巢，嗡嗡之声骤然而起。发祥仓皇站起，报告说通知了翟光烈，他却没来，不知什么缘故。陈县长呵呵一笑："这位同志的纪律性可不太强啊。"发祥说："他平时就这样，自由散漫惯了，不大遵守组织纪律。"陈县长点点头，示意会场安静，开始开会。他听取了各单位的工作报告，对目前的研烧进展不太满意，钧瓷工艺厂虽然率先拿出了成果，但其品质仍较为普通，也缺乏经典的窑变效果。另外，大小窑厂一拥而上，都研发起钧瓷，精神诚然可嘉，但也需注意资源浪费的问题，各单位不可有门户之见，各自为战，而要互相协作，技术共享，共同为复兴钧瓷的伟大事业而奋斗。

发祥全程脸色阴郁，一散会即别过光照，坐车返回神垕去。光照待他走远，提包拐回县政府大院，找到陈县长办公室，说有事情报告。陈县长认出他是与会代表之一，请他坐下讲，及听他是推荐翟光烈，又问知他是翟月白的儿子，不禁笑起来。

"你们父子可真是前赴后继啊。"陈县长说，"我前几天收到一封信，是省轻工厅的谢安平主任写来的，也是推荐翟光烈，对他烧钧瓷的本领赞誉有加，说他有做钧瓷的天赋。先前你父亲来向我推荐，我还将信将疑，以为他怀有私心，谢主任也推荐，我就有点信了，所以特别叫秘书通知国营陶瓷厂，让他今天也来开会，先见见他，跟他谈一谈。可是你看，他居然没来！他究竟有多会烧钧瓷，我还没见识过，但这品行，我可是先领教了。"

光照打开黑皮包，取出一只东西，除去包裹的绵纸，露出那只钧瓷挂盘。陈县长的眼光顿时黏在挂盘上。光照将挂盘捧给他。陈县长接盘在手，问光照哪儿来的。光照说是自己做的，昨天晚上才烧出来。陈县长惊喜不已，连声道好。

"你年纪轻轻，就做出这样的东西，了不起！"

光照说："这挂盘虽是我做的，却不是我的功劳，是得了翟光烈的指点。如果是他亲手做，要好得多。"

陈县长讶然，又复点头。"难怪他这么狂傲，果然是有真本领！"他摩挲挂盘，赞叹久之，似有无限感慨，"不知道他的本领而不用，还好说不是我的错，知道了仍不用，就是我的错了。"回视光照，"你方才讲，他在跟程发祥赌气，对吧？"光照点头："是的。"陈县长说："既然程发祥请不动他，我亲自去请，看他给不给我个薄面。天已经晌午了，咱们就在食堂吃个饭，一起去神垕。"

光照大喜。他谢绝了陈县长的好意，说明不便与他同回神垕，也不便让人知道他来找过县长；另外他也的确要借这个机会，去看看久未谋面的同学。陈县长表示理解。同学在县城化肥厂工作，离县政府不远，光照赶过去找到他，与他一起吃了午饭，聊了些别后情景。恰好下午化肥厂要去神垕供销社送化肥，让光照搭了个顺风车。但那汽车不是直达神垕，而是辗转两个乡镇卸货，最后一站才是神垕镇。光照回到厂里,已经五点多钟,快到下班的时间。他走进钧瓷车间,工人们还在忙活,有个人在那里指手画脚,指挥人做这做那,居然是翟光烈。光烈扭头看到他,冲他吆喝:

"你怎么现在才回来?"

声音响亮如鸣金,撞击着墙壁和器物,在车间里制造出一点回声。光照料想一定有了好结果,不动声色走过去,问光烈来这里干吗。光烈说:"我过来了,现在是钧瓷车间主任,你以后得跟我干。"光照一笑:"祝贺你呀。"提包进办公室去换衣服。光烈跟他走进办公室。"你猜是谁任命的我?"光照说:"不知道。"光烈说:"你一定猜不到,是陈县长。陈县长亲自来找我,叫我烧钧瓷。我说我不干,除非叫我当带头人。我这也是装腔作势,摆个姿态,你不让我做主,万一我来了搞不成工作,不要怪我。没想到陈县长当场任命我做车间主任。程发祥就在旁边,听得脸都灰了,那个难看,画都画不出来。"光照笑笑,问光烈:"你今天为什么没去开会?"光烈顿时暴怒:"我根本不知道这事。昨天程发祥派人通知我,说今天要开会,叫我准时来。我以为是厂里开会,到会议室一看,一个人也没有,以为又不开了,就回去了。直到陈县长问我,我才知道是去县里开会,还是陈县长点名叫我去。程发祥太恶心了,这样阴我!"

"可能是传达不清,搞误会了。"光照说,"你不要老是把发祥往坏处想,陈县长这么重用你,说不定也有他的功劳,私下里推荐过你。"

光烈冷笑:"他不整我,就是东方善德佛转世,大慈大悲观世音重生,还推荐我? 太阳要打西边儿出来了。不过陈县长重用我,的确是有人推荐。一个是三叔,还有一个,你猜是谁?"光照正在换鞋,将脚上九成新的千层底黑面松紧口布鞋脱下来,换上一双已很破旧的解放鞋。他系着鞋带说:"不知道,谁呀?"光烈说:"谢老师!以前陈县长去省里开会,认识了谢老师。谢老师自杀前,给陈县长写了封信,向他推荐我。陈县长看到信,给他打电话,想跟他好好谈谈,多了解点我的情况,电话打过去,才知道他已经离世了……"

光烈说着,鼻子剧烈酸起来。光照系好鞋带,站起来跺跺脚,发现光烈陷入沉默,抬头望去,只见他眼中泪花闪烁,竟似说不出话了。

七

翟光烈与程芳杜已久无房事了。

自那日醉酒之后,翟光烈对床笫之事便兴趣寥寥,芳杜想要,还会被他抢白几句,这么大年纪了,不要太浪。芳杜理解丈夫心中苦闷,所以并不责怪。况且她讲过大话,要把他弄到红星厂去,不料百般努力,竟无结果,也很气馁,觉得愧对丈夫。丈夫不想做,就不做好了。年纪大了会发现,夫妻之乐,有更甚于房事者,两人相拥而卧,说说日常的闲话,嘻嘻哈哈,半宵已过,才是鱼水一般的快乐。——鱼和水在一起,可不是为着跟对方交媾。让她难过的是,光烈连话也不想说,总是借口困了,然后闭眼僵卧,一语不发。芳杜知道他其实并没有睡,不想戳穿,便也闭眼不语。调到钧瓷车间这一晚,光烈志得意满,心情舒畅,一扫之前的郁卒之气,居然喝了几杯酒,上床后又主动求欢,一夜做了两次,野蛮得床都要散了。芳杜何曾想到丈夫的事业会有如此戏剧的转折，高兴得直笑，又心酸得想哭。次日一早，她亲自起来给丈夫做早饭。月白吃不得油腻，翟太太做饭日益清汤寡水，她要煎几个鸡蛋，给光烈补补身体。

几天后的一个早晨，光烈和芳杜吃过早餐，准备出发去上班。芳杜取出一本书递给光烈，叫他给光照捎去。光烈瞧一眼封面，是陀思妥耶夫斯基的《罪与罚》，文光书店印行。这是宁馨昨天傍晚给芳杜的，说是之前光照想看这本书，她还没看完，现在看完了，托芳杜给光照送过去。光烈将书塞进硕大的工装裤袋，到车间丢给光照。光照不要，说他没兴趣看。光烈说："你没兴趣干吗要借？"光照心中一动，细看书册，隐约有页面折叠的痕迹，从容拿到手里："现在太忙了，顾不上看。"光烈哂笑："不就烧个钧瓷么，惶惶不可终日的，能干什么大事儿！"光照笑而不语。光烈走后，光照将书翻开，把页角所指的文字拼起来，加上标点一共六个：

"你在躲避我！"

光照怃然。宁馨得出这样的结论并不难。先前光照住在厂里，可以说是独挑大梁，工作为重，如今光烈已经接掌车间，不用他再承担一切，他仍住在厂里不回来。光烈是领导，尚且每天回家，他只是光烈的助手，又何须守在厂中？宁馨没有猜错，光照的确是在躲避她。他本想救宁馨于暴力，却制造了一起更大的暴力。他未杀沈济南，沈济南却是因他而死，倘若幽冥有报，沈济南一定会在阴气森然的午夜来找他理论吧。一天晚上，他在半睡之间，听到有人在耳边叹息：

"扪心自问，谁是完人？何必要置人于死地？"

声音愤慨而忧伤。光照猛然坐起,灯光摇曳,梁低墙白,满屋暗影幢幢,如非人间。他努力镇定了很久,方才稳住心神,浑身上下已然汗出涔涔。他倒不怕鬼魂,况且如今是唯物主义的天下,以唯物主义观之,鬼魂是不存在的。他怕的是那个声音,因为那声音分明就是他自己的。他无心再睡,坐以待旦,收拾起东西,搬到厂里去了。他把小说里的折页摊平,将书合起来,捧在手中发了一会儿呆,不知该如何回复宁馨。

也许不回复就是最好的回复吧。来日方长,祝她余生幸福!

光烈自恃艺高,做事不慌不忙,先将窑炉做了修整,然后烘窑开烧,烧到第二窑,便开出四只上色钧瓷:一只挂盘、一只将军尊、两只荷口瓶。挂盘的窑变尤其漂亮,盘面上群山漠漠,晴云袅袅,天际一点红日,一条飞龙升腾于云山之间,竟如人工描绘的一般。光烈入主钧瓷车间后,发祥便不再过来督阵,但他毕竟是分管钧瓷车间的副厂长,成败相关,不可自外,因此要求光照每天向他报告当日工作进度。得知烧出了好东西,发祥立即赶来,矜持地进入车间,将四只钧瓷一一审视,点头说了声不错。工人们也都喜气洋洋,自信后来居上,干翻了钧工厂的那帮人。唯独翟光烈神情冷淡,声称不够理想,还原期转火温度偏高,使得釉色过于鲜亮,倘若稍微压低一点,釉面会呈现一种稍稍温暾的光泽,即所谓温润如玉,就可以媲美宋钧,甚至以假乱真了。大家听罢无不甘词恭维。成型车间主任也闻风赶来看稀罕,听了翟光烈的话啧啧连声,请翟大师体谅一下凡人,不要作妖太过,也给钧工厂那帮人留个活路。光烈大笑。发祥乜他一眼,见他扬扬得意,一副不可一世之概,面目委实可憎。

"什么媲美宋钧？什么以假乱真？"发祥呵斥，"我们是社会主义新社会，烧的是社会主义新钧瓷，首先要确立社会主义审美，把社会主义美学作为指导思想和评判标准。你居然拿旧社会的腐朽审美当律条，你是什么立场？屁股坐到哪里去了？"

光烈正在快活头上，被他冷不丁一顿骂，也恼了："旧时代的东西就不好吗？汉字也是旧时代的，你用不用？要用是不是也得跟着老帖子学？不懂就闭嘴，等着邀功就行了，少在我这儿胡说八道，指手画脚！"

光烈同样声色俱厉。发祥大怒，差点失手将挂盘摔掉，赶紧放到工台上。"你眼瞎了？看不到国家已经在简化汉字？"发祥说，"你再用旧体字写工作报告试试，我一把摔到你脸上！"

在场众人无不惊骇。光照和成型车间主任慌忙挡在两人中间，以防他们打起来。还好厂长和书记获知喜讯，急急赶过来验收成果，发祥不便当领导的面发作，强自忍耐，方将场面支撑过去。厂长和书记看罢瓷器，喜出望外，向程厂长、翟主任和全体工人同志表示热烈祝贺。厂长按捺不住喜悦，立即给陈县长打电话汇报成果，定于明日上午前往县政府报喜。光烈扬眉吐气，下班回到家，主动帮芳杜洗菜，还不时哼几句小曲儿。他天生五音不全，哼得像母鸡打鸣，还是勒了脖子那种。芳杜心情本来不好，被他逗乐了，问他有何喜事，这样骚情。光烈将今天的成果讲给她听。芳杜眼睛泛红，睫毛闪了闪，便泪珠盈眶。光烈不闻她反应，扭头瞟一眼，发现她要哭的样子，便笑她矫情。芳杜仍不语，两只手湿淋淋的，趴他肩膀上咬了一口，又在他肩头蹭掉眼泪。

"家里还有酒么？我陪你喝两杯。"她说。

家里还有半瓶汾酒。饭菜做好，列上餐桌，芳杜亲自倒了三杯酒，一杯给光烈，一杯给自己，另一杯只有一点点，是月白执意要助兴，为光烈贺喜庆功。回想自己家做钧瓷的历史，月白感慨万千。晚清时给官府做，民国时也给官府做，却都不能成就大业，反而引祸上身。如今是人民政府了，希望能够太平安稳，使这钧瓷的技艺成为造福社会的事业，而不再反噬自身。光烈说："三叔，你活这么大年纪，还是没弄明白。以前这技术招祸，是因为它是咱家的独门手艺，又太赚钱，所以惹人觊觎。现在咱们把技术贡献出来，全都交给国家，赚钱也是国家的，谁还会找咱麻烦？"他掂起酒瓶，又给月白杯子里点了几滴，"家有珍宝，谨防宵小，两袖空空，平安一生。放心吧三叔，咱家保准太平无事。"月白笑笑："好好干吧。"

芳杜本说只喝两杯，结果两杯复两杯，最终与光烈瓜分了半瓶酒。至于月白所饮那一点，可以忽略不计。酒是色媒人，两人醺然上床，少不得大干一场。干完后汗流浃背，身体里的酒精也随着汗水挥发了，芳杜伏在凉席上咻咻喘气，脑子却格外清醒起来。等到喘息渐平，她说："光烈。"

"嗯？"

"你哪天遇到姚庭树，好好揍他一顿。"

光烈仿佛被人当胸扎了一刀，默然片刻，问："为什么？"

"这人不地道。"芳杜说，"这些天天天往这儿跑，打着关心宁馨的旗号，实际上冒啥坏水，瞎子都看得出来。"

光烈说："也许是你多心呢？他们毕竟是亲戚，关心一下也应该。"

芳杜冷笑："哪儿有这样关心的？换作是你和光煦，打句臊气话，如果说光煦没了，他老婆一个人守寡，你会天天上门去关心她吗？"

光烈说:"这算什么比方？睡吧，别瞎操心。"

芳杜愠然:"你还是不是男人？"

光烈说:"这跟我又没有关系，如果姚庭树打你的主意，我肯定不饶他。他打过你的主意么？"

"你这人无聊得很，不跟你讲了！"芳杜赌气翻过身，将汗津津的背对向光烈。

八

国营陶瓷厂的报喜队伍很庞大，计有吉普车三辆，大大小小的卡车五辆。除了一辆吉普和两辆卡车，其他车辆都是临时借来的。镇领导听闻此事，特别派了两辆偏斗摩托助威，在车队前鸣笛开道。每辆车都插满红旗，车头张贴大红条幅，上书"钧县国营陶瓷厂报喜队！"车身也贴满大红纸，写着"热烈祝贺钧县国营陶瓷厂复烧钧瓷成功""向人民报喜、向政府报喜、向党和国家报喜"之类句子。厂领导蜂拥而至，风驰电掣奔赴县城。进入城区，车速即缓下来，卡车上的锣鼓队和响器班随之开工，一时间锣鼓动地，响器喧天，热热闹闹开到县政府。厂长和书记抬起贴了报喜信的大牌子，阔步送进政府大院，程发祥、翟光烈、翟光照和另一位副厂长则各抱一只钧瓷，紧随其后。

陈副县长已陪同刘县长在会堂等候。见到那四只钧瓷，两位县长很满意，一件件看之不足。尤其是那只被命名为"飞龙在天"的挂盘，刘县长更是爱不释手，只是名字有点老旧，建议改为"神龙腾飞"，象征社会主义中国这条神州巨龙腾空而起，奋飞直上重霄九。程发祥立即赞同,还是"神龙腾飞"好,有高度,见境界。厂长和书记也随声附和。陈县长含笑不语。翟光烈站在人群之外,吊着脸冷哼一声。"飞龙在天"的名字是程发祥起的,光烈不以为然,说太做作,文雅得俗气;此时听刘县长起的新名,还不如程发祥的。程发祥拍马屁拍到自抽嘴巴的地步,更是让他瞧不起。陈县长注意到了他的不忿,生恐他口无遮拦,说出煞风景的话,便取起一只荷口瓶,请他讲一讲窑变的原理。那只荷口瓶一袭天青釉,散布几片略呈圆形的朱砂红,令陈县长联想到"接天莲叶无穷碧,映日荷花别样红"的诗句。光烈尊敬陈县长,便凑上前,简单扼要地讲了讲。刘县长听罢,颇觉神奇。

"窑变会怎么变,变成什么颜色和图案,完全都是偶然的,对吧?"刘县长说。

光烈说:"是的。"

"也就是说,窑变是没有规律的,能不能成,成什么样子,全看天意?"

发祥在旁边插话:"规律还是有的。一切物质运动都是有规律的,窑变也不例外,看上去千变万化,无迹可寻,实质上一样遵循物质运动的客观规律,所谓万变不离其宗。只要掌握了这个普遍性规律,就把握住了窑变的本质,再加上不懈努力,便能控制窑变效果,要它红它就红,要它紫它就紫,要它怎么变化,它就怎么变化……"

"胡说八道!"光烈粗鲁地打断,"烧钧瓷靠的是科学,不是哲学。在科学领域,并不是任何东西都有规律。圆周率有规律吗?分子运动有规律吗?天上的云彩变来变去,有规律吗?窑变是热运动的产物，你再了不起，最多掌握科学的烧制方法，用什么釉，怎么烧，大致成什么样子。想完全控制窑变，门儿都没有！"

发祥大怒："你才是胡说八道！你懂不懂……"

刘县长压压手，示意程发祥冷静，听光烈同志讲。光烈说："我是工艺师，只搞技术，不懂其他。就技术上来讲，窑变的规律就是没有规律，人力是掌控不了的，但是通过科学探索，我们可以接近它，影响它，让它尽可能地呈现出我们想要的样子。"刘县长点头。陈县长没想到他和发祥终究还是吵起来，服了这对冤家，笑呵呵对刘县长说："这就是他们的工作氛围，百花齐放百家争鸣，敢说敢做，团结批评，所以才有这样优异的成绩。"刘县长说："干工作就得有这种劲头，既要尊重专业，也要勇于质疑，很好。"

钧瓷验收罢，又在会堂举办了个小型座谈会，厂方做汇报，县长做指示，不在话下。会后又合影留念，刘县长另有要务，叫陈县长给大家送行。陈县长将一行人送到政府大院外，乘间与翟光烈私聊了几句，批评他讲话没有分寸，做工作要会团结人，不能意气用事。光烈说："我一个做瓷的，既不当官，也不当外交家，干吗要讲究辞令？累都累死了。"陈县长摇头："你这脾性啊，难怪没人喜欢你。"

两位县长对瓷器评价甚高，承诺要通令嘉奖，此次报喜可谓成功。然而翟光烈和程发祥竟然当着县长的面发生争执，互相拆台，且用词低俗，实属恶劣！厂长和书记既惊又怒，一回厂便召开会议，对两人提出严厉批评，各予警告处分。光烈不服："刘县长是问我话，又没问他，他插什么嘴？要处分也只能处分他。"发祥更是恼火："我好心替你圆话，你不明好歹，反而像疯狗一样咬我！如果因为这件事影响到厂里的工作,你就是第一罪人!"光烈又要反驳,厂长大喝:"你们两个都闭嘴!每人写份检查交上来,再把将相和的故事抄十遍。"

光烈挨顿批,悻悻不乐,到车间遛了一遭,借口肚子不舒服,叫光照看场,自己回家睡觉去。进了庭院,却见姚庭树站在宁馨门前,手提一只西瓜,在那里笃笃叩门。姚庭树看到光烈,笑眯眯打招呼,向他表示祝贺。光烈冷着脸不搭理他。姚庭树有点尴尬,说:"今天是宁馨生日,我来看看她,给她送只西瓜。"光烈仍不吭声。姚庭树说:"敲了半天没反应,可能不在家。"光烈像尊铁塔般立在院子里,只是不语。姚庭树感受到了敌意,讪讪说:"算了,回头再来吧。"提着西瓜便走。光烈横过去,挡在他面前。姚庭树绕开,他又横过去挡住。如是再三,姚庭树不高兴了。

"你要干吗?"

"有人叫我揍你。"

"谁?"

"想揍你的人。"

光烈一把揪住姚庭树的背心。背心是白布的,上面印有他们的厂名,外面套有一件短袖衫,但因前襟敞开,光烈劈胸揪去,便揪住了贴身的背心。姚庭树也是壮硕的人,但跟光烈比,块头要小一码,况且这里是光烈的地盘,打架必然吃亏,于是赔笑说:"是谁这么坏,挑拨咱兄弟关系?老弟是聪明人,千万别被利用了。"光烈不答话,另一只手抽他脸。姚庭树抬手格挡。光烈捉住他手腕,顺势反剪,将他压倒在地。姚庭树大叫:"你可想好了光烈,非要把事闹大,丢人的可不只是我。"光烈微怔。宁馨听见叫唤,拉开门跳出来:"别打了!"光烈死死摁住姚庭树,没有打,也不放。宁馨说:"光烈大哥,放了他吧。"光烈犹豫片刻,最终还是松了手。

姚庭树狼狈爬起身,打量着光烈冷笑数声,整整衣裳扬长而去。西瓜摔在地上,裂开两瓣,光烈拿脚踢了踢,对宁馨说:"姚庭树给你的。"宁馨说:"不要了,喂猪吧。"光烈说:"今天没上班?"宁馨说:"今天我生日,想休息一下,请假了。"光烈说:"生日啊,祝你生日快乐。"宁馨说:"这个样子,有什么好快乐的。"光烈瞅瞅她的脸。同院而居这么久,光烈从没有认真看过宁馨的脸,这是头一回。宁馨相貌的确不错,脸颊五官看着都顺眼,只是肤色不太好,有点缺乏血气,仿佛失去光泽的珍珠。眼泡也有些浮肿,眼袋如蚕,略显萎靡。光烈说:"人活世上本来就不容易,你做不了别人的主,得做定自己的主,自己找些乐子。"宁馨笑笑:"我试试。对了光烈大哥,我有本书,光照借去看了,这么多天,不知道看完没有,书是图书馆的,该还了,能不能麻烦你问他一声?如果看完了,就给我送回来。"光烈说:"这我知道,《罪与罚》是吧?我明天去厂里跟他讲。"

光熙老婆快要生了,今日感觉状态不好,在婆婆陪同下去医院做检查。月白则在屋里闲睡消昼,外头的动静也未能惊动他。光烈与宁馨各回各屋。庭院里寂静如死,唯有燠风时来,吹拂葡萄棚上的藤和叶,连同一串串已然成熟的葡萄一起晃动。光烈在床上辗转多时,终于睡去。但睡得并不长,还做了个晦气的梦,梦到他成了罪犯,被发祥率众痛打。挨打的过程很清晰,发祥他们所执的棍棒、皮带和铁器无比真实。梦里的疼痛和恐惧也很真实,他觉得自己必死无疑,然后就醒了。醒来那一刻他很恍惚,不知此时在现实里活着,是不是在梦境里死亡的结果,正如在现实里困了,就进入梦境,梦境破灭了,也会进入现实。他听到有人叩宁馨的门,以为姚庭树又来了,待要发火,却听见光照的声音。

"宁馨!"

光烈支起身,撩开窗帘偷看。光照右手拿一本书,想是《罪与罚》,左手也攥着一个东西,光烈的角度看不清。宁馨打开门,似乎有点意外。光照把书递给她,将左手那个东西也递过去。宁馨接到手里,光烈看清是一只钧瓷公鸡。这东西光烈看到过,是光照做的,试烧时搭入窑内,光照说是有效利用窑内空间,反正是做试验用,成不成无所谓。烧了几窑,成了这一个,釉色甚好,通体蓝紫相间。因其不是正经器物,且只有拳头大小,光照自己拿去,大家也都没当回事。

"生日快乐!"光照对宁馨说。

宁馨脸上陡然晴朗起来,仿佛乌云被风吹散。"你做的?"

"嗯。就是不太好,有点拿不出手。"

"很漂亮,我很喜欢。谢谢你呀。"

光照说:"不客气。"

两人一时不知该说什么好,都默然而立。宁馨打量庭院,并不见人,对光照说:"很久不见你了。"光照说:"厂里忙。"宁馨说:"注意身体,得劳逸结合。"光照说:"嗯。"宁馨又打量对面和上房,也未见人。"你还要回厂里去么?"她说。光照说:"今天不回了。"宁馨说:"那,进来说会儿话吧。"光照也回头张望了一下,说:"好。"

宁馨有话要对光照讲。她这些天渐渐调整过来,打算把沈济南的东西收拾起来扔出去。翻箱倒柜时,她看到一本红皮本,封面上印有四个烫金行草字：工作笔记。宁馨随手翻了翻，发现不仅记录工作，还不时夹杂几句牢骚，比如扫盲办主任爱抽烟，工作时烟不离手，像个行走的烟囱；比如某村村民扫盲积极性不高，把扫盲书籍发给他们，唯一的用处就是剪鞋样。有时他工作不顺利，还会归咎宁馨，都怪她做饭不好吃，胃里不舒服，影响到工作状态。宁馨气得冷笑，继续翻下去，果然翻到了那个女人。意外的是，关于女人的记录并不多，前后加总不过十来句，也没有暧昧的字眼，除了对她境遇的感慨和聪明好学的赞赏，就是对她额外的奖励，比如多给她几本笔记本，或几支铅笔，最出格的一次是她考试成绩优异，他把自己的英雄钢笔送给她。宁馨脑子发蒙。沈济南以前跟她说到过这个女人，言辞间颇有欣赏之意，所以事发后，她本能地将之当作两人有奸情的证据。此时看来，他的欣赏也许仅仅是欣赏而已。那么两人究竟有没有奸情呢？宁馨将笔记翻了一遍，又翻一遍，翻来翻去，疑虑渐渐充满心头。

"我在这里没有可以谈心的人，只能跟你讲一讲。"宁馨对光照说，"依你看，他会不会是被冤枉了？"

光照将笔记仔细看过。"单从字面上看不出什么。"他说，"即使真有情况，他也不可能写到工作笔记里。"

宁馨望着条几上的座钟出神。座钟是上海三五牌，表盘下的玻璃钟罩上描着红色的"囍"字。"他不是坏人。"她说，呆坐了一会儿，又复摇头，"我也不知道。他也许不是坏人吧。"

光照说："好男人是不会打老婆的。"

"那也不全怪他。"宁馨说，"他是娇生惯养长大，一直有他爸庇护着，没经受过苦难。后来他爸死了，没人护他，也没人再给他情面。他突然要面对一切，事事都不能顺心如意，适应不了，回来就冲我发脾气。我也不惯着他，就跟他吵。他吵不赢我，气撒不出来，就会动手。"

"这样啊。"光照说，"我们还纳闷呢，你们以前那么恩爱，后来怎么又吵又打的。"

宁馨苦笑："以前也只是互相不讨厌，哪有什么恩爱？我们结婚，不过是他家人看中了我的相貌，我家人看中了他家的权势，如此而已。凭心讲，他人真不坏，也善良，还有点天真，但要讲爱情，是没有的。"

光照说："你要为他翻案么？"

宁馨又复望向座钟，神情甚是惆怅。"人都死了。"她说。

这天晚上，翟家吃了个团圆饭。光熙当上电影播放员后，每天骑自行车奔走于各村镇之间，晚上几乎没有在家吃过饭；光照更是很久没有回过家。今晚难得聚齐，兼之光熙老婆胎检无恙，举家欢欣。芳杜叫宁馨过来一起吃，宁馨不好意思，被她强行拖过去。饭菜很丰盛，还有一碟红烧肉和一尾糖醋鱼。芳杜安排座次，叫宁馨和光熙老婆坐一起，光照和光熙分坐两侧；月白夫妇并肩坐上位，她和光烈分坐两侧。一张八仙桌刚好坐满，看上去妥妥当当。开饭后，芳杜端上来一碗面条和四枚点了红胭脂的鸡蛋，放到宁馨面前。宁馨这才明白是给自己过生日，嘴唇抖了抖，要忍泪，却忍不住，瞬间决眦而下。今晚这排场是芳杜操办的，翟太太本来不乐意，觉着不好看，隐然把宁馨当作了翟家的一员，象征意义太强烈。如今光照立了大功，前途无量，自有更好的女娃来做他老婆，至于宁馨，还是远离为宜。此时见宁馨哭起来，一副楚楚可怜的样子，想她身世如此悲凄,母死父病,兄嫂不相顾,过生日呢,竟然还是孑然一人,不禁心生恻隐,也不作呕了,劝宁姑娘莫要流泪,过生日得欢欢喜喜,不可烦恼,快把鸡蛋寿面吃了。

饭后,大家都到庭院里乘凉,听光熙讲他到各村放电影的趣事。前院倒座房里的人家听到这边热闹,也过来一起闲聊。芳杜摘下许多葡萄,洗了请大家吃。月色空明,夜风徐徐,一大群人言笑晏晏,人间安详而美好。芳杜和光烈坐在外围,刚好被葡萄棚的影子遮住,芳杜歪在光烈臂膀上,一只手在后面抚摸丈夫的屁股。光烈被她挑逗得火大,闲场一散,即与她入房办事。往常办事,芳杜总会情不自禁地叫喊,虽然事后也觉难为情,但在快活头上,却是不管不顾。今晚她却很克制,不闹出大动静,也不让自己叫大声。因为今晚光照住在家,睡在另一个房间里。以前光照一直睡在那里,芳杜都没觉得有什么,此时却感觉不妥。她想起下午下班回来,光烈对她说,光照进了宁馨的房间,过了很久才出来。她就是听了这句话,才开始张罗为宁馨过生日。她伏在丈夫身上,脸贴着脸,在光烈耳边说:"你说,光照和宁馨是不是做了?"光烈装糊涂,问她做了什么。芳杜的屁股在他下头蹾了几下,说:"这个。"光烈说:"不知道,没听到动静。"芳杜哧哧笑:"谁像咱俩呀,没羞没臊的。"说着又蹾起来,叭叭声异常响亮,仿佛要证明一下他们的没羞没臊。光烈说:"今天姚庭树来过。"芳杜的动作慢下来:"他来干吗?"光烈说:"说是给宁馨过生日,宁馨没开门。"芳杜冷笑:"你想想,宁馨为什么不开门?我说他对宁馨没安好心,你还不信。"光烈不语。芳杜说:"你有没有打他?"光烈说:"打了。"芳杜的身子骤然发紧,下面也收缩得厉害,仿佛一只湿淋淋的手,不安地裹住光烈的阳物。"怎么打的?"她说。光烈说:"把他按到地上。"

"然后呢?"

"然后宁馨出来了,叫我放了他。"

"放了吗?"

"放了。"

芳杜叹了口气,似乎很失望,屁股也不再动了:"她叫你放你就放,我叫你打你为什么不打? 是不是她的话比我的管用?"光烈说:"是替她出气呢,她都不让打了,还打什么?"芳杜说:"我看姚庭树不顺眼,也要你给我出气。"光烈说:"你为什么看他不顺眼?"芳杜说:"就他那死样子,谁看他会顺眼?"光烈不说话,阳物逐渐萎缩,从芳杜身体里缓缓滑出去。芳杜也感觉到了,赌气从他身上翻下来,又撂给他一个脊背。光烈在黑暗中沉默,汗粒布满脸庞,仿佛被人唾了一脸唾沫。大街上忽然有人叫喊。

"三爷,三爷,快开门……"

光烈听出是光煦儿子华胜的声音,急忙披衣下床,跑出去开门。光照也还没睡,紧随光烈赶出来。华胜气喘吁吁,看到光烈和光照,顿时不再紧张了。小孩子家,深更半夜跑来这么远,一定会害怕。光烈问他干吗来这里,大半夜的,是不是被他爹揍了。

"不是。"华胜说,"我爷爷死了,我爹叫我来喊你和三爷。"

九

翟月明是从烟囱上跌下来的。月明技术日益成熟,嫌现有的钧瓷窑炉太小,不利于大批量生产,遂与来援专家设计建造大型窑炉,窑室体积达二十余方，烟囱近三十米。月明怕有差池，亲自动手与工匠一起建造，赶工至今，窑炉已经封顶，烟囱也仅剩六七米的高度。工匠干到苍黑，石灰已经用完，便放工散去，等明天上午石灰运到，再行收尾。月明吃过晚饭，将今日工作详作记录，又将钧瓷制作则例审核一过，准备过几日拿去油印几十份，以备培训工人之用。做完这些，他仍无睡意，在厂里散步巡查。厂子开工后，他便与家人搬到厂里住。走到新窑炉旁，他发现还有一兜熟好的石灰，想是工人大意遗漏了。石灰放置一夜，便不堪用，月明不愿浪费，提起灰兜，爬到烟囱架上去，打算砌砖用掉。他刚砌了两块，忽然头晕，一时站立不住，竟从烟囱架上栽下来。父亲久久不归，光煦心中不安，在厂里寻找，找到窑炉那里，发现他横卧在烟囱下，已然昏死多时了。

钧瓷工艺厂痛失大匠，且惊且悲。厂里为月明同志举办了隆重的葬礼，县轻工局和镇政府主要领导全员到场，陈县长也代表县政府前来吊唁，国家轻工部、省轻工厅亦皆发来唁电，为月明同志因公殉职表示深切哀悼。月明的同事和徒弟并不喜欢他，因他为人苛刻，一天到晚要求大家无私做贡献。他想当大公无私的模范，自己当好了，干吗要把大家都拉上？实在讨厌！现在他死了，大家也解脱了，再追想一起工作的时光，便觉他的品行实在伟大和高尚。厂领导悲痛之余，解决了翟光煦的身份问题，将他由临时工转为正式工，算是对月明同志的敬意和告慰。

钧工厂群龙无首，急需一个能当大任的人。书记建议从国营陶瓷厂挖人。国营陶瓷厂后来居上，已是不争事实，如今月明师傅已经去世，他们那边却是生龙活虎，兵强马壮，要想迎头赶上，怕是艰难。于今之计，莫如把翟光烈挖过来。他与程发祥关系紧张，水火不容，正好方便下手。厂长不以为然，书记此番话长他人志气，灭自己威风，本厂技术哪里就不如国营陶瓷厂了？他有意提拔翟月明的副手张师傅。张师傅与月明配合默契，尽得月明真传，将其扶正，可保工作顺利开展。若把翟光烈搞过来，熟悉工作就要一段时间，他脾气又那么臭，能不能搁伙计都未可知。厂长和书记意见不一，难以抉择，遂由张师傅暂代月明之位。国营陶瓷厂那边可不理会他们，今天突破了这个，明天又发明了那个，喜报接二连三，搞得他们心烦意乱。厂长渐渐改变了主意，决定采纳书记的建议。他叫翟光煦私下找光烈，探探他的口风，看他是否愿来，他若愿来，便去县里要人。倘若他不愿，也就算了，他有陈县长做后台，他不想动，谅他们也挖不走。

　　光煦奉命而去。光烈在钧瓷车间干得并不痛快。发祥和光照选用这批人，都是烧瓷的行家里手，从光烈的技术入过门，便都迅速上道了，且个顶个地能干，因此时有创造，佳作迭出。光照这家伙尤其有天赋，在光烈的技术上做了许多优化和改良，使成品率提高许多。光照已然可以担纲，车间内又人才济济，光烈便显得不那么重要了，发祥要找他麻烦，也越来越没有顾忌。发祥恨极了光烈，原本还想过与他和解，经过报喜之事，他只想让他去死。光烈入主钧瓷车间后，倚仗陈县长的支持，独断专行唯我独尊，俨然把钧瓷车间当作自己的禁脔，不容许他人染指，也不接受厂领导的指导，谁给他提个意见，就顶一句"你懂你来"，怼得人家无语而退。钧瓷研烧成功后，他更是恃功而骄，不光在车间，在厂里都是横着走，活像一只傲慢的犀牛。月白风闻此事，劝诫他谨言慎行，绝不可把自家窑厂时代的习气拿到工厂来。光烈置若罔闻，依旧我行我素。厂领导渐渐都开始讨厌他，发祥拿厂规厂纪与他做斗争，大家口上不讲，心里无不支持。翟光烈即使有贡献，也不能逾越法纪，刘青山、张子善功勋卓著，为新中国的建立立下汗马功劳，一旦违法乱纪，一样要枪毙。翟光烈身为国营陶瓷厂一分子，不遵守厂规厂纪，上班时间到处窜，开会经常迟到，动辄斥骂车间工人，显然是不对的。一开始，领导们只是觉得有点不对，随着翟光照的迅速成长和车间团队的突飞猛进，领导们觉得也逐渐变成不对、很不对、非常不对，到现在已经是不可容忍了。光烈也意识到了自己处境的微妙变化，渐生一点危机之感，但要让他妥协，那不可能，妥协就是认输，他才不会认输，尤其不会对程发祥认输。此时钧瓷工艺厂有意请他去，他不由得心动，光煦再以感情相搏，他脑门一热，便答应了。

钧工厂厂长和书记闻讯大喜。不料他们还没正式去县里要人，消息已经传入国营陶瓷厂领导的耳朵。消息是张师傅走漏的，但也不能怪张师傅。厂长和书记以为，只要翟光烈决定来，即使他们不出手，陈县长也会把他弄过来，不怕有人从中作梗，因此虽属秘密，却未被他们当作秘密来严守。国营陶瓷厂的领导闻知此事，皆感忧虑。他们并不担心光烈出走，会使本厂钧瓷车间失去主帅，从而丧失战斗力，而是担心他去了钧工厂，将会成为本厂的对手，使本厂的优势不复存在。厂长和书记心中不安，召开厂务会议研究对策。大家深知翟光烈过去的后果，都不愿放人。他虽然讨厌，留在本营硌硬自己，也强过送到敌营攻打自己。程发祥埋头而坐，一语不发。厂长注意到他的异样，询问他的意见。发祥说："钧工厂要挖人，是想提高自己的技术水平,可以理解。钧瓷发展一盘棋,兄弟单位你追我赶,都是为了共同的目标,如果上级决定把翟光烈调过去,我们要无条件服从,所以这个问题根本不用讨论。相比之下,还有一件更重要也更紧迫的事,才应该引起我们的重视。"

厂长说:"什么事?"

"反右。"发祥说,"中央发起的反右斗争已经持续好几个月了,全国各地风起云涌,如火如荼,咱们厂却只见刮风,不见下雨,仍把主要精力放在促生产上。是厂里没有右派分子吗? 我认为未必。"

会议室陷入沉默。过了片刻,厂长说:"发祥同志的提议很好,批评得也很对,我们的反右斗争的确抓得不够,需要深刻检讨。"

翟光烈被划为右派的消息迅速传到钧工厂。恰此时张师傅带领团队取得重大成果,新创窑炉试烧成功,还发明出了两种新釉,钧工厂一时军心大振。厂长和书记欢欣鼓舞,也便放弃了翟光烈。国营陶瓷厂被划为右派的有两人,除翟光烈外,还有一位范姓工艺美术师。范某毕业于江西饶州陶业学校,原本在外地工作,陶瓷厂成立之初,作为技术骨干调到这边来。两人暂停原职,转岗到原料车间当装卸工,等待组织进一步处理。决议下达,范师傅如丧考妣,翟光烈却满不在乎,拍拍身上灰渍,负手走出钧瓷车间,施施然去原料车间报到了。光照眼望他离开,知道他的不在乎是伪装,心中百味杂陈,很难过,却只能目送他远去。但他终不甘心,去找发祥求情,希望能把光烈留在钧瓷车间。他们正在做一项很重大的技术改新:受制于窑炉还原气氛之不易掌控,铜红釉面往往难以有效还原,因此成品率低,上色钧红器尤不易得。他们试图在釉料中添加一种还原剂,提高呈色的稳定性。另外,现有的钧瓷工艺需要烧两次，先将生坯入窑烧干，是为素烧，之后再行敷釉，二次入窑高温烧成。光照认为时间成本太高，不利于大批量生产，希望寻找一种方法，像烧陶瓷那样一次烧成。他们的实验刚刚开始，光烈不可或缺，他希望发祥帮忙，让光烈在车间戴罪立功。发祥拒绝，说反右是中央的政策，调岗是厂委的决议，他管不了，也不敢管。光照不满，声称要辞职。发祥不高兴了。

"你知道你在干吗吗？"发祥说，"往小里说，你是意气用事，把私人感情置于集体利益之上；往大里说，你是不服厂委决定，意图政变逼宫。你自己掂量掂量，这个罪名你顶得住么？"

光照说："我没想那么多，只是觉得这么搞，没法工作。"

"你这话什么意思？难道你们都是饭桶，指着翟光烈一人吃饭？离了翟光烈，你们就没法工作？"发祥说，"如果你认为自己是废物，你要辞职，我立马批准！"

光照无语。发祥怒气腾腾，点支烟猛吸几口，呛得咳嗽连声，也不吸了，将烟头掐灭，装回到烟盒里。"我对你怎样，你心里应该有个数。"发祥说，"只要是你的事，哪怕是杀人放火，我都不会皱一下眉头。你呢，你是怎么对我的？动不动就跟我使性子？撂挑子？随时准备捅刀子？"

听到"杀人"二字，光照心头一阵慌。他明白发祥此言所指。沈济南被抓，是发祥操作的结果。发祥有个老朋友，是那女人村子的支书。沈济南对那女人过于关照，已在村中招致风言风语，发祥指使支书煽风点火，怂恿夫家去告状。夫家深感羞耻，遂告到了镇政府。发祥的本意，只是让沈济南去坐牢，宁馨便可名正言顺与他离婚，然后跟光照，没想到搞出了人命。不过这也是姓沈的咎由自取,怪不得他人。此时他讲出这样的话,显然是警告和要挟,光照不敢多言,默然而退。

下班后,光照把手头的事安排妥当,去原料车间看光烈,陪他一起回家。原料车间主任还在加班忙活,光烈和范师傅却不在。范师傅过来后一直哭,谁都劝不住,主任被他哭得心烦,叫他和翟光烈先走了。光照匆匆赶回家。院子里悬挂一大溜尿布,仿佛万国旗帜,光熙老婆已经生了,是个小子,取名华胥。光烈并不在家,芳杜也还没回来,宁馨的门却开着,光照从塑料珠子门帘的缝隙往里望,看到她在堂屋写东西。宁馨听到动静,也抬头看到他,朝他招招手。光照撩开珠帘走进去。

"我正要找你,你便回来了,真巧。"宁馨说。

"有事么?"

"我要给沈济南翻案,写了个材料,想麻烦你看看,提些意见。"

宁馨说着,将一沓写满字的稿纸递给光照。光照不想看,却不由自主接过来:"怎么又想翻案了?"

"我总觉得,沈济南可能是冤枉的。"

"政府都公审了,必定证据确凿,应该是翻不了的。"

"我也知道很可能翻不了,但是不做些什么,总觉得对不住沈济南。"

光照笑了笑:"你还是爱他的。"

宁馨摇头。"不是的,这不是爱,是责任。"她说,"婚姻也是个契约,既然结了婚,便有互相保护和照应的责任,他既然是我丈夫,我就得追讨他的清白,即使我不爱他。"

光照默然,将材料翻阅一过。宁馨的字很一般,但写得工工整整，看起来不费力气。光照很快看完。她的文笔比字还要差，只勉强把事情讲清楚，有些地方简繁不当，有些地方逻辑不清。光照有点讶异，她那么爱看小说，想象里应该有不错的文笔，不料写得这么差。不过也不能多责，她毕竟只有高小文化，护士也非专科出身，而是公公托人把她送到县人民医院实习半年，之后安排进了镇卫生院。光照说："我帮你润润色，改好了给你送过来。"

光照把稿子拿回自己房间，差不多重写一遍。其间宁馨过来叩了叩窗子，将两只石榴放到窗台上，示意他拿进去。家人都不知道光照回来了，直到天黑他房间亮灯，才知他在。芳杜过来叫他吃饭，看他在奋笔疾书，问他写什么。光照说是宁馨的翻案材料。芳杜僵了一下："她真要翻案么？"光照说："看来是真的。"芳杜默然，怔了一会儿，说："我好几次梦到沈济南，他浑身是血，站在院子里骂我。"光照抬头望她。她的脸色在灯光下萎靡而苍白，仿佛淋水又晒干的纸。光照说："你又没惹他，为什么骂你？"芳杜说："他怪我听信姚庭树的话，还瞎传。"光照说："那他应该去找姚庭树，找你干吗？"芳杜苦笑："是我自己心虚吧。"

光照草草吃点东西，又花了大半个小时，把稿子改完。芳杜要过去看了一遍，还给光照，也没说什么。光照给宁馨送过去，又获赠一只甜瓜。少顷，光烈也回来了，摇摇摆摆走进庭院，显然又喝多了酒。芳杜很恼火，将他痛骂一顿。光烈嘿嘿涎笑，说是同病兄想不开，要寻短见，没办法，只得陪他说说话，还不行，就喝酒，叫他一醉解千愁，不料那货酒量大得很，结果他没醉，自己先不行了。所谓同病兄，就是那位同被打为右派的范师傅，同病相怜的兄台。芳杜好气又好笑：

"没见过你这样没心没肺的。一样是右派,人家都难过死了,你却不疼不痒,麻木不仁,你还有没有一点羞耻?"

光烈打着酒嗝,朝芳杜翻白眼:"你懂什么? 右派是谁都能当的么? 不是知识分子,你还当不了呢。多光荣的事,干吗要羞耻?"

"得了吧你!"芳杜说,"你念过书吗? 知道学校大门朝哪儿开吗? 还知识分子,不要个脸!"

光烈哼一声,脸朝下歪到床上,不再理会她。芳杜去给他端洗脚水。庭院里夜色如墨,两边厢房虽有灯火闪耀,却如夜空里的两颗星星,尽管都亮着,却照不透中间的黑暗。芳杜摸黑行走,总感觉院中有人,仔细看,又看不到什么。她把水端进房间,唤光烈洗脚,却见他匍匐而卧,已经齁齁睡去了。

十

酒醒之后,等待翟光烈的是一场批斗会。

昨晚与范师傅喝完酒,光烈醉醺醺回家,范师傅则去拜见厂领导。翟光烈讲了许多恶劣的话,他要举报。他先找副厂长程发祥。发祥今晚值班,正在办公室与人谈事情,几个人围着一笸箩花生边吃边说,花生壳丢了一地。范师傅扫一眼那些人,都是本厂的,有的叫得出名,有的叫不出。范师傅扭头要走。发祥看出他有私密话要讲,叫住他,请他吃花生,打发众人散去,只留他说话。范师傅遂如此这般,将翟光烈的不当言论详述一遍,包括怎么臭骂发祥。发祥大怒,立即带他去找厂长。厂长听罢,吸着烟沉默了几分钟,将烟蒂按进烟灰缸。

"他怎能这样呢？"厂长说。

批斗会由程发祥主持。保卫科长带领几名基干民兵，将翟光烈反剪双臂押上台。台子是露天的，半人多高，厂里开大会时用作主席台，文艺表演时用作舞台，有时放电影，幕布就拉在台子后墙上。光烈昨晚喝太多，酒意尚未散尽，脑子里仍有些蒙，被民兵推搡到台上，望着下头黑压压的人头，脑子更加蒙起来。发祥问他知不知罪，他说不知。发祥叫他老实交代，他说不知道要交代什么。

"你昨天晚上发表反动言论，恶毒攻击整风运动，说整风是一场阴谋，先骗人提意见，再收拾提意见的人，有没有？"发祥大喝，"你还说反右只是一阵风，刮几天就过去了，有没有？"

光烈想了想："不记得了，昨晚喝太多，断片儿了。"

发祥叫范师傅上场作证，向工人群众报告详情。范师傅犹如倒豆子一般，一五一十讲得清清楚楚，连同他们吃了什么，各自吃了多少，喝的什么酒，各自喝了几两，也都做了详尽描述。发祥喝问："翟光烈，你还有什么话讲？"

光烈眼望范师傅，只见他犹如斗鸡，干瘦的胸脯因为激动而剧烈起伏，半秃的脑门上汗珠罗列，在阳光下闪着亮晶晶的光。光烈叹了口气："我真不记得讲过那些话，我即使真的讲了，也不过是为了安慰你，叫你好受些。你怎能这样出卖我呢？"

范师傅说："厂里把我划为右派，是对我的考验，我是欣然接受的，用得着你来猫哭耗子假慈悲？从今以后我与你划清界限，永不来往，你也不要再跟我拉拉扯扯。"

光烈说："我跟你本来就没有交情，你用不着跟我划界限，别说拉拉扯扯，从今往后，我若多看你一眼，我就不是人生的。"

发祥抡起带铜扣的宽皮带抽向光烈。光烈躲闪不及，脸上被抽出一条血红的印子。他惊愕地望向发祥："有必要这样么？"发祥愈怒："看来你不光死硬，还心存侥幸，我今天就好好治治你，叫你端正态度，死了侥幸的心！"挥舞皮带连番抽上去。光烈要躲，被两名基干民兵左右摁住，只得低头挨打。一记铜扣抡到头顶，仿佛凿开一口泉眼，又热又腻的液体火辣辣地涌出来，从额头顺流而下，宛如红色的瀑布，血淋淋地遮住双眼。几名汉子在人群中高呼口号，冲到台上，加入殴打之中。范师傅躲在台角观看，紧张得瑟瑟发抖。他认出这几个汉子正是昨晚跟发祥吃花生聊天的人。

　　这天晚上，芳杜跑到哥哥家，冲进厨房抢了一把刀，要跟发祥拼命。发祥狼狈逃进母亲房间，将门反插起来。芳杜又是捶又是踢，叫发祥滚出来。发祥老婆和儿媳妇看她活像疯子，不敢上前，三个儿子也不敢造次，唯有乞求姑姑息怒。芳杜的怒息不了，只管捶门。房门终于打开，月容扶杖颤巍巍地出现在面前，喝问她作什么死。芳杜看到她娘，眼泪哗哗涌出来。

　　"你问问他，你问问他。"她拿刀指向躲在月容身后的发祥，"娘你问问他，他把光烈打成什么样子！"

　　"你以为我想打？还不都是他自找的？"发祥说，"我再怎么凶，下手是有分寸的，我先把他打出一身血，叫人看上去已经打坏了，后头的人再下手，就不会太重。否则后头还有那么多人，一拥而上乱打一顿，还不把他打死了？"

　　芳杜想想，好像有点道理，满腹怨恨不知该往哪里发泄，瘫坐地上号啕大哭。月容捣着拐杖哀叹几声，叫发祥打开抽屉，取出几盒阿胶，拿了去看望光烈。那阿胶是正宗的山东东阿驴皮胶，发祥托人搞到的，专门给老太太补身体。月容分了一半给月白，剩下的一直放着，不舍得吃。她身体虚瘦，又有严重的老风湿，骨节都已变形，脚又小，走路极是不便。发祥叫老大找辆小推车，把奶奶推过去。光烈果然很惨，脑袋上糊了许多纱布。身上看不出伤，但只能一个姿势躺着，犹如一动就要碎掉。被打成这个模样，难怪芳杜会发疯。光烈要支撑着坐起，被月容按住。月容攥住他的手，心疼得老泪婆娑。芳杜又哭起来，边哭边骂光烈活该，一张臭嘴天天惹祸，就不记，就不记，落到今天，早晚被人家打死。光烈说："我还没死呢，等我死了再哭吧。"芳杜气得要拧他，指头摁到他肩头，却只是轻轻一捏。月容怕光烈恨发祥，将发祥的用心转述给他听。光烈笑了笑，嘴巴仿佛居中裂开的烂桃子。

"我讨厌他，但我不恨他。"光烈说，"他只有对自家人凶一些，才能叫人相信他脱离了旧家庭。他总不能针对三叔和光照，所以就冲我来。"

芳杜泪眼汪汪："那他也不该下手这么重。"

光烈歇了一夜，次日支撑着去上班。厂里没说给他假期休养，他就得照常工作。原料车间主任对他深表同情，安排他去打扫办公室，整理档案柜里的工作日志，实际是叫他进办公室歇息。范师傅则被他分派去练泥。安排完工作，主任到办公室跟光烈说话。他抽出烟，问光烈要不要吸。光烈要了一支。主任给他点上，隔窗看到范师傅扛起工具去干活，冷笑一声。

"这种家伙，真他妈不是东西，就得好好专政他。"主任说，"不管你什么立场，首先得是个人，人都不是，还谈什么大是大非？这种人搁到战场上，一准是叛徒。"

光烈笑而不语。车间主任参加过抗美援朝，在横城战役中身负重伤，是战友豁出命把他救出来，因此极重朋友情义，看不惯范师傅的为人。午间休息，钧瓷车间有人来看望光烈，塞给他一盒烟。烟盒是开口的，烟颗长短不齐，那人说是车间工友一人一支拼凑的。光烈接烟在手，五味杂陈。闲谈之间提及光照，那人说他今天请假了。下午下班时，光照来到原料车间，接光烈一起回家。光烈问他何事请假，他说进城办了点事。他去县政府找陈县长，报告翟光烈的情况，请求把他调个地方，比如钧瓷工艺厂，或者别的哪个厂。他听说厂里有几个光烈的仇人，要借机收拾光烈，让他待在本厂，恐有不测。陈县长吃惊不小。他得知翟光烈被厂里划为右派，本想干预，被刘县长阻止了。刘县长认为这是基层干群的决定，县政府不宜插手，另外也应辩证地看待这个问题，让翟光烈接受一下改造，未必不是好事，换个环境磨砺一下，有利于他成熟进步。陈县长默然而退，给国营陶瓷厂厂长打电话，嘱咐他保护好翟光烈，翟光烈是人才，要惩前毖后治病救人，不能一棍子打死。厂长应诺。此时闹成这个样子，陈县长也颇无奈。

"翟光烈这性格啊，实在有问题，习性不改，到哪里都是不行的。"陈县长说，"你回去吧，叫他安心改造。至于他的人身安全，厂里保护不了，还有人民政府呢。公检法不是摆设，你们不用担心。"

光照得了陈县长这句话，心下稍安。他不再住厂里，每天与光烈一起上下班。光烈怕连累光照，不愿与他走太近，光照却一副若无其事的样子。这天下班，他与光烈回家，看到几个人从院子里走出来。那几人衣着严谨，手提公文包，其中一个还是大盖帽。两人以为是找光烈，皆感紧张，警察却擦肩而过，并不理会他们。两人惶然进入后院。翟太太正在洗尿布，光照问她警察来干吗，翟太太指指宁馨的房间，说是找她。

宁馨坐在堂屋椅子上发呆，看到光照进来，冲他笑了笑。笑容很干，也很勉强。光照问她怎么了，她说："我不是翻案么，他们收到材料，来找我谈话。"光照说："谈得怎样？"宁馨说："不知道，就是他们问什么，我说什么。谈完后，他们在房间里翻了翻，把沈济南那个笔记本也带走了。"光照劝她不要担心，材料陈述的都是事实，即使没有事实依据的地方，也都有合理的推论。宁馨说："今天没怎么怕，昨天找我的时候，我的确是有些怕的。"光照讶然："已经找过一次了？"宁馨点头："昨天去单位找的，跟我们院长也谈了话，然后院长就让我暂时休假了。"呆了一下，又说，"不知道医院会不会开除我。"光照说："你又没犯法，只是合理申诉，有什么理由开除你？"宁馨说："我不是正式工，又给医院找了麻烦，要开除我很容易的。"光照无语。宁馨说："警察说他们调查过，那女人承认跟沈济南发生过关系，村里也有人作证。"光照说："你在申诉之前不就知道么？"宁馨说："是知道，可我不愿相信。"光照看她茫然而落寞，为她难过："你后悔么？"宁馨摇摇头，停了一下，又摇摇头，似乎是对前一次摇头的否定。她望着光照，想笑一笑，却笑不出来。"你为什么不阻止我？"她说。光照说："我说过没用的，你不听。"宁馨说："可你没说会搞成这样啊。"光照苦笑："我也不是先知。"

芳杜下班回来，听见光照在宁馨屋里说话，也钻进来。她本想告诉宁馨一件事：姚庭树被抓了，有人举报他贪污。听罢宁馨的事，她觉得不便再讲，就不讲了，陪光照安慰她几句，回自己房间跟丈夫说话。光照不便多留，也跟着出去了。国营陶瓷厂设有卫生室，配有两名医生，一名护士。光照寻思，倘若宁馨真被开除，不知能否托发祥帮帮忙，把她弄到卫生室去。他打算找机会跟发祥聊聊，探一下口气。

姚庭树被捕，是神垕陶瓷界的大新闻。据说他是被人匿名举报的，所列罪状皆有实据，想必是非常了解他的人所为。这天上午，光烈施施然去上班。他的伤已痊愈，发祥和他的那伙人也没再找过麻烦。那伙人都是光烈得罪过的，跟光烈不对付。这些天来，他每次上班，都身藏一把利刃，倘若有人找事，即刻白刀子进红刀子出，管他什么后果，先干了再说。不料却风平浪静，并无一人挑衅，反而让他有点失望，仿佛准备好的戏剧一直不开场，白瞎了作狠提着的那口气儿。他来到原料车间，先把主任办公室打扫干净，然后准备去练泥。车间主任叫他别忙活，坐下来歇一会儿。两人共事这些天，已经初步建立了友谊。主任根正苗红，也为国家立过功，不怕与光烈走太近。他给光烈点上烟，与他吞云吐雾说闲话。一支烟快吸完，主任说："姚庭树的事你听说没有？"

光烈说："听说了，贪污被抓了。"

"别的呢？"

"什么别的？"

"听说他一到警察局，什么都招了，除了贪污，还有一些别的事。"

"什么事？"

主任盯着他，看了又看，看得光烈心里发毛。"究竟什么事？"

光烈问。主任说:"看来你真不知道。"光烈发急:"你倒是说呀。"主任说:"我听人讲,姚庭树猜出是谁举报他,反咬一口,把那人也拖下水了。"主任将烟屁股丢进污水桶,又抽出一支点上,"那个人是女的,想让丈夫去红星厂,跟他搞了破鞋,搞了很多回,也没把事儿办成,女人恼了,就把他举报了。"他打量光烈,见他脸色惨白如死灰,颇觉不忍。"是姚庭树这么讲,不一定是真的,也许是故意诬蔑,打击抹黑举报人。"光烈说:"谢谢你告诉我。"主任说:"自己兄弟,讲什么谢。你怎么样?能撑住吗?"光烈说:"还好,还好。"从椅子上站起身,缓缓走出办公室。办公室在车间一角,用木板和玻璃隔出来的十几平空间。光烈抄起一柄铁锹,往练泥场那边去,走到半道,将铁锹一丢,径直走出车间去了。

芳杜今天没上班。厂里通知她暂停工作,等待处理。她后悔死了写举报信。自从确定光烈调动无望,她就决意不再与姚庭树搞男女关系。其时沈济南已死,姚庭树把精力用在宁馨身上,芳杜说不再搞,他便爽快答应。他在宁馨身上花费许多心思,都不能得手,心灰意冷中又回过头来纠缠芳杜。芳杜虽说姿色一般,胜在风骚。芳杜的骚是举镇闻名的,每晚从她家传出的叫声,是镇民乐此不疲的谈资。姚庭树久闻其名,当芳杜向他求助时,他便要求跟她搞一回。芳杜想了几天,答应了。姚庭树提此要求,不过是想验证一下传闻,搞过之后,果然非同寻常,便耍无赖,与芳杜重订协议,他帮她老公调到红星厂,她则要陪他搞够五十回。那几天光烈又被发祥找碴,天天苦兮兮,芳杜自忖已经失身,一次是不贞,五十次也是不贞,便同意了。谁知豁出去做了那么多回,竟然全都白做,光烈那边也柳暗花明,如愿去了钧瓷车间,还当了主任,无须再去红星厂。上天弄人，竟至于此，芳杜心都要怄烂了。姚庭树再来纠缠，她便格外不能容忍，遂收集他的黑材料，写了一封举报信。不料姚庭树是伏法了，自己也跟着完蛋了，真所谓搬起石头砸了自己脚。芳杜想死。

光烈回到家时，芳杜已经想了十三种死法。看到丈夫失魂落魄的样子，她知道他已经知道了。她垂头坐在床沿上，不知该向丈夫说什么，只好什么都不说。光烈望着她，仿佛望着一堵墙，一根树桩，或一匹烈马。"对不起，是我害了你。"他说。芳杜说："你别这样讲，都是我错，我太蠢，什么事都做不好，害你没法做人。"光烈说："其实我早就知道了。"芳杜愕然："你什么时候知道的？"光烈说："你当时的话讲得太满，还把希望都寄托到姚庭树身上。姚庭树为人，出了名的自私，你跟他非亲非故，也没见你给他送过礼，他为什么要帮你？我就留了心，果然发现了情况。只是别人都不知道，我也没有声张。"芳杜脸色渐渐变得很难看："你还是男人么？明知道你老婆跟别人搞破鞋，你都无动于衷？我叫你打他，你还装傻不动手？"光烈说："你不是想要小孩么？我不能生，害你也不能有自己的孩子。你记不记得，咱们以前商量过借种，你都答应了，又反悔，才没有做。姚庭树除了自私，人品差，还是很能干的，长得也不错，借他的种生一个，未必不好。"说到这里，光烈叹了口气，"可是这么久了，你仍然没有怀孕。"

芳杜知道所有的事情都瞒不住了。所有人都以为是光烈不能生育，因他年少时得过严重的花柳，却从没人怀疑过芳杜。年轻时他们去大城市看病，也没想过给芳杜做个检查。跟姚庭树搞上后，芳杜要求姚庭树戴避孕套，姚庭树嫌戴套不快活，总是悄悄去掉。芳杜吓得要死，提心吊胆等月信，却都照常来了。她庆幸之余，亦感讶异，但也不曾多想。半个月前，她跟随厂长去省城参加陶瓷展览会，顺便到省人民医院治白带。她白带太多，经常把内裤搞得湿淋淋的，很难为情。到医院后，她多了个心，自称一直不能受孕，请医生一并检查。医生检查之后，给出结论：先天性输卵管阻塞导致不孕。原来不能生育的人是她！

芳杜眼泪如崩，呜呜咽咽哭出声。光烈说："这不怪你，都是宿命，宿命半点不由人。我想开了，所以我也不难过。"芳杜说："你跟我离婚吧，你再娶一个，多生几个孩子，好好过以后的日子，只当我死了。"光烈笑了笑："你傻啊，以前都认为是我不能生的时候，你没嫌弃我，现在轮到你，我怎能嫌弃你呢？再说了，你不能生，就证明我一定能生么？也许是咱俩都不能生呢。认命吧。"光烈说着，爬到床上躺平："困得很，我睡一觉。你要睡么？"芳杜摇头："你睡吧。"光烈说："那我睡了。"

芳杜坐在丈夫旁边，默默看着他，想摸他的脸，怕惊扰他的梦，想亲他，又怕把他弄醒。光烈睡了两个时辰，突然惊颤着醒来。芳杜急忙抱住他，口称没事没事。光烈睁开眼，看到芳杜，渐渐安静下来。芳杜说："做噩梦了么？"光烈说："嗯。"芳杜说："梦到了什么？"光烈愣了一会儿，似是回想梦中的情景。"没什么。"他说。

夫妻俩在房间里待了一天。深秋了，昼短夜长，下班时间已是薄暮。光照一直未回来，想是在加班。光烈想出去走走，芳杜怕他去喝酒，也怕他出门被人笑话，跟人打架，不让他出去。光烈说："总不能在家里躲一辈子吧。"芳杜说："咱们走吧，离开这里，找个没人认识的地方，重新开始生活。"光烈说："你傻啊，现在是新社会,到哪儿都得有介绍信,不像旧社会,可以让你到处跑。"芳杜默然。光烈说:"我去厂里看看,光照在做新工艺,我去看看进展怎么样,完了我俩一起回来。"

光烈果然去了厂里。光照也果然在那里,他一直在寻找合适的还原剂,迄无进展,一次烧成的方法也仍无头绪。光烈走进车间时,他正坐在窑炉前,望着炉火发呆。天已经黑透,炉火映在他脸上,仿佛晚霞映在干净的天空。看到光烈来,光照很意外,问他好些没有。光照今天去过原料车间找光烈,主任说他身体不适,请假回去休息了。光烈说没事,好得很。两人在炉火前有一句没一句地说些与烧钧瓷有关的话,都刻意躲避着一些话题。光烈问光照有没有试过碳化硅。碳化硅是不错的还原剂,在离开钧瓷车间之前,他是准备用它做实验的。光照眼睛顿时发亮,仿佛瞳仁里的火苗变成了明灯,马上要去调釉。光烈拽住他。

"哪儿有这样听见风就是雨的? 再心急也不差这一刻,明天再试吧。我身上没烟了,我帮你看着火,你去给我弄盒烟来。"

光照知他烟瘾大,现在心情又糟糕,更是离不得烟,便急匆匆去给他寻找。光烈等他离去,从火孔看了看火候,火焰如液体一般缓缓流动,其色亮白如银。这是炉火的极限,大约一千三百度,再过个把小时,就可以停火,然后破开窑门,让新鲜空气进入窑室,与高温釉面接触,再次氧化着色,完成窑变的最后一道程序。光烈重新坐回凳子上,望着炉膛出神,梦里的情景犹如放电影一般,在脑海里一遍遍复现。在梦里,他被押上批斗台,发祥带人把他往死里打,棍棒、皮带和铁器漫天飞舞。他在梦中记得以前做过这样的梦,知道自己要被打死了。然而他并没有死,殴打的人忽然退去，芳杜五花大绑，被几名民兵推搡到自己旁边，逼她交代为什么跟人搞破鞋。芳杜说："为了我丈夫……"台上台下怒吼一片，"无耻""下流""一对贱货"等等此类辱骂之词沸反盈天。光烈望着炉膛，从衣袋里掏出那把刀子。那刀子是翟月清的遗物，精钢打造，锋利无比，翟月清用它割过许多土匪的脖子。光烈抚摸着厚实的刀身和锋锐的刃，叹了口气。

"就这样吧。"他说。

十一

翟光照在厂里兜个圈，只讨到三支烟，怕光烈失望，又去厂外寻觅。夜已深，街上人迹稀少，走了很远，方才遇上一个带烟的熟人。光照将那人的半盒烟全掳去，回到车间，却没看到光烈。光照以为他去厕所了，并未在意，走回窑炉旁，坐到脏兮兮的杌子上。这时他发现地上有摊血，愕然惊起，心头涌起不祥之感，急呼光烈。车间内没有回应，飞奔去厕所寻找，也未见人。光照找遍厂子，皆无踪影，询问门卫可曾见到光烈出去，门卫说没有。光照叫他仔细想想，门卫说不用想，确定没有，除非他能不叫我开锁，自己飞出这么高的大铁门。

这夜翟家无人入睡，全都跑出来寻找光烈。厂长得知消息，也派保卫科的人协助寻觅。次日继续找。找到第三天傍晚，连周边的山都找遍了，仍然不见光烈踪迹。唯一的收获，是发现了他离开陶瓷厂的路线。工厂面山的那道围墙有个豁口，因较偏僻，少有人从那里翻进翻出，厂里也没想过去修补。他们在豁口处看到血渍，定是光烈从这里翻出去了。陈县长闻报,无比震惊,痛斥国营陶瓷厂领导没有保护好翟光烈。尤其是程发祥,令他极端失望。他当初不支持程发祥去钧瓷工艺厂,是有意培养他做国营陶瓷厂的接班人。发祥的管理能力没的说,但对钧瓷是外行,派他去钧工厂,对他对钧瓷都不是好事。不料发祥铁了心要乘国家复兴钧瓷的东风,硬是搞出这许多是非。他敦促警方抓紧办案,活要见到人,死要见到尸,给家人和组织一个交代。警方侦办积年,迄无所获,只能将他归入失踪人口,不了了之了。

翟光烈失踪半月后,程芳杜也不见了。有人看到她在微雨的清晨离开了神垕。那天晚上光烈出去后,宁馨过来找芳杜说话。她也听说了芳杜和姚庭树的事,替芳杜难堪。倘若说宁馨在神垕还有朋友,那就是芳杜了。她问芳杜有何打算。芳杜说想跟光烈远走高飞,又无处可去。宁馨建议他们去新疆,政府鼓励内地人支边,她娘家那个村子便有人响应号召,拖家带口去了南疆的喀什。芳杜怦然心动,打算等丈夫回来,就跟他谈支边之事,叫他申请去新疆。她等啊等,等来的却是丈夫失踪的消息。她不知道丈夫有没有死,但知道丈夫已经不要她了。所以现在,她只能独自离去。

光烈夫妇接连消失,翟家沉浸在抑郁和悲伤之中。光照又搬回到厂里住,每日沉心于车间实验,除了烧瓷,万事皆不关心。唯一管过的事,是宁馨的工作问题。宁馨的担忧成为现实,她被卫生院清退了,她要翻的案子,则因铁证如山而不可撼动。光照去找发祥,讲了宁馨的情况,问他能不能帮忙把宁馨招进厂里的医护室。发祥直接拒绝。他如今岌岌可危,自身难保,哪里敢管这种招惹物议的事?光照只好作罢。

宁馨失业之后，无事可做，天天把自己关在房间里。光照知道她其实是想见自己的。如今光烈和芳杜已不在，他们要见面，乃至要做任何事，都是空前的方便。也正因此，他才搬到了厂里。他在厂里倍感煎熬，一个周末的下午，他独自在车间拉坯。天已冷了，偌大的车间空旷而幽凉。他拉了一只又一只，越做越孤独，遂关了钧轮，枯坐发呆。他想，宁馨也许也在房间里这样发呆，这样想他吧。他走出车间，踽踽回到家。庭院里缺乏人气，冷清了许多，兼之木叶因时而凋，葡萄架上也只剩一蓬干曲的藤，乍入其中，竟有几分萧瑟之感。他走到他的堂屋和宁馨的堂屋之间，向宁馨的房间张望。天气干晴，北风浩荡如海潮，翻卷着宁馨门前的珠帘，甩出哗哗的声响。房门关着，但没上锁，想必宁馨在里面。光照站在中轴的中点上，默然不动，等待宁馨发现他。过了一会儿，房门果然打开，宁馨出现在翻卷的珠帘后。

"你回来了？"她说。

光照说："嗯。"

"进来说会儿话吧。"

光照便进去了。宁馨穿了一件很正式的列宁装，头发也梳得光整，似乎在开门之前简单收拾过。她问光照工作忙不忙。光照说忙，一天到晚做实验，不能停，一停下来，就会空虚和心慌，仿佛要死了。宁馨笑笑，说："忙着才是幸福。像我这样每日闲着，根本就是废人，活着也是浪费粮食。"光照默然。宁馨说："我爹又给我找了个人家，叫我后天去相亲。"光照说："挺好的。"宁馨盯着他："好吗？"光照垂下头，摆弄着手中的搪瓷杯，没有作答。搪瓷杯是单位发的，洁白的搪瓷面上呈半圆形印着医院的名字。宁馨说："光照。"光照抬起头，看向宁馨。宁馨说："你是喜欢我的，对吗？"光照沉默片刻，点点头。宁馨说："我天天待在这里，你可知是为什么？"光照说："为什么？"宁馨说："为了等你呀。"光照眼泪骤起，汩汩倒流进心里。他想握住宁馨的手，一只手从茶杯上拿开，晃了一下，又放回茶杯上。宁馨脸颊上泛起一抹粉红，咬咬嘴唇，对他说："你会娶我么？"光照说："你会嫁个好人家的。"他把搪瓷杯放到桌子上，缓缓站起来，"我得走了，祝你幸福平安！"

几天后，月白病笃，翟太太派光熙去叫光照回来。光照跟在光熙身后走进庭院，脚下仿佛掌了铁钉，一步步踩在心上。宁馨的房间上了锁，阳光明亮地洒下来，塑料珠帘在房门上印出一条条笔直的影子，犹如一道道刀刻的伤痕。说话间，他装作闲闲地问他娘，宁馨是不是还在这里住。他娘说："谁知道呢？好些天不见她人了，可能回娘家去了吧。"

从此之后，光照再没有见到过宁馨。月白病情日甚，渐至不起，在月容死的第二天，也溘然而逝了。月容死，是因为芳杜，这个不知所终的女儿，让月容哭干了此生最后一滴泪，最终油尽灯枯，离此人世。月白死，则是因为光烈和月容。光烈失踪时，他便卧床不起，住院治疗多日，方才逐渐缓了过来。月容死后，家人都不敢告诉他，怕他支撑不住。不料他却感应到了，问老婆月容是不是已经没了。翟太太说："别瞎说，她好好的呢。"月白说："你一说谎就会眵蒙眼，一辈子了，还是改不了。"翟太太默然。月白说："我也要死了，先把孩子们叫过来，最后看一眼吧。"

光熙、光照都在月容那边办丧，闻讯匆忙赶回来。光煦也带着华胜过来了。月白半卧在床上，透过镶嵌玻璃的窗子，看到外头正在下雪。当年他被二娘抱来神垕时,也是雨雪霏霏的天气呀。他心里难过,仿佛有很多事情直到这弥留时刻才真正想明白,然而明白也晚了。光熙老婆抱着孩子走进来,把孩子放到爷爷床头。月白扫视在场的子孙,觉得人丁尚可,三个子侄也都有安稳的前程,心下略略感到些宽慰。

"我走了。"他说,"你们好自为之吧。"

万先生钧州纪事

一

次日傍晚,万先生给董主任打电话,邀董主任共进晚餐。万先生足不出户,花了大约十七个小时,将董主任的小说全部看完,其间吃饭都是叫的外卖。他在电话里对小说给予很高评价,声称大大出乎了他的意料,笔力和格局都很棒,读完受益匪浅。而他此行的目的,也通过他的小说部分达到了,所以非常感谢。他还有些问题,与钧瓷有关,也与小说有关,想跟董主任聊聊。

董主任欣然应允,亲自选了一家饭店。饭店在万先生住的酒店附近,不大,还算整洁,有小包厢可供私聊。董主任自带了酒水和茶叶,点了一桌钧州特色的菜肴,诸般殷勤客气,看上去十分好客。万先生这么快就把小说读完,令他既喜悦,又感慨,他可是辛辛苦苦写了三四年呢。万先生笑眯眯地给他点烟。

"作之难,享之易,天下事本来就这样。"万先生说,"我读得快,是因为大作吸引人,迫不及待想知道接下去发生了什么,其实是很用心的,所以才有些问题要向你请教。"

万先生的第一个问题是：这部作品有几分事实，几分虚构。董主任曾说过，这部小说写的是翟家往事，那么理应属于非虚构；但在扉页上却又声明是"文学作品，非史非传"，让人"敬毋对号"，分明又是虚构了。万先生很茫然，不知该如何视之，民间故事？还是历史实录？请董主任明教。万先生言罢，给董主任斟上酒。董主任与他碰杯。

"文学作品嘛，源于生活高于生活，有历史依据，但也不会照着历史去写。"董主任说，"比方说，巴拿马万国博览会，历史上确实有这个博览会，但它是在1915年举办的，我在小说里把它挪到了宣统二年。人物也一样，名有那个名，事却未必就是那个事。我写这个小说，就是本着我的旨趣讲故事，不是做钧瓷史。至于哪些是事实，哪些是虚构，有什么要紧呢？文学又不是史学，明白个事理就行，何必在小说里头做考证？"

万先生纠结这个问题，意在获取翟家的真实情况，董主任的回答显然不能令他满意，但也无话可讲，遂一笑而过，提出第二个问题：按通常所见的家族史写法，一般都要写到当下，这部小说却在1957年戛然而止。以他的观感，应该还有一个纪年，描写一下钧瓷行业的现状，这样才算把故事讲完整。

"这小说不是完稿吧？"万先生执壶相问，"是不是还没写完？"

董主任大笑："万先生真是目光如炬。这小说的确不算完，但也难以为继了。历史小说得以历史的眼光去看待，当下太近，身在乱花易迷眼，是是非非看不清。况且小说里该讲的东西已经讲完，钧瓷也从翟日新时代的神秘主义，到翟光烈时代的科学主义，钧瓷复兴已经没有任何悬念了，再写也没多大意义，强拉面条，不如干脆了结。就是这个结尾有点突兀，还需要再斟酌斟酌。"

万先生说："你这样讲也有道理，只是作为一部完整的文学作品，钧瓷行业的现状还是有必要讲述一下的。所谓乱世出思想，治世出技术。翟家和钧瓷在乱世一直难以成就，到了新中国成立以后，一旦国家稳定，即使在特殊时期，他们也做出了很大成就，使钧瓷大放异彩。我听王经武讲，改革开放以后，钧瓷发展犹如井喷，到了现在，匠师已经完全掌握科学烧制的技术，还用上了气窑和电窑，烧一窑成一窑，以前至为难得的钧红钧紫，也早已成了稀松平常的东西。这是治世出技术的最好证明，如若不写，这个理念就失去了有力支撑，挺可惜的。"

董主任笑笑："应该是自由出思想，和平出技术。"他说，"我再琢磨琢磨，来，喝酒喝酒。"

万先生见他固执己见，也不多辩，陪他喝下这杯酒，问出第三个问题。这个问题也与小说的突兀结束有关，一些人物的历史命运还没有完全揭示，比如翟光烈、芳杜和宁馨。翟光烈后来有无消息？芳杜和宁馨又去了哪里？最终是什么结局？他很好奇，迫切想要知道。

"翟光烈和程芳杜都没有确信儿。有传闻说翟光烈是割了自己的舌头，丢进窑炉里，嚼一口炉灰止血，离开了神垕。芳杜四方寻找，最后在青海找到他。两人一起去了新疆，在伊犁一个林场安家落户，到死都没有离开过。"董主任说，"我问过光照老先生，这传闻是不是真的，老先生说，如果是真的，就不叫传闻了。所以我们也只能姑妄听之。至于宁馨，她离开神垕嫁人了，对象是根正苗红的农民，人很老实，但也没本事，生活一直很拮据。他们有个儿子，倒是很能干，在县城一所中学当副校长。前些年宁馨也死了，她儿子在陵园里买个墓位，把骨灰盒放进去。后来她儿子去祭拜，发现墓穴上的石板好像动过，打开一看，骨灰不见了，也不知谁干的这缺德事。"

"报警没有？"

"报了，那时候陵园里没装监控，查了几天，也查不出所以然。警察怀疑是被人偷去配冥婚了。配冥婚一般都是年轻女人，宁馨死的时候年纪都大了，应该不会有人偷她，很可能是小偷搞错了，因为旁边的穴位是个年轻女人。"董先生说，"不过她儿子别有想法，怀疑是他娘的前夫家搞的鬼，把他娘偷去跟前夫合葬了。当年宁馨为沈济南翻案，打动了沈济南的哥哥，宁馨都不相信沈济南会干那种事，当哥哥的怎么能相信呢？于是就想办法把沈济南的尸体搞了回来。宁馨的儿子这么怀疑，好像也有可能，但是没有证据，也不能去挖人家的坟看个究竟。案子就这样悬着了，也不知道后来破没有。"

万先生嗟叹不已，建议董主任把这些都补充到小说里。然后再次强调小说之好，读完后心情久久不能平静，等他回到北京，一定尽力向导演和书商推荐。董主任也不知他的夸赞是真心还是假意，不过就他所提意见看，还是蛮有水平的，想必不完全是谬誉，因此心花怒放，频频与万先生碰杯，声称若卖出版权，愿分三分之一给万先生。万先生说："这倒不必，你只要帮我找到翟光照，就足感盛情。"董主任一听这条件，心下又生警惕。电话在他裤袋里作响，取出看，是翟华胄打来的，落实明天上午到厂之事。董主任做了保证，又问旦宁那丫头可否改变主意。翟华胄大叹其气，骂她越大脾气越倔,他劝不了,只等董主任来镇场。董主任呵呵笑,叫华胄莫慌,一切有他。

饭罢,董主任送万先生回酒店。不过两三百米的路程,两人边走边聊。万先生问他,小说里那只丁香紫鼓钉洗是否真实存在。董主任说:"在小说里是有的。"万先生笑:"没在小说里看到下落,还在吗?"董主任说:"你想要?"万先生说:"想开开眼。"董主任说:"没了,翟日新死时打碎陪葬了。"万先生说:"那挺遗憾的。"

二

次日一早,董主任开车接上万先生,在附近饭馆用过早餐,一起前往翟家窑厂。

路上难免要讲起翟家的家事。

改革开放后,神垕各瓷厂的领导和骨干纷纷下海,各建窑厂自立门户,或烧日用瓷,或烧钧瓷,做得有声有色。有几家钧瓷厂尤擅经营,将盘面做得很大,所产钧瓷作为国礼赠送友邦领袖及国际友人的新闻时常见诸报端。翟光照离开国营陶瓷厂后,许多窑厂请他做事,他不愿寄人篱下,也开了一家窑厂。翟光照于钧瓷极尽工巧,建树众多,但要开厂做老板,他却是外行,惨淡经营好些年,也没赚到什么钱。翟光照有两个儿子,老大华胤,老二华胄。华胄读书无成,进厂当了几年工人,下岗后跟随父亲开厂烧瓷。华胤读了大专,毕业后分配到邻县农业农村局,打熬至中层,嫌工资低没前途,兼之头胎是个女儿,他身为公职人员,不能再生二胎,就想辞职下海。他看父亲把窑厂越做越小,便赶回老家,开个家庭会劝退老头儿,自己接管了窑厂。经营之道,销路为大,翟华胤要开拓市场,首先找的便是董主任。

董主任原本是县一中的语文老师,因字写得好,学校的黑板报归他负责。县委书记去学校视察,看上他的字,将他调到县委秘书室。董主任由此发迹,逐渐走上领导岗位。那时董主任刚接任钧州市陶瓷局局长——钧县已于八十年代末升级为县级市了。——翟华胤不知怎么打听到他家,带了几件他爹的作品登门拜访。董主任久闻翟光照的大名,此时看了他的东西,果然气质不凡。

"说白了,就是合乎我的审美,对我的眼。"董主任对万先生说,"那些年市场混乱,鱼龙混杂泥沙俱下。普通人懂什么?只听说钧瓷是好东西,至于怎么个好法,怎样才算好,没人知道,就听他们讲故事,谁讲得响亮,讲得神乎,就信谁。有些窑主也真有胆,这个说他祖上给老佛爷烧过贡品,那个就说他家是宫廷御匠的正宗传人,一个比一个敢讲。审美也被搞坏了,有些窑变和器型其实很拙劣,被当成宝贝,真正好的东西,你不会讲故事,反而乏人问津。翟家钧窑就是吃了不会讲故事的亏。"

董主任留下了那几件瓷器。他不是据为己有,而是拿去参评全国工艺美术奖和轻工部科技成果奖,捧回来两座奖杯。这不仅是翟家钧瓷的荣誉,也证明了董主任的审美和眼光。翟家以这么好的瓷,却打不开局面,董主任深以为憾,决定帮他们一把。那时的钧瓷销路,政府采购占一大宗,只要跟哪个部门有关系,便不愁出货赚钱。不少窑场赖此发财,生存无虞,也就懒得在质量上下功夫,横竖都叫钧瓷,谁敢说不好,便以一句"你不懂"怼回去。董主任非常讨厌这风习,只是时势使然,他也无能为力。陶瓷局每年也要采购大批钧瓷，作为对外交流之用，董主任有意帮扶翟家，便以翟家钧瓷连获大奖为由，名正言顺地把订单给了他们，还替他们做说客，说服几个相熟的局委改用他们的瓷。翟家钧窑因此绝处逢生，风风火火做了起来。董主任也与翟家父子建立了深厚友谊，但有用瓷之处，尽管去拿，不拿翟华胤还不高兴。董主任之后辗转几个局委，干到副市长，退二线至人大，于前年以人大常委会副主任致仕。这期间诸多要紧时刻，翟家从来没有吝啬过自己的瓷器。

翟华胤膝下一女一儿，女名旦宁，儿名旦宝。董主任对旦宝无甚印象，对旦宁却是印象深刻。这孩子个性强，主意大，自小叛逆。七岁那年，她听厂里工人讲，她不是翟华胤亲生的，亲生爸爸是陶瓷局局长，竟然离家出走，跑到城里来认爸爸，令董主任大愕复大噱。翟华胤夫妇有点重男轻女，夫妻关系也不甚好，一度天天吵闹，翟旦宁因此对父母满腹怨气，大学毕业后去北京工作，再没有回来过。这次一回来，她就摆出当家做主的架势，想必是有意接掌门户了。翟家如今风雨飘摇，倘若她真有经营的本领，撑起颓败的家业，未尝不是好事。只是看她一上来就不计后果的做派，恐怕不敢指望。

万先生说："翟家究竟遇到了什么麻烦？"

"大麻烦。"董主任说，"翟华胤这人，心太大，老嫌做钧瓷赚得不够多。后来政府严控采购，不再报销钧瓷票，靠官方采购过日子的窑场都不好过了。翟华胤也受了点影响，看人家做房地产赚钱快，也去城里买地盖房子，把窑场丢给老婆和弟弟。他不光做房地产，还跟人合伙搞了个信贷公司，高息吸款，再加息放贷，专供大公司大企业过桥用。过桥你懂吧？"万先生点头，表示他懂。董主任却兀自说："就是公司企业借银行的款，该还了，先找信贷公司借钱还上,等银行续贷,钱拿到手,再还给信贷公司。因为周期短,那些公司企业不怕出高息,最高能出到一毛。这本来是很稳妥的事,没承想银行突然收缩贷款,收款后不再续贷,这桥就断了。公司企业拿不到钱,没钱还他们,他们也跟着完蛋,连带他的房地产也垮掉了。搞成这样一副烂摊子。"

董主任讲罢,喟叹不已。万先生也附和着发了几句感慨。"翟老板太贪心了,守一以止是为正,专注一行,持之以恒地做,才是正道。像他这样到处撒网,投机取巧,少有不败的。"

翟华胄已等候多时。他打开厂门,放董主任的车入内,带他们去办公楼。董主任问闺女在哪儿。华胄说:"在办公室练习仪式呢。"翟旦宁决定自己主祭后,便逼二叔教她怎么做,昨天练了几遍,已经有模有样,现在趁客户还没到,再抱抱佛脚,温习一下。董主任笑起来:"这态度不错,精益求精,像干事的样子。"

华胄苦笑:"问题是人家陈总不让她做啊。"

陈总是包窑的客户,在省城开店卖瓷,跟翟家打过多年交道。钧瓷技术日益成熟,烧成大多用气窑,成本低,炉内气氛又可掌控;器型也多是注模灌浆,质量好效率高,工人无须多作培训,入厂即可上手。日久天长,会拉坯的工人日益稀少,原本是基础功夫,现在成了可资炫耀的本领,平常不露手,只在重要场合做表演用。如今的钧瓷不仅可以批量生产,还像烧日用瓷一样容易,神秘感荡然无存。翟光照甚感无趣,便又回头弄起了煤窑,重温当年成败难定的况味。翟华胄接掌窑厂后,翟光照退居二线,无所事事,更加专心于复古,渐渐连煤也不想用,改用木柴来烧。钧釉所需温度极高,木柴难以达到,翟光照参考考古发现的宋窑遗迹,建了座双火膛窑炉，反复试验，居然做成了。但它毕竟不如气窑之易于掌控，每窑都无必成的把握。翟光照要的便是这种也许成、也许不成的玩法，成品率越低，越不易把控，反而越合他意。气窑流行多年后，市场风气渐变，又都喜欢起复古，煤烧、柴烧钧瓷日益被人追捧，气烧钧瓷反而逐渐不受待见，称其釉光浮露，不如柴烧之恬冲淡雅、煤烧之温润如玉。价钱也有云泥之别，一件中规中矩的瓷器，标上"柴烧"二字，小数点前便可多加两三个零。各窑口遂一哄而上烧起了煤窑和柴窑。

再后来又有包窑之说，客商定下一窑钧瓷，谈好价钱，开窑后不论成败，皆归客商所有。与赌石、赌核桃并无二致，因此又被呼为赌窑。做这赌窑生意的，多为寻常窑口，大窑厂不屑为之。大厂已然经营出品牌，随随便便一只瓷，都可登堂入室，高价而沽，倘若烧出品相好的柴瓷，更是奇货可居，因此不玩这种把戏。但如今神垕钧窑上百家，镇外以钧瓷为名的窑厂又有十余家，真正做出品牌的，不过那么几家，多数人仍是讨碗饭吃，赌窑是笔可靠的收入，对他们来讲还是划算的。翟家原本也不干这营生，但自翟华胄不务正业，破产亡命，翟家一落千丈，他老婆和弟弟对经营都不在行，儿子旦宝能力也不够，窑厂生意已大不如前。当此危难之秋，也只好屈尊权宜了。然而他们定的价还是高出许多，其他窑口赌窑，少则三两万，多则八九万，他们则是十五万不还价。即使如此，仍有不少人来赌，一旦开出好瓷，搞个包装，打上"翟光照大师作品"的旗号，必能卖出善价。这是华胄和嫂子瞒着老头儿干的，也没有知会翟华胄，反正老头儿住在老宅，每日深居简出，几乎不来窑厂，华胄则流落天涯，见不着人。倘若他俩知道，是断然不允的。

这位陈总之前已包过两回窑,第一窑还不错,赚了些钱,第二窑便不如人意。烧火的老贾跟华胄闹龃龉,临时撂挑子不干,华胄只好自己顶上,技术又不过关,结果便烧坏了。开窑之时,匣钵打开一只,陈总的脸便难看一分,等到匣钵开完,他的脸色已如病典韦,只恨手无双戟,将眼前这堆破烂一顿打碎。华胄也觉羞愧,从库房寻出几件品相尚好的瓷送给陈总,聊作补偿。陈总愿赌服输,无语而去。其他赌窑的人听闻此事,无不嗟讶,将之视为翟家气数已尽的象征,也不太愿意来捧场了。华胄惶惶不安,生恐老爹得知此事,提根棍子过来打死他。不料过去许多天,老头儿并无反应,依旧深居老宅,对厂事不闻不问。他不仅不过问厂事,也不过问家事,对外边的人与事更不关心,不见人,也不愿被人见,心情好了,只是去无量寺盘桓半日,与大和尚对弈数局,或到州北具茨山逍遥观走走,跟在那儿看山门的道士下几盘象棋。华胄既感庆幸,又复羞惭,自忖家业要毁在自己手里,甚感惶恐,千方百计联络上大哥,叫他务必回来主持大局。华胤自思东躲西藏不是办法,该面对的终须面对,便回来了。不料运气实在糟糕,刚到钧州,便碰上债主,未曾到家,先住进了医院。华胄无比心惊。然而大哥受难,也并非全无好处。陈总二次赌窑失败,不甘心,还想再赌一次,已经跟华胄讲好了,这几日便要装窑开烧。倘若大哥平安到家,必定翻脸不认账,还真不好给人家陈总交代。

陈总上次开窑,只放了一挂鞭,结果开出一窑烂货,深以为戒,要求这次务必搞个开窑仪式,拜拜窑神。这要求合情合理,华胄一口答应。开窑仪式在如今是常行之事,但在十数年前,并无人搞这一套。公家时代不允许搞封建迷信,私人开窑后,最多供个刀头上炷香，烧几张黄表，再放一挂鞭炮。翟华胄要与众不同，显示自己有文化，请来几位文联的老同志，鼓捣出一套祭拜仪式，还撰了个四六祭文，排排场场地搞了起来。其他窑厂看着有意思，也跟着搞，于是渐成风习。华胄为示郑重，特别邀请董主任来主祭，董主任官至副县，在小小县级市，已是顶层的干部，可谓给足了陈总面子。为了挽回声誉，华胄抹下脸去找老贾，讲了许多好话，终于说动他来掌火。这一次可谓万无一失，华胄甚感欣慰，自认不负家业，可以安心引退了。

然而此时又出意外，久不归省的旦宁突然回来捣乱了。华胄头大如斗，打电话跟陈总商量，就由她主祭好了。陈总斥之胡闹，自古以来只有拿女娃献祭的，没听说过让女娃主祭的。华胄通话时，应旦宁要求开的外放，旦宁听陈总讲话甚不入耳，夺过手机，跟他讲道理。

"做仪式是要拜窑神，对吧陈总？"旦宁说。

"那当然。"

"那我问你，管钧瓷的窑神是金火圣母，金火圣母是男的还是女的？"

陈总哑了一下："窑神是女的，但拜窑神不能是女的。"

旦宁气得发笑："这是什么道理？"

"这是老规矩，你别跟我讲什么道理，老规矩就是道理。"陈总说，"我不是歧视女性，我家就是我老婆当家。我也不是针对你，就是尊重传统。你也别跟我争论传统对不对，我就是个做生意人，不是做学问的，你家要是开学堂，你想怎么讲怎么讲，要卖瓷，就得按规矩来。"

旦宁说:"陈总你有你的规矩,我呢也有我的规矩。瓷是我家的,要怎么卖,我说了算。陈总如果不接受,可以不买,你的定金退给你。再见。"

旦宁讲罢,不由分说挂了电话。陈总大怒,立即又打过来,质问华胄什么意思,是不是想违约,故意找事。华胄百口莫辩,但是事情卡在这里,也实在做不下去,只好向陈总道歉,这就把两万元定金打回去。陈总愈怒,声称这窑瓷他要定了,如果开出来成色不好,他就在翟家窑厂门前开大会,当众把瓷砸了,先把丑话讲在前头,休怪到时无情。讲罢也不由分说,气咻咻地将手机挂断。旦宁她娘气得肚疼,躺床上发怄去了。旦宝对厂里的事不关心,天天忙活着炒股,他老婆倒是时常帮婆婆和二叔做事,以少奶奶的身份参与管理,可是面对如此强势的姐姐,她也不敢多言。华胄唯有哀叹,觉得自己天生一个倒霉鬼,努力了赶上麻烦,不努力被麻烦赶上,总之干什么都不顺。

"也只有您的话她可能会听,所以劳烦您,好好劝导劝导她。"华胄对董主任说,"事关窑厂的脸面,叫她不要太固执。"

董主任说:"我试试吧,就怕我人老言微,丫头不给情面呀。"

三人进到办公室,旦宁果然在那里练习行仪。旦宁已经穿起了礼服:黑纱跷脚幞头,月白色交领汗衫,外罩紫色圆领罗袍,腰系一条天青边的红锦宽腰带。这身行头原本是她爸的,穿她身上大好几号,但把腰带一系,再穿上高跟鞋,看上去也蛮合身。董主任啧嘴:"哎呀,俏丫头变俊公子了。"旦宁嬉笑说:"伯伯取笑我呢。"急忙给董主任倒茶。董主任将她与万先生做了介绍。旦宁听说是北京来的,搞收藏,专程拜访她爷爷,道声辛苦,笑盈盈与万先生握手。董主任打量她的行头:"看样子,这主祭你是做定了。"旦宁说:"那当然,以后我家开窑,统统归我主祭。"董主任呵呵笑:"你这是要夺权了呀。"旦宁说:"那倒不是呢,我在北京好好的,才懒得回来管这些。可是你看我家窑厂,以前多红火,现在成什么样子了,我总不能看着它垮掉。"董主任说:"你这点像你爸,当年你爷爷的窑场做不下去,你爸就辞职回来接管,现在你家窑场遇到困难,你也辞掉工作回来接管。有其父必有其女,不错。"

华胄在旁边听得尴尬:"问题是眼下这事怎么弄。陈总马上就到,万一开出的瓷不理想,他闹起来,真在窑厂门口砸,怎么办?那可要丢大脸的。"

旦宁说:"既然是赌窑,愿赌就得服输,输不起闹事,就是人渣。对人渣有什么好客气的? 报警就是了。"

董主任说:"有理。"

华胄极没好气,想这老头儿太不靠谱,明明请他做说客,他却反投敌营,早知如此,就不该叫他来。"陈总不是坏人,多年的老客户了。"华胄说,"做生意讲究和气生财,不要弄得彼此下不了台。"

旦宁冷笑:"他都不怕我下不了台,我干吗要管他下不下得了台? 过会儿我要搞直播,把开窑仪式分享到网上去,姓陈的敢闹事,就让全网都知道,给他扬扬名。"董主任说:"直播这主意好,可以给你们窑厂做宣传。"旦宁说:"是啊,以后每次开窑,我都要开直播。我还打算做竞价,开窑前先在网上发通告,公平竞争,价高者得,线上线下同时进行,网友也可以远程竞拍……"

他们说话间,窑厂大门外传来汽车喇叭的尖鸣,先是一声接一声,继而连绵不绝,似乎有点不耐烦。然后华甠的手机响声大作,华甠看了看,才意识到是陈总到门口了,急忙下去迎接。旦宁的脸绷起来,仿佛结起一层冰。万先生说:"别担心。"旦宁瞟他一眼:"这是我家,我有什么好担心的。"万先生笑笑。旦宁起身去洗手间。万先生凑到董主任耳旁,低语了几句。董主任点头。少顷,翟华甠将陈总带上来。陈总大腹便便,光头,手里扣着一串菩提子珠子,戴一副硕大的墨镜,进到办公室仍不摘下来。华甠没看到旦宁,先把董主任和万先生给陈总做介绍。陈总本来板着脸,听说眼前这位其貌不扬的老头是人大常委会副主任,才有了笑意,与董主任握手道幸会,然后与万先生象征性碰个手,大咧咧坐到上手一把椅子上。旦宁两手湿淋淋地走进来。华甠赶紧把她介绍给陈总。陈总屁股在椅子上扭了扭,并未起身。旦宁也甩甩手,表示不便握手。陈总看她这身装扮,想是铁定了要主祭,脸色又难看起来。

"董主任在这儿听着,我再重申一遍。"陈总说,"开窑仪式图的是好彩头,旦宁非要主祭,我也没办法,万一开出来的瓷不好,我可不答应。"

万先生说:"陈总如果介意,可以转让给我,我给你两万转让费,开出来不管好坏,我都认。"

陈总乜眼打量万先生:"你老兄是何方神圣?"

董主任说:"这是我朋友,北京人,著名收藏家,喜欢翟家的瓷,特地跑来买。你既然怕旦宁主祭影响品相,就转给他好了,他不介意。"

陈总说:"很抱歉,不转让。"

旦宁说:"我也很抱歉,不卖给你了。"

陈总说:"那恐怕不行,我跟你二叔早讲好了,这窑瓷是我的,定金都付了,已经达成协议,你变卦就是违反协议,打官司你也没理。"旦宁说:"协议在哪儿? 拿出来我看看。"陈总说:"口头协议,怎么给你看? 老二你告诉他,有没有讲好。"华胄说:"的确是讲好的。"旦宁说:"既然我二叔说了,我认。但是我问你们,你们一开始有没有讲好不准女人主祭?"陈总和华胄皆一愣。旦宁问华胄:"有吗二叔?"华胄说:"这倒没有。"陈总说:"这还用讲? 自古以来哪有女人主祭的?"旦宁说:"你不要跟我讲自古以来,现在是新时代,女人早就顶起半边天了,你还拿前清的规矩来办事? 董伯伯,请问你,他要拿前清的剑斩当代的人,行不行啊?"董主任嘿嘿笑:"当然不行。"旦宁说:"陈总听到没? 你和我二叔既然没有讲定不准女人主祭,你单方反悔,是无效的。所以现在的情况是,要么你收回定金,赌约作废,要么同意我主祭,愿赌服输。你自己选。"

陈总听她扯淡,却一时对答不上。旦宁说:"陈总实在介意,还是不要赌了,毕竟上次赌就没赌对,万一这次开出来,还不理想,怕你接受不了。"陈总扣着珠子,麻脸不语。董主任手握一只天青如意杯,闲闲问万先生:"鹏程,你要的话,这窑瓷你出多少钱?"万先生说:"刚才不是跟翟小姐讲过么? 三十万。"陈总对旦宁冷笑:"我算是看出来了,这姓万的给钱高,你就故意搞这一出把戏,逼我放弃。"旦宁说:"陈总这样讲就没意思了,优先权还在你手里,你如果要,这就签个协议,先把钱打到我账户,咱们马上去开窑。你若不要,我还不能找个下家?"说罢看看手腕上的表,"马上十点了,陈总你究竟要不要? 别耽误时间。"陈总说:"我不要仪式了,放挂鞭直接开窑吧。"旦宁说:"那不行,既然我回来了,翟家窑厂就由我做主，从这一窑起，以后所有开窑都要办仪式，也都由我主祭。陈总，我劝你还是别要了，免得这么纠结。"陈总瞪眼："你不要激我，没用的，我行走江湖这么多年，什么招数没见过？"回头朝华胄吆喝："翟老二，拿纸过来，我这就跟她签协议。"

协定签讫，钱转讫，一行人迤逦下楼，来到柴窑炉前。窑炉在厂院后方，隔墙就是山坡，灰山椒和黄鹡鸰在山木间啾鸣，声音穿林而至，使窑厂平添清幽。瓷器已经烧成熄火，在窑炉里封着，等待开窑。窑炉旁堆有一垛未用完的松柴，炉膛内也有一大堆柴木灰，证明是实打实的木柴烧成。华胄吩咐工人抬上供桌香案，其上猪、羊、牛肉各一份，果点、香烛、清酒一一罗列，供桌前又铺开一条红毯。旦宁则在旁边教弟媳如何掌机直播，哪里视角最好，怎么走位。一时准备停当，仪式正式开始。华胄也套了件大袖长袍，外加一顶章甫冠，肃立于窑门旁充司仪。华胄个头不高，脸腹俱圆，这副装扮看上去委实滑稽，万先生忍不住笑了笑。吉时已到，翟华胄宣呼："启祭！"翟旦宁双手捧举黄绢卷轴，脚踏红毯恭敬前趋，走到供桌前，深鞠一躬，将卷轴放到供桌上。翟华胄呼："晋香！"翟旦宁抽香点燃，插入那只自家烧制的月白釉两耳三足盘龙祥云炉内。翟华胄呼："初拜！"翟旦宁退后三步，行三叩三拜之礼。拜毕，翟华胄呼："献词！"翟旦宁从供桌上捧起黄绢卷轴，朗声诵读：

> 唯予小女，祇承瓷宗，五世烧土，百年埏埴。执柯伐柯，则法近贤；在兹念兹，师事远哲。入乎其内，穷夫工以极变；出乎其外，得诸意而忘形。唯道是守，虽处约而执我；岂俗为媚，居冲淡以应人。克谨克慎，虔心以奉金火；允敬允恭，顶

礼而事祝融。今夫炉火既降,窑门当开。或佳或窳,或既定于造化;将欣将悲,将反责诸己躬。唯神灵之嘉祐,惠赐珍好;必圣母之福荫,庇成精良。

小女旦宁,焚香祷拜!

翟旦宁把祝词做了一点修改,"小子"改成"小女","四世"改成"五世",她爹的名字改成自己,其余一字未动。后两个改动皆可,唯"小子"改成"小女",却甚不当,董主任和万先生听到,皆莞尔一笑。还好其他人都不懂得,陈总更不懂,因此并未计较。诵读完毕,翟旦宁复将卷轴对折,高高捧举,鞠躬致敬,放置到供桌上。翟华胄呼:"奉酒!"翟旦宁手持卮壶,将清酒斟入三只小瓷杯,一切动作如仪。将壶放回桌上后,翟旦宁从果盘内抽出一柄小刀,在左手食指上轻轻一划,殷红的血随即渗出来。她将手指举到酒杯上,血珠如檐头落雨,一连串坠入杯中。旁观众人无不吃惊。董主任吆喝:"干吗呢闺女?"翟旦宁并不理会,掏出一张创可贴将刀口封住,端起一杯含血的酒。

"窑神在上!您本来是一介女子,为了拯救家庭,用自己的血肉之躯献祭神灵。您虽然成了窑神,仍然是女子,是女人们的骄傲。我旦宁也是一介小女子,因为家庭遭难,不得不担起窑厂重任。今天我以自己的血向您献祭,愿您神灵护佑,帮助我战胜困难,重振家业!"

翟旦宁祷告毕,将一杯酒沥到窑神像前,一杯沥到窑炉火门,一杯沥到窑门口。华胄心中百味杂陈,宣呼:"再拜!"翟旦宁再次行三叩三拜之礼。翟华胄注视侄女完成最后一拜,高呼:"礼成!"

鸣炮谢神，准备开窑！"一名工人提起准备好的两千响长鞭，用烟头点燃，绕供桌和窑炉走了一周，另一名工人则放了几个二踢脚。待鞭炮声息，工人准备破门开窑，旦宁拦住他们，回视身旁的陈总：

"陈总，你是老客户了，再给你一次机会。你现在反悔还来得及。"

陈总正色说："我做事一向有担当，什么时候反悔过？"将手一挥，做斩钉截铁状，"开窑！"

三

这窑瓷还不错，除了一只烧废，四只一般，其余都是精品。陈总快活在心，却拎着那几只残次品唉声叹气，一副满心失望却又不跟旦宁计较的神气。旦宁眼望那些精品瓷器被他一一收入车中，心疼不已，及见他又做出这副嘴脸，更加恶心。陈总装完，说声"走了"，驾车扬长而去。

翟华胄看陈总似乎不开心，有点担忧，怕他以后不会再来了。旦宁瞥二叔一眼："他这是得了便宜还卖乖！这种人，爱来不来，不来最好。咱们堂堂正正做瓷器，凭实力打天下，干吗要低声下气讨好人？越是讨好，越把他们惯上天，咱们就越被动，也越难做，根本是自讨苦吃。"华胄说："这不是不景气么，正在艰难时候，能赚一点是一点，不笼络着他们，这点钱也赚不到。"旦宁说："再难能难过西天取经？不靠自己打怪升级，一味烧香求佛，是求不到正果的。"

华胄讲不过旦宁，无语而退。旦宁把董主任和万先生请回办公室，请他们稍坐，她去换下衣服。须臾换过回来，俏公子又变成一个利利落落的小白领。她给董伯伯和万先生沏茶，问万先生方才是不是真的想买这窑瓷。万先生说："如果陈总不要，我买了也不错。"旦宁说："所以你其实并不想买，只是想帮我，对吧？"万先生笑。董主任也呵呵笑："人哪，都有个贱毛病，没人争的时候百般挑剔，一旦有人争，他就急了，不管三七二十一，先弄到手里再说。万先生就想这样逼他一下，果然起作用了。"旦宁给万先生斟茶："你一开始说你愿要，我还以为是真的，有点心慌呢，后来你和董伯伯一唱一和，才知道是要帮我对付姓陈的。谢谢你呀万先生！"万先生说："我要赌也是真赌，会出钱的，你干吗心慌？怕我输不起吗？"旦宁说："那倒不是，是我不想赌。赌窑这生意太没档次，不是大窑厂干的事，况且我爷爷是国家级大师，钧瓷界大牛的人物，有他在，就不容许我们自贬身价。二叔不善经营，把窑厂搞得江河日下，居然又学人家玩赌窑，真是越老越糊涂。我回来后得知情况，就决定搅黄这个局。"万先生顿感惭愧："看来是我自作聪明，反而害你失算了，真是抱歉！"旦宁说："万先生别这么讲，你也是一番好意，我蛮感激的。"董主任说："你回来接管窑厂，你爸知道吗？"旦宁说："当然知道。我爸已经没有退路，这个窑厂是他翻身的唯一希望，所以他才会冒险赶回来。他到医院做过手术，就给我打了电话。二叔不行，我弟弟又指望不上，我妈呢？也是个没主见的，他只有把我叫回来支撑局面。我这才回来的。"董主任点头："看来你爸脑子还是清楚的。"

　　董主任仍期待万先生买瓷器，不好直讲，便叫旦宁带万先生去展厅参观。展厅在三楼，占用了整个楼层，足有三四百平的面积，窗子都被封闭起来，光线昏暗如夜。旦宁将开关打开，大灯小灯一时俱亮。万先生的眼睛也亮了。他看到无数钧瓷，有瓶有鼎，有尊有洗，有花木有佛图，有人物有动物，造型各异，釉彩万方，一件件陈列在玻璃展柜内，错落有致地摆满了大厅。万先生放眼望去，满脑子只有一个词：琳琅满目。旦宁与董主任陪同万先生鉴赏，边看边给万先生讲解。她没有专门研究过钧瓷，但毕竟在窑厂长大，耳闻目睹所得，也够她应付这位来自北京的专家。万先生徜徉于展厅之间，目睹窑变之美，耳闻开片之声，颇有几分迷醉。展厅最里面辟出一个五十平左右的空间，放置翟家钧窑最得意的作品，是为珍品室。这些瓷仅供参观，都是不标价的非卖品。万先生一件件看过去，在一只挂盘前停住脚步。挂盘直径约尺半，釉层厚润如堆脂，釉色浅淡处有几道蛛丝开片。最奇妙的是窑变图案：譬如松山云海，峰峦叠嶂，又有一人立于高岩之上，衣袂飘举，如将御风。其下山路蜿蜒，若断若续。再仔细看，远山之间有瀑布倒挂，溪水奔流，一沟一壑，皆有韵致。旁边卡片上附有一句王平甫的诗：

迹入尘中惭有累，心期物外欲何求

万先生观赏久之，问旦宁："这是人工干预过的吧？"

"没有，这些都是自然窑变。"旦宁说，"这是我爷爷在窑厂烧的最后一件作品，大概是我高考那年。以后他就搬回老家，不怎么烧了。"

万先生笑笑，接着往下看。即将看完之时，翟华胄寻过来。他在附近一家饭店订了桌，请董主任和万先生去吃饭。旦宁看看表，确实到了饭点，便带董伯伯和万先生离开展厅。万先生自始至终没有购买瓷器的意思，董主任大失所望。饭店菜品一般，胜在是本地乡土风味，外人来了尝个新鲜。华胄带了一瓶酒，要陪董主任喝几盅。董主任饭后要回城，怕查酒驾，叫他好好敬万先生，万先生远来做客，不可怠慢。万先生说："我下午还要去镇里走走，喝一点就醉了，耽误时间。"董主任说："你不回城么？"万先生说："我先不回，看过你的小说，对神垕这地方别有感受，想去实地看看发生了那些恩怨情仇的地方。"董主任心头的不快一扫而尽："行，我陪你，等你看完再走。"

董主任既然不走，华胄便又向他敬酒。华胄敬得无比执拗，董主任只好喝，喝着喝着就醺了，想到窑厂眯一会儿。旦宁自告奋勇，愿做万先生的向导，叫董伯伯只管去休息。万先生正想与她单独聊一聊，巴不得。旦宁规划了一条线路：先就近参观无量寺，然后去拜谒窑神庙，顺道看一看老寨的风物。两人路上闲聊，说到董主任，旦宁很是尊敬。万先生想起她曾误认董主任为亲爹的事，颇觉有趣，便问旦宁详情。旦宁没想到他居然知道这个，横竖是童年往事，没什么难为情，便讲给万先生听。

这要从金火圣母的故事讲起。旦宁最早听到金火圣母的故事，是在厂里的窑炉边。她时年七岁，刚刚随同怀二胎的母亲从邻县转学回神垕，与下海创业的爸爸在老家会师。那天上午，她站在爸爸旁边看工人装窑。那是烧煤的窑炉，窑室颇大，工人手捧匣钵鱼贯而来。她爸爸一边监工，一边讲金火圣母的故事给她听。她还小，不懂故事里包含的大义，只觉得吓人：为了一个瓷，皇帝就要杀人，女孩就得烧死，多可怕啊！她有一回玩火，仅仅烧伤手指，哭得天都塌了，女孩活活烧死，该有多疼！她再看窑炉，顿觉阴森可怖。烧火的老贾在旁边逗她："咱要烧不好，也把这妮儿扔进去。"工人皆大笑。旦宁哪里知道是玩笑话，几乎被吓死，捡起一根铁扦戳老贾。老贾哎哎大叫，一把抓住铁扦："你这小妮儿，人不大，手可怪狠！"

也许在更早之前，旦宁就已经听到过金火圣母的故事，但都没有印象了，七岁那年窑炉边的这一回，便成为记忆中的第一次。自那之后，她对窑炉便有一种恐惧，在窑厂玩耍都要远远避开。她听大人说话，多少了解了一点窑厂的情况，得知自家钧瓷最大的客户是县政府。谈到这个，爸爸总是眉飞色舞，光荣得不行。

"神垕镇窑口近百座，几人有这个能耐？"爸爸得意地说，"咱翟家钧窑差不多就是官窑了。"

旦宁问："官窑是什么东西？"

"官窑就是官府的窑，专门给公家烧瓷器，放在以前，就是御用，烧好了送到皇宫里，专供皇帝使。"

旦宁身上冒起一层鸡皮疙瘩，默默走开了。她开始担心，万一有一天，政府提出刁钻的要求，命令爸爸一定要做出某种瓷器，爸爸做啊做啊做不出，会不会也要牺牲自己呢？她回想爸爸讲述金火圣母故事时，言辞之间饱含肯定与赞美，似乎女孩跳火是理所应当的事。不光她爸爸，几乎所有窑工讲到这故事，全都抱持这样的态度。他们不认为女孩之死是悲剧，反而视之为荣耀，女孩通过自焚升华了自己，修成了正果。这个发现让旦宁心生恐惧，她越来越相信，倘若真有那么一天，她爸爸定会毫不犹豫地把她填进窑炉里。她决定逃亡。那年秋天某日，她放学回家，趴在厂院一张小方桌上写作业。一名工人如厕回来,路过她身边,对她说:"旦宁,你亲爸爸来了。"

旦宁白他一眼,继续写作业。

工人说:"你还不知道吧,你不是翟家的孩子,翟华胤不是你亲爸爸,你亲爸爸在城里当官,因为计划生育,生了你不敢要,抱给了翟家。"

旦宁抬头盯着他:"你胡说。"

"我不骗你,这事儿大家都知道,就瞒着你呢。你亲爸爸是陶瓷局长,上午来看你,你不在家,待一会儿就走了。不信你去问你妈,看陶瓷局长来过没有。"

旦宁低下头继续写作业:"我才不信呢,你滚蛋。"

"不信拉倒,反正陶瓷局长来过。"工人说罢,吹着口哨回车间去了。旦宁捏着笔发呆,再也写不了作业,收拾起书本去找妈妈。她妈妈已成功躲过计生检查,偷偷把孩子生出来,此时与婴儿住在厂院最角落的一间破房子里。坐月子需避风,房间里遮挡得严丝合缝,仿佛一个大窑膛。旦宁默默走到床边,看妈妈给襁褓里的弟弟喂奶。弟弟丑死了,就像一只小皮猴。

"看什么? 也想吃呀?"妈妈说,"没你的事儿。"

旦宁才不想吃呢。妈妈的乳房很粗大,但并不饱满,弟弟嘴巴一拱,就往上皱起来,令她想到猪圈里刚下过崽的母猪。她说:"妈,我问你个事。"

"什么事?"

"陶瓷局长来过吗?"

"来过呀。"妈妈顿时变得很开心,"上午来的,给你弟弟穿了个大锁子。他跟你爸关系可好了,你弟弟能生出来,也多亏他帮忙呢……"

旦宁扭头走了出去。工人没有骗她。她没有向爸妈、二叔和爷爷求证她到底是不是抱养的,因为她聪明地断定了他们肯定不会讲实话,既然工人说陶瓷局长来过是真的,其他那些话也肯定假不了。旦宁心中充满了喜悦。这天晚上,她背书包潜入厨房,装了一大条蒸馍和两块咸菜。次日早晨,她吃过早餐,平静地走出厂子。她没有去学校,而是踏上了通往县城的柏油公路。她要去城里找自己的亲爸爸,从此远离这个随时会把她投入窑炉的地方。神垕镇有往返县城的客车,有个司机热心肠,去县城时看到这个小姑娘在路上行走,回来时又看到,再去时发现她依旧在路上,便停车询问。旦宁满头是汗,脸颊被阳光晒得发紫,腿也早已酸疼无力。她告诉司机叔叔,她要进城找爸爸。司机以为是农民工的孩子去寻父,问她爸爸在城里干什么。旦宁挺了挺腰,自豪地说:"我爸爸是陶瓷局长。"

司机把旦宁带到县城车站,交付给站长。站长亲自开车把旦宁送到陶瓷局。董局长打量凭空冒出来的女儿,嘴巴都笑歪了,问她打哪儿来。他虽去过翟家几次,对这个小丫头并无印象。旦宁说从神垕镇翟家窑厂来。董局长非常惊讶,立刻给翟华胤打电话。那时还没有手机,他是打到厂里,电话响了半天,却无人接。所有人都帮窑主找女儿去了。还好 call 机已经诞生,翟华胤购买了一台配备在身。华胤得到消息,火速赶往陶瓷局。一场悲壮的远行就这样滑稽地结束了。

这件事成了大家的笑谈,工人们动不动拿来打趣她,尤其是那个讨厌的老贾。更可恶的是,就连爸妈也拿来当笑话,三五不时讲给客人听。不过这次离家出走也并非全无成果，爸爸在她屁股上抽了几巴掌后，当着局长的面发誓，不管出现任何情况，都不会把她丢进窑炉。

"你这蠢丫头，金火圣母的故事是瞎编的，没有的事。"爸爸说，"别说我不会烧你，真烧了你也没用啊。"

旦宁这才放下心来。但她又想不通，既然金火圣母是假的，为什么大家还要信奉她？这个问题困扰了旦宁很多年，直到读大学后一去不复返，彻底离开这个家庭，也不用再看到与钧瓷相关的任何事物，才渐渐忘掉这个令人分裂的悖论。

旦宁讲完，两人已经来到无量寺，将车泊在停车场，步行去山门。"现在再想这个问题，其实并不复杂。"旦宁说，"你看中国的传说，不光烧瓷的烧不好，会让匠师的女儿跳火坑，铸剑的铸不好，也是让匠师的女儿跳火坑，造钟的造不好，还是让匠师的女儿跳火坑。就连正史里，皇帝打不过蛮族，一样是用和亲的名义叫女儿去跳火坑。你们男人做不好的事，就靠牺牲女儿来完成，但又不便明讲，就编出那些千篇一律的故事，给天底下的女儿们洗脑。"

万先生笑："看来这种洗脑术还真管用，你明知它是洗脑的，如今家里有难，还是奋不顾身地回来跳火坑了。"

旦宁叹气："没办法，谁叫我家男人都没用呢？但是我可不要死，我得把我家救活，我自己也活着。"

"你有担当，相信你一定能成功。可要说你家男人没用，就偏激了。"万先生说，"像你爸，也干过大事业，尽管现在落魄，但人生在世，怎可能没有一点挫折？比如你家祖上，你高祖父翟日新、曾伯祖翟月清，都是了不起的英雄人物，也都经历过极端艰难的时候。人生漫长，不能以一时得失论成败。"

旦宁讶然，问他怎么知道她家祖上的事。万先生说："董主任写了一部小说，以你家为原型，我刚拜读过。"旦宁说："董伯伯写我们家，当然只拣好的讲，其实未必是那么回事。就像我高祖父，一辈子娶了三个老婆，又跟我高祖母出轨，根本就是个渣男。一想到我家这一支竟然是出轨的产物，我就臊得慌。"万先生说："时代不同，那时候男人三妻四妾很正常，不能拿现在的标准要求他。"旦宁冷笑："不是我拿现在的标准要求他，而是亘古以来，男人的本性就没有变过。"

万先生听她讲得如此激烈，想起董主任说过她爸曾经出轨，执意要跟她妈闹离婚，她爸之所以铁心搞房地产和信贷公司，大半原因便是要躲出家门，与情人一起生活。如此看来，旦宁对她爸也是有恨的，所以才出言无情。万先生不便再讲下去。无量寺前些年刚翻修过，除却大殿，其余房舍和山门都是重建的。两人拾级而上，进入寺内，遍观各个殿宇。万先生走南闯北，行遍天下，名山古刹见得太多，这等小寺显然入不了他的眼，因此走马观花，一瞥而已。最后来到许愿池旁。万先生想起董主任小说里的情节，翟月清曾在这里投钱许愿，叫大雄宝殿发一场火灾。此时身临其境，万先生感觉颇是奇特，仿佛自己也进入小说中去了。他到旁边小摊换了几枚硬币，将一枚掷入池内，默许了一个愿。旦宁看见，也要去换币，万先生将剩余的都递给她。旦宁只要了一枚，合在双掌之间默默祈祷，投入池中。万先生问她许了什么。旦宁说："许愿不能讲，讲出来就不灵了。"

万先生说："那未必。"

"那你讲一讲,你许的什么愿?"

"见到你爷爷。"

四

万先生热衷收藏多年,主要做青铜,偶尔玩玉,对陶瓷也有涉猎。他对自己的眼力甚为自负,自称早年虽有吃药的经历,但自正经入行以来,从没干过打眼的事。他的自负是有底气的,曾有一桩经典案例,至今在朋友间传为美谈:有人收了一只宋代建盏,经由多位专家鉴定,皆称大开门。万先生把玩片刻,判断是热接的老底新胎,并非真正宋物。那人不信,万先生便与之对赌,将盏纵向切开,观其截面,果然是新胎接老底的接胎瓷。

万先生在古玩场混迹已久,大小方家皆有耳闻,但是很惭愧,竟一直没听说过翟光照的大名。他与翟光照"结缘",是在潘家园王经武的古玩店。那日万先生外出办事,距离潘家园不远,办完事时间尚早,便过去溜达一会儿。逛到一家古玩店,他信步走进去。店主在玩手机,抬头瞄他一眼,继续玩,并不招呼生意。万先生扫眼打量,尽是些上周的重器,唐家的三彩,并无惹眼之物。店主旁边的柜台上放置一物,用黄缎包裹,微露一点缝隙,瞧上去是一只瓷器。万先生阅瓷无数,看到那一点釉色,便被吸引住了,请求店主一观。店主婉拒,声称这只瓷与店里其他东西不一样,其他都是仿品,这个却是实打实的宋钧,他老表从河南乡下淘来的,今天才送到,还没顾上做包装盒。

"我看看有什么打紧?"万先生说,"如果真是宋钧,说不定我就收了。"

店主赔笑:"抱歉了您哪,这东西不在这里卖,要送去香港拍卖的。"

万先生的好奇心被吊起来,只管用手指去撩黄缎。店主脸色剧变,急忙起身护住,呵斥万先生:"这位老兄怎么动手动脚的,这么不讲究!"

万先生笑:"听你讲得这么好,不看一下心里痒。"抽出一支烟递过去,"别这么小气嘛,打开给咱开个眼。"

店主分出一只手接烟,上下打量万先生。万先生给他打火点上烟,又讲了许多好话,店主才犹犹豫豫地解开黄缎,露出里头的东西:是只三足水仙盆,外釉是绚烂的玫瑰紫,内釉则是静谧的天蓝,其中盘曲几条蚯蚓走泥纹。翻看底足,有一行瘦金体落款,"大宋宣和六年製於鈞州"。釉面温润含敛,犹如附着一层时光的影,玫瑰紫和天蓝氤氲在这层影下,有种低调蕴藉之美。万先生手捧水仙盆,翻来覆去看,越看越心慌,问店主:"你确定这是宋钧?"店主说:"当然,正宗北宋钧瓷,你看底款上写着呢,大宋宣和六年制于钧州。我刚找专家掌过眼,是北宋民窑,如果是官窑,那就更厉害了。"万先生肚子里笑开花。这夯店主,也不知找的什么夯专家,这只水仙盆分明是官窑! 宋钧民窑大多是青釉,胎体较薄,官窑则多呈红紫,胎体敦厚,而蚯蚓走泥的窑变效果,也只有官窑烧得出。此水仙盆更有一独特之处:当代存世的水仙盆,底款大多刻的是数目字,此盆却是文字,殊为珍稀。

"老板,你讲个价。"万先生说,"如果合适,我收了。"

店主把头摇得像电风扇:"不是我狗眼看人低,来这儿打转的,大多是抱着捡漏的心,妄想用土豆价捡个金元宝。怎么可能? 我不瞒您说,我店里这些东西就没一个是真的。您如果也是抱着捡漏的心,您还是往别处找找吧,说不定人品炸裂,也能碰到个好运气。"说着将水仙盆收回,复用黄缎包好,小心翼翼放到柜台后。

万先生说:"你别管我是不是捡漏的,讲个价嘛,张张嘴的事,也许我就把它捡了呢? 你横竖是要卖,卖给谁不是卖?"

店主狐疑地望着万先生,思量片刻:"一百五十万,不还价。"

万先生说:"你叫价我还价,才能生出意思,不让还价,还叫什么生意? 八十万。"

两人你来我往,几番还价,最终定到一百二十万。万先生当即转账,将水仙盆抱回家去。那几天万先生兴奋无比,独乐乐不如众乐乐,邀来几个朋辈,在自家开了个赏钧大会。半月之后,万先生又去之前那个地方办事,办完后又溜达到潘家园,再次路过那家古玩店,看看门面,倍感亲切,不由自主迈进去。这一进不打紧,他又看到一个宝贝:北宋冰心壶。那壶形制颇有特色,下小上大,丰肩收口,仿若心形,因此老板唤它作冰心壶。老板实诚,坦白他也不知道叫什么,就看着像心,釉色又内碧外青,澄静如冰,便随口唤作冰心壶,具体应该叫什么,等回头请教了专家,才能知晓。

"又是在那个地方淘到的。"店主说,"看着像官窑,不太确定,得一并问专家。"

万先生还是头一次看到这样的器型和釉色,翻看底足,亦无款识。但他确定必是宋钧无疑,仿是绝难仿到这个水平。"老板,开个价。"他说。

两人再次经过激烈还价,最终一百五十万成交。万先生仍然在线转账,当即包走。朋友们又去他家开了个大会,狂欢至午夜方尽兴而散。又过了半个月,万先生在家无事,取出这两只钧瓷细品,越看越陶醉,忽然心头一动,起身便往潘家园走。店门仍然开着,店主也仍然在埋头玩手机。看到万先生,店主十分开心:他又收了一只玫瑰紫仰钟花盆,正准备给万先生打电话,问他要不要呢。

"还是在那个地方淘的。"店主说,"咳,真是挖到窝儿了。"

万先生这次带了现金,声称还有别事要去办,带着不方便,先放下五千定金,叫店主于次日午后两点送到家去。店主欣然应诺,按时将花盆送到万先生在城郊的一处宅院。万先生接住他,将他带入客厅。客厅内已坐了五个人,望之皆非善辈。万先生把门反锁,将那五人一一向店主做了介绍,都是各霸一方的黑道大哥。

"你来的路上,有没有发现这地方很偏僻,一两公里内都没有摄像头?"万先生对店主说,"这房子后头不多远有条河,据说以前枪毙人,都在那地方。有些家人不要的犯人,枪毙前先挖个坑,跪到坑边,一枪打死,直接栽进坑里,拿锹一埋了事。你不一样,你家人肯定要你的尸体,一直找不到,就会一直找。这不太好,所以我准备了王水。王水你知道吧?世界上腐蚀性最强的东西,不要说血肉之躯,就是把钢铁丢进去,也化得渣都不剩。"

店主一进入客厅,便开始哆嗦,听万先生讲罢这番话,已然是觳觫如筛。万先生同情地看着他,给出两个选择:王水,抑或真相。所谓真相,即这些钧瓷的来处,在哪儿造的,出自何人之手。店主选择了后者。于是万先生就知道了翟光照。

"我就是吓吓他。"万先生对旦宁说,"那房子是我一个亲戚的,那几个黑社会,都是从村里找来的闲汉,每人编个很凶的名头。王经武胆小，就被吓住了。"

万先生说着，嘿嘿笑，犹如在讲一个好玩的恶作剧。旦宁却警惕起来，在山门口站住脚。山门前银杏树下有群人在打扑克，其中有两个是她认识的。"他说是我爷爷做的，就是我爷爷做的？"旦宁说，"会造钧瓷的人多了去。"

"是你弟弟卖给他的。"万先生说，"你弟弟用十倍杠杆炒股，赔血了，欠人很多钱，就偷了你爷爷几只瓷，卖给王经武。你若不信，可以找你弟弟问一下。"

旦宁默然。她相信她弟弟做得出这事。她家窑上烧的瓷虽则定价很高，有的甚至上百万，但这东西往往有价无市，不知多久才能出销一个。旦宝急用钱，自然会把主意打到爷爷的东西上。凡是行走神垕的文玩客，都知道翟光照的东西可当古董卖，只要有他的东西，都愿花大钱收。只是翟光照的东西越来越少，至今已极其难得。旦宝偷出这三件东西，王经武开价八十万，旦宝嫌少，打半天嘴官司，王经武又添了二十万，凑个整数，即时钱瓷两讫。旦宁气恼至极，只恨没有严厉家法，把弟弟拖出来乱棍打死。想她妈对弟弟千娇万宠，却将他养成一个废物，真是一对失败的母子！

"即使是我爷爷做的，冒充宋钧卖给你的是王经武，又不是我弟弟，更不是我爷爷。"旦宁说，"你来找我爷爷干吗？"

万先生看出她的敌意："翟总别误会，我来没有恶意。我拜访你爷爷，有三个目的。第一是表达敬意。我在收藏圈打混这么久，多少是有些眼力的，结果被你爷爷的东西连番打眼，羞愧得无地自容，也佩服得五体投地。第二个是向他请教。我意识到被打眼，只是因为王经武太贪婪，逮住我这棵韭菜往死里割，太侮辱人智商，才被我看破。仅凭那几件瓷，我真看不出是假的。王经武又交代一件事，你爷爷做仿古的东西，都会故意留个破绽，证明是假的，所以也不能怪他售假。言下之意，是说我本领不济，活该吃药。这就太刺激人了。我问他破绽在哪儿，他也不知道。我回到家，把那两只瓷器取出来分辨了一天，仍然看不出破绽何在。所以这次来的一个目的，便是向你爷爷求教。不过前天看了董主任的小说，已经解开了一个疑问，原来你们钧州在北宋时并不叫钧州，钧瓷之名别有来历。果然是我学问不够，惭愧得很。"

旦宁看他讲话诚恳，料想应该没有恶意，也便打消了戒心："不光是你，看不出的人多了。有一年，某个国际著名的拍卖会拍出一只宋钧，两千多万，新闻上附了照片，我爸爸瞄了一看，就看出是我爷爷做的，拿报纸去问我爷爷，我爷爷只是笑了笑。大概就是从那以后，我爷爷再做仿古的东西，都会故意留个破绽。所以你也不用太羞愧，看不出来不丢人。"

万先生大笑。两人又复往前走。旦宁问万先生第三个目的是什么。万先生却不回答，反问旦宁，她要重振家业，是不是需要很多钱。旦宁苦笑。重振窑厂倒不需要太多钱，毕竟一切都是现成的，只需做好品控和营销便好。主要是她爸的窟窿太大，不是几百万上千万就能解决的，都快上亿了，得尽快筹钱帮他还，否则不光他永无宁日，窑厂也休想超脱事外，安心发展。万先生说："你家这情况，的确是个大火坑，难为你了。你打算怎么筹钱？"旦宁叹气："还没个头绪，一步步来吧。你还没说呢，你来找我爷爷，第三个目的是什么？"

万先生说："你信不信天意？"

旦宁茫然。"什么意思？"

"我这第三个目的，是想跟你爷爷合作，一起赚钱。"万先生说，"你刚才也说了，你爷爷的东西连国际著名拍卖会都分辨不出来，何况是一般收藏家，拿去当古董卖，必定无往不利。我这方面资源很多，有走货的渠道，也有拍卖会的人脉，可以双管齐下，一边在拍卖会炒价，一边在收藏界出货。收藏市场大得很，一年卖他二三十个稀松平常，你算算能赚多少钱？"

旦宁立即算出一个大约的数字，美瞳下的瞳孔骤然大了一圈，心中有点发慌，仿佛春风拂过大地，催生出亿万草叶，整个世界都被这突然而至的生机弄得痒痒的。她和万先生坐进车内。万先生察言观色，知她已经心动："你刚跳进火坑，我刚好就来了，你说这是不是天意？"

旦宁说："这么做犯不犯法？"

"玩收藏就是考验眼力，自己打眼自己认，犯什么法？我对付王经武，也只是私下里吓唬吓唬，报警告状都是没用的。"万先生说，"这么跟你讲吧，世上收藏家不知有多少，他们手里的东西，十有八九都是假的，但又怎样呢？他们把东西拿到手，假的也当真的，你告诉他们是假的，他们反而恨你。"

旦宁扶着方向盘陷入沉默。这的确是条生财之道，她很愿意尝试，但对说服爷爷，她却没有信心。在她看来，爷爷是个无欲求的人，对一切都淡漠，仿佛什么都没有意思，让他提不起兴趣。对家人也如此。不能说他对家人不好，但那种好譬如例行公事，该做的都做了，你挑不出他的错，就是感受不到爱。在旦宁记忆里，似乎只有面对她时，爷爷才会笑一笑，但那笑里究竟包含多少慈爱与深情,旦宁也拿不准。上大学后离家远走,她对爷爷的印象在漫长的别离中日益简化,最终定格为一幅巴洛克风格的绘画:背景是晦暗的房间,一束阳光打进来,光影中尘埃浮动;爷爷坐在光影里,若有所思,若无所思,仿佛逐渐褪色的雕像,与时光和万物同归寂寥。奶奶死得早,爷爷一直未曾续弦,独居在老宅上房。他给上房取了个名字,"寂在堂",手书堂号,制匾悬挂门头上。挂了几年,匾额不知怎么掉下来,摔破一个角。掉了就掉了,他也没再修补悬挂,好像这事已经做过,就没有再做的必要。这世间唯一让他倾注感情的东西,大概就是钧瓷,唯一让他倾心做的事,则是烧钧瓷。高祖翟日新烧钧瓷,是为充古发财;伯祖翟光烈烧钧瓷,是为兴趣爱好;他烧钧瓷,却不知是为着什么。旦宁小时候,看过许多名人故事,相信有成就的人皆有高尚的灵魂,一切伟大的发明创造,也都是恪守情怀与信念的结果。她问过爷爷,是什么让他如此痴迷钧瓷。爷爷笑笑,说他没有什么高尚目的,他是钧瓷匠人,不做钧瓷还能干吗?这显然是敷衍之词,令旦宁很不满意。再问他为什么要烧柴窑,明明气窑烧一窑成一窑,干吗要复古,去做吃力不讨好的事。爷爷正在钧盘上拉坯,双手沾满黏腻的泥浆。

"正因为窑窑都成,不再有新意,也就没意思了。"爷爷说,"钧瓷已经完全工业化,技术上去了,艺术下来了。钧瓷是门艺术,艺术离不开技术,但也不能只有技术。我搞了一辈子技术,也腻了,想换条路走一走。"

"那你就走回头路呀?"

"前头没路的时候,回头路也是出路。"爷爷说。手下却不误忙活,一坨精练过的瓷泥在旋转中直立起来,变成玉壶春瓶的形状。

"不要听到复古两个字,就以为是倒退。像欧洲的文艺复兴,就是复古希腊和古罗马的古;中国的唐宋八大家,是复先秦的古;明朝的前后七子,文必秦汉,诗必盛唐,一样是在复古。"

那时候钧瓷复古之风尚未兴起,旦宁也不过是一名初二在读的中学生,爷爷这番话半懂不懂,明明是开历史的倒车,听起来好像还很有理的样子。不过她也没有放在心上,毕竟她对这些并不关心,那时候她爸跟她妈关系已经很糟糕,每天都要为一些奇奇怪怪的理由吵一场,她关心的是他俩会不会离婚,如果离,自己会被判给谁。此时回想,她觉得她理解了爷爷,也重新认识了爷爷。他热衷的复古,是技术向艺术皈依,是由术入道的进境,自彼之后,他便不仅是技压群伦的匠师,更是探索未知之美的艺术家了。

"我爷爷做瓷不是为钱。他对钱看得不重。"旦宁对万先生说,"我跟他谈谈,看能不能说动他。不过他现在不在家,不知去哪里云游了。"

万先生笑:"他没去别处,就在你家老宅。"

万先生第一次去翟家老宅,就发现了可疑之处。老宅大门用的仍是旧式老锁,倘若长久无人进出,锁上会蒙起一层灰尘。但据万先生观察,锁上虽有尘迹,但大部分是干净的。门口的青石台阶因为临街,有环卫工每日打扫,最高那一阶因离门太近而常被忽略,上面覆有一层微薄的尘土,仔细观察,会看到数枚鞋印的痕迹。次日他独自前往,又去翟家老宅外察看。凌晨下了点雨,不大,却足以将地面淋湿。万先生赶到时,早已雨住天晴,青石阶面也已干了,两片鞋踩的泥渍清晰可见。

"你爷爷肯定就在里头。"万先生说。

旦宁驱车直奔老宅。老寨禁止车辆入内，他们将车放到寨外停车处，步行进入寨门。街内人迹稀少，重建规划人员则在各处忙碌测绘。两人走不多久，迎面过来一个汉子。那汉子约略五六十岁，须发脏乱，套一件灰不出溜的破夹克，脚踏一双老解放鞋。万先生望见他，他也望见了万先生。万先生顿觉眼红，那汉子则一缩脖子，便要拐上另一条街。旦宁也看到了他，冲他叫喊："老贾，老贾，老贾你别走！"老贾迟迟疑疑地站住。万先生问旦宁："你认识他？"旦宁说："我爷爷的徒弟，一直在我家窑厂干，人很讨厌，但烧火是一绝，没人比得了。听我二叔讲，他不想在我家干了，我得留住他。"两人边说边往前走。老贾等他们走近，做惊讶状嚷嚷："哎呀，我说声音咋恁熟，原来是旦宁回来了。"万先生说："你还认得我吗？"老贾乜他一眼："不认得，你谁呀？"万先生说："前天在古玩市场，你强卖给我一只北宋钧瓷，这就忘了？"老贾绷起脸，一副不耐烦的样子："你认错人了。"复对旦宁说："华胜叫我给他烧个火，我得赶紧去。"说罢便走。

旦宁已察觉他两个必有故事，拦住老贾不让走，向万先生询问究竟。万先生前天去镇上的古玩市场闲逛，边走边拿手机拍照，不小心踩到一个地摊上的瓷器，弄坏了一只钧瓷茶碗。看摊的是位六十多岁的瘦女人，黄脸驼背，笑眯眯对万先生说："你得赔呀。"万先生忙说："我赔我赔，大嫂你看多少钱。"一边说一边打开手机支付。摊主说："一百块。"万先生感觉还算公道，正要扫码付钱，旁边响起一阵打锣似的吆喝："你这瞎婆子，胡尿要价！"万先生回头，看到一个醉醺醺的汉子。那汉子打横走过来，冲摊主叫嚷："这只碗你叫人家客人赔一百？"万先生说："没事没事，就一百吧，老太太也不容易。"醉汉瞪万先生："你当然没事，有事的是这老家伙。"万先生茫然。醉汉说："这只瓷是北宋的，至少值五千，你给她一百，你一拍屁股没影儿了，她儿子回来，非打断她的老狗腿不可。"万先生傻眼，俯身取起那只茶碗："你不能讹人啊大哥，这怎么可能是北宋的？"醉汉说："我说是北宋的，就是北宋的，怎么？要跟我打赌吗？"万先生说："我活这么大，头一回见到五千块钱的北宋钧瓷，你能证明它真是北宋的，我再给你加一千。"醉汉说："一言为定，谁反悔谁是狗屁的。"回头冲摊主老太吆喝："我给你招呼着，你去北街宋家钧窑，把老宋叫过来，看是不是他烧的。"万先生大惊："大哥你什么意思？"醉汉说："什么意思？北街宋家烧的钧瓷，简称北宋钧瓷。"围观的人哄然大笑。万先生知是遇上了无赖，要报警。旁边有人说："他就是个碰瓷的，警察来也没用，跟你纠缠起来，你也麻烦，多少给点钱，打发他算了。"醉汉闻言大怒："去你妈的，谁碰瓷了？是他跟老子打赌，赌输了，就得给钱，警察来也得讲道理。"万先生深知强龙难压地头蛇，这几天还要在神垕行走，万一惹翻这种牛二人物，怕会有许多麻烦。于是强自忍耐，跟他磨了一会儿，从五千磨到一千五，手机转账了事。

　　旦宁听万先生讲罢，替老贾臊得慌，叫他赶紧把钱还给万先生。老贾得知万先生是旦宁在北京的老朋友，也有点没趣，但钱已花光，要还没有。旦宁问他干吗花了，他说买酒喝了。旦宁不悦："一千五都喝酒了？"老贾撇嘴："你是没见过钱吗？才一千五，半瓶茅台都买不到。"旦宁无奈，只好打发他走，自己私下把钱还给万先生。老贾扭头便走。旦宁想起一事，又叫住他，问他这些天可曾见到她爷爷。老贾说："就在老家呢，不知道为什么事生气，不见人。我刚给他送了些吃的。你要去看他吗？"旦宁说是。老贾说："那最好，他就疼你，你回来了，就多陪陪他。你有钥匙吗？"旦宁摇头，说没有。老贾便回转来，带他们去老宅。旦宁说："我听我娘和二叔讲，已经好些天没见过我爷爷了，去老宅看，大门一直锁着，不知道他就在里头。老贾，是你在一直照顾我爷爷吗？"老贾说："也没怎么照顾，就是隔两天给他送点吃的。也不是什么好吃食，就是些油盐酱醋青菜水果，想给他买点儿好的，我也没钱。你二叔一直不让我走，只给我开一点工资，还老是拖欠。我还得养家里那个老婆子，自己也得吃饭，手头紧得很。你爷爷这些天情况很糟糕，不吃不喝，也不说话。我要告诉你二叔，他不让，说是不想见他们，家里人谁都不想见。我寻思得给他弄些营养品补一补，他这把年纪了，这样耗下去，恐怕耗不了几天。可我手里没钱啊，心里不痛快，在老赵那儿喝了点酒，走到古玩市场，遇到这位万先生，就讹了一下。对不起啊万先生，你是北京人，大地方大气派，别跟我老头儿一般见识。"

旦宁心酸无比，再看老贾，形容依旧邋遢，却有说不尽的亲切。她当年最讨厌的人便是老贾，谁料对她家最忠诚的，却也是老贾，可知自己看人的眼光，并不比万先生鉴宝的眼光更高明。她打定主意，要把老贾和他老婆接到厂里住，以后一起过，给他们养老送终。老贾有两个儿子，但据旦宁所知，都不怎么孝顺，指望他们，难有太平晚年。说话间来到老宅，老贾掏出钥匙打开门，带他们进入宅院。万先生踏入宅门，想起董主任小说里的诸多情节，正是发生在这个宅院之内，顿时又有点恍惚。旦宁打头跨进二门，看到庭院里的石榴树下摆着一张逍遥椅，爷爷翟光照手持一把旧蒲扇，仰在逍遥椅上闭目养神。旦宁叫声爷爷,疾步上前。翟光照闻声望去,呵呵笑起来。

"旦宁呀。"他说。

五

万先生持续恍惚了很久。宅院没有想象的大,幽深却似过之,置身其间,仿佛也成了时光中的一页纸,或者历史缝隙里的一线光。房舍也都破旧了,脊兽俱已不全,上房瓦缝间还长出许多瓦松。上房门开着,站在院中望过去,堂屋悬挂的条幅清晰可见。万先生视力好,看到上面写的是:

世无不变,唯变不变

书法一般,贵在有个性,不是出自临帖手。老贾从房间里搬出两只凳子,让旦宁和万先生坐。翟光照穿一件布纽对襟粗葛衫,脚上一双老布鞋,白发稀疏,无须,苍白脸庞上散落许多老年斑,一副龙钟之态,呈半躺状仰在老旧的竹椅里。旦宁向爷爷介绍万先生,说他是北京著名收藏家,喜欢爷爷的瓷器,专程来看望爷爷。翟光照瞟一眼万先生,向他点一下头,算是致意。万先生趋前握手,他却将手挪开,示意万先生坐。万先生略有点尴尬,赔笑欠身坐到凳子上。旦宁看爷爷态度冷淡,知他不想见外人,便替万先生美言,极称万先生是她好朋友,对她多有帮助。这番话果然有用,翟光照神色缓和了一些,也开始跟万先生讲话。万先生趁机表达了敬仰之情,自称近来爱上钧瓷,只是未有良师,难窥门径,更遑论钧瓷之道。今日有幸见到翟大师,特别高兴,希望翟大师不吝赐教。翟光照摇晃蒲扇,赶走眼前一只飞虫。

"市面上讲钧瓷的书很多,虽说良莠不齐,总归有点内容。"他说,"思量着看,也会有收获。"

万先生说:"我多少看过几本,的确有收获,但都是泛泛而论,教益不大。也看过一些古人著作,大都是抄来抄去,难得有不抄的地方,见解又时常不同,莫衷一是。纸上得来的,终觉靠不住,还是得有名师指点,才能深入其道,领会到个中三昧。"

"那得你自己亲手做一做,做得多了,精神就通了,一切不言而喻,听别人讲,是领会不到的。"翟光照说,"道是由术而入的,术高自然道深,不讲术只讲道,都是空谈。"

万先生频频点头,做受教状:"以后我得勤来,到旦宁的窑上做个工人,学学烧瓷。"旦宁笑说:"欢迎,管吃管住,不收学费,但是也不发工资啊。"万先生说:"收我当学徒,已经很荣幸了,得空过来陪陪翟大师,是多大的福气。翟大师,再请教个可能很肤浅的问题,我这几天在神垕走,看了很多钧瓷,有些器型做得奇形怪状,釉色也花里胡哨,似乎不登大雅。但我毕竟是外行,请教您,什么样的器型和釉色才是上品?"

"没有一定之规吧,各人有各好,各色入各眼。审美本无定式,再俗气的器型和釉色,一样有人喜欢得很,喜欢了,在他眼里便是上品。"

"那您最看重什么?"

"窑变。"翟光照说,"我最看重的还是窑变。钧瓷工艺七十二道,道道都可掌控,唯独窑变难以把握。"他轻摇蒲扇,语调徐缓而从容,"世间一切,只有变化最是动人。齐一变,至于鲁,鲁一变,至于道,万物在变化中生出新意。但也有人不喜欢变化,因为它难以掌控,有风险。"

万先生十分兴奋,自击其掌,对翟大师说:"我跟您一样,最喜欢窑变。我前些天机缘巧合,收了您两件作品,釉色变化之美,真是难以形容。"

翟光照霍然坐起,一把捉住万先生手腕:"你收的是什么东西?"

万先生吓了一跳,期艾说:"一只三足水仙盆,一只心形壶。还看到一只玫瑰紫仰钟花盆,要价太高,我没收。"

"你有没有带来?"

"带来了,我的来意之一,就是要向您请教……"

翟光照打断他:"快拿来我看看。"

翟光照的神情和语气无不急迫,之前从容闲淡的姿态荡然无存,令旦宁和老贾皆感意外。万先生却很开心,以为找到了通往翟大师殿堂的钥匙。那两只瓷都在酒店,既然大师急切要看,自当立即取来。他本想让旦宁一起去,旦宁却别有打算。她想趁着气氛不错,单独跟爷爷详谈一番,争取说服爷爷与万先生合作。她叫老贾带路,送万先生回窑场,让董伯伯陪万先生回城取瓷。

董主任刚好睡醒,听说找到翟大师,也很高兴,驱车带万先生取来瓷器,一起送往翟家老宅。翟光照仍然坐在庭院石榴树下的竹椅上,看到他们进来,立即起身相迎,只是身体虚弱,一只手撑着竹椅把手,仍然颤巍巍的未能直立。旦宁急忙搀扶住他。董主任久未相见,看他已这般衰老,感慨万千,口里叫着"翟大师",上前扶持。翟光照顾不上理会他,只叫了声"小董",眼光却盯在万先生的皮包上。万先生请大师坐下,将包打开,取出水仙盆递上。翟光照摆摆手,要看另一个。万先生复将水仙盆放入包里,取出心形壶,小心捧给翟大师。翟光照看到那只壶,不胜喜悦,笑容宛如莲花,在松弛的脸庞上饱满绽放。他接壶在手,翻来覆去地看,口中喃喃:"好,好,回来就好……"边看边自语,缓缓蹲下身去。大家以为他累了,要扶他坐回竹椅,他却突然提起瓷壶,往地上重重一磕。庭院地面铺的青砖,久未翻新,已踩蚀得坑洼不平,瓷壶磕在上面立时破裂,碎成大大小小的几瓣。众人无不惊愕,万先生更是惊叫出声。

"翟大师,你这是干吗?"万先生望着地上的瓷片,愤然作色。

翟光照却如无事一般,把蒲扇放平,将瓷片一一收置其上。他磕的角度和力度恰到好处,瓷壶分裂为边缘整齐的几瓣,并无一点碎屑。破裂之后,内外釉色对比更加鲜明,外釉的天青愈见其青,内釉的碧蓝也愈见其蓝。万先生发现内面上有字,碎片只有不多的几枚,很容易将字拼齐,是一句李义山的诗:"碧海青天夜夜心"。翟先生捡拾完毕,托着蒲扇缓缓站起来,对万先生微笑。

"别慌,我赔你,一赔三,不会叫你吃亏。"

万先生心头一喜,但看美壶破碎,仍觉遗憾。且以情景观之,这只壶显然是有故事的,倘若还在自己手里,必是与翟光照谈判的好筹码。这么一想,万先生更觉遗憾,懊恼说:"这只壶是我所有藏品里最喜欢的一个,您干吗要毁掉呢?"

"这东西不能外传。"翟光照说,"留在你手里,怕是不祥。"

"为什么？"

"我做这个壶，是用来装骨灰的，等我死了，要装在这里面。你收藏个骨灰壶，不觉得晦气么？"

万先生顿觉庭院森森，脊背发凉，饶是当场这么多人，汗毛仍然一排排竖起来："既然是您私用的东西，还给您就是了，也不必打碎呀。"

翟光照摇头："经此一事，我也改主意了。好物诲盗，再留着它，还会被混账东西偷去，转手当作古董卖，我老头儿的骨灰也要保不住了。趁我还有口气，这几天就烧瓷赔你，三天吧，三天后你来拿。"说罢摆摆手，"你们都走吧，说了这半天，累了。旦宁你也走吧，三天后再带万先生过来。"

旦宁等人面面相觑。旦宁还要说话，翟光照已转过身，叫老贾搀扶他，托着蒲扇走向上房。旦宁要跟上去，被他摇手拒绝。旦宁、董主任和万先生大眼瞪小眼，站在院中不去。少时，老贾走出来，将上房门关上，看他们仍在，催他们赶紧走。旦宁说："你不走吗？"老贾说："你爷爷叫我收拾作坊，等他歇歇身子，养点力，明天开始给万先生做瓷器。"旦宁扫一眼东厢房。她爷爷搬回来后，便在里头筑起一座小窑，偶尔做瓷消遣。她要过老贾的手机，点开支付软件，给他转了五千块钱。

"这些天辛苦你，多来陪陪我爷爷。"旦宁说，"他就信你。"

老贾说："这还用讲？我还得给他打下手呢，拉箱烧火要力气，你看他这身子骨儿，拉不动了。"

上房门忽然拉开，翟光照扶门而立，冲董主任招招手："小董，你来，有个事跟你讲。"

董主任急忙走过去，扶住翟光照，与他进到房间里。翟光照在一把罗圈椅上坐定，叫董主任把门闩上，到跟前说话。董主任见他如此郑重而神秘，以为他要托孤，拉把椅子坐到他旁边。翟光照指指桌子上的瓷片。瓷片仍在蒲扇上，房间光线幽暗，内釉的色泽也显得更加幽深，仿佛无底的海。

"小董，你知道这是什么吗？"

"骨灰盒呀，你说过的。"

翟光照点点头，又摇摇头。董主任茫然，问他何意。翟光照说："它是骨灰盒，但它也是一个人。"董主任愈发茫然。翟光照说："它是用一个人的骨灰做的。"董主任瞠目结舌，骤然想起陵园骨灰被盗之事。

"是宁馨么？"董主任问。

翟光照点头。董主任再看那些瓷片，仿佛都在动，房间里的空气也有些瘆人了。"我与宁馨生不能同室，只愿死后能同穴。"翟光照说，"我这辈子除了宁馨，只爱钧瓷，因此我把她找回来，烧成了瓷器，想着死后装在她里面，就与她合二为一了。没承想出了这个岔子。所以我改变主意，把它再磨成灰，等我死后，与我的骨灰混到一起，随便找个盒子装起来，随便埋到哪个地方。"

董主任说："这你得交代给华胤，或者旦宁。"

翟光照说："旦宁那丫头，你是了解的，如果叫她知道了内情，不但不照办，还会把我们分开丢得远远的。华胤呢，我听旦宁讲，他被人挑了脚筋，不能下床，我没几天活头了，到时候他未必回得来。华胄又靠不住。想来想去，只有拜托你，等我火化后，你去接接我，把宁馨的灰倒进我的骨灰里。我也没什么回报，会多烧一只瓷留给你。"

董主任无语,掏出烟盒和打火机,想抽支烟,看看翟光照,又装了起来。翟光照见他犹豫,说:"小董,你是不情愿吗?"董主任说:"不是我不情愿,你应该问问宁馨情不情愿。当年是你拒绝了她,现在你又这样把她弄过来,你自己想想,她会答应吗?况且她已经改嫁了,有丈夫有子女,你这样做,跟强抢民女有什么区别?"

翟光照无语,苍白的脸孔渐渐委顿下去,仿佛死灰的颜色。他默然良久,缓缓说:"小董,你说得对。"说罢叹了口气,余息袅袅,与透隙而入的光尘纠缠在一起,令人横生惆怅。

"你走吧。"

董主任独自回了钧州城,万先生则留在神垕,住进镇上一家酒店。今日意外以一换三,得大便宜,万先生十分高兴。另据旦宁讲,她跟爷爷谈了窑场的困境和她爸的绝境,然后提出跟万先生合作的计划,爷爷未置可否,似乎有说服的可能。万先生欣喜不已,觉得此行成果丰硕,便想在神垕多待一些时日。老街马上要改造了,旧建筑即将不存,他想抓紧时间,把每条街都走一走,每个宅院都看一看,在此故物弥留之际,亲身体会一下董主任小说里的情景和况味。他与董主任约好,三天后来会合,一起去翟大师处收瓷。

这三天里,翟旦宁也没闲着。她确定了窑厂的经营方向,就以仿古为主,做高端艺术瓷,主题词都想好了:"复古,是另一种形式的创新。"她要重用老贾,再把爷爷的几个徒弟请回来,爷爷已是风烛残年,她得建立一个长远而可靠的团队。至于跟万先生的合作,只是一个选项,能成固然好,不成也不强求,她不会冒险押上全部身家和前途。她把弟媳妇拉来做助手,把窑厂的官微、公众号、视频号一个个都做起来，在几家网购平台申请了网店，又与国内几个重要的政商论坛和文化赛会秘书处联系，表达合作意向，愿向他们提供精品钧瓷作为指定礼品。其间她去医院看望了爸爸，向他讲了窑厂的现实情况和她的经营规划。翟华胤提议把路子放宽些，不要只做复古瓷，也跟一些当红的艺术家谈谈合作，把现代艺术引入钧瓷创作，一古一新两条腿走路，古的更古，新的更新。这是翟华胤老早想好的策略，他此次回来，便是打算这么干。旦宁对老爸的建议不以为然。做事业贵在专精，搏二兔，不得一兔。况且所谓现代艺术与钧瓷的结合，并不是什么新思路，镇上早有窑厂这么做，虽有一些成果，更多是不伦不类。自己即使要做，也得把日程往后排，先把自家擅长的仿古瓷做起来再说。翟华胤听女儿严词反驳，言下颇有影射他当年做事不专一的意思，也便闭嘴不语了。旦宁看望爷爷更勤，每天都抽空去老宅走一趟，给爷爷带些水果和营养品，陪他说会儿话。翟光照听她讲述复兴翟家钧窑的宏图大略，眯起眼笑。

"工商之道，作力不如斗智，斗智不如争时。"他说，"我老了，跟不上时代了，你努力吧。"

三天后，董主任如约而来。他们在旦宁的窑厂聚头，一起前往老宅。不料宅门却锁着，旦宁拍门叫几声，也无人应答。万先生顿时紧张。旦宁给老贾打电话，问他怎么回事。老贾说瓷已经烧好了，就在上房堂屋桌子上。旦宁叫他过来开门，她没钥匙。老贾说："我在外头办点事儿，钥匙就在门槛里头，你自己掏。"旦宁推一下门，果然看到钥匙就在门槛内，俯身摸出来，插入锁眼开门。

"我爷爷呢？"她问。

老贾说："在屋里睡觉吧。我这边有事，挂了。"

旦宁带万先生和董伯伯走进后院，推开上房门，果然看到堂屋八仙桌上摆着三只瓷器：一笔洗、一挂盘、一梅瓶。万先生疾步上前，一一鉴赏，器型、釉色无一不合心意，梅瓶上的窑变尤其绚美，如血如霞，如天地奇观，却又色相含敛，跳跃而宁静。万先生喜不自胜，董主任热眼旁观，亦艳羡不已。两人在这边赏之不足，忽听旦宁在东房里号啕大哭，赶过去看，只见翟光照横卧床上，已经亡故了。

后　记

　　翟光照年过八十，可称寿考，虽说晚景略显凄凉，然则无疾而逝，亦属善终。他的遗容十分安详，可知走得坦然，无所挂碍。只是他的死，断了万先生和翟旦宁的念想，两人的合作也无疾而终了。万先生送上一封赙仪，裹瓷而去。返京前，他请董主任吃了一顿饭，赠送一只红包，内装现金一万元，聊表谢意。董主任坚辞不受。万先生不可夺志，也便罢了，保证回京后定会帮他推荐小说。董主任笑笑："那就多劳了。"

　　送走万先生，董主任去了一趟北关派出所，保释被抓的老贾。老贾从一个豁口钻进陵园，在公墓之间打转，被监控拍到，惊动保安，将他捉住，报警带走了。老贾极称无辜，他去陵园，只是考察一下公墓环境，如果觉着好，就也买个穴位，死了放进去。警察不信他这鬼话，他一身邋遢，形如盲流，怎么看都不像需要公墓的人。董主任认识北关派出所所长，打了个招呼，愿保老贾无罪，将他领了出来，开车送他回神垕。老贾在车上咒骂不绝。董主任丢给他一盒烟，又丢给他一只打火机，老贾这才消停了一会儿。董主任问："放回去没有？"老贾噙上一支烟，将打火机打出火，听到董主任的话，扭头问："放什么？"董主任说："骨灰。"老贾回过头，把烟凑到火苗上点燃，狠吸一口，又长长吐出来。副驾驶上顿时弥散开一团淡淡的烟雾。

"放回去了。"老贾说。

董主任在翟家待了两天，帮他们办理丧事，直到翟光照入土为安，才驱车回家。他沐浴更衣，休息了两天，取出书稿又看一遍，觉得先前的结尾的确有些突兀，思考多时，决定把万先生来钧州的事续补其后，充当小说的一个纪年，共同完成窑变叙事。主意既定，他立即动笔，只用了四五天，便将这一章写好。然后与之前的六个纪年合为一帙，通读一过，终于觉得完整了。但似乎还缺点什么，想了想，找出一篇《钧瓷记》。此文出自一位钧州籍作家之手，董主任与他是忘年交，打过招呼，同意他用在小说里。董主任要拿它做大轴，一字一字抄录到书稿之末。

  瓷之为物，始则器也。惟昔神农凝土，以取盛储之用；虞舜作陶，而严埏埴之法。缶高甑甗，遂陈茅草之屋；鼎彝爵罍，乃列庙堂之案。洎乎世代化育，人文昭昌，风骚之士，每寄多情之思于器物；甄冶之工，亦竭万象之巧以抟烧。因而奇其式，异其形，丽以釉，饰以色。杯盘文藻，便得高士妙赏；尊洗铭诗，即供雅客清玩。于斯时也，瓷之为物，由器而入乎道矣。

  夫瓷者，土为之。土者，生民所赖，五行属中。唯我钧州，在豫在夏，位处逐鹿之域，地当皇舆之枢。山聚四维之灵气，土禀地母之精魂，诚乎坤德所系，土王在兹。以故泉壤甘厚，良可作器，岭土纯细，最宜抟埴。且夫能工圣手，善调水火之性；大匠慧心，娴通天地之机。要在既济，实亦自然之假手；功成唯谨，岂独造物之秘传。遂变一成之色，散化霓彩；而更薄质之釉，含蓄光魄。团团胭脂，艳比芙蓉之面；点点黛粉，绮凌春杏之华。遍体荵墨，为闲庭前之葡紫；一身如洗，乃新雨后之天青。

此固妙矣，而犹有未尽也。所至妙者，在乎窑变。窑匣既封，佳窳归夫大冶；炭火有定，成败付之祝融。是以入窑一律，尚人力之可施；出窑万方，非造化而难得。釉色明厚，温润如君子之性；图彩陆离，炫漫如醉仙之笔。或晓岚霭霭，浮托峰峦几座；或秋林漠漠，遥对鸿雁数行。绚如宫娥之轻梦，烂若瑶池之飞霞。落红凌乱，依稀似残花成雨；飞白飘摇，恍惚如荻芦化雪。朱瓶留痕，肖于红烛之垂泪；碧钵着迹，拟乎青蚯之走泥。神乎神乎，天机莫窥；妙哉妙哉，兴象无穷。捧一炉于静斋，可体世相；纵玄思于瑰境，足称清欢。

至若处幽卧寂，忽闻架上脆响，视之则瓷上有纹，或如牛毛，或如蛛丝，如玉之崩，如冰之裂，浅布釉层，蜿蜒清细，是则开片也。开片者，乃瓷器岁月之痕记，亦嘉客品鉴之要端。一纵一横，实添错彩之永魅，一裂一响，还记韶光之易辜。

稽夫钧瓷之史，曰若源远流长。境中肇造之坊，旷久难考；宇内盛誉之始，昉自李唐。越五代以骤盛，至赵宋而造极。至今大龙山阿，尚存百代之场；古钧台下，犹压千年之窑。惜乎盈仄变化，盛衰无常。金元以降，大匠不作，明清两朝，圣手潜伏。惟以前贤复古，因自由而生思想；时彦维新，赖和平以弘技艺。极格致之精微，斯兼今古；穷物理之机变，遂通天人。

乃使绝学有继，崇光复隆。驭阴阳于一气，得心应手；化五行于无极，尽相穷神。于是令名播于天下，闻者起敬；宝器遍及寰宇，藏家生辉。人有得其半片，即重椟以蕴；客或购其一只，必什袭而藏。

考之于瓷，先备夫器具之用，继具乎文明之光，由是脱胎换骨，灿然大成，是所以由器入道也。非瓷为然，人亦当然。而钧艺废兴，系乎治乱，世治则昌，世乱则衰。是亦非钧为然，百艺尽然也。因为之歌曰：

维后土兮禀化藏，大匠埏兮名器扬，我钧瓷兮何焜煌，民利溥兮道以昌。信荣枯之有代，知美物之易伤。期日月之不坠，况地久兮天长。

董主任抄录完毕，检查无有错漏，长舒一口气，觉得可以完稿了。他将书稿整齐码在桌子上，困意袭来，遂支额而睡。秋风摇曳石榴树，筛下一大片斑白日光，在书稿、桌面和他身上婆娑浮动。他梦见水火既济，万象缤纷，宇宙仿佛恢宏的窑变，在他眼前化空化色，生生不息。